Elena Sender
Wehrlos

PIPER

Zu diesem Buch

Als die Umweltaktivistin Rachel Karlsen ins Schlauchboot steigt, hat sie ein klares Ziel vor Augen: Auf den Färöer-Inseln will sie Delphine vor der rituellen Schlachtung bewahren. Doch alles kommt anders als geplant, denn per SMS erhält sie eine unglaubliche Nachricht. Ihr an den Rollstuhl gefesselter Sohn Sacha hat offenbar zum ersten Mal seine Beine bewegt. Aber wie in aller Welt ist das möglich? Aufgrund einer Medikamentenvergiftung in der Schwangerschaft kam Sacha bereits gelähmt zur Welt. Dann eine zweite Nachricht, diesmal ist der Absender unbekannt: Ihr Leben sei in Gefahr. Und tatsächlich explodiert kurz darauf das Schlauchboot. Als Rachel im Krankenhaus erwacht, ist sie entschlossen, sich auf die gefährliche Suche nach der Wahrheit zu begeben. Wer ist der unbekannte Absender, und in welchem Zusammenhang steht er mit dem Attentat? Als Rachels Sohn kurz darauf entführt wird, muss sie sich einem übermächtigen Gegner stellen …

Elena Sender, geboren 1972, arbeitet als Wissenschaftsjournalistin für die renommierte französische Zeitschrift *Sciences et Avenir*. Als Expertin für Gehirn- und Emotionsforschung lebt sie mit ihrem Mann und ihren drei Kindern in Paris. Nach ihrem Debüt »Begraben« legt sie mit »Wehrlos« ihren zweiten Thriller vor.

Elena Sender

WEHRLOS

Thriller

Aus dem Französischen von
Eliane Hagedorn und Barbara Reitz

Piper München Zürich

Mehr über unsere Autoren und Bücher:
www.piper.de

Von Elena Sender liegen bei Piper vor:
Begraben
Wehrlos

FSC
www.fsc.org
MIX
Papier aus verantwortungsvollen Quellen
FSC® C014496

Deutsche Erstausgabe
August 2013

Titel der französischen Originalausgabe:
»Le sang des dauphins noirs«

Umschlaggestaltung: Cornelia Niere, München
Umschlagabbildung: Plainpicture/Arcangel
Satz: Greiner & Reichel, Köln
Gesetzt aus der Joanna
Papier: Munken Print von Arctic Paper Munkedals AB, Schweden
Druck und Bindung: GGP Media GmbH, Pößneck
Printed in Germany ISBN 978-3-492-30259-3

Für *Alexandre*, Tom, Noah und Mia

ERSTER TEIL

KAPITEL EINS
21. AUGUST 2010

Es war der Tag des Wunders und des Massakers. Auf halbem Weg zwischen Norwegen, Island und Schottland durchpflügte die *Serendipity* das graue Wasser. Die metallisch glänzende Dünung schlug so heftig gegen den Rumpf des Trawlers, dass dieser bedenklich ins Schwanken geriet. Während sie auf den Einsatz wartete, döste Rachel Karlsen fröstelnd in ihrer Koje und kämpfte mit leichter Übelkeit. Seit sie knapp drei Wochen zuvor im dänischen Hafen Ålborg an Bord gegangen war, fror sie. Eine durchdringende Kälte, so als hätten ihre Knochen bis ins Mark den feinen Regen gespeichert, der jeden zweiten Tag auf sie niederging. Es wollte Rachel einfach nicht gelingen, ihre innere Unruhe zu vertreiben. Dieser Tag markierte das Ende eines Lebensabschnitts: Es war ihre letzte Kampagne, diesmal gegen die mittelalterliche Barbarei, die alljährlich an den Ufern der Färöer-Inseln stattfand. Danach würde sie, das hatte sie fest beschlossen, nach Kopenhagen zurückkehren und ein neues Kapitel in ihrem Leben aufschlagen. Es würde sicher ruhiger und weniger intensiv sein, aber auch konstruktiver. Das wurde, nachdem sie nun über dreißig Jahre alt war, auch Zeit. Die Perspektive war beängstigend und aufregend zugleich.

Der vierzig Meter lange alte Industrietrawler fuhr unter holländischer Flagge inkognito Richtung Färöer-Inseln. Sein Name und sämtliche Logos der Nichtregierungsorganisation Green Growth – zwei ineinander verschlungene grüne Gs über einer blauen Erdkugel – waren von Rumpf, Bordmaterial, Ölzeug, Computern und persönlichen Gegenständen entfernt oder überstrichen worden. Nichts deutete auf die Zugehörigkeit der Gruppe hin. Offiziell begab sich eine Delegation von Vertretern des *Whale Watching* zu den dänischen Inseln, um neue Spots für diese beliebte touristische Attraktion zu entwickeln. In Wahrheit war die zwanzigköpfige Besatzung, die zur Hälfte aus Freiwilligen bestand, entschlossen, mit den Mördern der Grindwale abzurechnen. Zwanzig Aktivisten unterschiedlicher Nationalität und Vergangenheit: Anarchisten, Studenten, ein Punk, Kriegsdienstverweigerer und einige professionelle Umweltschützer – und alle waren kampflustig und hoch motiviert.

Am Bug des Schiffes stand Morten, der Expeditionsleiter, eine imposante Gestalt mit gebräuntem, von Wind und Gischt gegerbtem Gesicht. Seine linke Hand umklammerte die Reling, die rechte hielt ein Fernglas, mit dem er den Ozean absuchte. So weit das Auge reichte, war nichts anderes zu sehen als die schwarz schillernden, bewegten und undurchdringlichen Wassermassen. Seit zwei Wochen wartete der dänische Kapitän darauf, eine Rückenflosse oder den Blas eines der Meeressäuger zu entdecken. Vergebens. Sie hatten ein paar einzelne Delfine gesichtet, zwei Schwertwale, eine Schule Großer Tümmler, zwei Robben. Aber keinen einzigen Grindwal, obgleich es in diesem Gebiet viele Kalmare gab, die zu ihrer Hauptnahrung zählten.

Die ganze Reise über hatten sie schlechtes Wetter gehabt, und die Navigationsbedingungen waren äußerst beschwerlich. Mehr als einmal wäre die Geheimoperation beinahe vorzeitig beendet worden. Die argwöhnische dänische Marine hatte offenbar Verdacht geschöpft und zwei Patrouillen losgeschickt, die Fotos gemacht und die Besatzung befragt hatten, freilich ohne dass sie ihnen auf die Schliche gekommen wären. Die *Serendipity* kreuzte in den Fjorden, doch von Walen war keine Spur. Frederik, der »Rotschopf« – seit sechs Jahren festes Mitglied von Green Growth –, war sogar für eine Nacht an Land gegangen, um sich in den Fischerkneipen umzuhören. Dann war er mit Neuigkeiten an Bord zurückgekommen. Wahrscheinlich würde das Massaker an dieser Küste, in der Nähe von Klasvik, stattfinden, denn hier hatten Fischerboote Walschulen ausgemacht.

Ab diesem Zeitpunkt hatte die Besatzung der GG begonnen, vor der Küste spezielle kleine Bojen auszusetzen. Es handelte sich um eine französische, an Mittelmeerdelfinen getestete Erfindung, die via Radiotransmitter Signale, ähnlich den Schreien jagender Schwertwale, von sich gab, um die Grindwale in die Flucht zu schlagen.

Nach zwanzig Tagen auf dem Meer mit nur einem einzigen Zwischenstopp, um aufzutanken und ein Radargerät reparieren zu lassen, wurde die Atmosphäre an Bord immer angespannter. Seekrankheit, Untätigkeit, die drangvolle Enge, die zwangsläufig vegetarische Kost und die Erwartung eines angekündigten Massakers hatten die gute Laune der ersten Tage vertrieben. Morten spürte, es fehlte nicht mehr viel, und einige Besatzungsmitglieder würden handgreiflich werden. Es war Zeit zu handeln.

Plötzlich fiel sein Blick auf einen Strudel, den er nur allzu gut kannte. Die glatte Oberfläche brach auf, legte einen schwarz glänzenden Rücken frei und schloss sich erneut. Mortens Herz begann schneller zu schlagen. Ein weiterer Strudel an anderer Stelle, eine Rückenflosse tauchte auf und verschwand wieder. Sie kamen näher. Und plötzlich waren es Dutzende. Die Grindwale durchbrachen die dunkle Seide und verschwanden wieder. Hier und da ein Blas, einer Fontäne gleich. Die majestätischen Mitglieder aus der Familie der Delfine schwammen in aller Unschuld in ihren sicheren Tod.

Nach einem Blick mit dem Fernglas nach Steuerbord stellte Morten fest, dass die zerklüftete Küste der Färöer-Inseln immer näher rückte. Die hohen, schroffen und baumlosen Felsen mit der niederen Vegetation, die die Nordküste säumten, wurden gen Osten hin immer flacher und verwandelten sich schließlich in sanfte grüne, in die Fjorde abfallende Hügel. Schon erkannte man die ersten roten Dächer der hübschen kleinen Häuser oberhalb der Bucht. Eine idyllische Kulisse, die bald in Blut getaucht sein würde.

Das geübte Auge des Wachpostens oben auf dem Felsen hatte die Wale sicher bereits entdeckt und Alarm gegeben. Morten konnte sich mühelos vorstellen, wie sich die Bewohner bewaffneten, Säbel, Macheten und Gewehre aus ihren Schränken holten. Das schrille Pfeifen des Windes schmerzte in seinen Ohren. Langsam spürte er Zorn in sich aufsteigen, der seine Adern durchströmte und seine Muskeln zum Angriff stählen würde. Als sich die dunkle Energie in seinem ganzen Körper ausgebreitet hatte, ließ er das Fernglas sinken und ging nach unten in die Messe. »Sie sind da, alle Mann an Deck!« Seine Mannschaft war auf acht Kabinen zu beiden Seiten des kleinen dunklen Gangs verteilt, der nach feuchtem Holz roch. Er klopfte an jede Tür, blieb an der dritten stehen und öffnete sie.

»Los, Rachel, aufstehen!«

Rachels zerzauster brauner Haarschopf tauchte in der unteren Koje auf. Sie schniefte. »Wie viele sind es?«

»Zwei Schulen mit jeweils mindestens hundert Tieren.«

Rachel griff nach der roten Neoprenhose, die zusammengeknüllt vor dem Bett lag, und schlüpfte hinein. »Ich komme.«

»Bist du froh, dass es das letzte Mal ist?«

»Dann muss ich mir wenigstens dein Gemecker nicht mehr anhören …«, meinte sie und zwinkerte ihm zu.

Morten wartete kurz, als wolle er noch etwas sagen, wandte sich dann jedoch ab und schloss die Tür hinter sich. Rachel fragte sich, ob er – genau wie sie – ein wenig sentimental wurde bei der Vorstellung, dass es sich um ihren letzten gemeinsamen Einsatz handelte. Seit nunmehr fünf Jahren vertrauten sie einander, um in der ganzen Welt Meereswilderer zu jagen. Sie schlüpfte in ihre Neoprenstiefel, stand auf, zog die Öljacke an, fuhr mit den Fingern durch ihr störrisches trockenes Haar und bändigte es mit einem Gummiband.

»Rachel«, rief Karl von der Messe aus, »vergiss die Walkie-Talkies nicht.«

»Okay«, antwortete sie ihm durch die geschlossene Tür.

Rachel, das bedeutete auf Hebräisch »das Lamm«. Lange hatte

sie ihren Vornamen, Symbol der Unterwerfung, der in der biblischen Geschichte eine halb schmeichelhafte, halb abwertende Bedeutung hatte, verabscheut. Ein hübsches Dummerchen, in das sich Jakob auf Anhieb verliebt hatte und das vierzehn Jahre lang auf ihn wartete, während ihre Schwester und ihr durchtriebener Vater sie austricksten. Erst die Erklärungen eines jüdischen Psychiaters und Freundes ihrer Eltern hatten sie mit ihrem Namen versöhnt. »Rachel steht nicht nur dafür«, hatte er ihr gesagt. »Sie hat auch die goldenen Statuen ihres Vaters gestohlen, um gegen ein ungerechtes System zu protestieren, das nur den männlichen Nachkommen ein Erbe zuschrieb. Sie war die erste feministische Heldin der Geschichte!« Bei dieser Erinnerung lächelte Rachel, denn als überzeugte Umweltschützerin und Feministin gefiel ihr diese Interpretation.

Sie nahm die in wasserdichte Hüllen verpackten Walkie-Talkies, die über dem Spiegel ihres Nachtkästchens hingen. Joanna, die in der oberen Koje schlief, hatte am Spiegel ein kleines Foto ihrer Hunde befestigt. Drei muntere Promenadenmischungen, die in ihrem Blumengarten herumtollten. Auf der anderen Seite hatte Rachel ein Bild von ihrem Sohn angebracht. Sie beugte sich vor, um es zu betrachten, und strich liebevoll mit dem Finger darüber.

Sie hatte die gesamte Mannschaft des GG informiert, dass sie mit den Aktionen vor Ort aufhören und sich fortan nur um ihn kümmern würde. Und das stimmte auch. Sie konnte ihn in Zukunft nicht für so lange Zeit in die Obhut ihrer Schwiegermutter Christa geben, deren Gesundheitszustand nicht mehr der beste war. Sacha war erst vier Jahre alt, doch mit zunehmendem Alter würde der Alltag mit ihm komplizierter werden. Auf dem Foto grinste er verschmitzt und zeigte seine kleinen weißen Zähne, sodass man sich vorstellen konnte, wie er jeden Moment schallend loslachen würde. Sie erinnerte sich genau an jenen Morgen, an dem sie die Aufnahme gemacht hatte. Es war letztes Jahr im November gewesen, als in Kopenhagen der erste Schnee gefallen war. Bei der Aussicht, die ersten Flocken zu berühren, war Sacha furchtbar aufgeregt gewesen, hatte in seinem Kinderstuhl herumgezappelt und vor sich hingeplappert, unfähig, sich auf sein Müsli zu konzentrieren. So glich er jedem anderen dunkelhaarigen Jungen seines Alters. Doch Rachel wusste, dass hinter dem Stühlchen drohend der verhasste Rollstuhl lauerte, in dem er seit dem Zeitpunkt saß, da andere Kinder zu laufen anfingen.

»Die Lipomyelomeningocele, auch Spina bifida genannt, ist eine Fehlbildung des Fettgewebes im unteren Bereich der Wirbelsäule«, hatte ihr Professor Emil Hansen wenige Stunden nach der Entbindung mit sanfter, aber entschiedener Stimme mitgeteilt. »Die Schäden, die an den Nerven entstanden sind, können entweder aus dem Druck dieses Fettgewebes resultieren oder aus einer anormalen Entwicklung des Rückenmarks.« Er hatte erklärt, die häufigsten Symptome seien eine mehr oder weniger ausgeprägte Muskelschwäche in den Beinen, eine Veränderung des Gangs, eine Missbildung der Füße oder eine lokale Gefühllosigkeit in den Beinen und/oder den Füßen. Manchmal käme es leider vor, dass eine solche Behinderung beim pränatalen Ultraschall nicht festgestellt würde. »Diese Läsion kann kurz nach der Geburt operativ verschlossen werden. Durch eine spezielle Physiotherapie in den ersten Jahren wird der Junge auch ein wenig Autonomie erlangen können«, hatte Professor Hansen hinzugefügt. Nachdem diese Enthüllung Rachel für eine gute Weile die Sprache verschlagen hatte, brachte sie schließlich mühsam hervor: »Aber er wird laufen können, nicht wahr?« Emil Hansen hatte sich geräuspert und ihrem Blick standgehalten. »Es handelt sich um eine schwere Behinderung. Es gibt kaum Chancen, dass er je seine Beine wird benutzen können. Aber die Medizin macht große Fortschritte, und man darf nie die Hoffnung verlieren. Es gibt viele Kinder, die sehr gut mit ihrem Handicap leben können.« Rachel erinnerte sich noch genau an das körperliche Gefühl, sich im freien Fall zu befinden. Sie hatte sich an dem Pfosten ihres Bettes festklammern müssen.

Die Tür, die sich hinter dem Arzt schloss.
Das Schluchzen, das in ihrer Kehle aufstieg.
Die Tränen, die nicht kommen wollten.
Das Zittern und die eisige Kälte,
die sie ergriffen hatten.
Und das kleine, so empfindliche Wesen.
Empfindlich und gebrochen.

Rachel wandte den Blick von dem Foto ab und zog – vermutlich zum letzten Mal – den Reißverschluss ihrer Öljacke zu.

Ab jetzt würde sie sich um Sacha und um alle anderen Dinge kümmern, für die es sich lohnte, morgens aufzustehen. Durch den wachsenden Einfluss der Menschen war die Erde aus dem Gleichgewicht geraten. Es wurde höchste Zeit, dass sich dieses Bewusstsein auch im kollektiven und individuellen Handeln umsetzte und eine neue Solidarität zwischen allen Lebewesen entstand. Sobald sie in den Büros von Green Growth heimisch geworden wäre, wollte Rachel all ihre Energie aufwenden, um andere davon zu überzeugen, das Erbe der Menschheit zu bewahren und zu schützen. Das bedeutete einerseits, sich im täglichen Leben entsprechend zu verhalten, und andererseits, die öffentlichen und privaten Stellen zu verpflichten, unter allen Umständen der nachhaltigen Entwicklung den Vorzug zu geben.

Peter Tomasson, der Leiter von Green Growth Dänemark, hatte ihr angeboten, ihren bisherigen Posten als Aktionsleiterin, der sie in alle Ecken der Welt geführt hatte, gegen den der Verantwortlichen für Klima, Energie und Biodiversität einzutauschen. In ihrem neuen Büro in Kopenhagen erwartete sie ein Stapel Akten zur Vorbereitung der bevorstehenden Kampagnen: Kampf gegen den Klimawandel, gegen eine gentechnisch veränderte Landwirtschaft und gegen Atomkraft sowie für den Schutz der Biodiversität. So lautete die offizielle Version.

Denn inoffiziell würde Rachel gemeinsam mit Peter eine groß angelegte Operation vorbereiten. Es ging darum, einen der größten amerikanischen Konzerne zu entlarven, der nicht nur die Umwelt verschmutzte und die Bevölkerung vergiftete, sondern auch hinter den Kulissen unter Einsatz von Milliarden von Dollar alle Umweltschutzgesetze umging. Und Rachel hatte mit ihnen noch eine alte persönliche Rechnung zu begleichen. Wie jedes Mal, wenn sie an diesen Chemiemagnaten dachte, biss sie die Zähne zusammen. Selbst auf dem Meer, das normalerweise ihren Kopf frei machte, erinnerte sich Rachel noch ganz genau an den Anruf, den sie vier Tage nach ihrer Heimkehr von der Entbindungsstation von Professor Hansen bekommen hatte: »Ihre Plazenta weist einen erhöhten Anteil an PCB auf«, hatte ihr der Arzt erklärt. »Alles deutet darauf hin, dass dies die Ursache für die Spina bifida, das heißt für Sachas Behinderung ist. Neuere Veröffentlichungen haben belegt, dass so etwas bei mit PCB vergifteten Frauen häufig vorkommt, vor allem in China.« »Ich war noch nie in China«, hatte Rachel gestammelt. »Das kann schon sein, aber wissen Sie, PCB gibt es überall.«

Rachel wusste genau, was Polychlorierte Biphenyle waren. Doch in diesem Augenblick waren all ihre Kenntnisse wie weggeblasen gewesen. Verblüfft hatte sie Hansens Erklärungen gelauscht. »Es handelt sich um ein Basisprodukt, das für elektrische Kondensatoren, Farben und Isoliermittel verwendet wird. Seit den Achtzigerjahren weiß man, dass es sich um einen organischen Giftstoff handelt, der verboten wurde. Leider gehört auch eine lange Haltbarkeit in der Umwelt zu seinen Charakteristika, sodass Wasserläufe und der Boden verseucht sein können. Vor allem wird er im Fett der Fische und Meeressäugetiere gespeichert.« Endlich hatte Rachel reagiert. »Ich habe nie belasteten Fisch gegessen.« »Vielleicht ohne es zu wissen«, hatte Hansen gemeint. »Die Akkumulation geht progressiv vor sich.« Rachel hatte ungläubig geschwiegen. Die wahre Ursache der Vergiftung sollte sie erst zweieinhalb Jahre später entdecken.

Damals hatte sie dem Professor geantwortet: »Ich hatte aber nie irgendwelche Symptome oder Anzeichen.« »Studien haben erwiesen, dass die Vergiftung bei Erwachsenen unbemerkt bleiben kann, am gefährlichsten ist sie für den Fötus, es tut mir leid.« Hansen hatte gehüstelt, ehe er fortfuhr: »Leider müssen Sie Ihr Kind sofort abstillen. In der Muttermilch ist die PCB-Konzentration besonders hoch. Auch das tut mir unendlich leid.«

Ein weiterer Messerstich ins Herz.

Rachel durfte ihr Kind nicht mehr stillen, weil ihre Milch vergiftet war. Sie hatte viel geweint und sich schließlich in ihr Schicksal gefügt.

Jetzt warf sie einen letzten Blick auf das Foto ihres Sohnes. »Wir werden die Schuldigen zu fassen bekommen, mein Liebling, damit sie für alles bezahlen, was sie uns schon angetan haben und noch antun werden.« Darüber hatte Rachel ein Zitat von Théodore Monod aufgehängt:

Utopie ist einfach nur das, was noch nicht versucht wurde.

In der Kajüte unterhalb der Kommandobrücke hatte sich die ganze Mannschaft versammelt. Der Geruch nach Pulverkaffee, vermischt mit dem nach Motoröl, stieg ihnen in die Nase. Die gesamte Einsatztruppe, das heißt sechzehn Aktivisten in rotem Ölzeug, stand vor Morten.

Endlich schritt man zur Tat.

Rachel trat zu Karl, einem großen, kräftig gebauten blonden Deutschen, der bei ihrer letzten Aktion das Schlauchboot steuern würde. Morten bedachte sie mit einem autoritären und zugleich wohlwollenden Blick. Er war ein unvergleichlicher Seemann und Einsatzleiter, der seit zwanzig Jahren auf den Weltmeeren kreuzte, um die Waljäger zu verfolgen. Er führte seine Mannschaft mit fester Hand. Wer mit seiner direkten Art zurechtkam, schätzte seine Integrität und seinen Mut. Er wandte sich an seine Leute: »Zwei Schulen kommen von Norden, insgesamt mindestens zweihundert Tiere. Die Fischerboote werden anfangen, sie in die Bucht zu treiben. Karl und Rachel also wie immer im Schlauchboot, um zu filmen. Joanna, Lorenzo und Clara übernehmen die Bordwache, Frederik den Lautsprecher. John und Maria assistieren mir beim Manöver.«

Rachel suchte den Blick von Joanna, deren blond gelocktes,

zu Zöpfen geflochtenes Haar unter der grünen Mütze versteckt war, doch diese sah nur zu Morten. Rachel sagte sich, dass sie seit ihrer Abreise keinen großen Austausch mit ihrer Kabinengenossin gehabt hatte. Joanna war nicht so entspannt und spontan wie normalerweise. Offensichtlich beschäftigte sie etwas, doch Rachel hatte nicht herausfinden können, was. Die Dänin hatte einen provokanten, überschwänglichen Charakter, konnte aber bisweilen auch schweigsam sein. Rachel wusste, dass jeglicher Versuch, sie zum Sprechen zu bewegen, sinnlos war.

Morten erklärte den Ablauf der Operation in allen Einzelheiten: »Die bewaffneten Männer werden warten, bis die Boote die Grindwale zum Strand getrieben haben, um sich auf sie zu stürzen und sie zu massakrieren. Wir versuchen, vorher einzugreifen.«

Er wandte sich nun an alle: »Die Fischer können ebenso schnell bei uns sein wie wir bei ihnen. Meiner Meinung nach misstrauten sie uns von Anfang an, sonst hätten sie uns nicht zweimal die Küstenwache auf den Hals gehetzt. Ihr wisst, dass die Sache gefährlich ist. Sie werden nicht zögern, auf uns zu schießen, um uns zu vertreiben. Also kein falscher Heroismus, ich will euch alle wieder heil und gesund nach Hause zurückbringen.«

Rachel blickte in Mortens dunkle Augen und spürte, wie die Erregung ihres Chefs auf sie überging.

»Wir sind die Einzigen, die die Grindwale heute retten können«, fuhr er trotzig fort, »wir sind ihre letzte Chance.«

Plötzlich griff Rachel in die Tasche ihrer Öljacke, in der ihr Handy vibrierte. Offenbar hatten sie hier in Küstennähe wieder Netzempfang. Seit einer Woche hatten sie nur über das Bordfunkgerät Kontakt zur Außenwelt gehabt. Sie sah nach, wer sie angerufen hatte. Ihre Schwiegermutter Christa hatte ihr eine Nachricht hinterlassen. Diskret hob Rachel das Handy ans Ohr und hörte ihre Mailbox ab.

Ich bin im Krankenhaus, ruf mich an.

Rachels Herz begann schneller zu schlagen. *Im Krankenhaus?* Sie entschuldigte sich, lief auf die Brücke und wählte die Handynummer ihrer Schwiegermutter. Rachel lebte allein mit Sacha. Seinen Vater Niels, den Sohn von Christa, hatte sie fünf Jahre zuvor auf einem Green-Growth-Schiff kennengelernt, doch nach der Entbindung war er verschwunden. Christa hatte sich um den Säugling gekümmert, als wäre er ihr eigenes Kind, und hatte sowohl die Rolle der Mutter übernommen, die Rachel immer gefehlt hatte, als auch die der liebenden Großmutter. Christa antwortete beim ersten Klingelton.

»Hej, hier ist Rachel, was ist los?«

»Hallo, meine Hübsche, ich bin wegen des Kleinen im Krankenhaus.«

Christas Stimme klang schrill und aufgeregt.

Das Handy fest ans Ohr gedrückt, trat Rachel an die Reling. »Was ist passiert?«

»Ich gebe dir den Professor.«

Rachel hörte ein Rauschen und Knistern in der Leitung. Die Sekunden der Ungewissheit zogen sich in die Länge. Dann ertönte eine ruhige Stimme, die sie gut kannte.

»Rachel, hier ist Emil Hansen. Wie geht es Ihnen?«

»Was ist mit Sacha los, Professor?«

»Etwas Unglaubliches, Rachel.«

»Was denn?«

Rachel hatte fast geschrien. Eine Windböe erfasste sie, und sie hatte Mühe, das Gleichgewicht zu halten. Vor allem aber hörte sie nichts mehr.

»Doktor, Doktor?«

Ein Knistern war die einzige Antwort. Sie warf einen Blick auf ihr Handy und stellte fest, dass sie kein Netz mehr hatte. Rachel wählte erneut die Nummer ihrer Schwiegermutter.

Keine Verbindung möglich.

Verdammt! Sie versuchte es noch dreimal – vergeblich. Dann kehrte sie um und lief, die Augen auf das Display ihres Handys gerichtet, zurück. *Etwas Unglaubliches*, der Arzt hatte gesagt, *et-*

was Unglaubliches … Plötzlich tauchte ein schwaches Netzzeichen auf. Mit steifen, zitternden Fingern wählte Rachel die Nummer. Endlich vernahm sie einen Rufton.

»Rachel?«

»Wir sind unterbrochen worden. Was haben Sie gesagt?«

»Es ist etwas Unglaubliches passiert!«

»Ja, ja, aber was denn?«

»Sacha hat die Füße gehoben und zwei Schritte gemacht.«

Fassungslos hielt sich Rachel an der Reling fest, um nicht zu fallen. Die Wellen verschwammen vor ihren Augen.

»Er hat die Füße gehoben?«

»Ja, genau, gut zehn Zentimeter!«

Rachel hatte plötzlich ihren vierjährigen Sohn vor Augen: Die unteren Gliedmaßen waren durch die Läsion fast vollständig gelähmt. Dank mehrerer Operationen und der Physiotherapie konnte Sacha in einem Laufwagen stehen, doch noch nie hatte er einen Fuß heben können.

»Aber das ist unmöglich! Sie haben gesagt, es sei völlig unmöglich!«

Durch das stetige Pfeifen des Windes gestört, hob Hansen die Stimme. »Das ist die Theorie, Rachel. Ich weiß, dass Sie Christa per Vollmacht ermächtigt haben, in Ihrer Abwesenheit über die medizinischen Maßnahmen zu entscheiden. Aber ich wollte Ihnen die Neuigkeit selbst mitteilen und Sie informieren, dass wir so schnell wie möglich Untersuchungen vornehmen werden.«

»Schmerzhafte Untersuchungen?«

»Nein, mehrere Elektromyografien.«

»Tausend Dank, Professor, halten Sie mich auf dem Laufenden.«

»Ich muss für eine Woche zu einem Kongress in die USA, aber gleich nach meiner Rückkehr sehen wir uns und besprechen die neue Physiotherapie.«

»Wunderbar!«

»Passen Sie auf sich auf, ich gebe Ihnen Christa.«

Rachel befand sich in einem Ausnahmezustand, und die Stimme ihrer Schwiegermutter drang wie durch einen Filter zu ihr vor. »Ist das nicht ein Wunder? Er wird vielleicht eines Tages laufen können. Halleluja!«

Rachel war derart verblüfft, dass sie nicht antworten konnte. Die Kälte der Sicherheitsreling war der einzige Kontakt mit der Realität, den sie noch klar wahrzunehmen vermochte.

Die Verbindung wurde immer schlechter. »Ich höre dich kaum, was hast du gesagt?«

»Ich wusste, dass es funktionieren würde.«

»Woher wusstest du das?«

»Ich habe das Nötige unternommen, Rachel. Und es hat geklappt, es ist ein Wunder!«

Rachel verstand nicht, was ihre Schwiegermutter sagte. »Was hast du unternommen, Christa?«, schrie sie in ihr Handy.

»Durch meinen Glauben habe ich ihn gerettet!«

»Was redest du da?«

»Bete mit mir, Rachel, bete!«

»Christa, bitte«, erwiderte Rachel und zwang sich, nicht zu brüllen, »sag mir, was du getan hast?«

»Ich habe zum Papst und zu den Heiligen gebetet, das ist alles.«

Fassungslos blinzelte Rachel. »Gibst du mir bitte den Kleinen?«

»Der Doktor hat ihn mitgenommen, tut mir leid.«

»Gib ihm einen dicken Kuss von mir, und sag ihm, dass seine Mama an ihn denkt, ihn lieb hat und ihm einen riesigen Berg Geschenke mitbringt. Danke noch einmal, dass du dich um ihn kümmerst. Ich liebe euch.«

Doch dann bemerkte Rachel, dass sie ins Leere sprach, die Verbindung war erneut unterbrochen. Verblüfft starrte sie auf das Handy, ganz so, als handelte es sich um einen mystischen Gegenstand. Sie stellte fest, dass der Akku fast leer war. Ihre Hand zitterte, ihr Herz klopfte zum Zerspringen, und Tränen stiegen ihr in die Augen.

Ein Wunder!

Ein Wunder war geschehen! Sie spürte ihren Körper nicht mehr und hatte das Gefühl zu schweben. Die Rührung war in ihr angeschwollen wie ein großer Ballon, der jeden Moment platzen könnte. *Sacha kann laufen.* Diese geheime Hoffnung, die sie seit vier Jahren immer wieder mit aller Macht unterdrückt hatte, schien jetzt endlich gerechtfertigt. Plötzlich fasste sie die verrückte Vorstellung ins Auge, Sacha könnte, stolz auf seine weißen Turnschuhe, auf seinen Beinchen stehen, er könnte gehen, vielleicht sogar laufen. *Hör auf, das ist unmöglich.*

Rachel bemerkte, dass es auf dem Vorderschiff unruhig geworden war, und stellte fest, dass die Mannschaft die Vorbereitungen für den Einsatz fast beendet hatte. Morten und Joanna warfen ihr fragende Blicke zu. Und mit einem Schlag war sie wieder in der Gegenwart. Sie war mitten auf dem Meer vor diesen verlorenen Inseln, Kilometer vom Festland entfernt, und konnte nicht einfach nach Hause fahren. Frustration und Schuldgefühle überkamen sie. Sie saß hier fest, während ihr kleiner Sohn einen außergewöhnlichen Tag erlebte und sich wichtigen Untersuchungen unterziehen musste. Sie überlegte schnell, welche Möglichkeiten sie hatte, auf der Stelle von hier zu verschwinden, und kam zu dem Schluss, dass es keine einzige gab. Sie fluchte leise. *Verdammter Mist!* Wenn sie nach dem Einsatz an Land gehen und mit der Fähre oder durch den Tunnel nach zweistündiger Autofahrt den Flughafen Vágar erreichen und einen Flug bekommen könnte, wäre sie mit etwas Glück heute Nacht, schlimmstenfalls morgen Mittag wieder in Kopenhagen.

Sie betrachtete die Küste, die Felsen waren grandios und beängstigend zugleich. Das Team war fast fertig angezogen. *Los, mach deine Arbeit, und fahr nach Hause.* Rachel bemerkte den beunruhigten Blick von Joanna und gab ihr mit einer Handbewegung zu verstehen, dass sie gleich kommen würde. Sie ging noch einmal schnell in die Kabine, um ihr altes Handy an das Ladegerät zu hängen. Als sie den Stecker hineinschob, vibrierte der

Apparat. Ein kleiner Briefumschlag zeigte an, dass sie eine SMS empfangen hatte. Da sie dachte, sie könnte von Christa kommen, las sie die Nachricht sofort.

Steig nich in das bot sie wollen dein kof
RR21

Rachel runzelte die Stirn und schnaubte. *Was soll denn dieser Blödsinn?* Schon wieder ein Verrückter. Sie war bereits etlichen dieser Sorte begegnet, seit sie sich aktiv bei den Umweltschützern engagierte. Am schlimmsten war es gewesen, als vor einem Jahr der UNO-Gipfel zum Klimawandel in Kopenhagen stattgefunden hatte. Zu dieser Zeit hatte sie mehr Beleidigungen, Drohungen und Einschüchterungsversuche hinnehmen müssen als während ihrer gesamten zehnjährigen Aktivistenlaufbahn. Sie legte das Handy auf das Nachtkästchen zurück und beschloss, so wie sie es immer gehalten hatte, die seltsame Nachricht sofort zu vergessen.

Rachel vertrieb alle störenden Gedanken, die ihren Einsatz gefährden könnten, und bemühte sich um eine gleichgültige Haltung. Sie schloss den Kragen ihrer Öljacke und ging eilig zum Vorderschiff. Dort traf sie ihre sechs Kollegen an. Morten warf ihr hinter der Glasscheibe des Ruderhauses einen fragenden Blick zu. Alle Augen waren auf sie gerichtet. Rachel lächelte.

»Sehr gute Nachrichten bei mir zu Hause, alles in Ordnung.«

Joanna trat zu ihr und flüsterte ihr zu: »What's up, dear?«

»Das war Christa. Sacha ist im Krankenhaus, aber kein Grund zur Sorge. Es ist ein Wunder geschehen, er hat die Füße gehoben.«

Joanna drückte ihren Arm. »Das ist ja Wahnsinn, ich dachte, so was wäre ganz unmöglich!«

»Ich auch …«

Eine Welle der Erleichterung ergriff die Mannschaft. Karl wandte seine Aufmerksamkeit dem Fjord zu. »Sie formieren sich!«, rief er und deutete auf die Ausfahrt der Bucht.

Alle blickten in die Richtung, in die er zeigte. Ein Dutzend kleiner Fischerboote war aufs Meer gefahren und bildete jetzt, der Tradition entsprechend, vor der Küste einen Halbkreis. Ohne es sehen zu können, ahnte man, dass sie in dem so abgeteilten Sektor die beiden Grindwalschulen in die Zange nahmen. Die Boote näherten sich dem Ufer und trieben die Delfine in den Fjord. Das Meer schloss sich hinter ihnen wie eine Falle.

Morten gab Gas, und die *Serendipity* steuerte die Bucht an.

Seit sich die ersten Siedler im 9. Jahrhundert auf den Färöern niedergelassen hatten, fand hier zu Ehren der Wikingertradition das Grindadráp statt, die Jagd auf die Grindwale. Die örtlichen Behörden genehmigten sie, obwohl es sich laut der Konvention der Internationalen Walfangkommission um geschützte Tierarten handelt. So wurden am Ende des Sommers alljährlich um die tausend *Globicephala melaena* getötet und zerteilt. Die Färinger behaupteten, dieses Schauspiel, an dem sich alle Inselbewohner beteiligen konnten, sei Teil ihrer Kultur und Geschichte, der Tod der Wale sei schmerzlos und durch die Tatsache gerechtfertigt, dass das Fleisch getrocknet und das Jahr über verzehrt würde.

Green Growth hatte dies als Lüge enttarnt. In Wahrheit hatte das färöische Gesundheitsministerium Ende 2008 das Fleisch der *Globicephala* wegen der hohen toxischen Belastung als ungeeignet für den Verzehr erklärt. Damit war die blutige Corrida aus ernährungstechnischer Hinsicht unnütz. Dennoch wurde sie im Namen der Tradition – und um die Touristen mit Walzähnen zu beliefern – fortgesetzt. Siebzehn Städte und Dörfer an der Küste des Fjords waren noch berechtigt, das Gemetzel fortzusetzen. Heute würde die Schlächterei vermutlich im Fjord von Klasvik stattfinden.

Die Färinger Fischer spannten mit Steinen beschwerte Netze zwischen ihren Booten und trieben die Tiere in den Fjord. Da es verboten war, die Tiere auf dem offenen Meer anzugreifen, wurden sie, einmal gestrandet, mit Fanghaken und Seilen auf den Sand gezogen und dort mit Messern getötet und sofort zerteilt.

Die dunklen Wolken, die am Himmel aufzogen, kündigten neue Regenfälle an. Unter Missachtung der Warnschüsse und des Hupens entlang der Küste fuhr die *Serendipity* in den Fjord. Dutzende Autos mit aufgeblendeten Scheinwerfern parkten am Ufer und auf den Hügeln. Die Bewohner traten aus den weißen Häusern mit den roten Türen. Fast die gesamte Inselbevölkerung war versammelt, denn um nichts auf der Welt wollten sie dieses Schauspiel versäumen. Mit Fanghaken und Messern bewaffnet, gingen sie hinab zum Strand. Männer, Frauen und Kinder kamen, um das Ritual durchzuführen. Es wurde gesungen, gelacht, gescherzt, die Stimmung war wie bei einem Dorffest.

Das Schlauchboot der *Serendipity* wurde zu Wasser gelassen und schaukelte in der Dünung.

»Hast du den Motor überprüft, Karl?«, fragte Rachel, die sich nach dem aufwühlenden Anruf, so gut es ging, zu konzentrieren versuchte.

»Es kommt gerade aus der Werkstatt in Ålborg. Nach dem letzten großen Schaden ist es komplett überholt worden.«

Rachel und Karl stiegen die drei Sprossen der an der Steuerbordseite befestigten Metallleiter hinab und sprangen in das Schnellboot. Frederik ließ die wasserdichte Box mit der Videokamera herab. Rachel nahm sie entgegen, setzte sich auf den Seitenwulst und klemmte die Füße unter die am Boden gespannten Sicherheitsgurte, während Karl an der Ruderpinne stand und den Motor anließ. Rachel schaltete die Videokamera ein, überprüfte die Einstellung und bedeutete der restlichen Mannschaft, den Daumen in die Höhe gereckt, dass alles in Ordnung war. Alle applaudierten zur Ermutigung. Rachel gurtete sich an der Sicherheitsleine an.

»Auf geht's!«, rief Morten mit donnernder Stimme.

Die *Serendipity* würde Unordnung in das Treiben der Wale

bringen, während Rachel und Karl so dicht wie möglich heranfahren sollten, um zu filmen. Morgen wäre das Video im Internet zu sehen.

Das Schiff der Green Growth legte an Tempo zu und positionierte sich zwischen den Booten der Treiber und dem Strand. Näher konnten sie nicht heranfahren, wenn sie nicht im Schlick stecken bleiben wollten. Mit einem schnellen Manöver überholte Karl die *Serendipity*. Rachel filmte die Totale: den Halbkreis aus Fischerbooten, der sich immer enger zusammenzog, das Green-Growth-Schiff in der Mitte der Bucht, die schwarzen Rücken der Grindwale, die in der Falle saßen. Frederik, der am Bug des Schiffes stand, griff nach dem Megafon. »Hören Sie auf, diese Jagd ist verboten. Sie verstoßen gegen die Gesetze der Internationalen Walfangkommission!«

Die Antwort auf seine Anschuldigung war ein Schuss in die Luft, der am Strand abgefeuert wurde. Dann erhob sich am Ufer Protestgeschrei.

Das Megafon am Mund, setzte Frederik seine Aufforderung fort. Das Schlauchboot näherte sich dem Strand. Es befand sich jetzt zwischen der zusammengetriebenen Grindwalschule und den Färingern, die ins Wasser stiegen. Mit ihren hohen Gummistiefeln, die Fanghaken in der Hand, drängten die kräftigsten Männer in das dunkle Nass. Rachel schaltete die Kamera ein. Eine Totale der Hunderte von Walen, die auf das Schlauchboot zuschwammen, es streiften und überholten. Eine Großaufnahme der Färinger, die tiefer in das Meer schritten und mit der Zunge schnalzten, um die Meeressäuger anzulocken. Ein mächtiger, dumpfer Klagelaut erhob sich: Das Nebelhorn der *Serendipity* ertönte mit voller Kraft. Einige aufgescheuchte Grindwale versuchten umzukehren, doch die Mehrzahl drängte weiterhin in die Bucht. Morten, Joanna, Maria und Frederik setzten die Sirenen in Gang, während die Unterwassersonden schrille Pfiffe ausstießen. Die Antwort vom Land ließ nicht lange auf sich warten. Die bewaffneten Färinger schossen Salven in die Luft. Der Geräuschpegel wurde unerträglich.

Das von den Tieren auf der einen, von den Jägern auf der anderen Seite bedrängte Schlauchboot zog immer engere Kreise. Die vor Aufregung geröteten Gesichter der Fischer kamen näher. Rachel klammerte sich mit der einen Hand an der Sicherheitsleine fest, während sie mit der anderen filmte. Der erste in die Enge getriebene Wal steuerte auf einen der Jäger zu.

Der nahm sofort den Kampf auf.

Ein weißhaariger Färinger mit breiten Schultern und kantigem Kinn stieß als Erster sein Messer in die glänzende Haut des Delfins. Das Blut schoss in einer hohen Fontäne aus der Wunde empor.

Die Lippen zusammengepresst, zoomte Rachel die Szene näher heran. Eine heftige Welle schlug gegen die Seite des Schlauchboots und brachte sie aus dem Gleichgewicht. Sie fing sich wieder und filmte weiter. Sie hörte Schreie und Beleidigungen, die ihr galten. Einer der Grindwale machte eine Kehrtwendung und versetzte dem Boot dabei einen Schlag mit der Schwanzflosse. Karl fuhr zur Seite, um ihm den Weg frei zu machen. Rachel richtete ihre Kamera aus. Jetzt strandeten die Grindwale am Ufer und wurden sogleich einer nach dem anderen von den Jägern harpuniert. Das karmesinrote Blut spritzte aus der schwarzen Haut. Gischt und Sand röteten sich. Die blutverschmierten Männer töteten alles, was ihnen in die Quere kam. Mit ihren Messern schnitten sie die königlichen Tiere auf und zerlegten sie, während ihr Herz noch schlug.

Bald tanzte das Schlauchboot durch die tiefrote Brandung. Rachel filmte Flossen und die aufgeschlitzten Leiber der sterbenden Wale. Sie wollte noch näher heran und rief: »Karl, zieh nach rechts, ich …«

Weiter kam sie nicht. Eine starke Druckwelle hob den Bug des Boots an. Es richtete sich senkrecht auf und zerbarst in der Luft wie ein Ballon. Eine gewaltige Explosion hallte wider.

Rachel wurde hochgeschleudert und stürzte dann nach hinten. Sie traf mit dem Rücken auf der Wasseroberfläche auf, ihr Kopf schlug gegen etwas Hartes.

Sie verlor kurz das Bewusstsein. Doch das eisige Wasser, das durch ihre Kleider drang, elektrisierte ihren Körper. Sie kam wieder zu sich, schluckte Wasser, spuckte und rang nach Luft. Ein Gewicht an ihrem Knöchel zog sie nach unten. Ihre Hände schlugen gegen die Trümmer des Schlauchboots. Ein glitschiger Körper streifte sie: Ein ebenso panischer Grindwal versuchte zu entkommen. Rachel kämpfte, wollte schwimmen, doch ihr rechtes Bein hing fest. Sie hörte Stimmen, die ihr etwas zuriefen, und das dumpfe Pfeifen der Wale, die in der Falle saßen wie sie selbst auch. Sie konnte sich, von der Kälte gelähmt, kaum noch an der Oberfläche halten. Sie schluckte das blutige Wasser. Sie würde ertrinken. Sie öffnete die Augen und blickte in die von Sacha. Sie hörte sein Lachen. *Mein Liebling*. Als ihr Kopf in den rot gefärbten Wellen versank, galt ihr letzter Gedanke ihrem kleinen Jungen, der über die Felder lief.

KAPITEL ZWEI

22. AUGUST. 2.13 UHR

Wenn Samuel von Lommel Alkohol vertragen hätte, hätte er sich betrunken. Aber da er krank davon wurde, verzichtete er darauf. Das sagte er sich, während er sich auf CNN den Bericht über eine Geiselnahme in Manila ansah. Ein ehemaliger Bulle, der bei der Polizei rausgeflogen war, hielt Busfahrgäste gefangen und drohte, einen nach dem anderen umzubringen, wenn seine Forderungen nicht erfüllt würden. Die Reporter von CNN, die gespannt vor Ort warteten, berichteten live vom Hergang des Dramas. Samuel verfolgte parallel auf dem Bildschirm und dem Display seines Smartphones die Nachrichten, die seine vor Ort anwesenden Kollegen von der AFP, der Agence France Press, auf den zentralen Server schickten. Sie waren nicht schlecht und gaben einige Informationen sogar vor dem amerikanischen Sender bekannt. Gute Arbeit.

Von Lommel, der auf dem Ledersofa seiner im bürgerlichen Kopenhagener Viertel Østerbro gelegenen Dreizimmerwohnung hockte, hätte alles dafür gegeben, in diesem Augenblick vor Ort zu sein. Die Spannung, der Adrenalinschub. Aber nein. Als einziger AFP-Korrespondent in der dänischen Hauptstadt musste er sich mit den Taten und Gesten von Königin Margarethe II., ihrem Prinzgemahl und der Kinder begnügen, mit den lächerlichen politischen Konflikten, einigen unbedeutenden Kongressen und den Ausführungen des Wirtschaftsministers, die kaum jemanden interessierten. Aufregende Ereignisse gab es hier nicht, und er langweilte sich in seinem Job zu Tode.

Mit jedem Tag sehnte er sich mehr nach Johannesburg zurück, nach dem Büro mit zehn Korrespondenten, die alle miteinander befreundet waren und mit denen er seinen Spaß gehabt hatte. Vor allem aber fehlten der permanente Nervenkitzel, die täglichen Neuigkeiten dieses im Umbruch begriffenen Landes. Und auch die weiten Steppen, der Busch, die Löwen, die Büffel, die Nashörner, die Jagd, die Action und der Speed, der Rush und der Kif … Von »Joburg« aus hatte er die Umgebung mit ihren zahlreichen Konflikten abgedeckt und das getan, was ihm am meisten lag: Nachforschungen und Reportagen in Gegenden, in die sich sonst niemand wagte.

In Dänemark lief alles viel zu glatt. Die Fußgänger benutzten den Zebrastreifen, die Bürger fuhren mit dem Fahrrad und trennten ihren Müll, die Kriminalität war ebenso minimal wie die Luftverschmutzung, und das Land verfügte über eines der besten Sozialsysteme. Die königliche Familie erfreute sich großer Beliebtheit, und im Moment war die einzige große Neuigkeit in den Zeitungen die Zwillingsschwangerschaft Ihrer Königlichen Hoheit … Der langsame Tod für einen Journalisten, der ständig neuen Stoff brauchte. Seit dem Gipfel von Kopenhagen im Jahr 2009 mit seinen Aufständen, Staatschefs und Dramen herrschte pure Langeweile.

Im Zimmer roch es nach den Pizzaresten, die auf dem Tisch herumlagen. Sein feuchtes T-Shirt zeugte von der drückenden Schwüle des Sommers, die die Nächte unerträglich machte. Auch wenn Samuel die Fenster weit öffnete, um die Brise und den Verkehrslärm von der Østerbrogade hereinzulassen, hatte er doch das Gefühl, nicht genug Luft zu bekommen. Ihm war immer zu warm. Andererseits zog er die Sonne und die gebräunten Beine der Mädchen auf ihren Fahrrädern Regen, Wind, Kälte und den grauen Mänteln in diesem Land vor.

Zum x-ten Mal sagte er sich, dass er diese Stadt wirklich nicht mehr ertragen konnte – und manchmal auch das ganze Leben nicht mehr. Hinter ihm an der Wand waren mehrere Umzugskartons aufgestapelt, die seit zwei Jahren darauf warteten, geöffnet zu werden. Daneben standen zwei Reisetaschen, Langlaufski, ein Surfbrett, Laufschuhe und eine Ausrüstung zum

Paragliding. Der Reisende und Sportler befand sich vorübergehend und ungewollt im Ruhestand.

Samuel richtete sich auf, in dem Bus tat sich etwas. Der Expolizist in Manila wurde nervös.

Er hatte kürzlich den Artikel eines Kollegen gelesen, der unter Bezugnahme auf wissenschaftliche Untersuchungen darlegte, dass Dänemark das Land sei, in dem man am glücklichsten lebte. Auf die Frage »Mit welcher Note bewerten Sie Ihren Zufriedenheitsfaktor?« lagen die Dänen mit acht Komma fünf von zehn Punkten ganz an der Spitze, während Simbabwe mit drei Punkten das Schlusslicht bildete – für Frankreich hatte es sechs Komma fünf Punkte gegeben.

Acht Komma fünf Punkte? Also wirklich, auf ihn traf das nicht zu. Nachdem er mit seinen fünfunddreißig Jahren hundert Leben in einem gelebt und Tausende von Themen auf der ganzen Welt behandelt hatte, fühlte er sich hier wie lebendig begraben.

Zum hundertsten Mal sagte sich Samuel, dass er von hier verschwinden müsste, wenn er wieder das Gefühl haben wollte, zu etwas nutze und Augen und Ohren der Welt zu sein, wenn er seine Muskeln und das Pulsieren des Blutes in seinen Adern wieder spüren – kurz, wenn er einfach wieder leben wollte. Aber da waren Sarah und Melissa, seine beiden Prinzessinnen im Alter von sechs und acht Jahren, die einige Straßen entfernt bei ihrer Mutter wohnten. Um die Konflikte mit seiner damaligen Frau Pia zu beenden, hatten sie vor drei Jahren, als diese einen einflussreichen Posten an der hiesigen Universität bekommen hatte, Südafrika verlassen und waren in die langweilige Stadt im Norden Europas emigriert. Pia, die in Dänemark geboren war, wollte gerne zurück in ihre Heimat. Sie ertrug weder das Klima noch das Leben hinter den Sicherheitsbarrieren in der Vorstadt von »Joburg«, das die Ausländer führen mussten. Samuel hatte schließlich nachgegeben und bei der AFP um seine Versetzung gebeten. Sein Gesuch war angenommen worden. Dann hatte die klassische Talfahrt jener Paare begonnen, die nicht wirklich zusammenpassen. Die Illusion eines Neuanfangs, ein Liebhaber, eine Geliebte, Streit, Vorwürfe, Tränen, Trennung. Jetzt hinderte ihn nur die Tatsache, dass seine Töchter jedes zweite Wochenende bei ihm verbrachten, daran, wieder um einen Posten in Afrika zu bitten.

Das Geschehen auf dem großen Plasmabildschirm erregte seine Aufmerksamkeit. Der Befehl zum Angriff war gegeben worden, die Ordnungskräfte hatten den Geiselnehmer erschossen, neun Fahrgäste waren bei der Aktion ums Leben gekommen.

Samuel hörte sich die Kommentare an und betrachtete noch eine Weile die Schlussszene, die in einer Endlosschleife wiederholt wurde, dann schaltete er auf den Klassikkanal um. Dort wurde eine *Othello*-Aufführung von den Salzburger Festspielen 2008 mit dem jungen Aleksandrs Antonenko in der Titelrolle gezeigt. Am Ende des ersten Aktes fand der Tenor seine geliebte Desdemona wieder. Samuel stellte den Ton lauter, und im Zimmer ertönte eines der schönsten Liebesduette, die Verdi je komponiert hatte. *Già nella notte densa*. Unter dem Sternenhimmel vereinten die Liebenden ihre leidenschaftlichen Stimmen, um ihr Glück zu besingen, ehe Drama und Verrat Einzug hielten.

Samuel schaltete den Fernseher aus und erhob sich vom Sofa, einem Secondhandstück, wie im Übrigen das gesamte Mobiliar in seiner Wohnung, der es an Harmonie und einheitlichem Stil mangelte. Das einzig Wertvolle waren seine Stereoanlage von Bang & Olufsen sowie seine Sammlung außergewöhnlicher CDs und alter Waffen.

Samuel ging in sein Schlafzimmer – der kleinste Raum in der ganzen Wohnung, der ihm gleichzeitig auch als Arbeitszimmer diente – und ließ sich aufs Bett fallen. Den größten Raum hatte er für die beiden Mädchen eingerichtet: ein mit rosa Stoff bespanntes Stockbett und blaue Vorhänge mit Sternenmotiv, ein »Hello Kitty«-Schreibtisch und je ein Poster von Miley Cyrus und Lady Gaga. Grauenvoll, aber die beiden waren verrückt danach.

Er zog sein T-Shirt aus, warf Hose und Unterhose in eine Ecke und legte sich unter das verknitterte Laken. Heute Abend hatte er nicht einmal Lust gehabt, Anya anzurufen. Er stellte fest, dass er sich schon nach einem Monat mit ihr langweilte, ganz so wie im Frühjahr mit Ellen. Er würde sie nicht mehr anrufen, und irgendwann würde sie verstehen. Er griff nach dem Buch auf dem Nachtkästchen, das seine schlaflosen Nächte begleitete: *ChinAfrique*, eine bemerkenswerte journalistische Untersuchung. Das war jetzt genau das Richtige. Er las fünfzig Seiten und klappte das Buch zu. Dann knipste er die Nachttischlampe aus, drehte sich auf die Seite und schlief ein.

Um 5.55 Uhr riss ihn das Stück *Resistance* der Rockband Muse, das er als Handyklingelton gewählt hatte, aus dem Tiefschlaf. Wütend öffnete Samuel die Augen und tastete nach dem Störenfried, um ihn an die Wand zu schleudern. Sein Smartphone zeigte eine dänische Nummer. »Peter/Green Growth« versuchte, ihn zu erreichen.

Innerhalb einer Sekunde war Samuel hellwach. Er sprang aus dem Bett, und sein Blut begann zu zirkulieren.

»Hej, von Lommel am Apparat.«

»Hej, hier ist Peter von Green Growth. Ich habe eine wichtige Information für dich. Später gebe ich eine Pressekonferenz, aber du bekommst es exklusiv.«

Splitternackt, das Telefon ans Ohr gepresst, setzte sich Samuel an den Sekretär, der neben seinem Bett stand; das Leder des Stuhls klebte an seinem Hintern. Er schaltete die Architektenlampe ein, dann den Computer und griff nach seinem Notizblock. »Ich bin bereit.«

»Eines unserer Schiffe war Ziel eines Attentats.«

Samuel biss die Zähne zusammen. *Verdammt, das ist gut.* Das Blut pulsierte in seinen Schläfen. »Ich höre.«

...

Drei Stunden später testete Peter Tomasson, der Leiter von Green Growth Dänemark, das Mikro, das man in aller Eile im Besprechungsraum der Organisation aufgebaut hatte. Durch das offene Fenster schien die Sonne, der Himmel war wolkenlos. Es war noch immer angenehm warm, und in der Stadt ging es zu wie in einem Mittelmeerhafen. Das Hauptquartier von Green Growth, von den Anhängern kurz GG genannt, befand sich im Stadtteil Christianshavn, dem »Klein-Amsterdam« im Südosten von Kopenhagen. Es handelte sich um ein volkstümliches altes Fischerviertel mit niedrigen Häusern, das von Kanälen durchzogen war. Hier befanden sich auch die von den Behörden geduldete autonome Kommune »Freistadt Christiana« und die berühmte Frelsers Kirke, deren vierhundert Stufen hoher Glockenturm einen der schönsten Blicke über die Stadt bot.

Green Growth residierte seit zwanzig Jahren im zweiten Stock eines roten Ziegelbaus, der am Hauptkanal von Christianshavn lag und den Spitznamen »das Rote Haus« trug. Heute sah man am Ufer nur T-Shirts und Shorts, nackte Arme und Beine und Gruppen von Radfahrern. Schon zu dieser frühen Stunde roch es nach Blumen, Sonnencreme und warmem Bier.

Rund zwanzig dänische Journalisten und ausländische Korrespondenten, die am heutigen Morgen eingeladen worden waren, hatten sich, aufgeregt angesichts dieses außergewöhnlichen Vorkommnisses in dem ansonsten ereignisarmen Spätsommer, eilig auf den Weg zum Roten Haus gemacht. Alle hatten sie in der Früh die Information der AFP gehört, die von den dänischen Sendern übermittelt worden war, und sich geärgert, dass ihnen die französischen Kollegen zuvorgekommen waren. Sobald sich alle in dem Versammlungsraum einen Platz gesucht hatten, kehrte Ruhe ein. Die einen tranken Kaffee, die anderen betrachteten die Poster an den Wänden, die zur Rettung der Biodiversität oder zum Kampf gegen die Klimaerwärmung aufriefen. Wieder andere bereiteten bereits den Lead für ihre Artikel vor. Peter Tomasson, groß, blond und hager, mit einem offenen, klaren Blick, räusperte sich, um die Aufmerksamkeit auf sich zu ziehen. Die Nachrichten, die er bekannt gab, schienen ihm stets so sehr am Herzen zu liegen, dass ihm alle zuhörten, sobald er zu sprechen begann.

»Wir haben Sie heute Morgen hierhergebeten, um Sie über das Attentat zu informieren, das gegen unsere Organisation verübt worden ist«, erklärte er mit eindringlicher Stimme.

Die Reaktion war ein lastendes Schweigen. Mit gezückten Stiften lauschten die Journalisten gebannt seinen Worten.

»Alljährlich werden auf den Färöer-Inseln Tausende von Grindwalen getötet. Green Growth war vor Ort, um das barbarische Ritual zu verhindern, durch das diese von der Internationalen Walfangkommission geschützte Tierart ausgerottet wird. Doch als unser Schiff *Serendipity* versuchte, sich zwischen den Jägern und den gejagten Tieren zu positionieren, die in die Bucht getrieben worden waren, explodierte unser Schlauchboot, auf dem sich zwei Aktivisten befanden.«

Die Stifte glitten über das Papier, die Mikrofone waren auf Peter gerichtet.

»Einer unserer Mitarbeiter ist schwer verletzt worden, eine Aktivistin musste wiederbelebt werden, und eine andere steht unter Schock. Erste Ergebnisse der Ermittlungen, die letzte Nacht von den örtlichen Behörden eingeleitet wurden, belegen, dass es sich um ein Attentat handelte. In der Box im Bug des Schlauchboots war eine Bombe versteckt. Wir fordern die dänische Polizei auf, alles in ihrer Macht Stehende zu tun, um die Schuldigen an diesem Verbrechen gegen eine pazifistische Organisation zu überführen.«

Peter erteilte einem Journalisten, der in der ersten Reihe die Hand hob, das Wort.

»Nikla Poulsen von *Politiken*. Hat die Polizei schon eine heiße Spur?«

Der Leiter von Green Growth erklärte: »Nicht, dass wir wüssten.«

»Halten Sie die Lobbyisten der Waljagd für die Verantwortlichen?«

»Wir schließen diese Möglichkeit nicht aus, aber wir müssen die weiteren Ermittlungen abwarten.«

Samuel von Lommel, im weißen Hemd ohne Krawatte, den

Laptop auf dem Schoß, hatte im hinteren Teil des Raums Platz genommen. Innerlich jubilierte er. Er hatte Reuters und Associated Press ausgestochen, als er als Erster die Nachricht um 6.23 Uhr abgeschickt hatte. Das war die Frucht seiner Kontakte, die er seit drei Jahren zu Nichtregierungsorganisationen wie Green Growth pflegte. Aber er hatte auch von der Tatsache profitiert, dass Peter den Korrespondenten von Reuters nicht mehr leiden konnte, seit die beiden eine ernsthafte Auseinandersetzung wegen eines falschen Zitats gehabt hatten. Sein Kollege von AP war ein harmloser Grünschnabel, der noch nicht die Zeit gehabt hatte, sich seine Beziehungen aufzubauen. Letztlich hatte Peter ihm die Information gegeben, damit die Journalisten sie am frühen Morgen hörten und am Vormittag zahlreich zur Pressekonferenz erschienen. Jeder verfolgte seine eigenen Interessen. Ein faires Verfahren.

Samuel hob die Hand. »Von Lommel, AFP. Wie ist momentan der Gesundheitszustand der Verletzten?«

Peter nickte ihm freundschaftlich zu, was seinen Kollegen nicht entging.

»Die Verletzten sind nach Kopenhagen überführt worden. Karl Khalenberg befindet sich in einem kritischen Zustand, er schwebt in Lebensgefahr. Rachel Karlsen wurde reanimiert, nachdem sie fast ertrunken war, und ist inzwischen glücklicherweise außer Lebensgefahr. Während der Rettungsaktion ist eine andere von uns, Joanna Jorgensen, gestürzt und mit dem Kopf aufgeschlagen. Im Laufe des Vormittags werden wir ein weiteres ärztliches Bulletin veröffentlichen.«

Samuel von Lommel aktualisierte seine erste Meldung, indem er die Schlussfolgerungen der Polizei und den Gesundheitszustand von 9.16 Uhr hinzufügte, und schickte sie per E-Mail zum Ressort, jenem zentralen Büro, das die Artikel der Korrespondenten annahm, korrigierte und an die Nachrichtensender weiterleitete. Sein rechtes Auge begann nervös zu zucken. Nachdem die Pressekonferenz beendet war, diskutierten die Journalisten untereinander. Verlorene Zeit. Samuel ging mit großen Schritten zum Konferenztisch und wandte sich an Peter.

»In welchem Krankenhaus liegen die Verletzten?«

»Im Riget.«

Riget war die Abkürzung für Rigshospitalet, die Universitätsklinik von Kopenhagen.

»Kann man sie besuchen?«

»Sie sind noch nicht in der Lage, Interviews zu geben. Ich rufe dich an, sobald sie aussagen können. Joanna und Rachel zumindest.«

»Wie geht es Rachel?«

»Sie ist noch einmal davongekommen.«

Samuel von Lommel nickte und presste die Lippen zusammen.

»Habt ihr Fotos?«

»Wir haben sie noch nicht bekommen, aber es gibt Bildmaterial.«

»Schickst du es mir so schnell wie möglich?«

»Okay.«

Samuel wandte seinen Kollegen den Rücken zu und trat einen weiteren Schritt auf Peter zu, damit die Antwort des Leiters der GG vertraulich blieb. »Glaubst du, dass es die Färinger waren?«

»Offiziell kann ich noch nichts sagen.«

»Und inoffiziell?«

Peter murmelte: »Ohne jeden Zweifel …«

Samuel lächelte. »Okay, rufst du mich an, sobald du Neuigkeiten hast?«

»Alles klar.«

Lommel verließ den Versammlungsraum und setzte sich neben die Kaffeemaschine, um seine dritte Meldung zu schreiben, die noch einmal die Fakten zusammenfasste und Peters Reaktion, die letzte Äußerung ausgenommen, wiedergab, und schickte sie um 9.32 Uhr ab. Dann wählte er die Nummer des Stockholmer Ressorts, das für Nordeuropa zuständig war.

»Ich brauche Unterstützung«, sagte er zu dem diensthabenden Journalisten.

In zwölf Stunden wäre die Stadt von Reportern belagert. Er musste die Zeit nutzen, die Tageszeitungen, Radios und internationale Fernsehsender brauchten, um jemanden herzuschicken. Samuel und seine Redaktion einigten sich über das weitere Vorgehen. Er hatte freie Hand und ein quasi unbeschränktes Budget für seine Recherchen. Zwei in Schweden stationierte Journalisten würden über den Öresund nach Kopenhagen kommen, um ihm zuzuarbeiten.

Dann rief er den Flughafen an und bestätigte seinen Flug nach Vágar, Färöer-Inseln um 10.50 Uhr. Er hatte Glück und könnte noch am selben Tag zurückfliegen. Während seine Kollegen auf die Pressekonferenz reagierten, würde er seinen zweistündigen Vorsprung nutzen, um eine Reportage am Ort des Geschehens zu machen. Jetzt ging es darum, dort Konkretes zu erfahren, aber auch Bilder und die Stimmung einzufangen. Wer kannte schon die Färöer-Inseln? Niemand. Während er Informationen und Reaktionen vor Ort sammelte, würde die Redaktion das Hintergrundmaterial zusammenstellen. Eine Karte der Insel, die Geschichte, Berichte über die Waljagden der letzten Jahre. Bis die anderen Zeitungen ihre Reporter dorthin schickten, wäre er schon zurück und würde dank Peters Unterstützung die Verletzten interviewen. Vielleicht könnte er mit Joanna oder Rachel sprechen. Und wieder begann sein rechtes Auge nervös zu zucken. *Rachel* … Seit acht Monaten versuchte er, nicht mehr an sie zu denken.

KAPITEL DREI

22. AUGUST. 17.30 UHR. RIGSHOSPITALET

»Mama, Mama, bist du wach? Maaamaa …«

Rachel Karlsen hörte die helle Stimme ihres Sohnes. Sie spürte, wie jemand ihre Wange streichelte. Ihre Lider waren schwer, sie musste sich an diese kleine Stimme klammern, um sie zu öffnen. Unter unglaublicher Anstrengung löste sie sich aus ihrer Benommenheit, schlug die Augen auf und sah in die blauen von Sacha, die ganz dicht vor ihr waren. Auf ihrem Gesicht spürte sie seinen warmen, süßen Atem.

»Schläfst du nicht mehr, Mama?«, fragte der Kleine.

Rachel verzog den Mund zu einem erschöpften Lächeln.

»Nein, nein, mein Liebling, Mama schläft nicht mehr.«

»Ich freue mich so, dich zu sehen. Bist du nicht mehr krank?«

»Doch, noch ein bisschen, aber ich nehme meine Medikamente, und dann wird es schnell besser.«

»Was hattest du?«

»Ich bin vom Boot gefallen und habe mir den Kopf gestoßen.«

»Bist du geschwommen?«

»Ja.«

»Ich habe dich lieb, Mama.«

»Ich dich auch, mein Liebling.«

Sie kämpfte mit den Tränen und streckte die Hand nach Sachas kleinem Gesicht aus. Der Junge begutachtete den Verband, den sie noch am Arm hatte. »Hast du Aua?«

»Ich hatte Aua, aber das ist jetzt vorbei.«

»Was hattest du denn für ein Aua?«

»Am Kopf. Der Doktor hat einen kleinen Schlauch gelegt, um mir meine Medikamente zu verabreichen, aber nun hat er ihn abgenommen.«

»Tut es noch weh?«

»Nein, ich nehme ja meine Medizin, damit es nicht wehtut.«

Rachel hob die Finger ihres Sohnes an ihre Lippen und drückte einen Kuss darauf. »Geht es dir gut, mein Häschen?«

Ich hatte solche Angst, dich nie wiederzusehen, fügte sie in Gedanken hinzu.

Die Zimmertür öffnete sich, und eine große, blonde Dame trat ein. Christa, neunundsechzig Jahre, gut aussehend und von stolzer Haltung, trug ihren klassischen Bananenknoten – die einzige Erinnerung an ihren früheren Beruf als Stewardess –, der den Hals und das wohlgeformte ovale Gesicht hervorhob. Ein dichter, glatter Pony betonte die lebhaften grünen Augen. Ihren taillierten Blazer in den Farben der Danish Airways hatte sie gegen bunte Kleidung eingetauscht, die dem freien, lässigen und phantasievollen Aspekt ihrer Persönlichkeit entsprachen. Heute trug sie ein luftiges ärmelloses Seidenkleid in Englischgrün, das an den Hüften von einem schmalen geflochtenen Gürtel gehalten wurde.

»Na also, sie ist ja wach! Guten Tag, willkommen unter uns!«

Christa eilte zum Bett, beugte sich über Rachel und schloss sie in die Arme. Dann drückte sie ihr einen geräuschvollen Kuss aufs Haar und reichte Sacha eine Papiertüte. »Oma hat ihrem Liebling *Figenstang* gekauft. Versuche, nicht überall herumzukrümeln.«

Sacha griff gierig nach der Müslistange. Rachel spürte, wie sie zu neuem Leben erwachte. Ihre kleine Familie bei sich zu haben war das beste Heilmittel. Sie stützte sich auf die Ellenbogen, stemmte ihren schmerzenden Körper hoch und richtete sich mühsam auf. Ihre Muskeln rebellierten, und alles tat ihr weh, so als hätte sie überall Blutergüsse, vor allem an den Rippen und am Hinterkopf. Aber der Arzt hatte ihr erklärt, dies sei eine normale Folge der Wiederbelebung.

Christa setzte sich auf den Bettrand, legte den Arm um ihre Schultern und zog sie an sich. »Du hast uns vielleicht einen Schrecken eingejagt, du meine Güte!«

Rachel schloss die Augen, die Kopfschmerzen machten sich wieder bemerkbar. »Ich hatte auch unglaubliche Angst ...«

»Erinnerst du dich an den Unfall?«

Sie öffnete die Lider. »Nicht wirklich«, antwortete sie schwach. »Nur an die Explosion und das kalte Wasser. Man hat mir erzählt, mein Fuß hätte sich in einem der Taue verfangen, darum konnte ich nicht schwimmen.«

»Meine Güte«, wiederholte Christa. »Es gibt noch andere Verletzte, nicht wahr?«

»Ja, Joanna. Sie ist während der Rettungsaktion an Deck gestürzt und mit dem Kopf auf einen Kabelroller geschlagen. Sie ist auch hier, aber in einem anderen Stockwerk. Und Karl ebenfalls, er hat das Schlauchboot gesteuert. Ihm geht es sehr schlecht.«

Christa schüttelte entsetzt den Kopf. Rachel seufzte und wandte sich zu ihrem Sohn um, der seinen Müsliriegel kaute. Ihr Mund war trocken, und sie schluckte. »Nun erzähl mal, mein Liebling, Oma hat mir etwas Unglaubliches berichtet. Anscheinend hast du, während ich fort war, die Füße gehoben und sogar zwei Schritte gemacht.«

Sachas klebriger Mund verzog sich zu einem Lächeln, und er nickte. Rachels Hände krallten sich in die Bettdecke.

»Zeigst du mir, wie du das gemacht hast?«

Der Kleine kicherte stolz. Rachel war sehr bleich und wagte kaum zu atmen.

Sie konzentrierte sich auf die bislang reglosen Beine ihres Sohnes wie eine Schiffbrüchige, die den Rettungsring vor sich im Wasser fixiert.

Und plötzlich geschah das Wunder.

Das rechte Bein bewegte sich, hob mehrere Zentimeter vom Rollstuhl ab, verharrte eine Weile in der Luft und sank dann zurück. Nun folgte auch das linke Bein, bis der Junge es wieder aufsetzte.

Rachels Kehle zog sich zusammen, ihre Wangen röteten sich, und ihre Augen wurden feucht. Unfähig, ein Wort herauszubringen, ergriff sie mit der einen Hand die von Christa und drückte sie fest, mit der anderen streichelte sie vorsichtig die Wade ihres Sohnes. »Das ist ein Wunder …«

Auch Christas Augen waren feucht geworden. »Ja, unglaublich. Und er hat mit seinem Laufwagen auch zwei Schritte gemacht.«

»Nicht zu fassen … Was sagt Hansen? Wie erklärt er sich das?«

»Im Moment gibt es keine Erklärung. Er ist zu einem Kongress in die USA gefahren und kommt in drei Tagen zurück.«

»Ja, ich erinnere mich, das hat er gesagt. Wir werden weitersehen, wenn er wieder da ist.«

»Ja, ihr werdet hören, welche Erklärungen er findet, aber genieße jetzt jeden Augenblick, das Leben ist kurz.«

Rachel bewunderte Christa für ihre Energie, ihren Optimismus, vor allem aber für ihren unerschütterlichen mütterlichen Instinkt. Sie hatte alle Liebe für ihren verschwundenen Sohn auf ihre Schwiegertochter und ihren Enkel übertragen, um den sie sich seit seiner Geburt kümmerte. Trotz des Herzinfarkts, den sie vor vier Jahren erlitten hatte, genoss Christa das Leben, war aktiv und unternahm zahlreiche Reisen mit Freunden. Rachel betrachtete sie liebevoll. Heute schien sie ihr noch energiegeladener als sonst.

»Nun sag mir mal, was es mit den Gebeten auf sich hat«, fragte sie halb ernsthaft, halb spöttisch.

Christa machte eine geheimnisvolle Miene. »Man muss auf Gott vertrauen, mein Liebes, das habe ich dir schon immer gesagt. Gott hat uns eine große Prüfung auferlegt, aber er hat uns auch die Kraft gegeben, sie zu meistern. Ich war immer gläubig, ich bete jeden Tag, und wie du siehst, hat es geholfen! Halleluja!«

Rachel hatte Mühe, ihre Gedanken zu ordnen. Kopfweh und Müdigkeit verlangsamten ihre Denkfähigkeit. »Und das ist alles?«

Ihre Schwiegermutter legte die Hand auf die beiden Anhänger – einer mit dem Bildnis der Heiligen Jungfrau, einer mit dem des Papstes –, die sie um den Hals trug. »Aber ja, und das ist schon viel …«

Rachel runzelte die Stirn, der Schmerz begann erneut hinter ihren Augen zu pochen. Ihr wurde klar, dass Christa, die sie bislang eigentlich nicht für besonders religiös gehalten hatte, ihr nicht alles erzählte. Sie wusste, wie empfindsam ihre Schwiegermutter war, die seit Sachas Geburt unter großen Schuldgefühlen litt.

»Du darfst dich nicht zu sehr auf uns konzentrieren, Christa. Das ist für keinen richtig. Ihm geht es gut, mir geht es gut, also denk jetzt mal an dich selbst.«

Christa lächelte ihr zu, ihre Augen glänzten. »Wenn ich irgendeine Möglichkeit habe, Vergangenes wiedergutzumachen, dann nutze ich sie, das ist alles.«

Rachel seufzte. »Wie oft habe ich dir schon gesagt, dass du nichts wiedergutzumachen hast.«

»Das ist mein Problem«, entgegnete ihre Schwiegermutter.

Sacha aß schweigend und offensichtlich unbeeindruckt von der Unterhaltung der beiden Frauen in seinem Leben, seinen Müsliriegel. Rachel spürte, wie Angst in ihr aufstieg, doch sie wollte vor dem Kleinen keine ernsthafte Diskussion beginnen. Noch ehe sie etwas hinzufügen konnte, trat Morten mit einer Apothekentüte in der Hand ein.

»Hej!«

Es war eigenartig, diesen Seemann, den sie immer nur an Bord eines Schiffes und in Seekleidung erlebt hatte, nun in einem Jackett in diesem weißen, sterilen Ambiente zu sehen.

Seit sie in diesem Krankenhaus lagen, ging der Expeditionsleiter, wenn er nicht mit Peter telefonierte, von Zimmer zu Zimmer, um nach Joanna, Karl und Rachel zu sehen. Als er bemerkte, dass ihre Familie da war, trat er einen Schritt zurück.

»Ich komme später wieder«, sagte er entschuldigend.

Rachel machte sie miteinander bekannt, und Christa begrüßte den Kapitän. »Danke, dass Sie mich verständigt haben, Morten. Wir bleiben nicht lange. Sacha muss noch in die Badewanne, und morgen ist wieder Schule.«

Wie immer reserviert und verschlossen, hob Morten die

Hand und zog sich zurück. Christa und Sacha blieben noch eine halbe Stunde, bis der Kleine die Zeichnung fertig gemacht hatte, die er dann stolz seiner Mutter reichte. Rachel betrachtete das Strichmännchen, die blauen Linien und die längliche Form mit Augen. »Was ist das, mein Liebling?«

Sacha erklärte: »Das bist du mit dem Wal im Meer.«

Rachel lächelte und legte das Bild auf ihre Knie. »Es ist wunderbar, ich behalte es bei mir. Danke, mein Herzblatt. Jetzt musst du in die Badewanne und zum Abendessen, damit du morgen fit für die Schule bist.«

Christa beugte sich wieder über ihre Schwiegertochter und küsste sie auf beide Wangen. »Also, ruhe dich aus und versuche, all das zu vergessen, versprochen?«

Rachel senkte den Blick. »Versprochen, wenn du dir auch etwas Ruhe gönnst und an dich denkst.«

Christa zog ein Buch aus ihrer Handtasche. Das in Pastelltönen gehaltene Cover zeigte ein sich umarmendes Paar und den Titel *Königliche Liebe* von Barbara Cartland. Mit einem Augenzwinkern legte sie es auf Rachels Bett. »Das ist besser als ein Beruhigungsmittel.«

»Danke«, sagte Rachel belustigt und zugleich gerührt.

Sie kannte Christas Leidenschaft für die Literatur und ihre Vorliebe für Liebesromane.

»Mach dir keine Sorgen«, erklärte ihre Schwiegermutter, »Sacha ist in guten Händen.«

»Ich weiß, Christa, ich weiß es wirklich.«

Christa trat hinter den Rollstuhl und löste die Bremsen.

»Auf geht's, kleiner Mann, verabschiede dich von Mama.«

Sacha streckte seiner Mutter die Arme entgegen. »Küsschen, Mama.«

Rachel schloss ihn so fest in die Arme, wie es ihr schmerzender Körper zuließ. Der Junge schmiegte sein Gesicht an ihren Hals. »Ich will bei dir bleiben …«

»Ich hole dich bei Oma ab, sobald es mir besser geht.«

»Aber ich will bei dir bleiben, Mama!«

»Ich muss erst gesund werden, dann gehen wir beide nach Hause.«

Rachel sah, dass Sachas Kinn zitterte und dass seine Augen sich mit Tränen füllten. Er musste gehen, ehe auch sie anfangen würde zu weinen. Als sie dem Rollstuhl nachschaute, war ihr schwer ums Herz.

Bevor sie das Zimmer verließ, drehte sich Christa noch einmal um. »Übrigens, ich habe vor, in einer Woche mit Monica nach Rom zu reisen, um dort an einem mehrtägigen spirituellen Seminar teilzunehmen. Aber wenn es dir noch nicht gut geht, kann ich das natürlich verschieben.«

Neben ihrer Witwenpension und der eigenen Rente hatte Christa das Privileg, ihre Flugtickets auf Lebenszeit fast umsonst zu bekommen. Sobald sie Gelegenheit dazu hatte, flog sie mit einer ihrer alten Kolleginnen oder einer Freundin, zumeist mit Monica Olsen, irgendwohin. Rachel sah, wie die Tür sich schloss.

Ein spirituelles Seminar in Rom … *mal ganz was anderes.*

KAPITEL VIER

»Ich muss hier raus, ich halte es nicht mehr aus!«, rief Rachel, als Morten neben ihr saß. »Meine Schwiegermutter hat einen mystischen Anfall, ich mache mir Sorgen. Jetzt betet sie zu Papst Johannes Paul II., auf dass er Wunder bewirke …«

Morten lachte verlegen. Seine großen knochigen Hände lagen auf den Knien, seine Miene war mürrisch. Konversation zu betreiben, das war nicht seine Sache – und schon gar nicht, wenn es um persönliche Dinge ging. »Es scheint ihnen doch gut zu gehen. Dir übrigens auch. In zwei Tagen bist du draußen.«

Rachel sprach nie über Sachas Problem, das war ihre ganz persönliche Angelegenheit. Aber jetzt musste sie ihr Herz ausschütten. »Weißt du, Sacha hat völlig unerwartet Fortschritte gemacht. Er ist mit seinem Laufwagen zwei Schritte gegangen. Ist das nicht verrückt?«

Morten nickte schweigend.

»Aber trotzdem beunruhigt mich Christa«, beharrte Rachel. »Ich glaube, sie sorgt sich so sehr um uns, dass sie sich in religiösen Schnickschnack flüchtet. Früher war sie nicht so.«

Morten schüttelte den Kopf. »Das bildest du dir vielleicht nur ein.«

Rachel seufzte. »Hast du die homöopathischen Mittel bekommen, um die ich dich gebeten habe?«

»Ja. Und ich habe dir auch Biotees mitgebracht.«

Rachel öffnete das kleine blaue Röhrchen, entnahm ihm mehrere Globuli und ließ sie unter der Zunge zergehen.

»Vielen Dank. Und Karl?«

»Nichts Neues. Sein Zustand ist unverändert, wir müssen abwarten.«

»Bis wann?«

»Das Hirnödem ist immer noch sehr groß, die Flüssigkeit muss resorbiert werden. Deshalb haben sie ihn in ein künstliches Koma versetzt.«

Rachel schüttelte den Kopf. »Was für eine Tragödie … und Joanna?«

»Das Schädeltrauma ist nicht weiter schlimm, sie behalten sie nur zur Beobachtung hier.«

»Sobald ich auf den Beinen stehen kann, ohne ohnmächtig zu werden, besuche ich sie. Danke, dass du Christa so schnell informiert hast.«

»Soll ich noch jemandem von deiner Familie Bescheid sagen?«

Rachel schüttelte erneut den Kopf. »Christa und Sacha sind meine einzige Familie.«

Rachel dachte an ihren Vater Jorg Karlsen, einen dänischen Anwalt, der zwanzig Jahre lang die Interessen der Nuklearindustrie vertreten hatte und jetzt Anwalt eines wichtigen Ölkonzerns war. Von Jugend an hatte sie nie eine Diskussion mit ihm führen können, die nicht im Streit geendet hätte. Ihre Mutter war Französin und ebenfalls Anwältin, hatte aber ihren Beruf nie ausgeübt und sich stets ihrem Mann gefügt, den sie ebenso fürchtete, wie sie ihn liebte. Rachel konnte sich nicht erinnern, je ein vertrauliches oder intimes Gespräch mit ihr gehabt zu haben oder auch nur körperlichen Kontakt. Die beiden lebten heute in einer luxuriösen Zweihundert-Quadratmeter-Wohnung im noblen 16. Pariser Arrondissement. Vor drei Jahren hatte ihre ältere Schwester Natacha, eine Kunsthistorikerin, einen brillanten Kardiologen geheiratet, den sie anlässlich einer Kulturreise in Venedig kennengelernt hatte. Die prunkvolle Hochzeitsfeier fand in einem teuren Pariser Hotel statt. Nicht weniger als dreihundert Gäste waren an diesem 16. August geladen – genau zur Zeit des Grindadráp. Da Rachel sich zu den Färöer-Inseln begeben musste, hatte sie die offizielle Einladung mit ein paar freundlichen Zeilen abgesagt. Das hatte ihr die Familie nie verziehen. Und Rachel war der Ansicht, dass ihre Eltern endlich einen guten Vorwand gefunden hatten, um sie bis ans Ende ihrer Tage abzulehnen.

Jede Familie braucht – wie schon Hans Christian Andersen festgestellt hatte – ein hässliches Entlein, einen Außenseiter, der nie das sagt oder tut, was man von ihm erwartet. Jemanden, der die Missbilligung der anderen auf sich konzentriert, eine Art Blitzableiter für familiäre Spannungen. In der Familie Karlsen hatte sie diese Funktion übernommen.

Dabei hatte sich Rachel diese Rolle nicht ausgesucht. Als jüngstes Kind von Eltern, die mit sich selbst zu beschäftigt waren, und neben zwei großen Schwestern, die alles, was sie begannen, erfolgreich zu Ende führten, schnitt sie schlecht ab. Sie war eine mittelmäßige, undisziplinierte und vorlaute Schülerin gewesen, die nur Tadel und Verweise nach Hause brachte. Die einzige Ausnahme war der Aufstieg ihrer Volleyballmannschaft in die Regionalliga, was ihr allerdings nur ein gelangweiltes »das willst du doch wohl nicht dein ganzes Leben lang machen« seitens ihrer Mutter eingebracht hatte.

Als ihr Vater ihr im Alter von fünfzehn Jahren mit der Begründung, sie müsse sich nach dem Abitur auf eine Eliteuni vorbereiten, den Besuch eines Sportgymnasiums verweigert hatte, hatte sie ernsthaft rebelliert. In der Umweltbewegung hatte sie schließlich einen Ausweg, ein sinnvolles Ziel und einen Ersatz für ihre gleichgültige Familie gefunden. Nach einem Streit mit ihren Eltern, der heftiger ausgefallen war als die anderen, hatte sie mit achtzehn Jahren die Tür der gutbürgerlichen Wohnung für immer hinter sich zugeknallt. Als Untermieterin in einem Acht-Quadratmeter-Zimmer ohne Heizung hatte sie an der Universität Ökologie studiert. Lieber wäre sie erfroren, als in die Wohnung im 16. Arrondissement zurückzukehren. Seither hatte sich die Kluft zwischen ihr und ihrer Familie vertieft und war nicht mehr zu überbrücken.

Als wolle sie auf Mortens stumme Frage antworten, murmelte sie: »Mit den Karlsens habe ich nichts mehr zu tun …«

Morten sagte nichts. Auch er hatte schon vor so langer Zeit mit seiner Familie gebrochen, dass ihm die Situation ganz normal vorkam. Plötzlich schien er sich an etwas zu erinnern und zog ein Handy aus seiner Jackentasche. »Ist das nicht deines? Wir haben es in deiner Kabine gefunden.«

...

In der Cafeteria des Riget, die sich in der Eingangshalle des Krankenhauses befand, saß Samuel von Lommel an einem wackligen Plastiktisch inmitten all der Patienten und ihrer Familien und gönnte sich einen Espresso. Seine Reportage auf den Färöer-Inseln hatte er in Rekordzeit zusammengestellt: Hin- und Rückflug am selben Tag, dann mit dem Helikopter – zu einem sehr vernünftigen Preis – Klasvik und zurück. Die Agentur hatte die nötigen Mittel bereitgestellt. Er hatte die Polizisten befragt, die ebenso zurückhaltend waren wie die Bevölkerung. Einige Färinger waren dennoch bereit gewesen, die Fakten wiederzugeben, aber keiner wollte das Ereignis kommentieren. Dennoch hatte Samuel vor allen anderen Journalisten zwei Stimmungsbilder abschicken können, und zwar mit Fotos von den Lastwagen, die das Grindwalfleisch transportierten, und mit Bildern des von den blutigen Spuren des Massakers gezeichneten Strandes. Er konnte sich auch der *Serendipity* nähern, die zu Ermittlungszwecken am Kai lag. Und dank eines kleinen Trinkgeldes an der richtigen Stelle hatte er das zerfetzte Schlauchboot in Augenschein nehmen können, das sich in einem versiegelten Schuppen befand.

Punkt 15.00 Uhr hatte er den gut illustrierten Artikel vom Flughafen aus in das Ressort geschickt. Kurz darauf war er ins Englische und Spanische übersetzt und von allen Online-Nachrichtensendern übernommen worden. Zu diesem Zeitpunkt machten sich seine Kollegen gerade auf den Weg zu den Färöer-Inseln.

Bei diesem Gedanken lächelte Samuel und trank seinen Kaffee aus. *Bin doch noch nicht ganz aus der Übung*. Das Blut zirkulierte wieder in seinem Körper, die Depression der letzten Monate war verflogen und die Liebe zu seinem Beruf in ihrer ganzen Intensität neu erwacht. Um 17.30 Uhr war sein Flugzeug in Kopenhagen gelandet, und noch vom Taxi aus hatte er Peter angerufen. Jetzt belagerte er das Krankenhaus, um als Erster ein Interview mit den Opfern zu bekommen. Adrenalin war das beste aller Vitamine. Samuel beglückwünschte sich erneut, er hatte gute Arbeit geleistet.

...

Rachel schaltete ihr Handy ein, das eine geladene Batterie anzeigte.

»Hat die Polizei etwas herausgefunden?«, fragte sie Morten.

»Sie geben nichts bekannt. Während der Evakuierung hat mich die Küstenwache verhört, als wäre ich für den Sabotageakt verantwortlich, um auf diese Weise ›Werbung‹ für uns zu machen. Ich glaube, sie hätten sich gewünscht, dass es einer von uns gewesen ist. Du weißt ja, wie sehr sie uns auf dem Kieker haben.«

Die dänische Polizei war eine Institution, die die Aktivisten aller Nichtregierungsorganisationen und Green Growth im Besonderen fürchteten, seit es im Umfeld des UNO-Gipfels 2009 in Kopenhagen zu willkürlichen und gewaltsamen Festnahmen gekommen war. Alle waren erkennungsdienstlich behandelt und zwei Dänen wegen »Verstoßes gegen die öffentliche Ordnung« zu einem Jahr Gefängnis verurteilt worden. Ein Skandal.

Während sie Morten lauschte, spielte Rachel mit ihrem Handy. Sie gab ihre PIN-Nummer ein und hörte den Startton. Es war ein altes Nokia-Gerät, das sie schon lange hätte austauschen können, doch Rachel war der Meinung, dass ein Gegenstand nicht ausgewechselt werden durfte, solange er noch funktionierte. Sie konsultierte den SMS-Eingang, etwa zwanzig Nachrichten erwarteten sie, die Hälfte von befreundeten Mitgliedern verschiedener Nichtregierungsorganisationen, die sich beunruhigt nach ihrem Zustand erkundigten. Die andere Hälfte kam von Journalisten, die um einen Rückruf baten.

»Und wie ist die seelische Verfassung? Alles okay?«, fragte Morten.

»Genau wie du habe ich einen Hass auf diese Terroristen«, erwiderte Rachel ironisch, »aber sonst ist alles okay. Ganz im Ernst, ich hatte unglaubliches Glück und bin dankbar, noch am Leben zu sein.«

Rachel schrieb eine kurze beruhigende SMS, die sie an ihre Freunde schickte, ohne den Medien zu antworten. Sie würde keine Erklärung abgeben, ohne grünes Licht von Peter zu haben. Dann scrollte sie die Nachrichten vom 21. August durch, bis sie die fand, die sie suchte.

Steig nich in das bot sie wollen dein kof
RR21

Ihr Herz schlug schneller, als sie eine weitere Nachricht desselben Absenders im Posteingang vorfand. Sie war letzte Nacht abgeschickt worden, noch bevor die Medien von dem Attentat berichtet hatten.

Hab dir gewarnt
RR21

Ein eiskalter Schauder lief ihr über den Rücken.

»Was ist los?«, fragte Morten.

Sie reichte ihm das Handy. »Lies das.«

»Wer ist RR21?«

»Keine Ahnung. Die erste Nachricht habe ich erhalten, bevor ich in das Schlauchboot gestiegen bin. So was bekommen wir ja alle, irgendwelche Mails von Verrückten. Normalerweise sind sie völlig bedeutungslos. Aber in diesem Fall hat wirklich jemand versucht, mich zu warnen.«

»Hast du zurückgerufen?«

»Nein.«

»Versuch es.«

Rachel gehorchte und wählte die Nummer. Sie ließ es mindestens zehnmal klingeln. »Keine Antwort.«

Morten sah sie an und meinte: »Wir müssen die Polizei informieren.«

Rachel zog angewidert eine Grimasse.

Morten kramte in der Brusttasche seiner Jacke und holte schließlich eine zerknitterte Visitenkarte heraus.

»Das ist der Ermittlungsleiter. Er wollte mit dir sprechen, sobald es dir besser geht.« Dann fuhr er missmutig fort: »Hast du eine Ahnung, wer dahinterstecken könnte?«

»Diese verdammten Grindwaljäger ausgenommen, nicht die geringste. Es ist nicht das erste Mal, dass sie es auf uns abgesehen haben.«

»Die sind zu allem bereit. Das meint auch Peter.«

Rachel nickte und schloss kurz die Augen. *Wer hat den Sprengstoff an Bord versteckt, um uns zu töten?* Seit sie auf der Trage der Färöer Feuerwehr zu sich gekommen war, ließ diese Frage sie nicht mehr los.

…

Als Morten sich kurz nach sechs Uhr verabschiedete, wählte sie Peters Nummer, doch noch ehe die Verbindung hergestellt wurde, vibrierte das Handy in ihrer Hand. Eine unbekannte Nummer wurde angezeigt.

»Hej«, sagte sie.

»Hier ist Samuel von Lommel.«

Sie erstarrte kurz. Seit nunmehr acht Monaten hatte sie die tiefe Stimme des Reporters nicht mehr gehört. Sie wusste nicht, was sie antworten sollte.

»Wie geht es dir?«, fragte der Journalist.

»Gut.«

Es wäre ihr lieber gewesen, sie hätte freundlicher reagieren können, und so fügte sie hinzu: »Danke der Nachfrage.«

»Peter hat gesagt, ich könnte dich anrufen«, fuhr von Lommel in unbeteiligtem Tonfall fort.

»Aha!«

»Hast du ein paar Minuten Zeit für mich? Ich bin unten in der Cafeteria. Darf ich raufkommen?«

»Nein, gleich beginnt die Visite«, log sie. »Wenn du ein Interview willst, wende dich an Peter.«

»Ich möchte aber mit dir sprechen. Wie ist das passiert?«

»Ich kann dir nicht antworten«, sagte Rachel gereizt.

»Hast du eine Ahnung, wer diesen Sabotageakt verübt haben könnte?«, beharrte der AFP-Korrespondent.

»Bald wird ein neues Pressekommuniqué veröffentlicht, mehr kann ich dir dazu nicht sagen.«

»Gut, aber was hast du darauf zu antworten, dass die Färinger, die ihr beschuldigt, jegliche Beteiligung abstreiten?«

Rachel schloss die Augen. *Lässt du mich endlich in Ruhe, ja?* Wie immer versuchte er, sie zum Reden zu bringen. Aber sie würde ihm nicht auf den Leim gehen. Es kam nicht infrage, eine Schuldzuweisung ohne Beweise auszusprechen. »Wir haben keine Anzeige erstattet.«

»Aber Peter ist der Meinung, dass sie es waren.«

»Es würde mich wundern, wenn Peter das offiziell erklärt hätte.«

»Findest du es nicht merkwürdig, dass sich niemand zu dem Attentat bekannt hat?«, bohrte der Reporter weiter.

Rachel schnaubte. Sie hörte, wie Samuel am anderen Ende der Leitung auf seiner Tastatur tippte. »Ich habe nichts zu sagen, Samuel, tut mir leid. Ich bin sehr müde. Ciao.«

Sie legte auf und warf das Handy auf die Bettdecke. Wie Niels, der Vater von Sacha, gehörte von Lommel zu den Männern, auf die man sich nicht verlassen konnte und von denen sie nichts mehr wissen wollte.

Nachdem sie ihr fade schmeckendes, aber nahrhaftes Essen zu sich genommen hatte, erreichte sie endlich Peter. Sie beruhigte ihn hinsichtlich ihres Gesundheitszustands und kam gleich zur Sache. »Hast du zu von Lommel gesagt, dass du die Färinger für schuldig hältst?«

»Inoffiziell«, erklärte Peter.

Rachel verdrehte die Augen. »Peter … du kennst ihn ebenso gut wie ich. Er will uns zum Reden bringen.«

»Ja, das denke ich auch. Aber wir brauchen ihn, um die Sache an die große Glocke zu hängen.«

»Wir müssen Beweise gegen sie finden«, rief sie. »Die Vorstellung, dass sie heute Abend in aller Ruhe auf ihrer Insel schlafen, während Karl um sein Leben kämpft, macht mich ganz verrückt.«

»Sie werden dafür bezahlen, Rachel, das habe ich mir geschworen«, erklärte Peter mit ruhiger Stimme. »Erhol dich, und sobald du wieder auf den Beinen bist, schau dir die Akte an, du weißt schon, welche. Wir haben einen anderen großen Fisch am Haken, und bei der Sache brauche ich dich.«

»Ich weiß.«

»Also, dann mach dich an die Arbeit, sobald du kannst.«

…

Samuel knurrte entnervt. Er hatte nicht bekommen, was er wollte, und Rachel hatte ihn wieder einmal abgewiesen. Das unangenehme Gefühl, das ihn überkam, erinnerte ihn an ein anderes, das acht Monate zurücklag und mit einer zuknallenden Tür an einem Winterabend verbunden war. Er hatte sich heute nicht besonders geschickt angestellt. Er hätte sanfter und verbindlicher sein müssen, wie er es normalerweise so gut verstand, wenn er eine Information wollte. Aber es war ihm nicht gelungen, und er wollte sich lieber nicht fragen, warum. Er tippte etwas auf seiner Tastatur. Blieb noch ihre Kollegin Joanna.

KAPITEL FÜNF

23. AUGUST. 18.00 UHR

Dieser Abend war perfekt. Es war einer jener hellen nordischen Sommer, wie Rachel sie liebte – wolkenloser blauer Himmel, milder Wind, blühende Parks, leger gekleidete Menschen auf den Terrassen, Straßenmusik. Nachdem sie unterschrieben hatte, dass sie das Krankenhaus auf eigene Verantwortung verließ, gönnte sie sich den Luxus eines Taxis, um Sacha bei seiner Großmutter in Nyboder abzuholen, dem ehemaligen Seemannsviertel, wo Christa noch immer in der Dienstwohnung ihres verstorbenen Mannes, Kapitän bei der Handelsmarine, wohnte. Ihr Körper bereitete ihr noch Schmerzen, die jedoch in den Hintergrund traten, wenn sie an das Glück dachte, ihren kleinen Jungen wieder an sich drücken zu können.

Als Sacha neben ihr saß, bat Rachel den Taxichauffeur, nach Ørestad zu fahren, einem zwanzig Minuten südlich vom Zentrum gelegenen grünen Stadtteil, in dem sie seit drei Jahren lebten. Zuvor aber sollte er einen Abstecher zur Küste machen. Der Umweg würde sie einige Hundert Kronen zusätzlich kosten, aber nachdem sie knapp dem Tod entgangen war, war ihr das egal. Sie hatte das Bedürfnis, vor der Heimkehr das Meer und die Schiffe zu sehen, und wusste, dass Sacha über den improvisierten Ausflug ebenso glücklich sein würde wie sie.

Das Taxi fuhr am Nyhavn-Kanal entlang, der im 17. Jahrhundert gegraben worden war, damit die Waren direkt ins Stadtzentrum transportiert werden konnten. Die farbenfrohen Giebelhäuser aus dem 16. und 17. Jahrhundert mit Cafés und Restaurants boten eine pittoreske Postkartenansicht und waren eine Touristenattraktion. Das Taxi fuhr weiter zum Hafen. Die

Schiffe, darunter ein herrlicher Traditionssegler, schaukelten friedlich im Wasser. Ein paar Jugendliche saßen auf der Mole, ließen die nackten Beine baumeln, tranken Bier und lachten.

Als sie das Ufer des Öresund, der Meerenge zwischen Dänemark und Schweden, erreicht hatten, bat Rachel den Chauffeur, langsamer zu fahren. Sie öffnete das Fenster, damit die Seeluft das Wageninnere erfüllte. Das blaue, stellenweise auch grüne Meer verströmte einen belebenden Geruch nach Jod und Algen, der Geist und Körper stimulierte.

Am gegenüberliegenden Ufer war deutlich die schwedische Küste zu erkennen. Boote mit geblähten Segeln glitten stolz dahin. Eine brechend volle Fähre erreichte soeben das offene Meer. Rachel atmete tief durch, um ihre Lungen zu weiten. Alles erschien ihr jetzt noch schöner und lebendiger als sonst. Sie fühlte sich unbesiegbar, stark und voller Liebe zum Leben.

»Wohin fährt das große Schiff, Mama?«, wollte Sacha wissen und deutete auf die Fähre.

»Nach Schweden, zu Pippi Langstrumpf!«

Pippi Langstrumpf, das Kinderbuch der Schwedin Astrid Lindgren, war ein Lieblingsbuch von Rachel, das sie Sacha Anfang des Sommers vorzulesen begonnen hatte. Pippi war ein Vorbild an Selbstvertrauen. Ein außergewöhnliches kleines Mädchen, das allein in einem großen Haus lebte und von niemandem abhängig war, da sie über einen Koffer voller Goldstücke verfügte. Sie hatte mit ihrem Papa, Kapitän seines Zeichens, alle Weltmeere befahren, besaß unglaubliche Kraft, aber auch grenzenlose Phantasie, Kreativität und Lebensfreude, die jedes ihrer Abenteuer in eine wahre Freiheitslektion verwandelte.

»Der Papa von Pippi ist Kapitän wie Opa, stimmt's?«

»Ja, mein Liebling.«

Mutter und Sohn begannen ein Gespräch über Meer, Schiffe, Kapitäne auf großer Fahrt und verborgene Schätze, während das Taxi wieder anfuhr, um sie nach Hause zu bringen. Es war ein guter Moment.

Allerdings war der Frieden nicht von langer Dauer.

In Ørestad angekommen, meldete Rachels Handy eine neue Nachricht. Als sie diese las, spannten sich ihre Gesichtszüge an. Die Nachricht von RR21 war eindeutig:

Die probiern es wieder, bist in Gefar

...

Das Taxi setzte sie am Rand ihres Stadtteils in einer Seitenstraße des Ørestads Boulevard ab. Rachel war so verwirrt, dass es ihr erst beim zweiten Versuch gelang, den Rollstuhl des Kleinen aufzuklappen. Sie hängte ihre Reisetaschen daran, setzte Sacha trotz ihrer schmerzenden Muskeln hinein und schob anschließend ihre wertvolle Fracht vor sich her. *Verflixt noch mal, so leicht lasse ich mich nicht beeindrucken.* Trotzdem warf sie einen argwöhnischen Blick hinter sich, als sie den Wohnblock betrat.

Ørestad war eines der ambitioniertesten dänischen Vorhaben in puncto Städteplanung. In Ørestad-Nord, dem ersten Viertel dieses großräumigen Projekts, wurde eine neue Lebensweise getestet: umweltschonend dank nachhaltig gebauter Wohnungen, bildungs- und kulturorientiert mit zwei Universitäten, einem neuen Konzertsaal und der Ansiedlung des dänischen Rundfunks, jedoch auch dynamisch mit Büros, Großfirmen, Einkaufszentren und einem Messegelände.

Rachel und Sacha wohnten in einem dieser neuen Häuser. Auf den ersten Blick hatte die Siedlung nichts Außergewöhnliches. Zwei lang gestreckte Häuserzeilen aus Stahl und Glas mit Wohnungen, die über Außenflure erreichbar waren, standen sich auf einer Wiese gegenüber, die so groß wie ein Fußballfeld war. Erst beim Näherkommen erkannte man die Originalität der Anlage.

Der im Jahr 2000 gebaute Stadtteil hatte das ehrgeizige Ziel, richtungweisend für eine nachhaltige urbane Entwicklung zu sein. In Dächer, Fassaden und Gänge waren Sonnenkollektoren integriert. Die Wohnungen verfügten über individuelle Wärmespeicher und Strahlungsheizungen im Deckenbereich. Für jede Wohnung wurde der Energieverbrauch durch Einzelzähler gemessen. Im Untergeschoss der beiden Blöcke standen den Bewohnern nicht weniger als ein Dutzend Container für die Mülltrennung zur Verfügung: für Glas, Kunststoff, Zeitungen, Kartons, aber auch Altkleider, Arzneimittel, Farben, Säuren, Putzmittel, Biomüll und so weiter. Zudem wurde das Regenwasser für die Toilettenspülungen gesammelt, und für die Zukunft war geplant, die Fassaden zu begrünen und die Raumluft durch Grünpflanzen zu verbessern.

Rachel war glücklich, wieder in ihrem Stadtteil zu sein, und stolz, dass ein solches Projekt existierte und sie daran teilhaben konnte. Sie schob den Rollstuhl über die Rampe in den Aufzug und drückte den Knopf für die dritte Etage. Was sie am meisten schätzte, war die Einbeziehung der Bewohner in Konzeption, Renovierung und Instandhaltung der Einrichtungen. Durch deren Initiative hatte sich die von Radwegen durchzogene Grünfläche nach und nach in ein einladendes Freizeitareal verwandelt, mit Spielplätzen, Picknicktischen und Grillvorrichtungen, wo man sich traf und austauschte. Auch wenn noch ein weiter Weg vor ihnen lag, entsprach dieser Ort Rachels Vision von einer gelungenen Zukunft für die Bürger und ihren Planeten.

Sacha plapperte pausenlos. Mit Christa sprach er Dänisch, mit seiner Mutter Französisch, er jonglierte bereits problemlos mit beiden Sprachen. Dann dachte Rachel an das unerklärliche Wunder, das sich bei ihrem Sohn gezeigt hatte: Er hatte seine Beine heben können. Zum ersten Mal hatte sie die begründete Hoffnung auf eine Besserung. Sie rief sich jedoch augenblicklich zur Räson. Wenn dies nur ein vorübergehender Zustand wäre? Sie musste sich bis zur Rückkehr von Dr. Hansen am übernächsten Tag gedulden. Erst dann würden sie anhand der Ergebnisse gemeinsam Bilanz ziehen können. Inzwischen verbot sich das Hirngespinst einer Genesung, vor allem durfte sie ihrem Jungen keine falschen Hoffnungen machen.

Beim Verlassen des Aufzugs vergewisserte sich Rachel, dass sich auf dem Außenflur kein ungebetener Gast befand, bevor sie rechts in den langen Gang einbog, der zu den Wohnungen mit den blank geputzten großen Fenstern führte. Eine irgendwo zuschlagende Tür ließ sie zusammenzucken. *Leide ich jetzt schon unter Verfolgungswahn?* Zu ihrer Linken blickte sie auf die Wiese, von der ein Geruch nach gemähtem Gras und Gegrilltem aufstieg. Ein Pärchen hatte es sich auf einer Bank gemütlich gemacht, einige Nachbarn saßen im *Ørestad Café* an der Ecke des gegenüberliegenden Blocks, das zum Treffpunkt der Bewohner des Viertels geworden war. Mehrere Kinder schaukelten oder vergnügten sich auf dem Drehkarussell unter dem wachsamen Blick ihrer Mütter, darunter auch Helen. Sie grüßten sich mit einem kleinen Handzeichen. Gerade als sie vor ihrer Wohnungstür angelangt war, kam ihr Flurnachbar Jesper, ein wegen Dienstunfähigkeit entlassener Soldat, der inzwischen bei Fair Trade tätig war, aus seiner Wohnung, um seinen Abfall wegzubringen.

»Hej, Rachel!«, rief er, stellte seine Mülltüten ab und umarmte sie. »Wir wollten anlässlich deiner Rückkehr ein kleines Fest geben.«

»Lass mich erst mal ankommen, dann trinken wir ein Gläschen zusammen, wenn du magst.«

»Wir sind jeden Nachmittag im *Ørestad Café*. Komm doch vorbei!«

»Aber ja!«

Seit ihrer Abreise hatte sie oft von diesem Augenblick geträumt. Rachel öffnete ihre Wohnungstür und seufzte. *Endlich.*

»Wir sind daheim, mein Kleiner.«

Entgegen ihrer Gewohnheit sperrte Rachel hinter sich ab.

Sie hatte diese Wohnung vor drei Jahren gemietet. Vierundsechzig Quadratmeter, aufgeteilt in ein großes Wohn- und Esszimmer mit einer offenen, durch eine Bar abgetrennten Küche, die durch eine Fensterfront zum Außenflur erhellt wurde. Von diesem Multifunktionsraum gingen das Bad und zwei Schlafzimmer ab. Rachel hatte alles im klaren, sachlichen Ikea-Stil eingerichtet. Helles Kiefernparkett, eine weiße Bar mit zwei hohen Hockern aus Metall und Weidengeflecht, ein runder Tisch aus demselben Programm vor dem Fenster auf der Küchenseite. Im Wohnbereich umrahmten weiße Billy-Regale, die mit Büchern und Comics gefüllt waren, eine schwarze Couch mit orangefarbenen Kissen gegenüber einem großformatigen Fernseher.

Dieser Grundausstattung hatte Rachel eine persönliche Note verliehen. Schwarz-Weiß-Porträts von Sacha inmitten von Blumen, ein Geschenk von Joanna zum dritten Geburtstag des Kleinen, zierten die Wand im Eingang gegenüber dem Garderobenschrank. Im Wohnbereich hatte sie mehrere Großaufnahmen von Elefanten, Löwen, Leoparden, Büffeln und weiteren Wildtieren aufgehängt und träumte davon, sie eines Tages gemeinsam mit Sacha entweder in der freien Natur des Masai-Mara-Nationalparks in Kenia oder im Krüger-Nationalpark in Südafrika beobachten zu können. Über die Rückenlehne der schwarzen Couch hatte sie indische Tücher in kräftigen Farben geworfen und Dutzende orangefarbene Teelichter auf dem Couchtisch verteilt. Jetzt, wo sie nicht mehr reiste, würde sie ihre Wohnung noch individueller gestalten.

Auf der Küchenbar warteten die mit Einkäufen gefüllten Papiertüten darauf, ausgepackt zu werden. *Diese Christa!* Rachel dankte ihr in Gedanken.

Sacha wurde in seinem Rollstuhl unruhig. »Kann ich einen Zeichentrickfilm anschauen und mit meiner Eisenbahn spielen?«

Rachel zögerte, denn es war bald Essenszeit, aber sie wollte ihm keine Bitte abschlagen. »Einverstanden, bis das Essen fertig ist.«

»Jaaa!«

Die junge Frau vergewisserte sich erneut, dass Tür und Fenster verschlossen waren, dann trug sie Sacha in einen speziellen Liegestuhl, der seiner Größe angepasst war. Dort schnallte sie ihn an, seine Beine wurden durch einen Gurt gestützt.

»Willst du vorher nicht auf die Toilette?«

»Nö, nö, einen Zeichentrickfilm!«

Sie schob den Liegestuhl vor den Fernseher und wählte den Kinderkanal. Zufälligerweise lief gerade *Scooby-Doo*. Anschließend zündete sie, um die Atmosphäre gemütlicher zu gestalten, auf der Bar und auf dem Tisch Kerzen an. Die Sonne ging unter und versprach für die kommenden Minuten ein grandioses Freudenfeuer am Horizont.

Rachel packte die Einkäufe aus und öffnete die weißen Küchenschränke. Dort standen ordentlich eingeräumt Nudeln und Reis, Bulgur, Quinoa, Gemüsekonserven ... sie kaufte, so weit es ihr Budget erlaubte, aus biologischem Anbau. Kochen gehörte nicht zu ihren Stärken. Im Gegensatz zu Christa, einer Meisterköchin, die ihre Rente aufbesserte, indem sie Rezepte an eine Seniorenzeitschrift verkaufte, war Rachel nicht in der Lage, ein ordentliches Gericht zu kochen. Sie beschränkte sich darauf, frische Produkte guter Qualität zu kaufen, einfache Speisen zuzubereiten und hin und wieder in ein Feinkostgeschäft zu gehen. Sie versuchte, möglichst wenig Fleisch zu kaufen, stattdessen Obst und Gemüse der Saison aus biologischem oder regionalem Anbau, und verzichtete auf Produkte mit Palmöl, dessen Herstellung die Entwaldung dramatisch vorantrieb.

Sie wählte unter den Einkäufen eine Schale mit Biozucchinipüree und Hähnchenspieße, die Sacha besonders liebte, und stellte alles in die Mikrowelle. Als Nachspeise passte Schafsjoghurt mit Apfelkompott perfekt. Sie steckte die Verpackungen in den Recyclingmüll und deckte den Tisch.

Ihre beiden Teller standen nebeneinander, gegenüber der Fensterfront. Und ohne dass Rachel hätte erklären können, warum, zog sich ihr plötzlich die Kehle zusammen. Seit Sachas Geburt gab es niemanden mehr in ihrem Leben. Der Vater, Niels, hatte sich in dem Moment aus dem Staub gemacht, als sie ihn am dringendsten gebraucht hätte. Danach war es schwierig, erneut Vertrauen, Selbstwertgefühl und Hoffnung zu gewinnen.

Trotzdem glaubte Rachel noch immer an die große Liebe und war überzeugt, dass irgendwo jemand auf sie wartete. Ein Mann, der nur für sie da wäre und der sie und Sacha um ihrer selbst willen liebte. Sie musste einfach Geduld haben.

Vor ihren beiden Tellern, die auf dem großen Tisch verloren wirkten, drängte sich ihr ein anderer Gedanke auf, der sie sehr viel mehr ängstigte. Was würde geschehen, wenn ihr morgen etwas zustieße? Christa, die ein schwaches Herz hatte, würde für sie einspringen, aber wie lange? Und dann? Die Vorstellung, Sacha würde in eine Pflegefamilie oder zu den Karlsens kommen, trieb ihr die Tränen in die Augen. Sie wies sich selbst zurecht. *Du bist am Leben, das ist ein Wunder, und deinem Sohn geht es besser. Sei nicht dumm. Man wird die Schuldigen festnehmen. Reiß dich zusammen!* All das belastete sie nur, obwohl sie doch eine Arbeit zu beenden hatte. *Sie musste einen Schweinehund entlarven.*

»Du wirst deinen Lohn schon noch bekommen«, sagte sie laut.

»Mit wem sprichst du, Mama?«, fragte Sacha.

»Mit einem gemeinen Mann, der den Menschen Böses zufügt, mein Schatz.«

»Wo ist er?«

»Weit weg von hier, aber man wird ihn trotzdem erwischen.«

»Wirst du diesen gemeinen Kerl fangen?«

»Ja, ich werde alles dafür tun!«

Rachel deckte den Tisch fertig und schöpfte aus ihrer Entschlossenheit Trost. In diesem Moment sah sie den Schatten vor ihrem Fenster. Sie zuckte zusammen und wich zurück. Dort auf dem Außenflur vor ihr war eine Gestalt zu sehen. Rachel ging mit klopfendem Herzen zur Tür, um sich zu vergewissern, dass sie verschlossen war. Dann klingelte es, und sie begann am ganzen Körper zu zittern.

KAPITEL SECHS

»Der Lieferservice!«

Vor der Eingangstür stand Frederik, die Arme beladen mit dampfenden Pizzakartons. Hinter seinen kräftigen Schultern erkannte sie Marias Rehaugen und das breite Lächeln von Paula, ihrer Kollegin, die für den Internetauftritt von Green Growth zuständig war und in der Zentrale arbeitete. Der verlockende Geruch nach warmem Teig verbreitete sich in der Wohnung.

»Ihr habt mir vielleicht einen Schrecken eingejagt, Saubande!«, rief Rachel.

Ihre Lippen öffneten sich zu einem erleichterten Lächeln, und sie trat zurück, um die kleine Truppe hereinzulassen.

»Was schleppt ihr denn da an?«

Maria hielt ein Sechserpack Bier in der Hand, Paula, die Italienerin mit dem dunklen Bubikopf und großen Kreolen, schwenkte eine fettige Papiertüte vom Bäcker, die kalorienreiche Süßigkeiten verhieß. Frederik stellte die Pappkartons auf den Tisch.

»Morten konnte nicht kommen, er musste nach Hause. Peter ist noch in der Zentrale und brütet über einer Pressemitteilung über das Attentat. Aber wir wollten dich an diesem Abend nicht allein lassen, okay? Na, Sachi, wie geht's?« Der kleine Junge löste den Blick von seiner Lieblingsserie, um den »Onkel und Tanten«, wie er die meisten Mitglieder von Green Growth nannte, die mit seiner Mama befreundet waren, ein fröhliches »Hallo« zuzurufen. Dann vertiefte er sich wieder in seinen Zeichentrickfilm, wo soeben der Detektivhund im chinesischen Viertel einer düsteren Stadt Gespenster jagte.

Inmitten ihrer Kollegen blieb Rachel einen Moment wie angewurzelt stehen, das Herz von Dankbarkeit erfüllt. Frederik öffnete den Schrank über der Spüle und holte drei zusätzliche Teller und Gläser heraus. Maria, die sich hier noch nicht auskannte, nahm das Geschirr entgegen und stellte es auf den Tisch. Paula stöberte bereits in dem Regal mit den CDs, um eine herauszusuchen, die ihr gefiel. Ihre Wahl fiel schließlich auf einen Sampler, und bald darauf erfüllten sehnsuchtsvolle Bossa-Nova-Melodien den Raum. Rachel ging zu Frederik und strich ihm statt dankender Worte über den Rücken.

Zehn Minuten später saßen sie alle am Tisch vor ihrer dick belegten, knusprigen Pizza mit reichlich geschmolzenem Käse. Sacha, der in seinem Hochstühlchen angeschnallt war, verschlang gierig und mit glänzenden Augen seine *Quattro formaggi*. Rachel biss in ihre *Pomodore e Funghi* und trank ein kühles Bier dazu. Paula plauderte vergnügt und spielte dabei mit ihren Ohrringen.

»Sag mal, Sachi, gehst du wieder in die Vorschule?«

»Jaha.«

»Seit dem 16. August«, präzisierte Rachel.

»Ist deine Lehrerin nett?«, fragte Paula weiter.

»Jaha«, antwortete der kleine Junge erneut.

»Wie heißt sie denn?«

»Marilyn.«

»Na, dann ist sie hoffentlich eine Bombe bei diesem Namen!«, meinte Frederik lachend. »Wenn du möchtest, hole ich dich mal von der Schule ab.«

Paula wandte sich Rachel zu. »Und, Rachel, wie geht's dir?«

»Ich kann mich nicht beklagen, es hätte schlimmer kommen können. Nur schade, dass Joanna nicht da ist.«

»Wann wird sie entlassen?«, wollte Maria wissen.

Rachel trank einen Schluck Bier.

»Frühestens in zwei Tagen. Bevor ich gegangen bin, habe ich sie besucht, aber sie war unten in der Radiologie. Ich versuche es morgen wieder. Gibt es Neuigkeiten von den Ermittlungen?«

»Sie sind dabei, die Mechaniker aus der Werkstatt in Ålborg zu befragen, wo das Schlauchboot überholt wurde, bevor wir an Bord gegangen sind«, informierte der große Rotschopf sie. »Aber sie sagen, jeder hätte die Sprengladung deponieren können. Sie befand sich in der vorderen Box unter den Planen. Der Zünder wurde über ein Handy ausgelöst. Nichts ist leichter zu installieren und zu aktivieren.«

»Es musste also lediglich jemand Zugang zu dem Schlauchboot haben«, kommentierte Rachel mit finsterer Miene.

»Und wer hatte Zugang?«, fragte Paula, die im Gegensatz zu den anderen noch nie an einer Mission auf See teilgenommen hatte.

Frederik schob sich ein Stück Pizza in den Mund und antwortete mit vollem Mund.

»Schiff und Schlauchboot lagen vor unserer Abreise mehrere Tage ohne besondere Aufsicht im Hafen. Das Problem ist, dass wir dort völlig inkognito waren. Niemand wusste, wer wir sind. Die Frage ist also: Wer hat uns verpfiffen?«

»Vielleicht dieselbe Person, die über Handy den Zünder ausgelöst hat, als sie sah, dass Karl und Rachel im Fjord waren …«, sagte Maria.

»Genau«, bestätigte Rachel. »Derselbe Schweinehund. Und meiner Meinung nach kann das jeder Inselbewohner sein, da sie alle am Ufer waren und uns im Visier hatten.«

Paula seufzte. »Was sollen wir denn nun tun?«

»Was wir tun sollen?«, fragte Frederik. »Wir kehren zu den Färöer-Inseln zurück!«

»Und du wirst sehen, es wird doppelt so viele Freiwillige geben«, ergänzte Rachel. »Diese Dreckskerle haben die Medienschlacht schon verloren.«

Es wurde still. Jeder aß gedankenverloren seine Pizza auf.

Eine Stunde später räumten die Freunde von Green Growth den Tisch ab, während Rachel ihren Sohn ins Bett brachte. Durch seine Beharrlichkeit erreichte der Junge, dass Rachel ihm zum vierten Mal das erste Kapitel von *Pippi Langstrumpf* vorlas, sein Lieblingskapitel, vor allem die Beschreibung der Eltern des

Mädchens. Ein Kapitän auf großer Fahrt und eine verstorbene Mama, die zu den Wolken davongeflogen war.

»Wann kommt ihre Mama wieder?«, wollte Sacha wissen.

Rachel war unsicher. »Na ja … gar nicht, weil sie gestorben ist.«

»Und warum ist sie in den Wolken? Wie ist sie denn dahin gekommen? Mit einer Rakete?«

»Nein … manche Menschen glauben, dass man, wenn man gestorben ist, in den Himmel kommt.«

»Wohin?«

»In den Himmel … na ja, das ist eine Geschichte, die man erzählt. Man weiß nicht, ob es wirklich stimmt. Manche glauben daran.«

»Und ihr Papa?«

»Er ist Schiffskapitän.«

»Wie mein Papa?«

»In gewisser Weise, Liebling. Dein Papa ist Seemann und arbeitet auch auf einem Schiff.«

»Und wann kommt er wieder?«

Wie jedes Mal, wenn Sacha nach seinem Vater fragte, hatte Rachel nur ein Bedürfnis: in einem Mauseloch zu verschwinden. Aber nein, sie musste bleiben und überzeugend wirken.

»Das ist wie bei Pippis Vater, er ist auf See, und man weiß nicht, wann er wiederkommt. Aber er denkt an dich, da bin ich mir sicher«, sagte sie, dabei wurde ihr klar, dass ihre Nase, wenn sie Pinocchio wäre, endlos lang werden würde.

»Aha, vermisst er mich?«

»Ja, natürlich.«

»Wann sehe ich ihn?«

»Ich … ich weiß es nicht. Aber jetzt musst du schlafen.«

»Singst du mir *Doucement* vor?«

Erfreut, aus dieser unangenehmen Lage herauszukommen, stimmte Rachel das Schlaflied *Doucement* auf Französisch an, während Sacha seine Lieblingskuscheltiere um sich herum versammelte.

»Deckst du mich zu?«, fragte er, als das Lied zu Ende war.

Rachel zog die Sommerdecke mit dem Toy-Story-Muster über seine Schulter und gab ihm einen Kuss auf die Stirn. Sie betrachtete die Tapete an der Wand mit den Meermotiven, dem Clownfisch, dem Kraken, dem Wal ... die große Familie der WWF-Kuscheltiere, die vom Schrank herab den kleinen Jungen bewachten, und die mondförmige Lampe, die ein gedämpftes Licht verströmte. Sie mochte dieses Zimmer zur Schlafenszeit ganz besonders, wenn sich das Leben beruhigte und alles in Ordnung zu kommen schien. Als sie aufstand und die Nachttischlampe ausknipste, ertönte unter der Bettdecke ein kleines Stimmchen. »Kannst du das Licht anlassen?«

»Natürlich.«

»Ich habe Angst, dass der chinesische Mann kommt.«

Rachel runzelte die Stirn. »Welcher chinesische Mann?«

»Der große Bösewicht.«

»Mein Schatz, in deinem Zimmer ist kein Bösewicht, kein Monster und kein chinesischer Mann. Hier sind nur deine Kuscheltiere, die auf dich aufpassen.«

Sie umarmte ihn erneut. »Also, schlaf jetzt schön.«

Rachel ließ das Nachtlicht an. *Fortan wird am Abend nicht mehr ferngesehen.* Vor allem nicht *Scooby-Doo* mit diesen Gespenstergeschichten. Sie hatte nachgegeben, das hätte sie nicht tun sollen. Wenn er nun Albträume bekam, war das einzig und allein ihre Schuld.

Sie ging zurück ins Wohnzimmer. Frederik war bereits dabei, den grünen Wollfilz auf dem Tisch auszubreiten, Paula mischte die Karten, während Maria bunte Jetons vor sich aufstapelte. Rachel, die ein Pokerfreak war, verspürte eine freudige Erregung. Dreißig Minuten später erhielt sie den ersten Pot, und ihr Gesichtsausdruck war so entzückt wie der einer Katze, die eine Maus gefangen hat.

»Das Glück wendet sich, das spüre ich!«, prahlte sie.

»Wir lassen dich gewinnen, weil du so viel durchgemacht hast, meine Liebe«, stichelte Paula verschmitzt.

Rachel wollte gerade schlagfertig antworten, als sie ihr Nokia-

Handy in der Gesäßtasche ihrer Jeans vibrieren spürte. Anonym. Sie nahm das Gespräch an.

»Sonder dich ab!«

...

Den Befehl gab eine tiefe, raue Stimme, wahrscheinlich eine Frau, auch wenn sie das nicht hätte beschwören können.

»Wie bitte?«

»Sonder dich ab!«

Rachels Gehirn war sofort in höchstem Alarmzustand. Mit einer kleinen entschuldigenden Geste zu ihren Freunden ging sie in ihr Schlafzimmer, das links am Ende des Wohnzimmers lag und durch eine Schiebetür abgetrennt war. Diese öffnete sich auf einen kleinen, japanisch eingerichteten Raum, möbliert mit einem schwarzen Lackfuton, daneben, an der linken Wand, einem großen Einbauschrank, rechts einem überladenen kleinen Schreibtisch zwischen einer Reispapierlampe und einem hohen, schmalen Fenster.

»Wer sind Sie?«

»Ich hab nicht viel Zeit. Wenn du wissen willst, wer das Schiff mit der Sprengladung versehen hat, hör mir zu.«

Rachel setzte sich benommen auf ihr Bett. »Ich höre.«

»In zehn Minuten im Bella Center, Karen Blixen, Lesotho-Plakat. Komm allein. Sonst bin ich weg.«

Dann wurde aufgelegt.

Die Botschaft mochte unverständlich erscheinen, für Rachel war sie es jedoch nicht. Sie schaute auf ihre Armbanduhr. 21.50 Uhr. Das Blut pochte in ihren Schläfen. Sie hatte die Wahl, den Anruf zu ignorieren, aber ihr Instinkt sagte ihr, dass sie Informationen erhalten würde. Sie konnte auch ihre Freunde verständigen und mit einem von ihnen zu dem Treffen gehen. Aber die Unbekannte hatte sie gewarnt. Sie hatte zehn Minuten, nicht mehr. Keine Zeit für irgendwelche Winkelzüge.

Als sie aus ihrem Schlafzimmer trat, trug sie über der Jeans ein graues Sportsweatshirt.

»Was treibst du?«, rief Frederik.

Rachel sagte schnell: »Ich muss zu einem Nachbarn, um irgendetwas Eiliges für die Wohnanlage zu unterschreiben. In spätestens einer halben Stunde bin ich zurück. Macht schon mal ohne mich weiter.«

Rachel schlang einen khakifarbenen Schal um den Hals und ging, ohne ihren Freunden für weitere Fragen Zeit zu lassen. Draußen stellte sie fest, dass sie ihr Badge für das Bella Center vergessen hatte. Unter den verblüfften Blicken ihrer drei Gäste holte sie diesen aus dem Schrank im Flur und verschwand endgültig.

KAPITEL SIEBEN

Es war kühler geworden, aber Rachel fror nicht. Sie verspürte nicht mal Angst. Sie wollte es einfach nur wissen. Dem Tod so knapp entronnen zu sein verlieh ihr ein irreales Gefühl der Unverwundbarkeit. Sie eilte die drei Stockwerke zu Fuß hinunter, wandte sich mit großen Schritten dem Spielplatz zu und bog auf den kleinen Pfad zwischen den Schaukeln ein. Hinter dem zweiten Wohnblock in fünfhundert Metern Entfernung zeichnete sich die riesige Stahlkuppel des Bella Center ab.

Das Bella Center, ein einhundertzwanzigtausend Quadratmeter großes Konferenzzentrum, wo verschiedenste Veranstaltungen – von der Lederwarenmesse über große internationale Tagungen bis hin zur Hochzeitsmesse – stattfanden, war vor allem auch der Ort, an dem im Dezember 2009 der Weltklimagipfel getagt hatte. Eine historische Begegnung, an der einhundertzwanzig Staats- und Regierungschefs teilgenommen hatten. Dieser Gipfel hatte Rachel tief berührt und ihr ökologisches Bewusstsein reifen lassen. Bis zu diesem Zeitpunkt hatte sie den Diskussionen bei Green Growth über den Klimawandel zwar interessiert gelauscht, das Problem aber aus einer gewissen Distanz betrachtet, da es nicht ihr Hauptarbeitsgebiet war. Anlässlich des Gipfels waren ihr die Augen aufgegangen. Die Aufgabe, die Peter ihr anvertraut hatte, bestand in der Koordination der Green-Growth-Klimaspezialisten, der *Insider*, die die Diskussionen im Zentrum verfolgten, und der Aktivisten, die die Forderungen der Organisation draußen in der Stadt vertraten. Plötzlich mit dem Kern der Diskussion konfrontiert, war ihr die gewaltige Gefahr erst richtig klar geworden: Die Klimaproblematik bedrohte nicht nur die Erde, sondern die gesamte

Menschheit. Im Dezember 2009 hatten sich die Mitgliedsstaaten der UNO in Kopenhagen zur 15. Klimakonferenz, COP, getroffen, um die globale Klimaerwärmung auf maximal zwei Grad Celsius zu beschränken. Dies setzte drastische Bemühungen der Länder mit besonders hohen Treibhausgasemissionen voraus, um vor allem den Kohlendioxidausstoß durch Verkehr, Industrie, Landwirtschaft und Energieproduktion zu verringern. Es galt, eine völlig neue Welt ohne Kohlendioxid zu erfinden.

Für den Fall einer Erwärmung von mehr als zwei Grad Celsius sagten die Wissenschaftler nämlich eine unkontrollierbare Situation vorher. Veränderungen der jährlichen Niederschlagsverteilung, Gletscherschmelze an den Polen, Zunahme von Wirbelstürmen, Erwärmung der Weltmeere, Anstieg der Wasserspiegel, Überschwemmungen, Trockenperioden, Verlagerung von Tier- und Pflanzenarten, vermehrte Epidemien. Dies alles würde zu einer nicht aufzuhaltenden Invasion von Klimaflüchtlingen mit allen sich daraus ergebenden Konflikten führen.

Für Rachel war aus der Theorie Realität geworden, als sie die ersten Opfer der angekündigten Katastrophe getroffen hatte, Vertreter der Allianz kleiner Inselstaaten, die sich unter dem Banner AOSIS, Alliance of Small Islands States, zusammengeschlossen hatten und die wegen des Anstiegs der Meeresspiegel von der Weltkarte verschwinden würden.

An diesem Abend stürmte sie im Laufschritt Richtung Bella Center. Von zwei leistungsstarken Strahlern erleuchtet, hob sich das runde Bauwerk gegen den nächtlichen Sternenhimmel ab wie eine Art Raumschiff, das der Zufall mitten in diese städtische Zone gesetzt hatte. Sie kannte den Ort in- und auswendig, nachdem sie zwei Wochen darin unterwegs gewesen war.

In diesen Mauern hatte sie, wie Millionen andere Menschen, von einem wunderbaren solidarischen Abkommen zwischen den Nationen geträumt, das die Menschheit vor einer vorhersehbaren Katastrophe retten würde. Sie hatte auf eine sanfte

Revolution gehofft, auf eine mutige Entscheidung der Staatschefs, um den Kindern dieser Welt eine lebenswerte Zukunft zu bieten.

Dass Rachel so nah an diesen strategisch wichtigen Ort gezogen war, bedeutete einen enormen Vorteil für Green Growth. Während des Gipfels hatte sich ihre Wohnung in das Hauptquartier der Organisation verwandelt. Hierher kam man zu jeder beliebigen Tages- oder Nachtzeit, um sich abzulösen, eine Kleinigkeit zu essen oder zu duschen, während rund um die Uhr erbitterte Diskussionen geführt wurden.

In einer kameradschaftlichen Atmosphäre waren damals Matratzen und Schlafsäcke am Boden verteilt und mehrere PC-Arbeitsplätze in der Wohnung eingerichtet worden. Alle glaubten, einen Wendepunkt in der Geschichte der Menschheit mitzuerleben, die Revolution der globalen Bewusstwerdung. Ein Wind der Hoffnung hatte ihre Seelen gestreift.

Jeden Abend rief sie Sacha an, der bei Christa war, sagte ihm: »Weißt du, mein Schatz, die Welt wird sich ändern und für dich besser werden.« Bisweilen stieg dumpfe Wut in ihr auf, denn ihr wurde klar, dass sie sich, wie die vielen anderen Aktivisten, Illusionen hingab. Je mehr Zeit verging, desto stärker spürten alle, dass die Staatschefs eher die wirtschaftlichen Interessen ihrer jeweiligen Länder als das Allgemeinwohl verteidigen und dann wieder abreisen würden. Und genau so war es gekommen.

Nach zehntägigen hitzigen Verhandlungen erfahrener Unterhändler waren die Staats- und Regierungschefs in ihren Jets eingeflogen und in gepanzerten Limousinen ins Bella Center gefahren worden. Dann hatten sie sich unter der großen Kuppel in gesonderten Räumen besprochen. Die Debatten hatten sich um das Duell USA–China gedreht, die beiden Großmächte der industriellen Welt mit hohem Kohlendioxidausstoß, die sich argwöhnisch beäugt und geweigert hatten, den ersten Schritt zu einer Reduzierung der umweltverschmutzenden Aktivitäten zu tun oder sich einer internationalen Kontrolle zu beugen.

Schließlich hatten sich nur die achtundzwanzig mächtigsten und einflussreichsten Staaten an einen Tisch gesetzt, um einen zusammengeschusterten und enttäuschenden siebenseitigen Text zu verfassen, den anschließend fast alle anderen Nationen durch verschiedene Druckmittel akzeptierten. Der maximale Temperaturanstieg von zwei Grad Celsius war dort zwar schwarz auf weiß niedergeschrieben – was schon eine Premiere darstellte –, aber die Mittel und Wege zur Erreichung dieses Ziels wurden nicht spezifiziert, und die Vereinbarung war weder einer Kontrolle unterworfen noch mit Sanktionen verbunden. Dann waren alle durch die Hintertür verschwunden, um anschließend vor die Öffentlichkeit zu treten und großspurig zu behaupten: »Wir haben eine Einigung erzielt.«

Nachdem der Gipfel mit diesem schmählichen Scheitern geendet hatte, waren der kindliche Enthusiasmus und die Hoffnung auf bessere Zeiten und eine solidarische Völkergemeinschaft aus der Wohnung gewichen. Die Mitglieder von GG Kopenhagen und aus aller Welt waren empört und deprimiert nach Hause zurückgekehrt. Nur Rachel war, stark angeschlagen, vor Ort geblieben. Nach der ersten Enttäuschung waren die Mitglieder von Green Growth, darunter Rachel, erneut aktiv geworden. Wenn sich die Staatschefs nicht einigen konnten, musste man die Bürger an der Basis mobilisieren, die Ärmel hochkrempeln, um Aktionen zur Reduzierung der Treibhausgase durchzuführen und Druck auf die Regierungen auszuüben.

...

Rachel eilte an der Metro-Hochbahn entlang, die oberhalb des Emil-Holms-Kanals verlief. Ein Künstler, dessen Name ihr entfallen war, hatte dort eine originelle Installation errichtet: Statuen schwächlicher Menschen im Wasser. Als hätte der Künstler begriffen, dass hier der Vertrag zur Gletscherschmelze an den Polen, zum Anstieg der Wasserspiegel, zum Verschwinden ganzer Populationen, zur Invasion von Millionen Klimaflüchtlingen und zur gewaltigen Krise, auf die die gesamte Menschheit im Eiltempo zusteuerte, unterzeichnet werden würde. Hinter der Kuppel des Bella Center waren die beiden siebenundsiebzig Meter hohen Türme des *Bella Sky*, des größten skandinavischen Hotels, emporgewachsen. An der Spitze weiteten sich die Türme wellenförmig. *Welche Ironie! Eine Welle, die uns alle überschwemmen wird.*

Rachel, der plötzlich bewusst wurde, dass sie ganz allein an der dunklen Uferstraße unterwegs war, beschleunigte ihren Schritt und rannte nun beinahe.

Das Innere des Bella Center war Tag und Nacht erleuchtet. Das Zentrum bereitete sich darauf vor, in rund zehn Tagen die Organisation für den internationalen Handel mit gefährdeten Arten freilebender Tiere und Pflanzen, kurz CITES, zu empfangen, und die Organisations-, Putz- und Montageteams waren vor Ort. Derzeit war es noch einfach, das Zentrum zu betreten, solange man ein Badge besaß, denn es gab praktisch keine Sicherheitsvorkehrungen. Rachel hatte als Aussteller Anfang Juni eine solche Codekarte erhalten. *Das musste die Frau am Telefon also zwangsläufig wissen.*

Beim Weltklimagipfel hatte das Sekretariat der Vereinten Nationen beschlossen, die Menge an Badges für NGOs, die Nichtregierungsorganisationen, in den letzten drei Tagen drastisch zu beschränken. Von einem Tag auf den anderen war die militante Jugend aus dem Bella Center verschwunden, einen halben Kilometer entfernt in den Schnee abgeschoben, um den Honoratioren Platz zu machen, die bereit waren, im kleinen Kreis ein läppisches Übereinkommen für rechtsgültig zu erklären. Daraufhin hatte eine Dauerdemonstration rund um das Zentrum eingesetzt, das sich in einen regelrechten Bunker verwandelt hatte. Am 16. Dezember 2009 wurden rund hundert Aktivisten festgenommen und mussten in der Kälte stundenlang in Handschellen ausharren. Grob behandelt wie Terroristen, hatte man Rachel, Frederik, Peter und Joanna in das Revier geführt, hatte sie erkennungsdienstlich behandelt und nach mehreren Stunden in Polizeigewahrsam wieder freigelassen.

...

Rachel ignorierte die Röntgenscanner, die noch unter durchsichtigen Plastikhüllen schlummerten, und zeigte einem der Aufseher ihr Badge. Es waren vier Aufseher, die sich am Eingang des Bella Center ständig abwechselten. An diesem Abend hatte Per Dienst. Mit seinem tragbaren Scanner las er den Strichcode ihrer Karte ein. Foto und Name von Rachel erschienen auf dem Monitor.

»Was machst du hier?«, fragte Per freundlich. »Ich habe dich lange nicht gesehen.«

»Ich überprüfe unseren Stand«, log Rachel.

Den Sicherheitsbeamten schien diese Erklärung nicht zu erstaunen, denn seit einigen Tagen war das Konferenzzentrum Schauplatz eines unaufhörlichen Kommens und Gehens der Organisatoren der CITES. Rachel betrat den Korridor, der in eine erste Halle führte, in der sich die Stände der Aussteller befanden. Sie durchquerte den Raum und gelangte durch einen weiteren Gang in die Schaltzentrale des Bella Center. Von dieser zentralen Halle aus gelangte man zu verschiedenen Sonderflächen, die sich über zwei Etagen verteilten. Im ersten Stock zeigte der Scandinavian Trade Mart eine Dauerausstellung von Designermöbeln und Designerraumgestaltung. Im Erdgeschoss links würde das Media Center bald von Journalisten okkupiert werden. Gegenüber öffnete sich ein Labyrinth von Mehrzweckkonferenzräumen neben einer Cafeteria, in der ungenießbare Snacks angeboten wurden. Hinten rechts lag das größte der vier Auditorien, das den Namen Karen Blixen trug.

Rachel öffnete eine schwere Tür und betrat einen Saal, dessen Wände mit schwarzen Vorhängen bespannt waren und der neunhundert Verhandlungsteilnehmern Platz bot. Derzeit lag er im Halbdunkel. Vor einem Podium waren Tischreihen aufgestellt. Auf jedem Tisch standen ein Schild mit dem Namen eines Landes, daneben jeweils eine kleine verstellbare Lampe und ein Mikrofon. Alle Lämpchen waren ausgeschaltet – ausgenommen eine, deren Lichtstrahl den Namen Lesotho erhellte.

Rachels Herz klopfte heftig, und sie fragte sich, wer eine solche Inszenierung vorbereitet haben mochte. Sie schob sich zwischen den Stühlen hindurch und setzte sich auf den einzigen beleuchteten Platz, legte so ruhig wie möglich die Hände auf den Tisch und holte tief Luft. Eine dichte, watteartige Stille umhüllte sie.

Sie wartete fünf Minuten in dem leeren Saal. Plötzlich war sie sicher, nicht mehr allein zu sein. Hinter ihrem Rücken atmete jemand. Rachel versteifte sich, alle Muskeln spannten sich an. Dieselbe Stimme wie am Telefon flüsterte in ihrem Nacken: »Dreh dich nicht um, und hör mir zu.«

Rachel bekam Gänsehaut. Aber sie rührte sich nicht und wartete.

»Der Angriff auf das Boot galt nicht eigentlich Green Growth ...«

Rachel hielt den Atem an.

»... sondern dir.«

Rachels Herzschlag schien auszusetzen, ihre Handflächen wurden feucht, ihre Aufmerksamkeit war jetzt ganz auf diese körperlose Stimme konzentriert.

»Warum mir?«, fragte sie.

»Weil du einer wichtigen Person schaden willst.«

Rachels Gedanken überschlugen sich. Nur mit Mühe vermochte sie ihre Nervosität niederzukämpfen.

»Wer ist das?«

»Ich werde keinen Namen nennen.«

Rachels wirre Gedanken suchten verzweifelt nach einer Logik. Sie musste Zeit gewinnen. »Da fallen mir eine Menge Leute ein.«

Keine Antwort.

Rachel suchte nach einem Aufhänger. »Ich hatte geglaubt, die färöischen Fischer hätten das Boot sabotiert …«

»Das ist falsch.«

»Wer war es dann?«

Weiterhin keine Antwort.

Der Dialog war zusammenhanglos. Rachel wurde ungeduldig. »Warum warnst du mich?«, fragte sie.

»Ich will nicht Mitwisserin eines Mordes sein.«

Diese Worte knallten wie Peitschenhiebe in der Stille.

»Warum Mitwisserin?«

»Derjenige, für den ich arbeite, ist in die Sache verwickelt.«

»Derjenige, dem ich unbequem bin, ist also dein Chef?«

»Nein, der ist nur ein Befehlsempfänger.«

»Dann arbeitet dein Boss für diese wichtige Person, die ich störe. Ist es so?«

»Mein Boss steht in Verbindung mit demjenigen, der den Angriff finanziert hat, ja.«

Die Frau sprach langsam, wählte ihre Worte mit Bedacht.

»Wie stehen sie in Verbindung?«, beharrte Rachel.

Keine Antwort. Rachel fragte genauer: »Besagte ›wichtige‹ Person, der ich unbequem bin, braucht einen dänischen Mittelsmann. Sie ist nicht von hier, richtig? Die Person ist vielleicht Amerikaner?«

Erneut keine Antwort.

»Also habe ich recht«, schloss Rachel.

Sie hörte keinen Atem mehr hinter sich und deutete eine Kopfdrehung an.

»Nicht bewegen!«

Rachel presste die Lippen zusammen. Es drängte sich ihr natürlich ein Name auf, aber sie wollte sich nicht mehr in die Karten schauen lassen als ihr Gegner.

»Wenn ich einen Namen nenne, kannst du ihn dann verneinen oder bestätigen?«

Stille.

»Okay, sag einfach nichts, so können wir es auch machen. Ich nenne dir einen Namen, und wenn ich recht habe, sagst du nichts.«

Rachel wollte die Bestätigung erhalten, ohne einen wichtigen Trumpf ihres Spiels offenlegen zu müssen.

»Wenn ich dir sage: ›HR‹, habe ich dann recht?«

Keine Reaktion.

»Bist du noch da?«

»Ja.«

»Also HR?«

Keine Antwort. Rachel kicherte triumphierend. »Also habe ich recht. Bin ich noch immer in Gefahr?«

Rachel wartete einen Moment. Die Stille hielt an. Als sie es nicht mehr aushielt, drehte sie sich um. Ihre Augen erforschten die Dunkelheit. Sie war allein in dem Auditorium.

...

Mit feuerroten Wangen und im Laufschritt verließ Rachel das Bella Center. Die Brise, die den Geruch des Meeres herübertrug, tat ihr gut. Sie wählte die Nummer von Peter, der rasch abhob.

»Hej, schmecken die Pizzas?«, fragte er scherzend.

»Vergiss die Pressemeldung über die Färinger Jäger, Peter. Sie waren es nicht!« Sie hatte fast ins Handy geschrien. »Ich habe gerade etwas Verrücktes erlebt«, fügte sie hinzu.

In wenigen abgehackten Sätzen erzählte sie ihm von ihrer Begegnung der dritten Art mit einer »Stimme« im verlassenen Bella Center. Sie beendete ihren Bericht, ohne dass Peter reagiert hätte.

»Also habe ich zu ihr gesagt: ›HR‹, und darauf hat sie nichts entgegnet. Sie hat es durch ihr Schweigen bestätigt. HR ist daran beteiligt! H wie Hannibal und R wie Reed. Hannibal Reed, der Chef von Reed Industries.«

Die Information wurde am anderen Ende der Leitung mit Schweigen aufgenommen.

»Sie sagte, dass sie für jemanden von hier tätig ist, der für HR arbeitet«, fuhr Rachel fort.

»Glaubst du das wirklich?«, fragte Peter schließlich.

»Ja, weil es nicht anders sein kann. Ich habe anonyme SMS erhalten.«

Sie nannte ihm den Inhalt der mit RR21 unterzeichneten Kurznachricht.

»RR wie ›Reed und Reed‹, Reed Vater und Sohn«, sagte Rachel. »Das passt alles zusammen!«

Ohne Peters Antwort abzuwarten, fuhr sie fort, laut zu denken: »Man könnte meinen, sie seien von einem Siebenjährigen geschrieben. Es ist schwierig, den Absender zu identifizieren.«

»Hast du versucht, die Nummer anzurufen?«

»Ja, aber es geht niemand dran.«

Am anderen Ende der Leitung herrschte erneut Stille.

»Peter? Bist du noch da?«

»Ja.«

Sie hörte ihn tief Luft holen. »Bist du dir sicher, nicht aus persönlichen Gründen voreilige Schlüsse zu ziehen?«

Rachel schnaubte. »Hör zu, Peter, ich bin durchaus in der Lage, die Dinge objektiv zu sehen. Ich sage dir, es passt alles zusammen.«

»Ich musste dir diese Frage stellen.«

»Ich weiß, kein Problem.«

»Wenn es stimmt, was du glaubst, wenn wirklich Reed hinter dem Attentat steckt, müssen wir alles tun, um ihn zu entlarven. Aber Vorsicht ist geboten, ich muss meine Leute schützen.«

»Wir arbeiten seit fast einem Jahr an der Sache«, erwiderte Rachel, »wir werden uns nicht einschüchtern lassen!«

»Ich weiß, aber du hättest fast dran glauben müssen, Karl liegt im Koma, Joanna ist verletzt, also immer sachte. Es wäre vielleicht gut, mit der Polizei zu sprechen.«

»Und was willst du ihnen sagen? Ach, wissen Sie, eine Geisterstimme hat mich informiert, dass ein skrupelloser Industrieller mir nach dem Leben trachtet? Wir haben keine Beweise. Wer wird uns glauben?«

Peter antwortete nicht. Rachel fuhr fort: »Reed weiß, dass wir Enthüllungen über ihn vorbereiten, und dreht durch. Das heißt, dass wir richtigliegen. Also machen wir weiter.«

»Darüber müssen wir in aller Ruhe nachdenken.«

Rachel lief im Sturmschritt am Kanal entlang. »Ich für meinen Teil habe alles bedacht. Ich habe keine Angst vor Reed. Wir geben nicht auf. Wir beide halten wie geplant alles geheim, und wenn der richtige Moment gekommen ist, gehen wir an die Öffentlichkeit, nicht nur mit unseren Informationen, sondern auch mit der Tatsache, dass dieser Schweinehund versucht hat, eine internationale Umweltorganisation mundtot zu machen.«

An dem folgenden Schweigen merkte Rachel, dass sie einen Erfolg verbuchen konnte.

»Der Effekt wird umso größer sein«, sagte Peter nachdenklich.

»Absolut. Wenn wir beweisen können, dass HR mithilfe eines dänischen Komplizen ein Attentat gegen die Organisation verübt hat, sind wir Sieger auf der ganzen Linie.«

»Dafür müssen wir aber wissen, wer dieser Komplize ist.«

»Richtig«, antwortete sie enthusiastisch.

»Okay, Rachel, wir sprechen morgen weiter. Geh inzwischen nach Hause, und sperr alles gut ab.«

...

»Na? Was ist das für eine Geschichte mit dem Nachbarn?«, fragte Frederik spöttisch, als Rachel wieder ihre Wohnung betrat.

Drei gleichmäßig hohe Jetonstapel waren vor ihm aufgetürmt.

»Es gab ein dringendes Problem zu erledigen«, antwortete Rachel, ohne sich verunsichern zu lassen. »Einen Antrag auf Fassadenbegrünung für den Stadtteil, der morgen abgegeben werden muss, und er wollte, dass ich die Unterlagen noch einmal lese.«

Damit log Rachel nicht einmal komplett. Das fragliche Dokument gab es tatsächlich, nur musste die Vereinigung den Antrag erst in der folgenden Woche abgeben.

»So, so«, antwortete ihr Mitstreiter mit einem mokanten Grinsen, »du willst uns wohl für dumm verkaufen.«

Rachel zuckte mit den Schultern. »Warte nur, bis ich dir deine Kohle wieder abnehme.«

Rachel gefiel es nicht, ihren Freunden wichtige Informationen vorenthalten zu müssen, aber sie war mit Peter übereingekommen, dass die Akte HR bis zum letzten Augenblick geheim bleiben musste. Jede undichte Stelle konnte die Ermittlungen zunichtemachen, die sie seit Monaten durchführten.

»War Sacha inzwischen wach?«, fragte sie, um das Thema zu wechseln.

»Er hat ein bisschen geweint«, antwortete Paula, die wieder Karten austeilte, »hat von einem Chinesen in seinem Zimmer gesprochen, aber ich habe ihm ein italienisches Schlaflied vorgesungen, da ist er sofort wieder eingeschlafen!«

Frederik gluckste. »Er hat getan, als ob er schliefe, damit du wieder aufhörst, so war es!«

Die Antwort war Gelächter.

...

Sobald ihre Kollegen gegangen waren, drehte Rachel den Wohnungsschlüssel zweimal um, kontrollierte, ob alle Fenster geschlossen waren, und zog die Vorhänge zu. Sie stellte die gebrauchten Gläser in die Spülmaschine, warf die leeren Bierflaschen in den Glascontainer und machte im Wohnzimmer das Licht aus. Es war ein Uhr morgens, sie hatte keine Lust zu schlafen, obwohl ihr noch alle Knochen wehtaten, und wusste, dass es ihr schwerfallen würde aufzustehen, um Sacha zur Schule zu bringen. Sie ging in ihr Schlafzimmer, schaltete die Schreibtischlampe und ihr MacBook an und leerte ihre Stiftedose aus. Ein kleiner Schlüssel fiel auf den Tisch, mit dem sie die unterste Schublade des Rollcontainers öffnete. Sie entnahm ihr eine dicke rote Pappmappe, die vor Papieren fast überquoll, und öffnete den Ordner. Einen Moment lang betrachtete sie die Seiten, dann griff sie nach einer Rolle Klebeband.

KAPITEL ACHT

Das erste Dokument, das Rachel an ihre Zimmerwand heftete, war der Auszug aus einer Pressemappe von 1997.

POLYCHLORIERTE BIPHENYLE (PCB)

PCB sind chemische Verbindungen, die eine Gruppe von 209 Produkten bilden und erstmals in den 1920er-Jahren hergestellt wurden. Wegen ihrer schweren Entflammbarkeit wurden sie in großem Umfang als Kühlmittel und Schmierstoffe in Transformatoren und Kondensatoren, als Wärmeleiter und Feuerschutzmittel eingesetzt. Zudem fanden sie Verwendung als brandhemmende Zusätze in Farben, Kopierpapier und als Weichmacher in Lacken, Dichtungsmassen und Kunststoffen. Sind PCB erst einmal in die Umwelt gelangt, zersetzen sie sich nur langsam. Sie lagern sich vor allem im Boden und im Wasser ab und gelangen somit in die Nahrungskette. Daher sind sie in bedeutender Menge im Fleisch von Fischen und Meeressäugetieren wie Walen, Seehunden und Delfinen zu finden, wo ihr Gehalt das Tausendfache der im Wasser üblichen Konzentration erreichen kann. In den 1970er- bis 1980er-Jahren wurde die PCB-Produktion wegen ihrer Schädlichkeit für die Umwelt und für die menschliche Gesundheit eingestellt. In praktisch allen Industrieländern waren die Bewohner PCB ausgesetzt. Die Menschen weisen daher messbare PCB-Konzentrationen in Blut, Fettgewebe und Muttermilch auf.

Nachdem Rachel den Text erneut durchgelesen hatte, hängte sie die Kopie einer Wikipedia-Seite daneben:

Reed Industries ist einer der größten multinationalen Konzerne Amerikas. Der gewaltige Mischkonzern ist hauptsächlich im Chemie-, Kunststoff- und Energiesektor, aber auch in der Nahrungsmittel- und Pharmaindustrie tätig und erwirtschaftet einen Jahresumsatz von schätzungsweise 100 Milliarden Dollar. Der Geschäftssitz befindet sich in Atlanta (Georgia, USA), das Unternehmen besitzt jedoch Tochterfirmen in über fünfzig Ländern mit annähernd sechzigtausend Arbeitnehmern.

Die Firma wurde 1939 von John Reed gegründet, der das Herstellungsverfahren für einen innovativen Kunststoff entwickelt hatte, und wird heute von seinem Sohn Hannibal Reed als Generaldirektor und seinem Enkel Henry Reed in der Funktion des exekutiven Vizepräsidenten geleitet. Beide sind noch immer die Mehrheitsaktionäre des Unternehmens. Reed Industries ist in folgenden Industriesektoren tätig: Polymere und Fasern, Raffinerie, chemische Produkte, Pestizide, Papierwaren, Lebensmittel, Energie und pharmazeutische Produkte.

Rachel las den Text erneut und zog eine Grimasse. Ein zerknitterter kleiner Zettel ragte aus dem roten Pappordner. Sie faltete ihn auf und glättete ihn. Es war ein in englischer Sprache abgefasster Beipackzettel für Nahrungsergänzungsmittel.

Nature Oil Fish, Omega 3, 100 Kapseln à 620 mg

Um den natürlichen Stoffen möglichst nahezukommen, enthalten unsere Kapseln Fischöl. Omega-3-Fettsäuren regen das Wachstum an und fördern die Aufnahme der Vitamine D und A. Durch eine regelmäßige

Nahrungsergänzung mit Fischöl können wir ohne unerwünschte Nebenwirkungen für einen gesunden Organismus sorgen. Fischöl spielt dank seines hohen Gehalts an Omega-3-Fettsäuren eine wichtige Rolle in der Vorbeugung von Herz-Kreislauf-Erkrankungen. Da Omega-3-Fettsäuren auch im Gehirn vorkommen, ist es für den Fötus wichtig, diese während der Schwangerschaft in ausreichender Menge aufnehmen zu können.

Günstige Wirkung auf: emotionales Gleichgewicht, Stressbekämpfung, Gedächtnis und Konzentration, Herz und Gefäße, Darm und Verdauung, Gelenke und Muskeln ... Geeignet für Erwachsene, Schwangere, Kinder ab 4 Jahren.

Verzehrempfehlung: zwei bis drei Kapseln pro Tag zu den Mahlzeiten. Das Röhrchen mit 100 Kapseln ist ausreichend für eine etwa einmonatige Kuranwendung.

Hersteller: Nature Oil Corporate, Reed Industries.

Rachel hatte in den ersten drei Schwangerschaftsmonaten täglich drei von diesen Kapseln eingenommen. Sie blickte auf die letzte Zeile des Beipackzettels. Mit rotem Filzstift markierte sie den Namen Reed Industries, der in kleinen Buchstaben unten links geschrieben stand. Sie presste die Lippen zusammen und fuhr mit ihrer Arbeit fort, ohne sich mit den schmerzlichen Gefühlen aufzuhalten, die in ihr hochstiegen. Wenn sie einen klaren Kopf behalten wollte, musste sie nochmals alles überprüfen, auch wenn es quälend für sie war.

Sie suchte in ihren Papieren und kramte schließlich einen Zeitungsausschnitt hervor. Rachel, die nach Sachas Geburt bei einem Alert-Dienst eine Anfrage angemeldet hatte, um alle Artikel aus dem Netz zu bekommen, die sich mehr oder weniger mit den PCB befassen, hatte am Morgen des 2. Januar 2009 folgenden Text in ihrem E-Mail-Postfach gefunden:

SAN FRANCISCO –
Warnung vor Nahrungsergänzungsmitteln

Gewisse Nahrungsergänzungsmittel, die wegen ihres Gehalts an Omega-3-Fettsäuren gekauft werden, enthalten auch chemische Stoffe, die seit 1979 verboten sind. Das teilte eine Anwaltsgruppe mit, die am Montag eine Klage einreichte, um die Hersteller zu zwingen, einen Warnhinweis für die Verbraucher anzubringen. Nahrungsergänzungsmittel-Kapseln, die reich an Omega-3-Fettsäuren sind, enthalten nämlich der Klageschrift zufolge Konzentrationen polychlorierter Biphenyle (PCB), welche deutlich über dem gesetzlich zulässigen Höchstwert liegen. »Verbraucher, die von den Vorteilen der Fischöle profitieren möchten, sollten nicht das Risiko eingehen, einen hochtoxischen chemischen Stoff zu verzehren«, bekräftigte Peter Show, einer der Anwälte der Kläger. Die Verwendung von PCB mit ihrer hohen Beständigkeit in der Umwelt wurde 1973 untersagt, seit 1979 ist auch die Herstellung verboten. Die Großen Seen und der Hudson River sind noch nach jahrzehntelangen Reinigungsmaßnahmen massiv mit PCB verseucht. In Japan haben sich 14 000 Menschen durch die mit Reisöl gefütterten Fische vergiftet, und zahlreiche Studien belegen die toxische Wirkung der PCB auf die Fortpflanzung, die Entwicklung von Babys und Krebserkrankungen.

Aus der Klageschrift geht hervor, dass die Fischölkapseln der Marke Nature Oil Corporate eine PCB-Kontamination aufweisen, die weit über den 1986 von der kalifornischen Gesetzgebung festgelegten Grenzwerten liegt. »Der Hersteller dieser Kapseln verwendet das Öl von Fischen, die in den Großen Seen gefischt werden und für ihre hohe PCB-Belastung bekannt sind«, fährt der Anwalt fort. »Das Stammhaus Reed Industries behauptet, die Nahrungsergänzungsmittel seien zur Verringerung der PCB-Konzentration aufbereitet worden«, fügt Jeff Roger hinzu, einer der Kläger und Gründer der Verbraucherschutzorganisation Supplements Safety. »Unsere Messungen zeigen jedoch, dass die Konzentrationen die gesetzlich zulässigen Werte bis um das Zehnfache überschreiten.«

Jeff Roger, der Vorsitzende von Supplement Safety.

Rachel hatte sofort Kontakt mit ihm aufgenommen.

Reed Industries, bis in die 1980er-Jahre nach Monsanto der zweitgrößte Hersteller von PCB, hatte nicht nur komplett verseuchte Industrieflächen quasi ungereinigt zurückgelassen, sodass Böden und Flüsse insbesondere in der Region der Großen Seen kontaminiert blieben, sondern hatte auch noch die Dreistigkeit besessen, in den kontaminierten Gewässern zu fischen, um Öle für den Massenkonsum zu produzieren, die in eine als »gesundheitsfördernd« deklarierte Produktpalette Eingang fanden.

Der Zynismus von Reed kannte keine Grenzen.

Im Februar 2009, als erste Schritte eingeleitet wurden, hatte sich Rachel der Klage von Jeff Rogers Organisation angeschlossen und die Ergebnisse der Plazentauntersuchungen, die das Krankenhaus durchgeführt hatte, zur Verfügung gestellt. Jeff hatte ihr versichert, sie würden alles Erdenkliche unternehmen. Rachel hatte die Angelegenheit Tag für Tag verfolgt, hatte in ihrem Blog ihre Geschichte erzählt und alle neuen Informationen weitergegeben. Bis sie im September 2009 einen ungeheuerlichen Anruf erhielt.

»Miss Karlsen, ich bin Beth, die Assistentin von Mister Henry Reed. Er würde gerne mit Ihnen sprechen.«

Rachel hatte einen Moment gezögert und dann den klassischen Satz für solche Fälle ausgesprochen: »Die Akte befindet sich bei meinem Anwalt, ich habe Mister Reed nichts zu sagen.«

»Guten Tag, Rachel, hier spricht Henry Reed«, hatte sie in diesem Moment bereits am anderen Ende der Leitung vernommen.

Der Vizepräsident von Reed Industries.

»Was wollen Sie?«, hatte sie schließlich aggressiv gefragt.

»Ich habe Ihren Blog gelesen und von der Klage erfahren, die Sie zusammen mit Supplements Safety eingereicht haben. Darüber würde ich mich gerne mit Ihnen unterhalten.«

»Ich höre.«

»Mein Vater und ich sind sehr besorgt wegen Ihres Problems und dem Ihres Sohnes. Wussten Sie, dass meine verstorbene Mutter eine Stiftung für behinderte Kinder gegründet hat?«

»Nein.«

»Es handelt sich um eine sehr einflussreiche Stiftung, die über bedeutende Mittel verfügt. Daher würden wir Sie und Sacha sehr gern zu einem Treffen nach Atlanta einladen. Wir möchten etwas für den Kleinen tun. Die Untersuchungen sind teuer, und ich meine verstanden zu haben, dass Sie alleinerziehend sind. Das muss für Sie finanziell sehr schwierig sein.«

Das Telefon ans Ohr gepresst, hatte Rachel die Augenbrauen hochgezogen. »Und im Austausch dafür wollen Sie natürlich, dass ich meine Klage zurückziehe?«, hatte sie gefragt.

»Treffen wir uns doch und besprechen das alles persönlich. Ich kann Ihnen Flugtickets für das kommende Wochenende schicken.«

Da hatte Rachel in den Hörer geschrien: »Ich will weder Ihr Geld noch Ihre Pseudogroßzügigkeit! Selbst wenn Sie mich zum Schweigen bringen könnten, würden andere weiter Ihr Vorgehen anprangern. Sie haben meinen Sohn vergiftet. Ihre Fabriken, Ihre Nahrungsergänzungsmittel sind schuld daran, dass er nie laufen können wird. So einfach kommen Sie nicht davon!«

»Nur die Ruhe. Sie wissen nicht, worauf Sie sich da einlassen. Sie sollten Ihre Worte zudem mit Bedacht wählen.«

»Ich weiß genau, was ich sage.«

»Überlegen Sie sich trotz allem meinen Vorschlag, denn die Klage wird auf keinen Fall Erfolg haben.«

Zitternd und zutiefst verbittert, hatte Rachel das Gespräch beendet.

...

Bei dieser Erinnerung musste Rachel ihre Wut hinunterschlucken. Angespannt machte sie sich auf die Suche nach einem anderen, sehr kurzen Artikel, den sie mitten im Stapel fand. Eine Kurzmeldung in einer kalifornischen Tageszeitung.

SANTA CRUZ, 18. Oktober 2009

Reed Industries streitet alles ab.
Nature Oil Corporate, vertreten durch Donald Mayor von der Kanzlei William und Fenton, Anwalt des Stammhauses Reed Industries, bestreitet die Ergebnisse der Tests, die von Supplements Safety durchgeführt wurden, und verkündet, dass ihre Produkte ungefährlich sind. Hierzu legt er ein Gegengutachten vor, das nur einen minimalen PCB-Gehalt in den Kapseln der Nahrungsergänzungsmittel aufzeigt. »Unsere Produkte sind konform mit den Bundesgesetzen und den industriellen Standards«, erklärt Donald Mayor. »PCB sind überall in der Umwelt vorhanden, was bedeutet, dass jeder Fisch zumindest Spuren von PCB enthält. Fischöle sind seit Jahrzehnten risikolos in Gebrauch.«

Rachel rümpfte die Nase. Zu jedem Gutachten von Supplements Safety hatte Reed ein Gegengutachten beigebracht, das die Unschädlichkeit seiner Produkte nachwies. Jede Analyse kostete tausend Dollar, denn sie erforderte eine doppelte chemische Prüfung. Jeff Roger und der Verein, die bereits einhunderttausend Dollar für den Test von hundert verschiedenen Kapseln auf dem Markt ausgegeben hatten, ganz zu schweigen von den

Anwaltskosten, verfügten nicht mehr über die nötigen Mittel. Mangels weiterer Analysen war die Anklage abgewiesen und das Verfahren endgültig eingestellt worden.

Rachel betrachtete ihre von Papieren bedeckte Wand. Einen Becher mit heißem Tee in den Händen, setzte sie sich wieder vor das Puzzle, das sie zusammengestellt hatte.

Damals, im November 2009, war sie zutiefst niedergeschlagen gewesen. Irgendwie war es Reed Industries gelungen, sich das Schweigen der Fachleute zu erkaufen und aus der ganzen Sache herauszukommen, ohne Federn lassen zu müssen, zumindest solange sich für Jeff Roger nicht neue Geldquellen auftaten, um weitere Analysen zu erstellen. Inzwischen verkaufte die Firma ihre wahrscheinlich noch immer kontaminierten Kapseln an Männer, Frauen und vor allem Mütter, die damit ihre Babys dem Risiko einer Missbildung aussetzten, wie sie Sacha widerfahren war. Rachel wühlte in ihrem Papierstapel und heftete eine E-Mail, die sie vor dem Gipfel in Kopenhagen im Dezember 2009 erhalten hatte, an einen anderen Teil der Wand. Absender war ein Mitglied von Green Growth USA aus Boston mit dem Beinamen Jesus.

Datum: Sonntag, 06/12/2009 3:12 Uhr

Von: Jesus
An: Rachel
Hi, Rachel,
ich habe deinen Blog gelesen. Ich bin erschüttert von dem, was du schreibst. Am 10. Dezember komme ich zur COP nach Kopenhagen. Ich muss dich dringend sprechen.
Sag mir, wann wir uns irgendwo treffen können.
J.

Von: Rachel
An: Jesus
Hi, Jes',
ab 8. Dezember bin ich beim Gipfel. Danke für Deine Nachricht, über die ich mich sehr gefreut habe. Ich bin gespannt, was Du mir zu sagen hast. Ich schicke Dir das Programm von GG für den 11. (Anlage). Zwischen 8:30 und 9 Uhr habe ich frei. Wir können uns im Media Center auf einen Kaffee treffen.
Ich kann es kaum erwarten, Dich zu sehen.
Herzliche Grüße
R.

Rachel las die Korrespondenz noch einmal und verbrannte sich dabei die Lippen an ihrem Teebecher. Ab dem damaligen Tag hatte sie dank Jesus neue Hoffnung geschöpft.

...

11. Dezember 2009

Die Unterhändler der einhundertneunzig Nationen strömten ins Bella Center. Eine bunte Menge in Anzug und Kostüm, in Landestracht, farbenfrohen Saris oder Ponchos – PolitikerInnen, WissenschaftlerInnen, Persönlichkeiten aus der Welt der Kunst, der Medien und Aktivisten von Nichtregierungsorganisationen.

In der Haupthalle saßen Paula, Oliver, Hanne, Joanna und Rachel bei der Lektüre von ECO, dem täglichen Nachrichtenblatt der Nichtregierungsorganisationen. Sie waren erschöpft nach sechs intensiven Tagen mit nur wenig Schlaf, an denen sie nicht an die frische Luft gekommen waren, bei Kunstlicht eingesperrt in diesem riesigen Hangar, dem widerlichen Geruch von aufgewärmtem Kantinenessen ausgesetzt. Auf dem Tagesprogramm stand um zehn Uhr ein Pressetermin, um die Journalisten über die Großdemonstration am nächsten Tag in den Straßen der Hauptstadt zu informieren. Für jeden Einzelnen folgten kurz nacheinander Termine, Lobbying bei den Unterhändlern, bei einflussreichen PolitikerInnen und JournalistInnen zur Neuanpassung der Agenda sowie die ständige Jagd nach Informationen.

Nachdem sie ihren Kaffee hinuntergestürzt hatte, begab sich Rachel zum Media Center. Sie ließ den Blick über die ihr bekannten Journalisten schweifen, auf der Suche nach Jesus, mit dem sie verabredet war. Zu ihrer Linken befanden sich durch Trennwände abgeteilte Räume für die Fernseh- und Rundfunksender, ausgerüstet mit Monitoren und hausinternen Bildschirmen, auf denen man die Diskussionen in den Auditorien verfolgen konnte. In der Mitte waren die Kabinen der Presseagenturen, in denen die Journalisten von AFP, AP und Reuters mit Kopfhörern saßen und rund um die Uhr schrieben, rechts mehrere endlose Reihen von Computern für die Reporter der Printmedien. Neuralgischer Punkt waren zwei Kaffeemaschinen und eine kleine Cafeteria, wo es Sandwichs und Kuchen gab, eines so trocken wie das andere. Daneben der Lounge-Bereich mit einigen Sofas, auf denen Reporter zu dieser Stunde noch schliefen.

Rachel holte sich ihren vierten Espresso an diesem Morgen, setzte sich auf ein Sofa und sah sich um. Das Problem bei diesem Gipfel war, dass die Informationen nur tröpfchenweise durchsickerten. Es war schwierig zu erfahren und noch schwieriger, genau zu verstehen, was in den Verhandlungssälen ausgeheckt wurde. Hier konnten die Journalisten, die in den Auditorien nicht zugelassen waren, Diskussionen über die interne Fernsehübertragung verfolgen, vor allem jedoch an den Pressekonferenzen teilnehmen, bei denen Informationen preisgegeben wurden, die, wenn nicht bedeutsam, so doch zumindest für die breite Öffentlichkeit klarer formuliert waren.

»Hej! Wie geht's?«

Sie hob den Blick, da sie diese schöne, tiefe Stimme sofort erkannt hatte. Samuel von Lommel ging vor ihr in die Hocke.

»Gut, und dir?«, antwortete sie, wobei sie dem Reporter tief in die braunen Augen blickte.

Ein Schauder durchlief sie.

»Geht schon. Bereitet ihr euch auf die morgige Demo vor?«, wollte er wissen.

Sie nickte. Seit drei Tagen trafen sie sich immer wieder an der Kaffeemaschine. Sie teilten einander ihre Eindrücke und Zweifel mit, tauschten den ganzen Tag über Informationen aus. Kurz und gut, in seiner Gegenwart hatte Rachel Schmetterlinge im Bauch. Sie fand ihn relativ attraktiv, denn sie stand auf sportliche Typen, gekleidet mit Hemd und Jeans und gelegentlich einer Krawatte. Was ihr jedoch am besten gefiel, war das unmittelbare Gefühl der Vertrautheit, sobald ihre Blicke sich trafen. Samuel strahlte eine Intensität aus, egal, ob er sie ansah oder ihr etwas Alltägliches sagte, die sie aufwühlte.

An diesem Morgen sah er mit seinem zerknitterten weißen Hemd, dem zerzausten Haar und den müden Augen erschöpft aus. Die Nacht musste sehr kurz gewesen sein, vielleicht hatte er sie auf dieser Couch verbracht. Es war sicher völlig idiotisch, aber in seiner Gegenwart fühlte sie sich aufgehoben. Rachel hatte plötzlich Lust, ihm mit der Hand durchs Haar zu fahren, um es zu bändigen. Rasch verscheuchte sie diesen Gedanken aus ihrem Kopf.

»Wie sieht dein Programm für morgen aus?«, fuhr er fort.

»Ich gehe zum Bahnhof, um die Aktivisten in Empfang zu nehmen, die um neun Uhr ankommen. In der Turnhalle erhalten sie ihre Instruktionen, und anschließend ziehen wir los. Später treffen wir uns alle auf dem Bahnhofsplatz, um die Kundgebungen zu hören.«

»Kann ich dich tagsüber irgendwann treffen?«, fragte Samuel lächelnd. Und dieses Lächeln war einfach entwaffnend.

»Natürlich.«

»Kannst du mir das Interview mit dem Leiter von Greenpeace verschaffen?«

»Dazu musst du mit seinem Pressesprecher Kontakt aufnehmen. Ich gebe dir seine Handynummer. Sag, dass du sie von mir bekommen hast.«

Rachel überreichte ihm gerade die Telefonnummer, als sie einen langgliedrigen jungen Mann bemerkte, der sein braunes Haar zum Pferdeschwanz gebunden hatte, während sein üppiger Bart auf sein rotes GG-T-Shirt herabfiel. Das war Jesus. Man musste kein großes Kirchenlicht sein, um zu verstehen, wie er zu seinem Spitznamen gekommen war. Er hatte mehrere pazifistische Aktionen vorzuweisen, aber auch einige handfestere Interventionen für die Climate Action Group, die eine härtere Gangart propagierte, um die UN-Mitgliedsstaaten zur Unterzeichnung eines ehrgeizigen Abkommens zu zwingen. Er war am Vorabend in Kopenhagen eingetroffen und plante eine Demonstration der Stärke bei den Großdemos am Samstag. Rachel sprang auf und schickte sich an, zu diesem Mitstreiter zu gehen, den sie sehr mochte, dessen Intelligenz und bedingungslosen Mut sie immer geschätzt hatte. Samuel musterte sie aufmerksam.

»Wer ist das?«

Bereits im Gehen begriffen, antwortete sie ausweichend: »Ich bin verabredet. Wir sehen uns später, okay?«

Samuel blickte ihr neugierig nach, als sie rasch auf Jesus zulief. Dieser sah Rachel kommen und schenkte ihr ein strahlendes Lächeln.

»Hi, Rach'! Wie geht es dir?«

Sie umarmten sich. Dann deutete Jesus auf die Haupttreppe. »Suchen wir uns ein ruhiges Plätzchen?«

Sie gingen die Treppe zum zweiten Stockwerk hinauf, einem der wenigen Rückzugsorte im Bella Center. Der junge Aktivist setzte sich auf die Stufen, die Ellbogen auf die Knie gestützt. Rachel nahm neben ihm Platz.

»Es freut mich, dich hier zu sehen, Jes'.«

»Mich auch. Und, wie läuft es?«

»Es geht voran, aber die Verhandlungen sind hart.«

»Yep.«

Seine grünen, goldgesprenkelten Augen, seine breite, freie Stirn mit durchscheinender Haut, sein griechisches Profil, sein Bart und sein langes rötlich braunes Haar verliehen ihm die Aura eines Propheten. Diese kämpferische Seele, vernünftig und rebellisch zugleich, empfand große Wertschätzung für Rachel, kannte ihre Fähigkeiten, ihre Hartnäckigkeit und Unerbittlichkeit.

»Ich musste dich sehen«, sagte er. »Seit ich deinen Blog gelesen habe, verfolge ich diese Sache mit den Kapseln, weißt du. Die Klage und das Fiasko mit den Gegengutachten und so weiter. Eine Katastrophe. Es tut mir sehr leid für dich.«

Rachel presste die Lippen aufeinander. Jesus strich sich über den Bart. »Ich werde dir etwas erzählen, Rach'. Ein Riesending.«

»Okay, ich höre.«

Jesus beugte sich zu ihr und ließ ohne Vorwarnung eine Bombe hochgehen: »Ich weiß, wer der Drahtzieher hinter Climategate ist.«

Rachel fuhr zusammen, als hätte sie einen Schlag auf den Kopf bekommen. Climategate war eine Angriffswelle gegen die Forscher des Weltklimarats, die im November 2009 eingesetzt hatte. Nachdem Hacker die Server der Climatic Research Unit, eines der einflussreichsten Klimaforschungszentren an der Universität von East Anglia in Großbritannien, geknackt hatten, konnte man vertrauliche Dokumente, die zwischen den Klimaforschern ausgetauscht worden waren, frei im Internet finden. Die meisten waren zwar bedeutungslos, andere Unterlagen jedoch – in denen Zweifel geäußert wurden – waren ein gefundenes Fressen für die »Klimaskeptiker«, die Oppositionsbewegung, die den Menschen als Ursache für den Klimawandel und dessen mögliche Folgen leugnete. Zudem waren sie ein Beweis für die Doppelzüngigkeit der Wissenschaftler. Das Klimaforschungszentrum wurde daraufhin beschuldigt, Daten zu unterschlagen, die der These, der Klimawandel sei den Menschen zuzuschreiben, widersprechen könnten. Man vermutete, dass diese Hetzkampagne der Industrie allgemein und der Erdölindustrie im Besonderen nutzte, die sich strengeren Vorschriften zum Schutz der Umwelt widersetzte. Damals gab es jedoch keinen schlüssigen Hinweis auf die Drahtzieher hinter dieser Kampagne.

Und den lieferte Jesus jetzt.

»Ich weiß, wer die Affäre ausgeweitet und die Verbreitung der manipulierten Informationen finanziert hat, wer versucht, die öffentliche Meinung davon zu überzeugen, dass der Klimawandel nichts mit den Aktivitäten des Menschen zu tun hat, um schärfere Gesetze zu verhindern.«

»Wer?«

»Reed Industries … unter anderem.«

Rachel öffnete den Mund und brachte nur ein stummes »Oh!« zustande. Das Blut schoss ihr zu Kopf, dann fand sie ihre Stimme wieder.

»Bist du dir sicher?«

»Yes.«

Rachel rutschte unruhig auf der Treppe hin und her. »Woher weißt du das?«

»Seit drei Monaten unterwandere ich ihr Tentakelnetz aus Zusammenschlüssen. Ich gebe mich in ihren Foren als Sympathisant aus, als Student, der auf dem MIT-Campus eine kleine Gruppe von Klimaskeptikern aufbauen möchte.«

»Ohne Scheiß?«

»Es hat gedauert, sie waren misstrauisch, aber schließlich haben sie den Köder geschluckt. Ich habe gefragt, wie und durch wen man finanziert werden könnte, um ein Symposium mit bekannten Persönlichkeiten zu organisieren. Es gibt mehrere Möglichkeiten über verschiedene Vereine. Wenn du ein bisschen nachforschst, merkst du, dass alle in irgendeiner Weise von Reed unterstützt werden. Das ist ihre Gemeinsamkeit.«

Rachel knetete nervös ihre Hände. »Jesus, wenn du wüsstest, was für ein Geschenk du mir da gerade machst!«

»Ich weiß, deshalb wollte ich dich ja so schnell wie möglich sehen.«

Rachel hielt seinem Blick stand und konnte sich nicht mehr zügeln. »Vielleicht ist das die Gelegenheit, endlich diesen Mistkerl zu Fall zu bringen!«

Jesus nickte. »Man muss ihn in die Enge treiben. Ich habe im

Netz außerdem erfahren, dass Reed Industries beabsichtigt, in den USA in die Sonnenenergie zu investieren. Wir werden es nicht zulassen, dass sie sich über dieses Geschäft ein Ökoimage verschaffen!«

Rachel hämmerte mit der Faust auf ihr Knie. »Du hast recht. Wir müssen handeln.«

Aufgeregt fuhr er fort: »Ich finde, der Skandal sollte hier beim Gipfel für einen Eklat sorgen. Mitarbeiter von Reed sind hier. Sie knüpfen Kontakte, schmieren den Leuten Honig um den Bart, betreiben in höchstem Maß Lobbying, um die Verhandlungen und den Weltklimarat gleich mit zu sabotieren. Das dürfen wir nicht zulassen, fuck!«

»Welche Beweise hast du?«

»E-Mails.«

»Mit Unterschrift?«

»Mit Decknamen.«

»Das reicht nicht. Wir dürfen nicht vorschnell handeln. Wir müssen hieb- und stichfeste Beweise zusammenstellen und ihnen ans Leder gehen, sobald wir diese haben. Aus der Sache mit der Klage gegen Natural Oil habe ich gelernt, dass man eine Pleite erlebt, wenn man ungenügend vorbereitet ist. Das braucht zwar Zeit, aber andernfalls werden sie uns abwürgen.«

Jesus betrachtete seine Hände. »Okay, aber ich kann keine weiteren Nachforschungen anstellen, ohne meine Tarnung aufs Spiel zu setzen.«

»Ich kann das machen.«

»Würdest du dich darum kümmern?«

»Natürlich! Du informierst mich über das, was du als Maulwurf herausfindest, und ich überprüfe es, gleiche ab und trage die Fakten zusammen.«

»Bring meinen Namen nicht ins Spiel. Sag einfach, dass du deine eigenen Quellen hast. Ich habe so viel Zeit investiert, um ihr Vertrauen zu gewinnen.«

»Okay«, antwortete Rachel und lächelte ihn an. »Von jetzt an bist du meine ›Geheimquelle‹.«

Als Rachel sich entfernte, blieb Jesus, in Gedanken versunken und mit einem entschlossenen und schmerzlichen Gesichtsausdruck, noch eine Weile sitzen.

...

Rachel trank ihren Tee aus und zog einen Schnellhefter aus der roten Mappe mit dem Titel »Eiche und Schilfrohr«. Das Ergebnis eines ganzen Jahres Arbeit.

Jesus und sie hatten die öffentlichen Bilanzen des Tentakelnetzes von Reed Industries genau unter die Lupe genommen. Indem sie das Knäuel entwirrten, Beträge zusammenzählten, in allen Ecken der Geschäftsbereiche der Filialen nachforschten, hatten sie entdeckt, wie Reed Industries sich insbesondere mit zwei Mineralölkonzernen sowie mit einigen mächtigen Geldgebern zusammengetan hatte, um Tarnorganisationen zu unterstützen, die sich jeglicher Politik zugunsten ökologischer Energien widersetzten und die Realität des Klimawandels leugneten.

Reed versuchte, die einzige internationale Bewegung zu zerschlagen, die nach Lösungen suchte, um Tote, Flüchtlinge und Krankheiten im Zuge des Klimawandels zu vermeiden. Und das alles nur aus dem einzigen Grund, weil diese neuen Normwerte eine Fortsetzung der Warenproduktion auf Erdölbasis verhindern würden.

Rachel überflog das sechzig Seiten starke Dokument. Sie vertiefte sich in das Universum von Reed Industries, der Tochterfirmen, der Organisationen, Stiftungen und der Politiker, die von der Firma mehr oder weniger direkt finanziert wurden und Gegenwahrheiten zur Klimawissenschaft und zur Entwicklung erneuerbarer Energien verbreiteten. Ihr Bericht enthielt ein Kapitel über Vater und Sohn Reed, die auf der Liste der zehn reichsten Amerikaner standen und die Ausgaben der Firmengruppe im politischen Bereich kontrollierten.

Wenn ein solches Dokument im richtigen Augenblick lanciert würde, das heißt an dem Tag, an dem über die Vergabe des amerikanischen Solargeschäfts entschieden wurde, bestünden gute Aussichten, den Zuschlag zum Scheitern zu bringen. Welche Regierungskommission würde schon einen Scheck in gewaltiger Höhe zugunsten eines Konzerns ausstellen, der öffentlich als Anführer der Antiökobewegung angeprangert wurde?

Im Einzelnen erfuhr man in dem Papier, dass Reed Industries zwischen 2004 und 2009 den klimaskeptischen Gruppierungen finanzielle Unterstützung von zwanzig Millionen Dollar hatte zukommen lassen. Oberstes Ziel all dieser Manöver war es, einen echten Gegenangriff auf die Klimaschützer zu starten, die auch als »Klimahysteriker« bezeichnet wurden, um die politische Debatte anzuheizen.

Rachel beendete die Lektüre des Berichts – eine medienwirksame Bombe, wenn er im richtigen Augenblick veröffentlicht wurde. Der richtige Augenblick würde exakt in zehn Tagen kommen, am 2. September 2010, denn an diesem Tag würde die Solaïa-Kommission den Auftrag für das Superprojekt eines Sonnenenergiekraftwerks vergeben, den Reed über die soeben übernommene Tochterfirma Solar Konsortium an Land ziehen wollte. Mit einem Volumen von 1,9 Milliarden Dollar handelte es sich um den größten Auftrag, den das amerikanische Energieministerium je vergeben hatte. Geplant war der Bau des weltweit bedeutendsten Sonnenenergiekomplexes mit einer Produktion von bis zu eintausend Megawatt – eine Energiemenge, die ausreichen würde, um damit dreihunderttausend bis siebenhundertfünfzigtausend Haushalte zu versorgen!

Aber Rachel und Peter würden das Verhalten von Hannibal und Henry Reed entlarven und somit verhindern, dass sie sich diesen Vertrag an Land zögen. Sie würden dafür sorgen, dass sich die Großindustriellen nicht einerseits ein ökologisches Image verschafften, während sie andererseits gegen die Umweltgesetze verstießen.

Rachel faltete das letzte Blatt ihres Ordners auseinander, ein Papier im DIN-A3-Format, und heftete es mit einem Klebestreifen in die Mitte der Wand. Sie hatte darauf ein riesiges Organigramm des Einflussbereichs von Reed Industries, seinen Firmen, Lobbyinggruppen und politischen Unterstützern in aller Welt gezeichnet. In der Mitte des Netzes befanden sich Vater und Sohn, Hannibal und Henry Reed.

Sie betrachtete die komplexen Verzweigungen und versuchte, sich an jedes Wort der Frau im Bella Center zu erinnern. Diese hatte gesagt, sie habe einen Chef, einen Dänen, der für Reed arbeite. Wer könnte das sein? Mehrere Minuten prüfte Rachel jedes Element der Verzweigung. Es gab keine dänische Tochterfirma, keinen Kontakt nach Dänemark. Sie ging ins Internet. Jeden Zentimeter des Netzes würde sie erforschen, um die Verbindung herauszufinden. *Du wirst mir jetzt sagen, wer dein Kontakt hier bei uns ist.*

KAPITEL NEUN

24. AUGUST. 6.45 UHR

Als der Radiowecker ertönte, wurde Rachel aus einem unruhigen Schlaf gerissen. Sie ging duschen, ehe Sacha aufwachte. Der heiße Wasserstrahl stach wie mit tausend Nadeln in ihren Rücken. Nach einer Weile drehte sie die Mischbatterie auf »kalt« und stieß erst einen Schrei und dann einen Laut des Wohlbehagens aus.

Nachdem sie sich abgetrocknet hatte, stand sie lange unschlüssig vor ihrem Schrank und entschied sich schließlich für ein der Jahreszeit angemessenes Outfit. Ein leichtes weißes Kleid mit kleinen blauen Blümchen. Der Kontakt mit dem luftigen Stoff verschaffte ihr sofort ein angenehmes Gefühl. Eine marineblaue Strickjacke und Stoffturnschuhe, die zum Radfahren praktisch waren, würden das Ganze komplettieren. Die Sonne schien in das Wohnzimmer und vertrieb die letzten Spuren der Müdigkeit. Ein schöner Tag begann, und sie würde sich nicht einschüchtern lassen, weder von den anonymen SMS noch von den Geisterstimmen. Sie schaltete die Kaffeemaschine und das Radio ein, deckte den Tisch und toastete Brot. Sie hatte am Vorabend nicht feststellen können, welche Tochterfirma von Reed Industries auf dänischem Boden tätig war. Das Stammhaus in Atlanta besaß Filialen in Finnland und Schweden, aber nicht hier. Sie schaute auf ihr Mobiltelefon. Nichts. Keine Nachricht. Während sie sich in der vergangenen Nacht ohne zündende Ideen bei ihren Recherchen im Kreis gedreht hatte, hatte sie dem mysteriösen RR21 eine SMS geschickt.

Wer bist Du?

Bis jetzt war noch keine Antwort gekommen. RR21 – in letzter Zeit eher gesprächig – blieb stumm.

Sachas Rufen riss sie aus ihren Überlegungen. »Mama!«

»Morgen, mein Schatz, hast du gut geschlafen?«, fragte sie und zog die Vorhänge im Zimmer des Kleinen auf.

Sacha rieb sich die Augen. Er hatte dichtes braunes Haar wie Niels und große blaue Augen wie Rachel. »Hab ich heute Schule?«

»Ja.«

»Ich mag nicht hingehen …«

»Du musst hingehen, mein Häschen, damit du groß wirst und viel lernst.«

»Ich will lieber zu Oma!«

»Aber Oma muss sich ausruhen.«

Sie setzte sich auf die Bettkante. Sacha lächelte, ganz der kleine Charmeur. »Du bist hübsch so, Mama, wie eine Prinzessin. Ich möchte, dass du dich immer so anziehst.«

»Danke, mein Häschen.«

Sie schob die Zudecke etwas zurück, um seine Beine freizulegen. »Und was ist mit deinen Beinen? Bewegst du sie noch mal für Mama?«

Sacha in seinem blauen Spiderman-Pyjama hob erst ein Bein, dann das andere. Rachel lächelte, war gerührt, fast erstaunt, dass dieses Wunder anhielt.

»Das ist einfach sagenhaft …«

»Wird mir der Doktor jetzt keine Spritze mehr geben?«

Rachel runzelte die Stirn. »Wer hat dir eine Spritze gegeben? Welcher Doktor?«

»Der Doktor …«

»Doktor Hansen?«

»Nein, der chinesische Doktor.«

Rachel seufzte, diese Geschichte begann ihr auf die Nerven zu gehen. »Es gibt keinen chinesischen Doktor, Sacha. Du wirst künftig abends nicht mehr fernsehen, damit ist Schluss.«

»Doch, er hat mir eine Spritze gegeben, und das tut weh!«

»Das war nur ein Albtraum.«

»Nein, der chinesische Doktor, der Doktor von Oma, hat mir eine Spritze gegeben.«

Rachels Lächeln erstarb. »Welcher Doktor von Oma? Wohin hat er dir die Spritze gegeben?«

Sache hob sein Pyjamaoberteil hoch und zeigte auf seinen unteren Rücken. Rachel beugte sich über die zarte Haut, die nach Baby roch. Sie sah die schmutzig rosa Narbe in Höhe der Lendenwirbel, die von der Operation nach seiner Geburt zurückgeblieben war, aber sonst nichts, was ihr ungewöhnlich erschienen wäre. Sie knipste die kleine Nachttischlampe an, um besser sehen zu können. Ihre Gesichtszüge spannten sich an. Über der leichten rosafarbenen Schwellung war gut sichtbar ein blauer Fleck vom Durchmesser einer Erbse, genau über der Wirbelsäule.

...

Der Weg zur Schule war mühsam. Rachel fuhr einen grünen Polo mit einem Fahrradträger, auf dem ihr rotes Mountainbike befestigt war. Da die Elektroautos noch zu teuer waren, hatte sie sich für ein kleines sparsames Auto entschieden, dessen Nutzung sie auf ein Minimum beschränkte. Meist fuhr sie ihren kleinen Jungen bis zur Schule am Anfang des Ørestads Boulevard und ließ das Auto auf dem Parkplatz stehen, um von dort mit dem Fahrrad weiterzufahren.

Während sie den Wagen in der Nähe des modernen Schulkomplexes abstellte, kam Carol, die Schulhelferin, zu ihnen herüber, die sich tagsüber um Sacha kümmerte. Blond, rundlich und jovial, mit ihrer blauen Bluse, die von einer Brosche in Form einer Sonnenblume geschmückt wurde, begrüßte die Dreißigjährige sie herzlich. Rachel lud ihr Fahrrad ab und holte den Rollstuhl aus dem Kofferraum. Sie lächelte nervös, denn sie war in Sorge, weil Christa nicht an ihr Handy ging und ihre beiden Nachrichten auf der Mailbox nicht beantwortet hatte. Während der Fahrt hatte sie ihrem Sohn mehrere Fragen über diesen »chinesischen Doktor« und den Bluterguss gestellt, aber Sacha hatte nur immer wiederholt, er wolle nicht mehr zu ihm gehen. Auf die Frage: »Wann war denn das?«, hatte der Junge geantwortet: »Gestern.« Sie war also nicht wirklich weitergekommen.

Nachdem Rachel ihren Sohn fest umarmt hatte, sah sie ihm nach, während er sich mit Carol entfernte und bald von anderen Kindern umringt wurde, die um seinen Rollstuhl hüpften. Sie konnte sich einfach nicht vorstellen, dass Christa einen mysteriösen chinesischen Arzt aufgesucht hatte, der Sacha Spritzen verabreichte. Doch woher stammte dieser Einstich? Sie würde mit ihrer Schwiegermutter möglichst bald und mit Dr. Hansen am nächsten Tag darüber sprechen. Sie sperrte ihr Auto ab und machte sich auf den Weg in die Stadt.

...

Peter hatte für 10.30 Uhr ein Meeting angesetzt, was Rachel gerade noch die Zeit für einen Abstecher zum Riget ließ. Sie schwang sich auf ihr Mountainbike und fuhr auf dem Radweg des Ørestads Boulevard in Richtung Stadtzentrum.

Rachel trat kräftig in die Pedale. Ihre Rippen schmerzten zwar noch, doch die Bewegung wirkte belebend und ließ sie ihre Probleme relativieren. Sie musste Christa erreichen und eine Erklärung von ihr verlangen. Was den Rest anging, durfte sie sich nicht verrückt machen lassen, musste stur auf Kurs bleiben und ihre Ziele verfolgen. Die Straße führte auf die Insel Christianshavn. Rachel durchquerte Klein-Amsterdam und gelangte über die Knippelsbro-Brücke in das schicke Viertel Østerbro.

Das war einer der Gründe, warum sie Kopenhagen liebte: Sie konnte sich auf den viele Kilometer langen Radwegen einfach und gefahrlos durch die ganze Stadt bewegen. Die Metropole besaß ein geradezu kleinstädtisches Ambiente – sauber, gepflegt, wenig Umweltverschmutzung. Selbst im Zentrum bewahrte sie ihren ruhigen, angenehmen Charakter. Der Verkehr war weder stressig, noch waren die Fahrer aggressiv. Man respektierte einander.

Rachel stellte ihr Mountainbike auf dem Gelände des Rigshospitalet ab, ohne es anzuketten. Noch war sie nicht diesem Sicherheitsbedürfnis erlegen. Sie warf einen Blick über ihre Schulter, um zu sehen, ob ihr jemand gefolgt war, stellte jedoch nichts Anormales fest.

Das Krankenhaus war eine H-förmige Stahl-Glas-Konstruktion, deren Seitenbauten leicht versetzt waren. Dahinter standen noch einige rote Ziegelgebäude in traditionellem Stil. Rachel ging Richtung Haupteingang, der sich im Zentrum des Mittelbaus befand, trat durch die Glasschiebetüren, bog links zum Aufzug ab und fuhr in den vierten Stock in die Abteilung Allgemeinmedizin, wohin man Joanna verlegt hatte. Ihr Zimmer war das letzte links am Ende eines langen Korridors.

»Hej!«, sagte Rachel, als sie den kleinen Raum betrat, dessen Fenster auf den Garten führte.

Joanna lag in ihrem Bett, sie war wach. Von den Kopfkissen gut gestützt, schien sie ihren Kampfgeist wiedergewonnen zu haben. Ihr lockiges blondes Haar, das zu zwei lockeren Zöpfen geflochten war, gab ihr, wie immer, das Aussehen eines jungen Mädchens, obgleich sie bereits über dreißig Jahre alt war. Sie begrüßte ihre Freundin mit einem Handzeichen. Rachel umarmte sie.

»Na, meine Große, wie fühlst du dich?«

»Heute geht es besser«, antwortete Joanna mit heiterer Stimme.

Rachel musterte sie prüfend. »Du hast etwas gelbe Augen, oder?«

»Findest du?«

»Ja. War der Arzt bei dir?«

»Ich erwarte ihn, damit er meine Entlassung unterschreibt. Und du, wie geht es dir?«

»Besser. Jetzt müssen wir nur noch Karl hier herausbekommen.«

»Ich bin mir sicher, das wird klappen«, antwortete Joanna.

Rachel betrachtete ihre Freundin. Trotz ihres Lächelns war das Leuchten in ihrem Blick erloschen. Die hübsche Dänin, sonst so witzig und lebhaft, wirkte niedergeschlagen.

»Und wie ist die Stimmung?«, wagte Rachel sich vor.

»Ich habe die Schnauze voll, hier zu sein, und bin traurig wegen Karl, aber sonst geht es. Keine Sorge.«

Rachel tätschelte ihre Hand, die auf der Bettdecke lag. »Was uns allen da passiert ist, ist hart, da heißt es zusammenhalten, nicht wahr? Wir sind für dich da.«

»Das weiß ich … Und du?«

»Erstaunlicherweise bin ich gut drauf.«

Sie schwiegen eine Weile.

»Gibt es Neuigkeiten von der Polizei?«, wollte Joanna wissen.

»Noch immer nichts Konkretes.«

»Peter wird eine Pressemitteilung veröffentlichen, in der er die Färinger beschuldigt …«, fuhr Joanna fort.

Rachel nickte und betrachtete dabei ihre Fingernägel. Es war ihr unangenehm, dass sie ihre Teamkollegin sozusagen durch Schweigen belog. Sie wusste inzwischen, dass die Färinger mit Sicherheit nicht hinter dem Attentat steckten. Aber auf ausdrücklichen Wunsch von Peter, der die mangelnde Diskretion der überschwänglichen Dänin fürchtete, hatte sie es seit acht Monaten vermieden, die Akte »Eiche und Schilfrohr« Joanna gegenüber zu erwähnen.

»Ich weiß, dass du Joanna gerne ins Vertrauen ziehen würdest«, hatte Peter an einem Aprilabend zu ihr gesagt, als sie sich im Pub in der Nähe des Roten Hauses ein Bier genehmigten. »Aber du kennst sie. Anfangs wird sie noch aufpassen, aber dann wird der Tag kommen, wo sie im Eifer des Gefechts, ohne nachzudenken, öffentlich irgendeine Gemeinheit über Reed äußert und damit all unsere Bemühungen um einen Überraschungseffekt zunichtemacht. Sie hat viele Qualitäten, sie ist eine gefürchtete Verhandlungspartnerin und bei Aktionen unschlagbar, aber man kann ihr kein Geheimnis anvertrauen. Sie redet zu viel.«

Bekümmert hatte Rachel sich schließlich Peters Meinung angeschlossen.

»Und wenn sie es irgendwann erfährt und deshalb gekränkt ist«, hatte Peter hinzugefügt, »übernehme ich die volle Verantwortung.«

»Und was ist mit den anderen?«

»Da gilt dasselbe. Paula, Frederik, Karl, Hanne … damit unsere Schachzüge gelingen, müssen sie, auch intern, bis zum letzten Augenblick geheim bleiben, das wissen alle. Du hast schließlich auch nichts gesagt, als du von der Geheimaktion gegen Etton Mobile erfahren hast, oder? Du hast es normal gefunden, dass wir die Sache verschwiegen haben, stimmt's?«

»Ja.«

»Gut, da siehst du's. Noch ein Bier?«

Rachel räusperte sich und hielt Joannas Blick stand. Nur noch acht Tage, dann konnte sie ihr die ganze Wahrheit enthüllen.

»Weißt du, wer mich besucht hat?«, fragte diese. »Samuel von Lommel von der AFP.«

Der Blick der hübschen Dänin wurde lebhaft, wenn sie vom männlichen Geschlecht sprach.

Rachels Miene hingegen verfinsterte sich. »Mich hat er angerufen. Ich habe ihn abgewimmelt.«

Joanna zog die Augenbrauen hoch. »Warum? Das ist genau die Art von Typ, die wir jetzt brauchen.«

»Nach dem Ei, das er uns gelegt hat?«

»Denkst du immer noch daran? Es ist gut, Rachel, vergiss es.«

»Er hat uns benutzt, hat nicht aufgehört, Informationen aus uns herauszuquetschen, und dann ›vergessen‹, uns zu warnen, als wir in Gefahr waren. Ich finde, das gibt durchaus Anlass, ihm noch eine Weile böse zu sein.«

Als die Nichtregierungsorganisationen aus dem Bella Center ausgebootet wurden, hatten sie keine Zeit mehr gehabt, sich zu organisieren und zu wappnen. Man hatte sie aus dem Tagungszentrum vertrieben und später festgenommen. Samuel von Lommel war durch seine Quellen auf dem Laufenden gewesen und hatte eine Agenturmeldung herausgegeben, ohne es für nötig zu befinden, sie zu warnen – weder sie persönlich noch die anderen Gruppen. Rachel hatte ihm das nicht verziehen.

»Was hätten wir denn noch groß tun können?«, entgegnete Joanna.

»Wir wären aktiv geworden. Er hätte uns Bescheid geben müssen, sobald er die Info hatte. Das wäre doch das Mindeste gewesen.«

»Ach ja, und warum hätte er das tun sollen?«

Rachel zögerte mit ihrer Antwort. Sie dachte an die intime Beziehung, die sich zwischen ihr und Samuel angebahnt hatte. Schließlich zog sie es vor zu schweigen. Noch etwas, was sie bewusst vor ihrer Freundin verborgen gehalten hatte, weil es dazu nichts zu sagen gab. Vielleicht hatte sie auch befürchtet, die hübsche Dänin, die eine unglaubliche Aufreißerin war, hätte sich über sie, die weniger Erfahrene, lustig gemacht.

Joanna schaute ihrer Freundin prüfend ins Gesicht. »Ich wette, du hast mit ihm geschlafen.«

»Nein!«, verteidigte sich Rachel. Ihre Wangen röteten sich.

»Dann hattest du zumindest ein Auge auf ihn geworfen?«

»Aber nein, was erzählst du denn da!«

Joanna zwinkerte ihr schelmisch zu. »Umso besser. Dann stört es dich also nicht, wenn ich mich mit ihm treffe, sobald ich hier die Fliege mache?«

Rachel zuckte mit den Schultern. »Tu, was du nicht lassen kannst.«

»*Great*. Er gefällt mir nämlich. Aber einstweilen meldest du dich bei ihm und bist recht freundlich, damit er einen schönen Artikel über uns schreibt. Wir sind mitten in einer Kampagne, da brauchen wir die maximale Medienpräsenz.«

Rachel stand auf. »Okay. Dann gehe ich jetzt wieder, ich muss zurück an die Arbeit. Es freut mich, dich in so guter Form zu sehen.«

»Mich auch. Was ist übrigens mit Sacha? Mit seinen Beinen?«

Rachel lächelte breit. »Er kann sie heben und hat mit seinem Laufwagen sogar zwei Schritte gemacht!«

»Das ist überwältigend ...«

»Überwältigend, das ist genau das richtige Wort, ja.«

Ein Schatten glitt über Rachels Gesicht. »Sag mal ganz ehrlich, Joanna, du kennst doch Christa. Könntest du dir vorstellen, dass sie ihn zu einem Arzt mitgenommen hat, ohne mir davon zu erzählen?«

»Wie das?«

Rachel berichtete ihr kurz von Sachas Äußerungen und dem Bluterguss, den sie auf seinem Rücken entdeckt hatte.

»Vergiss nicht, er ist erst vier Jahre alt«, antwortete die junge Dänin. »Er vermischt viele Dinge. Und weißt du, vielleicht lässt er dich auch ein wenig für deine Abwesenheit bezahlen.«

»Das hat mich total fertiggemacht.«

»Ich verstehe dich. Denn würde man einem meiner Hunde auch nur ein Haar krümmen, würde ich verrückt. Aber kannst du dir wirklich vorstellen, dass deine Schwiegermutter Sacha zu einem Heiler bringt und ihm Injektionen verpassen lässt, ohne dir auch nur ein Wort davon zu sagen? Das kann nicht dein Ernst sein. Sie würde nie etwas tun, was dem Kleinen schaden könnte. Nie.«

»Aber sie hat so starke Schuldgefühle«, gab Rachel zu bedenken. »Manchmal frage ich mich, ob sie deswegen nicht bisweilen aus der Bahn gerät.«

»Wegen der Kapseln, meinst du?«

»Ja.«

Joanna seufzte. »Da ist sicher was dran, aber mal ehrlich, Christa ist völlig normal. Hör auf, dir wegen nichts den Kopf zu zerbrechen.«

Rachel atmete erleichtert auf. »Du hast recht. Das ist völlig idiotisch von mir.«

Sie drückte ihre Freundin erneut an sich … »Genau das musste ich jetzt hören. Danke.«

»Also, schalte mal schön ab, und sag Sachi, dass Tante Joanna ihm ein dickes Küsschen schickt.«

»Ja, alles klar. Und du sagst dem Arzt, dass ich deine Augen etwas gelb finde …«

Rachel schloss die Tür hinter sich, ihre Züge hatten sich entspannt. Wie konnte sie an Christa zweifeln, da diese sich für ihren Enkel mehr aufopferte als jede andere Großmutter? Rachel sagte sich, dass sie mit dem Begriff »Familie« wohl definitiv ein Problem hatte. Ihr fehlte jegliche Erfahrung, was hingebungsvolle Eltern betraf, und daher witterte sie überall Böses.

Sie empfand heftige Schuldgefühle, ihre Schwiegermutter verdächtigt zu haben, die, anders als Niels, stets zu ihr gehalten hatte. Sie holte ihr Handy heraus und schrieb zwei SMS. Die erste an Christa:

> Tut mir leid, wenn ich dich beunruhigt habe, bin einfach sehr angespannt. Komm nachmittags zum Kaffee, wenn du magst, das wird uns guttun. Herzlichst, R.

Anschließend schrieb sie, versöhnlich gestimmt, die zweite Kurzmitteilung:

> Wir könnten heute zusammen einen Kaffee trinken, wenn du willst. Rachel.

Sie sendete die SMS an die Handynummer, die von Lommel am Vortag benutzt hatte.

Das Display des Mobiltelefons auf dem Nachttisch blinkte. Eine langgliedrige Hand ergriff es, und zwei blaue, von anmutigen

Fältchen umgebene Augen lasen die Mitteilung. Dann wanderte das Handy wieder an seinen ursprünglichen Platz. Bei zugezogenen Vorhängen auf ihrem Bett ausgestreckt, die Füße erhöht auf einem Keilkissen, hatte Christa momentan nicht vor, auf die verschiedenen SMS ihrer Schwiegertochter zu antworten. Sie starrte an die Zimmerdecke und atmete tief durch, um den Schwindel und die Atemnot zu besänftigen, die sie kurz zuvor ergriffen und zum Hinlegen gezwungen hatten. In den letzten Tagen häuften sich die Schwindelanfälle. Das war beunruhigend, denn seit Juli hatte sie eigentlich das Gefühl, dass es ihr besser ging.

Christa versuchte, die finsteren Gedanken, die ihr im Kopf herumgingen, zu verscheuchen und wieder zu ihrer Gelassenheit zu finden. *Meine Gesundheit wird sich bessern, denn ich habe alles Nötige getan. Für Sacha auch. Ich muss Vertrauen haben und mich in Gottes Hand begeben.* Vorsichtig stand sie auf und ging mit kleinen Schritten ins Gästezimmer nebenan, das seit vier Jahren in ein Kinderzimmer verwandelt war. Die Decke des Bettchens, das vor dem einzigen Fenster stand, war mit Motiven aus dem Film *Cars* bezogen. Daneben hatte Christa ein Regal mit roten und blauen Kunststoffkisten gestellt, die sich nach und nach mit Spielzeugautos und Legosteinen gefüllt hatten. Das alte Bodenparkett verschwand unter einem großen Teppich, auf dem eine Formel-1-Rennstrecke aufgedruckt war. Ein lackierter Kleiderschrank schließlich, den sie beim Trödler gefunden hatte, nahm die wenigen Sachen auf, die Sacha bei ihr hatte. Daneben hatte sie einen kleinen runden Tisch gestellt, der noch von ihrer Mutter stammte.

Das Zimmer war weder besonders harmonisch noch besonders hübsch mit den nicht zusammenpassenden Möbeln, doch es hatte mit der Zeit eine Atmosphäre angenommen, die Christa mit Hingabe pflegte. Sie zog leicht an der Bettdecke, um eine unsichtbare Falte zu glätten. *Das Problem ist, dass ich zweifle, und das soll nie wieder vorkommen. Magda hat mir gesagt, der Glaube verwandelt den Geist, stärkt die Abwehrkräfte. Ich darf nicht schwach werden.* Auf dem Tischchen hatte sie allerhand Firlefanz und Bilderrahmen arrangiert, die sie häufig abstaubte. Zwei Fotos von Niels waren darauf zu sehen, die ihn im Schnee vor dem Haus zeigten. Das eine war eine Großaufnahme, auf der der Seemann im roten Anorak ins Objektiv lächelte. Das andere war ein Porträt, das unzweifelhaft bewies, dass Sacha sein Sohn war, so erstaunlich war die Ähnlichkeit. Christa war der Meinung, der Junge sollte ein Foto seines Vaters haben, egal, was diesem vorzuwerfen war.

Hinter Niels hatte Christa ein Bild von Lars, ihrem Mann, aufgestellt, gekleidet in die offizielle Kapitänsuniform. Dort standen jedoch auch ein Druck der Jungfrau Maria, zwei Bilder von Johannes Paul II. und ein zwanzig Zentimeter großes Kreuz mit einem milde blickenden Christus. Sie bekreuzigte sich. *Ich muss das, was Magdalone mir geraten hat, zu Ende führen. Wenn es bei ihr funktioniert hat, wird es auch bei uns funktionieren. Ich muss aufhören, mich infrage zu stellen. Ich habe einen schrecklichen Fehler begangen, aber ich bin dabei, ihn wiedergutzumachen. Mein Gott, gib mir die Kraft, den Zweifel zu vertreiben.* Die Großmutter verließ das Zimmer im ersten Stock und ging die ächzenden Stufen der schmalen Holztreppe hinunter in die kleine Küche im Erdgeschoss. Die Tür des modernen Kühlschranks gab beim Öffnen ein schmatzendes Geräusch von sich. Das Päckchen, das Magda ihr anvertraut hatte, lag, in ein weißes Tuch gewickelt, im oberen Fach.

...

Rachel fuhr schnell über die Promenade am künstlich angelegten See, begegnete Kinderwagen und Joggern. Jeder Tritt in die Pedale gab ihr neuen Mut, und der Wind, der ihren Rock bauschte, verschaffte ihr ein erfrischendes Gefühl von Freiheit. Ein Geschäftsmann, ein attraktiver Bursche – Handy am Ohr und mitten in einem Gespräch –, zwinkerte ihr zu. Rachel schenkte ihm ein kesses Lächeln. Die Blumen dufteten herrlich, und die Leute wirkten glücklich. Alles würde gut werden. Karl würde gesund werden. Die Mörder von den Färöer-Inseln würden festgenommen und Reed vor den Augen der ganzen Welt bloßgestellt werden. Sie und Samuel würden eine freundschaftliche Beziehung unterhalten, und Sacha, ihr Sacha, würde vielleicht gehen können …

Sie verließ den Park und fuhr über die Brücke in den Stadtteil Christianshavn. Sie liebte es, mit ihrem Mountainbike dieses Viertel zu durchqueren. Dieser Ort erinnerte an Venedig, Wasser und Boote an jeder Straßenecke, gepflasterte Gässchen, Uferstraßen, gesäumt von niedrigen Häusern, zwanglosen Restaurants und Cafés.

Sie bog in eine Einbahnstraße ein und erreichte den Hauptkanal von Christianshavn. Rachel radelte an den bunten Häuschen vorbei bis zum Roten Haus. Wie üblich spielte Sergio, auf grünen Plastikkisten sitzend, Akkordeon, eine silberne Pauke zu seinen Füßen. Heute Morgen war der Akkordeonist mit dem buschigen Bart fröhlich, er spielte eine Art Musettewalzer, neu interpretiert nach Zigeunerart. Sie stellte ihr Rad in der Nähe ab und begrüßte ihn freundschaftlich. Ein Blick auf ihr Handy bestätigte, dass sie keine Antwort auf ihre beiden SMS erhalten hatte. Christas Schweigen beunruhigte sie noch nicht, aber zu lange sollte es nicht mehr dauern.

…

Seit nunmehr mindestens vierzig Minuten stand Christa regungslos, das weiße Bündel im Arm, vor dem bunt zusammengewürfelten Altar, der im Lauf der letzten Wochen entstanden war. Sie hatte sich dazu entschlossen, das Paket, das ihre Nachbarin und neue Freundin Magdalone ihr anvertraut hatte, aus dem Gefrierfach zu nehmen. Christa hatte das in ein Tuch gewickelte Bündel an sich gedrückt und in das kleine Zimmer von Sacha getragen, wie Magda es ihr empfohlen hatte. Nun stand sie da, linkisch und unentschlossen.

Die Weihrauchspiralen stiegen bis zur Zimmerdecke. Mit unsicheren Händen wickelte die Großmutter das Tuch, das den kleinen Körper umhüllte, auseinander, als handele es sich um eine Mumie. Anfangs fiel es ihr schwer hinzusehen, dann gewöhnte sie sich an den schauerlichen Anblick des getrockneten Fötus.

Sie legte ihn auf das Tischchen vor die Fotos von Niels, Sacha und Lars, die Porträts der Jungfrau Maria und des verstorbenen Papstes, an den sie ihre Gebete richtete. Nachdem sich das erste Gefühl des Abscheus gelegt hatte, war sie sehr angerührt von dem leblosen kleinen Körper, und Tränen liefen über ihre glatten Wangen. Sie konzentrierte sich auf das, wofür sie hier war. Sie dachte an Sacha. Dann begann sie laut zu beten, während sie mit einer Hand zur Schere griff.

KAPITEL ZEHN

In den Büros von Green Growth herrschte Ruhe. Im Eingang saß Jon, der für den Empfang und die Telefonanlage zuständig war, an seinem halbkreisförmigen Schreibtisch. Hinter ihm lag ein heller Korridor, von dem fünf verglaste Büros abgingen, die jeweils mit einem großen Doppelfenster auf den Kanal blickten. Peter hatte sich für diese Anordnung entschieden, weil sie den Austausch erleichterte und jedem zugleich die Möglichkeit gab, sich zurückzuziehen, um in Ruhe zu arbeiten. Am Ende des Flurs befand sich ein großer, offener Raum mit einem Dutzend Arbeitsplätzen und Internetzugängen, die den zumeist ehrenamtlichen Redakteuren und mit verschiedenen Nachforschungen betrauten Aktivisten vorbehalten waren. Der hintere Teil dieses Open Space war durch Zwischenwände abgetrennt und diente als Versammlungsraum und als Pressesaal.

Von ihrem Mountainbiketrip leicht außer Atem und mit geröteten Wangen lief Rachel an den ersten vier Glaskästen – in denen Peter, die Rechtsabteilung, die Buchhaltung und die PR-Abteilung residierten – vorbei und stellte ihre Tasche in dem fünften Raum ab, der momentan ihr Büro war.

Die Versammlung hatte pünktlich um 10.30 Uhr begonnen. Zwei Minuten später betrat Rachel, mit Stift und Notizblock bewaffnet, den Raum. An dem ovalen Tisch saßen Paula, Frederik, Peter sowie Kim, Oliver und Hanne. Durch die geöffneten Fenster drangen die Schreie der Möwen herein, und eine leichte Brise spielte mit den dünnen Vorhängen.

»Welcome home!« Kim, die Buchhalterin, sprang spontan auf, um Rachel zu umarmen.

»Hallo zusammen«, rief Rachel in die Runde. »Ich freue mich, euch zu sehen.«

»Wie geht es dir?«, fragte Oliver, zuständig für Presse und PR, mit einem breiten Lächeln.

»Ich habe das Gefühl, unter einen Laster gekommen zu sein, aber sonst ist so weit alles in Ordnung! Ich war gerade im Riget, Joanna geht es langsam besser. Sie wartet nur auf den Arzt, der ihre Entlassung unterschreiben muss.«

»Super«, meinte Peter.

»Was Karl betrifft, so können sie jedoch immer noch keine verbindlichen Aussagen machen.«

»Ich besuche ihn später«, erklärte Peter mit finsterer Miene. »Wir haben alle ein paar Zeilen an seine Familie geschickt. Im Moment bleibt uns leider nichts anderes, als abzuwarten.« Er seufzte. »Wir haben gerade angefangen, und ich habe dargelegt, dass sich unser Timing aufgrund der aktuellen Ereignisse verändern wird.«

Rachel nahm auf dem letzten freien Stuhl Platz.

Sie mochte alle, die um diesen Tisch saßen – mit Ausnahme vielleicht von Hanne, einer hübschen, etwas gekünstelten Frau, die die Juristin der Organisation und auch die Exfreundin von Niels war. Kurz gesagt, Niels hatte Hanne während einer Kampagne gegen den Thunfischfang wegen Rachel verlassen – es war Liebe auf den ersten Blick gewesen. Die Sache lag schon fünf Jahre zurück, aber Hanne hatte ihr noch immer nicht verziehen. Rachel konnte das zwar verstehen, vielleicht hätte sie selbst auch nicht anders reagiert, dennoch sagte sie sich, dass inzwischen genug Zeit vergangen war. Hanne lebte jetzt mit einem Yogalehrer zusammen, und die beiden hatten seit zwei Jahren eine kleine Tochter. Trotzdem hatte sie das Kriegsbeil nie ganz begraben. Und als sich Niels nach Sachas Geburt aus dem Staub gemacht hatte, hatte Hanne eine Genugtuung empfunden, die sie nicht hatte verbergen können oder wollen. Seither hatte sich ihre Beziehung etwas entspannt. Doch diese vordergründige Freundlichkeit wich bei der ersten Meinungsverschiedenheit einer kaum verhohlenen Antipathie. Peter verabscheute diese privaten Animositäten, die nichts mit der Arbeit zu tun hatten, und versuchte, die beiden Frauen nicht gemeinsam einzusetzen.

Hanne begnügte sich damit, Rachel zuzunicken, als diese Platz nahm und sich ein Glas Wasser einschenkte. Rachel hingegen konzentrierte sich ganz auf Peter und stellte nebenbei fest, dass sein schwarzes T-Shirt das kantige Gesicht und die strahlend blauen Augen betonte. So ähnelte er noch mehr als sonst einem Messias, der die Rettung des Planeten predigte. Sie hatte große Hochachtung für ihn und war stolz, für ihn arbeiten zu dürfen.

Ohne Peter wäre Rachel nicht weitergekommen. Sie hatte als freiwillige Aktivistin begonnen und sich mit einem Job als Kellnerin über Wasser gehalten, der ihr nicht viel Freizeit ließ. Peter hatte schnell ihren hartnäckigen Charakter, ihr Engagement und ihre Ausdauer im Kampf für die Rettung der Umwelt bemerkt. Zu jener Zeit hatte Mildred, die Koordinatorin der Einsätze, nach Finnland geheiratet und eine Lücke hinterlassen. Peter hatte eine Ähnlichkeit zwischen Mildred und Rachel festgestellt und beschlossen, Letzterer eine Chance zu geben. Zunächst hatte er sich sowohl bei riskanten Missionen als auch bei Hintergrundrecherchen von ihrem Potenzial überzeugt und ihr dann den Job angeboten. Noch heute sah er in ihr sein Ziehkind, das sich stetig weiterentwickelte, ein reines Green-Growth-Produkt, aufopfernd und effizient, auf das er nicht mehr verzichten wollte. Dafür war ihm Rachel noch immer dankbar. Peter war jener Typ Mann, in den sie sich leicht hätte verlieben können. Doch Kyle, ein Koloss von einem Meter neunzig und seit einigen Jahren der Lebensgefährte des GG-Leiters, hatte sie davon abgebracht.

Sie tauschten schnell einen Blick, und Peter wartete, bis Rachel sich eingerichtet hatte, bevor er zu sprechen begann.

»Unsere Kampagne zur Erhaltung der Biodiversität, die zeitgleich mit der CITES beginnen sollte, wird vorgezogen. Wir müssen das Medieninteresse, das durch das Attentat auf den Färöer-Inseln entstanden ist, nutzen und gleich morgen einsteigen.«

Am Tisch erhob sich zustimmendes Gemurmel.

»Zunächst werden Kommuniqués im Internet veröffentlicht, übermorgen folgen die ersten Plakate und gleichzeitig die Petition zur Erhaltung der Arten. Wir vertagen die laufenden Belange und konzentrieren uns alle auf diesen Punkt. Rachel, eigentlich hättest du die Kampagne leiten sollen, aber jetzt brauche ich dich sofort für etwas anderes.«

»Für was denn?«

»Du sollst ein Logbuch des Einsatzes auf den Färöer-Inseln bis zum Moment des Attentats verfassen. Das stellen wir dann ins Netz, um etwas mehr Aufmerksamkeit zu erregen. Oliver und ich haben uns schon überlegt, welche Pressemitteilungen wir zu den verschiedenen Schlagwörtern veröffentlichen wollen. Oliver?«

Der PR-Beauftragte reichte jedem ein Blatt. »Das sind unsere Hauptpunkte. Ab jetzt müsst ihr alle Interviewanfragen annehmen und euren Blog schreiben. Wie hier ausgeführt, sollt ihr die Anfragen zum Attentat rasch beantworten und auf unsere Hauptziele zu sprechen kommen. Na, ihr wisst ja, wie das geht.«

Rachel las das Papier und hob die Hand, bevor sie ihre Frage an Peter und Oliver richtete: »Ihr stellt die Färinger an den Pranger, okay, aber wenn sie es nun gar nicht waren? Könnte uns eine solche Beschuldigung nicht unglaubwürdig machen? Sollten wir nicht warten, bis die Ermittlungen abgeschlossen sind?«

»Hier ist Fingerspitzengefühl gefragt«, antwortete Peter an Olivers Stelle, denn er wusste genau, worauf Rachel hinauswollte. »Egal, wer die Bombe im Schlauchboot versteckt hat. Im Moment nutzen wir die Anteilnahme der Öffentlichkeit und die Empörung, die das Attentat ausgelöst hat, um unsere Message zu verbreiten: Die Jagd auf Wale und andere bedrohte Arten ist ein barbarischer Akt. Und die Färinger sind Wilderer.«

Er räusperte sich und verlieh seinen Worten Gewicht, indem

er mit den Fingern auf den Tisch trommelte. »Wie Rachel ganz richtig bemerkt hat, dürfen wir keine direkte Anschuldigung aussprechen, das könnte sich gegen uns wenden. Vorsicht, denn die Journalisten versuchen, uns etwas in den Mund zu legen, was wir nicht sagen wollen. Wir müssen gemäßigt bleiben, die Arbeit der dänischen Polizei respektieren, das übliche Blablabla, das unserer Linie entspricht. Hingegen müssen wir ständig wiederholen, wie viele Delfine, Wale und Rote Thunfische abgeschlachtet werden. Merkt euch die Zahlen, und lasst sie immer wieder einfließen. Noch Fragen? Frederik, wie sieht es mit dem Bildmaterial aus?«

Der Rotschopf richtete sich auf seinem Stuhl auf. »Die Kamera des Schlauchboots ist stark beschädigt und im Moment nicht auszuwerten. Dafür haben wir aber das Video, das von der *Serendipity* aufgenommen wurde. Die Polizei hat es uns heute Morgen zurückgegeben. Das können wir online stellen, sobald es uns sinnvoll erscheint. Außerdem haben wir die Videos und Fotos der vergangenen Jahre.«

Paula faltete ein DIN-A3-Blatt auseinander. »Wir schlagen euch dieses Bild vor.«

Ein schockierendes Foto. Eine Luftaufnahme des Färöer-Fjords. Das Meer und der Strand waren blutrot gefärbt, und Dutzende von abgeschlachteten Walen lagen im Sand.

Peter reckte den Daumen in die Höhe. »Genial!«

Eine halbe Stunde später ging die Besprechung in kameradschaftlicher Stimmung zu Ende. Das motivierte Team erhob sich, und jeder machte sich an die Arbeit, um die neue Kampagne vorzubereiten. Mit einer Handbewegung bat Peter Rachel in sein Büro. Während sie ihrem Chef folgte, konsultierte sie ihr Handy.

...

»Wie geht es dir seit gestern Abend? Wie weit bist du?«

Rachel nahm ihm gegenüber Platz. »Letzte Nacht bin ich alles noch mal durchgegangen, alle Verzweigungen der Gesellschaft, aber erfolglos. Reed Industries hat keine Verbindung zu Dänemark.«

»Bist du dir sicher, dass alles in Ordnung ist? Du wirkst besorgt.«

Rachel spielte mit ihrem Handy. »Familiäre Geschichten.«

Es herrschte ein kurzes Schweigen, ehe Peter fortfuhr: »Was hast du gerade gesagt?«

»Ich habe keine Verbindung zwischen Reed und Dänemark gefunden, zumindest bis jetzt nicht.«

»Und ich habe einen guten Teil der Nacht über das nachgedacht, was du mir berichtet hast, und ich stimme dir zu«, erklärte Peter. »Wenn die Frau im Bella Center die Wahrheit gesagt hat und wir den Beweis erbringen können, dass Reeds Leute den Sprengstoff im Boot angebracht haben, um uns zum Schweigen zu bringen, können wir diesem Mistkerl endlich das Handwerk legen.«

Rachel nickte, und Peter stieß ein hämisches Lachen aus.

»Jetzt müssen wir nur noch herausfinden, wen er für diese Drecksarbeit engagiert hat. Neun Tage vor der Solaïa-Kommission.«

Rachel beugte sich vor und sah ihn an. »Ich schlage dir Folgendes vor: Wir gehen Wort für Wort noch einmal durch, was die Frau mir gestern gesagt hat, und nehmen alle Ableger der Firma Reed unter die Lupe, bis wir herausfinden, wen er hier hat anheuern können. Einverstanden?«

»Einverstanden.«

»Willst du einen Kaffee?«

Zehn Minuten später stellte sie zwei dampfende Kaffeebecher auf den Tisch und legte eine Tafel Bitterschokolade daneben.

...

Ave Maria, gratia plena,
Dominus tecum.
Benedicta tu in mulieribus,

et benedictus fructus ventris tui, Jesus.
Sancta Maria, Mater Dei, ora pro nobis peccatoribus, nunc et in hora.
Mortis nostrae.
Amen.

Während sie ihr Gebet psalmodierte, wiegte sich Christa vor und zurück.

Mit der scharf geschliffenen Schneide der Schere zeichnete sie ein Kreuz oberhalb der Nabelschnur auf den Bauch des Fötus. Die getrocknete Haut platzte auf. Dann bohrte sie die Spitze in das Fleisch. Aus ihrer trockenen Kehle strömten weitere lateinische Wörter. Auf dem Nachtkästchen vibrierte ihr Handy wie ein großes Insekt.

...

Schwarze Schokolade ist eine harte Droge, die auf der Zunge eine suchterzeugende Bitterkeit hinterlässt. Ohne dass es ihnen bewusst geworden wäre, hatten Rachel und Peter schon drei Viertel der Tafel gegessen, während Rachel versuchte, sich so gut wie möglich an die »Stimme« im Bella Center zu erinnern. Peter schrieb bis in kleinste Details alles in seinem großen Heft nieder. Um die Mittagszeit kamen Frederik, Hanne und Paula am Büro ihres Chefs vorbei und warfen neugierige Blicke durch die Scheibe. Frederik klopfte an.

»Wir holen uns ein Sandwich, sollen wir euch etwas mitbringen?«

»Gute Idee«, antwortete Peter. »Kannst du für mich ein Smörrebröd mit getrocknetem Fleisch nehmen?«

»Und für mich ein Sandwich mit Omelett?«, bat Rachel.

»Alles klar. Arbeitet schön.«

Rachel und Peter setzten ihren Informationsaustausch fort. Als Rachel ihren Bericht beendet hatte, drehte Peter seinen Stift zwischen den Fingern – bei ihm ein Zeichen für intensives Nachdenken – und konsultierte seine Notizen.

»Sie hat dich also raten lassen, dass HR dich auf dem Kieker hat …«

»Genau.«

»Und da hast du gefragt: ›Warum warnen Sie mich?‹ Worauf sie geantwortet hat: ›Ich arbeite für jemanden, der für diese Person arbeitet.‹«

»Stimmt.«

Der Stift tanzte weiter zwischen Peters Fingern. »Ist das der genaue Wortlaut? Hat sie gesagt: ›Ich arbeite für jemanden, der für diese Person arbeitet‹?«

»Nein, sie hat gesagt: ›Ich bin für jemanden von hier tätig, der für HR arbeitet.‹«

»Das genau waren ihre Worte?«

»Ja.«

Rachel massierte ihre Stirn. »Nein, ich bin mir nicht mehr sicher …«

Als sie eine halbe Stunde später in ihr Büro zurückging, empfand Rachel ein Gefühl des Scheiterns. Sie legte ihr Sandwich auf den Tisch. All ihre Recherchen und die Internetsuche hatten nichts ergeben. Keine offensichtlich geschäftliche Verbindung zwischen Reed und Dänemark. *Meine Güte, was habe ich bloß übersehen?* Sie warf einen besorgten Blick auf ihren Schreibtisch, auf dem sich schon ein Dutzend zu bearbeitender Akten stapelte. Die Themen waren mit einem dicken schwarzen Filzstift daraufgeschrieben: »Biodiversität«, »Atomkraft«, »Gentechnisch veränderte Organismen«, »Wald«, »Ozeane« … Daneben warteten fünf DVDs darauf, gesichtet, und Hunderte von Briefen von Anhängern und Gegnern darauf, gelesen zu werden.

Sie setzte sich auf ihren neuen Bürostuhl, blau und mit verstellbarer Lehne, und machte eine halbe Drehung. Um sie herum nichts als Glasscheiben, denen jede persönliche Note fehlte. Naturfotos würden Gelassenheit und Energie vermitteln, ein Porträt von Sacha den Mut, der ihr manchmal fehlte, und es würde sie immer daran erinnern, wofür sie kämpfte. Hinter ihr schimmerte der Kanal. Die Kajakfahrer, die unter ihrem Fenster vorbeikamen, scheuchten die Enten auf. Rachel verbrachte die folgenden fünf Minuten damit, die Tausende auf dem Wasser funkelnden Diamanten zu betrachten – bis das durchdringende Hupen eines Autos sie brutal aus ihrer Konzentration riss. Sie rieb sich die Augen und wandte sich zu ihrem Computer um. *An die Arbeit*. Anhand der Notizen, die das Team ins Logbuch geschrieben hatte, sollte sie ein Bordtagebuch verfassen. Und vor allem musste der für die Presse bestimmte Bericht über Reed fertig geschrieben werden.

Rachel schaltete den Computer ein. Ihr Briefkasten quoll fast über. Nachdem sie rund ein Drittel der Nachrichten – Werbung oder Spams, die durch den Filter gerutscht waren – gelöscht hatte, überflog sie rasch die Nachrichten anderer nichtstaatlicher Organisationen und nahm sich dann etwas mehr Zeit für die persönlichen Mails. Verschiedene Freunde, denen sie antworten müsste, sobald sie Zeit hätte. Und Journalisten, die sich vergeblich per Telefon bemüht hatten, sie zu erreichen, und es nun auf diesem Weg versuchten. Sie nahm sich vor, Kontakt mit ihnen aufzunehmen, denn das war Peters Direktive: die Presse bedienen. Ganz so, als hätte er ihren Entschluss gehört, schickte von Lommel in genau diesem Augenblick eine SMS:

Kann ich heute Nachmittag bei GG vorbeikommen? Samuel

Ohne groß nachzudenken, antwortete Rachel:

Okay. Gegen 15 Uhr.

Dann wandte sie ihre Aufmerksamkeit wieder dem Posteingang zu und löschte alles, was nicht von Interesse war. Gerade wollte sie auch die vorletzte Mail in den Papierkorb verschieben, doch ehe sie die Maustaste klickte, hielt sie plötzlich inne.

Der Betreff »Eiche und Schilfrohr« ließ sie zusammenzucken. Das war weder eine Werbung noch ein Spam. Rachel kniff die

Augen zusammen, öffnete das Dokument, las es aufmerksam und erbleichte. Sofort griff sie zum Telefon und wählte Peters Nummer, doch sie erreichte nur seinen Anrufbeantworter. Sie versuchte es auf dem Handy und geriet auch hier an die Mailbox. Rachel erhob sich und lief auf den Gang, der sie vom Büro ihres Chefs trennte. Doch die Tür war geschlossen und der Glaskasten leer.

KAPITEL ELF

Ohne ihr Sandwich angerührt zu haben, verließ Rachel gegen dreizehn Uhr das Rote Haus. Peter war verschwunden und hatte sein Handy ausgeschaltet, vermutlich hatte er einen wichtigen Termin oder war auf dem Weg ins Krankenhaus, um Karl zu besuchen. Also hatte sie ihm nicht den Inhalt der erhaltenen Mail mitteilen können. Sie wandte dem Kanal von Christianshavn den Rücken zu und steuerte das Zentrum des Viertels an, wobei sie sich ständig umsah, um sicherzugehen, dass ihr niemand folgte. Wegen der zahlreichen Baustellen war der Verkehr dicht. Jeden Sommer wurden in dem Viertel Sanierungsarbeiten vorgenommen, bei denen die Bürgersteige aufgerissen wurden. Die Luft war von Staub erfüllt, und auf den Straßen lagen Berge von Bauschutt, sodass das Autofahren hier zum Albtraum wurde. Stoßstange an Stoßstange warteten die Wagen an einer roten Ampel, während ein überfüllter gelber Bus in die andere Richtung fuhr. Die Fußgänger drängten sich zwischen den Fahrzeugen und den Schaufelbaggern hindurch, das Atmen war in der staubigen Hitze schwierig. Als sie an einem Presslufthammer vorbeikam, den ein schweißüberströmter Arbeiter betätigte, musste Rachel husten und hielt sich die Ohren zu.

Im Moment hatte sie nur ein Ziel: die Erlöserkirche Frelsers Kirke. Obwohl Rachel nicht gläubig war, öffnete sie die schwere Tür und zahlte zwanzig Kronen. Einige Touristen bewunderten den Altar aus Marmor und Holz sowie die von zwei Elefanten getragene Orgel aus dem 17. Jahrhundert. Ein Pastor im schwarzen Talar und mit weißem Beffchen unterhielt sich mit ihnen. Rachel schenkte ihnen keine Beachtung, sondern erklomm sofort die Wendeltreppe des Glockenturms. Vierhundert Stufen, die nach oben hin immer schmaler wurden.

Die ersten hundert Stufen legte sie ohne allzu große Mühe zurück. Vergessen waren die schmerzenden Muskeln, die Turnschuhe federten auf dem von Tausenden von Schritten polierten Holz. Die nächsten hundert waren schwieriger. Ihr Körper rebellierte, die von dem Unfall schmerzenden Glieder flehten um Gnade, doch das war genau das Gefühl, das sie suchte. Sie machte eine Pause, zog ihre Jacke aus und band sie sich um die Taille. Dann ließ sie drei keuchende Touristen mit roten Gesichtern vorbei, die wieder herunterstiegen, und machte sich, die Hand auf dem verzierten Geländer aus vergoldetem Eisen, an die nächsten zweihundert Stufen. Ihr Herz hatte sich an die Anstrengung gewöhnt und pumpte bei jedem Schritt frisches Blut in ihre Arterien und in ihr Gehirn. Ihr Geist wurde klarer. Auf den letzten fünfzig Stufen keuchte sie und spürte Stiche in der linken Seite.

Oben angekommen, trat sie hinaus auf die Plattform und stützte sich auf das Geländer. Außer ihr war niemand da. Der Wind peitschte ihr Gesicht und bauschte ihren Rock. Und wie jedes Mal, wenn sie hierherkam, war sie überwältigt. Der Blick auf Kopenhagen war atemberaubend. Die Stadt wirkte wie das Bild eines Künstlers, der unverfälschte Primärfarben direkt aus der Tube benutzt hatte. Unter sich sah sie die an einem Netz von blauen Kanälen aufgereihten Puppenhäuser in Gelb und Rot. Das Gewirr von Straßen, die in Fluchtlinien zum Hafen führten, wo ein weißer Luxusdampfer im Begriff war abzulegen. Etwas näher alte Lagerschuppen, ebenfalls in leuchtendem Rot und Gelb, militärisch nebeneinanderstehend wie bunte Dominosteine. Und überall grüne Tupfen: Bäume, Büsche, grüne Inseln. Wie sie diesen Blick über die Stadt liebte, der einen Eindruck von Freiheit und Natur vermittelte!

Wenn sie nachdenken wollte, kam sie oft hierher, um im wahrsten und im übertragenen Sinne des Wortes an Höhe zu gewinnen. Rachel spürte das Blut in ihren Schläfen pulsieren.

Sie genoss die frische Meeresbrise, schloss die Augen und atmete tief durch. Nach einer Weile spürte sie, wie ihr Herzschlag sich beruhigte und ihre Gedanken klarer wurden. Sie ging noch einmal die Elemente der Gleichung mit neuen Unbekannten durch. *Wer hat meinen Computer durchsucht? Wer will mir schaden? Gibt es einen Verräter unter uns?*

Beim ersten Lesen der E-Mail hatte sie zunächst an einen Scherz geglaubt, doch dann hatte sie verstanden, dass dem nicht so war.

> Das Schilfrohr ist eine giftige Pflanze. Du solltest
> sie nicht länger anbauen, ihr Gift ist tödlich.
> Claus Dalby

Claus Dalby war der Stargärtner der dänischen Medien, Autor verschiedener Bücher und Moderator einer Gartensendung.

Sehr witzig.

Aber ihr war nicht nach Lachen zumute. Der anonyme Briefschreiber bedrohte sie mit dem Tod. Vor allem aber bedeutete das, dass er von ihrer geheimen Datei wusste. Doch es gab nur zwei Kopien von dem Dokument »Eiche und Schilfrohr«: eine bei ihr zu Hause in Ørestad, eine zweite, passwortgeschützte, in Peters Büro. Und nur zwei Menschen kannten den Namen: Peter und Jesus. Ihr Vertrauen in Peter war unerschütterlich. Was Jesus betraf, so war er seit einigen Monaten außer Gefecht. Die zweite Hypothese war also die von einem Spitzel in den eigenen Reihen. *Mein Gott …* Rachel atmete tief durch, die Angst begann ihr Gift zu verteilen. *In welche verfluchte Lage habe ich mich bloß gebracht? Wenn nur Jesus noch da wäre, um mir zu helfen …*

KAPITEL ZWÖLF

Vom Turm der Frelsers Kirke aus betrachtete Rachel jene Stadt, die die ihre geworden war, und ließ ihre Gedanken schweifen. Von Dezember 2009 bis März 2010 hatte sie allein an der Sache gearbeitet. Sie war allen Spuren nachgegangen, die Jesus ihr geliefert hatte, ohne mit irgendjemandem darüber zu sprechen. Jede Äußerung, jedes Eingreifen, jeder Blog oder jede Initiative, die den Klimawandel leugnete – egal, ob sie von einer bekannten Persönlichkeit oder von einem einfachen Bürger kamen –, hatte sie zurückverfolgt. Jede Polemik untersucht und analysiert, um herauszufinden, wer sie unterstützte und finanzierte. Und im Laufe der Zeit hatten Rachel und Jesus das Ausmaß des Skandals aufgedeckt. In neunzig Prozent aller Fälle war Reed direkt oder indirekt an der Finanzierung beteiligt. Ende März verfügten Rachel und Jesus über genügend Informationen, um Reed Industries als Dreh- und Angelpunkt der Antiklimakampagne zu denunzieren, mit der versucht wurde, jegliche Umweltschutzgesetzgebung zu verhindern.

Aber die Zeit hatte gegen sie gearbeitet. Das Scheitern des Kopenhagener Gipfels hatte das Medieninteresse am Klimawandel nachhaltig gedämpft. Zeitungen, Fernseh- und Radiosender wollten nichts mehr zu diesem Thema veröffentlichen, und auch im Internet war Ruhe eingekehrt. Im April waren Rachel ernsthafte Zweifel gekommen. Der Klimawandel war im politisch-medialen Sektor derart abgewertet, dass ihre Enthüllungen ein großer Flop hätten werden und Hannibal Reed sich unbeschadet aus der Affäre hätte ziehen können. Es wäre besser gewesen, früher mit dem Skandal an die Öffentlichkeit zu gehen, wie Jesus von Anfang an vorgeschlagen hatte. Ihr Fehler war ein Übermaß an Vorsicht gewesen. Die Entmutigung hatte ihr jeden Elan genommen.

Am Wochenende vor Ostern, als sich die Green-Growth-Büros langsam leerten, war sie zu Peter gestürmt, hatte sich mit verschränkten Armen vor ihm aufgebaut und angefangen zu berichten: Jesus, Reed und sein Netzwerk. Ihr Chef hatte aufmerksam zugehört, ohne sie zu unterbrechen. Rachel rechnete mit einem Tadel, im Stil von »du hättest früher mit mir darüber reden sollen« oder »seit wann sind wir Einzelkämpfer?« oder »du verfolgst damit nur persönliche Ziele«. Aber nein. Nachdem er sich alles angehört hatte, hatte er die Augen zusammengekniffen und gesagt: »*Good Job*.«

Trotzdem hatte Rachel mit Entschuldigungen begonnen, die niemand von ihr verlangte.

»Ich hätte früher mit dir darüber sprechen sollen. Aber nach der Sache mit den Kapseln hatte ich Angst, einen Fehler zu machen. Ich wollte sicher sein, alle Beweise zu haben und sämtliche Quellen aufzudecken. Und jetzt will niemand mehr etwas vom Klimawandel wissen. Die ganzen Nachforschungen waren umsonst, und Reed wird erhobenen Hauptes aus der Sache hervorgehen. Ich habe Mist gebaut, zu lange gewartet, es tut mir leid.«

Peter hatte seinen Stift zwischen den Fingern gedreht.

»Glaub das nicht. Weißt du, dass Reed bestimmte Aufträge von der Solarindustrie möchte? Und wenn er das versucht, schlagen wir zu. Wir brauchen nur die richtige Gelegenheit abzuwarten.«

Die richtige Gelegenheit hatte sich im Juni in Form eines Artikels in einer Wirtschaftszeitung präsentiert. Seit Wochen lag Rachel wie ein Raubtier auf der Lauer. Sie wartete, dass Reed an die Öffentlichkeit trat, und las alles, was den amerikanischen Energiesektor betraf. Am 10. Juni hatte sich ihre Beute bewegt. Die amerikanische Regierung hatte den Bau des größten Solarkraftwerks der Welt ausgeschrieben. Es sollte in Kalifornien errichtet werden und »Solaïa« heißen. Reed Industries hatten sich mittels ihrer neuen deutschen Filiale Solar Konsortium beworben. Sie hatten eine hervorragende Präsentation abgeliefert und zählten zu den Favoriten. Am 2. September 2010 sollte der Zuschlag erteilt werden.

Rachel hatte die Zeilen immer wieder gelesen, bis ihr die Bedeutung des Artikels klar geworden war. Dann hatte sie gelächelt. *Jetzt habe ich ihn.*

Das Timing musste präzise und perfekt sein. Am Morgen des 2. September würde Green Growth die Bombe platzen lassen. »Die ökologische Farce von Reed Industries«. Pressekonferenz, Veröffentlichung des Dossiers mit großem Tamtam, Wiederaufgreifen des Themas in den Blogs. Alles, um genug Aufsehen zu erregen, damit die Sache der amerikanischen Vergabekommission zu Ohren käme und ihre Entscheidung beeinflusste.

Wenn sie noch dazu nachweisen könnten, dass Reed hinter dem Attentat auf den Färöer-Inseln steckte, wäre der Ruf des Industriellen ernsthaft geschädigt.

Vom Kirchturm aus betrachtete Rachel missmutig die schwarzen Regenwolken, die über dem Meer aufzogen und ihren Schatten schon auf den Hafen warfen. Sie dachte, dass sie für den Fall eines Schauers keinen Schirm mitgenommen hatte.

Die tragische Ironie des Schicksals wollte, dass Jesus nicht erfahren würde, dass sich seine hervorragenden Recherchen gelohnt hatten. Einen Tag bevor Rachel den Artikel über Solaïa gelesen hatte, am 9. Juni, hatte ein Pick-up an einer verlassenen Kreuzung in Pennsylvania das Motorrad des jungen Mannes gestreift. Das zumindest hatten die Kollegen von Green Growth US berichtet, die es selbst von den Mitgliedern der Climate Action Group erfahren hatten. Ihren Informationen zufolge lag Jesus irgendwo in Amerika im Kreise seiner Familie schwer verletzt im Koma. Er war sich weder seiner Umgebung noch seines Zustands bewusst und auch nicht der Tatsache, dass man in Erwägung zog, seine Behandlung und die künstliche Ernährung abzubrechen.

Die Vorstellung, dass Jesus irgendwo auf der anderen Seite des Atlantiks dahinvegetierte, deprimierte sie zutiefst. Und noch dazu wusste sie nicht einmal seinen richtigen Namen.

»Eiche und Schilfrohr« … Er hatte als Erster die Idee für diesen Decknamen nach der Fabel von Lafontaine gehabt, in der die Eiche das in ihren Augen schwächliche Schilfrohr bedauert. Doch dieses trotzt dem Sturm, während die stolze Eiche wankt und stürzt. Rachel dachte an die Drohmail, die mit Claus Dalby unterzeichnet war. Wer sonst hätte sich noch Zugang zu ihrem Dokument verschaffen können? Dass jemand bei ihr eingedrungen sein und es gefunden haben könnte, schien ihr unwahrscheinlich. Blieb nur Peters Computer. Jemand müsste in sein Büro gelangt sein und das Passwort geknackt haben. In diesem Fall bestand nicht wirklich Anlass zur Panik, denn sein Dokument war nur eine Zusammenfassung des Berichts. Die Beweisstücke, die sie geduldig zusammengetragen hatte, waren in Sicherheit bei ihr zu Hause. Das zumindest hatte sie geglaubt. Musste sie ihre Arbeitsweise ändern? Musste sie Misstrauen gegenüber allen in ihrer Umgebung hegen?

Plötzlich spürte Rachel, dass jemand hinter ihr war, und fuhr herum. Ein kräftiger Mann mit grauem Haar war keuchend die letzten Stufen des Kirchturms heraufgestiegen. Er trug eine rote Windjacke über einem weißen Poloshirt, Wanderschuhe und einen kleinen Rucksack. Ein Tourist. Höflich grüßte er Rachel und trat neben sie, um die Aussicht zu bewundern.

»*It's fabulous!*«

Sein Englisch hatte einen starken französischen Akzent. Er erinnerte Rachel an ihren Sportlehrer, der sie unterstützt hatte, als sie gegen den Willen ihrer Eltern eine Volleyballausbildung am Sportgymnasium hatte machen wollen, und so war er ihr auf Anhieb sympathisch.

»Ja, es ist wunderschön hier oben«, sagte Rachel auf Französisch.

»Sie sind Französin?«, fragte er, sichtlich erfreut, auf eine Landsmännin zu treffen.

»Halb.«

»Ist es indiskret zu fragen, was die andere Hälfte ist?«

»Dänisch.«

Der Mann nickte. »Ich liebe dieses Land. Hier ist alles so ruhig. Nicht wie bei uns.«

Er deutete auf die bunten Dächer. »Nun sehen Sie sich nur diese Harmonie an. Das wirkt auf mich immer wie ein Gemälde.«

Rachel betrachtete die Puppenhäuschen. »Auf mich auch.«

»Jedes Mal, wenn ich in Kopenhagen bin, komme ich hierher, und jedes Mal habe ich den Eindruck, den Puls der Stadt zu fühlen.«

»Sind Sie oft hier?«, erkundigte sich Rachel.

»Ja, ich bin dieser Stadt sehr verbunden.«

»Arbeiten Sie hier?«

Er zeigte ein kleines verschmitztes Lächeln, und seine Augen blitzten auf. »Ich meine nicht diese Art Bindung.«

Rachel hielt nachdenklich inne. Die Worte des Touristen hallten in ihrem Geist wider, als hätten sie eine tiefere Bedeutung. Und plötzlich war alles so klar, so offensichtlich, dass die junge Frau zusammenzuckte.

»*Wie konnte ich nur so dumm sein!*«

Der Franzose sah sie mit großen Augen an. »Wie bitte?«

Rachel bedankte sich bei ihm. »Sie haben mir wahrscheinlich sehr geholfen, wertvolle Zeit zu sparen.«

Ohne sich weiter um seinen verblüfften Blick zu kümmern, wünschte sie ihm einen schönen Aufenthalt und sah auf ihre Uhr. Fast zwei Uhr. Sie brauchte Zeit und würde sicher nicht rechtzeitig zurück sein. Also machte sie sich an den schwindelerregenden Abstieg und schrieb nebenbei eine SMS an Christa.

Kannst du mir aushelfen und Sacha abholen?
Ich treffe euch dann zu Hause. Call me.

Unten angekommen, bekam sie endlich mal eine Antwort von ihrer Schwiegermutter: Kein Problem.

Rachel atmete erleichtert auf.

KAPITEL DREIZEHN

Christa saß in dem alten Schaukelstuhl in ihrem Zimmer. Sie befand sich in einer seltsamen Gemütsverfassung, so als würde sie zwischen zwei Welten schweben. War ihr der Geruch der Räucherstäbchen zu Kopf gestiegen? Hatte ihr Herz erneut Aussetzer? Oder waren es die heftigen Emotionen, die dieses Ritual, das sie zum ersten Mal ausgeführt hatte, in ihr geweckt hatte?

Magdalone hatte ihr geraten, es täglich zu zelebrieren, wenn sie Erfolge sehen wollte. Und Magda besaß hellseherische Fähigkeiten. Sie hatte »gesehen«, dass Rachel einen Unfall haben und dass Sacha »aufstehen« würde. Diese Weissagungen waren ihr in den Runen erschienen, einem alten Alphabet der nordischen Völker, das einen verborgenen Sinn enthielt für denjenigen, der es zu entschlüsseln wusste.

Obwohl sie seit Langem Nachbarinnen waren, hatten Christa und Magdalone erst im letzten Frühjahr zum ersten Mal wirklich miteinander gesprochen – auf einem karitativen Flohmarkt zugunsten der Familien verschollener Seeleute. Christa verkaufte vor dem Haus ein paar Reisebücher. Magdalone, die herumschlenderte, war bei ihr stehen geblieben und hatte sich einen Fotoband über Voodoo-Riten angesehen. Um ehrlich zu sein, war sie alles andere als eine ansprechende Erscheinung. Sie hatte ein längliches Gesicht, kohlschwarzes Haar, durch das sich weiße Strähnen zogen, kleine lauernde Augen, eine Stupsnase, ein fliehendes Kinn und schiefe Zähne. Sie gehörte zu jener Art Nachbarn, mit denen man kaum sprach, über die jedoch häufig hinter vorgehaltener Hand getuschelt wurde.

»Es sind wunderschöne Aufnahmen«, hatte Christa gesagt und das Buch vor ihr geöffnet.

»Wie viel wollen Sie dafür?«

»Hundert Kronen.«

»Ich nehme es.«

Magdalone hatte ihre Hand mit den braun lackierten Nägeln in ein Perlenhandtäschchen gesteckt, das ebenso schwarz war wie ihr Kleid mit dem runden Kragen und die eckigen Schuhe. Christa hatte sich gesagt, dass sie sich kleidete wie eine Witwe. Aber das war sie nicht. Durch irgendwelchen Tratsch hatte Christa erfahren, dass ihr Mann als schlecht bezahlter Mechaniker auf einem Fährschiff zwischen Dänemark und Schweden arbeitete. Um etwas dazuzuverdienen, betätigte sie sich als Hellseherin und halbtags als Aufseherin in der Klinikmüll-Verbrennungsanlage des Rigshospitalet.

Seit dem Tod von Lars und der Behinderung von Sacha interessierte sich Christa mehr und mehr für Spiritualität und Okkultismus. Sie hatte das Buch in Seidenpapier gewickelt und, als sie ihr das Wechselgeld reichte, leise gefragt: »Es heißt, Sie legen Karten?«

»Stimmt.«

Magdalone schien nicht sonderlich überrascht. Sie hatte erneut in ihre Tasche gegriffen und eine Visitenkarte mit der Aufschrift »Magda, Wahrsagerin« sowie ihrer Adresse, E-Mail und Telefonnummer herausgezogen. »Rufen Sie mich an.«

Christa hatte zwei Tage gewartet, ehe sie sich meldete, und die beiden hatten sich für den Nachmittag bei Magdalone, die zwei Häuser weiter wohnte, verabredet.

Kurz nachdem sie bei ihrer Nachbarin eingetreten war, saß Christa schon in einem vollgestellten Wohnzimmer an einem klebrigen, schweren Nussbaumtisch – ein Erbstück. Magdalone, die Christa sofort geduzt hatte, hatte vor ihr Karten mit Runensymbolen ausgelegt. »Zieh eine.«

Aufgeregt hatte Christa den INGWAZ, zwei einander gegenüberliegende Vs, aufgedeckt. Es war die zweiundzwanzigste Rune des älteren Futhark, das Symbol des möglichen Schöpfers.

Magdalone hatte die Augen halb geschlossen und dann voller Emphase erklärt: »Ingwaz befreit den Geist von allen negativen Gedanken. Es ist die Rune der Erfüllung, der Geduld und Besinnung und der Beweis dafür, dass es immer einen Ausweg gibt.«

Christa hatte sie verblüfft angeschaut, aber dann, ohne es zu wollen, fasziniert an den Lippen der Wahrsagerin gehangen.

»Achtung, jetzt gilt es voranzukommen«, erklärte diese weiter, »und nicht die vergangenen Irrtümer und Probleme zu wiederholen. Wende das Blatt, das Beste liegt vor dir.«

Christa, die immer mehr Vertrauen fasste, drängte sie: »Was heißt das?«

»Bereite dich darauf vor, etwas Großes zu vollbringen. Zu handeln. Lass dich nicht von den Ereignissen bestimmen, sondern nimm die Dinge selbst in die Hand.«

»Und nun?«

»Zieh eine andere Karte.«

Eine Stunde später verließ Christa völlig aufgewühlt Magdas Wohnung und ging fast wie in Trance nach Hause. Sie hatte das Licht gesehen und die Nachricht verstanden, die ihr die unsichtbaren Kräfte durch diese hellseherische Frau geschickt hatten.

Sie liebte Rachel aufrichtig und war vernarrt in Sacha. Aber sie warf ihrer Schwiegertochter vor, nur logisch und rational zu denken und die Bedeutung des Emotionalen für die körperliche Gesundheit außer Acht zu lassen. Der Geist vermochte den Körper zu heilen. Was die angeborene Behinderung des Kleinen betraf, so hatte sich Rachel mit der Diagnose des Krankenhauses zufriedengegeben und sofort mögliche andere Behandlungsformen abgelehnt. Christa hingegen war der Ansicht, wenn die Medizin versage, müsse man woanders suchen. Magdalone war die Erste, die diese Auffassung teilte. Durch dieses Treffen ermutigt, hatte Christa beschlossen, auf andere Stimmen als die offiziellen zu hören.

Heute sagte sie sich erneut, dass sie gut daran getan hatte. Sie musste den eingeschlagenen Weg fortsetzen und Rachel zu ihrem Glück zwingen.

KAPITEL VIERZEHN

Schimpfend mühte sich Peter ab, die Heftzwecken neben der weißen Tafel im Besprechungsraum in die Wand zu drücken. Als das Plakat schließlich hing, trat er einen Schritt zurück und sagte, an Oliver gewandt: »Das Foto ist perfekt, aber der Schriftzug ›Schluss mit dem Massaker‹ könnte etwas deutlicher sein. Nimm eine andere Schrift, oder druck sie fetter.«

»In Ordnung«, meinte der PR-Beauftragte.

Rachel gesellte sich zu ihnen.

»Peter, ich muss mit dir reden.«

»Ich höre«, sagte der Green-Growth-Leiter, als sie hinter geschlossener Tür allein waren.

Rachel erzählte von der eigenartigen, mit »Claus Dalby« unterschriebenen E-Mail.

»Ich bin sicher, dass jemand in dein Büro eingedrungen ist und mit deinem Passwort Zugang zu deinem Computer hatte.«

»Aber wer?«, wetterte Peter. »Wie?«

»Keine Ahnung. Aber ändere auf alle Fälle dein Passwort.«

Nachdem sie ergebnislos verschiedene Hypothesen durchgespielt hatten, kamen Rachel und Peter zu dem Schluss, dass man fortan allen gegenüber misstrauisch sein müsse, die nicht zum festen Personalstamm gehörten, das betraf auch die freiwilligen Helfer.

Rachel räusperte sich. »Jetzt muss ich dir von der Eingebung erzählen, die ich auf dem Turm der Frelsers Kirke hatte.«

Sie begann vor Peter, der mit verschränkten Armen an seinem Schreibtisch saß, auf und ab zu gehen.

»Es war dieser französische Tourist«, erklärte sie. »Er hat mir gesagt, er habe eine besondere Bindung zu der Stadt, die nichts mit seiner Arbeit zu tun habe. Und da habe ich begriffen, dass ich voreilige Schlüsse aus dem gezogen habe, was mir die Frau im Bella Center gesagt hat.«

Peter lauschte aufmerksam und fragte sich, worauf sie hinauswollte.

»Sie hat nicht gesagt: ›Ich arbeite für jemanden, der für diese Person arbeitet‹«, fuhr Rachel fort, »sondern für jemanden, der dieser Person verbunden ist. Es kann sich also um einen persönlichen Kontakt handeln, um ein Mitglied seiner Familie, seines Golfclubs, einen Freund, einen Liebhaber, seinen Friseur oder sonst was.«

»Gut«, antwortete Peter, »dann wisch die Tafel ab, und nimm einen Stift, wir gehen alles noch einmal von vorn durch.«

In die Mitte der sauberen Tafel schrieb sie »Hannibal Reed«, dann verband sie ihn mit roten Strichen mit »Hannah«, seiner zweiten Frau, und seinen drei Kindern Richard, Millicent und Henry.

»Und schon haben wir ein Problem, denn die Initialen ›HR‹ können ebenso gut für Hannibal, Henry oder Hannah Reed stehen … das verdreifacht unsere Spuren und unsere Recherchen.«

»Also an die Arbeit«, erklärte Peter und öffnete seinen Laptop. »Was wissen wir über Hannibal Reed?«

Dreißig Minuten später hatten sie ein gutes Dutzend Websites konsultiert, und auf dem Flipchart war eine dichte rote Verzweigung entstanden, deren neuralgisches Zentrum Hannibal Reed war. Außer seiner Familie war der Industrielle diversen Einrichtungen verbunden: einem Kunstbuchverlag, einer Privatklinik für »innovative Chirurgie«, einem Blindenforschungsinstitut, einer Stiftung für Nanotechnologie, für die er die Patenschaft übernommen hatte, sowie der Vereinigung »Wissenschaft im Dienst der Menschheit«, die für den Fortschritt eintrat. Außerdem hatte der Multimilliardär eines der größten Theater von Atlanta gekauft, das den Namen »Hannah Reed Theater« trug.

Peter betrachtete die Baumstruktur und dann wieder die Wikipedia-Seite.

»Du kannst hinzufügen, dass Hannibal Reed den Irakkrieg und die Stammzellenforschung unterstützt hat, sich aber Obamas Gesundheitspolitik, seinen Plänen für die Ehe zwischen Homosexuellen und der Abtreibungsreform widersetzt hat.«

Rachel notierte die neuen Informationen und trat ein paar Schritte zurück, um das Gesamtwerk zu betrachten.

»Bei all dem keine Verbindung zu Dänemark.«

»Also weiter mit den Kindern.«

»Über die beiden Jüngsten habe ich nichts gefunden. Millicent und Richard, sechsundzwanzig und zweiundzwanzig Jahre. Sie studieren noch, ich glaube, Jura und Soziologie.«

»Bleibt Henry.«

Rachel schüttelte den Kopf. »Der … er hat mich angerufen, nachdem ich meine Klage beim Gericht von Kalifornien eingereicht hatte, und hat offen versucht, mich zu bestechen.«

Sie zuckte mit den Schultern. »Er stammt aus der ersten Ehe. Vierzig Jahre alt, wie der Herr Papa in verschiedene Stiftungen, Wohltätigkeitsvereine und kulturelle Institutionen eingebunden.«

Sie zog ihre Linien weiter. Dann betrachtete sie das Gewirr auf der Tafel und verfolgte die einzelnen Zweige, um einer möglichen verborgenen Antwort auf die Spur zu kommen.

Ihr Handy vibrierte in der Jackentasche. Sie warf einen Blick auf das Display und verzog überdrüssig das Gesicht.

»Das ist von Lommel«, sagte sie. »Ich hatte um fünfzehn Uhr einen Interviewtermin mit ihm, aber das wird wohl nicht möglich sein.«

»Es ist wichtig, dass er mit einem Zeugen spricht«, beharrte Peter. »Das Interesse darf nicht nachlassen.«

»Ich weiß.«

»Hattest du Zeit, mit anderen Journalisten zu sprechen?«

»Nein.«

»Ich weiß, dass du es nicht gerne machst, aber es muss sein. Antworte zumindest von Lommel. Er ist der Beste.«

Rachel rieb sich das Kinn und begann, eine SMS zu schreiben.

Tut mir leid, bin verhindert. Später? R.

Die Antwort kam sofort.

Heute Abend?

Rachels Finger glitten über die Tasten.

Habe keinen Babysitter.

Antwort:

Kann ich in Ørestad vorbeikommen?

Samuel war hartnäckig. Rachel nagte an der Oberlippe. Natürlich wusste er, wo sie wohnte. Er konnte ja kommen und einen Kaffee oder ein Glas mit ihr trinken, aber sie wollte nicht, dass er Sacha traf oder ewig blieb. Sie überlegte und antwortete:

Okay, aber nicht vor 20 Uhr.

Dann läge der Kleine im Bett, und sie könnte viel Arbeit vorschieben, um Samuel schnell wieder loszuwerden. Peter beobachtete sie schweigend.

»Alles in Ordnung?«

Rachel legte ihr Handy auf den Tisch. »Ich treffe ihn heute Abend.«

»Perfekt.«

»Also los, weiter«, sagte sie. »Seine Ehefrau Hannah, die vor zwei Jahren gestorben ist. Was finden wir über sie?«

Peters Finger glitten über die Tastatur des Laptops. »Hannah Reed, nach schwerer Krankheit verstorben im Jahr 2008.«

Rachel malte ein Kreuz und die Zahl 2008 neben den Namen.

Peter versuchte es auf einer anderen Website. »Hier, ein Interview, das sie vor vier Jahren gegeben hat. Sie wird als Leiterin des Reed Cultural Network vorgestellt, das Hannibals Mutter 1980 gegründet hat.«

»Stimmt, das habe ich auch irgendwo gelesen. Es handelt sich um ein Programm zur Förderung vielversprechender junge Künstler des Bundesstaates Georgia. Bildhauer, Maler, Musiker, Tänzer …«

Rachel zog eine neue Linie, ausgehend von dem Namen Hannah Reed, an deren Ende sie »Reed Cultural Network« schrieb und unterstrich.

»Sie war Mitglied der Stipendienvergabe-Kommission«, fügte Peter hinzu. »Hier, hör dir an, was sie gesagt hat: ›Meine Vergangenheit als Tänzerin macht mich vor allem für Tanz und Musik äußerst empfänglich, die meiner Meinung nach in unserer Gesellschaft nicht hoch genug bewertet werden.‹«

Rachel schickte sich an, etwas zu sagen, doch Peter wehrte mit einer Geste ab und fuhr fort: »›Warum haben Sie Ihre Karriere beendet?‹ Antwort Hannah Reed: ›Als ich meinen Mann während einer Tournee kennenlernte, habe ich beschlossen aufzuhören, um die Familie zu gründen, von der ich seit jeher träumte.‹ Frage: ›Was war Ihr größtes Glück?‹ ›Außer meinen Kindern die Tatsache, ein Mitglied der Familie des …«

Peter blickte mit leuchtenden Augen von seinem Bildschirm auf.

»… Königlichen Dänischen Balletts gewesen zu sein.«

»Das Ballett von Kopenhagen!«

»Genau! Warte, wann haben die Reeds geheiratet?«

Rachel hatte es bereits auf der Tafel notiert.

»1970.«

Peter öffnete die Homepage des Dänischen Balletts. Er klickte die Geschichte an und scrollte durch die Liste der Ensemblemitglieder der Jahre 1960 bis 1970.

»Es gibt zwei ›Hannahs‹, die zwischen 1960 und 1970 in der Gruppe getanzt haben. Hannah Hækkerup und Hannah … Renoksen.«

»Renoksen wie …«

Erneuter Mausklick und erneute Suche in Google. Schließlich bestätigte Peter mit belegter Stimme: »Hannah Reed, geborene Renoksen, Vater Amerikaner, Mutter Dänin, war bis 1969 Primaballerina des Königlichen Dänischen Balletts.«

Rachel schwieg, und Peter setzte seine Recherchen mit finsterer Miene fort. Nichts war zu hören bis auf das Klicken der Tastatur und die Schreie der Möwen auf dem Kanal.

»Hannah Renoksen ist die Schwester von Hans Renoksen, dem Generaldirektor von RenokPharma.«

Rachel ließ sich auf einen Stuhl fallen. »Verdammt noch mal, das gibt's doch nicht.«

RenokPharma war ein dänischer Pharmakonzern, der einen Prozess gegen GG angestrengt hatte.

Seit 1930 war der Konzern auf die Behandlung von Diabetes spezialisiert, seit Neuerem aber auch auf neurodegenerative und psychiatrische Erkrankungen. Es handelte sich um eines der größten Pharmalabore des Landes, mit dreitausend Beschäftigten an vier Standorten.

Sechs Jahre zuvor war der Konzern mit Green Growth aneinandergeraten. Drei Aktivisten waren im Alleingang in die Tiergehege des Labors in einem Vorort von Kopenhagen eingebrochen. Die gut organisierte Aktion hatte zweiunddreißig Minuten gedauert – Zeit genug, um ein Dutzend Katzen, Hunde und Affen zu befreien, die auf der Stelle in Lieferwagen in ein geheimes Reservat gebracht worden waren, das Opfer von Vivisektionen aufnahm.

Die drei Aktivisten hatten sich telefonisch im Namen von Green Growth zu der Aktion bekannt. In Wahrheit hatte Peter erst nachträglich von der Sache gehört. Er hatte sie öffentlich verurteilt, weil sie nicht der pazifistischen Linie von Green Growth entsprach. Die drei Aktivisten waren verschwunden, ohne die Verantwortung für ihre Handlung zu übernehmen, und Peter hatte mehrere Anwälte einschalten müssen, um GG vor Gericht und gegen die infamen Anschuldigungen des Pharmakonzerns zu verteidigen. Green Growth hatte verloren. Sie hatten Geld und Federn gelassen. Peter hatte sich zwar offiziell von der Aktion distanziert, trotzdem hatte die Organisation Schadenersatz in Höhe von Hunderttausenden von Kronen an Renoksen leisten müssen. Noch heute zahlte GG den Kredit ab.

Als Peter am letzten Prozesstag vor der Urteilsverkündung draußen eine Zigarette geraucht hatte, war Hans Renoksen zu ihm getreten und hatte ihm zugeflüstert: »Wir kriegen euch!«

Rachel schrieb seinen Namen in großen Lettern neben den von Hannibal Reed. »Noch ein ›HR‹«, stellte sie lakonisch fest.

»Reed und Renoksen haben eine weitere Gemeinsamkeit.«

»Welche?«

»Sie verabscheuen uns.«

...

Ein Windstoß hatte die Blätter der Akte von ihrem Schreibtisch auf den Boden gefegt. Rachel schloss eilig das Fenster. Das Wasser des Kanals kräuselte sich unter der Brise. Erste Regentropfen trommelten gegen die Scheibe. Sie sammelte die verstreuten Blätter ein. Endlich hatten sie eine Spur. Die nächsten zehn Minuten verbrachte sie damit, Informationen über Renoksen zusammenzutragen. Auf Google-Bilder fand sie ein kleines Foto von ihm, das sie anklickte, um es zu vergrößern: graublondes, kurz geschnittenes Haar, kantiges Gesicht, harte graue Augen, feine Nase, schmaler Mund mit tiefen Nasolabialfalten. Daneben öffnete Rachel ein Bild von Hannibal Reed, dem achtundsiebzigjährigen Geschäftsmann: dichtes, nach hinten frisiertes, schlohweißes Haar, hellblaue, fast transparente Augen, Hakennase. Herausfordernd betrachtete Rachel ihre Widersacher. Plötzlich kam ihr eine Assoziation, die nur vom Unterbewusstsein ausgelöst worden sein konnte und die sie vierzehn Jahre zurückversetzte.

Sie war achtzehn Jahre alt und stand in ihrem weißen Overall mit der Aufschrift »Atommüll«, den an diesem Tag alle Demonstranten auf der Place du Trocadéro trugen, vor ihrem Vater Jorg Karlsen im Eingang der großen Pariser Wohnung.

»Wenn du jetzt diese Tür hinter dir schließt, Rachel, musst du künftig allein klarkommen, denn ich werde nichts mehr für dich bezahlen. Ich füttere doch nicht eine Tochter durch, die die Arbeit ihres Vaters ablehnt und die Hand beißt, die sie ernährt!«

Obwohl sie neben dem hochgewachsenen, hageren Vater klein und zerbrechlich wirkte, hatte Rachel ihn herausgefordert.

»Du hast ganz recht, hör auf, mich zu unterstützen, denn dieses Geld, das aus den Todesfabriken kommt, macht mich nur krank. Deine Arbeit besteht darin, Kriminelle zu verteidigen, die unseren Planeten vergiften. Ich denke an die Zukunft und an die meiner Generation.«

Jorg Karlsen hatte diesen Schlag, wie bei jeder Auseinandersetzung mit seiner Jüngsten, mit verhaltenem Zorn eingesteckt. Er hatte nicht die Hand gegen sie erhoben, das hätte er nie getan. Er hatte sie nur mit einem eisigen, vernichtenden Blick bedacht. Dann folgte der Urteilsspruch: »Deine Mutter und ich haben uns immer gefragt, was wir bei dir falsch gemacht haben. Was mich betrifft, so bist du zu weit gegangen, für mich existiert meine jüngste Tochter nicht mehr.«

Mit trockenen, brennenden Augen hatte Rachel sich abgewandt, war hinausgegangen und hatte die Tür, ohne sie zuzuknallen, hinter sich geschlossen. *Ich hasse ihn*, hatte sie gedacht. Auf dem Weg zum Demonstrationszug schlug ihr das Herz bis zum Hals, sie zitterte am ganzen Leib und wusste, dass sie an einem Wendepunkt ihres Lebens angelangt war. Sie hatte ihre persönlichen Überzeugungen gegenüber ihrem Vater vertreten, ohne den Blick zu senken oder sich von seinen Drohungen beeindrucken zu lassen.

Vierzehn Jahre später begriff Rachel in ihrem Büro im Roten

Haus, wohin ihr Unterbewusstsein sie führen wollte. Sie durchlebte einen ebenso entscheidenden Wendepunkt wie damals. Angesichts der Fotos ihrer beiden Feinde war ihr klar, dass sie ihnen gegenüber nicht Angst empfinden musste, sondern Stolz, weil sie für ihre Sache eintrat.

KAPITEL FÜNFZEHN

Sobald sie die Tür ihrer Wohnung in Ørestad öffnete, stieg ihr der Geruch nach Gemüseeintopf in die Nase.

Auf dem Herd thronte der Dampfkochtopf, den sie vielleicht einmal in den letzten drei Jahren benutzt hatte. Auf dem Schneidbrett neben dem Spülbecken türmten sich Gemüseabfälle, und auf einem Teller warteten Fleischbällchen darauf, in der Pfanne gebraten zu werden. Der Wohnraum war hell erleuchtet, aber leer, aus dem Badezimmer drangen Geplapper und Geplätscher. Rachel streckte den Kopf durch die Tür.

Sacha, dessen Haar eingeseift war, rief: »Mama!«

»Alles in Ordnung?«

»Guten Abend, Rachel«, rief Christa fröhlich.

Die Großmutter saß auf einem Hocker neben der Badewanne. Die Ärmel ihrer olivgrünen Bluse, die ihren Augen einen besonderen Glanz verliehen, waren aufgekrempelt. Pony und Bananenknoten waren wie immer tadellos, doch Rachel bemerkte ihre angespannten Züge. Sie kniete sich neben sie. Sacha ergriff seinen Mini-Ski-Doo und tauchte ihn, begleitet von verschiedenen gurgelnden Lauten, unter Wasser. Um den Kleinen zum Lachen zu bringen, schlug Rachel mit der Hand Wellen. Ihr Blick fiel auf den Rücken ihres Sohnes und verharrte traurig auf der hellroten Narbe im Lendenbereich.

Dabei war die Schwangerschaft problemlos verlaufen. Bei ihrem ersten Zusammentreffen mit Niels auf der *Serendipity* hatten sein Mut und seine Entschlossenheit sie sofort fasziniert. Sie hatte sich in seine Energie, sein Charisma und sein bedingungsloses Engagement verliebt. Schweigsam, rau und kompromisslos, wie er war, konnte man Niels nicht als besonders aufmerksamen Mann bezeichnen, aber sein Blick war so sanft, dass sie ihm nicht widerstehen konnte.

Nach einer mehrmonatigen leidenschaftlichen Beziehung war sie ungewollt schwanger geworden und hatte gezögert, abtreiben zu lassen. Aber schließlich hatten sie gemeinsam in einem Anfall von Leichtsinn oder Sorglosigkeit beschlossen, das Kind zu bekommen. Niels schien zwar glücklich darüber, Vater, nicht jedoch wild darauf zu sein, auch Ehemann zu werden. Wenn er von einer Kampagne auf dem Meer zurückkam, stellte der Seemann sein Gepäck mal bei ihr, mal bei Christa ab. Er ging oft aus, war im Hafenviertel von Kopenhagen bekannt wie ein bunter Hund, trank mit seinen Freunden und besuchte gerne verrauchte Kneipen. Rachel sagte nichts, wenn er erst am frühen Morgen oder auch gar nicht nach Hause kam. Nicht einmal, als sie sah, wie Hanne ihn erneut umgarnte. Sie wusste nicht, wie sie ihren Platz verteidigen sollte, und verbarg diese Unfähigkeit hinter vorgeblichem Respekt für die individuelle Freiheit, die sie mit Überzeugung vertrat.

So hatte sie ihre Schwangerschaft sehr einsam verbracht. Auch wenn ihre Kollegen von der GG sich um sie kümmerten, war sie doch die meisten Abende allein zu Hause und beobachtete, wie ihr Bauch dicker und ihr Gang schwerer wurde.

Im Grunde ihres Herzens war sie unglücklich und verging fast vor Ungeduld, beschwerte sich aber so wenig wie möglich, da sie wusste, dass ihr Partner bei der kleinsten Kleinigkeit für immer verschwinden könnte. Dabei wartete sie mit einer unsinnigen Hoffnung auf den Tag der Geburt, als würde dieses Ereignis alle Probleme lösen und Niels nach und nach dazu bewegen, auf seine langen Reisen und nächtlichen Streifzüge zu verzichten. Vielleicht würde er ja mit ihnen zusammenleben, und sie würden eine wirkliche Familie werden.

Während der Entbindung hatte diese Illusion konkrete Formen angenommen, denn Niels war so präsent gewesen wie nie zuvor. Ab den ersten Wehen war er nicht von Rachels Seite gewichen, hatte ihr die folgenden zehn Stunden gut zugesprochen, ihr den Rücken massiert, um den Schmerz zu lindern, sie, als es so weit war, ermutigt zu pressen, und den Kreißsaal beherrscht wie ein dominantes Männchen. In jenen Momenten der körperlichen Qualen, der Hingabe und der ungeschminkten Wahrheit hatte sich Rachels Herz angesichts dieser unerwarteten Zärtlichkeit geöffnet. Als man ihr Sacha, in ein blaues Tuch gehüllt, auf die Brust legte, hatte sie gesehen, wie die Augen des Vaters feucht wurden. Alle Fragen hatten plötzlich ihre natürliche Antwort gefunden, und sie hatte zu weinen begonnen. Tränen der Freude und der Erleichterung. Ihre panische Angst, im Stich gelassen zu werden, hatte sich gleichsam in Luft aufgelöst. Sie hatte gehofft, endlich den Mangel an Zuwendung, unter dem sie von klein auf gelitten hatte, überwunden zu haben. Das war, bevor die Hebamme die verdächtige rosa Verwachsung im Lendenbereich des Neugeborenen bemerkte und diskret den Arzt rief.

Bei dieser intensiven und zugleich schmerzlichen Erinnerung schnürte sich ihr die Kehle zusammen, während sie vorsichtig Sachas Rücken einseifte. Diese wenigen perfekten Minuten, in denen sie endlich das Glück zu dritt erreicht zu haben glaubte, hatten sie Hoffnung schöpfen lassen. Bis alles ins Wanken geraten war.

Als Professor Hansen gekommen war, um den Eltern einfühlsam mitzuteilen, dass der Säugling einen Rückenmarksschaden hatte, hatte Rachel bei dem ausweichenden Blick von Niels sofort gewusst, dass er nicht bleiben würde. Kurz darauf hatte er sich auf einem Trawler der Sea Shepherd eingeschifft, der die japanischen Waljäger verfolgte. Einem ebenso wortreichen wie schwerfälligen Brief hatte sie entnommen, dass er nicht in absehbarer Zeit zurückkehren, ihr aber etwas Geld schicken würde. Seither hatte sie nicht mehr viel von ihm gehört.

Rachel betrachtete den zarten Jungen, der sie so sehr brauchte. *Du hättest einen besseren Vater verdient und auch eine bessere Mutter.* Sie vertrieb das Bild von Niels und konzentrierte sich auf das Hier und Jetzt.

Die Atmosphäre im Badezimmer war entspannt und friedlich. Rachel hatte das Gefühl, dass dies der richtige Augenblick war, um alle Zweifel zwischen ihr und ihrer Schwiegermutter auszuräumen. Sie schlug einen unbeschwerten Ton an.

»Morgen kommt Hansen von seinem Kongress zurück. Sacha hat einen Termin bei ihm, damit er seine Beine untersuchen und ein neues Programm für die Physiotherapie erstellen kann.«

»Sehr gut!«, meinte Christa. »Das musst du mir dann unbedingt erzählen.«

Rachel räusperte sich. »Übrigens, Sacha hat mir heute Morgen eine komische Geschichte berichtet. Er hat von einem ›chinesischen Doktor‹ gesprochen, der ihm ›Spritzen gegeben‹ hat. Er hat auch einen blauen Fleck auf dem Rücken. Kannst du dir das erklären?«

Ohne sie anzusehen, schäumte Christa etwas Seife in ihre Hand und rieb energisch den Arm ihres Enkels. »Was hast du der Mama denn da erzählt, Sacha?«

Sacha schob die zitternde Unterlippe vor.

»Das habe ich dich gefragt«, erklärte Rachel, die sofort auf der Hut war.

Christa spülte ihre Hände im Wasser ab und trocknete sie ab. Dann sah sie ihrer Schwiegertochter in die Augen. »Ich wollte nicht mit dir darüber reden, weil du die alternative Medizin – die Homöopathie mal ausgenommen – ablehnst.«

»Kannst du das bitte etwas genauer erklären?«

»Ich habe Sacha mit zu meinem Akupunkteur genommen.«

Sache ahmte ein Motorengeräusch nach, während er seinen Ski-Doo unter Wasser sinken ließ. Rachel runzelte die Stirn.

»Zu deinem Akupunkteur?«

»Ja, zu dem chinesischen Arzt, bei dem ich mich behandeln lasse. Habe ich dir das nicht erzählt?«

»Nein. Und er hat bei Sacha Nadeln gesetzt?«

»Ja, einmal vor einer Woche«, gab Christa zu. »Er meinte, das könne seinem Rücken guttun. Und wer weiß, vielleicht geht es ihm ja darum jetzt besser.«

Hin und her gerissen zwischen dem Wunsch, aufzubrausen oder in Gelächter auszubrechen, betrachtete Rachel ihre Schwiegermutter. »Und das ist alles? Akupunktur?«

Christa zuckte mit den Schultern.

»Aber ja, was hast du denn gedacht?«, fragte sie in selbstsicherem Tonfall.

Rachel begann zu lachen. »Nichts, ist schon gut. Ich habe mich idiotisch benommen.«

Sie ließ das Badewasser ablaufen und bereitete ein warmes Handtuch für ihren Sohn vor. Der griff, dem Gespräch gegenüber offensichtlich gleichgültig, nach seinem Dinosaurier und setzte ihn auf den Schneescooter.

»Gut, sag mir nächstes Mal bitte vorher Bescheid.«

Während Christa in die Küche ging, zog Rachel Sacha für die Nacht an und trug ihn zu seinem Hochstühlchen.

...

Die Fleischbällchen und der Gemüseeintopf waren köstlich, Sacha aß mit gutem Appetit, und die Stimmung war entspannt. Bei einer Flasche Bier unterhielten sich die beiden Frauen über den bevorstehenden siebzigsten Geburtstag von Christa, das große Essen, das sie ausrichten wollte, das Menü und die Gästeliste. Christa lud gerne ein und träumte davon, zu dieser besonderen Gelegenheit ihre besten Freunde zu einem ausgefallenen Mahl zu versammeln.

»Wenn ich Monica, Magdalone, die Freundinnen aus dem Lesezirkel plus meine alten Kolleginnen und ein paar Nachbarn einlade, sind wir etwa fünfundzwanzig Personen. Ein normales Essen ist langweilig. Ein Büfett scheint mir geeigneter, was meinst du?«

»Ja, das ist viel besser. Warum nicht ein Sushibüfett? Ich kenne einen guten Japaner, der nach Hause liefert.«

»Vielleicht ist roher Fisch nicht jedermanns Sache«, überlegte Christa laut. »Also müsste man auch etwas anderes anbieten.

Warum nicht eine warme Lachsterrine mit frischem Gemüse? Ich könnte natürlich auch eine Quiche machen. Ich habe gute Rezepte. Und dazu für alle verschiedene Salate. Wir könnten auch Sake trinken. Das wäre lustig und auch recht originell. Mal etwas anderes als die üblichen Smörrebröds.«

»Vielleicht könnten wir ausnahmsweise einen Feinkosthändler beauftragen?«, meinte Rachel.

»Um Gottes willen, nein, das ist so offiziell.«

Rachel war fertig mit Essen. Den Ellenbogen auf den Tisch gestützt, lauschte sie Christa und fragte sich, was sie ihr wohl diesmal schenken könnte. Vielleicht würde ein Spa-Wochenende ihr Freude machen oder ein neues Fahrrad mit Gangschaltung? Sie überlegte auch, ob Niels vorhatte zu kommen, wagte aber nicht, die Frage zu stellen. Niels war mit der Zeit zu einem Tabuthema zwischen ihnen beiden geworden. Sie würde sich später erkundigen, denn sie musste es wissen, um Sacha langsam darauf vorzubereiten. Plötzlich spürte Rachel die ganze Müdigkeit der letzten Tage und sehnte sich nur noch nach einem heißen Bad und ihrem Bett. Aber ihr Tag war noch nicht zu Ende. Daran erinnerte sie der Klingelton ihres Handys. Es war Samuel auf dem Weg nach Ørestad. Rachel fluchte leise. Sie verbarg das Handy in der Hand und flüsterte Christa zu: »Glaubst du, du könntest noch bei Sacha bleiben? Ich muss einen Journalisten treffen.«

Christa nickte, und Rachel verabredete sich für zehn Minuten später mit Samuel in der Bar des *Bella Sky*.

...

Als sich Rachel wieder auf den Weg zum Bella Center machte, hatte sie den Eindruck eines Déjà-vu-Erlebnisses. Sie hatte den Gürtel ihres schwarzen Trenchcoats zugezogen und eilte auf die beiden Türme des *International Bella Sky Hotel* zu, das hinter der Kongresshalle lag. Ihr Herz schlug ungewohnt heftig. *Es ist nur ein Interview*. Aber sie wusste, dass sie sich etwas vormachte.

Sie fürchtete sich davor, zum ersten Mal seit letztem Winter mit dem Reporter allein zu sein. Der störende Gedanke, den sie mit aller Kraft zu vertreiben suchte, seit von Lommel wieder aufgetaucht war, umschwirrte sie wie eine lästige Mücke. Es lagen nur noch fünfhundert Meter vor ihr. Rachel knurrte: *Hör schon auf! Es ist nichts gewesen. Du bist schließlich nicht mehr fünfzehn.* Aber es half nichts, die Erinnerung an einen gewissen Samstag im Dezember 2009 ließ sich nicht abschütteln.

Am Abend des 12. Dezember, zwischen zwei Verhandlungswochen, hatte das traditionelle Fest der Nichtregierungsorganisationen stattgefunden.

Das Organisationskomitee hatte den *Vega Natklub* gemietet, einen riesigen Nachtklub, zehn Minuten vom Kopenhagener Hauptbahnhof entfernt, der Tausende von Aktivisten, aber auch die Unterhändler, Beobachter und einige Journalisten aufnehmen konnte, sofern sie ohne Kamera und Mikro kamen und es geschafft hatten, sich ein Einlassticket zu besorgen.

Rachel, Peter und Paula waren nach ihrer Auswertung der Großdemonstration, die am Tag stattgefunden hatte, erst kurz vor Mitternacht ins *Vega* gekommen. Hunderttausende von Umweltschützern und Globalisierungsgegnern in blauen und roten Ponchos waren wie eine Flutwelle in die Stadt geströmt, um »die falschen Lösungen der Klimapolitik« fortzuspülen. Zur gleichen Zeit gab es ähnliche Kundgebungen in London, Jakarta, Tokio, Peking, New York … Eine weltweite Mobilisierung, um Druck auf die Minister und Staatschefs auszuüben, ehe sie sich am 16. Dezember im Bella Center treffen würden.

Die Kopenhagener Demonstranten waren erschöpft, nachdem sie den ganzen Tag bei eisiger Kälte vom Parlament zum Kongresszentrum gezogen waren. Aber das war schon vergessen, nun wurde ausgelassen gefeiert. Die Mobilisierung hatte alle Erwartungen übertroffen und sämtliche Umweltorganisationen vereint, aber auch die Organisationen zur Verteidigung der Menschenrechte und der sozialen Gerechtigkeit mit einbezogen. Das bewies, dass die Themen, um die es in Kopenhagen gehen sollte, sich nicht auf die Umwelt beschränkten.

Rachel war begeistert gewesen von dem Kampfruf *Yes we can, yes we must, yes we want*, den der neue Direktor von Greenpeace International, der charismatische Südafrikaner Kumi Naidoo, skandiert hatte. Von der Tribüne aus hatte er mit erhobener Faust die Menge aufgefordert, in den Slogan einzustimmen. Insgesamt waren – das Verhalten einiger Provokateure ausgenommen – keine Ausschreitungen zu beklagen. Die Mitglieder von Green Growth und die der anderen Organisationen beglückwünschten sich zum guten Verlauf dieses Tages. Nun war nur noch eines angesagt: relaxen.

Dafür gab es keine bessere Adresse als den *Vega Natklub*. Dieser Tempel der elektronischen Musik erstreckte sich über die drei Stockwerke des ehemaligen »Folkets Hus«, »Haus des Volkes«, aus den Fünfzigerjahren. Dort konnte man tanzen oder sich auf den Sofas der Klublounge entspannen.

Zunächst gönnten sich Rachel, Peter, Paula, Frederik und Joanna ein paar Bier an der runden Bar im Zwischengeschoss, von wo aus man die riesige volle Tanzfläche überblickte.

Später tanzte Rachel wie eine Besessene. Die Anspannung fiel von ihr ab. Schnell gesellten sich andere Aktivisten von Green Growth, aber auch Jesus zu ihr. Er hatte zu viel Haschisch geraucht und war völlig high. Neben ihm tanzte, ein Mädchen im Arm, ein Unterhändler, der die vom Versinken bedrohten kleinen Inseln vertrat, und ein wichtiger Vertreter Afrikas – unglaublich sexy mit seinem aufgeknöpften weißen Hemd – zeigte, dass er sich auf dem Tanzparkett ebenso sicher zu bewegen wusste wie auf der politischen Bühne. Die chinesischen Abgeordneten lagen, ebenso wie ihre russischen Kollegen, bereits unter den Tischen.

Die Stimmung war gut, ausgelassen und entfesselt. Nachdem sie eine ganze Weile getanzt hatte, hielt Rachel nach Joanna Ausschau, um ihr einen Mojito vorzuschlagen. Aber sie war verschwunden. Auf der Suche nach ihrer Freundin verließ sie die

Tanzfläche und begab sich ins oberste Stockwerk. Dort herrschte eine ganz andere Atmosphäre. Der niedrige, große Raum im Industriedesignstil war von einem Sprachgewirr erfüllt, das die Loungemusik übertönte. An den roten Ziegelwänden standen ein Dutzend Ledersofas, auf denen sich Menschen unterschiedlicher Hautfarbe, Herkunft und Altersklassen niedergelassen hatten, um zu diskutieren.

Rachel sah sich um und entdeckte in einer Ecke Joanna, die in ein angeregtes Gespräch mit einem Unbekannten vertieft war. Der Mann war um die dreißig, dunkelhaarig und kräftig – ein attraktiver, eleganter Typ. *Wer ist das denn nun wieder* … Rachel wandte sich ab. *Sie ist wirklich unglaublich*. Und in diesem Augenblick sah sie Samuel von Lommel, der den Blick nicht von ihr abwandte.

Durch den Alkohol ermutigt, den sie auf mehr oder weniger leeren Magen getrunken hatte, ging Rachel zu ihm, gab dem Dänen, der auf dem Sofa lungerte, zu verstehen, er solle etwas zur Seite rücken, und ließ sich so dicht neben dem Reporter nieder, dass sich ihre Schultern fast berührten.

»Zufrieden mit deinem Tag?«, fragte sie in verführerischem Tonfall.

»Und du?«, gab der Reporter mit einem charmanten Lächeln zurück.

»Super, das war ein historisches Ereignis.«

Samuel nickte belustigt und bedachte sie mit einem zärtlichen Blick. Rachel spürte, wie sich ihre Brust zusammenschnürte und ihr Herz schneller schlug.

»Seit wann engagierst du dich im Umweltschutz?«, wollte er wissen.

»Seit meiner Jugend.«

»Hast du immer hier gelebt?«

»Nein, ich bin in Paris geboren. Und du?«

»Auch in Paris, aber dann war ich in etlichen südafrikanischen Ländern, und jetzt hat es mich nach Dänemark verschlagen. Wie bist du nach Kopenhagen gekommen?«

»Mein Vater ist Däne, und nachdem ich für Green Growth Kopenhagen gearbeitet habe, habe ich den Schritt gewagt. Und du?«

Es war das erste Mal, dass sie über etwas anderes als Politik oder den Klimawandel sprachen. Mit wenigen Worten fasste Samuel seine Kindheit am Kap zusammen, wohin sein Vater als Mitarbeiter einer französischen Bank versetzt worden war, sein Politikstudium in Paris, die Journalistenschule, seine Anfänge als Reporter in aller Welt, sein schwieriger Alltag in Johannisburg und dann schließlich seine Anstellung als AFP-Korrespondent.

»Ich habe dort unten eine Dänin geheiratet, die schließlich zurückgehen wollte. Als wir endlich hier waren, haben wir uns scheiden lassen. Wie Frauen eben so sind.«

Rachel kniff die Augen zusammen. »Ich habe auch mit einem Dänen gelebt. Und als der Kleine geboren wurde, ist er abgehauen. Wie Männer eben so sind.«

Ein Schatten glitt über Samuels Gesicht, dann tauschten sie einen verständnisvollen Blick. »Also auch Kinder …«, fuhr er fort.

»Einen kleinen Jungen von dreieinhalb Jahren. Und du?«

»Zwei Mädchen, sechs und acht. Ich bin verrückt nach ihnen.«

Samuel zeigte ein entwaffnendes Lächeln. In genau diesem Augenblick fühlte sich Rachel zum ersten Mal zu ihm hingezogen.

»Glaubst du noch an die große Liebe und die Ehe?«, fragte Rachel, vom Alkohol enthemmt.

An die Stelle des zärtlichen Ausdrucks trat ein spöttisches Lächeln, als von Lommel antwortete: »Nein, ich glaube nur noch an mich selbst.«

Verschmitzt meinte Rachel: »Wie schade …«

So flirteten die beiden weiter und vergaßen darüber Zeit und Umgebung. Sie schienen in einer Blase zu schweben, während sich die Sofas um sie herum langsam leerten. Samuel ließ sie nicht mehr aus den Augen, seine Pupillen waren geweitet, der Blick konzentriert. Er wollte alles über sie wissen, aus welcher Familie sie stammte, wie sie zu ihrem Engagement gekommen war.

»Bist du eine fanatische Umweltschützerin, die jeglichen Fortschritt ablehnt?«

»Aber nein«, widersprach Rachel lachend, »der Fortschritt ist phantastisch, solange man ihn bewusst einsetzt. Ich will weder bei Kerzenlicht leben noch auf mein Auto verzichten, wenn ich es brauche, und schon gar nicht auf das Flugzeug. Man muss eben ein bisschen bewusster leben.«

Samuel lächelte. Sie gefiel ihm immer mehr.

»Kommt es schon mal vor, dass du deinen Müll nicht trennst?«, neckte er sie mit glänzenden Augen.

»Ja«, antwortete sie leise und neigte sich zu ihm, als wolle sie ihm ein Geheimnis anvertrauen.

»Und ich muss gestehen, dass mir das manchmal ein schuldbewusstes Vergnügen bereitet.«

Ihre Gesichter berührten sich.

»Welche ›schuldbewussten‹ Sünden begehst du noch?«, flüsterte Samuel.

»Ich liebe ausgedehnte heiße Bäder.«

»Oh …«

Samuel rückte noch näher. »Das ist nicht gut für unsere Erde.«

»Ich weiß … aber ich mache es auch nicht oft.«

»Schade.«

Sie lachten beide.

Rachel war so glücklich wie schon lange nicht mehr. Heute Abend wollte sie ausnahmsweise nicht mehr an ihre »Situation« als alleinerziehende Mutter eines behinderten Kindes denken. Sie wollte nur Rachel sein, um die dreißig, und unbeschwert flirten. Als von Lommel ihre Hand streichelte, hatte sie das Gefühl abzuheben.

Um vier Uhr morgens schloss das *Vega* seine Türen. Mit den letzten Nachtschwärmern erhoben sich auch Rachel und

Samuel. Joanna und ihr mysteriöser eleganter Begleiter waren verschwunden. Sie holten ihre Mäntel von der Garderobe, setzten die Mützen auf, banden die Schals um und traten in die eisige Nacht hinaus.

»Wo wohnst du?«, fragte Samuel, als sie bei seinem Auto angekommen waren.

»In Ørestad.«

»In der Nähe des Bella Center?«

»Ja.«

»Wie praktisch.«

»Im Moment ist meine Wohnung unser Hauptquartier. Das heißt, nicht heute Abend … heute haben wir frei.«

Sie überholten eine kleine Gruppe torkelnder Betrunkener. Samuel legte den Arm um ihre Schultern.

»Soll ich dich absetzen?«

»Ich wollte ein Taxi nehmen, mach dir keine Umstände.«

»Ich tue es gerne, es macht mir Freude.«

Acht Monate später näherte sich Rachel im Laufschritt dem *Bella Sky*. An besagtem Samstag hätte sie besser ein Taxi nehmen sollen.

…

Nachdem sie den Weg über geschwiegen hatten, begannen sie, vor Rachels Haus angekommen, wieder zu scherzen, und neckten sich wegen ihrer jeweiligen Unzulänglichkeiten, bis schließlich das Gespräch erneut versiegte.

Verunsichert und unfähig, sich vom Fleck zu rühren, blieb Rachel sitzen.

Von Lommel streichelte ihre Hand. »Du erinnerst mich an Carmen.«

»Die Oper?«, fragte Rachel.

»Ja …«

»Warum?«

»Du verwirrst mich genauso wie sie.«

Rachel senkte die Augen. Erzählte er das all seinen Eroberungen? Dabei klangen seine Worte spontan. Samuel beugte sich über sie und küsste sie zart. Sein Duft und seine weichen Lippen machten sie verrückt und entflammten ihren ganzen Körper. Ihre Küsse wurden immer begieriger. Vor Verlangen bebend, umarmten sie sich, bis Samuel ihr zärtlich zuflüsterte: »Lädst du mich zu dir ein?«

Trotz des inneren Fiebers, der Sehnsucht nach Zärtlichkeiten und Berührungen erstarrte Rachel. Denn mit einem Mal, innerhalb weniger Sekunden, sah sie vor sich, wie Samuel in ihrer Wohnung die für Sacha erforderliche Einrichtung entdeckte: den Liegestuhl mit den Gurten, den Behindertengriff neben der Toilette. Und sie stellte sich vor, wie sie langwierige Erklärungen über die Geburt, die Kapseln, das PCB, die Spina bifida und das Verschwinden von Niels abgeben würde. Es war, als träfe die Last des Alltags sie mit voller Wucht. Ihr Verlangen hatte sich in einen Eisklumpen verwandelt. Sie würden vermutlich eine Nacht miteinander verbringen, und dann? Samuel würde irgendeinen Vorwand finden, um die Beziehung abzubrechen. Deshalb zog Rachel es vor, sich gleich von ihm zu verabschieden, statt darauf zu warten, dass er einen Rückzieher machte, sobald er ihre Situation begriffen hätte.

Sie hatte ihn, plötzlich ernüchtert, angesehen und gesagt: »Lieber nicht.« Etwas zu knapp und zu hart. Sie war seinem Blick ausgewichen, ausgestiegen und hatte die Wagentür einfach hinter sich zugeschlagen. Das Auto war augenblicklich mit im Schnee knirschenden Reifen angefahren.

Tieftraurig hatte sie die ganze Nacht keinen Schlaf gefunden.

Erst am darauffolgenden Montag, dem 14. Dezember, hatten sie sich im Bella Center wiedergetroffen und ihr Gespräch über die UNO-Verhandlungen weitergeführt, so als wäre nichts gewesen.

Am 15. Dezember war mittags eine von Samuel von Lommel unterzeichnete AFP-Meldung veröffentlicht worden, die den Ausschluss der Nichtregierungsorganisationen bekannt gab. Am

Morgen hatten nicht einmal Friends of the Earth und Avaaz Zutritt zum Konferenzzentrum gehabt. Am 16. Dezember befand sich nur noch eine Handvoll Aktivisten im Bella Center, das sich in ein abgeschottetes Camp verwandelt hatte. Die Konferenz von Kopenhagen ähnelte einem G8-Gipfel, und Rachel und ihre Freunde hatten die Nacht in Handschellen auf dem Polizeirevier verbracht.

Als sie sich dem Treffpunkt näherte, erinnerte sich Rachel an von Lommels Meldung, die Jesus ihr erbost unter die Nase gehalten hatte. Der Verrat hatte einen widerwärtigen Beigeschmack gehabt und war umso bitterer, als er von jemandem kam, den sie mochte. Rachel hatte durch die Indiskretion eines anderen Journalisten erfahren, dass Samuel bereits am Vortag – am Abend des 14. Dezember – von der Entscheidung des UNO-Sekretariats gewusst, jedoch vor der Veröffentlichung der Meldung die Bestätigung von anderer Seite abgewartet hatte. Samuel war ihr an diesen Tagen mehrmals über den Weg gelaufen, ohne irgendetwas zu sagen oder auch nur anzudeuten. Was auch immer Joanna sagen mochte, die wertvollen Stunden, die die Umweltorganisationen verloren hatten, hätten zu einem Gegenangriff genutzt werden können – zu einer Demonstration oder Besetzung der Örtlichkeiten. So hingegen war es ein ungeordneter Rückzug gewesen, jeder auf sich allein gestellt und auf der Jagd nach einem neuen Badge für das Bella Center. Eine totale Niederlage für die Nichtregierungsorganisationen. Und Rachel glaubte, auch wenn dies vielleicht eine Illusion war, dass das Ergebnis der Verhandlungen anders ausgefallen wäre, wenn sie bis zum Schluss hätten bleiben können. Aber das war nicht der Fall gewesen, und die Folgen waren bekannt.

...

Rachel blieb vor den Doppeltürmen des *Bella Sky* stehen.

Die große verglaste Lobby des Viersternehotels war in einem

modernen, skandinavisch-puristischen Stil gehalten. Rachel nahm den Aufzug, fuhr in den obersten Stock und betrat die *Sky Bar*, die einen Panoramablick über die Lichter der Stadt bot.

Es gab nur wenige Gäste. Sofort entdeckte sie Samuel, der in einem runden Sessel saß. Vor ihm auf dem niedrigen Tisch stand ein Glas, auf seinen Knien lag ein Netbook, in das er eifrig tippte. Der Stich, den sie in diesem Augenblick in ihrem Herzen verspürte, tat ihr weh. Seit acht Monaten hatte sie ihn nicht mehr gesehen, und selbst im Halbprofil war er noch attraktiv. Er strahlte große Anspannung, Dringlichkeit, Intelligenz aus. Sie trat näher.

»Guten Abend.«

Samuel hob den Blick, und die Luft zwischen ihnen knisterte. Rachel öffnete ihren Trenchcoat. Der Reporter konnte nicht umhin, ihr Dekolleté und ihre Beine mit einem liebkosenden Blick zu umfangen.

»Hallo. Möchtest du etwas trinken?«, fragte er betont gleichgültig.

»Ein Bier«, antwortete Rachel im selben Tonfall und nahm ihm gegenüber Platz.

Er bestellte ein Bier für sie und eine Cola für sich. Dann schlug er eine neue Seite in seinem Moleskine-Notizbuch auf. Rachel saß wie erstarrt in einem Sessel, die Hände auf den Knien.

»Danke, dass du gekommen bist«, sagte Samuel.

Rachel begegnete seinem direkten, durchdringenden Blick, der stets zu suchen, zu forschen, zu planen und zu organisieren schien. »Was willst du wissen?«, fragte sie kurz angebunden.

»Kannst du mir erzählen, an was vor dem Attentat du dich erinnerst?«, bat er, den Stift gezückt.

Sie nahm es sich übel, geglaubt zu haben, zwischen ihnen könne etwas anderes als eine berufliche Beziehung bestehen. Dieser Kerl war nichts als ein Schlagzeilenjäger. Sie atmete tief durch und begann zu berichten: »Wie du weißt, waren wir in geheimer Mission unterwegs, um das Walmassaker auf den

Färöer-Inseln zu vereiteln. Am Vorabend hatten wir in einigen Fjorden Bojen mit Sendern ausgesetzt, um die Wale zu vertreiben. Einer von uns ist sogar an Land gegangen, um herauszufinden, wo genau die Jagd stattfinden sollte.«

Samuel schrieb schnell mit. »Und niemand wusste, wer ihr wart?«

»Niemand. Wir hatten Vorsichtsmaßnahmen getroffen, es gab kein Zeichen mehr an Bord, das unsere Identität hätte verraten können. Wir sind sogar zweimal von der Marine kontrolliert worden, ohne dass sie uns etwas hätten nachweisen können.«

»Und solange ihr auf dem Meer wart, ist niemand auf das Schiff gekommen …«

»Außer der Marine niemand. Aber als der Trawler zuvor in Ålborg zur Wartung am Kai lag, waren er und auch das Schlauchboot zeitweise unbewacht.«

»Welche Vermutung hast du?«

»Irgendjemand hat herausgefunden, wer wir sind, hat sich an Bord geschlichen, solange das Schiff am Kai lag, und den Sprengstoff in dem Schlauchboot deponiert. Dann hat er die Aktion abgewartet, um den Zünder auszulösen.«

»Also einer der Färinger.«

»Jemand, der sich zu diesem Zeitpunkt im Fjord befand«, korrigierte Rachel.

»Was genau ist vor der Explosion passiert?«

Rachel starrte in das Feuer. Kleine Flammen in kräftigem Gelb tanzten in der Schale. »Ich erinnere mich, dass wir uns dem Strand näherten, das Meer war blutrot, die Männer schlachteten die Grindwale ab – Jungtiere, Männchen, trächtige Weibchen. Sie stießen auf der Höhe des Blaslochs zu. Selbst die Gischt war rot. Die Grindwale litten und schrien. Es war grauenvoll, ein wahres Gemetzel. Und die Mörder stachelten sich gegenseitig mit Gebrüll und Gesang an. Als sie uns kommen sahen, waren sie außer sich vor Wut. Sie haben in die Luft geschossen und gedroht, uns zu vertreiben. Andere haben uns beleidigt. Wir haben uns trotzdem genähert, um zu filmen. Ich habe das grausame Schauspiel aufgenommen. Irgendwann habe ich Karl, der das Boot steuerte, gebeten zu wenden, um einen besseren Blickwinkel zu haben, und in diesem Moment ist das Schlauchboot explodiert.«

Samuel hörte auf zu schreiben und sah ihr in die Augen.

»Und dann?«

»Ich wurde in die Luft geschleudert und bin aufs Wasser geschlagen. Mein Kopf ist an etwas gestoßen, wahrscheinlich ein Motorenteil oder die Schraube, ich war benommen. Mein Knöchel verfing sich in den Tauen. Ich erinnere mich an die eisige Kälte, die durch meine Kleidung drang, und an die Grindwale um mich herum, die gegen mich stießen. Ich konnte nicht schwimmen, weil mein Fuß nach unten gezogen wurde. Mir wurde schwarz vor Augen, an mehr erinnere ich mich nicht.«

»Hattest du Angst zu sterben?«

Samuel machte sich keine Notizen mehr. Rachel hatte den Eindruck, dass diese Frage nicht mehr seinen Artikel betraf.

»Ja.«

»An was hast du gedacht?«

»An meinen Sohn.«

Kurzes Schweigen, bis Samuel sich einen Ruck gab und sich wieder auf seine Aufzeichnungen konzentrierte.

Jetzt kreiste das Interview um die Umstände des Dramas und die anschließende Rettungsaktion. Dann wurden Samuels Fragen allgemeiner.

»Werdet ihr ab jetzt bei euren Einsätzen stärkere Vorsichtsmaßnahmen treffen?«

»Wir müssen abwarten, ob es sich um eine Einzeltat oder um eine Aktion gegen unsere Organisation handelt.«

»Stellt dieser Vorfall euer Eingreifen vor Ort infrage?«

»Ganz im Gegenteil! Wenn die Leute glauben, uns so daran hindern zu können, die Tiere vor einem Massaker zu schützen, dann irren sie sich. Wir werden unser Engagement noch verstärken. Denn dieses Gemetzel wiederholt sich alljährlich. 2008 hat das färöische Gesundheitsministerium das Fleisch der *Globicephala* wegen der hohen toxischen Belastung als ungeeignet für den Verzehr erklärt. Diese Jagd ist nur noch ein Ritual, das ebenso barbarisch ist wie der Stierkampf.«

Ganz nebenbei kam Samuel noch einmal auf die Attentäter zurück. »Für dich, für euch steht also heute fest, dass die färöischen Fischer hinter dem Angriff stecken …«

»Das habe ich nicht gesagt. Wir warten auf die Ergebnisse der Ermittlungen«, antwortete Rachel vorsichtig.

Samuel ließ sie nicht aus den Augen und versuchte, ihren Gesichtsausdruck zu deuten. Er schien das Für und Wider abzuwägen und beugte sich dann plötzlich vor, stützte die Ellenbogen auf die Knie und sagte langsam und deutlich: »Warum ist Green Growth so vorsichtig bei der Benennung der Schuldigen? Habt ihr eine andere Spur?«

»Nein«, versicherte Rachel vielleicht etwas zu kategorisch, aber ohne sich beeindrucken zu lassen.

Samuel senkte die Stimme noch mehr. »Und wenn ich dir jetzt sage, dass die färöische Polizei in diesem Moment einen Verdächtigen verhört, einen färöischen Fischer, der als erbitterter Gegner von Organisationen eurer Art bekannt ist?«

Rachel runzelte die Stirn. »Wie bitte?«

»Man hat bei ihm Spuren desselben Sprengstoffs gefunden, der für das Schlauchboot benutzt wurde. Was sagst du dazu?«

Der Reporter musterte sie aufmerksam, als er ihr diese Neuigkeit mitteilte. Rachel blinzelte verwundert, ehe sie schließlich antwortete: »Woher hast du diese Info? Ist sie verifiziert?«

»Ein Informant, der den Ermittlern nahesteht, hat sie mir vor einer Stunde gegeben. Ich habe die Meldung gerade an die Agentur geschickt.«

Rachel fasste sich wieder. »Gut.«

»Aber du scheinst erstaunt.«

»Erstaunt? Nein.«

»Offenbar steckt also ein Färinger hinter dem Attentat«, beharrte Samuel, der ihr eine Erklärung abzuringen versuchte.

»Wir müssen die Bestätigung abwarten«, erwiderte Rachel vorsichtig, »aber es scheint sich in der Tat so zu verhalten.«

Dann sah sie auf ihre Uhr. »Tut mir leid. Meine Schwiegermutter, die auf meinen Sohn aufpasst, wartet. Ich muss gehen.«

Sie erhob sich, er auch. Es folgte eine verlegene Pause, beide schienen zu zögern. Schließlich trat Rachel den Rückzug an.

»Also dann, mach's gut.«

»Ja, du auch.«

»Bis bald.«

»Bis demnächst mal.«

Samuel sah Rachel nach, bis sich die Türen des Aufzugs hinter ihr schlossen. Er ertrug es nicht, für dumm verkauft zu werden.

...

Sobald Rachel draußen war, schrieb sie eine SMS an Peter: »Hast du die AFP-Meldung gelesen? Ruf mich an, wenn du kannst.« Sie wusste, dass ihr Chef heute Abend sein fünfjähriges Zusammenleben mit seinem Lebensgefährten Kyle feierte, und wollte nicht stören.

Doch der Green-Growth-Leiter rief sie auf der Stelle zurück. Rachel wiederholte, was sie von Samuel gehört hatte. Peter bestätigte die Information.

»Stimmt, vor zwanzig Minuten ist die Meldung veröffentlicht worden.«

»Dann war es also ein färöischer Fischer?«

»Sieht ganz so aus. Es heißt, man habe Sprengstoff bei ihm gefunden. Und es soll sich um einen Einzeltäter handeln.«

»Das hat mir von Lommel auch gesagt. Ich komme gerade vom Interview.«

»Ging alles glatt?«

»Ich weiß nicht recht.«

»Ich bin mir sicher, dass du deine Sache gut gemacht hast. Ich habe eine schlechte Nachricht aus dem Riget. Karls Ödem hat sich nicht zurückgebildet.«

Rachel schluckte. »Wird er …«

»Ich weiß nicht«, antwortete Peter ernst. »Es sieht nicht gut aus.«

»Mein Gott … ich besuche ihn morgen.«

»Und es scheint so, als hätte Joanna sich eine Hepatitis eingefangen oder irgendwas an der Leber. Sie kommt so bald nicht raus.«

»Stimmt, ich fand, dass ihre Augen gelb aussahen. Dann gehe ich morgen auch bei ihr vorbei. Schönen Abend noch, und entschuldige die Störung. Grüße an Kyle.«

KAPITEL SECHZEHN

Samuel mochte es nicht, wenn man ihm Märchen auftischte. Als er die *Bella Sky Bar* verließ, war er wütend. Rachel hatte ihn an der Nase herumgeführt. Sie, die eher aggressiv war, wenn es um Schuldzuweisungen ging, hatte sich sehr vorsichtig und zurückhaltend geäußert. Wie übrigens auch ihr Chef Peter und alle Mitglieder von Green Growth, die er interviewt hatte.

Er setzte seinen Helm auf und ließ das Motorrad an. Sein Instinkt riet ihm zum Misstrauen. Rachel hatte ihm nicht alles gesagt. Zügig fuhr er Richtung Nyhavn, ein von Kanälen durchzogenes Viertel mit vielen Restaurants und Bars, die von Seeleuten und Touristen bevölkert wurden. Eigentlich mochte er dieses Viertel, das im Sommer voll lärmender Touristen war, nicht sonderlich, aber er kannte hier eine Trattoria, die außergewöhnliche Pizzen machte. Er trat ein und seufzte vor Wohlbehagen. Aus dem Ofen drang der Duft nach warmem Teig, das Stimmengewirr tat ihm gut. Er hatte Glück und entdeckte einen Platz in der Nähe des großen Ziegelsteinofens. Nachdem er den Wirt begrüßt hatte, bestellte er eine »Pizza speciale« und setzte sich an einen der Tische mit rot karierter Decke.

Nach einer Weile schaltete er sein Netbook ein. Seine Meldung zur Festnahme des Färingers war vor einer Stunde veröffentlicht und bereits von anderen Nachrichtensendern übernommen worden. Er erteilte sich selbst die Note befriedigend. Seine zügige Arbeit war von den Büros in Stockholm und Paris gelobt worden. Durch seine intensiven Recherchen in den ersten zwölf Stunden nach dem Attentat konnte die AFP mit ihren schnellen und zuverlässigen Informationen punkten. Das würde sich durch neue Abonnenten und Kunden auszahlen.

Er durfte jetzt auf keinen Fall nachlassen. Zeile für Zeile ging er noch einmal seine Notizen durch und komprimierte das Interview mit Rachel auf sechshundert Wörter. Während er sein San Pellegrino trank und ein Grissini knabberte, las er den Artikel ein letztes Mal durch, unterschrieb seinen Text und schickte ihn in das Ressort.

Samuel wartete, bis der Eingang seines Artikels bestätigt war, aß seine Pizza und bezahlte. Dann fuhr er nach Nørrebro, das multikulturelle Viertel der Stadt. Er parkte sein Motorrad in einer dunklen Gasse mit holprigem Pflaster und trat in ein altes Ziegelsteinhaus, dessen Fassade mit Tags besprüht war. Nur zwei Fenster im Erdgeschoss waren erhellt. Wie immer, wenn er sich entspannen wollte, öffnete er die Tür zum Klub. Eine Viertelstunde später richtete er sein .22 Long Rifle auf die Zielscheibe. Sein Arm zitterte nicht, sein Blick war konzentriert wie der eines geübten Killers.

KAPITEL SIEBZEHN

Sacha schlief noch nicht, als Rachel an sein Bett trat, um ihm einen Kuss zu geben. »Ich will nicht allein in meinem Zimmer bleiben, ich habe Angst vor Albträumen, ich habe Angst vor dem Dunkel!«

»Du hast Angst vor der Dunkelheit«, korrigierte sie zärtlich. »Aber du hast doch all deine Plüschtiere bei dir, die dich beschützen.«

»Meine Plüschtiere sprechen nicht. Ich bin ganz allein.«

Rachel umarmte ihren Sohn. »Weißt du, was wir machen? Ich lasse das kleine Licht an. Dann ist es nicht mehr dunkel.«

»Hat Pippi Langstrumpf auch Angst vor der Dunkelheit?«

»Zu Anfang ja, aber dann hat sie den Albträumen Angst gemacht, und sie sind nicht mehr wiedergekommen.«

»Gehst du nicht mehr weg?«

Rachel gab ihm einen Kuss. »Nein, versprochen.«

Als sie zu Christa ins Wohnzimmer kam, zog diese ihre Jacke an und hängte sich ihre kleine rosafarbene Tasche aus indischem Stoff um den Hals.

»Sehr hübsch«, meinte Rachel.

»Sie kommt aus Delhi.«

Plötzlich schien Christa sich an etwas zu erinnern. »Kann Sacha nächsten Samstag bei mir schlafen?«

Rachel runzelte die Stirn. »Natürlich, wenn er will.«

»Sehr gut. Ich will ihn meiner Freundin Magda vorstellen.«

Kurz darauf zog Rachel ein großes T-Shirt an und dachte, während sie sich abschminkte, traurig an Karl. Plötzlich sah sie, dass Christa ihre Brille und ihre Uhr auf dem Waschbeckenrand vergessen hatte. Die kleine goldene Uhr zum Aufziehen, ein Erbstück ihrer Mutter, war die einzige, die Christa besaß. Sie hätte sich längst eine andere kaufen können, doch das wollte sie nicht, denn sie behauptete, die Erinnerung an ihre Mutter lebe fort, wenn sie sie jeden Tag trage. Rachel legte beides gut sichtbar auf die Küchentheke, um nicht zu vergessen, ihr die Sachen möglichst bald zurückzubringen.

Genüsslich schlüpfte sie unter ihre saubere Bettdecke. Sie reckte und streckte die schmerzenden Muskeln und schloss die Augen. War es möglich, dass es sich bei dem Sprengstoffanschlag wirklich um die Einzeltat eines wütenden Fischers gehandelt hatte? Warum hatte die Fremde im Bella Center sie dann auf die Spur von HR gelenkt? Um sie einzuschüchtern? In letzter Zeit war zu vieles passiert. Rachel konnte keinen klaren Gedanken mehr fassen. Sie knipste die Nachttischlampe aus und drehte sich auf die Seite. In Gedanken ging sie noch einmal ihr Gespräch mit von Lommel durch – sie war sich nicht sicher, ob sie wirklich überzeugend gewesen war. Und er hatte sich nicht verändert. Er erweckte bei ihr noch immer den Eindruck, die Leute zu benutzen und sich dennoch für sie zu interessieren … er war einfach nicht greifbar.

Die Fragen drehten sich in ihrem Kopf. Nahm er es ihr übel, dass sie ihn hatte abblitzen lassen? Nach dem sachlichen Gespräch zu urteilen, offensichtlich ja. Dachte er manchmal noch daran? Gefiel sie ihm noch? *Quatsch*! Sie vertrieb diese Gedanken und die Erinnerung an den Reinfall.

In diesem Augenblick sehnte sie sich nach jemandem, der sie zärtlich in die Arme nahm und wie ein Kind wiegte, nach Händen, die ihr Haar streichelten und dann forscher über ihre Schultern glitten, ihre Brüste zärtlich berührten. »Hab keine Angst, schlaf ein«, würde dieser Jemand sagen. »Ich beschütze dich, alles wird gut.« Rachel spürte, wie sich ihre Kehle zusammenzog und Tränen in ihre Augen traten. Sie umklammerte ihr Kopfkissen. *Ich bin sicher, dass es irgendwo den Richtigen für mich gibt. Ich muss ihn nur finden*. In genau diesem Moment vibrierte ihr Handy. Auf dem beleuchteten Display tauchte folgende Nachricht auf:

Hab dich acht vor deiner Umgebung
RR21

Rachel fuhr hoch und schaltete das Licht an. Diesmal würde sie nicht aufgeben.

Welche Umgebung? Wer bist du?

Mehr weis ich nich. Bin 1 Freund

Rachel knurrte. *Da hält mich jemand zum Narren.*

Wer bist du, verdammt noch mal?

Sie wartete eine Viertelstunde, doch das Handy blieb stumm. Dann knipste sie das Licht wieder aus und zwang sich, die Augen zu schließen.

Auf dem erleuchteten Display erschien eine neue SMS:

Jesu

KAPITEL ACHTZEHN

25. AUGUST. 14.30 UHR

Carol, Sachas Schulhelferin, schien heute Morgen nicht in Form zu sein. Rachel erklärte ihr zweimal, dass sie ihren Sohn abholen würde, weil sie einen Termin bei Professor Hansen hatten, doch Carol war stark erkältet, unaufmerksam und müde. Rachel ließ den Motor an und hoffte egoistisch, dass sie den Kleinen nicht anstecken möge.

Heute hatte sie ihr Fahrrad nicht mitgenommen, weil sie später mit Sacha ins Krankenhaus fahren musste und vor der Arbeit unbedingt zu Christa wollte, um ihr die Sachen zurückzubringen. Es war noch früh, und sie hatte Zeit. Während sie Richtung Nyboder fuhr, rief sie über die Freisprechanlage ihre Schwiegermutter an.

»Hallo, hier ist Rachel. Du hast gestern deine Brille und deine Uhr vergessen, ich komme vorbei, um sie dir zu bringen. Vielleicht können wir zusammen einen Kaffee trinken. Bis gleich.«

An der Ampel zog sie das Handy aus der Tasche und las noch einmal die SMS, die sie beim Aufstehen entdeckt hatte.

Jesu

Jesus lag, den letzten Informationen zufolge, im Koma und konnte nicht kommunizieren. Wie hätte er Kontakt mit ihr aufnehmen sollen? Irgendjemand hielt sie zum Narren. Somit wurden all die Drohungen unglaubwürdig.

Verärgert und verunsichert fuhr sie wieder los.

Wenn Christa nicht zu Hause wäre, würde sie ihren Zweitschlüssel benutzen und die Sachen gut sichtbar im Flur platzieren. Nyboder war eines der malerischsten Viertel von

Kopenhagen. Es bestand aus fünf, sechs Straßen, an denen sich niedrige ockergelbe Häuser entlangzogen. Die Siedlung umfasste sechshundert Unterkünfte und war 1631 von Christian IV. für die Mitglieder der königlichen Marine erbaut worden. Noch heute waren sie den Familien der Seefahrer – sowohl Fischern als auch Matrosen – vorbehalten.

Rachel parkte am Anfang der Delsinsgarde. Zu Fuß lief sie die gepflasterte Straße entlang, die zu einem lang gestreckten einstöckigen Gebäude führte, das in dem typischen Ockergelb gestrichen war, das man auch als »Nyboder-Ocker« bezeichnete. Das Haus war in verschiedene Häuschen unterteilt, die jeweils über eine eigene Eingangstür und vier mit grünen Läden versehene Fenster verfügten. Das von Christa war das dritte mit der Nummer 17. Die Fensterläden waren geöffnet, doch niemand antwortete auf ihr Klingeln. Rachel wartete eine Weile, ehe sie mit ihrem eigenen Schlüssel öffnete. Gleich beim Eintreten fiel ihr der Geruch auf. Ungewöhnlich, durchdringend und unangenehm. Eine Mischung aus abgestandener Luft und etwas anderem, säuerlich und undefinierbar.

»Christa«, rief sie, um nicht unhöflich zu sein, falls ihre Schwiegermutter noch schlafen sollte.

Sie schaltete das Deckenlicht ein. Vom Flur ging es rechts in die Küche, links ins Wohnzimmer und in eine kleine Abstellkammer. In der Mitte führte eine schmale, steile Treppe aus dunklem Holz zu den beiden Schlafzimmern und dem Bad im ersten Stock. Mit gerümpfter Nase lief Rachel durch das Erdgeschoss. Das Wohnzimmer mit seinen antiken Möbeln, den Kissen und Bildern war tadellos aufgeräumt. Sie ging an der Treppe vorbei. Über einer kleinen Ablage hatte Christa eine Weltkarte an der Wand befestigt, auf der bunte Stecknadelköpfe die Reiseziele der ehemaligen Stewardess markierten. Rachel wandte sich ab und betrat die Küche, die alt, aber sauber war. Die einzige moderne Note war die riesige Kühl-Gefrierschrank-Kombination aus Chrom, die Christa bei einem Preisausschreiben gewonnen hatte und die so gar nicht zu den rustikalen Holzmöbeln passte.

Auf der Suche nach dem Ursprung des widerwärtigen Geruchs blickte sich Rachel rasch um. Sauberes Geschirr auf dem Ablaufbrett, sorgfältig gefaltetes Handtuch, fast neuer Schwamm. Auf den Kochplatten kein Staubkörnchen oder Fettfleck. Alles war sauber und ordentlich. Sie öffnete den Kühlschrank. Nebeneinander aufgereihte Molkereiprodukte und Wurstwaren, die nicht abgelaufen waren, frisches Gemüse. Sie schloss die Tür wieder. Immer verwirrter verließ sie die Küche und ging die Treppe hinauf.

»Christa?«

Das Knarren der Holzstufen durchbrach die lastende Stille. Oben angekommen, schien der Geruch noch intensiver geworden zu sein. *Von da kommt er also!*

Sie wandte sich nach rechts zum Gästezimmer; seit vier Jahren war es nun Sachas Reich. Sie war schon lange nicht mehr hier gewesen. Als sie die Tür öffnete, quietschte sie leise. Rachel sah sich in dem kleinen Raum um und bemerkte sofort die Veränderungen. Die neue Decke auf dem Bett, den Formel-1-Teppich, einen neuen Rollwagen voller Spielzeug und links neben dem Schrank ein kleines Tischchen, vollgestellt mit Nippes. Sie trat näher und entdeckte ein Foto von Niels. Natürlich konnte Christa in ihrem Haus so viele Fotos von ihrem Sohn aufhängen, wie sie wollte, aber ihn vor dem Kleinen zur Schau zu stellen wie einen Heiligen, den er nie kennenlernen würde … das konnte nicht gut sein.

Rachel nahm sich vor, die Sache mit ihrer Schwiegermutter zu besprechen. Dann entdeckte sie plötzlich, woher der Geruch kam. Hinter einem alten Kruzifix, einem Bild der Heiligen Jungfrau und zwei Porträts von Papst Johannes Paul II. glühte in einem Tonschälchen ein Räucherkegel. Rachel atmete den süßsäuerlichen, sehr unangenehmen Rauch ein. *Das ist es also.* Sie hielt sich die Nase zu und drückte mit dem Fuß des Kruzifixes den qualmenden Kegel aus, öffnete das Fenster, um zu lüften, und stellte das Schälchen aufs Fensterbrett. Sie kehrte zu dem Tischchen zurück und runzelte die Stirn. Als sie das Kruzifix angehoben hatte, hatte sie dahinter anderen Nippes entdeckt. Das Bild einer schwarzen Madonna, mehrere hölzerne Rosenkränze, exotische Amulette ungewisser Herkunft, Passbilder von Sacha in einem Metallrahmen … Rachel schüttelte den Kopf. *All dieser Kram hat nichts in einem Kinderzimmer zu suchen!* Da brauchte man sich nicht über die Albträume zu wundern. Hinter dem Heiligenbild sah sie ein leeres Plastikröhrchen. *Das gibt's doch nicht!*

Das Etikett war halb abgerissen, doch man erkannte noch die Worte ›Natural Oil Fish‹.

Bekümmert schüttelte Rachel erneut den Kopf.

2006 hatte Christa in Los Angeles einen Vorrat dieser Kapseln gekauft. Sie hatte sich von einer Freundin beeinflussen lassen und eine Kur begonnen. Und sie hatte auch Rachel, die damals schwanger war, davon überzeugt, dreimal täglich eine Kapsel zu nehmen, um dem Baby etwas Gutes zu tun. »Fischöl ist wichtig für die Entwicklung des Fötus.«

Rachel schluckte. Der Arzt hatte nichts dagegen gehabt, und sie hatte in dem Glauben an die positive Wirkung die vergifteten Tabletten genommen. Wer war schuld? Weder sie noch der Arzt, noch Christa.

Sie hatte Niels' Mutter keine Vorwürfe gemacht. Niemand konnte ahnen, was dieses Nahrungsergänzungsmittel enthielt. Aber Christa hatte sich selbst nie verziehen. Rachel seufzte traurig. Sie stellte das Plastikröhrchen zurück. Und in diesem Moment sah sie den gläsernen Joghurtbecher, der mit einem Deckel verschlossen war. *Aber was ist …?* Rachel nahm das Glas, trat ans Fenster und musterte seinen Inhalt eingehend. In einer gelben Flüssigkeit schwamm etwas Rötliches. Man hätte meinen können, ein Stück ranziges Fleisch in Gallenflüssigkeit.

»Wer sind Sie?«

Ein elektrischer Schlag durchzuckte Rachel. Eine grässliche Frau mit kohlschwarzem Haar, durch das sich weiße Strähnen zogen, stand in der Tür und sah sie herausfordernd an. Rachel schob das Glas rasch in ihre Tasche.

»Wer sind Sie?«, wiederholte die Frau.

Rachel trat einen Schritt zurück. »Ich bin die Schwiegertochter der Mieterin. Und Sie?«

»Ihre Nachbarin. Ich habe Sie das Haus betreten sehen. Weiß Christa, dass Sie hier sind?«

»Ich habe ihr eine Nachricht hinterlassen, aber sie hat nicht geantwortet.«

»Sie mag es nicht, wenn man bei ihr herumschnüffelt.«

»Ich schnüffle nicht.«

»Ich sage ihr, dass Sie in ihren Sachen gewühlt haben.«

»Ich habe nicht gewühlt.«

»Was haben Sie gesagt, wer Sie sind?«

»Rachel, die Mutter von Christas Enkel.«

Die Frau sah sie misstrauisch an. »Sie sind das also.«

»Was soll das denn heißen?«, fragte Rachel, verärgert über den Ton.

»Gehen Sie jetzt, aber schnell. Ich soll auf das Haus aufpassen.«

»Ich hatte ohnehin nicht vor zu bleiben. Wissen Sie, wann sie zurückkommt?«

»Nein.«

Rachel drückte ihre Tasche an sich und verließ verblüfft das Zimmer.

...

Rachel zählte die Platten auf dem Weg und versuchte, nicht auf die Fugen zu treten; würde sie sie berühren, würden die Dinge eine schlechte Wendung nehmen. Sie presste die Lippen zusammen. *Was für eine entsetzliche Person*! Wusste Christa, dass eine ihrer Nachbarinnen den Zerberus spielte? Sie musste wirklich mit ihr reden. Rachel machte sich Vorwürfe, weil sie sich nicht mehr um ihre Schwiegermutter gekümmert hatte. Wann hatte sie mit diesen ganzen Verrücktheiten angefangen? Rachel kam an dem medizinischen Labor gegenüber der Apotheke vorbei, das ganz in der Nähe von Green Growth lag.

Ohne die Entscheidung bewusst getroffen zu haben, kehrte

sie um und öffnete die Tür zu dem Labor, das mit Holzimitat und weißem Plastik eingerichtet war. Außer einer Angestellten war nur ein alter Herr da, der auf einem Klappstuhl darauf wartete, an die Reihe zu kommen.

»Sie wünschen?«

Rachel hatte sich nicht überlegt, wie sie die Sache angehen sollte. Also musste sie sich spontan etwas ausdenken.

»Guten Tag, ich wollte fragen, ob Sie den Inhalt dieses Glases analysieren könnten. Ich habe ihn in den Sachen meines Neffen gefunden, und meine Schwester macht sich Sorgen um ihn.«

Der Blick der Angestellten wurde misstrauisch. »Zeigen Sie es mir bitte?«

Als das Glas auf der Theke stand, weiteten sich die geschminkten Augen der Frau. Sie griff nach dem Telefon und sagte leise ein paar Worte. Dann legte sie wieder auf und steckte das Glas in einen Luftpolsterumschlag.

»Ihr Name?«

Nachdem Rachel Namen, Adresse und Telefonnummer angegeben hatte, verabschiedete sie sich. Als sie die Tür hinter sich schloss, fühlte sie sich unbehaglich.

...

Eine Tasse Kaffee in der Hand, sah Paula, wie Rachel ihr Büro betrat. Durch die Glasscheibe beobachtete die Verantwortliche für das Internet, wie ihre Freundin die Tasche auf den Tisch warf und Computer und Lampe einschaltete. Irgendetwas schien Rachel Sorgen zu machen. Natürlich hatte sie gerade einen Anschlag überlebt, aber da war noch etwas anderes. Selbst aus dieser Entfernung spürte Paula ihre Anspannung, die der Freundin eine steile Falte zwischen die Augenbrauen grub und sie die Lippen zusammenpressen ließ. Paula klopfte leise an und öffnete dann die Tür.

»Hej, wie fühlst du dich?«

»Als wäre eine Pferdeherde über mich hinweggetrampelt. Die Ereignisse prasseln von allen Seiten auf mich ein.«

»Hier«, sagte Paula und stellte ihre Kaffeetasse vor ihre Freundin. »Wenn ich dir irgendetwas abnehmen kann, lass es mich wissen.«

»Danke, Paula. Geht es deiner Mutter besser?«

»Ein Oberschenkelhalsbruch. So was dauert lange, aber sie ist schon wieder auf den Beinen, in der Reha sagen sie, dass sie jetzt viel üben muss.«

»Wenn du einen guten Physiotherapeuten brauchst, sag es mir. Ich kenne einige, die sich hervorragend um Sacha gekümmert haben.«

»Geht es ihm gut?«

»Ihm schon, aber Christa macht mir Sorgen. Ich habe komische Sachen bei ihr gefunden.« Sie seufzte. »Nichts Schlimmes, ich nehme an, nur eine vorübergehende mystische Phase.«

Sie zwang sich, nicht mehr an Christas Haus, den improvisierten Altar im Zimmer ihres Sohnes und das Glas mit dem widerwärtigen Inhalt zu denken. Ganz zu schweigen von dem Zerberus, der es mit Sicherheit nicht versäumen würde, ihre Nachbarin über das Eindringen ihrer Schwiegertochter zu informieren. Außerdem musste sie den Reed-Bericht fertig schreiben. Sie war zu spät dran, und Angst stieg in ihr auf.

»Peter hat mir erzählt, dass es Karl schlecht geht«, sagte Paula traurig.

»Ja, das ist furchtbar. Er war da, um zu helfen, die Tiere zu verteidigen, und nun das. Ich besuche ihn nachher.«

Als Rachels Kinn zu zittern begann, trat Paula zu ihr und nahm sie in den Arm.

Nachdem sie sich wieder gefasst hatte, schob Rachel den USB-Stick in ihren Computer und öffnete die Datei »Eiche und Schilfrohr«. Sie löschte alle Daten auf ihrer Festplatte und speicherte sie auf dem Stick. Sollte jemand auf die Idee kommen, ihre Dateien zu durchsuchen, würde er nichts finden. Sie machte sich an die Korrektur des Berichts, wurde aber sofort vom Klingeln des Telefons unterbrochen.

Ein schrillerer Ton als normal verwies auf einen internen Anruf.

»Rachel?«

»Hallo, Peter.«

»Hauptkommissar Elmquist ist in meinem Büro. Er möchte kurz mit allen sprechen, die auf der *Serendipity* waren. Kommst du?«

»Ja, sofort.«

Nachdem sie alles auf ihrem USB-Stick gespeichert und die auf dem Computer sichtbare Version gelöscht hatte, ging Rachel hinaus und schloss die Tür hinter sich ab. Vor dem Gespräch mit der Polizei hätte sie gerne mit Peter geredet. Aber dazu war es nun zu spät. Sie sah durch die Scheibe im Büro ihres Chefs einen kahlköpfigen Mann um die fünfzig von hochgewachsener Gestalt, der einen grauen Regenmantel trug. Erst als sie eintrat, bemerkte sie, dass er nicht allein war. Neben ihm saß eine kleine Frau mit dunklem, kurzem Haar, die ihre Aussage protokollieren würde. Die Polizistin stellte sich vor: Natacha irgendwas.

»Sie sind Rachel Karlsen?«, fragte Kommissar Elmquist.

Die Glatze und seine Körperfülle ließen ihn älter erscheinen, in Wirklichkeit musste er etwas über vierzig sein.

»Ja.«

»Mein Kollege hat Sie schon im Krankenhaus befragt, nicht wahr?«

»Genau.«

»Er musste aus persönlichen Gründen Urlaub nehmen, und nun haben wir den Fall in Zusammenarbeit mit unseren Kollegen von den Färöer-Inseln übernommen.«

Rachel wechselte rasch einen Blick mit Peter und nahm den Polizisten gegenüber Platz. Sie war das Opfer, und dennoch fühlte sie sich irgendwie angeklagt – wie jedes Mal seit den Dezemberdemos, wenn sie mit der Polizei zu tun hatte. Im Oktober 2009 hatte das dänische Parlament – die Liberalen und Konservativen mit Unterstützung einer kleinen rechtsextremen Partei namens Dänische Volkspartei – ein neues Gesetz verabschiedet, das der Polizei größere Rechte bei »präventiven« Verhaftungen verlieh. Diese hatte nunmehr die Möglichkeit, die Demonstranten zwölf Stunden festzusetzen, sobald sie sie gesetzeswidriger Handlungen verdächtigte.

Rachel erinnerte sich genau an den Fernsehauftritt des Polizeichefs von Kopenhagen, nachdem das Gesetz verabschiedet worden war. Er hatte laut und deutlich verkündet, das neue Gesetz würde nur in »unkontrollierbaren Situationen« Anwendung finden. *Bullshit*. Green Growth hatte dieses freiheitsbeschränkende Gesetz verurteilt, das eilig zusammengeschustert worden war, um die sozialen Bewegungen zu kriminalisieren. Allen Protesten zum Trotz war es verabschiedet worden, und vor dem UNO-Gipfel war es zu Hunderten von »präventiven« Festnahmen gekommen. Während der Demonstration im Dezember 2009 waren nicht weniger als eintausendneunhundert Personen verhaftet worden. Seither hatten zweihundertfünfzig von ihnen Strafanzeige gegen die Polizei gestellt. Das Verfahren lief noch.

All das hatte Rachel im Kopf, während sie Hauptkommissar Elmquist zuhörte, der ihr erzählte, man habe den mutmaßlichen Attentäter, einen färöischen Fischer und erbitterten Umweltgegner, festgenommen.

Rachel wollte sich nicht von seiner freundlichen Haltung und seinen schönen Worten einlullen lassen. Er war wie die anderen zu allem bereit, um Leute wie sie in die Enge zu treiben, denn die Ausdrucks- und Handlungsfreiheit der Nichtregierungsorganisationen war ihnen ein Dorn im Auge. Sie würde nicht so schnell vergessen, wie man sie gezwungen hatte, mit Handschellen in der Kälte zu sitzen. Natacha legte Rachel ein Foto vor. Es zeigte einen jungen, bärtigen Mann mit eingefallenem Gesicht, der missmutig in die Kamera blickte.

»Kennen Sie diesen Mann?«

Rachel schüttelte den Kopf. »Nie gesehen.«

»Es handelt sich um Ole Polsen, den färöischen Fischer«, erklärte Hauptkommissar Elmquist.

»Wie sind Sie auf ihn gekommen?«, fragte Rachel.

»Durch Denunziation, ein anonymer Anruf.«

»Und wir haben Sprengstoff bei ihm gefunden«, fügte die Polizistin hinzu. »Denselben wie an den Überresten des Schlauchboots. Noch dazu arbeitet er regelmäßig mit einem Mechaniker von der Ålborger Werft.«

»Sind Sie sicher, dass Sie ihn nicht in Ålborg getroffen haben?«, fragte Elmquist.

»Ganz sicher.«

»Nun, der Fischer hat die Tat gestanden. Er sagt, er habe sie allein begangen. Haben Sie dem noch etwas hinzuzufügen?«

Rachel schüttelte den Kopf.

»Sehr gut«, sagte der Kommissar. »Für uns ist der Fall damit abgeschlossen.«

...

Peter biss herzhaft in sein Smörrebröd, ein mit Rotkohl und Schweinebraten belegtes Schwarzbrot-Sandwich, und betrachtete die Radfahrer, die an der großen Fensterscheibe des Restaurants vorbeifuhren. Was er aß, schmeckte ihm, doch hätte ihn jemand gefragt, was es war, hätte er, zu sehr in seine Gedanken vertieft, es nicht genau sagen können. Ebenso nachdenklich biss Rachel ihm gegenüber in ihr Brot mit geräuchertem Aal und Rührei. Sie hatten kein Wort gewechselt, seit sie sich zum Mittagessen am Tisch eines der nettesten Lokale von Christianshavn niedergelassen hatten. Dieses Café, das Biosandwichs anbot und drinnen wie draußen ein paar Tische stehen sowie ein gutes Bier und einen netten Wirt hatte, diente ihnen sozusagen als Kantine.

Zu dieser Mittagspause hatten sie sich spontan entschlossen, sobald Hauptkommissar Elmquist das Green-Growth-Büro verlassen hatte. »Gehen wir etwas essen?«, hatte Peter nervös gefragt. Nachdem er die Hälfte seiner Flasche Bier geleert hatte, brach er das Schweigen.

»Für sie ist der Fall abgeschlossen.«

»Und für uns?«, erkundigte sich Rachel, erleichtert, endlich die Frage stellen zu können, die ihr seit dem Gespräch mit der Polizei auf den Lippen brannte.

»Wenn wir uns an die Fakten halten, hat die Polizei einen Verdächtigen, ein Motiv und ein Geständnis.«

Rachel rümpfte die Nase. »Und wir haben eine anonyme Stimme, keinen Zeugen, viele Verdachtsmomente und nicht den Hauch eines Beweises.«

Peter fügte dem nichts hinzu, es herrschte beredtes Schweigen. »Betrachtet man die Sache im Licht der neu hinzugekommenen Faktoren«, sagte er nach einer Weile, »kann man sich ein anderes Szenario vorstellen. Irgendwie hat Hannibal Reed Wind von dem Bericht bekommen. Als er erfährt, dass es ein Attentat gegen GG gegeben hat, zu dem sich niemand bekannt hat, versucht er es mit Manipulation. Um uns glauben zu machen, dass er hinter der Sache steckt, schickt er uns diese Frau, die uns bis zum 2. September einschüchtern soll. Er führt uns in die Irre, damit wir Zeit verlieren, und weiß ganz genau, dass wir ihm nichts nachweisen können, weil er ja auch nichts damit zu tun hat.«

Rachel nickte. »Genau, das ist es vielleicht.«

»Tatsache ist«, fuhr Peter fort, »dass mir die Spur mit dem Fischer glaubwürdig erscheint. Und da uns nur noch eine Woche bis zu der Solaïa-Konferenz bleibt, dürfen wir keine Zeit mit einer Fährte verlieren, die uns in die Irre führen könnte. Du musst dich also wieder ganz auf die Kampagne um Reed konzentrieren.«

Rachel massierte sich den Nacken. »Okay.«

»Versteh mich nicht falsch.«

»Ich verstehe dich nicht falsch.« Rachel seufzte. »Du weißt genau, dass ich bei solchen Sachen keinerlei Ehrgeiz habe. Ich will nur, dass dieser Typ zur Rechenschaft gezogen wird, das ist alles.«

»Das wird er. Die ganze Arbeit, die du geleistet hast, wird ihm schwer in die Parade fahren, vorausgesetzt, wir bereiten unsere Aktion gut vor. Und ich erinnere dich daran, dass uns dafür nur noch wenige Tage bleiben.«

Rachel begriff, dass ihr Chef sie wieder auf Linie bringen und ihr zugleich erneut sein Vertrauen aussprechen wollte.

»Alles klar.«

»Hast du übrigens noch etwas von RR21 gehört?«

Rachel kratzte sich am Kopf. »Die Person, die dahintersteckt, behauptet … Jesus zu sein.«

Peter runzelte die Stirn.

»Ich weiß, das ist völlig verrückt.«

Er biss schweigend, den Blick nach draußen gerichtet, in sein Sandwich. »Da will dich jemand ins Bockshorn jagen, meinst du nicht?«

Rachel presste die Lippen zusammen. »Ja, das glaube ich auch.«

Peter trank sein Bier direkt aus der Flasche. »Vergiss die Sache. Hast du deine Presseerklärung und deinen Bericht fertig?«

»Noch nicht ganz.«

»Das hat jetzt absolute Priorität«, erklärte Peter. »Du gibst deinem Bericht den letzten Schliff und schickst ihn mir noch heute. Es wird Zeit, dass ich ihn Hanne vorlege, damit sie ihn juristisch absegnet.«

»Okay.« Automatisch sah Rachel auf die Uhr, schob ihr halbes Sandwich beiseite und räusperte sich. »Das Problem ist, dass ich heute Nachmittag unbedingt mit Sacha ins Krankenhaus muss, es geht um eine Untersuchung seiner Beine«, erklärte sie und senkte den Blick. »Tut mir leid, Peter, aber es ist ein superwichtiger Termin. Doch sobald ich zu Hause bin, mache ich meine Arbeit fertig und schicke dir alles.«

Der Leiter von Green Growth seufzte. »Tu dein Bestes.«

Rachel war der Appetit vergangen, und sie ließ den Rest des Sandwichs liegen. Sie hasste es, im Arbeitsbereich familiäre Probleme anzuführen. Und genau das hatte sie gerade getan.

Als sie das Restaurant verließen, räusperte sich Rachel und erläuterte ihre Planung für die Veröffentlichung des Berichts, welche Journalisten und Blogger sie gerne dabeihätte und so weiter. Darüber diskutierten sie auf dem Weg zum Roten Haus, wo jeder dann in seinem Büro verschwand. Als sie allein war, ließ Rachel ihrer Enttäuschung und ihrem Ärger freien Lauf. Peter glaubte nicht mehr an eine Beteiligung von Reed. Sie hatte einen wichtigen Verbündeten verloren, aber egal. Ihre Intuition sagte ihr, dass der Industrielle in das Attentat, das sie fast das Leben gekostet hatte, verwickelt war. Und sie würde alles tun, um das zu beweisen.

...

Um vierzehn Uhr spuckte der Drucker von Green Growth einen sechzigseitigen Text, Tabellen und Organigramme aus. Rachel schob sie in einen Schnellhefter und schloss dann die Tür ihres Büros hinter sich ab. Als sie im Auto saß, zog sie den für die Presse bestimmten Bericht über Reed heraus und legte ihn auf ihren Schoß, ehe sie die Ørestadstraße in südlicher Richtung fuhr. An jeder Ampel las sie ein Stück des Textes und schrieb Korrekturen an den Rand. Als sie die Schule erreicht hatte, waren die ersten Seiten mit Anmerkungen versehen. Carol und Sacha warteten auf der Freitreppe. »Mama!« Rachel gab ihrem Sohn einen flüchtigen Kuss und setzte ihn, nachdem sie sich bei der Schulhelferin bedankt hatte, hinten in seinen Kindersitz.

»Fahren wir nach Hause, Mama?«

»Nein, mein Häschen, nicht gleich. Wir fahren ins Krankenhaus zu Doktor Hansen, damit er sich deine Beine ansieht.«

»Ich habe Hunger.«

Rachel suchte in ihrer Tasche nach einem Feigenriegel.

»Hier.«

»Ich will Wasser.«

»Ich möchte Wasser«, korrigierte sie.

»Bitte!«

Um die verlorene Zeit aufzuholen, fuhr sie etwas schneller als normal, und so traten sie gerade rechtzeitig durch die Schwingtür zur neuropädiatrischen Abteilung von Professor Hansen, die sich im zweiten Stock des Baus H im Rigshospitalet befand. Rachel schob Sachas Rollstuhl zu dem überfüllten Wartezimmer und ließ sich schweißgebadet auf den nächstbesten Plastiksitz fallen. Der Rollstuhl stand neben ihr. Sie gönnte sich eine kurze Pause und blickte sich um. Ein gutes Dutzend Mütter wartete mit ihren Kindern. Die Kleinen spielten an den bunten niedrigen Tischen mit abgegriffenen Bauklötzen und zerlesenen Büchern. An den Wänden hingen Plakate, die vor Autounfällen, Tabak und Alkohol warnten. Ganz links befand sich das Plakat der Stiftung Camille Hansen, die den Namen der verstorbenen kleinen Tochter des Professors trug. Bei diesem Anblick zog sich Rachels Herz zusammen. Hansen war so höflich und einfühlsam, weil er den Schmerz kannte, den der Verlust eines Kindes bedeutete. Er hatte diese Stiftung vor einigen Jahren gegründet, um die wissenschaftliche Forschung zu unterstützen. Wie jedes Mal, wenn sie in dem Raum wartete, vertiefte sich Rachel in die Betrachtung des hübschen Logos: eine Art blaue Spirale, die an ein Schneckenhaus erinnerte und in der Mitte einen blauen Punkt trug. *Vermutlich der Lebenszyklus*. Sie griff wieder nach ihrem Text und ihrem Stift, während Sacha vorgebeugt mit seinem Gameboy spielte. »Sacha Karlsen!«, rief die Krankenschwester. Rachel steckte eilig ihre Unterlagen in den Rucksack und schob Sachas Rollstuhl zum Büro des Professors.

Hansen bat sie herein und schüttelte ihr und Sacha die Hand. »Guten Tag, junger Mann!«, rief er, ehe er sich nach Rachels Gesundheitszustand erkundigte. Sie hatte ihn seit mindestens vier oder fünf Monaten nicht mehr gesehen. Doch jedes Mal, wenn sie ihn traf, sagte sie sich wieder: Was für ein netter, sympathischer Mann! Er war mittelgroß, hatte weiches, grau meliertes Haar, eine graue Brille und eine so sanfte Stimme, dass man ihn manchmal bitten musste, das Gesagte zu wiederholen. Und er neigte etwas zur Leibesfülle, was Sacha zu dem Kommentar veranlasste: »Er sieht aus wie der gute Doktor Dodu« – der Held eines seiner Kinderbücher. Es war schwer, sich vorzustellen, dass dieser sanfte und liebenswürdige Mann, der so bescheiden war, zu den bekanntesten neuropädiatrischen Professoren des Landes zählte.

Mit dem Untersuchungstisch, den Anatomiepostern und der »Ego-Wand« mit all seinen Diplomen, Auszeichnungen und Fotos in Gesellschaft berühmter Persönlichkeiten unterschied sich seine Praxis nicht wesentlich von anderen. Außer dass sie von Giraffen in allen Formen bevölkert war. Poster, Plüschtiere auf den Regalen, Figuren und Statuen zwischen den medizinischen Werken, Bauklötze, Bälle und sogar eine Legofigur. Ebenso viele Exemplare wie dankbare Eltern. Der Beitrag der Karlsens, eine kleine Giraffe mit ihrem Jungen vom WWF, stand in einem Vitrinenschrank. Sacha griff nach einem Giraffendomino und legte die Steine aneinander. Hansen nahm zwei Seiten aus einer Akte.

»Am 21. August haben wir ein Elektromyogramm gemacht, hier sind die Ergebnisse.«

Beim Elektromyogramm wurde die Muskel- und Nervenaktivität durch auf der Haut platzierte Elektroden aufgezeichnet. Hansen legte ein anderes Diagramm auf den Tisch.

»Und hier zum Vergleich die letztjährigen Ergebnisse. Anhand dieser Untersuchung kann man Veränderungen an den Nervensträngen feststellen.«

Ehrlich gesagt, hatte Rachel Mühe, einen Unterschied zwischen den beiden Kurven zu sehen.

»Das ist sehr schwierig«, gab der Professor zu, »aber man sieht, dass der Ausschlag der Nervenaktivität höher ist als bei der letzten Untersuchung. Daraus kann man entnehmen, dass es vermutlich zu einer Rekolonisierung der Nerven in den unteren Gliedmaßen gekommen ist.«

Rachel riss die Augen auf. »Die Nerven sind wieder gewachsen?«

»Oder haben sich verstärkt, ja.«

Rachel spürte, wie ihr Herz schneller schlug. »Kommt so was häufiger bei solchen Fällen vor?«

»Ich erlebe so etwas zum ersten Mal«, musste Hansen zugeben.

»Und glauben Sie, dass sich diese Tendenz noch verstärken kann?«

»Was das Gehirn betrifft, hat man bei schweren Hirntraumata schon ähnliche Reaktionen beobachtet, warum also nicht auch beim Rückenmark?«, antwortete Hansen ausweichend. »Ich kann Ihnen im Moment zu der weiteren Entwicklung nichts sagen.«

Das Klingeln des Telefons unterbrach Hansen. Er hob ab und tauschte sich kurz mit einem Kollegen über einen Patienten aus. Rachel beobachtete Sacha, der eine Spieldose geöffnet hatte, in der sich eine kleine Giraffe im Ballettröckchen im Kreis drehte. Rachel erinnerte sich genau an die ersten Erklärungen des Professors nach Sachas Geburt …

»Das Rückenmark verbindet den Körper mit dem Gehirn«, hatte er ihr mit seiner sanften Stimme dargelegt. »Alle motorischen Impulse gehen vom Gehirn über das Rückenmark, ehe sie die Muskeln erreichen. Ebenso geben die sensorischen Organe ihre Signale zunächst ans Rückenmark ab, ehe sie an das Gehirn weitergeleitet werden. Eine Schädigung des Rückenmarks verhindert also bei dem Patienten jegliche Muskelaktivität und jedes körperliche Empfinden.«

»Ich habe gelesen, dass sich in manchen Fällen nach einer Verletzung durch einen Unfall das Rückenmark wieder konsolidieren kann«, hatte Rachel eingeworfen.

»Nach einem Unfall ist das Rückenmark nur in einem von drei Fällen vollständig geschädigt. Bei den anderen handelt es sich um einen Teilschaden, bei dem bestimmte Nervenstränge noch existent sind und stimuliert werden können. Diese Kompensation durch Expansion bezeichnet man als Plastizität.«

»Und sind bei Sacha die Nerven vollständig unterbrochen?«

»Nein, nur teilweise.«

»Dann können sie also durch Plastizität wiederhergestellt werden?«, hatte sie mit aufkeimender Hoffnung gefragt.

Hansen hatte die Hände verschränkt. »Da es sich um einen angeborenen und nicht unfallbedingten Schaden handelt, existieren manche Nerven schlichtweg nicht. Darum ist seine Behinderung nicht zu behandeln – theoretisch gesprochen.«

Hansen legte auf und fuhr fort, als wären sie nicht unterbrochen worden: »Während des Kongresses habe ich mich lange mit James Fawcett, einem Forscher von der Cambridge University, unterhalten, der für ein pharmazeutisches Labor an diesen Themen arbeitet. Und sie haben herausgefunden, welche Faktoren zum Verlust der Plastizität des Gehirns oder Rückenmarks führen! Es handelt sich um Inhibitoren, also um Hemmstoffe, die die Regeneration des Nervengewebes verhindern.«

Rachel konzentrierte sich und kniff leicht die Augen zusammen.

»Beim Erwachsenen überziehen diese Inhibitoren sämtliches Nervengewebe im Gehirn und im Rückenmark, um die Zellen daran zu hindern, neue Verbindungen einzugehen, die der Ursprung der Plastizität sind. Man hat daran gedacht, dass eine Behandlung mit Enzymen die Inhibitorenschicht auflösen und somit die Plastizität des Nervensystems bei Erwachsenen wiederhergestellt werden könnte. Fawcett hat mir erklärt, er hoffe, durch den Einsatz von Enzymen, die die Plastizität steigern, Patienten mit bestimmten neurologischen Krankheiten helfen zu können. Sein Team versucht im Moment herauszufinden, ob die Stimulation der Plastizität sich positiv auf die Heilung von Schädigungen des Rückenmarks oder des Gehirns auswirken kann. Berichte über Versuche mit Mäusen haben zu beeindruckenden Ergebnissen geführt.«

»Aber Sie haben mir gesagt, Sacha habe nicht genügend Nerven gebildet, um seinen Zustand verbessern zu können.«

»Das ist richtig. In seinem Fall ginge es darum, die existenten Nerven zu stimulieren.«

Hansen holte tief Luft. »Ich habe mit Fawcett über Sachas Fall gesprochen. Er beginnt gerade eine klinische Studie mit einem Dutzend Patienten. Und nachdem er sich den Fall angehört hat, hat er angeboten, Sacha mitaufzunehmen.«

»Was ist das für ein klinischer Versuch?«

»Eine Studie über die Wirksamkeit und Ungefährlichkeit eines Mittels, die zunächst an einer kleinen Anzahl von Patienten durchgeführt und dann erweitert wird.«

»Kranke wie Sacha …«

»Die an einer partiellen Schädigung des Rückenmarks leiden und eine gute Entwicklung zeigen, so wie er, ja.«

»Sie wollen, dass Sacha als Versuchskaninchen dient?«

Hansen blickte zu Sacha, der, ganz auf sein Spiel konzentriert, dem Gespräch keine Aufmerksamkeit zu schenken schien, und schürzte die Lippen. »So würde ich die Dinge nicht sehen. Es ist eher eine einzigartige Chance, von einer neuen Behandlungsmethode zu profitieren. Noch einmal: Bei einer Schädigung des Rückenmarks können sich die Nerven regenerieren, aber dieser Prozess wird oft durch Narben verhindert. Professor Fawcetts Team hat herausgefunden, dass das bakterielle Molekül Chondroitinase zu einer Regeneration der Nervenfasern führt und auch die Plastizität der Neuronen verbessert.«

Der Professor holte eine kleine Broschüre hervor. »Ich möchte Ihnen nur kurz die Präsentation des Versuchs vorlesen, die Fawcett mir gegeben hat. Dann überlasse ich Ihnen natürlich die Entscheidung.« Hansen las ihr den Text vor und erklärte dabei jeden Punkt des Protokolls. Rachel hörte zu. Als Hansen begann, die potenziellen Risiken aufzuzählen, unterbrach sie ihn: »Ich möchte nicht, dass Sie Ihre Zeit verschwenden, Doktor, die Antwort ist Nein.«

»Ich verstehe Ihre Reaktion natürlich, aber …«

»Ich will nicht, dass Sacha auch nur dem allergeringsten Risiko ausgesetzt wird. Wir werden ein paar Jahre warten. Das dürfte Sie im Übrigen nicht allzu sehr erstaunen, denn Sie wissen ja, dass ich medizinische Versuche ablehne.«

»Natürlich, aber …« Er schob ihr die Broschüre zu. »Nehmen Sie sie mit, und lesen Sie sie in Ruhe, dann können Sie sich in den nächsten Tagen entscheiden.«

Da Rachel nicht verbohrt erscheinen wollte, schob sie die Broschüre in ihren Rucksack und versprach, sie sich anzusehen.

Hansen verschränkte die Hände. »Lassen wir die klinischen Versuche beiseite. Die Plastizität, die Sachas Nervensystem plötzlich aufweist, berechtigt zu Hoffnungen. Darum habe ich mit meinem Team ein intensives Rehaprogramm für ihn ausgearbeitet, mit dem ich gerne gleich morgen beginnen würde. Dazu muss man sagen, dass sich Nerven und Muskeln umso besser entwickeln, je mehr sie beansprucht werden. Ich nehme an, dagegen haben Sie nichts einzuwenden?«

Rachel schüttelte den Kopf. »Natürlich nicht.«

Professor Hansen reichte ihr ein anderes Dokument in einem blauen Schnellhefter. »Das sind die Einzelheiten des Programms. Ich will Ihnen nicht verheimlichen, dass da in logistischer Hinsicht einiges auf Sie zukommt. Es ist tägliche Physiotherapie vorgesehen, zum Teil zu Hause, zum Teil hier. Ich schlage Ihnen vor, dass die Physiotherapeutin dreimal die Woche zu Ihnen kommt und dass Sie Sacha an den beiden anderen Tagen hierherbringen. Der genaue Ablaufplan muss noch festgelegt werden.«

Hansen wandte sich an Sacha, der jetzt mit zwei Giraffenrobotern spielte. »Junger Mann, ich habe gerade deiner Mutter erklärt, dass es deinen Beinen besser geht. Aber damit sich der Zustand noch weiter verbessern kann, brauchen wir dringend deine Unterstützung. Du wirst viele Übungen machen müssen, damit deine Beine kräftiger werden. Hast du das verstanden?«

Ohne den Blick zu heben, spielte Sacha weiter mit seinen Robotern.

»Sacha, hast du gehört, was der Doktor dir gesagt hat?«, fragte Rachel. »Du musst Übungen machen, damit deine Beine stärker werden.«

Sacha nickte. Professor Hansen wandte sich wieder an Rachel. »Eine unserer besten Physiotherapeutinnen, die all unsere Methoden anwendet, wird noch heute Kontakt mit Ihnen aufnehmen.«

Rachel schob den blauen Schnellhefter in ihren Rucksack und zögerte kurz, ehe sie fragte: »Das mag albern sein, aber seine Großmutter hat ihn in meiner Abwesenheit mit zu einem Akupunkteur genommen, der Nadeln in seinen Rücken gesetzt hat. Glauben Sie, dass sich das positiv auf seinen Zustand ausgewirkt haben könnte?«

Ein kurzer Schatten, der Rachel nicht entging, glitt über Hansens Gesicht. »Bis heute haben alle diesbezüglichen Studien nichts ergeben. Es lohnt sich nicht weiterzumachen.«

Rachel schüttelte heftig den Kopf. »Das war auch nicht meine Absicht, Christa hat das entschieden, ohne mit mir darüber zu sprechen. Ich wollte nur Ihre Meinung hören.«

»Gut, und ich rate Ihnen dringend davon ab, solche Interventionen zu wiederholen.« Hansen schien leicht verärgert.

Rachel trat wohlweislich den Rückzug an. »Ich werde nichts unternehmen, ohne es mit Ihnen abgesprochen zu haben, und ich werde Christa sagen, dass sie damit aufhören soll.« Sie erinnerte sich plötzlich an das Glas mit dem merkwürdigen Inhalt, das sie bei ihrer Schwiegermutter gefunden hatte, und schämte sich.

Professor Hansen durfte vor allem nicht erfahren, dass sich Christa in einer mystischen Phase befand. Ärzte verabscheuen solche Haltungen, die nicht in ihr Denk- und Behandlungsschema passen. Plötzlich hatte sie Angst, Hansen könne Christa für verrückt und sie für eine fanatische Umweltschützerin halten, die es ablehnte, ihr Kind behandeln zu lassen. Sie brauchte jetzt mehr denn je das Vertrauen dieses Arztes, damit Sacha gesund werden konnte.

»Selbstverständlich werde ich die Broschüre lesen, wirklich, Professor«, versprach sie, um sich zu rehabilitieren.

Hansen legte ihr voller Mitgefühl eine Hand auf die Schulter. »Sie können sich mit Ihrer Antwort ein paar Tage Zeit lassen. Ich verstehe, dass es nicht einfach ist, eine solche Entscheidung zu treffen.«

KAPITEL NEUNZEHN

Schweigend kehrten Mutter und Sohn zum Parkplatz zurück, nachdem Rachel Joanna und Karl einen kurzen Besuch abgestattet hatte. Letzteren hatte sie nur durch die Scheibe sehen können. An zig Schläuchen hängend, war er kaum wiederzuerkennen und wirkte mehr tot als lebendig. Rachel wurde bewusst, dass sie diesen hochgewachsenen, von der Sache überzeugten, wortkargen Mann eigentlich nur von ihren gemeinsamen Aktionen auf den Färöer-Inseln her kannte. Wer war er wirklich? Doch um das herauszufinden, hätte sie mehr Zeit gebraucht.

Am Auto angekommen, fiel ihr die rote Mappe wieder ein, die ihr der Arzt gegeben hatte. Sie hatte nur bedingtes Vertrauen in Medikamente, und Pharmakonzernen traute sie noch weniger, da sie ihrer Überzeugung nach auf dem Rücken der Kranken lediglich den größtmöglichen Profit erwirtschaften wollten. Sie setzte Sacha in seinen Kindersitz, nahm hinter dem Steuer Platz und fuhr geistesabwesend vom Klinikgelände. Vor ihrem inneren Auge tauchte ein Gesicht auf.

Evelyne.

Eine Aktivistin vom *Unabhängigen Gesundheitsnetz*, einer Vereinigung zur Überwachung von Medikamenten. Sie hatte sie bei einem Diskussionsabend in Paris kennengelernt.

Evelyne, die aus Quebec stammte, war eine energische und patente Frau in den Sechzigern, die es sich zur Lebensaufgabe gemacht hatte, Fahrlässigkeiten und grobe Mängel vonseiten der Pharmakonzerne unnachgiebig zu verfolgen. Rachel hatte sich sofort wohlgefühlt an der Seite dieser großherzigen Frau, die niemals aufgehört hatte, sich zu empören, seit ein schrecklicher Schicksalsschlag sie getroffen hatte. Rachel und sie waren sich immer wieder mal über den Weg gelaufen und hatten sich zu einem Mittagessen oder auf einen Kaffee getroffen. Und jedes Mal war Rachel, die angehende Umweltaktivistin, gestärkt und voller Energie und Tatendrang von diesen Begegnungen zurückgekehrt.

Besonders in Erinnerung geblieben war ihr das Treffen in Paris im Jahr 2000. »Evelyne hat unter sehr schwierigen Umständen ihre Tochter verloren«, hatte ihr ein gemeinsamer Freund erzählt. Und von diesen Umständen hatte ihr die Kanadierin bei einer Unterhaltung im Café des Halles in Paris berichtet.

»Meine Tochter hieß Beatrice. 1983 war sie dreizehn Jahre alt, ein lebensfrohes junges Mädchen. Ihr einziges Problem war, dass sie ihrer Meinung nach für ihr Alter zu klein war. Ihre Klassenkameraden hänselten sie, nannten sie ›Gnom‹ oder ›Mikrobe‹. Es war unerträglich. Sie träumte davon, ein paar Zentimeter größer zu werden, konnte an nichts anderes mehr denken.«

Evelyne standen Tränen in den Augen, während sie ihren Tee trank.

»Nun, unser Hausarzt überwies mich zu einem Endokrinologen, einem sehr angesehenen Spezialisten, der mir von einer Behandlung mit Wachstumshormonen erzählte, die natürlichen Ursprungs seien, weil sie aus der menschlichen Hypophyse gewonnen würden. Zudem waren sie von einem großen Institut mit einem Gütesiegel versehen, also zertifiziert. Deshalb habe ich mir auch keine weiteren Gedanken über die genaue Herkunft der entnommenen Hypophysen gemacht. Von 1983 bis 1986 hat Beatrice diese Spritzen bekommen.«

Rachel hatte von dem Skandal mit den Wachstumshormonen gehört, doch sie war nie davon betroffenen Eltern begegnet. Ihr schnürte sich die Kehle zu, als Evelyne ihr das weitere Geschehen schilderte.

»Im Sommer 1986«, fuhr Evelyne fort, »war Beatrice drei oder vier Zentimeter gewachsen, doch viel mehr tat sich nicht. Im Jahr 1985 hatten die Vereinigten Staaten die Wissenschaftler weltweit vor dem Risiko gewarnt, sich durch die Injektion von Wachstumshormonen mit der Creutzfeldt-Jakob-Krankheit zu infizieren, da manche der entnommenen Hypophysen Prionen, also atypische Proteine, enthalten könnten. Einige meiner Verwandten, die in New York lebten, erzählten mir davon, doch hier in Frankreich hatte man angeblich noch nichts darüber gehört. Trotzdem ließ ich die Behandlung meiner Tochter sofort abbrechen.«

Evelyne ereiferte sich immer mehr.

»Von 1990 bis 1992 hat man offiziell neunzehn Fälle der Creutzfeldt-Jakob-Krankheit bei den behandelten französischen Kindern festgestellt. Doch wir sind vor diesem Risiko nicht gewarnt worden. Das ungeschriebene Gesetz des Schweigens war derart stark, dass niemand eine Verbindung zwischen der Behandlung mit Wachstumshormonen und der Krankheit herstellen wollte, die die Kinder befallen hatte. Beatrice litt erst unter Depressionen, dann bekam sie Probleme mit der Motorik und Gedächtnisstörungen.«

Von Evelynes Bericht aufgewühlt, hatte Rachel wie gelähmt dagesessen. Und Evelyne schien es gutzutun, ihre Leidensgeschichte erzählen zu können.

»Weißt du, nach und nach wurde meine Tochter zu einem Schatten ihrer selbst. Sie war sehr unruhig und stand ständig unter Stress. Die Ärzte attestierten ihr eine ›psychologische Störung‹, und damit, Rachel, das kann ich dir versichern, fing der Horror erst richtig an. Als sich ihr Zustand nicht besserte, isolierte man sie von ihrer Familie. Ich durfte sie weder anrufen noch ihr schreiben.«

Rachel stützte ihr Kinn in die Hand, damit Evelyne nicht merkte, wie es bebte.

»Am 2. Januar 1993 wurde Beatrice in die Klinik eingewiesen«, fuhr Evelyne fort, den Blick ins Leere gerichtet. »Am 4. Januar, daran erinnere ich mich genau, gab es im Fernsehen eine Reportage über Kinder, die an den Folgen der Behandlung mit Wachstumshormonen gestorben waren. Ich erkannte sofort, dass es die gleichen Symptome waren, an denen auch meine Tochter litt. Am 15. Januar bestätigte ein Neurologe meine Vermutung und erklärte, dass Beatrice durch die Einnahme einer mit atypischen Proteinen verunreinigten Hormoncharge vergiftet worden sei. Am 10. Juni holte Gott sie zu sich.«

Evelyne weinte. Auch Rachel, die ihr gegenübersaß, konnte ihre Tränen nicht länger zurückhalten. Sie hielten einander bei den Händen. Evelyne schniefte und putzte sich mit einer Papierserviette die Nase.

»Tja, und dann habe ich die Gesellschaft für die Opfer von Wachstumshormonen gegründet und mir geschworen, die Verantwortlichen vor Gericht zu bringen. Aber das allein reicht mir noch nicht. Es gibt nämlich stapelweise Berichte über Medikamente mit verhängnisvollen Folgen, die einfach unter Verschluss gehalten werden.«

Evelyne hatten ihren Kampfgeist wiedergefunden.

»Verstehst du jetzt, warum ich nicht aufhören kann? Wenn wir nichts tun, wird niemand etwas tun, und es sind unsere Kinder, die die Sache ausbaden müssen.«

Während sie die Straße Richtung Ørestad nahm, sah Rachel vor ihrem inneren Auge noch immer Evelynes verzweifelten Blick.

Die Mutter hatte einer Behandlung zugestimmt und damit ungewollt ihre Tochter, die sich bester Gesundheit erfreute, zum Tode verurteilt. Zu der Zeit war Sacha noch nicht geboren, und Rachel hatte damals nur den Hauch einer Ahnung vom Schmerz dieser Mutter gehabt.

Sein Kind durch eine schleichende Krankheit zu verlieren war das Schlimmste, was man sich nur vorstellen konnte. Es war gegen die Natur, grausam und unerträglich. Nun, in Anbetracht ihrer eigenen Mutterschaft, fragte sich Rachel, wie Evelyne es geschafft hatte, diese Katastrophe zu überleben. Sie bewunderte sie heute noch mehr als damals.

Rachel sah kurz in den Rückspiegel. Sacha versuchte, Bildchen auf die Fensterscheibe zu malen. Zwar konnte er sich nur im Rollstuhl fortbewegen oder in seinem Laufwagen, aber ansonsten ging es ihm gut. Er war geistig völlig normal, ging – wie alle Kinder – zur Schule, und seine Leistungen lagen sogar etwas über dem Durchschnitt. Er traf sich mit seinen Freunden und hatte mit Sicherheit fast genauso viel Spaß wie jeder andere kleine Junge seines Alters. Warum sollte sie ihn den gefährlichen Nebenwirkungen einer Behandlung aussetzen, die die Ärzte nicht kontrollieren konnten? Es kam nicht infrage, dass man ihr eines schönen Tages erklärte: »Das haben wir nicht gewusst« und dass sie dann für den Rest ihres Lebens keinen Tag mehr froh sein würde.

Als sie das Auto in der Nähe der Sperre vor ihrer Wohnsiedlung parkte, hatte sie bereits ihre Entscheidung getroffen. Sie würde Professor Hansens Vorschlag ablehnen. Stattdessen würde sie ihren Tagesablauf umstrukturieren, zu anderen Zeiten arbeiten, abends und in der Nacht, damit sie so oft wie möglich mit ins Krankenhaus gehen und bei allen zusätzlichen Terminen zu Hause anwesend sein konnte. Sie würde ihn nicht allein lassen und alles tun, um ihm die besten Möglichkeiten zu bieten. Sachas kleiner Körper wollte ihr irgendetwas mitteilen, sie musste nur verstehen, was. Und vielleicht würde er nach diesem Intensivprogramm ein wenig an Autonomie gewinnen.

Während sie Sacha abschnallte und ihn in seinen Rollstuhl setzte, küsste sie ihn.

»Wir schaffen das schon, mein Kleiner.«

»Kann ich mir meinen Comic ansehen?«

Rachel lächelte. »Klar.«

Sie war gerade im dritten Stock aus dem Fahrstuhl gestiegen und ging den schmalen Flur entlang, als plötzlich ihr Handy klingelte.

»Spreche ich mit Frau Karlsen?«

»Am Apparat.«

»Wir haben das Ergebnis der Analyse der Probe, die Sie heute Morgen abgegeben haben.«

Rachel blieb kurz stehen. »Vielen Dank für Ihren Anruf.«

»Die Probe stammt von einem Embryo.«

Der Puls der jungen Frau beschleunigte sich. »Was sagen Sie?«

»Es handelt sich um einen Embryo.« Die Stimme des Mannes am anderen Ende der Leitung führte weiter aus: »Um ein Stück von einem menschlichen Embryo.«

Rachel schluckte mühsam. Der Mann fragte sie, woher die Probe stamme. Sie murmelte irgendetwas Unverständliches, das sich vage wie eine Entschuldigung anhörte, und unterbrach die Verbindung.

Wie in Trance wählte sie Christas Nummer. Doch erneut schaltete sich der Anrufbeantworter ein. Da Rachel ihr keine Nachricht hinterlassen wollte, unterbrach sie den Vorgang. Da merkte sie, dass in der Zwischenzeit jemand mit unterdrückter Rufnummer versucht hatte, sie zu erreichen. *»Ich bin Kirsten Sörensen, die Physiotherapeutin, und rufe Sie im Auftrag von Professor Hansen an. Für die erste Behandlung kann ich Ihnen morgen früh um sieben Uhr fünfzehn einen Termin anbieten.«*

KAPITEL ZWANZIG

26. AUGUST. 0.30 UHR

Rachel setzte den Schlusspunkt unter ihren Bericht. Seit zwei Stunden löschte sie Passagen, überlegte und formulierte um – trotz achtmonatiger Bemühungen war sie mit dem Ergebnis nicht voll und ganz zufrieden. Die rund sechzig Seiten hatte sie nun auf vierzig zusammengekürzt. Der Text sollte neutral und sachlich klingen und auf entrüstete Anklagen verzichten – obwohl sie nichts lieber getan hätte, als Hannibal Reed zu attackieren und ihm eine Meute bissiger Hunde auf den Hals zu hetzen.

Sie war spät dran. Zwar hatte sie sich gleich, nachdem sie Sacha gebadet und mit ihm zu Abend gegessen hatte, an die Arbeit gemacht, doch es fiel ihr schwer, sich zu konzentrieren. Ihre Gedanken schweiften immer wieder ab, und sie wurde von Fragen, auf die sie keine Antwort wusste, und den unzähligen Problemen in ihrem Berufs- und Privatleben abgelenkt.

Wirklich auf den Text einlassen konnte sie sich erst, nachdem Sacha eingeschlafen war. Doch davor hatte sie ihm noch das erste Kapitel von *Pippi Langstrumpf* vorlesen, ein Glas Wasser bringen, ein Küsschen geben und das Licht anlassen, nein, ausmachen, die Tür offen lassen, nein, doch lieber zumachen müssen.

Aber damit nicht genug. Auch als sie endlich am Schreibtisch saß, hatte Rachel sich sehr zusammenreißen müssen, um nicht wieder an Professor Hansens Vorschlag zu denken oder daran, dass Reed vermutlich die Schuld an Sachas Schicksal hatte, oder an das starre, eingefallene Gesicht von Karl oder an den Anruf vom Labor. *Ein Stück eines menschlichen Embryos* … Jedes Mal, wenn diese Worte in ihrem Kopf widerhallten, erschauderte sie. Und natürlich dachte sie auch an Christa, die sich noch immer nicht gemeldet hatte.

Schließlich beschloss sie, ihre Arbeit zu beenden. Sie hatte das Gefühl, sich nur noch im Kreis zu drehen. Kurz entschlossen speicherte sie das Dokument auf ihrem USB-Stick ab und schickte eine E-Mail an Peter, der zu dieser späten Stunde sicher noch auf war.

Von: Rachel
An: Peter
Betreff: Eiche und Schilfrohr
Bin fertig. Bringe dir alles morgen. R.

Die Antwort kam prompt.

Von: Peter
An: Rachel
Betreff: Re: Eiche und Schilfrohr
Schick mir das Ganze bitte umgehend an meine private Mailadresse.

Rachel musste tief durchatmen. Nun stand sie unter Zugzwang. Sie würde nicht umhinkönnen, ihr »Baby« loszulassen. Also ging sie wieder auf »Verfassen« und hängte das vierzigseitige Dokument an. Dann, nachdem sie Peters private E-Mail-Adresse als Empfänger eingegeben hatte, drückte sie auf »Senden«.

Fast zwanghaft machte sie sich anschließend daran, ihren Schreibtisch aufzuräumen, packte die Stifte zu den Stiften, die Unterlagen ordentlich in farbige Hüllen und verstaute die Sachen in den Schubladen. Den Computer versetzte sie in den Stand-by-Modus, bevor sie in die Küche ging und Wasser aufsetzte. Sie zerstieß Kamillen- und Eisenkrautblätter in einer Tasse und brühte sich einen Tee auf. Im Halbdunkel setzte sie sich an den Küchentisch und schlürfte langsam das Getränk, während sie die nächtliche Stille in ihrer Wohnung genoss.

Am besten, ich nutze diese kleine Atempause. Rachel kehrte an den Computer zurück und ging im Internet auf die Homepage der

Renokpharma-Gesellschaft. Wenn sie Reed überführen wollte, musste sie unbedingt die Frau aus dem Bella Center wiederfinden und zum Reden bringen. Auf der Suche nach einem Telefonverzeichnis oder einem Organigramm durchforstete Rachel akribisch die Site der Firma, weil sie hoffte, dadurch etwas über die engeren Mitarbeiter von Hans Renoksen in Erfahrung zu bringen. Ohne Erfolg.

Verärgert gab Rachel schließlich auf und beschloss, ins Bett zu gehen. Kaum lag sie unter ihrer Decke, überlegte sie, was wohl morgen geschehen würde. Würde ihr Bericht einen Medienrummel auslösen, oder bliebe er eher unbeachtet? Würde der färöische Fischer angeklagt werden und Reed ungeschoren davonkommen? Was würde in den nächsten Wochen, Monaten, Jahren aus ihr und Sacha werden? Würde Karl sterben? Die Stille um sie her war mit einem Mal grauenhaft.

Rachel schloss die Augen und versuchte, die quälenden Gedanken zu verscheuchen, die sie heimsuchten. *Ein Embryo* ... Sie öffnete wieder die Augen. In was war Christa da nur hineingeraten? Sie war eine liebevolle Großmutter, die stets alles getan hatte, damit es ihrem Enkel und ihrer Schwiegertochter an nichts mangelte. Vielleicht machte sie gerade eine besonders schwere Zeit durch, in der sie ihr Heil im Gebet suchte? Auf jeden Fall war der Herzanfall, den sie vor vier Jahren erlitten hatte, eine ernst zu nehmende Warnung gewesen, die sie auch heute noch nicht auf die leichte Schulter nehmen durfte. Es bestand auch in Zukunft Grund zur Vorsicht. Aber obwohl Christa so stark und optimistisch wirkte, litt sie womöglich an einer Depression, die mit dem Verschwinden ihres Sohnes, ihrer Mitschuld an der PCB-Vergiftung und der Angst vor dem eigenen Tod zusammenhing.

Rachel musste sich eingestehen, dass sie beide niemals wirklich über etwas anderes als Sacha sprachen. Und der ganze Rest? Die Pensionierung? Ihre Witwenschaft? Ihr Sohn? Sie nahm sich fest vor, mehr mit ihr zu reden und ihr zu helfen, diese schwere Phase zu überstehen. Sie musste unbedingt mit ihr über Niels sprechen. Rachel schloss erneut die Augen, lauschte den Geräuschen in ihrer Wohnung und schlief ein.

...

Rachel öffnete die Augen. Kalter Schweiß durchtränkte das T-Shirt, das ihr an Schulterblättern und Brüsten klebte. Ein Krachen ließ sie zusammenfahren. Der bleiche Schein eines Blitzes erhellte ihr Bett. Deutlich hörte Rachel, wie der Regen gegen die Scheiben prasselte – und außerdem ein regelmäßiges metallisches Geräusch, *klang klang*, das aus dem Wohnzimmer zu ihr herüberdrang. Etwas schlug rhythmisch gegen eine Wand. Während sie darauf wartete, dass der Lärm verebbte, hatte sie Zeit, wieder zu sich zu kommen. Doch das Geräusch hörte nicht auf. Entschlossen schlug sie die Bettdecke zurück und griff sich den erstbesten wärmenden Gegenstand, der ihr in die Hände fiel, eine unförmige Strickjacke. Kaum hatte sie die Schiebetür des Zimmers geöffnet, war es, als stünde sie bei größtem Unwetter auf der Brücke der *Serendipity*. Der Regen peitschte gegen die Fenster, der Wind pfiff heulend durch den Außenflur, und sintflutartig prasselte das Wasser in die Abflussrinnen, doch das dumpfe *klang klang* wurde immer lauter. Rachel wusste nun, woher das Geräusch kam. Das Eckfenster in der Küche hatte sich geöffnet und schlug gegen den Rahmen. *Ich bin mir sicher, dass ich es zugemacht habe.* Sie zog das Fenster zu, drehte den Griff herum und erschrak. Sie glaubte, in der Scheibe einen Schatten gegenüber an der Hausmauer gesehen zu haben. Suchend glitt ihr Blick durch das Wohnzimmer und die Küche und zu den anderen Türen. Ein Blitz erhellte den Raum.

Sie sah zum großen Glasfenster hinüber.

Und wieder zuckte ein Blitz.

Eine Erscheinung stand im schmalen Gang genau vor dem Fenster.

Es war Christa, leichenblass. Sie trug ein weites blaues Kleid, das ihr an der Haut klebte, die rosafarbene Handtasche baumelte um ihren mageren Hals, ihre Augen starrten sie ausdruckslos an.

Erschrocken schlug Rachel die Hand vor den Mund und unterdrückte einen Schrei. Sie stürzte zur Tür und wollte sie aufreißen, doch sie hatte von innen doppelt zugesperrt. In ihrer Panik kämpfte Rachel verzweifelt erst mit dem oberen, dann mit dem unteren Schloss, bis sie schließlich beide aufbekam und die Tür sich öffnen ließ. Eine heftige Windbö stieß sie in die Wohnung zurück.

»Christa!«, schrie sie, während sie sich nach draußen kämpfte. Sie glaubte, die Umrisse einer Gestalt zu sehen, die am anderen Ende des dunklen Flurs verschwand.

Mit nackten Füßen lief Rachel durch den Gang. Da war niemand. *Ich habe nicht geträumt, sie war da, verdammt noch mal, sie war da!* »Christa!«, rief sie erneut. Der Fahrstuhl war leer. Sie öffnete die Tür zum Treppenhaus. Niemand. Sie hielt sich am Geländer fest, eilte die drei Stockwerke hinab und gelangte auf den Rasen, wo ihr der dichte Regen ins Gesicht prasselte. Lediglich der kreisrunde Lichtschein einer Laterne erhellte den Spielplatz. Wieder zuckte ein Blitz am Himmel. Rachel machte kehrt. Nachdem sie noch kurz gezögert hatte, lief sie schließlich die drei Stockwerke wieder hinauf. *Ich habe nicht geträumt*, wiederholte sie, vor Angst und Kälte zitternd, immer wieder. *Sie war da, sie war da, sie war da*. Gerade als sie die Tür aufschließen wollte, sah sie, dass jemand mit Schmutzwasser etwas auf ihre Wohnungstür geschrieben hatte.

VERZEIH

KAPITEL EINUNDZWANZIG

Um sechs Uhr stand Rachel wieder auf, sie war wie gerädert und hatte dunkle Schatten unter den Augen. Als Erstes machte sie Kaffee, den sie, am Fenster stehend, trank. Prüfend betrachtete sie die Eingangstür. Heute Morgen, gleich nach dem Aufstehen, hatte sie sie aufgemacht, um noch einmal das Geschmiere zu lesen. Doch wie nicht anders zu erwarten, war keine Spur mehr von dem Wort zu sehen, das möglicherweise vom heftigen Regen weggewaschen worden war. Außer es hatte nie existiert. Rachel fuhr sich mit der Hand übers Gesicht. Hatte sie sich das nur eingebildet? Christas Handy blieb immer noch stumm. Was hätte ihre Schwiegermutter auch bei diesem Sturm hier zu suchen gehabt? Und warum dieses »Verzeih«? Rachel schenkte sich Kaffee nach und gab diesmal einen großen Löffel Zucker hinein, um auf Trab zu kommen. Nach einer solchen Nacht musste sie unbedingt etwas essen. Mit Vollkornweizenflocken, Honig und Milch hieß sie den Tag willkommen und bekam ein bisschen Elan.

Eine halbe Stunde später vertrieb sie mit einem heißen Wasserstrahl die albtraumartigen Bilder der letzten Nacht. Sie musste einen kühlen Kopf bewahren. Ja, vielleicht hatte sie sich das alles wirklich nur eingebildet. So etwas konnte durchaus passieren, vor allem wenn das Gehirn durch bedrückende Geschehnisse gestresst war. Nach einer ausgiebigen Dusche erschien ihr die Annahme, ihre Schwiegermutter sei durch die Flure der Siedlung gegeistert, geradezu grotesk. Im Laufe des Tages würde sie bei Christa vorbeifahren, um sich zu vergewissern, dass alles in Ordnung war. Mit einem Zipfel ihres Badetuchs wischte Rachel über den beschlagenen Spiegel und betrachtete sich genau. Sie war noch jung, gerade mal zweiunddreißig Jahre alt, aber dennoch sah sie im Gegensatz zu früher verhärmt aus. Deutlich konnte sie eine neue, steile Falte zwischen ihren Augenbrauen sehen. Sie erkannte sich gar nicht wieder. Seit wann hatte sie diesen angespannten, besorgten Gesichtsausdruck? Ein kurzer Blick auf die Uhr mahnte sie zur Eile.

Hastig schlüpfte sie in eine Jeans, zog ein weißes Top an und darüber eine schwarze Strickjacke mit Reißverschluss. Sie schminkte sich dezent, gerade so viel, dass die Spuren der letzten Nacht überdeckt waren. Anschließend weckte sie Sacha, der sein Lieblingsplüschtier eng an sich drückte, sich die Bettdecke über den Kopf zog und brummte: »Ich will aber noch schlafen, Mama.«

»Ich weiß, mein Häschen, aber die Frau, die Krankengymnastik mit dir machen will, kommt in zwanzig Minuten. Da solltest du fertig sein.«

Als sie die Stimme auf dem Anrufbeantworter gehört hatte, war Rachel sofort klar gewesen, dass Kirsten Sörensen eine sehr strukturierte Person war, der Verspätungen verhasst waren. Kaum war Sacha aus dem Bett, zog Rachel ihm eine Jogginghose und ein Sweatshirt an.

»Die Frau wird Gymnastik mit dir machen, damit deine Beine kräftiger werden. Du musst genau auf das hören, was sie sagt.«

»Gibt sie mir eine Spritze?«

»Nein, mein Liebling! Keine Spritze. Sie wird nur Übungen mit dir machen. Das ist wie Spielen, du wirst sehen. Und außerdem bin ich ja die ganze Zeit bei dir.«

Mit seinen Ärmchen umschlang Sacha seine Mutter. »Und danach gehe ich nicht zur Schule, oder?«

»Doch, danach ist Schule.«

»Aber ich will da nicht hin! Ich will zur Oma …«

»Oma muss sich ausruhen.«

»Aber ich werde sie auch bestimmt nicht stören!«

Sacha zog eine Schnute. Rachel nahm ihren Sohn ganz fest in den Arm. »Komm, mein Kleiner, iss dein Brot, wir sind schon spät dran.«

Kirsten Sörensen war der Inbegriff einer Sportlerin: durchtrainiert, die Beine waren schlank und muskulös, sie hatte kräftige Arme und kurze, zu einem Bob geschnittene, blonde Haare. Wenn sie einen Raum betrat, strahlte sie Kraft und Vitalität aus. Sie trug einen Jogginganzug aus schwarzem Lycra, dazu ein Kapuzenshirt und über der Schulter eine voll gepackte Sporttasche. Natürlich nahm sie nicht den Aufzug, sondern kam mit langen, federnden Schritten in den dritten Stock des Hauses in der Ørestad-Siedlung. Ihr nächstes im Sport anvisiertes Ziel war der in einem Monat stattfindende New-York-Marathon, für den sie bereits seit einem Jahr trainierte. Problemlos fand sie die Wohnung Nummer 34 und klopfte mehrmals energisch an die Tür. Es war zehn nach sieben, sie kam fünf Minuten zu früh. Wie immer.

Tja, mit der werden wir wohl nichts zu lachen haben, war Rachels erster Eindruck, als sie ihr aufmachte. Die beiden Frauen, die ungefähr im gleichen Alter waren, taxierten sich kurz, ehe sie einander begrüßten. Kirsten trat ein und nahm den Raum in Besitz.

»Hallo, Sacha.«

Der kleine Junge, der um seinen Mund einen Milchbart hatte, schluckte verschüchtert den letzten Bissen seines Brotes hinunter und senkte den Blick.

»Ich glaube, wir kennen uns bereits«, meinte Kirsten, während sie ihre Sporttasche neben dem Sofa abstellte.

»Wirklich?«, fragte Rachel verwundert.

»Ja«, antwortete Kirsten, an Sacha gewandt, »wir sind uns ein paarmal im Krankenhaus auf der Rehastation begegnet. Erinnerst du dich?«

»Also, ich weiß nicht …«, erwiderte Rachel.

»Seine Oma war mit ihm da.«

Kirsten sagte das sehr bestimmt und in einem nicht besonders freundlichen Ton, wie Rachel fand. Sie nahm die Bemerkung der Physiotherapeutin persönlich. Sie hätte auf diese unnötige Spitze gern irgendetwas entgegnet, etwa dass sie alleinerziehend sei und daher viel arbeiten müsse, doch sie ließ es bleiben. Das einzig Wichtige war, dass Sacha gut behandelt wurde und seine Therapie bekam. Sie wischte ihrem Sohn noch schnell den Mund ab, löste den Gurt an seinem Stuhl und trug ihn in eine Ecke des Wohnzimmers, wo sie ihn aufs Parkett setzte.

Kirsten rollte vor ihnen eine blaue Gymnastikmatte aus, auf der ein kleiner Bär putzig herumturnte, und wandte sich wieder an Sacha.

»Hier zu Hause werden wir viele Übungen machen, die deine Muskeln stärken sollen. In der Klinik machen wir dann die gleichen Übungen, aber an großen Geräten. Einverstanden?«

Sacha erwiderte nichts.

»Aber jetzt zeig mir erst einmal, was du kannst. Kommst du zu mir?«

Sacha rutschte auf den Knien auf sie zu.

»Wenn man ihn hält, kann er stehen«, erklärte Rachel, die sich auf die Sofalehne gesetzt hatte. »Die große Neuigkeit ist, dass er es schafft, zwei Schritte zu gehen.«

Kirsten warf ihr einen autoritären Blick zu.

»Das soll Sacha uns selbst sagen, nicht wahr, kleiner Mann?«

Rachel verzog das Gesicht. Kirsten hockte sich hinter den Jungen. Dabei verrutschte der Gummizug ihrer Jogginghose und offenbarte ein Maori-Tattoo in der Nierengegend. Sie griff unter seine Achseln und half ihm, sich aufzurichten. Sacha schwankte auf seinen schwachen Beinchen.

»Machst du bitte einen Schritt?«

Sacha hob sein rechtes Bein, das eine Tonne zu wiegen schien, und ließ es ein paar Zentimeter weiter wieder auf den Boden sinken. Angespannt knabberte Rachel an ihren Nägeln. Nun hob Sacha sein linkes Bein, das deutlich schwerer zu sein schien als das rechte, und setzte es schwerfällig ab – wie einen Sack

Blei. In einem Alter, in dem andere Jungen fröhlich herumliefen und hüpfend Fangen spielten, schwitzte ihr Kind schon vor Anstrengung nur bei dem Versuch, seine Beine hochzuheben. Die Ungerechtigkeit der Situation wurde ihr erneut bewusst. Doch gleichzeitig musste Rachel zugeben, dass Sacha noch nie so große Fortschritte gemacht hatte.

»Ich bin viel zu müde«, grummelte der kleine Junge und schob die Unterlippe vor.

Rachel ahnte, dass er gleich anfangen würde zu weinen. Wenn sie diese Reaktion kommen sah, gab sie häufig auf oder lenkte ihn ab, bevor es Tränen oder Geschrei gab. Doch Kirsten ließ auch jetzt nicht locker.

»Natürlich, wie jeder große Sportler bist du nach einer solchen Leistung erschöpft! Das ist normal. Komm, mach weiter, noch vier Schritte, und dann hören wir auf.«

Sacha biss die Zähne zusammen und mühte sich eifrig, langsam voranzukommen, wobei sein kleines Kinn entschlossen und nicht mehr weinerlich wirkte. Kirsten zählte so lange, bis er fünf Schritte geschafft hatte, dann setzte sie den Jungen auf den Boden und lobte ihn. Sacha schnappte sich sofort ein Feuerwehrauto aus Holz und schob es – die Motorengeräusche imitierend – über den Boden. Kirsten blieb hocken und beobachtete ihn wortlos bei seinem Spiel. Ihr Gesicht war ein einziges großes Fragezeichen. Rachel wollte wissen, was los war.

»Gibt es ein Problem?«, erkundigte sie sich besorgt.

Kirsten stützte die Ellenbogen auf die Knie und verschränkte ihre durchtrainierten Arme.

»Er hat unglaubliche Fortschritte gemacht … so etwas habe ich noch nie gesehen.«

Es hörte sich an, als habe sie zu sich selbst gesprochen. Erst dann schien sie sich daran zu erinnern, dass die Mutter des Kindes neben ihr saß.

»Das letzte Mal, als ich ihn bei der Reha gesehen habe, konnte er sich kaum auf den Beinen halten. Die Entwicklung ist enorm.

Wie erklärt sich Professor Hansen diesen Schub?«, wandte sie sich fragend an die Mutter.

»Gar nicht.«

Nachdenklich sah Kirsten zu dem kleinen Jungen hinüber, der noch immer mit dem Feuerwehrauto spielte.

»Ich behandele zwei weitere Spina-bifida-Fälle. Auch wenn es gelingt, die Körperspannung ein wenig zu verbessern, habe ich trotzdem nie einen derartigen Fortschritt gesehen. Es ist einfach verblüffend!«

Zweifelnd sah Kirsten zu Rachel hinüber. »Und er hat ganz sicher keine andere Behandlung bekommen?«

»Nein.«

»Es ist einfach nicht zu fassen.«

Die Physiotherapeutin krabbelte auf allen vieren zu Sacha. »Komm, mein Held, wir machen weiter.«

In den folgenden fünfundzwanzig Minuten ließ Kirsten den Kleinen verschiedene Kräftigungsübungen machen, bei denen er sich beugen und strecken musste, und andere zur Stärkung der Bein-, Po- und Rückenmuskulatur. Anschließend holte sie aus ihrer Sporttasche ein elastisches Fitnessband mit Griffen, das er versuchen musste auseinanderzuziehen, um seine Brust zu dehnen. Die nächste Aufgabe, die der Stärkung der Bauchmuskulatur diente, bestand darin, sich auf eine kreisrunde, leicht erhöhte, aber weiche Silikonhalbkugel zu setzen. Auf diesem sogenannten Balance Board musste er nun versuchen, Bilder in die Luft zu malen, ohne dabei das Gleichgewicht zu verlieren. Mit diesen abwechslungsreichen Übungen versuchte sie, die Aufmerksamkeit des Kleinen wachzuhalten, dem die Spiele im Übrigen zu gefallen schienen. Zum Schluss holte sie zwei Kinderhanteln aus ihrer Sporttasche.

»Das hier«, sagte sie, »ist wirklich nur was für echte Sportler. Wenn du damit trainierst, bekommst du Muskeln wie Superman.«

Sacha klatschte begeistert in die Hände. Kirsten verstand es, seinen Elan so zu steuern, dass er die Gewichte auch ein paarmal richtig hob und senkte. Seine kleinen Bizepse spannten sich im Rhythmus an, während die Trainerin laut und deutlich mitzählte.

Rachel, die sich im Hintergrund hielt, sagte während der ganzen Zeit kein einziges Wort und beobachtete fasziniert die Fitnessvorstellung, die ihr der kleine Junge bot. Als sie ihn so gewissenhaft und fleißig mit der Physiotherapeutin üben sah, erschien ihr Sacha plötzlich in einem ganz anderen Licht. Nicht nur, dass der Junge die Übungen, die Kirsten ihm gezeigt hatte, nachzumachen verstand, sondern sie entdeckte auch, dass er beharrlich und gerne bei der Sache blieb. In seinem Blick bemerkte sie eine beinahe erwachsene Entschlossenheit, die sie noch nie bei ihm gesehen hatte. Eine Anwandlung von Stolz überkam sie. *Er nimmt sein Leben in die Hand und will sich selbst übertreffen, er ist einfach unglaublich.* Als sie merkte, wie spät es schon war, verließ sie nur ungern ihren Beobachtungsposten, um die Schulsachen zu packen.

KAPITEL ZWEIUNDZWANZIG

Peter saß allein in seinem Büro und korrigierte Rachels Bericht gegen Reed Industries. Seine mit einem dünnen grünen Filzstift geschriebenen Anmerkungen verteilten sich über die Seiten. Der Leiter von Green Growth unterstrich abschließend noch ein paar Wörter oder Wendungen, die ihm unpassend erschienen, und machte hier und da am Rand ein Fragezeichen. Als Rachel ins Büro kam, hatte er den Text fast fertig überarbeitet. Rachel setzte sich still vor ihn hin und war beinahe genauso nervös wie eine Studentin vor dem Prüfungsausschuss.

Nach der Physiotherapie hatte sie Sacha zur Schule gebracht und war anschließend mit dem Fahrrad nach Christianshavn weitergefahren. Während sie auf der nach dem nächtlichen Gewitter noch nassen Straße dahinradelte, dachte sie über die Reha ihres Sohnes und den neuen Lebensabschnitt nach, der damit für sie beide begann. Der Morgen würde von nun an von Kirsten Sörensens regelmäßigen Besuchen bestimmt sein, die ihre Übungen unnachgiebig und energisch durchführte, und von Sacha, der begeistert mitmachte und nach und nach an Autonomie gewinnen würde. Rachel mochte die Frau zwar nicht sonderlich, musste aber anerkennen, dass sie das Talent hatte, ihren Sohn zu motivieren, der, ohne zu murren, ihren Anweisungen folgte.

Rachel fuhr durch eine Pfütze, und das Wasser spritzte ihre Turnschuhe und den unteren Teil der Jeans nass. Eine Frage beschäftigte sie noch. Warum hatte ihr Sohn so lange auf eine solche Rehamaßnahme warten müssen? Doch eigentlich wusste sie die Antwort. Zuvor hatte es nicht den geringsten Hoffnungsschimmer oder überhaupt eine Aussicht auf Besserung gegeben. Und erst in diesem Moment realisierte sie, dass sie selbst sich bereits mit Sachas Schicksal abgefunden hatte. Doch nicht nur sie, sondern alle, auch Hansen, Christa, vielleicht sogar Sacha selbst. Diese Erkenntnis erschütterte sie.

Als sie über die Brücke von Christianshavn fuhr, kreisten Rachels Gedanken um ihren Bericht. Nach der UN-Klimakonferenz hatte sie mit Jesus' Unterstützung ihre ganze Kraft auf die Analyse, Auswertung und Interpretation der gefundenen Fakten verwendet. Verbissen hatte sie sich in diese Arbeit gestürzt, die sie wegen des unumgänglichen Stillschweigens auch von den anderen isoliert hatte. Doch nun war der Moment gekommen, der Welt ihr bestens gehütetes Geheimnis zu offenbaren. Sie war unglaublich nervös. Das Wichtigste hatte sie auf diesen vierzig Seiten zusammengefasst. War ihre Darlegung überzeugend? Bei welchen Punkten würde man versuchen, sie in die Knie zu zwingen? Wie würden Hannibal und Henry Reed diesmal reagieren? Alles abstreiten? Mit Nichtbeachtung? Mit Drohungen? Oder würden sie erneut versuchen, ihr Schweigen zu erkaufen? Kaum war sie in den Räumen der Umweltorganisation angekommen, klopfte sie sacht an die verglaste Bürotür ihres Chefs. Dieser war noch immer in die Lektüre der letzten Seiten vertieft, hatte sie aber sogleich zu sich hereingewinkt. Sie nahm auf dem Besucherstuhl Platz, schlug die Beine übereinander und legte die Hände ums Knie, um Haltung zu bewahren. Ihr stachen sofort die vielen grünen Anmerkungen ins Auge, die sich über die Seitenränder des Dossiers verteilten. Ein schlechtes Zeichen. Zumal sein Gesichtsausdruck verschlossen und undurchdringlich war. Sie wurde kleinlaut.

Peter beendete seine Lektüre, hob den Blick und brach das beklemmende Schweigen. »Ich habe zwei Kopien gemacht. Eine habe ich an Hanne weitergeleitet, damit sie den Bericht sofort juristisch überprüft, und die zweite werden wir beide gemeinsam überarbeiten. Ansonsten habe ich sämtliche Spuren im Computer getilgt und vor allem auch keine auf dem Server hinterlassen.«

Rachel räusperte sich und fragte so ungezwungen wie möglich: »Und, was hältst du davon?«

Peter lehnte sich in seinem Sessel zurück, legte die Unterarme auf die Armlehne und formte mit den Händen eine Kuppel. Er war auch heute ganz in Schwarz gekleidet, trug ein T-Shirt mit rundem Halsausschnitt, was ihm die Aura eines Priesters verlieh. Seine Gesichtsmuskeln waren angespannt.

»Ich glaube, du hast da eine kleine Bombe in Händen. Ja, genau das denke ich. Du hast eine verdammt gute Arbeit abgeliefert.«

Rachel musste für einen Moment die Augen schließen, um auch wirklich zu begreifen, dass sie die Prüfung bestanden hatte. Ihre Augen wurden feucht, doch sie riss sich zusammen, um ihre Rührung zu verbergen.

Peter stützte die Ellenbogen auf den Schreibtisch.

»Ich glaube aber auch, dass wir – juristisch gesehen – ein großes Wagnis eingehen. Also müssen wir uns absichern.«

Er deutete mit dem Finger auf das mit Anmerkungen versehene Dokument. »Es gibt ein paar Andeutungen, die wir so nicht stehen lassen können, und Zahlen, die überprüft werden müssen. Zudem habe ich deinen Ton an ein paar Stellen abgemildert. Wir müssen trotz allem vorsichtig sein.«

Er schob den Stapel Papiere zu ihr hinüber, Rachel griff mit feuchten Händen danach. Die Anmerkungen tanzten vor ihren Augen. Sie nickte. »Ich werde es sofort lesen und deine Änderungen einarbeiten.«

»Frag mich, wenn du irgendetwas nicht verstehst. Ich bin bis Mittag sicher im Büro.«

»Hast du Hanne gesagt, dass der Bericht von mir ist?«

»Nein.«

»Gut. Ich möchte nämlich nicht, dass sie sich in ihrem Urteil von Animositäten leiten lässt.«

Peter pflichtete ihr bei. »Auf jeden Fall hast du eine Superleistung abgeliefert, wie immer. Bravo. Es wäre schön, wenn sich hier jeder so ins Zeug legen würde wie du.«

Rachel freute sich über das Kompliment und senkte den Blick. Sie würde doch wohl nicht erröten? Das Lob machte sie zwar verlegen, doch sie hatte so lange auf diesen Moment gewartet, dass sie ihn in vollen Zügen genoss.

Peter fuhr fort: »Jetzt bleibt uns nur noch zu wünschen, dass wir in der Öffentlichkeit ein positives Feedback erhalten, damit der Dreckskerl seine Glaubwürdigkeit vor der Kommission verliert. Heute Nachmittag findet die Pressekonferenz statt.«

»Sagst du den anderen Bescheid?«

»Ich werde gleich Oliver ins Vertrauen ziehen und Paula auch, damit sie die Neuigkeit im Netz verbreiten kann. Mit Hanne sind es dann drei, die hier auf dem Laufenden sind.«

»Und der Maulwurf ...«, meinte Rachel sarkastisch.

»Weißt du, ich bin mir nicht sicher, ob wir hier wirklich einen Maulwurf haben«, entgegnete Peter ernst. »Paula hat mir erklärt, dass jeder, wirklich jeder, der sich einigermaßen mit Informatik auskennt, sich in unseren Server einklinken und in unseren Computern stöbern kann, was nicht zuletzt an unseren schwachen Sicherheitsstandards liegt. Doch einen Vorteil hat diese Geschichte ja, denn ich werde schnellstens für Abhilfe sorgen.«

»Okay«, meinte Rachel wenig überzeugt.

»Was zählt, ist, dass der Bericht große Aufmerksamkeit erregt. Und das wird der Fall sein, wenn man nur an den Medienrummel nach dem Attentat denkt. Und dann ...«

Er ließ den Satz unvollendet. Oliver klopfte an die Tür und trat ein.

»Tut mir leid, dass ich euch störe, aber, Rachel, du solltest mal kurz einen Blick auf die neuesten Nachrichten im Fernsehen werfen. Sie sprechen von deinem Stadtteil.«

Ørestad war eigentlich kein Vorort, in den er häufig kam. Doch in den letzten Tagen war er nun schon zweimal hier gewesen. Samuel von Lommel parkte sein Motorrad, eine BMW 800 GS, auf dem Ørestads Boulevard in unmittelbarer Nähe der Metrostation und ging die vierhundert Meter, die ihn noch von der Polizeisperre trennten, zu Fuß. Benachrichtigt hatte ihn Luis, ein Beamter aus dem Kopenhagener Polizeikommissariat, mit dem er im Schießklub war. Samuel verdankte Luis eine ganze Reihe von erstklassigen Tipps, für die er sich mit ein paar Bierchen, Einladungen in Feinschmeckerlokale und einigen ambitionierten Squashpartien revanchierte. Und er verdankte ihm vor allem seinen Kontakt zu einem Kommissar auf den Färöer-Inseln – einem alten Schulfreund –, der sich bereiterklärt hatte, ihm anonym Informationen zum Stand der Ermittlungen zukommen zu lassen.

Samuel zog den dünnen Baumwollschal enger um den Hals und knöpfte seine Jacke zu. Hier war es viel kälter als in der Innenstadt. Er ging auf den Spielplatz zu, der zwischen den beiden Wohnblöcken lag, und erkannte auf Anhieb das Gebäude wieder, vor dem er Rachel in jener besagten Nacht abgesetzt hatte. Es war ihm immer noch unangenehm, dass er bei ihr abgeblitzt war, und so verscheuchte er die Erinnerung daran wie eine lästige Fliege.

Die Polizisten hatten rund um den Zugang zum Untergeschoss ein Areal mit einem gelben Band abgesperrt. Samuel zückte sein Notizbuch und einen Stift. Es waren noch nicht viele Leute da: sechs Männer in nachtblauer Uniform mit der Aufschrift *Politi* und Sanitäter in weißen Kitteln. Als Samuel einen Typen mit Kamera auf der Schulter kommen sah, verzog er das Gesicht und beschleunigte seine Schritte.

Er war zu spät dran. Aus gutem Grund: Er hatte seine Kontaktperson auf den Färöer-Inseln um 10.45 Uhr angerufen, um sich über den Fall Ole Polsen auf dem Laufenden zu halten, den färöischen Fischer, der als Hauptverdächtiger bei dem Attentat galt. Was eine reine Routineabfrage hätte sein sollen, hatte deutlich länger gedauert als geplant und sich als sehr informativ erwiesen.

»Wir haben Neuigkeiten«, erklärte der Inspektor.

»Ich höre.«

»Wir haben herausgefunden, dass auf dem Konto des Verdächtigen eine beträchtliche Geldsumme eingegangen ist.«

»Er hat die Tat also im Auftrag begangen.«

»Sieht ganz so aus.«

»Aber er hat doch behauptet, auf eigene Faust gehandelt zu haben.«

»Offensichtlich hat er versucht, den Auftraggeber zu decken.«

»Darf ich diese Information so rausgeben?«

»Auf gar keinen Fall, völlig ausgeschlossen. Wenn Sie das veröffentlichen, weiß man sofort, von wem Sie das haben. Versuchen Sie es über eine andere Quelle. Wenn nicht …«

»Schon verstanden … kein Problem.«

Geduld war nicht Samuels Stärke, doch er durfte sein Wissen auf keinen Fall preisgeben, sonst hätte er es sich mit seinem Hauptinformanten ein für alle Mal verscherzt. Also musste er abwarten, bis er eine andere Quelle aufgetan hatte, die entweder reden durfte oder zumindest als vertrauenswürdig galt. Anschließend wollte er noch unbedingt ein Statement von Polsens Anwalt, der zur international operierenden Kanzlei W & F gehörte. Der Anruf hatte sich hingezogen, und so hatte er Luis' SMS erst um 11.10 Uhr gelesen.

Fünfundzwanzig Minuten zu spät. Ein Fernsehteam war ihm zuvorgekommen. Diesmal hatte er die Nachricht also nicht exklusiv. Andererseits war es nur eine Meldung von lokalem Interesse, die heute hochaktuell war, morgen noch zu den News gehörte, übermorgen noch einmal kurz Erwähnung finden, dann aber rasch in Vergessenheit geraten würde. Kein Vergleich zu der Untersuchung auf den Färöer-Inseln, die eine unerwartete Wendung genommen hatte. In Müllcontainern entdeckte Leichen würde er nicht unbedingt als »großen Coup« bezeichnen wollen. Dieser Gedanke beruhigte ihn. Er rief sein Ressort an, um die Kollegen zu informieren, dass er nun vor Ort war.

…

Peter und Oliver standen mit verschränkten Armen vor dem Fernseher und sagten keinen Ton. Ihre und auch Rachels Aufmerksamkeit, die hinter den beiden stand, galt dem in Peters Büro installierten Apparat. Sie warteten auf die Wiederholung des Textes unten am Bildschirmrand. Der Bildempfang war nicht besonders gut, der Ton jedoch war laut und deutlich zu hören.

»*Im Ökostadtteil Ørestad wurde die Leiche einer Frau gefunden*«, verkündete der Nachrichtensprecher, während auf dem Bildschirm der Spielplatz und geschäftige Polizisten zu sehen waren.

»Aber ja, das ist wirklich bei mir!«, entfuhr es Rachel aufgeregt.

»Das habe ich doch gesagt!«, meinte Oliver.

Mit offenem Mund starrte Rachel auf den ihr wohlvertrauten, nun von einer Horde Polizisten überlaufenen Spielplatz, den sie jeden Morgen und jeden Abend überquerte. Sie erkannte die Tür, die ins Untergeschoss und zu dem Raum führte, in dem jeder Bewohner seinen Müll nach Glas, Kunststoff, Verpackungen oder Biomüll sortierte. Eine andere Einstellung zeigte die Klettergerüste, Schaukeln und die Rutsche, während die Stimme betonte, dass es sich um ein »besonderes und beschauliches Viertel handele, in dem die Bewohner sich entschieden hätten, im Einklang mit ökologischen Grundsätzen zu leben«.

»*Bei der Toten handelt es sich um eine zwischen sechzig und siebzig Jahre alte Frau. Die Polizei konnte ihre Identität noch nicht feststellen.*«

Eine plötzliche Eingebung ließ Rachel das Blut in den Adern gefrieren, während ihre Wangen sich heftig röteten. Sie musste sich an Peters Schreibtisch festhalten, um nicht das Gleichgewicht zu verlieren.

Der Polizeisprecher erklärte: »*Die Todesursache ist unbekannt. Wie es scheint, kann nach ersten Untersuchungen Fremdeinwirkung ausgeschlossen werden, da keinerlei Anzeichen für Schläge oder Verletzungen festgestellt wurden. Daher geht man von einem natürlichen Tod aus.*« Peter und Oliver drehten sich zu Rachel um. Doch sie war verschwunden.

ZWEITER TEIL

KAPITEL EINS

Die Hände in den Taschen ihrer Jeans vergraben, lehnte Rachel vor der Schule an ihrem Auto und tat so, als würde sie den leichten Sprühregen – einen Vorboten des Herbstes –, der ihr Haar und Gesicht benetzte, nicht bemerken. Ihre vom Weinen geröteten Augen brannten. Seit man ihr die Auffindung von Christas Leiche mitgeteilt hatte, war sie wie in Trance, so als schwebte ihr Körper in einer anderen Dimension. Ihre Sinne waren betäubt, der Puls verlangsamt, und die Geräusche drangen wie durch Watte zu ihr vor. Alle Konturen um sie her verschwammen, die Leute rückten in die Ferne, alle Farben wurden grau.

Nachdem sie Peters Büro verlassen hatte, hatte sie bei der Polizei angerufen und war zum Leichenschauhaus im Riget gefahren, um ihre Schwiegermutter offiziell zu identifizieren. Sie hatte sich keine Illusionen gemacht. Die Sache war eindeutig. Sie »wusste« einfach, dass es sich um Christa handelte, und zwar noch bevor die Polizei in der kleinen indischen Tasche, die sie um den Hals trug, ihren Führerschein gefunden hatte.

Das Phantom, das sie gestern Nacht auf dem Gang vor ihrer Wohnung gesehen hatte, war also sehr wohl Christa gewesen. In demselben blauen Kleid wie die Leiche, die man ihr gezeigt hatte. Was hatte sie dort gemacht?

Aber sie hatte sich gehütet, diese Information Hauptkommissar Elmquist mitzuteilen, der später, als man ihr einen Kaffee angeboten hatte, dazugekommen war. Er hatte sie sofort wiedererkannt und eher freundlich begrüßt, ihr höflich sein Beileid ausgesprochen. Nachdem er sich entschuldigt hatte, sie »in einem solchen Moment« belästigen zu müssen, hatte er ihr einige Routinefragen über Christa gestellt und sie ein Formular ausfüllen lassen. Auf den ersten Blick schien es sich um einen natürlichen Tod zu handeln: ein Herzstillstand, der zwischen vier und fünf Uhr morgens eingetreten war. Blieb die Frage, was sie um diese Uhrzeit, weit weg von zu Hause, bei den Müllcontainern zu suchen gehabt hatte.

»Ich habe keine Ahnung. Diese Frage quält mich, seit ich von ihrem Tod erfahren habe.«

»War sie bei Ihnen?«

»Nein, ich hatte ihr tagsüber mehrere Nachrichten hinterlassen, aber sie hat nicht geantwortet.«

»Hatte sie Probleme?«

»Gesundheitlicher Natur, meinen Sie?«

»Zum Beispiel.«

»Sie hatte vor vier Jahren einen Herzinfarkt.«

»Und wie würden Sie ihren psychischen Zustand beschreiben?«

»Man könnte sagen, dass sie seit meiner Rückkehr von den Färöer-Inseln seelisch etwas angeschlagen war, auf einmal mystisch wurde. So kannte ich sie vorher nicht.«

»In Anbetracht der Todesumstände werden wir eine Obduktion durchführen.«

»Wirklich?«, meinte Rachel benommen. Ihre Augen füllten sich mit Tränen, und sie unterdrückte ein Schluchzen.

»Vielleicht entdecken wir dabei etwas, was das Geschehen erklärt.«

»Ja, natürlich. Teilen Sie mir das Ergebnis mit?«

»Das ist normalerweise nicht vorgesehen. Wir bekommen einen Obduktionsbericht von der rechtsmedizinischen Abteilung des Riget. Aber Sie können sich direkt dorthin wenden. Doktor Vita Moling ist für den Fall zuständig.«

Rachel spürte durch die Jeans das kalte Metall der Motorhaube und schniefte. Sie hatte Elmquist nichts von Christas nächtlichem Besuch gesagt, weil sie keinerlei Vertrauen zur Polizei hatte. Sie hatte das Leichenschauhaus mit einem DIN-A4-Umschlag verlassen, der die kleine rosafarbene Tasche und den Schmuck ihrer Schwiegermutter enthielt. Sie hatte ihn in das Handschuhfach gelegt und war schweren Herzens zur Schule gefahren.

Als sich die Türen öffneten, straffte sich Rachel. Jetzt stand ihr das Schlimmste bevor.

Sie umarmte Sacha und setzte ihn ins Auto, brachte aber kein Wort heraus, auch während der ganzen Fahrt Richtung Ørestad nicht. Ihre Kehle war wie zugeschnürt, und sie hatte das Gefühl, neben sich zu stehen. Nach außen hin war sie die Mutter, die wie jeden Tag dem unaufhörlichen Geplapper ihres Sohnes lauschte und ihm im Rückspiegel zulächelte, innerlich bereitete sie sich darauf vor, ihm durch die Mitteilung, dass er seine Oma nie wiedersehen würde, einen furchtbaren Schlag zu versetzen. Wie konnte sie ihm das antun? Was sollte sie ihm sagen? Als verfüge er über einen sechsten Sinn, traf Sacha voll ins Schwarze.

»Oma hat gesagt, wir würden heute nach der Schule Cookies backen.«

Rachel schluckte mühsam, ihre Augenlider zuckten nervös. Aber sie brachte es einfach nicht übers Herz. »Oma kommt heute nicht, mein Liebling.«

»Und meine Cookies?«

»Wenn du willst, kann ich dir welche machen …«

Rachel hatte ihm etwas versprochen, von dem sie nicht sicher war, es halten zu können. Alles, was mit Kochen zu tun hatte, hatte sie stets gelangweilt. Sie hatte noch nie Cookies gebacken, höchstens als kleines Mädchen mal ein paar Crêpes. Aber so versuchte sie feige, Zeit zu gewinnen. Wie lange? Als sie in den Ökostadtteil einfuhren, trafen sie glücklicherweise niemanden, denn bei der ersten Beileidsbekundung hätte Rachel die Fassung verloren.

Als sie die Wohnung betraten, gab sich Rachel noch nicht geschlagen. Sie setzte Sacha vor einen Zeichentrickfilm, holte ihm den Gameboy, den er haben wollte, und ging dann zum Küchenschrank. *So schwierig kann das ja auch nicht sein.* Sie suchte dafür das einzige Kochbuch mit dänischen Rezepten, das sie besaß – ein Geschenk von Christa, das sie noch nie geöffnet hatte. Ihre Schwiegermutter hatte ihr folgende Widmung hineingeschrieben: »Um glückliche Momente zu teilen. Herzlichst, Deine Christa«.

Rachel presste die Lippen zusammen und schlug die Seite mit den Danish Cookies auf. Sie las, um sich nicht zu täuschen, den Anfang zweimal: »Ein Ei, Mehl, Zucker, Butter, Sahne …« und stellte alle Zutaten auf die Arbeitsplatte. *Vanille, hm, habe ich nicht; wird auch ohne gehen*. Sie verrührte die Zutaten mit einem Löffel in einer Schüssel, fügte das Ei hinzu und einen Teil des Mehls. Währenddessen klingelte ihr Handy mehrmals. Die Neuigkeit verbreitete sich wie ein Lauffeuer, und auf ihrer Mailbox gingen mehrere Nachrichten und SMS ein. Sie schaltete das Telefon auf stumm und widmete sich wieder ihren Plätzchen.

»Siehst du, Liebling, Mama macht dir leckere Cookies«, rief sie mit gespielt freudiger Stimme.

»Sind sie schon fertig?«, fragte Sacha, in sein Spiel vertieft.

»Nein, noch nicht.«

Rachel betrachtete ihren Teig. Voller Klumpen. In der großen unteren Schublade entdeckte sie, dass sie einen Handmixer besaß. Kurz darauf waren Arbeitsplatte, Kochfeld, T-Shirt und Jeans mit Teigspritzern übersät. Aber die meisten Klumpen hatten sich aufgelöst. Rachel gab das restliche Mehl dazu und rührte entschlossen weiter. Jetzt war der Teig eine zwar zähe, aber glatte Masse. Sie wandte sich wieder dem Rezept zu. »Nussgroße Häufchen auf das Backblech setzen.« Mit gerunzelter Stirn folgte sie der Anweisung. »Mit einem Löffel oder einer Gabel platt drücken.« Ihr Handy vibrierte, um den Eingang neuer Anrufe anzuzeigen, die sie jedoch ignorierte.

So gut sie konnte, drückte sie die Häufchen platt, doch diese klebten widerspenstig am Metall des Löffels fest. Sie versuchte es mit einer Gabel, dann mit einem Holzspachtel, doch das Ergebnis war jedes Mal das Gleiche. Schließlich nahm sie die Finger zu Hilfe. »Zehn bis zwölf Minuten im vorgeheizten Ofen backen.« Okay. Das Blech mit den unregelmäßigen Keksgebilden verschwand im Ofen. Rachel wischte sich die Hände an einem Geschirrtuch ab und betrachtete das Ausmaß der Katastrophe. Alles war voller Mehl, Zucker und Teigspritzern. Um die Küche wieder in ihren ursprünglichen, das heißt wenig benutzten Zustand zu versetzen, verbrachte sie die nächste Zeit damit, alles zu putzen und sämtliche Utensilien abzuwaschen, die sie benutzt hatte.

Zwölf Minuten später war das Ergebnis nicht wirklich das erhoffte. Die Cookies entpuppten sich als schiefe, zu lange gebackene Sandplätzchen. Rachel seufzte entmutigt. *Und das blöde Handy hört nicht auf zu vibrieren!* Sie löste die Kekse mit einem Spachtel vom Backblech und schichtete sie auf einen Teller.

»Fertig!«, rief sie, doch dann brach ihre Stimme. Sie stützte sich auf die Arbeitsplatte und biss sich heftig auf die Lippe, um das Schluchzen zu unterdrücken. Nun war die Zeit gekommen ... noch nie hatte sie so viel Angst gehabt. Wenn sie nur ihren Sohn noch ein wenig vor der Realität des Lebens schützen, ihm diese zusätzlichen Qualen ersparen könnte. Er hatte schon so vieles zu ertragen. Sie hörte das vertraute Rutschen von Sachas Knien auf dem Parkett. Gleich wäre er bei ihr und würde ihr seine Ärmchen entgegenstrecken. Schweren Herzens setzte Rachel ihn in seinen Stuhl. Sie nahm ihm gegenüber Platz und streichelte seine kleine Hand.

»Mein Großer, Mama muss dir etwas sagen.«

»Ich will ein Cookie!«

»Und das magische Wort?«, fragte sie automatisch.

»Bitte.«

Rachel gab ihm eines. Sacha betrachtete das Gebäck zweifelnd. »Das ist kein Cookie, es ist keine Schokolade drin.«

»Doch, doch, mein Herzblatt, das sind Mamas Cookies. Wenn du willst, können wir Marmelade daraufstreichen.«

Misstrauisch biss Sacha in den Keks. Rachel probierte ebenfalls. Gar nicht mal so schlecht. »Also«, fuhr sie fort und nahm all ihren Mut zusammen. »Oma hat heute nicht kommen können, um dir deine Cookies zu backen, weil sie einen schlimmen

Unfall hatte.« Rachel drückte sein Händchen stärker. »Oma ist von uns gegangen, mein Liebling.«

Die großen, sanften Augen des Jungen weiteten sich.

»Wohin denn?«

»Oma ist weit weg, und sie wird nicht zurückkommen.«

Die Worte kamen zögernd über ihre Lippen. »Sie ist tot, mein Liebling.«

»Wie Pippis Mama?«

»Ja, mein Herzblatt.«

»Ist sie auch in den Wolken?«

»Ja, nein … ich weiß nicht.«

»Wohin geht man denn, wenn man tot ist?«

»Auf den Friedhof …«

»Was ist das?«

»Ein Ort, wo die Toten ruhen. Vorher legt man sie in einen Sarg.«

»So wie bei Schneewittchen, als sie den vergifteten Apfel gegessen hat?«

»Ähm … ja.«

»Ein gläserner Sarg im Wald bei den sieben Zwergen?«

»Ja, oder aus Holz. Und hinterher vergräbt man ihn in der Erde.«

»Ach so.«

Sacha knabberte an seinem Keks. Rachel strich über seinen Kopf und zog ihn an sich.

»Und kommt sie nicht mehr wieder?«, fragte Sacha und stieß dabei eine Krümelwolke aus.

»Nein, mein Häschen, wenn man tot ist, kommt man nicht mehr zurück. Aber sie weiß, dass du sie lieb hast, und hat dich auch sehr lieb.«

»Ich will aber Oma sehen.«

»Das geht nicht, mein Herzblatt.«

»Und stirbst du auch?«

»Nein, natürlich nicht!«, log Rachel überzeugend. »Ich bleibe immer bei dir.«

KAPITEL ZWEI

Das erste Glas Aquavit stürzte sie in einem Zug hinunter. Das zweite auch. Das dritte schenkte sie sich noch mit sicherer Hand ein und trank es in kleinen Schlucken. Sie saß am Fenster, blickte in die Nacht und wartete auf den glücklichen Moment, da sich ihre Sinne trüben und der quälende Schmerz in ihrem Magen aufhören würde. Der Kummer war unerträglich, unmenschlich.

Sacha war schließlich eingeschlafen, nachdem er ihr unendlich viele Fragen gestellt hatte, drei Geschichten vorgelesen haben wollte und plötzlich nach »Monsieur Lulu« verlangte, den er ein Jahr zuvor auf der Straße verloren hatte. Rachel hatte sich selbst völlig idiotische Sachen sagen hören wie: »Er ist im Land der Schmusetiere« oder »Da, wo er ist, denkt er an dich« und ähnlichen Unsinn, um den Jungen zu beruhigen. Dann hatte Sacha gefragt: »Ist Monsieur Lulu bei Oma?«, und sie hatte geantwortet: »Ja« und schließlich erschöpft das Zimmer verlassen.

Christa war der einzige Mensch in ihrem Leben gewesen, der ihr das gegeben hatte, was sie von einer Familie erwartete. Was sollte sie ohne sie anfangen?

Rachel hatte außer einem Stück schwarzem Roggenbrot nichts heruntergebracht. Dann hatte sie die alte Schnapsflasche herausgeholt, die Christa vor langer Zeit dagelassen hatte.

Beim fünften Glas war sie betrunken genug, um das zu tun, was sie seit Stunden vor sich herschob und in nüchternem Zustand nicht fertiggebracht hätte. Sie griff nach ihrem Handy, suchte im Telefonbuch nach einer Nummer, die sie nie benutzte, und drückte auf »Wählen«. Die Sekunden vor dem Klingelton schienen ihr endlos. Dann war die Verbindung hergestellt.

»Hallo?«

Niels' tiefe, vertraute Stimme, die aus der Vergangenheit aufzutauchen schien, hallte laut in ihrem Kopf wider. Rachel hörte im Hintergrund Stimmengewirr. Eine Kneipe oder ein Restaurant. Sie hatte keine Ahnung, wo er sich befand, in welchem Hafen und mit welchem Mädchen.

»Hier ist Rachel. Ich muss mit dir reden.«

»Was ist los?«, antwortete Niels misstrauisch.

»Es ist zu laut um dich herum, kannst du bitte woanders hingehen?«

Sie hörte Stimmen, Gelächter, Hintergrundmusik, die nach und nach leiser wurden. Eine Tür schloss sich. Dann ertönte Niels' Stimme klar und deutlich.

»Also, was ist los?«

»Es ist wegen Christa … Sie hatte wieder eine Herzattacke.«

»Was sagst du da?«

»Sie ist nicht wieder aufgewacht, Niels. Es tut mir unendlich leid, dir das so sagen zu müssen.«

Rachel zwang sich, deutlich und langsam zu sprechen und Mitleid in ihre Stimme zu legen. Der Alkohol machte ihren Mund trocken und beschwichtigte ihre alten Ressentiments. Ohne den Aquavit hätte sie den Mann, der ihr das Herz gebrochen, seine Mutter unglücklich und das Leben ihres Sohnes noch schwerer gemacht hatte, sicher mit Flüchen und Beschimpfungen überschüttet. Es folgte ein langes, verlegenes Schweigen. Rachel wusste nicht, was sie sagen sollte.

»Ich nehme morgen früh den ersten Flug«, erklärte Niels schließlich.

»Wo bist du?«

»Auf einem Zwischenstopp in Portsmouth. Wann ist die Beerdigung?«

»Ich weiß nicht. Sicher in den nächsten Tagen.«

»Ich werde da sein.«

Es gab nichts mehr zu sagen. Trotz aller Bemühungen stieg Wut in Rachel auf, und sie wurde aggressiv. »Und du fragst mich nicht einmal, wie es Sacha geht?«

In dem Moment, da sie die Worte aussprach, bedauerte sie sie auch schon. Niels verdiente es nicht, etwas von seinem Sohn zu hören, er verdiente nichts als Gleichgültigkeit.

»Doch, natürlich. Ich kann es nicht erwarten, ihn zu sehen.«

Rachel umklammerte das Handy. Er kann es nicht erwarten. *Mein Gott!* Sie knirschte mit den Zähnen. Dann legte sie auf und schenkte sich noch einen Aquavit ein. Und einen nächsten.

KAPITEL DREI

Meine Gedanken sind in dieser schwierigen Zeit bei dir. Lass uns etwas trinken gehen, wann immer dir danach ist. Herzlichst, Sam.

Ehe er das Restaurant *Era ora* betrat, eine der wenigen guten Adressen im Zentrum der Kopenhagener Altstadt, hatte Samuel diese SMS an Rachel geschickt. Es war die dritte, seit er von ihrer Verbindung zu der in Ørestad aufgefundenen Leiche erfahren hatte. Nachdem er keine Antwort erhalten hatte, machte er sich Sorgen um sie. Ohnehin hatte Rachel seine Gedanken sehr beschäftigt, seit sie vor ein paar Tagen erneut in seinem Leben aufgetaucht war. Ihr Wiedersehen bei dem Interviewtermin hatte die Dinge nicht vereinfacht, ganz im Gegenteil. Als er sie letztes Jahr zum ersten Mal getroffen hatte, hatte er sie ausnehmend attraktiv gefunden – mit ihren großen Augen, die intensiv funkelten, wenn sie zuhörte oder vehement ihre Meinung vertrat. Auch ihr schüchternes Lächeln, hinter dem sich große Entschlossenheit verbarg, die manchmal an Verbohrtheit grenzte, berührte ihn. Sie war jemand, der leicht zu Boden gehen, aber genauso schnell wieder aufstehen und den Sturz vergessen konnte.

Neulich abends in der Bar des *Bella Sky* hatte er einen neuen Zug an ihr entdeckt, das Gefühl einer extremen inneren Anspannung, eine fieberhafte Hektik, die er nur vage wahrgenommen und nicht genauer hatte benennen können. Und nun dieses Familiendrama. Samuel hätte ihr gerne geholfen, aber er wusste nicht, wie er es anstellen sollte. Er hatte den Wunsch, sie zu unterstützen, und fürchtete zugleich, erneut abgewiesen zu werden …

Eine Viertelstunde später erhob sich Samuel, um die hübsche Dänin zu begrüßen, die beim Betreten des Lokals für Aufsehen gesorgt hatte. Er hatte sich an diesem Abend für ein weißes Hemd und einen grauen Anzug von Paul&Jo entschieden. Ellen trug ein gerafftes, rötlich violettes Kleid mit offenherzigem Dekolleté, das Samuel bewunderte, als er sie umarmte. Normalerweise waren die Däninnen eher »funktionell« gekleidet, weniger sexy und kokett als die Französinnen, doch diesmal hatte sie sich offensichtlich ins Zeug gelegt.

»Immer noch genauso *frenchy*!«, erklärte sie, während Samuel ihr einen Stuhl anbot. »Da sieht man gleich, dass du nicht von hier bist. Weißt du, in diesem Land kann übertriebene Galanterie als sexistisch ausgelegt werden …«

Samuel setzte sich ihr gegenüber. Er fand sie hübsch. »Ich freue mich, dich wiederzusehen, Ellen.«

»Ich mich auch. Aber ich will dir nicht verheimlichen, dass dein Anruf mich überrascht hat. Ich hatte dich schon tot geglaubt.« Das sagte sie mit einem betörenden Lächeln, dem eine Spur Ironie beigemischt war.

Sie bestellten italienische Gerichte und guten Wein.

»Wie sieht es beruflich bei dir aus?«, fragte Samuel mit einschmeichelnder Stimme. Sie zog eine CD-ROM aus ihrer Handtasche und schob sie zu ihm hinüber.

»Wie immer. Hier, ich habe gefunden, was du suchst, reden wir nicht mehr darüber. Das habe ich nur gemacht, weil du es bist und weil es für einen guten Zweck ist.«

Samuel griff nach der CD und ließ sie in seiner Jacketttasche verschwinden. »Danke.«

»Es versteht sich von selbst, dass die Informationen aus anonymer Quelle stammen.«

»Natürlich. Wie immer.«

Sie lächelten sich an, und Ellen meinte verschmitzt: »Dabei hast du es eigentlich nicht verdient. Seit zwei Monaten habe ich nichts mehr von dir gehört …«

»Ich hatte viel zu tun, das weißt du doch.«

»Ja, ja, das weiß ich. Und außerdem bist du, wie du mir letztes Mal gesagt hast, ein Mann, der sich nicht binden will, nicht wahr?«

»Genau, das habe ich nie verheimlicht.«

Ellen spielte mit ihrem Besteck. Ihre perlmuttfarben lackierten Nägel schimmerten im Kerzenlicht. »Weißt du, das habe ich verstanden und meine Schlüsse daraus gezogen. Als du mich vorhin angerufen hast, habe ich zunächst gezögert, mir dann aber gesagt: ›Man kann sich auch einfach nur mal ein Vergnügen gönnen, das Leben ist kurz.‹«

»Eine schöne Philosophie«, meinte Samuel lächelnd.

»Ja, und vielleicht ist das letztlich der Schlüssel zum Glück: den Augenblick genießen.«

Das ganze Abendessen über flirteten sie miteinander. Ellen, die begriffen hatte, dass sie von diesem Mann nichts anderes als intensive sexuelle Begegnungen zu erwarten hatte, die zwar äußerst angenehm, aber ohne Perspektive waren, hatte entschieden, sich auf das Spiel einzulassen. Sie war im Moment Single und der Franzose äußerst attraktiv ... Die Herausforderung für sie bestand darin, Abstand zu wahren, die Dinge leicht zu nehmen genau wie er, sie voll auszukosten.

Zwei Stunden später rissen sie sich zum Klang von *La traviata* auf Samuels Ledersofa förmlich die Kleidungsstücke vom Leib. Wenn ihr ein Mann gefiel, konnte sich Ellen in eine wahre Raubkatze verwandeln, daran erinnerte sich Samuel noch. Sein Herz schlug zum Zerspringen, als sie sich daranmachte, jeden Zentimeter seines nackten Oberkörpers leidenschaftlich zu küssen. Auch er umarmte sie stürmisch und flüsterte ihr immer wieder ins Ohr: »Wie schön du bist!«

Das Bett quietschte unter ihrem Gewicht, als sich die beiden Liebenden stürmisch in die Arme fielen.

»Du hast mir gefehlt ...«, murmelte Ellen und legte ihren Kopf auf Samuels Schulter, doch dann hoffte sie, dass er es nicht gehört hatte.

Samuel gab ihr einen Kuss auf die Stirn und sog den Honigduft ihrer Haare ein. Aus Angst vor den eventuellen Konsequenzen, die ein paar kleine, rasch dahingesagte Worte auslösen konnten, verzichtete er auf eine Antwort. Sie war schön und kultiviert. Während er ihre Schulter liebkoste, fragte sich der Reporter, warum er eigentlich keine ernsthafte Beziehung mit ihr versuchte. Sie wartete nur auf ein Zeichen von ihm. Das zumindest hatte sie bei ihrem letzten Gespräch erklärt, ehe er auf Abstand gegangen war. Doch er empfand nicht mehr als Zuneigung für sie, nichts, was ihn aufwühlte. Er hatte nicht dieses Kribbeln im Bauch wie bei seinem Wiedersehen mit Rachel.

»Ich glaube, ich gehe besser«, erklärte Ellen verschmitzt. »Ich möchte mich nicht aufdrängen, schon gar nicht im Bett eines eingefleischten Junggesellen.«

Samuel schloss die Augen und hielt sie zurück. »Nein, bitte bleib noch.«

Ellen lächelte im Dunkeln und genoss diesen kleinen Triumph. Schließlich schlief sie ein.

Nachdem er zwei Stunden geschlafen hatte, war Samuel hellwach. Er schlüpfte in seine Unterhose, suchte in der Jacketttasche nach der CD und setzte sich dann, den Laptop auf den Knien, auf das Sofa. Er schob die Kopie, die Ellen ihm gegeben hatte, in das Laufwerk.

Ellens Gesellschaft war überaus angenehm, doch sie hatte noch einen weiteren Vorteil, und der bestand in ihrem Beruf als Leiterin der Kopenhagener Steuerbehörde. Mit wenigen Mausklicks hatte sie Zugriff auf alle Konten und Steuererklärungen der dänischen Bürger. Der zweite äußerst interessante Punkt war ihr ausgeprägtes Umweltbewusstsein. Sie spendete schon lange für Nichtregierungsorganisationen wie Greenpeace, Green Growth und den WWF, sie unterstützte ihre Kampagnen, unterschrieb Petitionen, sandte ihre Aufrufe weiter, ohne bislang ein konkretes Engagement gewagt zu haben, doch sie dachte ernsthaft darüber nach. Als Samuel sie um einen großen Gefallen gebeten hatte, um »die Mörder der Grindwale in die Enge zu treiben«, hatte sie um Bedenkzeit gebeten und sich dann bereiterklärt, ihm zu helfen, »halb seinetwegen, halb wegen der Biodiversität in den Weltmeeren«. Am Telefon hatte sie ihm gesagt: »Ich werde ohnehin nicht ewig in diesem Job bleiben. Ich möchte mich nützlich machen, ich habe meine Entscheidung getroffen.«

Samuel öffnete die Dateien. Es handelte sich um die letztjährigen Auszüge der Geschäfts- und Privatkonten des Walfischers Ole Polsen.

KAPITEL VIER

27. AUGUST. REHAZENTRUM DES RIGSHOSPITALET

Rachel schob Sachas Rollstuhl durch den langen verglasten Korridor, der zum Rehazentrum am äußersten Ende des H-Flügels führte. Ein Maler, der eine Vorliebe für leuchtende, fröhliche Farben zu haben schien, hatte die Scheibe mit einem monumentalen abstrakten Fresko versehen – eine Art blau-grün-gelbe Riesenwelle. Davor stand ein gutes Dutzend Trainingsräder, auf denen keuchende Patienten, den Blick in diese Farbenexplosion verloren, strampelten.

Als Rachel an ihnen vorbeiging, genoss sie die friedliche Atmosphäre. Am Ende des Korridors öffneten sich auf der linken Seite zwei Schwingtüren zum Trainingssaal, auf der rechten lag das Schwimmbad. Rachel und Sacha nahmen den linken Eingang und betraten den großen mit Parkett ausgelegten Raum. Er war in mehrere Einheiten unterteilt, die mit jeweils einer blauen Gymnastikmatte und verschiedenen martialischen Vorrichtungen aus Eisenstangen, Seilzügen und Gewichten versehen und von je einem aus Patient und Physiotherapeut bestehenden Team belegt waren. Hier betätigten sich Unfallopfer jeglichen Alters, um durch ihren eisernen Willen etwas mehr Autonomie zu gewinnen.

Im zweiten Bereich von links hatte Kirsten Sörensen das für die heutige Sitzung nötige Material aufgebaut: eine Muskelbank, bunte Bälle verschiedener Größe und eine kleine Mühle, deren Flügel man durch Kurbeln an den Seiten in Bewegung setzen konnte.

Mit einem kräftigen Händedruck begrüßte Kirsten Sacha, der ihr mit einem lautstarken »Hallo« antwortete und seiner Mutter zum Abschied zuwinkte.

Als Rachel sich am Morgen im Spiegel gesehen hatte, war sie erschrocken. Also hatte sie sich etwas stärker als normal geschminkt, um nicht allzu blass zu wirken, die Augenringe zu kaschieren und ihrem Blick mehr Intensität zu verleihen.

Was das Make-up nicht hatte vertreiben können, war ihr riesiger Kater. Sie hatte das Gefühl, eine Eisenstange würde ihren Kopf durchbohren, ihre Kehle brannte, als hätte sie eine Rolle Stacheldraht verspeist, und eine dumpfe Übelkeit hatte sie ergriffen, sobald sie, vollständig angekleidet und verstört, auf dem Sofa aufgewacht war. Schnell war sie unter die Dusche gegangen. *Nie wieder suchst du Trost im Alkohol. Das schaffst du auch so.*

Rachel, der es nicht gelingen wollte, sich innerlich aufzuwärmen, setzte sich im Trenchcoat auf den Rand der großen Matte, die in einer Ecke lag. *Das wird schon, wir schaffen das*, wiederholte sie sich unaufhörlich. Sie sah ihrem Sohn zu und sandte ihm stille Worte der Ermutigung. *Nur zu, mein Junge. Oma ist nicht mehr da, aber wir werden uns gegenseitig unterstützen und schon alles irgendwie hinbekommen.*

Nachdem sie seine Beine aufgewärmt hatte, legte Kirsten Sacha für die erste Übung auf eine schräge Liege, an deren Ende sich ein Gewicht befand, das er mit den Beinen zurückstoßen musste.

»Los, Sacha, so fest und so weit du kannst!«

Rachel beobachtete, wie ihr Sohn seine Oberschenkelmuskeln nach besten Kräften anspannte und dann mit einem Ruck das Gewicht von sich wegzuschieben versuchte. Dieses bewegte sich zwar nur wenige Millimeter, aber immerhin bewegte es sich. Sie massierte sich die Nasenwurzel und die Stirn. Trotz der Tablette, die sie geschluckt hatte, hielt sich die Migräne hartnäckig. Als Kirsten dem Jungen eine kurze Pause gönnte, hockte sie sich vor Rachel.

»Ich habe das von seiner Großmutter gehört, mein herzliches Beileid.«

Rachel dankte ihr. Kirsten senkte den Ton. »Wie hat der Junge es aufgenommen?«

»Gestern Abend war er sehr aufgeregt, aber heute Morgen hat er nicht mehr darüber gesprochen. Ich weiß nicht recht, ob ich noch einmal davon anfangen oder ihn in Ruhe lassen soll. Es ist für uns alle eine Tragödie.«

»Lassen Sie ihm Zeit, die Nachricht zu verdauen, ohne ihn zu drängen.« Kirsten hatte das im selben Tonfall gesagt, als würde sie anordnen: »Machen Sie mal fünfzig Liegestütze.« Die Art irritierte Rachel zwar, doch im Grunde hatte die Physiotherapeutin recht.

»Ich frage mich, ob ich ihn zur Beerdigung mitnehmen soll«, fuhr Rachel fort, die froh war, endlich jemanden zu haben, mit dem sie reden konnte. »Er scheint mir noch etwas zu klein dafür. Ich weiß wirklich nicht mehr, was ich tun soll.«

»Im Gegenteil«, riet Kirsten unerwartet sanft, »es wäre ein großer Fehler, ihn nicht mitzunehmen. Es ist gut, wenn er an diesem Ritual teilnimmt, denn das macht die Sache konkreter. Sie sollten ihn in die Zeremonie einbinden, indem er zum Beispiel eine Blume oder eine Zeichnung auf den Sarg legt. Es ist wichtig, dass er sich von seiner Großmutter verabschieden kann.«

Rachel war beeindruckt von dem gesunden Menschenverstand dieser Frau, die sie zunächst für keine besonders gute Psychologin gehalten hatte. »So habe ich die Dinge noch gar nicht gesehen, Sie haben recht.«

Kirsten erhob sich. »Die Pause ist zu Ende, Sacha. Es geht weiter.«

Auch Rachel stand auf, ihre Beine waren schwer. »Ich möchte jemanden in einem anderen Block des Krankenhauses besuchen.«

Kirsten nickte, und Rachel warf Sacha aus der Ferne eine Kusshand zu, artikulierte ein stummes »ich komme gleich wieder« und verließ den Übungsraum.

...

Rachel faltete den Plan des Krankenhauses auseinander und entdeckte einen vom Hauptgebäude entfernten Block, der den Namen »Teilum Building« trug. Für die Strecke würde sie mindestens fünf Minuten brauchen. Draußen war die Luft schwer und drückend, und ein grauer Himmel hing über den Häusern. Vor mehr als zweihundertfünfzig Jahren hatte man das erste Krankenhaus auf einem ehemaligen Sumpf errichtet, der im 18. Jahrhundert trockengelegt worden war. Das ursprüngliche Gebäude war 1950 abgerissen und an seiner Stelle dieser Stahlblock errichtet worden, der als Vorbild für alle Kopenhagener Krankenhäuser diente.

Auf ihrem Weg durch den Garten und vorbei an einer Taxistation und Bushaltestelle begegnete Rachel verschiedenen Angestellten in weißen Kitteln. Automatisch sah sie sich um, um sich zu vergewissern, dass niemand ihr folgte, aber im Grunde war es ihr egal. Sie fühlte sich benommen, gleichgültig gegenüber allem, was ihr geschehen könnte.

Sie nutzte die Zeit, um endlich die diversen Beileidsnachrichten zu beantworten, die sie am Vortag erhalten hatte. Als sie die SMS überflog, wurde ihr warm ums Herz. Die Mitglieder des Nachbarschaftsrats, Jesper, seine Frau Sofie und die Kollegen von GG hatten mitfühlende Worte des Trosts für sie und Sacha gefunden. Auch Professor Hansen bekundete seinen »tiefen Schmerz« und versicherte ihr seine Freundschaft. Rachel antwortete allen Freunden, dann blieb sie kurz stehen, um die Nachricht von Samuel zu lesen. Die Kälte war wie verflogen, und die Worte, mit denen er ihr seine Hilfe anbot, waren ehrlich und herzlich. Ein leichtes Lächeln umspielte Rachels Lippen. Plötzlich schien ihr der alte Streit albern, und sie hatte Lust, ihn wiederzusehen. Sie schrieb eine lange Antwort, die sie, unzufrieden mit dem Ergebnis, gleich wieder löschte, um sich für eine kürzere Formulierung zu entscheiden.

Als sie den Blick vom Display hob, stand sie vor dem Schild »Forensic Department«, das den Weg zum Rechtsmedizinischen Institut wies. Sie folgte den Pfeilen und gelangte nach fünfzig Metern zu einem grauen, monolithischen Block, der an ein Mausoleum erinnerte. Die Tür war verschlossen, und es gab weder eine Sprechanlage noch eine Klingel. Sie seufzte und befürchtete schon, den Weg umsonst gemacht zu haben. Schließlich ging sie um das Gebäude herum. Vor der Hintertür parkte ein Lieferwagen – das erste Anzeichen von Leben an diesem düsteren Ort. Rachel wartete bei dem Auto darauf, dass jemand kam, den sie fragen könnte. Nach fünf Minuten sah sie einen Rollwagen voller schmutziger Laken, der von einem Mann im blauen Overall geschoben wurde. »Guten Tat«, sagte Rachel und setzte ihr schönstes Lächeln auf, »ich suche Doktor Vita Moling, die hier arbeitet, aber ich weiß nicht, wie ich hineinkommen soll.« Der Mann, dessen Gesicht von Aknenarben überzogen war, knurrte etwas und deutete auf die Feuertür, durch die er gerade getreten war und die jetzt offen stand.

Rachel verstand das Wort »Untergeschoss«, bedankte sich und trat ein. Der Mann war aus einem Lastenaufzug gekommen, für den man einen Schlüssel benötigte, und so blieb Rachel nur die Treppe. Nach einigen Stufen öffnete sie eine staubige Tür.

Sie erreichte einen fensterlosen Gang, erhellt von fahlem Licht, an dessen Decke sich schmutzige schwarze Rohre entlangzogen, die durch das gesamte Gebäude zu führen schienen. An der Wand klebte ein Blatt Papier mit einem Pfeil nach rechts und der Aufschrift »Forensic Dep.«. Rachel wagte sich weiter vor. Nach einigen Metern kam sie an metallenen Bahren vorbei, erkannte Spinnweben an den Wänden und Haufen schmutziger Laken auf dem Boden. Ihre Schritte hallten wider. Ein eisiger Schauder lief ihr über den Rücken, und sie ging schneller. *Ich muss hier raus. Hier gibt es sehr schlechte Schwingungen*. Obgleich Rachel ein äußerst rationaler Mensch war, spürte sie eine unsichtbare Präsenz um sich herum. Ihr Herz schlug heftig, und sie begann zu rennen.

...

»Möchten Sie vielleicht ein Glas Wasser?«

Vita Moling, eine große Frau von mindestens einem Meter achtzig mit sehr kurz geschnittenem dunklen Haar, modern und direkt, bot Rachel, die in ihr Büro geplatzt war und sich nicht wohlzufühlen schien, sofort etwas zu trinken an. Diese nahm gerne an und stellte sich dann vor – das ließ ihr Zeit, sich wieder zu fassen. Von imaginären Phantomen verfolgt, wäre sie beinahe vor Angst gestorben. *Wie blöd ich bin!* Sie verabscheute diesen Ort.

Dabei hatte Vita Molings Büro nichts Erschreckendes. Der kleine Raum war voller bunter Aktenordner. Weder Gehirne in Formalin noch ausgestellte Organe oder gehäutete Leichen. Nichts als Akten und eine Sammlung alter medizinischer Instrumente. Und die Ärztin war alles andere als morbide, sondern schien eher energisch und äußerst lebendig.

»Ich habe meinen Sohn ins Rehazentrum gebracht, wo er von Professor Hansen behandelt wird«, erklärte Rachel, nachdem sie sich mit einem Glas eisgekühltem Wasser erfrischt hatte. »Also habe ich die Gelegenheit genutzt, um Sie wegen der Obduktion meiner Schwiegermutter Christa Kohler aufzusuchen.«

»Mein aufrichtiges Beileid«, antwortete Vita Moling, »ich habe die Obduktion gestern Abend durchgeführt.«

Sie nahm hinter ihrem Schreibtisch Platz, auf dem eine Tasse mit schwarzem Kaffee stand, und griff nach einem gelben Schnellhefter, der oben auf dem Stapel lag.

»Die Todesursache Ihrer Schwiegermutter war ein Herzinfarkt, der am 26. August gegen vier Uhr fünfzig eingetreten ist. Mindestens der zweite innerhalb der letzten fünf Jahre.«

»Vier Jahre, genau gesagt. Den ersten hatte sie nach der Geburt meines Sohnes.«

Vita Moling notierte die Information. »Woraufhin man ihr einen Stent gesetzt hat. Das Herz war in schlechtem Zustand. Ein zweiter Infarkt ist also nicht verwunderlich.«

Rachel nickte bekümmert. »Was kann einen solchen Anfall ausgelöst haben?«

Die Ärztin beugte sich zu ihr. »Ein sehr starker emotionaler Schock. Aber ich muss Ihnen auch sagen, dass das Herz aus einem anderen Grund schon sehr schwach war. Wussten Sie, dass Ihre Schwiegermutter an einem Sarkom am Herzen litt?«

Rachels Augen weiteten sich.

»Einem Sarkom?«

»Dabei handelt es sich um einen seltenen Tumor mit schlechter Prognose. Ich habe in meiner Laufbahn nicht viele gesehen. Wir haben einen von erheblicher Größe gefunden. Doch diese Diagnose taucht ebenso wenig in ihrem Krankenblatt auf wie ein eventueller Behandlungsplan.«

»Welche Symptome löst das aus?«

»Schmerzen im Brustkorb und Atembeschwerden.«

»Und Sie sagen, die Prognose ist schlecht?«

»Die meisten Patienten sterben, sogar nach einem chirurgischen Eingriff und einer Chemotherapie, innerhalb der darauffolgenden drei Jahre. Die Überlebenschance bei einem Herzsarkom beträgt etwa ein Jahr. In Christa Kohlers Fall wurde offenbar keine Behandlung vorgenommen. Sie hätte in jedem Fall leider nicht mehr lange zu leben gehabt.«

Rachel schlug die Hand vor den Mund. »Mein Gott, und sie hat mir nichts gesagt.«

»Vielleicht wusste sie es selbst nicht.«

Vita Moling machte eine Pause, um Rachel Zeit zu lassen, die Neuigkeit zu verdauen. Dann fuhr sie fort: »Da ist noch etwas anderes …«

Die Rechtsmedizinerin zog ein Foto aus der Akte. »Entschuldigen Sie, das ist sicher sehr schwer für Sie, aber ich habe in der Leistengegend in Höhe der Arterie eine Hautveränderung entdeckt.«

Auf der Aufnahme, die ihr die Ärztin zeigte, sah Rachel ein unbehaartes Hautstück mit einem erbsengroßen blauen Fleck.

»Sagt Ihnen das etwas?«

Rachel wurde blass. Ja, der blaue Fleck erinnerte an den, den sie vor Kurzem bei Sacha entdeckt hatte.

»Sieht aus wie ein blauer Fleck«, sagte sie und versuchte, ihre Verunsicherung zu verbergen.

»Es handelt sich in der Tat um ein Hämatom.«

»Könnte es durch Akupunkturnadeln hervorgerufen worden sein?«, fragte Rachel vorsichtig und spürte, wie ihr das Herz bis zum Hals schlug. »Meine Schwiegermutter suchte häufig einen Akupunkteur auf.«

»Akupunkturnadeln hinterlassen nicht solche Spuren. Nein, das sieht eher nach einem Venenkatheter aus. Fällt Ihnen dafür eine Erklärung ein?«

Rachel schluckte mühsam. »Nein. Tut mir leid.« Sie trank ihr Wasser aus.

»Für wann können wir die Beerdigung planen? Ihr Sohn wird heute oder morgen in Kopenhagen eintreffen.«

»Was mich betrifft, so ist meine Arbeit abgeschlossen«, antwortete Vita Moling freundlich. »Jetzt müssen nur noch die Formalitäten mit der Polizei abgeschlossen werden, dann steht dem nichts mehr im Weg.«

Rachel erhob sich. »Vielen Dank, dass Sie mir Ihre Zeit geopfert haben. Ich muss jetzt meinen Sohn abholen.«

»Danke, dass Sie hier waren, ich habe nicht oft Gelegenheit, die Angehörigen meiner Patienten kennenzulernen. Ich zeige Ihnen den Weg.«

Die beiden Frauen verabschiedeten sich voneinander. Diesmal benutzte Rachel den Haupteingang. Die frische, feuchte Luft draußen kam ihr vor wie ein Segen. Doch dann ergriff sie ein leichter Schwindel, und sie musste sich an die Hauswand lehnen, bis der Anfall vorbei war. *Es handelt sich um einen seltenen Tumor mit schlechter Prognose … Akupunkturnadeln hinterlassen nicht solche Spuren … ein Venenkatheter.* Sie sah wie in einer verzerrten Großaufnahme den blauen Fleck auf Sachas Rücken vor sich. Rachel unterdrückte die Panik, die in ihr aufstieg. *Mein Gott, was hat man nur mit euch gemacht?*

KAPITEL FÜNF

Es war noch nicht acht Uhr, als der Duft nach Toast Samuels Küche erfüllte. Ellen, die nicht wusste, dass ihr Liebhaber einen Teil der Nacht gearbeitet hatte, war früh aufgestanden, um ein gutes Frühstück vorzubereiten. Mit einem Männer-T-Shirt bekleidet, suchte sie in den Schränken, bis sie alles Nötige gefunden hatte, um den Tisch hübsch zu decken. Doch den gab es eigentlich nicht. Stattdessen hatte Samuel ein Klappbrett an die Wand geschraubt, an dem man zu dritt sitzen konnte.

Nach dem Inhalt der Schränke zu urteilen, war dieser Mann, wie alle Franzosen, ein Gourmet. Ellen stellte die Kaffeekanne an die Wand, wickelte die warmen Toasts in eine Serviette und legte Schinken und Salami vom italienischen Feinkosthändler sowie Hartkäse auf einen Teller, dann stellte sie ein Töpfchen mit Hüttenkäse und ein Brett mit Schwarzbrot und französischem Baguette dazu.

Als sie sich gerade den zweiten Toast mit Käse und Schinken machte, kam Samuel aus der Dusche. In Jeans, mit nacktem Oberkörper und nassen, zerzausten Haaren, den geschlossenen Laptop unter dem Arm, trat er in die Küche. »Hej, Miss, gut geschlafen?« Samuel drückte ihr einen Kuss auf die Stirn und zog einen Hocker heran, um ihr gegenüber Platz zu nehmen. Er sah sich den SMS-Eingang auf seinem Smartphone an, fünf neue Nachrichten erwarteten ihn. Eine davon versetzte ihm einen kurzen Stich ins Herz:

Danke für deine Worte, die mir gutgetan haben.
Freue mich auf ein Bier mit dir, wann du willst. R.

Samuel war mit einem Mal glücklich und versöhnlich gestimmt. Und aus einem Grund, den er nicht näher analysieren wollte, bereute er es fast, dass er Ellen gebeten hatte zu bleiben. Allerdings nur fast, denn die Nacht war sehr angenehm und sie war ihm eine große Hilfe gewesen.

»Kaffee?«, fragte Ellen.

»Ja, gerne.«

Gleich darauf öffnete er seinen Laptop und ging ins Internet. Die Aufregung des Reporters war spürbar. Er schrieb hektisch.

»Hast du gefunden, was du gesucht hast?«, fragte Ellen.

»Ja, dank deiner Hilfe konnte ich bestätigen, was ich aus anderer Quelle erfahren habe.«

»Was ist an diesen Konten so interessant für dich?«

Samuel wägte kurz das Für und Wider ab und entschloss sich dann, Ellen, die in diesem Fall sehr solidarisch gewesen war, ins Vertrauen zu ziehen. »Ole Polsen ist der Fischer, der wegen des Attentats gegen Green Growth auf den Färöer-Inseln verhaftet worden ist.«

»Das weiß ich.«

»Ich habe mir seine gesamten Kontoauszüge des letzten Jahres angeschaut. Nun, vor ein paar Monaten sind auf seinem Geschäftskonto immer wieder größere Geldsummen anonymer Herkunft eingegangen. Diese Information musste ich bestätigen.«

»Und was heißt das?«

»Dass er vermutlich für seine Tat bezahlt wurde. Er ist nur das ausführende Organ. Und damit stehe ich vor einem neuen Problem.« Samuel trank die Hälfte seines Kaffees in einem Zug.

»Warum?«

»Es handelt sich um Nummernkonten in der Schweiz …« Samuel sah sie mit seinem treuem Cockerblick an.

»Vielleicht kann ich dir ja noch einmal helfen«, meinte Ellen.

KAPITEL SECHS

Das Unbehagen war dem Drang gewichen, tätig zu werden. Nachdem Rachel ihren Sohn – wortlos und gedankenverloren – mit dem Auto zur Schule gebracht hatte, verzichtete sie darauf, das Mountainbike zu nehmen, und fuhr zügig weiter nach Nyboder.

Sie parkte am Anfang der Fußgängerzone, nicht weit von Christas Haus entfernt, sprang aus dem Auto und öffnete die Eingangstür des ockerfarbenen Hauses mit ihrem Zweitschlüssel. Sie dachte gar nicht daran, Cruella zu benachrichtigen. *Soll sie doch aufkreuzen, der werde ihr meine Meinung sagen!* Rachel war nur noch von dem Gedanken besessen zu begreifen, was mit ihrer Schwiegermutter und ihrem Sohn geschehen war. Falls nötig, würde sie das ganze Haus auf den Kopf stellen auf der Suche nach einem Hinweis, der die Blutergüsse an Christas und Sachas Körper erklärte.

Sie betätigte sämtliche Lichtschalter, an denen sie vorbeikam, und rannte nach oben in das große Schlafzimmer mit dem hohen Bett, dem altertümlichen Schrank und den Familienfotos. Um nicht in Tränen auszubrechen, vermied sie einen Blick auf Christas Porträt und machte sich über die erste Kommode her, zog rasch eine Schublade nach der anderen heraus. Oberteile, Unterwäsche und ein buntes Durcheinander an Schals, Gürteln, Broschen, Handschuhen und Haarutensilien. Ohne große Hoffnung durchsuchte Rachel den Frisiertisch. Das Möbelstück quoll über von teuren Cremes und Lotionen, sonst nichts. Anschließend gab der Kleiderschrank seine Geheimnisse preis. Designerklamotten, manche in Kleiderhüllen, eine Garderobe, die eines Stars würdig war.

Die Hände in die Hüften gestemmt, drehte sich Rachel um die eigene Achse. Der Nachttisch! Eine gründliche Durchsicht ergab jedoch nichts anderes als ein paar Medikamente und zwei Liebesromane von Barbara Cartland. Rachel spürte, wie der Schmerz sie zu überwältigen drohte. Kummer war wie eine Art Woge, die sich über den Strand ergoss und zurückzog. Sie wartete, bis die Welle zurückwich, und schob die Bücher in ihre Tasche.

Nach zehnminütigem Suchen kam Rachel zu dem Schluss, dass Christa ihre persönlichen Papiere nicht in diesem Zimmer aufbewahrte. Sie ging die Treppe wieder hinunter und schaltete im Wohnraum das Licht ein. Ein bordeauxfarbenes Ledersofa, daneben eine Glasvitrine voll mit Reiseführern, verschiedene Beistelltischchen, auf denen sie ihre Reiseandenken aufgestellt hatte. Masken, eine Sammlung von Folklorepuppen, kleine naive Aquarelle von der Akropolis, von Piräus und vom Kolosseum, Schneekugeln mit Motiven von Jerusalem, New York und dem Opernhaus in Sydney, eine chinesische Marionette … Rachel beachtete diese angehäuften Schätze nicht weiter, sondern interessierte sich für einen kleinen Sekretär mit Einlegearbeiten, der hinten im Zimmer stand.

Sie öffnete jede Schublade: uninteressante Prospekte, Werbung, Einkaufsgutscheine, Büromaterial. Anschließend mühte sie sich mit der verschlossenen unteren Schublade ab und musste schließlich kapitulieren. Rachel brummelte vor sich hin. Auf einem Regal über dem kleinen Schreibtisch standen mehrere schwarze Ikea-Schachteln aufgereiht. Sie stieg auf einen Stuhl und holte alle herunter. In der ersten fand sie erneut Werbung und Zeitungsausschnitte. Ihr Handy unterbrach sie.

»Hej, Rachel, wie fühlst du dich?« Es war Peter.

»Hej, es war eine schlechte Nacht, aber es geht schon wieder.«

»Kommst du heute Vormittag?«

»Wie spät ist es? Neun Uhr dreißig … ich werde gegen zehn Uhr da sein, passt dir das?«

»Sag bitte ehrlich: Fühlst du dich in der Lage, die Korrekturen an deinem Bericht vorzunehmen, oder wäre es dir unter den aktuellen Umständen lieber, wenn ich das erledige?«

Rachel nahm sich nicht einmal die Zeit, darüber nachzudenken. Momentan löste sich alles um sie herum auf, es gab nur noch die Arbeit und Sacha, die sie dazu befähigten durchzuhalten. »Ich komme und kümmere mich darum.«

»Würdest du lieber zu Hause arbeiten? In aller Ruhe?«

Rachel erwog diesen Vorschlag. »Ja, wenn es dir recht ist.«

»Okay. Perfekt. Schick mir die Datei, sobald du fertig bist. Und mach's gut. Wir denken alle an dich.«

Sie beendeten das Gespräch. Rachel schob die Schachtel mit der Werbung beiseite, die zweite war voller Kreditkartenabrechnungen. Sie entleerte den Inhalt auf die Schreibunterlage des Sekretärs. Ein kleiner Schlüssel fiel zwischen die Papiere.

KAPITEL SIEBEN

Rachel beendete die Korrektur der zwanzigsten Seite ihres Berichts. Sie saß auf einem Kissen am Boden vor dem großen niedrigen Tisch in der Wohnzimmerecke, den Laptop vor sich.

Die Sonne schien durch die Fenster und motivierte sie zur Arbeit. Zeile für Zeile arbeitete sie sich durch die Anmerkungen von Peter und korrigierte ihren Bericht anhand der Dokumentation, die sie im Lauf eines Jahres zusammengetragen hatte.

Beharrlich und konzentriert, wie sie war, ging ihr die Arbeit schnell von der Hand. Sie kam gut voran, auch wenn die von Peter verlangten Korrekturen und Änderungen beachtlich waren.

Die Akte würde rechtzeitig für die Solaïa-Kommission fertig sein. Die Gerechtigkeit würde ihren Lauf nehmen. Dieses Mal würden die coolen Wirtschaftspragmatiker, deren einziges Ideal die Anhäufung von Geld war, nicht gewinnen.

Mittags genehmigte sie sich eine Pause und verschlang, vor dem Kühlschrank stehend, einen Müslijoghurt, ein Stück Käse und eine Scheibe Schwarzbrot.

Ihre Gedanken schweiften ab, sie dachte wieder an ihren Fund in der unteren Schreibtischschublade von Christa, die der kleine Schlüssel problemlos geöffnet hatte.

Ein buntes Durcheinander von Urlaubsfotos, Briefen, Post aus aller Welt, Heirats-, Geburts- und Todesanzeigen. Was ihre Aufmerksamkeit jedoch erregt hatte, war ein Stapel bekritzelter Haftnotizzettel.

Rachel hatte Dutzende dieser kleinen quadratischen gelben Zettel mitgenommen, auf denen Christa eine Fülle von Informationen notiert hatte. Meist stand oben links ein Datum, darunter eine Uhrzeit, gefolgt von einem Termin, einem Telefonat, das zu erledigen war, einer detaillierten Einkaufsliste. Rachel hatte begonnen, sie nach Datum zu ordnen. Als Nächstes musste sie auf der Suche nach einer Fährte die Schrift entziffern. *Aber zuerst der Bericht.*

Die mit Arbeit ausgefüllten Stunden vergingen wie im Flug. Rachel erlaubte sich nur eine Pause, um Kaffee zu trinken. Um vierzehn Uhr dreißig setzte sie den Schlusspunkt unter ihre Korrekturen und schickte den Bericht an Peter, zufrieden mit ihrer Arbeit.

Nachdem sie vom Leiter von Green Growth grünes Licht erhalten hatte, ließ der Stress nach. Sie stand auf, machte ein paar Dehnübungen für ihren schmerzenden Rücken und kehrte zu ihrer anderen Beschäftigung zurück. Sie klebte die Haftnotizzettel in chronologischer Reihenfolge wie Puzzleteile auf mehrere weiße Blätter und prüfte das Ergebnis. Sie hatte den Terminkalender von Christas letzten sechs Lebensmonaten vor sich.

Lange betrachtete sie diesen Plan auf den gelben Zetteln, den sie zusammengestellt hatte, wobei sie vor allem bei den letzten beiden Monaten verweilte. Mit dem Finger folgte sie den einzelnen Tagen. Einige Termine kehrten regelmäßig wieder. Dienstags, außer in den Schulferien, der Lesezirkel, jeden zweiten Donnerstag der internationale Kochkurs. Besuche von Freunden, Telefonate und die Rehabehandlungen von Sacha. Dazwischen endlose Listen seltsamer Dinge: Kräuter, Gewürze, ätherische Öle und unbekannte Namen. Einige Zeiträume waren nicht abgedeckt, insbesondere eine Woche im Juli und eine Woche im August. Plötzlich fiel ihr etwas auf: Eine Notiz, die sich durch ihre Knappheit und die Abkürzungen von den anderen unterschied, wiederholte sich fünfmal. Sie bestand nur aus fünf Wörtern:

Montag, zwölf Uhr, Termin DRW.

Insgesamt fünf Termine zwischen Juni und August, der letzte in der vergangenen Woche. Rachel zuckte zusammen. Auf allen Notizzetteln hatte Christa das Datum, die Uhrzeit, den Treffpunkt, den Namen oder Vornamen und einen kleinen Kommentar vermerkt wie: *12. Juli, 14 Uhr, Kaffee bei Monica, das neueste Rezept Zitronen-Mohn-Kuchen mitnehmen*, nicht jedoch bei diesen fünf Terminen, die durch ihre Kürze auffielen. Wer war DRW? Rachels Herz begann schneller zu schlagen. Wie konnte sie die Frage ohne ein Adressbuch klären? Sie hatte keine Zeit, die Nachforschungen weiterzuführen, denn ein Blick auf die Uhr sagte ihr, dass Sacha bald Schulschluss hatte.

KAPITEL ACHT

Kirsten Sörensen wartete im Wartezimmer von Professor Hansen. Sie fühlte sich geschmeichelt, vom Chef persönlich einbestellt worden zu sein. Sie schätzte diesen Arzt sowohl in fachlicher als auch in menschlicher Hinsicht. Er war nicht wie diese arroganten Ärzte, die alle Physiotherapeuten wie zweitrangige Handwerker behandelten. Und da war noch die persönliche Geschichte dieses Mannes – der Verlust seiner einzigen Tochter Camilla, die an einer seltenen Krankheit gelitten hatte. Sein Kampf für Fortschritte in der Forschung mithilfe seiner Stiftung rührte sie.

Kirsten mochte die Ärzte im Besonderen und die meisten Menschen im Allgemeinen nicht sonderlich. Abgesehen von ihrer Volleyballmannschaft, konnte sie ihre Freunde an zwei Fingern abzählen. Es waren ihre beiden Schulfreunde Erns und Raj, die sich für Informatik begeisterten und sich zu unrettbaren Computerfreaks entwickelt hatten. Mit ihnen verbrachte sie so manchen Abend, sie spielten *Halo* oder *Call of Duty* und tranken Bier. Sie war die Einzige des Trios, die sich körperlich fit hielt und auf ihre Ernährung achtete. Neben ihrer Leidenschaft für Computerspiele und einigen Jugenderinnerungen teilte sie nicht viel mit ihnen. Und doch fühlte sie sich nur mit diesen *Nerds*, wie sie die beiden gern nannte, wohl und konnte sich entspannen.

Sie hatte sich eine freiberufliche Tätigkeit ohne Büroleben, ohne belastende Hierarchie ausgesucht, denn sie ertrug es nicht, Befehle erteilt zu bekommen. Trotzdem war sie gesellschaftlich nicht völlig isoliert. Sie behandelte vor allem Kinder, und die Gesellschaft dieser jungen Patienten genügte ihr als sozialer Kontakt und verschaffte ihr ein Gefühl von Nützlichkeit, das sie zum Leben brauchte.

Wenn sie in gewissen Schlüsselmomenten, zum Beispiel an ihrem Geburtstag, Bilanz zog, sagte sie sich, dass ihr Dasein ihr gefiel, abgesehen davon, dass sie keine Kinder und kein wirkliches Liebesleben hatte. Ihr letzter Liebhaber, ein Physiotherapeut aus dem Riget, mied sie seit mehreren Wochen. Dabei hatten sie eine gute Zeit zusammen gehabt. Per hatte das gleiche Bedürfnis wie sie: sich im Sport zu verausgaben. Sie hatten begonnen, gemeinsam zu joggen und für den Marathonlauf zu trainieren. Dann hatte sie ihre Computerspiele aufgegeben und gemeinsam mit ihm jeden Abend, außer am Wochenende, dasselbe Fitnessstudio besucht.

Sie waren zwangsläufig im Bett gelandet, bei ihr zu Hause, ein-, zweimal … viermal. Bis die Geschichte plötzlich endete, als sie durch eine Indiskretion erfahren hatte, dass Per in Schweden verheiratet war. Jedes Wochenende fuhr er über die Øresundbrücke nach Stockholm zu seiner Frau. Kirsten hatte den Schlag eingesteckt und ihn ohne ein Wort verlassen. Seither mied er sie, als wäre sie die Schuldige. Sie zuckte mit den Schultern. Sie war ohnehin nicht wirklich in ihn verliebt gewesen. Ihre einzige echte Liebe arbeitete einige Blocks weiter in einem Forschungslabor. Er spielte in ihrer Volleyballmannschaft und sah in ihr lediglich eine gute Kameradin. Es war die banalste Geschichte der Welt, tat aber trotzdem verdammt weh.

Kirsten verjagte diese störenden Gedanken und sagte sich, dass es ihr allein ohnehin besser ging. Und was die Kinder betraf, so hatte sie jeden Monat rund zehn zu betreuen, die auf sie zählten. Unter anderem den kleinen Sacha. Ein quicklebendiges Kerlchen, das lediglich seine Behinderung vergessen und wie andere Kinder leben wollte. Seine Mutter war ängstlich und wenig selbstsicher. Der Bursche brauchte ihre Behandlung. Nur das zählte.

An ihn dachte sie, als sie das Sprechzimmer von Hansen betrat. Der grauhaarige Professor war in seine Lektüre vertieft, wahrscheinlich saß er seit dem Morgengrauen an seinem Schreibtisch. Er kam als Erster in die Abteilung und verließ sie als Letzter. Er erhob sich, ging um den Bürotisch herum und setzte sich, wobei er Kirsten mit einem Handzeichen aufforderte, im Sessel ihm gegenüber Platz zu nehmen.

»Kirsten, Sie sind eine der besten Physiotherapeuten der Klinik«, begann er ohne Umschweife.

Kirsten senkte stumm den Blick, das Kompliment überraschte sie.

»Sind Sie immer noch nicht an einer festen Anstellung im Riget interessiert?«

»Nein, ich liebe meine Unabhängigkeit.«

»Das habe ich befürchtet, aber ich habe mein Glück versucht. Ich werde es sicher erneut probieren. Gut, wie geht die Arbeit mit dem kleinen Sacha Karlsen voran?«

Kirsten erwiderte lebhaft: »Die Fortschritte sind beeindruckend. Ich habe noch nie bei einer Spina bifida eine solche Besserung gesehen.«

Hansen presste die Lippen zusammen.« Das ist perfekt. Genau deshalb habe ich Sie auch hergebeten. Ich möchte, dass Sie das Programm noch intensivieren.«

»Noch mehr? Wir sind bereits bei fünf Behandlungen pro Woche.«

»Ja. Wie ich Ihnen bereits sagte, sind Sie die Beste, und ich zähle darauf, dass Sie im kommenden Monat Wunder vollbringen. Sie arbeiten ab sofort auch am Wochenende mit ihm.«

»Okay.«

»Bitten Sie jemanden aus dem Team, Sie an Ihren freien Tagen zu vertreten. Ich lasse Ihnen bei der Organisation freie Hand.«

»Okay.«

»Und ab sofort bitte ich Sie, mir über jede Behandlung einen detaillierten Bericht zukommen zu lassen, in dem die Entwicklung jeder einzelnen Muskelgruppe aufgeführt ist.«

»Okay.«

»Wie geht es mit der Mutter?«

»Die Eltern sind nicht so mein Ding, wissen Sie«, gab Kirsten zu. »Sie ist sehr nervös und defensiv, aber sie ist kooperativ und zu allem bereit, damit es ihrem Sohn besser geht.«

»Der Tod ihrer Schwiegermutter ist eine Tragödie.« Hansen seufzte.

»Ja, das ist wirklich bedauerlich.«

»Ich hatte ihr eine klinische Studie vorgeschlagen, bevor Christa Kohler gestorben ist. Sie hat mir bisher keine Antwort gegeben. Hat sie das Ihnen gegenüber angesprochen?«

»Nein.«

»Könnten Sie bitte mit ihr darüber reden und sie vielleicht sogar überzeugen?«

Kirsten hob die Augenbrauen. »Warum ich? Damit habe ich nichts zu tun.«

»Ich weiß, aber ich bitte Sie in Sachas Interesse darum.«

»Es ist ohnehin nicht sicher, dass es Ihnen gelingen wird. Sie ist medikamentösen Behandlungen gegenüber sehr ablehnend.«

»Das weiß ich. Genau deshalb brauche ich Sie, da Sie am häufigsten mit ihr zu tun haben.«

Kirsten war unentschlossen. Je weniger sie sich in die Geschichte ihrer Patienten einmischte, desto besser ging es ihr. Gleichzeitig war Hansen der Arzt, den sie in dieser Klinik am meisten respektierte. »Hat der Kleine eine echte Chance?«, fragte sie.

»Ja, eine echte.«

Die Physiotherapeutin nickte. »In diesem Fall will ich es versuchen.«

...

An den Griffen des Rollstuhls hingen zwei Stoffbeutel mit dem blauen Logo des Supermarktes *Irma*. Es war sechzehn Uhr, als Rachel durch die Allee am Rand der Ørestadsiedlung ging. Sie schob Sachas Rollstuhl, und Sacha sang aus vollem Hals *Jingle Bells*. Rachel und ihr Sohn hatten gemeinsam eingekauft. Nach langem Zögern hatte sie in ihren Einkaufswagen zwei Stücke

Lachs, vakuumverpackte grüne Bohnen, ein Stück Gouda und eine Schachtel Schokoladenkuchen geladen. Sie hatte noch einen Becher Crème fraîche, Kräuter und Schwarzbrot hinzugefügt. Außerdem eine Packung vorgekochter Bratkartoffeln, eine sichere Sache, falls Sacha das Übrige nicht mögen würde.

Die Allee führte über die Grünfläche, die nach Schulschluss von Kindergruppen bevölkert war. Das *Ørestad Café* an der Ecke des Häuserblocks hatte seine wenigen Holztische nach draußen gestellt, was der Siedlung eine sommerliche Atmosphäre verlieh. Rachel bog zu dem Café-Restaurant ab und öffnete die Glastür. Es war kein Bistro, wie Niels es liebte – sie hasste diese Orte, wo die Männer hingingen, um sich über ihr Elend auszulassen, ihren Durst mit viel Bier zu löschen und sich anstößige Witze zu erzählen. Das *Ørestad Café* war vor zwei Jahren von Else und Marianne eröffnet worden, einem lesbischen Paar, zwei dynamischen Mädchen, die sich sehr für den Erfolg des nachhaltigen Stadtviertels engagierten. Das Café-Restaurant, das sich in das Ökoviertel integriert hatte, bot Biogetränke und -speisen an, Fruchtsäfte und gesundes Gemüse, und es war berühmt für seine Suppen mit Zutaten aus der örtlichen Landwirtschaft. Alle Teller und Verpackungen waren kompostierbar oder wiederverwertbar. Die Gäste wurden gebeten, ihre Abfälle in die zahlreichen Behälter zu sortieren.

Außerdem stellten Else und Marianne ihre Räume dem Nachbarschaftsrat des Viertels für seine Sitzungen zur Verfügung. Als Rachel und Sacha hereinkamen, nahm die Lautstärke der Gespräche an den rund zwanzig Holztischen, die um die geschwungene Theke standen, deutlich ab. Else und Marianne, die eine rot-, die andere braunhaarig, kamen sofort hinter der Theke hervor, um die beiden Neuankömmlinge zu begrüßen. »Hej!« Else legte Rachel mit einer fürsorglichen Geste die Hand auf die Schulter, Marianne fuhr Sacha durchs Haar.

»Es tut uns so leid, das mit deiner Schwiegermutter«, flüsterte Else Rachel mit feuchten Augen zu. »Das ganze Viertel ist erschüttert, man spricht von nichts anderem.«

Gerührt bedankte sich Rachel bei den Mädchen. Hinter den beiden waren Thomas und Michal, der Präsident und der Sekretär des Nachbarschaftsrates, sowie Jesper und Sofie zu erkennen.

»Wie schön, euch alle hier zu sehen«, sagte Rachel.

Ein kleiner Junge kam zwischen den Tischen angerannt und rief: »Sachaaaa!« Es war Hugo, der Sohn von Jesper und Sofie, ein Jahr älter als Sacha und rothaarig. Rachel neckte den Kleinen. Sofie, eine üppige Blonde mit ansteckendem Lachen, bot ihre Hilfe an.

»Du kannst Sacha jederzeit bei uns lassen. Morgen gehen wir zum Picknick in den Zoo. Sollen wir ihn mitnehmen?«

»O ja, Mama, sag Ja!«, rief Sacha aus und zappelte in seinem Rollstuhl.

»Okay, genial!«, antwortete Rachel.

»Bringst du ihn um zehn Uhr zu uns?«

»Um zehn, perfekt.«

Rachel hob Sacha hoch und setzte ihn in das Becken mit Plastikbällen. Else und Marianne hatten die gute Idee gehabt, es hinten im Café zur Unterhaltung der Kinder aufzustellen. Während Sacha und Hugo vor Vergnügen kreischten, setzte Rachel sich zu Michal, Jesper, Sofie und Thomas, und alle bestellten sich ein Carlsberg-Bier. Eine Flasche in der Hand, sprachen sie halblaut über das Drama des Vorabends. Mit zugeschnürter Kehle erklärte Rachel das wenige, was sie über die Umstände wusste. Mehrere Gäste, alles Nachbarn, kamen, um ihr zu kondolieren und Hilfe anzubieten. Einer erklärte sich bereit, für sie einzukaufen, ein anderer, Sacha in der Früh zur Schule zu bringen, wieder eine andere versprach, für den Kleinen Kuchen zu backen. Rachel bedankte sich bei jedem Einzelnen mit tränenverschleierten Augen.

Es tat gut, in diese familiäre und freundschaftliche Atmosphäre einzutauchen. Ein echtes Dorf. Kopfschüttelnd bestätigte Else, dass niemand etwas gesehen hatte oder sich Christas Anwesenheit mitten in der Nacht in dem Recyclingraum erklären konnte. Nach einer halben Stunde wandte sich Rachel an ihre Freunde.

»Ich möchte gern über etwas anderes sprechen. Wie weit ist das Projekt mit den neuen Zählern?«

Das war eines der Vorhaben dieses Jahres in der kleinen Gemeinde Ørestad. In jeder Wohnung sollten neue Zählersysteme angebracht werden, um die Energieausgaben jeder Einheit zu erfassen und zu helfen, diese zu reduzieren. Der Verein hatte den Auftrag ausgeschrieben und drei Kostenvoranschläge von verschiedenen Firmen eingeholt. Jesper, der die Vor- und Nachteile der verschiedenen Angebote geprüft hatte, erläuterte die Argumente. Alle stimmten überein, es sei an der Zeit, das Vorhaben den übrigen Bewohnern vorzulegen. Das Gespräch war beendet, es war Zeit, nach Hause zu gehen. Michal ergriff das Wort, bevor sie sich trennten.

»Rachel, wir hätten gerne, dass du nächstes Jahr für den Vorsitz des Vereins kandidierst. Jetzt, da du hier präsenter sein wirst, brauchen wir Leute wie dich.«

Rachel lächelte traurig. »Ihr seid total nett, mir das vorzuschlagen.«

»Nein«, antwortete Sofie, »es ist total nett von dir anzunehmen!«

»Bleib doch heute Abend zum Essen bei uns«, meinte Jesper.

»Leider habe ich noch sehr viel zu tun. Morgen oder an einem anderen Tag mit Vergnügen, wenn ihr wollt.«

KAPITEL NEUN

Um einundzwanzig Uhr räumte Rachel den Tisch ab. Sacha hatte mit Genuss den im Ofen gegarten Lachs gegessen. Etwas trocken, aber mit der Crème fraîche durchaus genießbar. Die grünen Bohnen hatte er jedoch verschmäht, sich über die in der Mikrowelle aufgewärmten Bratkartoffeln hergemacht und nicht eine einzige auf seinem Teller übrig gelassen. Genauso wenig wie sein Stück Käse und den Schokoladenkuchen. Während sie den Tisch mit einem Schwamm abwischte, dachte Rachel, dass sie sich bei diesem ersten Versuch ganz gut aus der Affäre gezogen hatte. Das nächste Mal würde sie sich an ein komplizierteres Gericht wagen, ein Gratin oder ein französisches Rezept aus ihrer Kinderzeit – beispielsweise ein Kalbsfrikassee, *wie meine Mutter es gemacht hat*. Dieser Gedanke brachte sie aus dem Gleichgewicht. Das erste Mal seit Sachas Geburt hatte sie, wenn auch nur in Gedanken, die Formulierung »wie meine Mutter« benutzt. Das war verwirrend.

Sie hatte inzwischen die Küche fertig aufgeräumt und hätte sich gerne ein Glas Aquavit genehmigt, das ihr eine sanfte Entspannung verschaffen und den lastenden Kummer mildern würde. Die Erinnerung an ihren Brummschädel hielt sie jedoch davon ab. *So wirst du deine Sorgen nicht los*. Wie hatte Christa das gemacht? Sie hatte gebetet und Kitschromane gelesen. Rachel holte das Buch *Der Traum vom Glück* aus der Tasche, das sie bei ihrer Schwiegermutter mitgenommen hatte. Auf dem lachsfarbenen Einband war eine blonde, schlicht gekleidete junge Frau zu sehen, die von einem braunhaarigen jungen Mann mit breiten Schultern umarmt wurde. Zweifelnd betrachtete sie die beiden Turteltäubchen und legte das Buch auf die Theke ihrer Küche, ein zugleich kurioser und beruhigender Gegenstand, denn, wie Christa zu sagen pflegte, »wenn du dich in ein solches Buch vertiefst, weißt du, dass dir nichts passieren kann«.

Nun, da die Küche aufgeräumt war, stellte sie fest, dass der Wohnraum wieder einmal Sachas Zusatzzimmer geworden war. Rachel empfand das Bedürfnis, ihre Wohnung in Ordnung zu bringen. Sie sammelte das auf dem Boden verstreute Spielzeug, die Plüschtiere und Bücher ein und packte den ganzen Plunder in eine große Plastikkiste auf Rollen, die rasch voll war. Dann schob sie diese in Sachas Zimmer. Ein leichtes Schnarchen war unter der Bettdecke zu hören. Rachel lauschte ihrem schlafenden Sohn einige Sekunden und passte ihre Atmung der seinen an, um so zur Ruhe zu kommen. Das Läuten der Türglocke ließ sie zusammenfahren. Ihr Herz begann heftig zu schlagen. Sie erwartete niemanden.

Leise schloss sie Sachas Zimmertür und ging zur Tür.

»Wer ist da?«, fragte sie.

»Niels.«

KAPITEL ZEHN

Rachel war wie vom Schlag getroffen. *Das musste ja irgendwann kommen, aber doch nicht jetzt, nicht sofort!* Sie hatte nicht einmal Gelegenheit gehabt, mit Sacha darüber zu sprechen. Die Versuchung, nicht aufzumachen, war groß. Sie konnte dem Vater ihres Sohnes sagen, er habe sich telefonisch nicht angekündigt und solle deshalb morgen wiederkommen. Sie würde jedoch die ganze Nacht kein Auge zutun, sondern ständig an den bevorstehenden Besuch denken müssen, den sie fürchtete. *Besser es gleich hinter sich bringen.* Unvermittelt öffnete sie die Tür und stand dem Phantom gegenüber, das sie seit vier Jahren zu vergessen suchte. Breitschultrig füllte Niels den Türrahmen aus. Unter dem schwarzen Kapuzensweatshirt mit dem Totenkopf der Sea Shepherd erahnte man seinen kräftigen Oberkörper und seine muskulösen Arme. Haare und Bart waren üppig, die hellblauen Augen lebhaft. Schweigend schauten sie sich an.

Genau in diesem Moment trat ihre Nachbarin Sofie auf den Gang. »Alles in Ordnung, Rachel?«, fragte sie angesichts der verstörten Miene ihrer Freundin argwöhnisch.

Rachel fand die Sprache wieder. »Ja, ja, alles in Ordnung. Darf ich dir Niels vorstellen?«

Den Vater von Sacha, hätte sie hinzufügen können, aber sie brachte die Worte nicht über die Lippen. Es war ohnehin überflüssig. Sofie wusste sehr gut, wer Niels war. Sie hatten diese Geschichte mehr als einmal gemeinsam durchgekaut.

Sofies Blick wurde unmerklich härter. Kühl begrüßte sie den Seemann. »Gut, dann bis morgen. Bringst du uns den Kleinen gegen zehn Uhr?«

»Natürlich. Er freut sich schon so.«

Sofie machte Anstalten, wieder in ihre Wohnung zu gehen, die Spannung zwischen den beiden missfiel ihr jedoch. »Möchtest du die Staffel Acht von *Twenty Four*? Wir haben sie fertig angeschaut.«

»Ja, warum nicht …«

Sofie ging in ihre Wohnung und kam wenige Augenblicke später mit einer DVD-Kassette zurück, die sie ihr langsam aushändigte. So gewann sie Zeit. »Bist du dir sicher, dass alles okay ist?«

»Ja, ja«, beruhigte Rachel sie.

Als die Nachbarin ihre Wohnungstür geschlossen hatte, wandte sie sich an Niels. »Wann bist du angekommen? Du hättest anrufen können, bevor du hier aufkreuzt.«

»Ich habe meine Sachen bei meiner Mutter abgestellt und mich sofort auf den Weg gemacht.«

Er war noch immer eindrucksvoll und rüpelhaft, aber auch verführerisch. Seine geröteten Augen verrieten, dass er geweint hatte, doch jetzt ließ sein Lächeln mit den gesunden weißen Zähnen seine gebräunte Haut strahlen.

»Darf ich reinkommen?«

Rachel trat hektisch beiseite, jeglicher eigene Wille war aus ihr gewichen. Mechanisch holte sie zwei Flaschen Bier aus dem Kühlschrank und setzte sich ihrem Exfreund gegenüber an den Tisch. Als sie ihn so vor sich sah, wie er aus der Flasche trank, wirkte dies wie ein Stachel, der ihre Benommenheit vertrieb. *Er soll verschwinden, und zwar schnell*. Er hatte hier nichts verloren. Sie fühlte sich unbehaglich in seiner Gesellschaft, und Sacha konnte plötzlich wach werden.

Der Seemann zog einen Plüschwal mit dem WWF-Logo aus seinem Rucksack. »Der ist für den Kleinen. Geht es ihm gut? Ist er da?«, fragte er, drehte sich um, und sein Blick blieb an der Tür haften, auf der fünf Holzbuchstaben ein buntes »SACHA« bildeten.

Rachel verkrampfte sich. »Er schläft. Ich gebe ihm das Geschenk morgen.«

»Es scheint ihm aber trotz allem gut zu gehen, jedenfalls hat Christa das des Öfteren erwähnt.«

Rachel wusste nicht, was sie an diesem Satz am meisten traf. Die Tatsache, dass Niels einen regelmäßigen Briefwechsel mit seiner Mutter erwähnte – von dem sie nichts wusste –, oder dieses »trotz allem«, was daran erinnerte, wie sehr Sacha sich von anderen Jungen seines Alters unterschied. Allmählich wurde sie wütend.

»Hat Christa dir oft geschrieben?«, erkundigte sie sich mit tonloser Stimme. »Das wusste ich gar nicht.«

Niels seufzte, seine Augen füllten sich mit Tränen. »Wir haben E-Mails ausgetauscht, ja. Ich habe sie ausgedruckt und aufgehoben. Sie sind das letzte Andenken, das ich habe.«

Mit schmerzvoller Miene starrte er auf einen Punkt hinter Rachel. »Wie sollen wir ohne sie klarkommen …«

Rachel wandte den Blick ab, sie wollte nicht weich werden. Es tat ihm sicher sehr weh, aber hatte er sich denn in den letzten vier Jahren um seine Mutter gekümmert? Diesen Satz sagte sie sich immer wieder, um ihm nicht auf den Leim zu gehen. Als sie die Bierflaschen geleert hatten, stand Rachel auf und warf sie in den Abfalleimer, ohne sich um die Mülltrennung zu scheren. Sie zersprangen, und Rachel hätte gern noch etwas anderes zerschlagen, um ihre Nerven zu beruhigen. Sie stützte sich auf die Stuhllehne, ohne sich wieder zu setzen, womit sie ostentativ das Ende der Unterhaltung anzeigte.

»Wir müssen die Beerdigung besprechen«, sagte Niels.

»Darüber können wir morgen reden.«

Widerstrebend erhob sich Niels, als eine schwache Stimme aus dem angrenzenden Zimmer zu vernehmen war.

»Mama!«

Sacha.

Das fehlte gerade noch. Rachel errötete heftig. Das schlimmste Szenario wurde wahr. Sie hatte noch keine Zeit gehabt, ihren Sohn auf die Begegnung mit seinem Vater vorzubereiten, und gedacht, dies in aller Ruhe am Wochenende tun zu können. Um ehrlich zu sein, hatte sie diesen Moment immer wieder hinausgeschoben und fühlte sich nun in die Enge getrieben. Aber noch konnte sie die Situation retten. Mit einer Handbewegung bedeutete sie Niels, er solle im Wohnraum bleiben, und eilte in Sachas Zimmer, wobei sie die Tür hinter sich schloss.

»Wer ist denn da?«, fragte der Junge mit schläfrigem Blick.

Rachel zog die Zudecke wieder über seine Schultern. »Ein Freund. Ich habe Lärm gemacht, als ich Flaschen weggeworfen habe, entschuldige. Küsschen und schön weiterschlafen.«

Sie war äußerst angespannt und wusste, dass Sacha dies spürte. Als sie sich über ihren Jungen beugte und ihm einen Kuss gab, öffnete sich hinter ihrem Rücken die Tür. Niels musterte seinen Sohn.

»Hallo, kleiner Mann, du musst schlafen, es ist schon spät.«

Rachel richtete sich auf, sie hatte Lust, ihrem Exfreund an die Gurgel zu springen. Sacha riss die Augen auf, sagte jedoch nichts, sondern zog sich die Bettdecke über den Kopf. Rachel schluckte ihre Wut hinunter und beherrschte ihre Stimme, so gut es ging.

»Liebling, erkennst du deinen Papa? Du hast ihn auf den Fotos bei Oma gesehen. Er ist zur Beerdigung von Oma gekommen, bevor er wieder auf Reisen geht. Er hat dir ein Stofftier mitgebracht.«

Sacha rührte sich nicht in seinem Versteck. Rachel zerriss es fast das Herz. Und Niels, der sich nicht von der Stelle rührte, war unfähig zu verstehen, dass er in diesem Zimmer unerwünscht war, dass er allen wehtat.

»Also, wir lassen dich jetzt schlafen, ja? Wir sprechen morgen weiter, mein Herzblatt. Küsschen.«

Rachel, die eine gewisse Kraft wiederfand, schob Niels energisch in Richtung Ausgang. Der Seemann schnappte sich seinen Rucksack und ging zur Tür.

»Er scheint in Form zu sein.«

»Ja, das ist er«, antwortete Rachel eisig, »in Form.«

Sie wollte nur noch, dass er verschwand.

»Christa hat mir geschrieben, dass er große Fortschritte gemacht hat.«

»Du musst jetzt gehen«, wich Rachel aus, die ihr Verlangen zügelte, laut loszuschreien.

»Sie hat mir von der Behandlung erzählt, die sie ausfindig gemacht hatte.«

Rachel stürzte sich förmlich auf Niels und packte ihn an seinem Sweatshirt. »Was redest du da?«

»Sie hat gesagt, dass sie zu einem Arzt gegangen ist und dass er guten Rat wusste …«

»Welcher Arzt?«, rief Rachel.

»Ich weiß nicht mehr … kannst du mich bitte loslassen?«

»Ich will ihre E-Mails sehen!«

»Dann komm morgen zu Christa. Und ich werde wieder vorbeischauen, um Sacha zu besuchen. Ich wollte ihn in den Tivoli mitnehmen.«

»Wie bitte?« Rachel explodierte. Niels senkte den Blick.

»Ich weiß, dass ich feige war, Rachel, feige und blöd. Ich fühle mich schuldig, weil ich dir die ganze Last allein überlassen habe. Aber ich denke viel an ihn. Er ist trotz allem mein Sohn und jetzt meine einzige Familie.«

Rachel fühlte, wie sie weich wurde. Sie nahm sich Zeit, um diese Neuigkeit zu verdauen, dann sagte sie abschließend: »Wir sprechen morgen in Ruhe weiter, okay?«

KAPITEL ELF
28. AUGUST

Sofie packte Smörrebröd mit kaltem Braten und Gurke in Papierbeutel, als Rachel die Tür öffnete, um ihr Sacha zu bringen.

»Hej, alle miteinander!«, rief Rachel beim Eintreten.

»Hej, ihr beiden!«, antwortete Sofie und wischte sich die Hände ab.

Als Sacha zusammen mit Hugo, der seine elektrische Eisenbahn herauskramte, auf dem Spielteppich saß, zog Sofie Rachel in die Küche, fort von den Kinderohren.

»Na? Wie war es denn?«

Rachel berichtete ihrer Freundin kurz über die Begegnung mit Niels.

»Der hat sie doch wohl nicht alle! Hast du heute Morgen mit dem Kleinen noch mal darüber gesprochen?«

Rachel nickte. »Beim Frühstück hat er mich gefragt, wo sein Papa ist, wo er geschlafen hat, wann er wiederkommt und so weiter. Was für eine Qual …«

»Und was hast du ihm gesagt?«

»Die Wahrheit! Dass Niels wegen der Beerdigung von Christa vorbeigekommen ist, dass er Seemann ist und wieder fortgehen wird. Dass wir aber vorher versuchen würden, uns zu treffen und vielleicht in den Tivoli zu gehen, wenn er das wolle.«

»Du wirst ihm erlauben, Sacha wiederzusehen?«

Rachel seufzte. »Er hat gestern zum ersten Mal zugegeben, dass er feige war. Er scheint begriffen zu haben, dass er ein Kind, eine Familie hat. Ich kann Sacha seinen Papa nicht vorenthalten, wenn dieser eine Beziehung zu ihm aufbauen will …«

Sofie schüttelte den Kopf. »Du bist zu weichherzig, meine Liebe, viel zu weichherzig. Nach allem, was er dir angetan hat …«

»Ich denke an den Kleinen, nicht an mich.«

»Wann siehst du ihn wieder?«

»Heute Vormittag. Ich muss bei Christa vorbei, um besagte E-Mails abzuholen.«

Sofie schloss den Picknickbeutel. Die beiden Mütter sahen ihren Jungen zu, die einen Güterzug zusammenstellten.

»Noch einmal vielen Dank, dass ihr ihn mit in den Zoo nehmt«, sagte Rachel.

Eine halbe Stunde später parkte Rachel in der Delfingade. Die grünen Fensterläden und die Haustür von Nummer 17 standen weit offen. Davor parkte ein kleiner Umzugslaster mit abgesenkter Ladeplattform. Niels lud in Hemdsärmeln Kartons ein. Rachel ging weiter und blieb verwirrt vor ihm stehen.

»Ziehst du aus?«

Niels begrüßte sie. »Ich kann nicht lange in der Stadt bleiben. Ich muss das Haus leer räumen und übergeben.«

Rachel rührte sich nicht, tatenlos stand sie da. »Jetzt schon?«

»Ich werde die Möbel in einem Lager unterstellen, bis ich beim Notar gewesen bin und sie verkaufen kann. Ich brauche Geld …«

»Du verlierst wirklich keine Zeit.«

Rachel war wie benommen. Das kam alles so plötzlich. Niels ging am Abend von Bord und entledigte sich sofort des Hausstands seiner Mutter, noch ehe diese begraben war. Unaufgefordert betrat sie Christas Haus. Einige Möbel waren bereits verschwunden. Sie holte sich mehrere große Einkaufstaschen und ging in den ersten Stock. Dort packte sie alles ein, was ihrem Sohn gehörte: Kleidung, Spielzeug, Fotos, ein Porträt von Christa, das sie sehr mochte, und verschiedene Bücher, für die ihre Schwiegermutter eine besondere Vorliebe gehabt hatte, verschwanden ebenfalls in den Taschen.

Schwer beladen ging Rachel hinunter und nahm die Hilfe von Niels an. Sie stellten alles in den Kofferraum ihres Autos. Dann ging sie zurück, um noch das Hochstühlchen zu holen, das sie einem Verein schenken würde. Nachdem sie den Kofferraum geschlossen hatte, wandte sie sich ruhig zu Niels um.

»Wann möchtest du mit Sacha in den Tivoli gehen?«

»Heute Nachmittag?«

»Er ist vormittags im Zoo, das wird etwas viel für ihn. Er wird schnell müde.«

Niels zuckte mit den Schultern. »Und wenn ich ihn auf eine heiße Schokolade abhole? Nur damit wir uns kennenlernen.«

»Ja, das ist eine gute Idee. Komm gegen fünfzehn Uhr, dann kannst du mit ihm ins *Ørestad Café* gehen.«

»Super, um fünfzehn Uhr.«

Rachel seufzte erleichtert.

»Könntest du mir jetzt bitte die E-Mails deiner Mutter zeigen?«

Niels stellte zwei Stühle in den Lastwagen, sein Gesicht war plötzlich verschlossen. »Ich habe darüber nachgedacht, darin steht nicht mehr, als ich dir erzählt habe. Sie sind sehr persönlich, weißt du. Ich möchte das lieber nicht.«

Rachel räusperte sich. »Ich würde nur gerne lesen, was sie über Sacha berichtet«, insistierte sie mit beherrschter Stimme.

»Hör mal, ich bin sein Vater, und wenn es irgendetwas Wichtiges Sacha betreffend gegeben hätte, hätte ich dir das gesagt, glaub mir. Ich bin immerhin auch verantwortlich.«

Dazu konnte Rachel nicht schweigen. »Verantwortlich? Nachdem du dich nach der Geburt des Kleinen aus dem Staub gemacht hast? Soll das ein Witz sein?«

Niels verschränkte die Arme vor der Brust und schaute ihr tief in die Augen. »Ich habe zugegeben, dass ich feige war. Aber ich habe mich nicht *aus dem Staub gemacht*. Wie ich dir geschrieben hatte, war ich für unsere Sache unterwegs. Ich habe mich auf einem der Sea-Sheperd-Schiffe verpflichtet, um die Zukunft unseres Planeten auf eigenes Risiko und eigene Gefahr zu verteidigen. Dabei habe ich an Sacha gedacht. An ihn und alle Kinder seiner Generation. Das ist genauso wichtig, wie zu bleiben, nachdem du ihn die meiste Zeit meiner Mutter anvertraut hast.«

Rachel bekam große Augen. Niels fuhr fort: »Mit dem Geld, das ich für die Sachen hier bekomme, werde ich meinen eigenen Verein gründen, um den Kampf für die Umwelt fortzusetzen.«

Rachels Stimme wurde schrill. »Es ist mir völlig egal, was du mit diesem Geld machst, Niels. Ich würde nur gerne diese E-Mails lesen.«

»Ich will das nicht.«

»Wie kannst du so egoistisch sein!«

Niels seufzte. »Natürlich wie immer große Worte, großes Theater, ein Drama.«

Er schnalzte mit der Zunge. »Wo wir schon bei den Geständnissen sind: Ich wollte dir noch sagen, dass ich mich in England niedergelassen habe, mit einer Freundin. Olga.«

Rachel flüchtete sich in ihr Auto und schlug wütend mit der Hand auf das Lenkrad, am liebsten hätte sie vor Zorn und Frustration geschrien. Wenn eine andere dumme Kuh Niels auf den Leim ging, war sie selbst schuld. Aber dass er vor ihr groß herumtönen musste, war unerträglich. Zum zigsten Mal sagte sie sich, wie sehr sie sich getäuscht hatte, als sie sich in diesen *Mistkerl* verliebt hatte, und dass Sacha einen solchen Erzeuger nicht verdient hatte.

Rachel blieb eine Zeit lang an der Straßenecke stehen und grübelte. Im Rückspiegel sah sie, dass Niels Christas Haustür abschloss, die Plattform des Lasters hochklappte und startete.

Rachel wartete, bis er verschwunden war, dann stieg sie aus, um ohne Eile zum Haus zu gehen, benutzte den Zweitschlüssel von Christa und betrat zum letzten Mal das ockerfarbene Haus. Niels hatte sich im Wohnzimmer ausgebreitet und schlief auf dem Sofa, davon zeugten eine alte Decke und ein zerknittertes Kopfkissen. Als sie prüfend über die Möbel und Gegenstände im Zimmer blickte – zumindest die noch vorhandenen –, entdeckte sie sofort den Rucksack ihres Exfreundes, der vor dem Schreibtisch stand. Es dauerte nicht länger als eine halbe Minute, bis sie gefunden hatte, was sie suchte. Die ausgedruckten E-Mails waren im oberen Fach des Rucksacks verstaut, dort, wo Niels immer seine persönlichen Dokumente verwahrte. *Der große Abenteurer hat also noch immer seine alten Gewohnheiten.*

KAPITEL ZWÖLF

Rachel legte die E-Mails auf der Armlehne des Sofas ab. Ihre Ausbeute bestand aus insgesamt zwanzig beidseitig bedruckten Blättern, Kopien der umfangreichen Korrespondenz der letzten drei Monate zwischen Christa und ihrem Sohn. Auf dem Rückweg war es Rachel gelungen, sich wieder zu beruhigen und sich auf das Wesentliche, nämlich Sachas Gesundheit, zu besinnen. Alles andere waren sinnlose Auseinandersetzungen, die ihr nichts brachten, sondern sie nur Kraft kosteten. Und die brauchte sie im Moment dringend. Doch der Gedanke, dass Niels sich ohnehin gleich nach der Beerdigung wieder auf und davon machen würde, beruhigte sie. Umso besser. Wenn er aus ihrem Leben verschwände, ginge alles endlich wieder seinen gewohnten Gang.

Ohne ihren Sohn war es merkwürdig still in der Wohnung. Rachel stellte sich vor, wie Sacha während seines Zoobesuchs beim Anblick der Giraffen und Elefanten vor Vergnügen kreischte. Es ging ihm gut, er wusste noch nichts von den Gemeinheiten und Unzulänglichkeiten der Erwachsenen. Und in jenem Moment wurde ihr bewusst, dass sie einen gewaltigen Schritt vorangekommen war. Die letzten Jahre hatte sie mehr oder weniger inständig gehofft, Niels würde seinen Irrtum einsehen und zu ihnen zurückkehren. Nun wünschte sie sich nichts sehnlicher, als dass er wieder ginge, damit sie sich allein um ihre kleine Familie kümmern konnte. Sacha und sie brauchten niemanden, um über die Runden zu kommen und ein glückliches Leben zu führen. Von Niels hatten sie ohnehin nichts mehr zu erwarten. Wie von Zauberhand war die Last auf ihren Schultern verschwunden. Rachel atmete tief durch: Sie war frei.

Mit einer heißen Tasse Tee machte es sich Rachel auf dem Sofa gemütlich. Auf dem niedrigen Couchtisch vor ihr lagen noch immer die Unterlagen zu ihrem Bericht »Eiche und Schilfrohr« samt Notizen. Sie musste die Sachen unbedingt wegräumen. Aber auch dieses Kapitel wäre bald Schnee von gestern. Sie band ihr Haar zu einem Pferdeschwanz zusammen, als könne sie so klarer denken, und wandte sich wieder Christas E-Mails zu. Wohl war ihr dabei nicht, denn sie hatte nicht die geringste Ahnung, was sie erwartete. Sicher sehr schmerzliche Dinge, die nicht angenehm wären. Rachel war sich durchaus bewusst, dass sie die Privatsphäre von Niels und ihrer Schwiegermutter verletzte, doch falls Christa eine besondere ärztliche Behandlung erwähnt hatte, musste sie das unbedingt in Erfahrung bringen. Sie überflog die Mails, bis sie auf den Namen eines Arztes stieß.

»Lieber Nils«, schrieb Christa am 1. Februar 2010. »Ich komme gerade vom Kardiologen. Leider sind meine Werte nicht besonders. Er hat mir gesagt, ich müsse mich mehr schonen. Als wenn ich in meinem Alter schon Lust hätte, mich zu Hause einzuschließen! Es kommt überhaupt nicht infrage, dass ich mich lebendig begraben lasse!« Dann erzählte sie ausführlich von ihrem Alltag. Haarklein berichtete sie ihm, was sie alles unternahm, was sie gerade las, wobei sie auch auf die drei Grundprinzipien ihrer Lebensphilosophie zu sprechen kam: Teilen, Gerechtigkeit, Optimismus. Sie beendete die Mail mit dem Satz: »Wo immer du auch gerade bist, bleib gesund und schreib mir!«

Es folgte Niels' lapidare Antwort: »Es geht mir gut. Grüße und Küsse aus Neuseeland.«

Christas zweite E-Mail stammte vom 10. Februar. Rachel schluckte, das war ja an Sachas Geburtstag gewesen!

»Lieber Nils, wie du weißt, ist heute ein ganz besonderer Tag, denn dein Sohn Sacha wird heute vier Jahre alt. Könntest du ihm nicht eine kleine E-Mail von dort senden, wo du gerade bist?«

Rachel musste die Mail noch einmal lesen. Im Geiste hörte sie förmlich Christas Stimme. »Jeden Tag bete ich zu Gott, damit du dir deines Verhaltens bewusst wirst und endlich zurückkehrst, um dich um deine Familie zu kümmern. Rachel gibt sich die größte Mühe und arbeitet so viel wie möglich, damit genügend Geld da ist. Nie beklagt sie sich oder spricht schlecht von dir. Obwohl, tut mir leid, dir das sagen zu müssen, du es verdient hättest!« Rachels Augen füllten sich mit Tränen. Wie beherzt Christa sie vor ihrem Sohn in Schutz genommen hatte! Rachel schniefte und wischte ihre Tränen ab. »Ich versuche, deinem Jungen zu erklären, dass du sein Papa bist, ich zeige ihm Fotos, damit er weiß, dass er einen Vater hat.« Der Ton wurde immer zorniger. »Aber du musst jetzt endlich nach Hause kommen und zu deiner Verantwortung stehen. So hat dich dein armer Vater nicht erzogen. Ich bin froh, dass er nicht mehr erleben muss, wie du dich verhältst.« Niels antwortete wie folgt: »Komme im März vorbei. Küsschen. Niels.« Aber das hatte er nicht getan.

Rachel wischte sich mit der Hand über ihre Wangen. Sie schniefte, um ihr Schluchzen zu unterdrücken. Wie hatte sie Christa bloß misstrauen können, da diese stets zu ihr gehalten hatte? Ihr Gefühlsausbruch hinderte sie daran zu bemerken, dass sie seit geraumer Zeit durch das große Fenster aufmerksam beobachtet wurde.

KAPITEL DREIZEHN

Ihr Herz tat einen kleinen Sprung, als sie die Statur des Mannes erkannte, der vor ihrer Tür stand. Sie öffnete. Samuel stand, eine Papiertüte in der Hand, im dunklen Anzug, mit schwarzem Hemd und schwarzer Krawatte vor ihr.

»Ich war gerade hier in der Gegend. Da habe ich etwas Kuchen besorgt, ein paar Kalorienbomben. Hast du auf so was Lust?«, fragte er sie mit einem zärtlichen Lächeln.

Rachel war sich ziemlich sicher, dass der Reporter in diesem Stadtteil nichts verloren hatte und nur ihretwegen vorbeigekommen war. Sie war froh und erleichtert. Von ihren heftigen Gefühlen überfordert, hatte sie sich nach Gesellschaft gesehnt. Sie wischte sich über ihre geröteten Augen und bat ihn herein.

»Dein Sohn ist nicht da?«

»Nein, er ist mit den Nachbarn in den Zoo gegangen.«

»Ist der Laufwagen für ihn?«

Rachel nickte. »Ja.«

»Weshalb braucht er ihn?«

Die junge Frau zögerte nur kurz. »Er hat eine angeborene Missbildung der Wirbelsäule.«

Sie hatte es einfach so gesagt, als wäre es das Normalste von der Welt. Ihre Blicke begegneten sich für einen Moment, und damit war alles klar. Samuel begriff, was ihr Verhalten bei ihrer ersten Begegnung zu bedeuten gehabt hatte, und war betroffen. Rachel dagegen hatte das Gefühl, endlich die Wahrheit gesagt zu haben. Sie spielte nicht mehr, sondern zeigte sich ihm ohne jede Maskerade.

»Lebst du allein mit ihm?«, fragte Samuel vorsichtig.

»Ja, allein mit Kind und ohne Mann …«

Nur der Form halber hatte sie das klarstellen wollen, denn im Grunde wusste sie, dass er es wusste. Schweigend setzte Rachel Wasser auf und deutete auf den Tisch am Fenster. Samuel stellte dort den Kuchen ab und setzte sich so, dass er die auf dem Rasen spielenden Kinder sah.

Das Summen des Wasserkessels wurde lauter, bis schließlich ein durchdringendes Pfeifen ertönte. Samuel entdeckte zwei Bücher auf der Küchentheke.

»Barbara Cartland neben *Das dritte Geschlecht*, eine gewagte Mischung!«

Rachel lachte. »Ich bin voller Widersprüche. Du etwa nicht?«

»Ja, natürlich. Ich glaube an den Umweltschutz, aber dennoch …«

»Aber was?«

»Ach, nichts, ich wollte gerade was Dummes sagen«, unterbrach er sich selbst verlegen. Dann fragte er, um das Thema zu wechseln: »Du managst das hier also alles ganz allein?«

Rachel zuckte mit den Schultern und goss das sprudelnde Wasser langsam in die Teekanne. Dieses Ritual beruhigte sie. »Meine Schwiegermutter, Christa, hat mir sehr viel geholfen, bis sie …«

Der Satz blieb unvollendet. Samuel konnte seinen Blick nicht von Rachels Nacken lösen. Er betrachtete die kleinen rebellischen Haarlocken, die sich hinter ihren hübschen Ohren kräuselten. Er konnte ihr Parfum erahnen. Frisch, blumig. Ein Sonnenstrahl liebkoste das ovale Halbrund ihres Profils. Es war schon lange her, fand er, dass er etwas so Bezauberndes gesehen hatte. Rachel stellte die Kanne mit dem duftenden Tee auf den Tisch, nahm ihm gegenüber Platz und sah ihn aus ihren ausdrucksvollen großen Augen an.

»Zucker?«

Rachel, die noch immer sehr aufgewühlt war, trank ihren Tee und beobachtete insgeheim Samuel. Eigenartigerweise war sie beinahe gerührt, als sie feststellte, dass seine Haare an den Schläfen ergrauten und er offensichtlich nichts dagegen unternahm. Das gefiel ihr. Von Lommel war und blieb ihr ein Rätsel. Sie fand ihn nervtötend und anziehend zugleich. Selbstsicher, ja fast schon überheblich gab er seine Ansichten zum Thema Umweltpolitik oder Dänemark zum Besten: »Ein Land, in dem man dazu neigt, Problemchen aufzubauschen«, »Hier geht es immer wieder um die gleiche alte Leier, in Johannesburg hingegen …« und so weiter. Oder aber, wenn er unterschwellig versuchte, Informationen für seinen nächsten Artikel zu bekommen. Andererseits war er ein angenehmer, aufmerksamer und sensibler Mensch, sobald er sein Journalistengehabe vergaß oder sich in einen stolzen Vater verwandelte, wenn er von seinen Mädchen sprach. Ihre Überlegungen endeten damit, dass sie einen tiefen Blick in seine Augen riskierte.

»Und wenn wir einfach für einen Moment alle Probleme vergäßen und uns wie zwei Freunde unterhielten, die sich über ihr Wiedersehen freuen? Verstehst du, was ich sagen will?«

Samuel, froh darüber, dass ihr Verhältnis sich ein wenig entspannte, lächelte und meinte: »Da muss ich gar nicht so tun, als ob!«

Rachel blinzelte und spielte mit dem Henkel ihres Bechers. Schweigend tranken sie beide ihren Tee. Doch dieses Schweigen war anders, nicht mehr so bedrückend, sondern inniger. Ein Moment des Wohlwollens, in dem alles möglich schien. Sie wandten sich den Kuchenstücken zu, deren Teig mit Mandeln, Zimt und Kardamom gewürzt war, und beobachteten die Kinder, die draußen auf der Grünfläche spielten. Ein kleiner Junge war hingefallen und hatte sich wehgetan. Es war Jon, der Sohn von Ilke, einer Friseurin, die hier im Viertel arbeitete. Sie nahm ihn tröstend in ihre Arme.

»Es scheint hier wirklich sehr nett zu sein«, meinte Samuel.

»Ja, wir versuchen inzwischen, einiges zu ändern, damit nicht allein das Ökologische im Vordergrund steht, sondern eher die Beziehungen der Menschen untereinander.«

»Und, klappt es?«

»Natürlich! Die Staatschefs konnten sich auf dem Klimagipfel nicht einigen, sei's drum, dann müssen eben die Bevölkerungen der einzelnen Länder die Sache voranbringen. Und jeder sollte sein Scherflein dazu beitragen. Gleich neben dem *Bella Sky* ist eine gigantische Ökosiedlung geplant, mit Pflanzenwänden, Luxusappartements und dem ganzen Schnickschnack. Wir versuchen hier, gemeinsam das bereits Bestehende aufzuwerten.«

»Aber dieses Viertel ist doch nur was für alternative Wohlstandsbürger, oder?«, warf Samuel ein.

Rachel verzog das Gesicht. »Immer weniger!«

»Ach, wirklich? Wie viele Immigrantenfamilien leben hier?«

Wenige. Eins zu null für ihn. Doch Samuel wechselte großmütig das Thema. »Und wie ist es, jeden Morgen direkt gegenüber vom Bella Center aufzuwachen? Deprimiert dich das nicht?«

»Kurz nach dem Klimagipfel war es wirklich hart, ja«, gab Rachel zu. »Ich fragte mich ständig, was wir noch hätten tun müssen, um das Klima zu retten. Doch mit der Zeit habe ich verstanden, dass das erst der Anfang war. Der nächste Gipfel findet in zwei Monaten in Cancún statt. Wir geben nicht auf und sind voller Hoffnung. Und im Übrigen liegt es an uns, denn die Zukunft ist die Sache aller Bürger.«

Samuel nickte zustimmend. »Auch mich hat dieser Gipfel wochenlang in meinen Träumen verfolgt, und ich habe mich gefragt, was ich hätte besser schreiben, besser ausdrücken können. Aber letztlich musste ich zugeben, dass es gar nicht anders hätte laufen können. Die dänische Regierung war bei diesem Ereignis vor allem darauf bedacht, sich selbst zu inszenieren, und so konnten die übersteigerten Erwartungen nur enttäuscht werden.«

»Da stimme ich dir zu«, pflichtete Rachel ihm bei. »Wir haben alle an das Unmögliche geglaubt. Doch zugleich war es der Beweis dafür, dass viele so denken wie wir und von einem anderen Leben träumen, das nicht an Konsum und Profit orientiert ist. Von einer Welt ohne Kohlendioxidemissionen.«

»Glaubst du wirklich, das wäre möglich?«

»Ja, nach meinem Sohn ist das mein ganzer Lebensinhalt.«

»Ich würde auch so gerne daran glauben. Aber ich bin nun mal Zyniker und nicht so wie du.«

»Für Zynismus ist keine Zeit mehr, glaub mir.«

»Darf ich mir das notieren?«, meinte Samuel amüsiert.

Rachel streckte ihm die Zunge heraus. »Du tätest gut daran, das deinen Lesern zu erklären, vielleicht wären dann einige mit der Zeit weniger borniert!«

Samuel sah in Rachels verweinte Augen und war plötzlich ganz gerührt von dieser Frau, die jedem Sturm trotzte. Seine Hand näherte sich ihrer und berührte sie sacht.

»Du bist sehr stark … und bringst mich noch immer durcheinander.«

Das hätte er besser nicht gesagt. Rachel spürte, wie die Gefühle sie erneut zu überwältigen drohten. Ihr Kinn bebte. Sich entschuldigend, stand sie auf und lief ins Bad. Fünf Minuten später kam sie erfrischt wieder heraus.

»Was fällt dir ein!«, rief sie.

KAPITEL VIERZEHN

Samuel saß auf dem Sofa und hatte sich in die Lektüre des Berichts »Eiche und Schilfrohr« vertieft.

»Sorry«, meinte er und richtete sich auf. Doch sein Gesichtsausdruck besagte das Gegenteil. »Ich konnte einfach nicht anders und musste einen Blick hineinwerfen.«

Hastig sammelte Rachel die Papiere ein. Samuel sah ihr interessiert dabei zu.

»Bereitest du etwas gegen Reed Industries vor?«

»Möglicherweise«, erwiderte sie schroff.

Dieser Kerl war einfach nur ein mieser Schnüffler und sie eine dumme Kuh, die ihm schon wieder auf den Leim gegangen war.

»Erzähl.«

»Das kann ich im Moment nicht.«

Samuel ergriff sanft Rachels rechte Hand und zog sie zu sich aufs Sofa. Zunächst widerstrebend, ließ sie es schließlich verärgert geschehen. Er sah ihr direkt in die Augen.

»Ich habe mich noch immer an jede Absprache gehalten. Du kannst es mir also ruhig erzählen, ich werde erst dann darüber berichten, wenn du mich dazu ermächtigst. Vertrau mir einfach.«

Rachel kniff die Augen zusammen. »Vertrauen? Dir?«

»Ich werde dich nicht hintergehen, das gehört schließlich zu meinem Berufsethos.«

Rachel lachte höhnisch. »Ach ja, wirklich? Wenn ich mich recht erinnere, hattest du im Dezember auch kein Problem damit, uns skrupellos zu hintergehen …«

Samuel sah sie ratlos an und überlegte krampfhaft, worauf sie anspielte. »Wovon redest du?«

»Das ist Schnee von gestern.«

»Nein, sag's mir.«

»Warum hast du uns damals nicht vorgewarnt, dass wir alle aus dem Bella Center rausgeworfen werden? Du wusstest es schließlich als Erster!«

Samuel runzelte die Stirn. »Ich konnte nichts sagen, bevor ich nicht die Bestätigung durch eine zweite vertrauenswürdige Quelle hatte. Du glaubst doch nicht ernsthaft, dass ich eine solche Bombe nur aufgrund von ein paar Gerüchten hochgehen lasse?«

»Sag einfach, deine Schlagzeile auf unsere Kosten war dir wichtiger! Damit du der Erste bist, wie immer.«

Der Reporter rückte näher. »Ich sage es noch einmal, ich konnte unmöglich diese Bombe ohne weitere Überprüfung unter den Nichtregierungsorganisationen platzen lassen.«

Aufgebracht betonte Rachel jedes einzelne Wort: »Vielleicht hättest du zumindest *mir* einen Tipp geben können? Wir haben uns doch gut verstanden, oder etwa nicht? Du vertrautest mir also nicht genug, um mich zu warnen?«

Genauso wütend erwiderte Samuel: »Also, ich hatte den Eindruck, dass du nach dem Fest eigentlich nicht mehr so scharf darauf warst, irgendwelche Vertraulichkeiten von mir zu hören, geschweige denn, mich zu sehen … du erinnerst dich doch, oder?«

Rachel schlug für einen Moment die Augen nieder. »Das war ein Missverständnis …«

»Was soll das heißen?«

Rachel erwiderte: »Ich hatte befürchtet, mein Status als alleinerziehende Mutter eines behinderten Kindes könnte dich möglicherweise in die Flucht schlagen, und da wollte ich es lieber nicht auf einen Versuch ankommen lassen. Wenn du mich anschließend in die Wüste geschickt hättest, wäre das einfach zu viel für mich gewesen. Tut mir leid.«

Samuel schwieg eine Weile, dann fragte er: »Du hast mich vor deiner Haustür abgewimmelt aus Angst, ich könnte mich aus dem Staub machen, wenn ich erfahre, dass du einen behinderten Sohn hast?«

»So ungefähr, ja.«

Er musterte ihr Gesicht, ihr Haar, ihren Hals, ihre vollen Lippen. In diesem Moment hätte er nichts lieber getan, als sie zu küssen. »Danke für deine Ehrlichkeit, aber du konntest doch gar nicht wissen, wie ich reagieren würde. Eine Behinderung macht nicht jedem Angst. Nun, jetzt will auch ich ehrlich sein: Ich glaube nicht, dass meine Warnung euch irgendetwas genützt oder das Ergebnis der Verhandlungen geändert hätte.«

»Das kannst du doch gar nicht wissen.«

»In Anbetracht der Polizeikräfte vor Ort hättet ihr nicht die geringste Chance gehabt.«

»Egal. Wir hätten es zumindest versuchen können.«

»Um letztlich im Gefängnis zu landen …«

»Wir *sind* im Gefängnis gelandet.«

Sie sahen einander für einen Moment, der ihnen unendlich vorkam, herausfordernd an. Jeder von ihnen beharrte auf seinem Standpunkt, wog das Gewicht seines Zorns und seines Verlangens gegeneinander ab. Samuel brach das Schweigen als Erster: »Also, dann bitte ich dich hiermit, mir zu verzeihen. Ich war ein bisschen sauer auf dich, ich geb's zu.«

Auch Rachel lenkte ein: »Tut mir leid, dass ich dich ohne jede Erklärung hab abblitzen lassen. Ich hätte dir sagen müssen, was in meinem Leben so los ist, aber ich hatte nicht den Mut dazu.«

Samuel rückte näher und sah sie treuherzig an. »Alles vergeben und vergessen?«

Rachel nickte. Sie spürte, wie eine wohlige Wärme durch ihren Körper strömte. »Ja. Ich kann dir jedenfalls nicht länger böse sein.«

»Wunderbar.« Schelmisch fragte er: »Kannst du mir dann jetzt sagen, was ihr vorhabt, du und deine Kollegen von Green Growth?«

»Was bist du nur für ein sturer Hund …«, murmelte sie. »Du lässt wohl nie locker, oder?«

»Nein, aber nun habe ich ja meine Meisterin gefunden«, erwiderte er leise. »Los, erzähl schon.«

»Du musst dich noch ein wenig gedulden. Schon bald werden wir die Sache publik machen.«

Samuel rieb sich das Kinn. »Und wenn ich dir als Gegenleistung eine kleine Sensation anvertraue?«

Rachels Pupillen verengten sich. »Welcher Art?«

»Ich weiß, wer den färöischen Fischer bezahlt hat, der die Sprengladung in eurem kleinen Schlauchboot versteckt hat.«

Rachel zog die Augenbrauen hoch. »Wer?«

»Info gegen Info.«

KAPITEL FÜNFZEHN

Auf einer Bank am Rand ihrer Siedlung füllte Rachel Kaffee aus der mitgebrachten Thermoskanne in zwei Becher. Die in der Wohnung zwischen ihnen entstandene Vertraulichkeit war einem konzentrierten Arbeitsklima gewichen. Jeder von ihnen gab sich professionell, und Samuel war so sachlich und effizient, dass sich Rachel sogar fragte, ob sie nicht alles nur geträumt hatte.

»Hm, ich hätte jetzt nichts gegen ein saftiges Steak einzuwenden.«

Mit den Blicken folgten sie einem Mann in Shorts, der, einen Schäferhund an der Leine, an ihnen vorbeikam. Zwei Mädchen radelten einträchtig nebeneinanderher, während sie sich angeregt unterhielten. In der Nähe der Wippe saß ein Pärchen im Gras und küsste sich, als wäre es allein auf der Welt. Rachel war der Meinung, sie habe Samuel nun lange genug zappeln lassen, und sagte: »Bist du bereit, eine der besten Geschichten deiner ganzen Laufbahn zu hören?«

Samuel saß gespannt da. Rachel konnte nicht umhin, sein gutes Aussehen zu bewundern. Rasch verscheuchte sie diese störenden Gedanken und suchte nach den passenden Worten. Sie überlegte, wie sie beginnen, was sie sagen beziehungsweise besser verschweigen sollte. Doch schließlich fing sie einfach an und redete zehn Minuten ohne Pause.

Während ihres Berichts beugte Samuel sich vor und stützte die Ellenbogen auf die Knie. Seine Augen irrten von Rachel hinüber zum Spielplatz, vom Spielplatz zu seinen Händen, von seinen Händen zurück zu Rachel, so, als wäre er in Gedanken schon dabei, seinen Artikel zu verfassen. Sie erzählte die ganze

Geschichte: von der PCB-Vergiftung, der abgewiesenen Klage, ihrem Blog, von Henry Reeds Bestechungsversuch und vom Treffen mit Jesus während des Klimagipfels. Dann legte sie ihm den Inhalt des Berichts dar, sprach über die Enthüllungen der Stimme aus dem Bella Center und die SMS, die ein gewisser RR21 ihr geschickt hatte, der vorgab, Jesus zu sein, obwohl dieser doch im Koma lag. Als sie schließlich schwieg, richtete sich der Reporter auf und pfiff anerkennend durch die Zähne.

»Unglaublich, das ist echt 'ne große Sache …«

Rachel war erleichtert, weil sie ihm alles hatte erzählen können. Durch sein Lob fühlte sie sich geschmeichelt.

»Finde ich auch.«

»Wann soll die Bombe denn hochgehen?«

»Am 2. September, in fünf Tagen also, kurz bevor die Solaïa-Kommission ihre Entscheidung bekannt gibt.«

Samuel fuhr sich mit der Hand übers Gesicht, sein rechtes Bein zuckte nervös. »Ich fasse zusammen: Reed Industries ist also für den Verkauf von mit PCB verseuchten Nahrungsergänzungsmitteln verantwortlich und hat Sachverständige bezahlt, damit die Klage abgewiesen wird. Zudem hat Reed die Klimaskeptiker aufgewiegelt, um die Verabschiedung von Umweltgesetzen, die seine Aktivitäten in den USA behindern würden, zu unterbinden, und er versucht, dich auszuschalten, weil du ihm in die Parade gefahren bist.«

»So ist es.«

»Und eine Angestellte hat dich darüber aufgeklärt, dass ihr Chef jemanden angeheuert hat, um ein Attentat auf dich zu verüben. Und du denkst, dass diese Frau höchstwahrscheinlich bei RenokPharma arbeitet, deren Generaldirektor im Übrigen der Schwager von Reed ist?«, fügte Samuel mit vor Aufregung glänzenden Augen hinzu.

»Exakt.«

»Wenn das alles stimmt, ist Reed ein verdammter Hurensohn.«

»Ja!«

»Aber es gibt da ein winziges Problem.«

»Welches?«

»Wie ich dir vorhin schon sagte, weiß ich, wer den Fischer Ole Polsen bezahlt hat.«

Die Augenlider halb geschlossen, saß Rachel da. Samuel beugte sich zu ihr. Seine Lippen berührten beinahe ihre Wange: »Es ist ein dicker Fisch.«

Er beobachtete Rachel, wartete auf ihre Reaktion. Ihr Puls ging schneller. »Ein dicker Fisch … aber nicht Reed, oder?« Sie sahen einander an.

»Nein.«

»Wer dann?«, fragte Rachel ungeduldig.

»Ice Fish Export.«

»Die isländische Firma?«

»Ja, wie schon gesagt, ein dicker Fisch. Eines der größten isländischen Unternehmen in der Fisch verarbeitenden Industrie.«

Wie betäubt erwiderte Rachel mit tonloser Stimme: »Ich weiß, wer Ice Fish ist. Sie besitzen fünfzehn Trawler, davon sieben Kühlschiffe, die das Meer rund um Island und außerhalb durchkämmen. Eines ihrer bevorzugten Fanggebiete sind die Färöer-Inseln. Sie sind auf Seelachs und Tiefseefische spezialisiert. 2005 ist der Thunfischfang dazugekommen. Sie attackieren Green Growth, wo sie nur können.«

»Alles korrekt.«

»Woher hast du deine Information?«

»Ich konnte einen Blick in Ole Polsens Kontoauszüge werfen.«

»Wie das?«

Samuel wirkte ein wenig verunsichert. Rachel verzog das Gesicht, denn sie verspürte so etwas wie Eifersucht. *Dahinter steckt doch sicher eine Frau …* Ohne weiter auf ihre Frage einzugehen, fuhr Samuel fort: »Eine Überweisung von siebenhunderttausend Kronen ging am Tag nach dem Attentat auf seinem Konto ein. Die Überweisung kam von einem Schweizer Nummernkonto.«

Rachel winkelte ein Bein an, ehe sie sagte: »Sowohl Dänemark als auch die Schweiz haben 2009 ein Abkommen unterzeichnet, mit dem sie den OECD-Standard bei der Amtshilfe in Steuersachen übernehmen. Die Schweiz hat eingewilligt, das Bankgeheimnis aufzuheben, wenn die Steuerbehörden dies verlangen.«

»Exakt.«

»Du hattest dank deiner Quelle also Zugang zu einem schweizerischen Konto?«

Von einer Frau, die fürs Finanzamt arbeitet, hatte sie nicht übel Lust hinzuzufügen.

»Ja.«

»Dabei bist du auf Ice Fish Export gestoßen.«

Samuel zog bedeutungsvoll die Augenbrauen hoch. »Genau.« Er war mit der Wirkung seines Berichts nicht unzufrieden. »Ich arbeite gerade daran, diese Info in Island bestätigt zu bekommen. Für eine Veröffentlichung brauche ich einen handfesten Beweis.«

Doch Rachel schüttelte zweifelnd den Kopf. »Das ist zu schön, um wahr zu sein.«

»Wie bitte?«

»Ich sagte, das ist zu schön, um wahr zu sein ... Alles ist zu einleuchtend, zu perfekt.«

»Wie meinst du das?«

Rachel senkte die Stimme. »Ehrlich gesagt, wer zahlt denn einen Attentäter per Überweisung? Um keine Spuren zu hinterlassen, ist bei solchen Geschäften wohl eher Cash üblich, oder? Du weißt doch so gut wie ich, dass Barzahlungen juristisch nicht nachweisbar sind, denn es gibt keine Kontobewegung oder andere Beweise für die Transaktion, also auch kein Risiko, identifiziert zu werden, es sei denn, man wird auf frischer Tat ertappt.«

»Da hast du recht.«

»Im Falle eines Prozesses würden die Verdächtigen die Sache einfach rundweg leugnen. Solche Geschichten enden meistens mit einem fulminanten Untergang der Anklage ...«

»Da hast du schon wieder recht.«

»Warum sollte also jemand ein Attentat via Banküberweisung finanzieren? Das überrascht mich, ehrlich gesagt, sehr.«

»Es war eine EBICS-Überweisung vom Nummernkonto einer Schweizer Bank.«

»Okay«, räumte Rachel ein, »aber jeder hier weiß, dass die Schweiz und Dänemark sich seit Jahresbeginn auf die Aufhebung des Bankgeheimnisses geeinigt haben, denn dieses Thema hat in den Medien ordentlich Staub aufgewirbelt.«

»Da muss ich dir zustimmen«, erwiderte Samuel.

Rachel kam auf den Punkt. »Jemand, der aus der Schweiz Geld auf das Konto eines Dänen überweist, dürfte wissen, dass die erstbeste Steuerprüfung seine Quellen offenlegt.«

»Worauf willst du hinaus?«

Rachel machte eine Pause und fuhr dann fort: »Und wenn nun jemand damit einfach versucht, einem färöischen Fischer die Schuld in die Schuhe zu schieben?«

»Reed zum Beispiel?«

Das nachdenkliche Schweigen, das auf ihre Ausführungen folgte, ermutigte Rachel weiterzusprechen: »Ja, Reed. Wie kann ich jemanden zum Verdächtigen machen? Ich tätige zum Schein eine Überweisung an den angeblichen Attentäter und sorge dafür, dass die Transaktion relativ leicht nachzuvollziehen ist.«

»Deine Logik ist etwas verdreht.«

»Staffel sieben der Fernsehserie 24. Da belasten die Terroristen auf diese Art einen unbescholtenen amerikanischen Muslim. Sie überweisen Gelder einer terroristischen Vereinigung auf sein Konto. Als das FBI diese Zahlungen entdeckt, gehen die Agenten ihnen auf den Leim. Natürlich nur, bis sich Jack Bauer einmischt.«

Samuel lachte kurz auf. »Du guckst zu viel Fernsehen.«

»Die Idee ist doch gut, oder? Kannst du nicht herausbekommen, woher die Gelder tatsächlich stammen? Hast du vielleicht Kontakte?«

»Welcher Art?«

»Na, einen Informatikfreak zum Beispiel. Im Film gibt es immer einen Informatikspezialisten, der in der Lage ist, solche Spuren zurückzuverfolgen.«

Samuel lachte wieder. »Im Film, ja … ich werde über deine Theorie nachdenken.«

»Ich schlag dir was vor«, fuhr Rachel fort.

»Ich liebe es, wenn deine Sätze so beginnen«, erwiderte Samuel belustigt.

»Ich meine es ernst. Du überprüfst deine Spur in Island, und ich mache die Frau aus dem Bella Center ausfindig und versuche, sie zum Reden zu bringen.«

»Wie willst du sie identifizieren?«

»Ich habe versucht, ein Organigramm der RenokPharma zu erstellen, um herauszubekommen, welche Frauen für die Renoksens arbeiten, aber das ist nicht so einfach, denn ihre Website ist nicht sehr aussagekräftig. Da tauchen keine Namen oder E-Mail-Adressen auf.«

»Du könntest direkt zur Firma gehen. Sie hat ihren Sitz ja hier in Ørestad.«

»Das stimmt. Aber sie würden mich noch nicht mal die erste Frage stellen lassen.«

»Wieso?«

»Green Growth liegt mit der Firma im Clinch.«

»Ah, stimmt, die Sache mit den Versuchstieren.« Samuel gluckste. »Ich hab davon gehört, was für eine Bescherung …« Er wurde wieder ernst. »Und hast du schon mal daran gedacht, dass Reed von dem Attentat gehört hat und es benutzt, um dich einzuschüchtern?«

Rachel nickte. »Das ist auch Peters Theorie.«

»Aber du hältst das nicht für möglich?«

»Ich habe keine Gewissheit. Nur so ein Gefühl.«

Samuel machte eine Pause, ehe er fortfuhr: »Wirst du vielleicht von dem … Wunsch beeinflusst, dich rächen zu wollen?«

Rachel seufzte. »Peter hat mir die gleiche Frage gestellt.«

Samuel horchte auf. »Wie ich sehe, hat Peter viele gute Ideen …«

Rachel lächelte unmerklich. *Ist er etwa eifersüchtig?* »Die Antwort ist Nein. Ich möchte Reed lediglich daran hindern, uns allen zu schaden.«

»Gut, dann geht eben jeder seiner Spur nach, einverstanden?«

»Okay, wir müssen diese Dreckskerle unbedingt zu fassen kriegen.«

»Also, das ist nicht meine Aufgabe, Rachel«, berichtigte Samuel sie. »Mein Job ist es, unparteiisch zu informieren.«

»Unparteiisch?«, spottete Rachel. »Es macht dich genauso krank wie mich, wenn diese Industriellen vollkommen ungehindert die Umwelt verschmutzen können und dass der Gipfel von Kopenhagen nur wegen des Lobbyings von Industriellen wie Reed, die freies Spiel haben wollen, gescheitert ist. Genau wie ich willst du diese Typen zur Rechenschaft ziehen. Richtig?«

Dagegen konnte Samuel nichts einwenden. Rachel bat ihn, sie auf dem Laufenden zu halten. Samuel wollte ihr gerade antworten, als sein Smartphone vibrierte. Mit Blick auf die SMS, die er erhalten hatte, meinte er: »Verdammt, ich muss los.«

»Ein Notfall?«

»Königin Margarethe ist ins Krankenhaus eingeliefert worden.«

Besorgt sah Rachel ihn an.

»Was ist passiert? Ist es schlimm?«

»Keine Ahnung, aber ich muss sofort los.«

Die Einweisung eines Mitglieds der Königsfamilie ins Krankenhaus war ein nationales Ereignis, das weltweit für die »People«-Magazine von Interesse war. Rasch war von Lommel auf den Beinen. Doch bevor er losstürmte, beugte er sich zu Rachel hinab.

»Es war schön, dich heute wiederzusehen«, flüsterte er ihr zu.

»Ja«, bestätigte Rachel, »es war schön.«

Samuel hauchte einen Kuss auf ihre Wange. »Pass auf dich auf.«

Als er fortging, sah Rachel ihm mit klopfendem Herzen nach. Wann hatte das jemand zuletzt zu ihr gesagt? Versonnen blieb sie noch einen Moment allein sitzen und kostete diesen Augenblick aus, in dem das Verlangen in ihr erwachte. Sie fühlte sich schuldig wegen dieses Gefühls, da Christa doch gerade erst verstorben war. Sie befand sich in einer merkwürdigen Phase ihres Lebens, wo der größte Kummer mit einem starken Begehren einherging. War diese Gefühl echt oder nur ein Überlebensreflex? Ungewollt blieb ihr Blick an den breiten Schultern und dem Po des Reporters hängen. Da begriff sie, dass sie sich sehnsüchtig danach verzehrte, zu lieben und geliebt zu werden. Schließlich erhob sie sich, um ins Café zu gehen und auf Sacha zu warten.

KAPITEL SECHZEHN

Hannibal Reed – achtundsiebzig Jahre, hochgewachsen, welliges, weißes und sorgfältig nach hinten frisiertes Haar, glatter Schnurrbart unter einer Hakennase, stahlblaue Augen, gebräunte Haut – glich einem alten, gefährlichen Raubvogel. Er war sehr stolz auf seinen straffen Körper, den der Anzug von Yves Saint Laurent noch unterstrich, seine nicht nachlassenden geistigen Fähigkeiten und vor allem auf seinen Trust mit zweihundert äußerst einträglichen Firmen – eines der größten Industrieimperien Amerikas. In Hannibal Reeds Welt bedeutete jeder neue Tag neue Dollars, die mit allen Mitteln oder Strategien eingefahren wurden. Handeln und siegen, war seine Maxime.

Reed Industries besaß die gesamte obere Hälfte eines Wolkenkratzers, eines achtunddreißigstöckigen Gebäudes aus Glas im Geschäftszentrum von Atlanta. Die Eingangshalle befand sich in der siebenundzwanzigsten Etage, wo goldene Lettern, unter denen drei Empfangshostessen saßen, den Besucher darüber informierten, dass er das Reed-Imperium betrat. Der teure dicke Teppichboden, das erlesene Designermobiliar, die perfekte Schallisolation und die abstrakten Gemälde sollten den Eintretenden beeindrucken.

An diesem Augustmorgen, an dem das Thermometer fast fünfunddreißig Grad erreichte, stand Reed, die Hände auf dem Rücken verschränkt, an der Fensterfront seines Büros und betrachtete die Stadt zu seinen Füßen. Er sah die Sonne, die sich in den Facetten der Buildings brach, und dachte an die Solaïa-Kommission, die Reed Industries zum größten amerikanischen Solarenergieproduzenten machen würde.

Nachdem er wie sein Vater auf Erdöl und dessen Derivate

gesetzt hatte, hatte Reed begriffen, dass sich mit der Sonnenenergie eine goldgepflasterte Straße vor ihm auftat. Eine enorme Einnahmequelle, die nur auf ihn gewartet hatte. Am 2. September sollte alles glatt laufen. Der alte Fuchs knirschte mit den Zähnen und wandte den Blick von dem Panorama zu seinem Smartphone. Er wählte eine Nummer, und die Videoverbindung wurde aufgebaut. Das kantige Gesicht eines Mannes erschien auf dem Display. Sie begrüßten sich.

»Guten Morgen. Wie geht's?«, fragte Reed.

»Danke, gut. Und dir? Was macht dein Rücken?«

»Alles in Ordnung, deine Tabletten haben gut geholfen.«

»Ich schicke dir noch welche.«

»Schön. Ist unser Problem geregelt?«, wollte der alte Reed wissen.

»Nein«, erklärte der Mann am anderen Ende der Leitung mürrisch.

»Warum nicht?«, knurrte Reed.

Das Gespräch verlief wie zwischen zwei bösartigen Hunden.

»Von unserem Informanten habe ich erfahren, dass die Schnüfflerin sich wieder ans Werk gemacht hat«, klagte der Mann.

»Ist sie noch immer nicht außer Gefecht gesetzt?«

»Nein. Sie hat sich mit einem Journalisten zusammengetan.«

Hannibal Reeds Mundwinkel verzogen sich nach unten.

»Kann sie sich nicht um ihren Balg kümmern, statt uns zu nerven? Welcher Journalist?«

»Einer dieser Schmierfinken, der für eine Presseagentur arbeitet.«

»Mach, was du willst, aber stopf ihr das Maul, ehe sie uns was am Zeug flicken kann.«

Aus Reeds Mund war das sowohl eine Feststellung als auch ein Befehl.

»Ich weiß. Wir werden Plan B fahren, wie wir es besprochen haben.«

»Tu, was zu tun ist. Details interessieren mich nicht.«

Hannibal Reed beendete das Gespräch, und das Bild auf dem Display verschwand. Plötzlich überkam ihn Wut, eine kalte, effiziente Wut, die nach einer Lösung verlangte.

Es klopfte leise an der Tür. Millicent trat ein. Der Industrielle verzog das Gesicht zu einer Art Lächeln. Reeds einzige Tochter trug einen teuren schwarzen Chanel-Hosenanzug, dazu eine Seidenbluse und hatte das blonde Haar brav mit einer goldenen Spange zusammengehalten. Ihr längliches Gesicht, das manche als wenig hübsch empfanden, wurde von sanften, großen Augen belebt, die mandelförmig und äußerst ausdrucksvoll waren. Nachdem sie mit dreiundzwanzig Jahren im Juli ihr Studium abgeschlossen hatte, war sie nun in den Schoß der Familie zurückgekehrt. Der Vertrag mit ihrem Vater – ein Master in Umweltrecht in Harvard – war erfüllt. Sie trat zu dem Besuchersessel. Doch ihr Vater kam zu ihr, drückte ihr einen leichten Kuss aufs Haar und deutete auf die Ledersofas, die besonderen Gästen vorbehalten waren.

»Hier sitzen wir besser.«

Leicht verunsichert nahm Millicent ihrem Vater gegenüber Platz. Hannibal Reed zündete sich eine Montecristo an, nahm einen tiefen Zug und machte es sich bequem.

»Nun ist also der große Tag gekommen, meine Tochter, du trittst in unsere Firma ein.«

»Ja, Vater.«

»Sehr gut. Ich habe dich aus Boston kommen lassen, weil ich dich brauche.«

Millicent schlug die Beine übereinander, legte die Hände um die Knie und saß steif da. Seit sie klein war, träumte sie von dem Tag, an dem ihr allmächtiger und stets abwesender Vater, den sie über alle Maßen bewunderte, ihr ganz allein eine Aufgabe anvertrauen würde. Dann würde sie ihm zeigen können, zu welcher Persönlichkeit sie sich entwickelt hatte. Der große Altersunterschied hatte zwischen ihnen eine Generationenmauer errichtet, die sie noch nicht hatte überwinden können. Sie fürchtete und bewunderte diesen Mann und wollte ihm so gerne beweisen, dass sie den ehrgeizigen Erwartungen entsprach, die er in sie setzte.

Hannibal Reed zog erneut an seiner Zigarre und stieß eine Rauchwolke aus, die zwischen ihnen in der Luft hing. Seine Raubvogelaugen zogen sich zusammen.

»Dir ist sicher bekannt, dass der Kongress im Moment aufgrund einer Empfehlung des *Department Homeland Security* und der *Environment Protection Agency* eine Gesetzesvorlage diskutiert, um strengere Vorschriften für die chemische Industrie und die Öl- und Gasraffinerien einzuführen und die Kontrollen zu verschärfen.«

»Ja, Vater. Sie wollen die in der Umgebung angesiedelte Bevölkerung vor eventuellen Attentaten und Unfällen schützen«, bestätigte Millicent.

»Und das ist sehr schlecht für uns. Sechsundsiebzig unserer Fabriken sind betroffen. Sie wollen uns sehr kostspielige Auflagen und regelmäßige Kontrollen vorschreiben und sich in Dinge einmischen, die sie nichts angehen. Aber nicht mit mir! Die sollen ihre Nase gefälligst in andere Sachen stecken! Die aktuellen Grenzwerte sind vollkommen ausreichend.« Als vom Liberalismus überzeugter Freigeist verabscheute Hannibal Reed jegliche staatliche Einmischung.

»Das verstehe ich«, antwortete Millicent, »aber dann wird man ihnen Sicherheitsnachweise liefern müssen.«

Hannibal Reed schüttelte verärgert den Kopf. »Nein, man muss ihnen vielmehr beweisen, dass sie im Unrecht sind! Dass ihre Behauptungen, unsere Fabriken könnten gefährlich sein, falsch sind.«

Millicent sah ihn betreten an. »Vater, diese Berichte haben wissenschaftliche Kommissionen der DHS und der EPA verfasst, die kann man nicht einfach ignorieren.«

»Ach ja?«, zischte Reed und beugte sich vor. »Können Wissenschaftler denn nicht irren, meine Kleine? Du bist naiv und hast noch viel zu lernen.«

Er erhob sich brüsk und begann, die Zigarre in der Hand, in

seinem Büro auf und ab zu gehen. »Du glaubst also, sie hätten recht mit der Behauptung, die Erde erwärme sich, und wir müssten deshalb den Kohlendioxidausstoß drastisch senken?«

Verunsichert runzelte Millicent die Stirn. »Ich … ich weiß nicht.«

Hannibal Reed knurrte. »Das wirst du aber wissen müssen, Milli, wenn du den Posten übernehmen willst, den ich für dich vorgesehen habe. Und du wirst auch überzeugter auftreten müssen. Habe ich dir schon das Beispiel der Tabakindustrie erzählt?«

»Ja, Vater.«

»Ein exzellentes Beispiel«, fuhr Reed fort, ohne ihre Antwort zu beachten.

Millicent hatte ihren Vater bei Familienessen und Empfängen schon x-mal diese Geschichte erzählen hören. Im Jahr 1953 hatten Forscher des New Yorker Sloan-Kettering-Instituts nachgewiesen, dass der Teer der Zigarette, auf die Haut von Mäusen appliziert, tödlichen Krebs verursachte. Die Presse hatte die Neuigkeit verbreitet und der Tabakindustrie damit ernsthaft geschadet. Also hatten die Tabakhersteller zu einem angemessenen Gegenschlag ausgeholt.

»Glaubst du etwa, die vier größten amerikanischen Tabakproduzenten hätten einfach tatenlos zugesehen, wie irgendwelche Wissenschaftler ihr Produkt kaputt machen, nur weil sie glauben, sie hätten recht?«, schimpfte Hannibal Reed, der allmählich in Rage geriet. Er nahm einen tiefen Zug von seiner Zigarre und lief auf und ab wie ein Anwalt bei seinem Plädoyer. »Natürlich nicht! Sie haben reagiert und sind zum Gegenangriff übergegangen. Sie haben die größten Public-Relations-Firmen angeheuert, um die Unterstellung, dass Rauchen tödlich sei, zu widerlegen. Sie haben sich zusammengetan, um die Öffentlichkeit davon zu überzeugen, dass die Beweise der Wissenschaftler nicht stichhaltig waren.«

»Und sie haben das Nationale Komitee der Tabakindustrie gegründet«, fuhr Millicent lakonisch fort, die es eilig hatte, dass ihr Vater endlich auf den Punkt kam, zu ihrem Posten, zu ihrer Aufgabe.

»Ganz genau«, stimmte Reed zu und deutete mit der Spitze seiner Zigarre auf Millicent. »Ein Komitee, das sich das Ziel gesetzt hatte, dem Produkt ein positives Image zu verleihen. Dann haben sie begriffen, dass es nicht ausreichte, den Antitabakwissenschaftlern den Wind aus den Segeln zu nehmen, sondern dass sie auch neue Forschungen finanzieren mussten. Also haben sie das Komitee der Tabakindustrie für Forschung gegründet, das eigene Studien vorgenommen und den Zusammenhang zwischen Rauchen und Krebs ernsthaft infrage gestellt hat. Sie haben nur an den gesunden Menschenverstand appelliert. Die Mäuse bekommen beim Kontakt mit dem Teer der Zigarette Hautkrebs, na schön, warum aber nicht in einem verrauchten Zimmer? Warum ist das Krebsaufkommen je nach Stadt unterschiedlich, obwohl die Zahl der Raucher gleich ist? Warum bekommen nicht alle Raucher Lungenkrebs? Ist der Auslöser nicht vorrangig genetischer Natur?«

Zwischen Überdruss und Faszination schwankend, lauschte Millicent ihrem Vater.

»So haben sie verschiedene verfängliche Fragen aufgegriffen«, fuhr Reed fort. »Sie haben Zweifel bei den Leuten gesät und damit ihr Produkt verteidigt. John Forrester, der Generaldirektor der PR-Agentur, den ich immer sehr geschätzt habe, sagte: ›Der wissenschaftliche Zweifel muss andauern.‹ Das war eine wichtige Lektion, Milli. Vielleicht die wichtigste meiner ganzen Laufbahn.« Leiser fuhr ihr Vater fort: »Wie du weißt, habe ich 1985 die Stiftung für wissenschaftliche Forschung, die FRS, gegründet.«

Ja, das wusste Millicent. Hannibal Reed setzte seine Tirade fort. »Unsere Stiftung ist dazu da, die Wahrheit zu korrigieren, wenn die wissenschaftlichen Forschungsergebnisse sich gegen unsere Interessen wenden. Jede Studie birgt einen gewissen Teil an Unsicherheit, die Möglichkeit eines Irrtums. Unsere Forscher haben die Aufgabe, diese Punkte herauszuarbeiten und die Schwachstellen des Systems der Öffentlichkeit und den Politikern aufzuzeigen, damit sie uns unterstützen und nicht in übertriebene Kontroll- und Vorsichtsmaßnahmen verfallen.«

Millicent nickte und wagte es nicht, ihren Vater zu unterbrechen. Das Gespräch nahm eine unerwartete Wendung, und der Zigarrenrauch bereitete ihr fast Übelkeit. Natürlich hatte sie schon solche Tiraden von ihrem Vater gehört, aber er hatte sich dabei nie direkt an sie gewandt.

»Das Entscheidende ist, dass unsere Wissenschaftler und die Politiker, die uns unterstützen, im Rampenlicht stehen. Dafür werden sie reich entlohnt. Wir bleiben im Hintergrund und tauchen nirgendwo auf, aber wir haben die Fäden in der Hand. So haben wir es bei den Pestiziden, dem PCB und der Klimafrage gehandhabt und sind gut damit gefahren.«

»Bei der Klimafrage?«, hakte Millicent nach.

»Wer hat deiner Meinung nach die Klimaskeptiker unterstützt, um zu verhindern, dass die USA eine repressive Umweltgesetzgebung verabschieden? Wer?«

Er beantwortete seine Frage selbst: »Das war ein unglaublicher Erfolg, den ich zum großen Teil deinem Bruder Henry verdanke. Er hat die Sache auf geniale Art meisterhaft organisiert. Dank unserer Arbeit in sozialen Netzwerken wird es in nächster Zeit bei uns keine Senkung der Kohlendioxidemissionen geben. Das kannst du mir glauben. Und hast du gesehen, wie die Climategate-Affäre die betroffenen Wissenschaftler zum Zittern gebracht hat? Wie ist es uns gelungen, sie innerhalb weniger Tage zu diskreditieren? Ah, ich will es dir erklären. Als sich die UNO-Delegation am Abend des 17. Dezember auf eine unbedeutende Resolution geeinigt hat, haben wir die Champagnerkorken knallen lassen. Mit einem solchen Text werden weder Obama noch seine Nachfolger die Ölgesellschaften und die Industriellen zwingen können, einschränkende Umweltgesetze zu akzeptieren.«

Der Mund unter den Raubvogelaugen verzog sich zu einem boshaften Lächeln. Millicent hatte die Climategate-Affäre aus der Ferne verfolgt, aber nie vermutet, dass ihr Vater und ihr älterer Halbbruder die Drahtzieher gewesen waren. Sie bewunderte seine Unverfrorenheit, seine festen Überzeugungen.

»Ich bringe dir alles bei, Milli, du wirst schon sehen«, fuhr Reed mit sanfterer Stimme fort. »Das Prinzip ist, sich immer diskret zu verhalten. Immer schön im Hintergrund bleiben, das ist die Hauptsache. Die Climategate-Sache muss unter uns bleiben. Schon bald findet die Solaïa-Konferenz statt, und niemand darf von unserer Rolle bei dieser Geschichte erfahren. Sonst setzen uns die scheinheiligen gönnerhaften Protestanten dieser Kommission auf die schwarze Liste. Denn sie wollen, dass ›wir ideologisch hinter dem stehen, was wir anbieten‹, verstehst du? Als ob das wichtig wäre!«

Millicent räusperte sich und beschloss, in die Offensive zu gehen. »Und was genau soll ich dabei tun?«, wagte sie schließlich zu fragen.

Hannibal Reed nahm wieder ihr gegenüber Platz und drückte seine Zigarre in einem sternförmigen Aschenbecher aus. »Ich ernenne dich zur Leiterin der FRS.«

Millicents Augen funkelten, und ihr Mund verzog sich zu einem Siegerlächeln. »Danke, Vater.«

»Ich habe den alten Leiter, der unfähig war, entlassen. Deine erste Aufgabe wird sein, die Vorgehensweise der wissenschaftlichen Abteilung bei der Untersuchung des neuen Gesetzesentwurfs zur Sicherheit der chemischen Industrie zu koordinieren. Im Moment studieren unsere Forscher die Berichte der DHS und der EPA, suchen die Schwachpunkte und möglichen Irrtümer heraus. Dasselbe machen sie mit der gesamten wissenschaftlichen Literatur, auf die sich der Bericht stützt. Ich will, dass du diese Arbeit überwachst und unser Gegengutachten verfasst.«

»Verstanden, Vater.«

»Wir müssen uns auch mit den Lobbyisten und Politikern besprechen. Um Letztere kümmere ich mich.«

»Sehr gut.«

»Alles, was ich von dir verlange, ist, dass du mich vor jeder Äußerung zu diesem Thema konsultierst.«

»Okay. Und wie soll ich mit den Journalisten verfahren?«

»Keine Sorge, auch das bringe ich dir bei. Sie lieben Polemik, das steigert die Verkaufszahlen. Sie sind stets bereit, unsere Meinung zu hören und zu verbreiten. Und wenn sie nicht wollen, erinnerst du sie daran, dass es ihre Pflicht ist, einen ausgewogenen Überblick über die Gesamtheit der Fakten zu geben. Unparteiischer Journalismus, das bedeutet eine gleichwertige Behandlung der verschiedenen wissenschaftlichen Hypothesen.«

»Und das funktioniert?«

»Auf alle Fälle. Sie sind froh, die Spannung anzuheizen, und haben den Eindruck, sich im Zentrum der Ereignisse zu befinden – die wir aufgebaut haben. Noch dazu haben sie das Gefühl, unabhängig zu sein, weil sie eine andere Meinung als die der Mehrheit darlegen. Du wirst sehen, die meisten von ihnen sind sehr bequem. Den anderen – jenen, die nicht so recht wollen – schmeicheln wir. Wir haben etliche privilegierte Kontakte zu den Redaktionen.«

Hannibal Reed erhob sich. »Du fängst sofort an. Das Forscherteam wartet im Besprechungsraum, ich werde dich vorstellen.« Er unterbrach sich kurz. »Du wirst mich nicht enttäuschen.«

Millicent fragte sich, ob das eine Frage oder eine Feststellung war.

Als sie nach zwei Stunden aus der Besprechung kam, war sie völlig euphorisiert. Im Laufschritt begab sie sich in die Wohnung der Familie, die zwei Stockwerke tiefer lag. Sie hatte ihrem jüngeren Bruder Richard, der auch seit diesem Sommer wieder zu Hause lebte, unendlich viel zu erzählen.

KAPITEL SIEBZEHN

Rachel schlug die Augen auf. Sie brauchte eine Weile, um zu verstehen, warum das Licht noch brannte und sie angekleidet und inmitten der auf ihrem Bett ausgebreiteten E-Mails von Christa lag. Sie richtete sich auf. Die Leuchtziffern ihres Radioweckers zeigten 1.12 Uhr. Während sie die Korrespondenz ihrer Schwiegermutter studierte, war sie im wahrsten Sinne des Wortes vor Müdigkeit umgefallen. Bislang hatte sie nichts gefunden und war nicht auf einen einzigen sinnvollen Hinweis gestoßen. Nichts über die Behandlung von Sacha. Sie fragte sich ernsthaft, ob sich all die Mühe lohnte. Der Inhalt war quasi immer gleich. Christa erzählte von ihrem Alltag, sprach über die vielen unterschiedlichen Bücher, die sie gerade las, und schweifte zu ihren Reisen ab – jenen, die sie schon unternommen hatte, und jenen, die sie noch plante. Vielleicht war es besser, damit aufzuhören. Das Ganze war einfach zu traurig.

Verstört und mit brennenden Augen erhob sie sich und ging in Sachas Zimmer, um nachzusehen, ob er gut schlief. Der Besuch im Zoo hatte ihn ermüdet. Aufgeregt hatte er ihr erzählt, dass er gesehen hatte, wie ein Krokodil zum Mittagessen ein Huhn verspeiste. Was das Treffen mit seinem Vater anging, so war er weniger gesprächig gewesen. Niels hatte pünktlich um drei Uhr an die Tür geklopft. Rachel hatte die beiden zum *Ørestad Café* begleitet und sich dann entfernt, damit sie alleine eine Tasse Schokolade trinken konnten. Sie war mit zusammengekrampftem Magen, die Hände in den Taschen zu Fäusten geballt, im Viertel nervös auf und ab gegangen. Und dann war die Zeit vorbei gewesen. Niels hatte sich verabschiedet und Sacha versprochen, ihn bald wieder zu besuchen, dann war er gegangen.

Rachel hatte den Rollstuhl nach Hause geschoben und gebetet, dass das Leben wieder seinen normalen Lauf nehmen möge.

Den Rest des Nachmittags über hatten sie Sachas Zimmer aufgeräumt und seine Kleidung aussortiert. Rachel hatte eine CD mit Abzählreimen aufgelegt, um beide in Stimmung zu bringen. Das Aufräumen hatte ewig gedauert, aber sie hatten viel Spaß gehabt. Jetzt schlief Sacha, den Mund leicht geöffnet, die kleinen Arme um den Belugawal geschlungen, das Gesicht glatt und entspannt. »Mein Liebling«, murmelte sie.

Rachel zog sich aus, putzte sich die Zähne und kehrte ins Wohnzimmer zurück, um die Lichter auszumachen. Sie zog den Stecker des Handys, das sie zum Aufladen auf die Arbeitsplatte gelegt hatte, aus der Dose. Sie hatte zwei SMS bekommen:

> Danke für die Zeit mit Sacha. Ich hoffe, ihn bald
> wiedersehen zu können. Niels.

Rachel seufzte. Seit vier Jahren wartete sie auf eine solche Nachricht. Ihre Gefühle waren widersprüchlich. Sie würde später antworten und las die nächste SMS.

> Such HR 102 809 LDA/Polsen
> Jesu

Rachel stand eine Weile wie erstarrt da. *Was soll das denn nun wieder?* Sie wählte sofort die Nummer und ließ es mindestens zwanzigmal klingeln. Weder eine Antwort noch eine Mailbox – wie bei den letzten Malen. Sie schrieb entnervt:

> Verstehe den Code nicht. Du kannst nicht Jesus sein.
> Wer bist du?

Sie wartete mehrere Minuten in der lastenden Stille. Dann sah sie auf die Uhr. 1.30 Uhr. Zu spät, um Samuel anzurufen. Also hinterließ sie ihm eine Nachricht, die er beim Aufwachen finden würde.

Habe gerade eine SMS von RR21 bekommen
»Such HR 102 809 LDA/Polsen« Ein Datum für HR?
Weißt du, was LDA bedeutet? Bis bald, R.

Sie ging ins Internet und suchte erfolglos eine Weile nach einer Verbindung zwischen dem 28. Oktober 2009 und Hannibal Reed. Schließlich gab sie auf und ging schlafen. Als sie im Bett lag, sammelte sie die E-Mails von Christa ein, um sie wegzuräumen. Und plötzlich fiel ihr der Betreff einer Nachricht von Anfang Juni ins Auge.

Von: Christa
An: Niels
Betreff: Behandlung
Niels, seit fast einem Monat hast du mir nicht mehr geschrieben. Hast du vielleicht vergessen, dass du eine Mutter hast? Von deinem Sohn ganz zu schweigen ... Wann wirst du dich endlich um ihn kümmern? Was ihn betrifft, so habe ich eine unglaubliche Neuigkeit. Eine meiner Freundinnen hat mir einen außergewöhnlichen Arzt empfohlen, Doktor Wang in Kopenhagen. Er kann mir helfen und vielleicht auch Sacha. Mit Rachel kann ich nicht darüber reden, ich habe Angst, ihr falsche Hoffnungen zu machen. Ich brauche etwas Geld, denn die Sache ist nicht billig. Kannst du mir dieses Mal aushelfen? Danke. Mama.

Plötzlich war Rachel hellwach.

Von: Niels
An: Christa
Ich schicke dir das Geld postalisch. N.

KAPITEL ACHTZEHN

Als Rachel Sacha rufen hörte, zeigte der Wecker 7.40 Uhr an. Mühsam öffnete sie die Augen und schaltete das Radio ein.

»Ich koooomme, mein Liebling!«, rief sie ihm zu.

Noch im Halbschlaf plante sie ihren Tag: eine Liste sämtlicher Ärzte namens Wang in Kopenhagen erstellen, mit Sacha in den Park gehen, Renoksens Mitarbeiter überprüfen. Rachel streckte sich.

Nach dem Frühstück, das üppiger war als während der Woche – Rührei, Schinken, Käse –, zog Rachel sich und ihren Sohn an und ging rasch mit ihm nach draußen, um die Sonne zu genießen. Die Schaukel und das Karussell waren schon von Kindern belagert.

Thomas, Jesper, Sofie und sogar Else und Marianne saßen auf den Bänken und unterhielten sich. Als Rachel zu ihnen kam, beschlossen sie, ein großes Spiel auf dem Rasen zu machen, ehe sie Hähnchenflügel und Sardinen grillen würden.

Am frühen Nachmittag kehrten Rachel und ihr Sohn gesättigt und erschöpft in ihre Wohnung zurück. Rachel zog Sacha die Schuhe aus.

»Und nun ab zum Mittagsschlaf, mein Großer.«

Sie nutzte die Ruhe, um eine Ladung Wäsche zu waschen. Während sich die Trommel drehte, las Rachel ihre E-Mails. Samuel hatte ihr geantwortet.

Von: Samuel
An: Rachel
Habe deine Nachricht bekommen.
Suche nach einer Spur. S.

Rachel dankte ihm und surfte auf der Suche nach Doktor Wang in Kopenhagen im Internet. Kurz darauf spuckte der Drucker eine Liste mit zwanzig Adressen aus. Plötzlich hörte sie das imitierte Geräusch eines Maschinengewehrs aus Sachas Zimmer.

Der Kleine saß auf seinem Bett und tat so, als würde er eine Waffe vor sich ausstrecken und schießen.

»Tatatataaa … ich bin ein Polizist.«

»Du musst dich ausruhen.«

»Ich bin aber gar nicht müde«, entgegnete Sacha und versteckte die andere Hand unter der Decke.

»Was hast du da?«, fragte Rachel misstrauisch. Sie betrat das Zimmer, zog die Decke weg und entdeckte ihr Badge zum Bella Center, den Sacha in der Hand hielt.

»Sacha!«, schimpfte sie. »Woher hast du das?«

»Aus dem Wohnzimmer …«, antwortete der Junge mit einem leicht verkniffenen Lächeln, denn er wusste, dass ihm jetzt eine Standpauke blühte.

»Damit darfst du nicht spielen, der Ausweis ist wichtig. Ich habe nur den einen.«

»Aber das ist meine Polizistenkarte!«

Mit strengem Blick nahm Rachel ihm das Badge weg, steckte es in ihre Tasche und blieb dann kurz stehen. Plötzlich erhellte sich ihr Gesicht. »Jetzt habe ich's! Warum bin ich bloß nicht früher darauf gekommen.« Rachel zog das Badge aus der Tasche und wedelte damit vor dem Gesicht des Jungen. »Willst du mit Mama Detektiv spielen?«

Sacha nickte energisch. »Wie Scooby-Doo?«

»Ja, wie Scooby-Doo. Wir werden Ermittlungen durchführen, um einen Zeugen zu finden.«

»Was ist das, ein Zeuge?«

»Jemand, der etwas sehr Wichtiges gesehen hat und es erzählen muss. Ich werde es dir erklären.«

Kurz darauf kramte Rachel in dem großen Schrank im Flur, in dem sie alles Mögliche aufbewahrte. Sie zog Transparente, Flugblätter und einen Karton T-Shirts mit dem Green-Growth-

Logo heraus und stopfte alles in eine große Ikea-Tasche, die sie an Sachas Rollstuhl hängte.

»Und das ist unser Polizeiauto«, rief sie fröhlich.

Sacha klatschte in die Hände.

...

Am frühen Nachmittag betraten Mutter und Sohn das Bella Center. Vorher hatte Rachel ihm ein großes Glas Apfelsaft zu trinken gegeben. Am Eingang stand Mette, eine der vier Aufsichtskräfte, neben ihrem Computer und langweilte sich ganz offensichtlich. Sonntags gab es nur wenige Besucher.

»Hej, Mette!«, sagte Rachel.

Die kleine sympathische Blondine, die in einer etwas zu engen Uniform steckte, erinnerte sich gut an bestimmte Mitglieder der Nichtregierungsorganisationen, die im letzten Winter versucht hatten, sie zu bestechen, um sich zusätzliche Badges zu verschaffen.

»Hej, Rachel, wie geht es dir, und wer ist dieser große Junge?«

»Das ist mein Sohn. Sag Mette Guten Tag.«

»Guten Tag, Mette«, trompetete Sacha.

Rachel deutete auf ihre blaue Tasche. »Sag mal, ich muss das zu unserem Stand bringen, kann Sacha mitkommen?«

Mette schüttelte den Kopf. »Tut mir leid. Ich darf ohne Badge niemanden durchlassen. Mein Vorgesetzter ist in der Nähe, wenn der das sieht, bekomme ich Ärger.«

Rachel machte eine betrübte Miene.

»Lass ihn doch bei mir. Ich passe auf ihn auf«, bot Mette an.

Rachels Gesicht hellte sich auf. »Wirklich? Macht dir das nichts aus?«

Sacha setzte sein bezauberndstes Lächeln auf, und die Sache war beschlossen.

Mette nickte und entblößte beim Lachen eine Zahnspange.

»Kein Problem. Ich kümmere mich um den kleinen Süßen. Wir werden schon unseren Spaß haben.«

Rachel drückte ihrem Sohn einen Kuss auf die Stirn.

»Ich bin gleich wieder da.«

Dann lief sie über den Gang bis zur ersten Ausstellungshalle. Sie tat so, als würde sie nach rechts zum Green-Growth-Stand abbiegen, der aus einer Box mit zwei Barhockern und dem GG-Logo bestand. Sie stellte ihre Tasche hinter der Theke ab und ging sogleich zurück, um sich hinter einem Pfeiler zu verstecken, von wo aus sie Mette und Sacha gut im Blick hatte. Der Junge plapperte vor sich hin und stellte wie immer drei Fragen auf einmal. Plötzlich begann er in seinem Rollstuhl hin und her zu rutschen. Rachel lächelte innerlich. *Du bist ein Ass!* Sie sah Unruhe auf Mettes Gesicht. Niemand befand sich in der Nähe der Toiletten. Rachel hielt den Atem an, bis sich die Frau in Uniform endlich einen Ruck gab. Sie löste die Bremse des Rollstuhls und schob ihn eilig vor sich her.

Ohne die Toilettentür aus den Augen zu lassen, schlich sich Rachel dicht an der Wand entlang zum Eingang. Sacha sollte die Aufsichtskraft lange genug aufhalten, damit sie Zeit hätte, die Dateien in dem mit dem Badge-Lesegerät verbundenen Computer einzusehen. Entschlossen und ohne zu zögern bewegte sie die Maus, bis sie auf den Desktop gelangte. Mit einem raschen Blick überzeugte sie sich, dass die Toilettentür noch immer geschlossen war. Rachel klickte das oberste Symbol »Eingang« an. Eine Datei mit Hunderten von alphabetisch geordneten Fotos öffnete sich auf dem Monitor. Sie prüfte die Befehle, um zu sehen, ob man sie nach Datum aufrufen konnte. Ja. Sie hörte die Wasserspülung. *Verdammt noch mal!* Sie klickte den 23. August an. Etwa fünfzig Fotos wurden angezeigt. Rachel überflog sie, bis sie ihr Bild fand. Rachel Karlsen, Ankunft 22.30 Uhr. Die Toilettentür ging einen Spaltbreit auf. Um 22.05 Uhr war das Badge einer anderen Frau gescannt worden. Um die fünfzig, zurückgebundenes, rötlich blondes Haar, trauriger Blick, hohe Wangenknochen, schmale Lippen, lange Nase. Die Toilettentür öffnete sich, und Sachas Rollstuhl kam auf sie zu. Rachel hatte gerade noch Zeit, den Namen zu lesen und das Fenster zu schließen.

»Ich musste Pipi machen, Mama«, rief Sacha stolz, und seine Augen blitzten schelmisch.

...

Die Sonne ging unter. Rachel deckte Sacha zu und erklärte feierlich: »Du warst unglaublich gut heute Nachmittag, mein Liebling. Ich ernenne dich zum Meisterdetektiv des Jahres.«

»Hast du gefunden, was du gesucht hast?«

»Ja, mein Schatz, dank deiner Hilfe. Ohne dich hätte ich das nie geschafft.« Sie drückte ihn an sich, und Sacha flüsterte: »Wenn du mich in den Arm nimmst, wird mir ganz warm.«

KAPITEL NEUNZEHN
30. AUGUST

Kirsten Sörensen, bekleidet mit einem roten Jogginganzug, hielt Sachas rechtes Bein fest und forderte ihn auf, das Becken kreisen zu lassen. Sie beugte sich über den Kleinen, der auf dem Teppich im Wohnraum lag, und ermunterte ihn: »Kräftig durchatmen!«

Rachel, die mit einer Tasse Kaffee am Küchentisch saß, beobachtete die beiden.

Kirsten hatte zügig mit der Physiotherapie begonnen. Sie hatte Tempo vorgelegt, aber Rachel gefiel dieses neue Ritual, mit dem der Tag begann und das Sacha energischer und konzentrierter machte. Allerdings gelang es ihr nicht so recht, die eher reservierte Physiotherapeutin in ein Gespräch zu verwickeln. Rachel hatte Kirsten Sörensen in der Kategorie der »Pragmatiker« eingeordnet, die für und durch ihre Arbeit leben und sich sonst keine großen Fragen stellen. An diesem Morgen fühlte sie sich selbst ein wenig so, sie war kämpferisch und angriffslustig gestimmt. Das Gefühl, endlich voranzukommen, und die sechs Stunden Schlaf ohne Albträume hatten Wunder gewirkt.

Mit einem Bleistift malte sie Blumen auf die Liste der Ärzte namens Wang, die neben ihrer Tasse lag. Dann schrieb sie in fetten Großbuchstaben einen Namen an den Rand und betrachtete ihn.

MARGARETH JENSEN

Die Stimme aus dem Bella Center, die über einen Ausstellerbadge verfügte und sie gewarnt hatte. Sie hatte weder im Internet noch auf der Seite von RenokPharma etwas über sie finden können, aber das war nicht weiter schlimm, Rachel hatte jetzt den Anfang des Ariadnefadens gefunden und würde ihn hartnäckig weiterverfolgen.

Sie widmete sich wieder ihren Ärzten namens Wang und wählte die dritte Nummer auf der Liste. Nach dem zweiten Klingelton erklärte ihr eine metallene Stimme, Doktor Wang habe nur dienstags und donnerstags Sprechstunde, aber sie könne eine Nachricht hinterlassen. Rachel legte auf und schrieb ein D vor den Namen. Sie wollte gerade erneut wählen, als Kirsten Sacha eine Pause gönnte und zu ihr kam.

»Am Freitag habe ich Professor Hansen gesprochen. Er ist sehr zuversichtlich, was die Fortschritte dieses jungen Mannes betrifft, und meint sogar, wir sollten das Programm noch intensivieren.«

»Und was heißt das?«, fragte Rachel.

»Für einen bestimmten Zeitraum auch am Wochenende Therapiestunden abhalten.«

Rachel runzelte die Stirn.

»Ist das nicht zu viel?«

»Doktor Hansen sagt: im Gegenteil, man müsse, um den größtmöglichen Erfolg zu garantieren, das Muskeltraining einige Wochen lang täglich durchführen. Und wir wollen auch Wassergymnastik hinzunehmen.«

»Aha … gut«, antwortete Rachel. »Wir werden uns entsprechend organisieren.«

Kirsten räusperte sich.

»Er hat mit Ihnen über klinische Versuche gesprochen, nicht wahr?«

»Ja, er hat mir vorgeschlagen, Sacha in eine Studie aufzunehmen. Eine amerikanische Versuchsreihe, bei der die Nerven stimuliert werden sollen oder so ähnlich. Ich wollte ihm rasch eine Antwort geben, aber nach all den Ereignissen in letzter Zeit …«

Sie seufzte. »Ich werde nicht zustimmen. Das ist zu riskant.«

Rachel wartete auf Kirstens Reaktion, doch die sagte nichts. Rachel fand die Physiotherapeutin zwar etwas schroff, doch bis jetzt hatte sie gesunden Menschenverstand bewiesen.

»Was würden Sie tun?«, fragte sie deshalb.

»Das können nur Sie allein entscheiden«, erwiderte die Physiotherapeutin und wich ihrem Blick aus.

»Ich weiß, aber ich habe Sie nach Ihrer Meinung gefragt.«

Die Arme verschränkt, trat Kirsten von einem Fuß auf den anderen. Dann sah sie Rachel endlich an. »Ich habe keine Kinder. Aber wenn ich welche hätte, würde ich sie gegen alle erdenklichen Gefahren schützen.«

»Und was heißt das?«

»Ich würde sie keinem Risiko aussetzen …«

»Sie würden also auch ablehnen«, meinte Rachel, erfreut über die unverhoffte Verbündete.

»Aber zugleich würde ich jemandem wie Hansen vertrauen«, fügte Kirsten hinzu.

Etwas gereizt erwiderte Rachel: »Ich misstraue nicht Hansen, sondern diesen Amerikanern, ich weiß nicht einmal, wer sie sind. Und es ist ja auch nicht so, dass Sacha unter einer unheilbaren Krankheit mit tödlichem Ausgang leidet. Er kann so leben. Stellen Sie sich vor, das Experiment würde seine Situation verschlimmern oder gar … Eine meiner Freundinnen hat auf diese Art ihre Tochter verloren – nur weil die ein paar Zentimeter wachsen wollte.«

»Das verstehe ich sehr gut. Aber um auf Hansen zurückzukommen, er hätte Ihnen diese Therapie nie vorgeschlagen, wenn er nicht überzeugt davon wäre.«

»Sicher«, stimmte Rachel zu, »aber ich verstehe nichts von Medizin, und es heißt, ich solle ›gut aufgeklärt‹ einwilligen. Wie könnte ich das denn sein?«

»Ich habe einen Master in Humanbiologie. Möchten Sie, dass ich mir die Broschüre ansehe?«

Rachel horchte auf. »Das ist nett, aber nein danke. Ich lehne solche Versuche prinzipiell ab.«

Kirsten warf einen Blick auf die Uhr an der Mikrowelle und klatschte in die Hände. »So, Schluss mit der Faulenzerei, an die Arbeit, Sacha!«

Nachdenklich griff Rachel wieder zu ihrem Telefon und wählte die vierte Nummer auf der Liste. Eine Adresse im Nørrebro-Viertel.

»Guten Tag, Rachel Karlsen am Apparat. Ich hätte gerne Doktor Wang gesprochen.«

KAPITEL ZWANZIG

»Die 280-Megawatt-Zentrale namens Solaïa wird etwa 70 000 Haushalte mit Strom versorgen, ohne dabei – wie im klassischen Fall – über 475 000 Tonnen Treibhausgas auszustoßen. Nach ihrer Fertigstellung wird dies die erste große Solarstromanlage in den USA sein, die die erzeugte Energie auch speichern und später nach Bedarf – sogar nachts – abgeben kann.«

Während Henry Reed das Projekt erläuterte, ohne seine Notizen zu konsultieren, erschien auf dem Plasmabildschirm in der Wand des Konferenzraums ein Feld, ebenso grün und gepflegt wie der Rasen eines Golfplatzes. Die Pressekonferenz, die er nach der Entscheidung der Solaïa-Kommission geben würde, müsste überzeugend sein, damit in allen Zeitungen darüber berichtet würde. Der Firma, die den Zuschlag erhalten würde, hatte man 862 Millionen Dollar Kapital sowie Garantieanleihen im Wert von 1,45 Milliarden Dollar zugesichert. In der Mitte des Rasens tauchte ein riesiges blaues, 3-D-animiertes Quadrat auf. Zoom. Jeder Pixel des Quadrats stellte sich als Solarmodul der neuesten Generation heraus. Das Sonnenkraftwerk drehte sich um die eigene Achse, damit die begeisterten Direktoren der Energie- und Entwicklungsabteilungen seine futuristische Struktur von allen Seiten bewundern konnten.

Um die Präsentation abzusegnen, hatten alle an dem großen ovalen Tisch Platz genommen. An der einen Seite saßen Vater und Sohn Reed.

»Mehr als fünfundsiebzig Prozent der zum Bau von Solaïa benötigten Materialien werden in den USA hergestellt«, fuhr Henry Reed fort, »vor allem die Turbinen, Wärmeüberträger, die elektrische Ausstattung und Materialien wie Glas, Stahl und

Beton. Dadurch werden allein für den Bau eintausendsechshundert Arbeitsplätze geschaffen.«

Noch gut zehn Minuten lang setzte Henry Reed seine Ausführungen fort. Als der Bildschirm erlosch, klatschte Hannibal Reed in die Hände.

»Gute Arbeit!«

Sein Smartphone, das vor ihm auf dem Tisch lag, vibrierte. Er nahm das Gespräch an und erhob sich. »Beendet die Besprechung ohne mich.«

Auf dem Gang hörte er den Anrufer sagen: »Ich verfüge jetzt über die Informationen, die mir fehlten, Hannibal. Der Sohn der Schnüfflerin muss ein paarmal in der Woche ins Krankenhaus. Das ist ideal für unseren Plan B.«

»Okay. Aber noch einmal: Die Einzelheiten interessieren mich nicht, nur das Resultat zählt. Sie soll endlich und für immer den Mund halten.«

»Selbstverständlich.«

»Kannst du mir neue Tabletten für meinen Rücken schicken?«

»Natürlich.«

»Also dann, schönen Tag.«

»Bis bald.«

Hannibal Reed legte auf. Rachel Karlsen würde kaltgestellt werden, es war nur eine Frage der Zeit. Seit er herausgefunden hatte, was sie gegen ihn anzettelte, hatte er das zu seinem persönlichen Ziel erklärt. Kurz darauf verließ er sein Büro und fuhr mit dem Aufzug zwei Stockwerke tiefer in die Privatwohnung, die vollständig von Hannah eingerichtet worden war. Als er durch die mit apricotfarbenem Stoff ausgeschlagenen Flure lief, klapperten die Sohlen seiner teuren maßgefertigten Schuhe auf dem Teakboden.

Er blieb vor einer schweren Holztür stehen und klopfte kurz an – ein alter anerzogener Reflex –, bevor er, ohne eine Antwort abzuwarten, eintrat. Wie jeden Tag um diese Zeit saß sein jüngster Sohn reglos in einem Sessel am Fenster, die Augen auf das Gewirr von Wolkenkratzern gerichtet. Hannibal stellte sich neben ihn und folgte seinem Blick.

»Weißt du, Richard, ich hätte mir so gewünscht, dass sich die Dinge anders entwickeln«, erklärte er dann in feierlichem Tonfall. »Aber es war deine Entscheidung. Ich habe dir alles gegeben, und du hast mich verraten. So etwas kann ich von niemandem hinnehmen.«

Mehr denn je glich Hannibal Reed einem Raubvogel, der im Begriff war, sich auf seine Beute zu stürzen.

»Jetzt sehe ich mich gezwungen, dich zu bestrafen wie all jene, die meinen Untergang wollen. Jeder Verrat verdient einen Richterspruch, daran habe ich nie Zweifel gelassen.«

Richard blickte seinen Vater an, den er abgrundtief hasste. Eine Träne hing an seinen Wimpern. Hannibal betrachtete diesen Sohn, der so anders war. Wäre er nicht von der Treue seiner Frau überzeugt gewesen, hätte er gesagt, dass er nicht der seine war. Er hatte sogar eine Zeit lang einen Maler verdächtigt, den Hannah in der Stiftung unter ihre Fittiche genommen hatte und auf den er eifersüchtig gewesen war. Dieser Künstler vegetierte jetzt irgendwo mit gebrochenen Fingern vor sich hin.

Hannibal hatte für diesen so grundverschiedenen Sprössling nie besondere Zuneigung empfunden. Er war unfähig, anarchistisch, vielleicht sogar homosexuell – er hatte diesbezüglich einen Verdacht – und in der Lage, sich gegen jenen zu wenden, der ihn von Geburt an ernährte. Als Hannibal Reed ihn so, zu einem Nichts geworden, vor sich sah, empfand er nur Verachtung.

»Ich will dir erzählen, was passiert ist und noch passieren wird.«

KAPITEL EINUNDZWANZIG

Fehlanzeige! Nachdem sie die achtunddreißig Personen namens »Wang«, die auf ihrer Liste aufgeführt waren – zweiundzwanzig Ärzte, sechzehn Akupunkteure –, angerufen hatte, musste sie sich eingestehen, dass dies nicht die richtige Vorgehensweise war. Denn einmal abgesehen von den Anrufbeantwortern, hatte sie entweder mit dem Arzt selbst oder seiner Assistentin gesprochen, doch keiner von ihnen hatte bestätigt, dass Christa Kohler zu ihren Patienten gehörte hatte. Bei genauem Nachdenken war das eigentlich von vornherein klar gewesen, aber dickköpfig, wie sie war, hatte sie an ihrem Programm festhalten wollen.

Auf dem Weg zur Schule sagte sie sich, dass ihr jetzt nichts anderes blieb, als die rund vierzig Ärzte auf der Liste persönlich aufzusuchen. Dann kam ihr eine andere Idee, die ihr viel besser erschien. Sie vertraute Sacha der Schulhelferin Carol an, verzichtete ausnahmsweise darauf, ihr Fahrrad zu nehmen, und setzte ihren Weg mit dem Auto fort. Sie hatte Zeit genug, zum Green-Growth-Büro zu fahren.

Kaum hatte Rachel das Rote Haus erreicht, streckte Peter den Kopf aus der Tür seines Büros.

»Ich habe deinen Bericht freigegeben. Ich schicke dir die korrigierte Fassung und bespreche mich dann mit Olivier.«

»Okay, super!«

»Hast du das Logbuch fertig?«

»Fast.«

»Sobald du damit durch bist, schick es an Paula, damit sie es online stellen kann. Und dann verschwindest du.«

»Ich soll verschwinden?«, fragte Rachel erstaunt.

»Du hast seit deiner Rückkehr keine Minute Urlaub gemacht«, erklärte Peter. »Ich möchte, dass du dir ein paar Tage freinimmst, damit du am 2. September topfit bist.«

»Aber es gibt vor der Pressekonferenz noch so vieles zu tun!«

»Mach das in aller Ruhe zu Hause, wir telefonieren. Ich brauche dich hinterher in Hochform.«

»Gut.«

»Also, sieh zu, dass du fertig wirst, fahr nach Hause und schlafe! Das ist ein Befehl.«

»Okay, Chef.«

Rachel lächelte, sie hatte wirklich den besten Boss der Welt.

Eine halbe Stunde später hatte sie ihre Arbeit beendet und verließ ihr Büro. Nachdem sie am Hafen entlanggefahren war, parkte sie am Ufer des Öresund. Mit ausgeschaltetem Motor und geöffnetem Fenster ließ sie sich vom Glitzern der Sonne auf dem Wasser hypnotisieren. Ein Trawler legte ab. Aus der Ferne hätte man ihn mit der *Serendipity* verwechseln können. Sie dachte noch einmal über die Ereignisse der letzten Wochen nach. Ein Terrorist hatte im Auftrag eines bedeutenden Industriellen einen Anschlag gegen Green Growth verübt. Die erste Hypothese war beruhigender, denn in diesem Fall handelte es sich um eine einzelne Tat, die gegen die Organisation gerichtet war und sich vermutlich nicht wiederholen würde. Bei der zweiten Hypothese hingegen war sie selbst die Zielscheibe, und die Angriffe würden nicht aufhören, bis man sie endlich zum Schweigen gebracht hätte.

Und das alles nur, damit ich den Bericht unter den Tisch fallen lasse! Aber der war nun endlich fertig. In zwei Tagen würde er während der Pressekonferenz in Papierform an die Journalisten verteilt und gleichzeitig die elektronische Version an alle Webredaktionen, Gemeinschaftswebsites und an wichtige Blogs versandt werden. Dänemark, Green Growth und insbesondere sie selbst würden erneut im weltweiten Rampenlicht stehen. *Bin ich stark genug, um das durchzuhalten?* Rachel zögerte, bejahte die Frage dann aber. *Das ist der Preis für Gerechtigkeit und dafür, dass Reed seine Glaubwürdigkeit verliert.* Rachels Gedanken schweiften ab und verloren sich über dem Graublau des Wassers. Schließlich stieg sie aus und lief inmitten der vielen Fahrräder am Pier entlang zu der berühmten Langelinie-Promenade. Eine Gruppe von Joggern in T-Shirts des Rugbyclubs überholte sie, eine andere kam ihr entgegen. Nach dem Radfahren war das Joggen die beliebteste Sportart der Dänen. Rachel atmete tief die Seeluft ein und warf einen Blick zu dem Pier, wo seit hundert Jahren die *Kleine Meerjungfrau* auf ihrem Felsen die Touristen anzog.

Doch jetzt war ihr Platz leer. Die Bronzeskulptur von Edvard Eriksen und ihr Granitfelsen waren nach Shanghai überführt worden, wo das mystische Wesen die Attraktion des dänischen Pavillons bei der Weltausstellung darstellte. Die von Andersens Märchen inspirierte Figur hatte Ferien. »Nachdem sie zweimal von Vandalen enthauptet und amputiert und mit einer Burka verkleidet worden ist, hat man sie jetzt entwurzelt«, hatte Christa im März während der Überführungsaktion geschimpft. Und ihr Zorn hatte nicht nachgelassen. »Kann man sie nicht mal in Ruhe lassen? Sie hat nichts in China verloren!« Rachel erinnerte sich an Christas überraschende Wut.

Ein andermal, als sie zwei anstrengende Stunden mit Sacha im Tivoli-Park verbracht hatten, hatten sie ihre Schuhe ausgezogen, und Rachel hatte Sacha zu einem der vielen Brunnen getragen, um seine Füße zu erfrischen. Die Stimmung war ausgelassen gewesen, sie hatten einander bespritzt, gelacht und gelärmt. Damals hatte sich Christa angesichts des leeren Piers erneut erregt.

»Bringen sie sie nicht rechtzeitig zurück?«

»Rechtzeitig zu was?«, hatte Rachel gefragt.

»Rechtzeitig für mich …«

Rachel hatte geglaubt, nicht recht verstanden zu haben, und war nicht weiter darauf eingegangen. Heute machte dieser Satz Sinn. Und wenn Christa um ihre Krankheit gewusst hatte?

Der Kummer schnürte ihr die Kehle zusammen. Die *Kleine Meerjungfrau* war weg und Christa auch. Die eine würde im Herbst zurückkommen, die andere nie. Sie war tot. Rachel schluckte mühsam. Welche Beziehung hatte sie eigentlich zu Niels' Mutter gehabt? Hatte sie sie wirklich gekannt? Warum hatte sich Christa ihr nicht anvertraut?

Rachel dachte über die Teile des Puzzles nach, über die sie verfügte. Christa hatte unter einer mysteriösen Krankheit gelitten, einer seltenen Form von Krebs. Vor ihrem Tod hatte sie mehrmals einen gewissen Doktor Wang aufgesucht. Nach Auskunft der Rechtsmedizinerin Vita Moling wies ihr Körper den gleichen blauen Fleck auf wie Sacha. Man hatte also bei beiden eine Injektion oder Punktion vorgenommen, aber was und warum? Rachel wandte sich in einem stummen Gebet an Christa: *Ich bitte dich, hilf mir. Lass mich nicht im Dunkeln. Sag mir, was du getan hast. Ich würde es dir nie übel nehmen.* Dann kehrte sie zurück zu ihrem Wagen und ließ den Motor an. Es war zehn Uhr. Eine angemessene Zeit, um zu telefonieren und ihren Besuch anzukündigen.

...

Die Frau, die sie an der Tür erwartete, war groß, schlank, und das blonde Haar fiel ihr auf die Schultern. Mit ihrer eleganten weißen Jabotbluse und der smaragdgrünen Hose wirkte sie sehr damenhaft. Ihr Backsteinhaus lag in einer begrünten Straße hinter dem Tivoli-Viertel. Die vier Fenster führten auf einen hübschen, mit Hortensien bewachsenen und gepflasterten Hof hinaus, den man durch ein weißes Holztor erreichte. Sie blinzelte ein wenig, doch als sie die Besucherin erkannte, weiteten sich ihre Augen. Monica Olsen kam Rachel entgegen.

»Sie haben sich beeilt … bitte treten Sie ein.«

Monica führte Rachel ins Haus. Christa und sie hatten sich in den ersten Jahren bei Danish Airways kennengelernt. Eine enge Freundschaft, die während der gemeinsamen Reisen entstanden war, verband sie. Diese Beziehung hatte sich noch gefestigt, als beide 2005 ihre Männer verloren – der eine war an Leberkrebs gestorben, der andere an einem Aortenaneurysma. Seit sie 2006 in Rente gegangen waren, verbrachten sie viel Zeit miteinander und frönten ihren gemeinsamen Leidenschaften, dem Lesen und dem Reisen.

Rachel war Monica nur ein paarmal bei Christas Geburtstagsfeiern begegnet und kannte sie fast nicht. In dem gemütlich, aber nicht protzig eingerichteten Haus roch es nach Leder und Wachs. Rachel folgte Monica ins Wohnzimmer, wo zwei große braune Sofas mit freundlichen, indisch gemusterten Kissen standen und dazwischen ein niedriger Glastisch, auf dem einige Einrichtungszeitschriften lagen. An einer hellgrau gestrichenen Wand hingen abstrakte Gemälde in kräftigen Farben. An einer anderen zog sich ein Regal entlang voll mit sorgfältig eingeordneten Büchern. Durch die großen Fenster, die zum Hof hinausführten, fiel das helle Tageslicht herein. Rachel sagte sich, dass dieses Haus eine nach jahrelangem Stress wohlverdiente Ruhe ermöglichte. Eine solche Atmosphäre gab es bei Christa nicht. Ihre Wohnung hatte stets etwas Hektisches, Fieberhaftes und Schmerzliches ausgestrahlt. Diese Feststellung tat ihr weh. Christa hatte diese Welt verlassen, ehe sie Frieden gefunden hatte.

Rachel bewunderte den schwarz lackierten Flügel im hinteren Teil des Raums. Er diente zugleich als Ausstellungsfläche für mindestens zwanzig Fotos in eleganten Rahmen. Auf einem lächelten Christa und Monica vor dem Tadsch Mahal in die Kamera. Monica seufzte herzzerreißend.

»Das war vor zwölf oder dreizehn Jahren … da waren wir noch hübsch, was?« Sie deutete auf eines der Sofas. »Setzen Sie sich doch bitte. Möchten Sie Tee oder Kaffee?«

Rachel nahm gerne eine Tasse Tee. Monica kam mit einem Tablett zurück, auf dem Tassen, Teekanne und Kekse standen.

»Wann findet die Beerdigung statt?«, fragte sie und setzte sich neben ihre Besucherin.

»Nächsten Freitag. Möchten Sie vielleicht einen Text für Christa lesen?«

»Ja, das würde ich gerne tun.«

Rachel nippte an dem heißen Tee und stellte die Tasse wieder ab. »Wie ich Ihnen vorhin am Telefon erklärt habe, möchte ich Ihnen eine Frage stellen.«

»Ja, bitte.«

»Kennen Sie einen gewissen Doktor Wang, den Christa aufgesucht hat?«

Monica knabberte an einem Keks. »Meinen Sie den ›Zellen‹-Doktor?«

Rachel zog die Brauen hoch. »Wie bitte?«

»Das ist der Spitzname, den ich ihm gegeben habe.«

»Hm, vielleicht …« Gedankenverloren starrte Monica auf das englische Dekor der Teekanne.

»Es war im letzten Juli, daran erinnere ich mich genau, denn es war das Fest des Lesezirkels. Wir hatten Champagner getrunken und waren alle etwas beschwipst, als Christa mir zum ersten Mal von diesem Arzt erzählt hat, der ihr die Dinge ›unter einem neuen Blickwinkel‹ zeigen wollte.«

Sie hatte diese Worte mit zwei in die Luft gemalten Anführungszeichen begleitet.

»Und das war Doktor Wang?«, hakte Rachel nach.

»Ja. Sie hat mir gesagt: ›Wang hat mir Linderung verschafft, indem er meine Zellen neu ausgerichtet hat.‹ Mein Gott. Ich habe laut losgelacht. Das hat Christa mir übel genommen und geschimpft, ich würde nichts begreifen.«

»Und haben Sie die Adresse dieses Arztes?«

»Nein, aber ich weiß, wer sie hat.«

Monica erhob sich, kramte in ihrer Handtasche und reichte ihr dann eine Visitenkarte.

Magda, Wahrsagerin

Dazu eine Adresse, eine E-Mail und eine Telefonnummer.

Rachel verzog das Gesicht.

»Wer ist das?«

Die ehemalige Stewardess verdrehte die Augen. »Ihre Busenfreundin Magdalone … Hat Sie Ihnen nie von ihr erzählt?«

»Doch, sie hat sie vielleicht ein-, zweimal erwähnt. Sie ist Hellseherin?«

Monica, die offenbar froh war, ihr Herz ausschütten zu können, fuhr fort: »Wie Sie an der Adresse sehen, handelt es sich um eine Nachbarin in Nyboder. Sie arbeitet im Riget, und in ihrer Freizeit betätigt sie sich am Telefon und im Internet als Wahrsagerin. Seit einer gewissen Zeit hatte Christa nur noch Augen für sie. Magda hier, Magda da …«

Rachel traute ihren Ohren nicht. »Kennen Sie sie?«

»Christa hat sie mir einmal vorgestellt. Sie wohnt in der Delfinsgade, gleich neben ihr. Sie hat keinen guten Eindruck auf mich gemacht.«

Rachel stellte eine Frage, deren Antwort sie schon kannte: »Handelt es sich um eine kleine Frau mit schwarzen Haaren und vielen weißen Strähnen … die sehr unsympathisch aussieht?«

»Genau die!«, bestätigte Monica. »Ich bin ihr einmal begegnet. Diese Frau hatte einen sehr schlechten Einfluss auf Christa. Seit dem Tag, da sie sie kennengelernt hat, sprach Christa von Runen, Tarot und solchem Unsinn. Einmal hat sie mir zum Beispiel geraten, mein Zimmer blau zu streichen, weil das gut für meine Psyche wäre. Als ich sie vor diesem Aberglauben warnen wollte, ist sie ärgerlich geworden und hat mir nichts mehr erzählt.«

»Und diese Magda hat also Christa zu Doktor Wang geschickt?«

»Genau.«

Monica schwieg einen Moment, dann fragte sie: »Sagen Sie, Rachel, warum interessiert Sie dieser Arzt so sehr?«

Rachel beugte sich zu Christas Freundin vor. »Ich habe erfahren, dass Christa Krebs hatte.«

Monica schossen Tränen in die Augen. »Krebs? Das wusste ich nicht.«

»Ich auch nicht. Aber ich will herausfinden, ob sie nicht alles auf eine Karte gesetzt und mit diesem Arzt neue Behandlungsmethoden ausprobiert hat.«

»Mein Gott …«

Rachel überlegte kurz und fuhr dann fort: »Hat Sie Ihnen von einem neuen Medikament erzählt?«

»Nein, das Einzige, was sie mir anvertraut hat, ist die Kur, der sie sich während ihrer Chinareise im Sommer unterzogen hat. Das Programm umfasste Yoga, Meditation, eine Diät und wurde von Medikamenten der Chinesischen Medizin begleitet. Nach ihrer Rückkehr war sie sehr ausgeruht.«

»Das war Mitte Juli. Wollten Sie nicht eigentlich zusammen fahren?«

»Doch«, bestätigte Monica, »aber ein Hexenschuss hat mich am Tag vor der Abreise ans Bett gefesselt.«

»Und im August hat sie Ihnen nichts über ihren Gesundheitszustand erzählt?«

»Wir haben uns kaum gesehen. Ich war bis zum 20. August bei meinen Kindern, die ein Haus auf Götland haben. Ich habe zwei Tage vor ihrem Tod mit ihr telefoniert, und da schien sie ganz normal.«

Rachel trank ihren Tee aus.

Monica presste die Lippen zusammen und schlug sich mit der flachen Hand auf den Schenkel.

»Das werden wir sofort regeln.« Sie nahm den Telefonhörer ab. »Zu irgendwas muss die ja gut sein«, sagte sie, während sie die Nummer wählte, die auf der Karte stand.

»Magda Fersen? Ja, guten Tag, hier ist Monica Olsen, Christas Freundin. Ich erlaube mir, Sie anzurufen, weil …«

Monica wurde unterbrochen, schwieg kurz und nickte. »Ja, ich weiß, das ist entsetzlich. Sie hatten die Intuition? Ach! Ja, ja, ich verstehe. Nun, ich rufe Sie an, weil ich eine kleine Auskunft Christa betreffend brauche.«

Kurz darauf hatte sie eine Adresse auf den Notizblock gekritzelt und legte auf. »Sie schien überrascht von meinem Anruf.«

»Nicht schlecht für eine Hellseherin«, meinte Rachel ironisch.

»Hier ist die Adresse. Sie ist in Nørrebro.«

Nörrebro war das multikulturellste und am dichtesten bevölkerte Viertel von Kopenhagen und verschrien in einer Gesellschaft, in der sich rechtsradikales Gedankengut mehr und mehr durchsetzte.

Rachel bedankte sich herzlich bei Monica. Dann erhoben sich beide gleichzeitig, so als hätte eine unsichtbare Uhr das Ende ihres Gesprächs angekündigt. Voller spontaner Zuneigung ergriff Monica ihre Hand.

»Wir sehen uns also am Freitag bei der Beerdigung.«

Rachel bemerkte, dass Monica Olsens Kinn leicht zitterte. »Und tausend Dank, dass Sie mir angeboten haben, einen Text zu lesen. Ich werde ein Gedicht aussuchen.« Sie begleitete Rachel zur Tür. »Sacha und Sie, sie waren sehr wichtig für Christa. Sie waren ihre Familie.«

»Ja, und sie war die unsere.«

»Christa hat mir erzählt, dass Sie an einem hochexplosiven Dossier arbeiten. Und dann kam das Attentat. Sie war ganz krank. Sie hat es Ihnen sicher nicht gesagt, aber das hat sie um den Schlaf gebracht. Sie hatte Angst um Sie. Darf ich Ihnen einen Rat geben?«

»Ja natürlich …«

»Wenn Ihre Sicherheit gefährdet ist, hören Sie auf. Sie sind jung, Sie sind hübsch, Sie werden einen Mann finden, der Sie liebt, nicht so einen wie diesen Idioten Niels … aber lassen wir das beiseite. Sie müssen Sacha erziehen, ihm Geschichten erzählen und ihn trösten. Ihr Leben und das seine sind wichtiger als der Kampf für irgendeine ›gerechte Sache‹.«

Rachel senkte den Blick. Die Worte von Christas Freundin berührten sie, so als hätte ihre Schwiegermutter selbst sie ausgesprochen. Sie drückte ihr fest beide Hände.

»Kommen Sie mich einmal mit Sacha besuchen?«, fragte Monica.

»Versprochen.«

Sie murmelte: »Auf Wiedersehen« und entfernte sich.

KAPITEL ZWEIUNDZWANZIG

Samuel warf einen Blick auf die Uhr seines Laptops, der geöffnet auf den Knien lag. Ihm blieb noch etwas Zeit. Er trank im Coffee-Shop des Hotels *Mercure Astoria* in Reykjavík einen Caffè Latte. Er saß bequem in einem der blau gestreiften Stoffsessel, wobei seine abgetragenen Timberlands nicht so recht zu dem schicken Teppichboden mit Tupfendesign passten. Als Hotelgast hatte er unbegrenzten Internetzugang und gab bei Google einen Suchbefehl nach dem anderen rund um »HR 102 809 LDA/Polsen« ein. Er fluchte, er bekam keinen einzigen Treffer. Irgendwie hatte er das Gefühl, etwas stimme nicht, er sei auf einer falschen Fährte. Schließlich tippte er einfach nur »HR« ein und scrollte durch die Ergebnisse. Plötzlich hellte sich seine Miene auf.

...

Rachel bog auf die Nørre Søgade ein, fuhr geradeaus weiter bis zur majestätischen Königin-Luise-Brücke, nahm die Nørrebrogade und parkte schließlich unweit des Sankt-Hans-Torv-Platzes mitten in Nørrebro. Hier befand sich das Zentrum dieses multikulturellen und dicht bevölkerten Viertels, eines Schmelztiegels von Einwanderern, Künstlern und rebellischen Studenten.

In bestimmten Kreisen wurde das ehemalige Arbeiterviertel Nørrebro als ein Ort beschrieben, »an dem sich weiße Dänen am Wochenende besser nicht auf die Straße wagen sollten«. Mit Sorge beobachtete Rachel die tendenzielle Zunahme von solch fremdenfeindlichen Äußerungen in der Bevölkerung. Ähnlich wie in Frankreich wurden die Einwanderer inzwischen von manch einem als Wurzel allen Übels gesehen.

Mithilfe ihres Stadtplans begab sie sich zu der Adresse, die Monica ihr gegeben hatte. Dabei kam sie an einem türkischen Café vorbei, aus dem ein Stimmengewirr in allen Sprachen der Welt zu vernehmen war, sie atmete Currydüfte ein, noch bevor sie das indische Restaurant sah, und passierte eine Pizzeria. Auf der gegenüberliegenden Straßenseite verkaufte ein kleiner Gemüsehändler farbenprächtige Gewürze direkt neben einer Nachtbar, deren Eisengitter heruntergelassen war. Rachel begegnete zwei verschleierten Frauen, die Kinderwagen schoben. Dieses Viertel zeigte ein ganz anderes Dänemark, das Rachel zugegebenermaßen nur gelegentlich zu sehen bekam.

Rachel bemerkte, dass sie vor der ehemaligen Adresse des Ungdomshuset, des Jugendhauses, stand, von dem 2007 heftige Unruhen ausgegangen waren. Dieser Ort war das wichtigste autonome Zentrum Dänemarks gewesen, Symbol für Rebellion und Gegenkultur. Über zwanzig Jahre lang hatten sich hier die extrem linken politischen, kulturellen und sozialen Aktivitäten in Selbstverwaltung entwickeln können. Bis am frühen Morgen des 1. März 2007 dänische Antiterrortruppen, unterstützt von Helikoptern, das Gebäude geräumt hatten. Rachel erinnerte sich gut daran. Einige Mitglieder von Green Growth hatten die »Autonomen« aus Solidarität unterstützt. Momentan war das Haus nur noch von Ratten besetzt.

Die Praxis von Doktor Wang lag direkt daneben. Der Name »Wang« war auf einer halb herausgeschraubten Metallplatte zu lesen.

...

Rachel stieg eine steile Treppe hinauf, auf der es nach Katzenpisse roch. Sie hatte kaum im zweiten Stock geklingelt, als auch schon eine üppige junge Frau in einer orangefarbenen Tunika im Türrahmen auftauchte. Kurzes gelocktes Haar, kleine Brille und greller Lippenstift. In ihrem Rücken stapelten sich Kartons hinter zwei Sesseln, die in Plastikhüllen steckten. Der Arzt zog um. Die Frau, die sich als Sekretärin von Doktor Wang vorstellte, ging trotz ihrer Korpulenz mit leichtem Schritt hinter das einzige noch verbliebene Möbelstück, eine Empfangstheke mit Resopalbeschichtung. Sie kam mit einem weißen Umschlag zurück, der an einen Notar in Østerbro adressiert war.

»Hier, alle Papiere sind unterschrieben.«

Rachel war verlegen. »Nein, nein, deswegen komme ich nicht. Bitte entschuldigen Sie, ich möchte Doktor Wang sprechen. Ziehen Sie um?«

Die Frau antwortete nicht, Rachel fuhr fort: »Könnten Sie dem Doktor bitte sagen, dass ich die Schwiegertochter von Christa Kohler bin, die vor zwei Tagen gestorben ist? Ich würde gerne mit ihm sprechen.«

Die Sekretärin schenkte ihr ein müdes Lächeln. »Ich erinnere mich an sie, ja. Mein Beileid. Aber der Doktor hält derzeit keine Sprechstunde ab.«

»Ich komme nicht als Patientin. Ich möchte ihn nur kurz sprechen.«

Die Sekretärin nickte. »Dann gedulden Sie sich bitte einen Moment, ich sage ihm Bescheid.«

Bevor sie ihr den Rücken zudrehte, fragte Rachel: »Entschuldigen Sie, aber ich wollte noch kurz wissen, ob Christa Kohler mit einem behinderten kleinen Jungen hier gewesen ist?«

»Ja, mit einem reizenden kleinen Buben. Ich habe ihr geholfen, ihn heraufzutragen.«

Rachel spürte ihre Knie weich werden, während die Sekretärin in dem schmalen dunklen Korridor verschwand.

Hör mal, dass er hier gewesen ist, heißt noch nicht, dass er behandelt wurde. Vielleicht hat er seine Großmutter nur begleitet.

Wenig später führte die Sekretärin sie in das Sprechzimmer von Doktor Wang.

Rachels erster Eindruck war negativ. Doktor Wang hatte alles von einem Guru. Hochgewachsen und mit eingefallenen Wangen, grau meliertem Haar und weißem Kinnbart um schmale rosafarbene Lippen. Tintenschwarze Pupillen, die sie intensiv musterten. Seine leicht geschlitzten Augen verrieten asiatische Ursprünge, doch ansonsten war das Gesicht europäisch. Die Wände, Regale und der Schreibtisch waren leer. Übrig geblieben war nur noch eine Untersuchungsliege, auf der Pakete gestapelt waren. Am Boden standen mehrere offene Kartons.

»Das mit Ihrer Schwiegermutter tut mir sehr leid«, sagte Wang und bat Rachel einzutreten. »Wirklich sehr leid.«

Die Augen des Arztes ließen nicht von ihr ab, als wollten sie in ihrer Seele nach der Wahrheit forschen. Rachel bemühte sich, dem verstörenden Blick standzuhalten und konzentriert zu bleiben.

»Christa hat Sie seit Juni mehrfach aufgesucht, nicht wahr?«

»Das ist richtig.«

»Warum genau?«

Doktor Wang zog die Brauen hoch und antwortete in übertrieben ehrerbietigem Tonfall: »Dürfte ich erfahren, warum Sie das wissen möchten?«

Rachel ließ sich nicht aus der Fassung bringen. »Ich muss einfach verstehen, in welchem Geisteszustand meine Schwiegermutter vor ihrem Tod gewesen ist. Für mich bleiben viele Dinge unerklärlich.«

Das stimmte tatsächlich. Christa schien seit geraumer Zeit eine Fremde für sie geworden zu sein.

»Sie machte sich Sorgen wegen ihrer Herzprobleme und stellte sich existenzielle Fragen«, erwiderte Doktor Wang.

Er sprach mit monotoner Stimme, ohne dass sich seine Gesichtszüge belebten. Ein wenig so, als trüge er eine Maske.

»Fragen welcher Art?«, beharrte Rachel.

»Sie hatte Angst vor dem Tod.«

»Wegen ihres Herzinfarkts?«

»Ja, sie war der Meinung, die klassische Medizin sei nicht in der Lage, ihr zu helfen.«

»Gab es da noch etwas anderes?«

Wang verschränkte die Hände, sein Blick war ausdruckslos, seine Sprechweise blieb monoton. »Sie wurde sehr schwer damit fertig, für die Behinderung ihres Enkels verantwortlich zu sein.«

Rachel schüttelte den Kopf. »Nein, sie war nicht …«

»Wie dem auch sei, Christa fühlte sich verantwortlich«, fiel ihr Wang ins Wort. »Und auch machtlos. Sie war eine Mutter, die das Gefühl brauchte, unverzichtbar zu sein. Das Problem des Kleinen – den sie wie einen Sohn liebte – war auch aus diesem Grund unerträglich für sie. Daran haben wir gearbeitet.«

»Sie haben eine Art … Psychotherapie gemacht?«

»So ist es, neben einer Akupunkturbehandlung.«

»Und was haben Sie ihr geraten?«

»Dass sie sich Wissen über das Krankheitsbild aneignet, sich informiert, in Erfahrung bringt, wie weit die Wissenschaft inzwischen auf diesem Gebiet fortgeschritten ist, um das Problem anzugehen und die Ereignisse nicht nur passiv hinzunehmen.«

»Und, hat sie das getan?«

»Ich vermute, ja.«

»Sie ist einmal mit dem Kleinen hier gewesen, mit Sacha, nicht wahr?«

»Ja.«

Rachel war verstört, ihr Puls beschleunigte sich. »Darf ich auch wissen, warum?«

»Ich dachte, Sie seien darüber informiert.«

»Nein.«

»Sie brachte ihn wegen emotionaler Probleme mit.«

Rachel hatte plötzlich einen trockenen Mund. »Was für emotionale Probleme?«

»Er fragte sich, ob sein Papa seinetwegen fortgegangen sei. Er sagte, er wolle verschwinden.«

Ein Faustschlag in die Magengrube. So empfand Rachel diese Worte. Sie wurde bleich, fixierte die ausdruckslosen Augen des Gurus und wünschte nur noch, er möge schweigen. Er log. Aber er fuhr fort: »Er sagte, er wolle in den Wolken verschwinden. Wie formulierte er das noch? Es war ein hübscher Ausdruck … Ach ja, ›wie die Mama von Pippi‹.«

Rachel wurde es sehr heiß, dann sehr kalt, und der Boden schwankte unter ihren Füßen. Der Arzt hob die Kartons von der Untersuchungsliege herab, bat sie, sich hinzulegen. Rachel vermochte nicht zu protestieren, ihre Beine waren wie Watte, und in ihren Ohren rauschte es. Der Doktor nahm ihr Handgelenk zwischen zwei Finger und blickte auf seine Uhr.

»Bleiben Sie so liegen, das geht vorbei.«

Die Hitze in ihrem Gesicht ließ etwas nach. Trotzdem fühlte der Doktor weiter ihren Puls. »Was setzt Ihnen so zu?«

Rachel hatte keine Lust zu antworten. Ihm nicht, er flößte ihr kein Vertrauen ein. Gleichzeitig duldete der befehlende Ton des Arztes keinen Widerspruch. Ohne ihr Handgelenk loszulassen, tastete er mit der anderen Hand ihren Bauch ab. Rachel stöhnte auf vor Schmerz.

»Er hat mir nie etwas dergleichen gesagt … nie«, murmelte sie. »Er ist ein glücklicher kleiner Junge.«

»Vielleicht hat er es versucht. Aber Sie konnten ihn nicht hören. Warum sind Sie gekommen?«

»Ich möchte wissen, was während meiner Abwesenheit mit ihm gemacht wurde.«

»Ich habe mit ihm gesprochen, so wie ich mit Ihnen spreche, das ist alles. Und ich glaube, es ging ihm danach besser.«

Rachel schloss die Augen, Wangs Stimme drang wie durch dichten Nebel an ihr Ohr. Rachel wollte etwas hinzufügen, aber Wang drückte auf ihre Leber, was sie erneut vor Schmerz aufstöhnen ließ.

»Sie sind voller Verspannungen und Stress.«

Sie wollte sich aufrichten, aber seine Hände hinderten sie daran und weckten Schmerzen in ihr, die sie bisher nicht kannte. Er tastete ihren Darm ab – sie biss sich auf die Lippen – und untersuchte jedes Organ Zentimeter für Zentimeter.

»Sie stecken mitten in einem affektiven Konflikt. Sie unterdrücken Ihre Gefühle. Und das bereits seit langer Zeit.«

Rachel versteifte sich. Sie wollte diesen Typen nicht mehr hören. Aber der Arzt fuhr fort: »Das muss lange, ja sogar sehr lange zurückliegen. Wahrscheinlich eine zu autoritäre oder zu perfekte Mutter, die Ihnen keinen Platz zum Atmen ließ. Also sind Sie auf Distanz gegangen, aber das Problem besteht weiter. Sie denken immer, dass die anderen alles besser machen, besser zu lieben verstehen als Sie. Sie nehmen nie Ihren Platz ein, und aus Angst zu versagen flüchten Sie. Dabei sind Sie mutig, ich spüre in Ihnen einen starken Willen, ja, einen Starrsinn, eine große Integrität und die Fähigkeit, Risiken einzugehen. Aber nicht auf persönlicher Ebene. Auf diesem Gebiet haben Sie abgedankt.«

Rachel öffnete den Mund und schloss ihn wieder, ohne einen Laut herauszubringen. Sie machte eine Bewegung, um sich aufzurichten, die Kehle wie in einem Schraubstock, hin und her gerissen zwischen dem Bedürfnis, zu fliehen und Wang zu sagen, er möge schweigen, was auf dasselbe hinauslief. Dieser aber hinderte sie sanft daran und tastete ihren Hals ab.

»Sorgen Sie sich nicht, das wird sich alles geben und wieder in Ordnung kommen. Sie müssen es nur zulassen. Ich bin dabei, Ihre Zellen neu auszurichten.«

Rachel erstarrte, das Herz schlug ihr bis zum Hals, sie fühlte sich ohne eigenen Willen. Der Doktor setzte seine Behandlung eine Weile fort, strich leicht über ihre Stirn, ihren Bauch und ihre Knöchel und half ihr dann, sich aufzurichten. Verstört starrte sie ihn an.

KAPITEL DREIUNDZWANZIG

Am schlimmsten waren die Schuldgefühle. Ratlos irrte Rachel durch Nørrebro. Es musste Mittag sein, denn sie begegnete Leuten mit einem Kebab oder Panini in der Hand. In einer miesen Kneipe, in der es nach Frittierfett und Zwiebeln roch, kaufte sie sich ein Thunfischsandwich und ließ sich auf eine mit Graffiti besprühte Bank fallen. Gegenüber lag ein Geschäft mit schwarzer Auslage, das eine Kollektion Lederklamotten mit Nieten verkaufte. Ein aufgemalter Totenkopf prangte an der Fassade. Eine Punkerin mit Irokesenfrisur und übersät mit Piercings betrat den Laden. Rachel fühlte sich ebenso trübsinnig, wie dieses Mädchen aussah.

Mit wenigen Worten hatte Wang ihr ohnehin schon geringes Selbstwertgefühl zerstört. Seit vier Jahren verdammte sie Niels als Feigling und schlechten Vater, der sich die bessere Rolle sicherte. Dabei hatte sie sich letztlich genauso wie er verhalten, war vor ihrer Verantwortung geflohen, sobald es ging. Alle ihre Missionen zur Rettung der Biodiversität waren nur ein Vorwand gewesen, um vor der Realität zu fliehen und nicht erkennen zu müssen, dass ihr Sohn litt. Sie schluckte ein großes Stück des fetttriefenden Sandwichs hinunter, das auf ihren Lippen einen öligen Film hinterließ. Sie hatte die Last von Sachas Behinderung auf Christa abgewälzt und den Kopf immer tiefer in den Sand gesteckt. Die folgende Feststellung war noch schmerzlicher. Wang hatte – so unerträglich dies auch sein mochte – in einem weiteren Punkt recht. Sie hatte nicht aus Egoismus so gehandelt, sondern aus panischer Angst davor, zu versagen oder Fehler zu machen, und hatte so Christa die Verantwortung für die Erziehung ihres Sohnes überlassen. Sie hatte auf Sachas

Appell nicht reagiert, weil sie gefürchtet hatte, der Sache nicht gewachsen zu sein, sie hatte die Flucht ergriffen, ohne es überhaupt zu versuchen. Das Schrecklichste war, dass sie dies alles im Grunde ihres Herzens seit Langem wusste, es sich jedoch nie eingestanden hatte.

Wang hatte das gut analysiert. Er war sicher kein Hellseher, eher scharfsinnig, ein kluger Psychologe, wenn seine Finger die Schmerzen eines Patienten aufspürten. Rachel bezweifelte nicht, dass Christa sich ihm bei ihren Konsultationen anvertraut und in ihm einen unverhofften Zuhörer gefunden hatte. Niels' Flucht, Sachas Geburt, ihre Herzprobleme und ihre abwesende Schwiegertochter. Der Guru wusste wahrscheinlich mehr über Rachel als sie selbst.

Die Wahrheit wurde ihr schonungslos klar. Sie hatte sich mit Aufgaben betäubt, von denen in ihren Augen eine wichtiger war als die andere, nur um sich vom eigentlichen Problem abzulenken. Erst in diesem Sommer hatte sie erwogen, ein langsameres Tempo anzuschlagen. *Das hätte ich gleich nach seiner Geburt machen müssen. Was habe ich nur getan?* Diese Frage beschäftigte Rachel eine geraume Weile, während der sie ihre Gewissensbisse wiederkäute und nach einem Ausweg aus dem Labyrinth harter Selbstvorwürfe suchte.

Das Vibrieren des Handys in ihrer Hosentasche ließ sie zusammenfahren. Es war Samuel. *Mein Gott, du kommst genau im richtigen Moment.* Sie hob ab.

»Wie geht es dir, Darling?«

Der Reporter sprach schneller als gewöhnlich.

»So lala, und dir?«, erwiderte Rachel schwach.

»Was ist los? Du hörst dich eigenartig an.«

»Nichts Besonderes, ich bin nur etwas erschöpft. Ich freue mich, deine Stimme zu hören«, sagte Rachel ausweichend. »Hast du Neuigkeiten?«

»Schwerwiegende. Sehr schwerwiegende. Aber am Telefon kann ich dir darüber nichts erzählen. Ich bin morgen Mittag zurück. Können wir uns sehen?«

»Ja. Wo bist du?«

»In Island.«

Rachel richtete sich auf. »Machst du Witze?«

»Nein, Miss, ich bin wie du, ich gebe nie auf.« Samuel lachte voller Zuversicht und Lebensfreude. »Ich rufe dich an, sobald ich wieder in der Stadt bin. Ciao, Bella.«

Sie beendeten das Gespräch.

Rachel betrachtete erneut die schwarze Auslage mit dem aufgemalten Totenkopf. Ihre Stimmung hatte sich aufgehellt, seit sie Samuels Stimme gehört hatte. *Ich gebe nie auf.* Sie presste die Lippen zusammen. *Okay, ich war nicht die beste Mutter, aber was geschehen ist, ist geschehen. Morgen sieht es vielleicht anders aus, wenn ich daran arbeite.* Nach Christas Tod stand sie nun in vorderster Front und konnte ihre Verantwortung nicht mehr abwälzen. Sie musste kämpfen, um ihre Fehler wiedergutzumachen.

Sie spürte das Blut in ihren Adern zirkulieren. Bevor Wang sie aus der Bahn geworfen hatte, hatte er etwas Wichtiges gesagt. Rachel konzentrierte sich. Er hatte Christa geraten, *»in Erfahrung zu bringen, wie weit die Wissenschaft inzwischen auf diesem Gebiet ist, um das Problem anzugehen«* … Rachel sprang von der Bank auf und klopfte den Staub von ihrer Hose. Das widerliche Sandwich warf sie in einen Mülleimer und fragte sich, während sie kehrtmachte, wie sie so etwas hatte essen können.

…

Als Rachel wieder am Steuer saß, entwarf sie einen Plan. Es war dreizehn Uhr, sie hatte noch den ganzen Nachmittag vor sich. Im Radio auf RFI sang Alain Souchon *Des regrets*, sie schaltete den Sender ab. Sie kam am Riget vorbei und erreichte innerhalb weniger Minuten erneut das Viertel Nyboder. Sie ließ die Delfingade links liegen und fuhr auf den nächsten freien Parkplatz, ziemlich weit von ihrem Ziel entfernt. Dann lief sie an mehreren Häuserblocks entlang. In den kommenden Tagen, das nahm sie sich vor, würde sie wieder mit dem Fahrrad fahren, um den Kohlendioxidausstoß wettzumachen, auf den sie es momentan brachte.

Die Bibliothek war vor einigen Jahren in ein rotes Backsteingebäude mitten in dem bürgerlichen Viertel umgezogen. Rachel betrat die Räumlichkeiten. Die Bezeichnung »Wissenstempel« wäre nicht anmaßend gewesen. Bücher über zwei Etagen umrahmten einen großen Lesesaal, in dem Stille herrschte. Die Möbel waren aus lackiertem Naturholz, das dem Ganzen eine warme und elegante Atmosphäre verlieh. Schon beim Betreten dieses Raumes fühlte man sich ein wenig gelehrter.

Rachel hatte Sacha und seine Großmutter schon hierherbegleitet. Sie erinnerte sich an das erste Mal. Christa hatte ihrem Enkel, der aufmerksam in seinem Rollstuhl saß, ins Ohr geflüstert: »Sieh mal, hier ist die Abteilung Geschichte, da findest du alles über die Wikinger, die alten Ägypter oder Dinosaurier. Dort stehen Romane mit unglaublichen Geschichten …« Nach und nach hatte sie ihn an den Bücherreihen entlanggeschoben und in ihm die Leidenschaft fürs Lesen geweckt. Der Kleine, der erstaunlich still und respektvoll gewesen war, hatte ihre Worte förmlich aufgesogen, bevor er in der Kinderbuchabteilung auf einen Titel »über Ritter« gedeutet und das Buch aufgeregt wie einen geweihten Gegenstand in Empfang genommen hatte.

Erneut nagte der Kummer an Rachel. Sie versuchte, ihn abzuschütteln, und ging zur Empfangstheke. Sie fand sich problemlos zurecht. Gleich rechts vom Eingang, hinter einem großen Schreibtisch in L-Form, tippte die Bibliothekarin, eine rosa Schildpattbrille auf der Nase, auf der Tastatur ihres Computers. Rachel stellte sich vor. »Guten Tag, ich bin die Schwiegertochter von Christa Kohler, einer Stammkundin bei Ihnen.« Der bekümmerten Miene von Eva – der Name stand auf dem Schildchen, das diese an ihrem türkisblauen Polohemd trug – entnahm Rachel, dass Christa hier bekannt und beliebt war.

»Was für ein Drama … es tut mir aufrichtig leid für Sie. Wissen Sie, sie war hier ein echter Star.«

Rachel nickte. »Sie las viel.«

»Viel?«, entgegnete Eva. »Das ist ein Euphemismus. Ich, die ich wirklich lesesüchtig bin, habe in ihr meinen Meister gefunden. Sie war unersättlich und machte sich Notizen über alles, was ihr unter die Finger kam. Aber Achtung, sie war kompromisslos. Sie gab einem Buch maximal hundert Seiten, dann musste es ihr gefallen, sonst brachte sie es, mit sehr harten Worten und einer ebensolchen Bewertung auf unserer Internetseite, zurück.«

Bei dieser Erinnerung lächelte die Bibliothekarin. »Sie war äußerst kritisch, hatte jedoch einen sehr sicheren Geschmack. Sie empfahl mir häufig Werke absolut unterschiedlicher Genres. Sie bestand darauf, ich solle in ihren Lesezirkel eintreten. Er war jedoch dienstags, wo ich meinen Salsakurs habe, das passte nicht. Ich hatte ihr versprochen, ab Januar daran teilzunehmen. Und jetzt …«

Die hübsche Eva seufzte. »Seit ich davon erfahren habe, muss ich immer wieder an unsere Gespräche denken. Was für eine unglaubliche Frau, neugierig auf alles, offen … Wie sehr ich Sie bedauere und Christas Sohn und natürlich auch ihren Enkel.«

Sie blinzelte. »Entschuldigung, ich rede zu viel. Weswegen sind Sie gekommen?«

Rachel improvisierte. »Ihr Sohn ist dabei, ihr Haus auszuräumen«, erklärte sie. »Ich wollte sichergehen, dass keine Bücher mehr dort sind, die zurückgegeben werden müssen.«

Die Bibliothekarin schaute in ihre Leserkartei. »Ja, eine philosophische Abhandlung über das Glück. Ich notiere Ihnen die Nummer.«

Eva schrieb in einer hübschen runden Schrift mit einem rosa Kugelschreiber die Nummer des ausgeliehenen Werks auf einen Notizzettel. Ganz selbstverständlich ging Rachel auf die andere Seite des Schreibtisches, um über ihre Schulter zu blicken. Eine lange Liste ausgeliehener Bücher umfasste mehrere Seiten.

»Es ist verrückt, was für unterschiedliche Dinge sie gelesen hat«, bemerkte sie. »Sie hat mir vieles wärmstens empfohlen, aber ich hatte nicht die Zeit, alles zu lesen ... Wäre es wohl möglich, dass Sie mir die Liste ausdrucken? Das wäre eine schöne Erinnerung.«

Die Bibliothekarin lächelte traurig und gerührt. »Natürlich. Sofort. Ich freue mich, etwas für Sie tun zu können, auch wenn es nicht viel ist.«

Rachel nickte. »Das bedeutet mir mehr, als Sie glauben ...«

Als Rachel die Bibliothek verließ, hatte sie eine vier Seiten lange Liste in der Hand, auf der die Bücher standen, die Christa in den letzten vier Monaten ausgeliehen hatte. Rasch las sie die Titel durch, runzelte die Stirn und machte kehrt. Innerhalb der nächsten zehn Minuten hatte sie sich sechs Bücher geholt, die Christa kürzlich ausgeliehen hatte, und legte den Stapel im Lesesaal auf einen der langen Tische aus hellem Holz. Zwei Studenten schauten von ihren Büchern auf, ein nicht mehr ganz junger, recht schicker Herr hatte ihr auf dem Tisch Platz gemacht. Rachel wurde klar, dass sie wie eine Studentin der Naturwissenschaften wirken musste, die eine Hausarbeit in Biologie vorbereitet.

Die Titel, die Christa in den beiden letzten Monaten ausgesucht hatte, ließen tatsächlich keinen Zweifel.

Sie blätterte die Inhaltsverzeichnisse jedes Buches durch. Um vierzehn Uhr verließ sie die Bibliothek, sonderbar ruhig und entschlossen. Zum ersten Mal seit Langem spürte sie, dass sie vorankam, dass sie neue Teile des unverständlichen Puzzles besaß, das sie seit einer Woche betrachtete. Plötzlich wusste sie intuitiv, wer der richtige Ansprechpartner war, den sie anrufen konnte. Sie suchte in ihrem Telefonverzeichnis die Nummer von Kirsten Sörensen und wählte sie, während sie sich von der Bibliothek entfernte.

»Hej, hier ist Rachel Karlsen. Entschuldigen Sie, dass ich Sie belästige, aber hätten Sie Zeit, sich auf einen Kaffee mit mir zu treffen?«

»Ich bin gerade dabei, einen zu trinken.«

»Das trifft sich gut, und wo?«

»Im *Laundromat* in Nørrebro.«

»Ich bin in Nyboder und in zehn Minuten bei Ihnen«, antwortete sie, ohne der Physiotherapeutin Zeit zu einer Antwort zu lassen.

...

Das *Laundromat Café* war ein einmaliger Ort in Kopenhagen, geboren aus einer genialen Idee – der glücklichen Verbindung von Waschsalon und Café-Restaurant-Bibliothek, wo die jungen Leute des Viertels ihre Wäsche wuschen und währenddessen lasen oder sich bei einem Kaffee oder einem Snack unterhielten. Hinten in dem Lokal liefen über die gesamte Länge der Wand knallrote Waschmaschinen mit einem beruhigenden Schnurren. Vorn hingegen diente ein gut bestücktes niedriges Bücherregal als Theke und blickte auf rund zehn Holztische in einem poppigen Dekor. Das Durchschnittsalter der Gäste lag bei höchstens fünfunddreißig Jahren. Sie warteten geduldig, tranken ein Gläschen und unterhielten sich. Kirsten, die allein war, las bei einem Cappuccino wie gewohnt die Sportseiten der Zeitung. Der apfelgrüne Stuhl vor ihr war nicht besetzt. Rachel nahm darauf Platz. Kirsten hob den Blick und legte die Tageszeitung beiseite.

»Das ging aber schnell.«

»Ich hatte es ja nicht weit.« Rachel deutete auf die Zeitung. »Sie begeistern sich für Sport?«

»Ich treibe von klein auf Sport.«

Rachel bestellte Kaffee und wandte sich wieder der Physiotherapeutin zu. »Ich auch, ich habe vor allem Volleyball gespielt.«

In Kirstens Augen flackerte Interesse auf. »Spielen Sie noch?«

»Leider nein«, seufzte Rachel, die froh war, dass das Eis zwischen ihnen offenbar gebrochen war. »Seit ich in Dänemark bin, hatte ich keine Gelegenheit mehr.«

»Welche Position spielen Sie?«

»An der Uni war ich Zuspielerin.«

»Das ist interessant. Es gibt am Riget eine Mannschaft aus

Physiotherapeuten und Krankenpflegern. Hätten Sie Lust, mit uns zu trainieren?«

Rachel lächelte. »Ernsthaft?«

»Ja, warum, sehe ich aus, als würde ich scherzen?«

»Nein, nein, aber ich habe nur auf sehr niedrigem Niveau gespielt.«

»Das ist egal, wir brauchen *sparing partners*.«

»Warum nicht!«, antwortete Rachel ernst.

»Wollen wir uns duzen?«

Erstaunt, eine Gemeinsamkeit gefunden zu haben, lächelten sich die beiden jungen Frauen zum ersten Mal offen an. Der Kaffee wurde gebracht. Rachel trank einen Schluck und räusperte sich.

»Sacha ist noch klein, aber ich hätte gerne, dass er eines Tages die Freude am Teamsport erlebt. Kennst du eine Mannschaft für Behindertensport?«

»Ich habe für das Handisport-Volleyballteam von Kopenhagen gearbeitet. Die Atmosphäre dort ist einmalig. Ich werde mich für ihn erkundigen.«

Rachel nickte. »Das eilt nicht, aber es wäre phantastisch.«

»Sacha ist ein toller kleiner Junge«, sagte Kirsten.

»Ja«, bestätigte Rachel, »und seine Mutter verdient ihn nicht immer. Aber ich habe beschlossen, mich zu bessern. Versprochen.«

Kirsten beobachtete Rachel, die Bemerkung ließ sie aufhorchen. Rachel wirkte verändert, weniger steif, als habe sie endlich ihre Verteidigungshaltung aufgegeben, als akzeptiere sie eine Diskussion.

»Warum wolltest du mich so schnell sehen? Geht es Sacha gut?«, fragte Kirsten.

»Ja, ja, er ist in der Schule.«

Sie atmete tief durch und wagte den Sprung ins kalte Wasser. Sie wusste, dass sie durch dieses Gespräch eine ihr fast unbekannte Frau in ihre Probleme einbezog, aber sie hatte keine andere Wahl mehr, sie brauchte Hilfe.

»Du hast doch einen Master in Humanbiologie, nicht wahr?«, sagte sie ohne Umschweife.

»Ja«, antwortete Kirsten und runzelte die Stirn. »Hast du dich für die klinische Studie entschieden?«

»Nein.«

»Was dann?«

»Ich brauche deine Erläuterungen. Könntest du mir sagen, was man heute alles mit ›Stammzellen‹ machen kann? Ich meine, in der regenerativen Medizin.«

Kirsten zögerte kurz, sie war überrascht. »Ich kann dir erzählen, was ich an der Uni gelernt habe, aber das müsste man auf den neuesten Stand bringen. Warum?«

»Um Bescheid zu wissen, das ist alles.« Rachel hatte noch Vorbehalte, alles preiszugeben.

»Betrifft es Sacha?«, wollte Kirsten wissen.

Rachel konnte ihrem Blick nicht lange standhalten. »Ja, in gewisser Weise.«

»Gut, dann betrifft es mich auch. Warum fragst du mich das?«

Nach kurzem Zögern holte Rachel schließlich zwei DIN-A4-Seiten aus ihrer Tasche.

»Seit meiner Rückkehr von den Färöer-Inseln kommen mir manche Dinge merkwürdig vor. Dinge, die du teilweise auch bemerkt hast. Zunächst einmal Sacha, der entgegen jeder Erwartung Fortschritte macht, obwohl es hieß, er sei für immer an den Rollstuhl gefesselt. Dann habe ich ein Hämatom unten an seinem Rücken entdeckt. Christa hat behauptet, es seien Akupunkturmale, ich aber habe von anderer Seite die Bestätigung erhalten, dass solche Einstiche keine derartigen Spuren hinterlassen. Außerdem hat Sacha immer wieder von einem chinesischen Doktor gesprochen. Ich dachte, es sei eine seiner Phantasiegeschichten, wie er sie gerne erzählt, aber es erschien mir trotz allem dubios. Kurz und gut, seit Christas Tod habe ich nachgeforscht und den betreffenden Arzt ausfindig gemacht. Doktor Wang.«

Kirsten verschränkte die Arme vor der Brust und lehnte sich auf ihrem Stuhl zurück. »Du hast mir von alldem nichts erzählt, auch Hansen nicht.«

»Ich erzähle es dir … jetzt.«

»Okay, ich bin ganz Ohr.«

Rachel legte Kirsten das erste Blatt so hin, dass sie ihre Anmerkungen lesen konnte. »Das war Christas Zeitplan in den letzten vier Monaten«, erklärte sie und deutete auf eines der Blätter. Sie legte die zweite Seite daneben. »Und hier sind die Bücher, die sie in der Bibliothek ausgeliehen hat.«

Kirstens überraschter Gesichtsausdruck entmutigte Rachel nicht, sondern bestärkte sie.

»Vergleicht man die Daten, so ergibt sich Folgendes: Am 6. Juni konsultiert Christa Doktor Wang zum ersten Mal. Er ist eine Art Psychotherapeut-Heiler-Guru, den ich heute Vormittag aufgesucht habe. Christa hat ihn innerhalb von drei Monaten fünfmal getroffen. Nach dem, was er mir sagte, hatte sie schreckliche Ängste, vor allem auch Todesangst. Aber sie hatte auch Schuldgefühle, nichts für Sachas Heilung tun zu können.«

Kirsten trank einen Schluck Kaffee und stellte die Tasse vorsichtig wieder ab, als fürchte sie, den erstaunlichen Bericht von Rachel zu unterbrechen.

»Nach dem, was Wang mir gesagt hat, hat er ihr geraten, sich über ihr Krankheitsbild und das ihres Enkels zu informieren und auch über die neuesten Fortschritte auf diesem Gebiet, um das Problem anzugehen und die Ereignisse nicht nur passiv hinzunehmen. Ergebnis: Am 7. Juni begibt sich meine Schwiegermutter in die Bibliothek und leiht aus der Abteilung ›Medizin‹ ein Buch über Rückenmarksverletzungen und ein anderes über die Regeneration von Herzgewebe aus. Am 9. Juni bringt sie beide Bücher zurück und leiht *Better Humans? The Politics of Human Enhancement and Life Extension* sowie *Human Enhancement* aus, eine Ode an den Menschen der Zukunft, in der alle perspektivischen Lösungen vorgestellt werden, um den kranken Menschen zu heilen, aber auch den Zustand des gesunden zu verbessern, geschrieben von Nick Bostrom.«

»Dem Schweden?«

»Richtig. Der Philosoph und Wissenschaftler, der die World Transhumanism Association gegründet hat, die transhumanistische Bewegung.«

Kirsten verzog zweifelnd den Mund. »Das sagt mir vage etwas, ja.«

»Es ist eine philosophische Denkrichtung, die davon ausgeht, dass die Conditio humana, wie wir sie kennen, keine starre Konstante für die Ewigkeit ist, sondern etwas, das sich in unserem Jahrhundert grundlegend verändern wird. Insbesondere durch die Technologie.«

»Tatsächlich?«

»Ja. Sie hassen uns.«

»Euch?«

»Die Umweltschützer! Sie bezeichnen uns als Biokonservative oder auch Anarcho-Primitivisten, so in der Richtung. Sie sind der Meinung, dass wir prinzipiell jeden technischen Fortschritt ablehnen und die Entwicklung der Menschheit bremsen. Wir sind ihr erklärter Feind.«

Sie fuhr fort: »Egal. Am 10. Juni kommt Christa und leiht dieses Mal *Stem Cells: a Cellular Fountain of Youth* und *Stem Cell Biology in Health and Disease* aus. Zwei recht komplexe wissenschaftliche Werke über Stammzellen. Von Mitte Juni bis Mitte Juli und von Ende Juli bis Ende August liest sie wieder zeitgenössische dänische, französische, schwedische Autoren … wie gewohnt. Mitte Juli und Anfang August war sie jeweils eine Woche nicht in der Bibliothek, weil sie auf Reisen war.«

»Was schließt du daraus?«

»Dass sie in diesen Büchern gefunden hat, was sie suchte.«

Rachel trank ihren Kaffee aus. »Ich habe diese wissenschaftlichen, sehr komplizierten Bücher überflogen, ohne eine klare Fährte herausarbeiten zu können. Deshalb meine Frage: Weißt du, was man heute mit Stammzellen machen kann?«

Kirsten beugte sich vor. »Es gibt in unserem Organismus nicht ›eine‹ Stammzelle, sondern viele verschiedene. Sie haben alle die Gemeinsamkeit, dass sie sich von selbst erneuern und in verschiedene Zelltypen differenzieren können. Muskelzellen, Leberzellen …«

»Wächst der Schwanz des Salamanders dank dieser Reserve nach, wenn man ihn abschneidet?«

»Genau. Man findet sie auch beim Embryo, beim Fötus, in der Nabelschnur. Und auch beim Erwachsenen, wenn sich die Organe gebildet haben, bleibt dank der gespeicherten Stammzellen, die im Körper verteilt sind, eine gewisse Regenerationsfähigkeit erhalten.«

»Und weißt du, ob sie ein krankes Herz oder eine Rückenmarksverletzung heilen könnten?«

»Vielleicht haben die Wissenschaftler entsprechende Studien durchgeführt. Hierzu müsste ich, um ehrlich zu sein, mein Wissen auf den neuesten Stand bringen.«

Kirsten schwieg einen Moment, in Gedanken versunken. Dann holte sie ihr Handy heraus, um eine SMS zu schreiben. »Ich werde versuchen, mehr darüber zu erfahren«, erklärte sie.

»Wem schreibst du?«

»Einem Freund.«

Die Physiotherapeutin hatte dies gesagt, ohne den Blick zu heben, und es entging Rachel nicht, dass sich ihre Wangen leicht gerötet hatten. Sie war überrascht, dass Kirsten, diese Naturgewalt, plötzlich fast schüchtern wirkte. Sie trank ihren Cappuccino und behielt ihr Handy in Erwartung einer Antwort in Reichweite. Es begann zu vibrieren. Kirsten ging sofort dran, und das Lächeln bestätigte Rachels Vermutung. *Sie ist verliebt*. Rachel nahm die Zeitung und tat so, als würde sie sich in die Fußballergebnisse vertiefen. Als Kirsten das Gespräch beendete, setzte sie eine unbeteiligte Miene auf.

»Hast du jetzt noch etwas Zeit?«

»Ja, Carol, die Schulhelferin, betreut Sacha bei uns zu Hause.«

»Okay. Ist es dir recht, einen Abstecher ins Riget zu unternehmen?«

Das Programm des Wäschetrockners war beendet. Kirsten und Rachel brachen auf, nachdem Kirsten die saubere Kleidung in eine Sporttasche gepackt hatte.

...

Die beiden jungen Frauen liehen sich an der City-Bikes-Station in Nørrebro Fahrräder aus und legten die zwei Kilometer, die sie vom Gelände des Riget trennten, in sieben Minuten zurück. Um die Mittagszeit herrschte in der Universitätsklinik Hochbetrieb, es ging zu wie in einem geschäftigen weißen Bienenstock. Sie stellten ihre Fahrräder vor dem Krankenhaus ab und gingen die Hauptallee hinauf, die zum mittleren Teil des H-förmigen Gebäudes führte.

»Anscheinend verbringe ich hier mein Leben«, bemerkte Rachel mit einem Anflug von Bitterkeit.

»Ich auch«, antwortete Kirsten.

»Magst du diesen Ort?«

»Ich arbeite hier.«

»Ich bewundere so aufopferungsvolle Leute wie dich«, sagte Rachel aufrichtig.

»Schau, das Labor ist da drüben«, erwiderte die Physiotherapeutin, ohne darauf einzugehen. »Ich stelle dich meinem Kumpel vor und gehe dann. Ich muss ins Zentrum, ich habe gleich einen Patienten.«

Das Danish Laboratory for Stem Cell Research, DLSC, war 2002 aus öffentlichen und privaten Mitteln, überwiegend von der pharmazeutischen Industrie, gegründet worden. Ihm gehörten vier Hauptlabors und sechs angeschlossene Forschungszentren an, die über das Land verteilt waren. Eines dieser Zentren hatte in einem roten Ziegelgebäude an der Rückseite des Krankenhauses Quartier bezogen. Ein großer Mann mit blondem Bürstenschnitt und einem strahlenden Lächeln öffnete den beiden jungen Frauen und bat sie in das hochmoderne Labor. Weiß, hell, abstrakte Gemälde an den Wänden. Man spürte, dass hier viel Geld im Spiel war. Der Mann umarmte Kirsten zur Begrüßung.

»Lange nicht gesehen, Kiki!«

Kirsten versetzte ihm einen Rippenstoß. »Hüte dich, mich noch einmal so zu nennen. Wo warst du denn in den letzten Wochen? Du kommst gar nicht mehr ins Training!«

»Ich arbeite an einer umfangreichen Publikation«, entschuldigte er sich. »Ich verspreche dir, dass ich ab November wieder mitmache.«

»Versprechungen …«

Kirsten, die sich plötzlich wieder an Rachels Anwesenheit zu erinnern schien, wandte sich um. »Darf ich dir Rachel vorstellen, die Mutter eines meiner kleinen Patienten. Sie wird auch bei uns mitspielen. Rachel, das ist Alek, ein Spieler aus dem Volleyballteam, der hier arbeitet.«

Sie wandte sich wieder dem jungen Mann zu. »Wir brauchen dein Wissen.«

Wenige Minuten später bat Alek sie, Kittel anzuziehen, und führte sie durch das Zentrum. Die Hände in den Taschen, wirkte er wie ein Student. Während der Besichtigung erläuterte er ihnen in groben Zügen seine Forschungsarbeit.

Rachel fragte sich, ob sie nicht ihre Zeit vergeudete. Kirsten ging mit Alek voran, sie war sichtlich begeistert, hier zu sein. Die beiden scherzten wie alte Freunde. Aus Höflichkeit lauschte Rachel geduldig den Erläuterungen über die Restrukturierung der Forschung und über die Gesetzeslage. Kirsten kam auf die Probleme zu sprechen, von Ärzten ernst genommen zu werden. Flüchtig hatte Rachel den Eindruck, das dritte Rad am Wagen zu sein, und fragte sich schon, ob Kirsten nicht einfach vergessen hatte, warum sie hier waren. Am Ende eines weiß gekachelten Korridors musste sie, zusätzlich zu dem Kittel, eine Haube und Schutzschuhe überziehen. Dort verabschiedete sich Kirsten von ihnen.

»Ich muss los. Alek, wie ich dir schon sagte, braucht Rachel

Infos über die Zelltherapie. Hat mich gefreut, dich zu sehen. Und lass uns nicht im Stich beim Volley.«

»Ciao. Ich melde mich.«

Sie verabschiedeten sich. Widerstrebend machte Kirsten kehrt. Alek klatschte in die Hände. »Gut, dann mal los! Welchen Hintergrund hast du?«

»Ich habe einen Master in Umweltbiologie.«

»Perfekt. Ja, dann erzähl ich dir etwas über die Grundlagen, und du unterbrichst mich, wenn du es nicht verstehst oder es im Gegenteil zu simpel findest. Ich habe zwanzig Minuten Zeit, also machen wir schnell.«

Sie betraten einen Bereich mit noch höheren Sterilitätsanforderungen, wo sich etwa zehn Forscher über die Arbeitstische und ihre Reagenzgläser beugten. Im Hintergrund ertönte klassische Musik aus dem Radio. Alek öffnete einen Kühlschrank und holte einen durchsichtigen Behälter heraus, den er unter ein Mikroskop stellte.

»Es gibt vier Typen von Stammzellen«, erklärte er. »Zuerst einmal die, die man in einem seit ein bis vier Tagen befruchteten Ei findet. Reimplantiert man eine Einzige davon in einen Uterus, kann sie ein gesundes Baby hervorbringen. Man nennt diese Zellen ›totipotent‹, also fähig, ein komplettes Lebewesen hervorzubringen.«

Rachel registrierte die Information. Alek schaltete den Bildschirm ein, der zu dem Mikroskop gehörte.

»So, nun schau sie dir an.« Auf dem Bildschirm war eine Art dicke Zelle zu sehen, die durchscheinende Klümpchen enthielt. »Das ist ein fünf Tage alter Embryo. Er ist durch In-vitro-Befruchtung entstanden, man nennt dies Blastozyste oder Keimbläschen.«

»Ich habe das noch nie in natura gesehen.«

»Diese Art Kügelchen im Inneren sind ›pluripotente‹ Stammzellen. Sie ergeben nach der Reimplantation in einen Uterus keinen kompletten Organismus, sondern erzeugen alle möglichen Zelltypen. Es gibt über zweihundert.«

»Das heißt, wenn ich irgendeine Zelle aus dieser … Blastozyste nehme, kann ich daraus Leber-, Nieren- oder Muskelgewebe erhalten«, resümierte Rachel.

»Genau.«

»So weit verstehe ich das.«

»Im Fötus und in der Nabelschnur finden wir ›multipotente‹ Zellen. Sie erzeugen eine begrenzte Anzahl von Zelltypen, da sie sich bereits in einem Differenzierungsprozess befinden.«

»Okay.«

»Und beim Erwachsenen schließlich haben wir eine Reserve an ›unipotenten‹ Stammzellen, die sich nur in einen bestimmten Zelltyp verwandeln können.«

»Um die Haut, die Leber, das Blut zu regenerieren …«

»Ja.«

Rachel schaute ihn an. »Enthält das menschliche Rückenmark solche Zellen?«

»Ja. Ein französischer Forscher von der Universität Montpellier hat dies kürzlich nachgewiesen. Das ist eine gute Nachricht, denn man hofft, dass diese Zellen die Fähigkeit besitzen werden, Rückenmarksläsionen zu reparieren und damit gelähmten Menschen zu helfen. Mit diesen Stammzellen wird man jedoch auch neurodegenerative Krankheiten behandeln können.«

»Das ist großartig …«

»Ja, das ist eine riesengroße Hoffnung. Die Stammzellen könnten wirklich einen dauerhaften Speicher bilden, um kranke oder beschädigte Organe zu reparieren. In einigen Fällen könnten sie sogar eine Organtransplantation ersetzen.«

»Aber ich vermute, bis dorthin ist es noch ein langer Weg.«

»Man steht tatsächlich erst am Anfang.«

»Hat man inzwischen bereits versucht, Stammzellen zu implantieren, um Rückenmarksverletzungen zu heilen?«, fragte Rachel mit heiserer Stimme.

»Die Gentechnikfirma Meron Corporation hat soeben die erste klinische Studie mit Stammzellen begonnen. Dabei sollen die Unschädlichkeit und Wirksamkeit embryonaler menschlicher Stammzellen bei der Behandlung von Rückenmarksverletzungen gelähmter Patienten nachgewiesen werden.«

Rachel runzelte die Stirn. »Tatsächlich? Wie viele Patienten nehmen daran teil?«

»Momentan wurde ein einziger Patient dafür ausgewählt, denn die Bedingungen sind sehr streng. Die Patienten müssen freiwillig an der Studie teilnehmen und Opfer einer vollständigen und plötzlichen Rückenmarksverletzung in Thoraxhöhe gewesen sein. Die Schädigung muss noch sehr frisch sein, denn das Protokoll verlangt eine Transplantation der Zellen innerhalb von sieben bis vierzehn Tagen nach Eintritt der Läsion.«

»Es bezieht sich also nur auf frische Läsionen?«

»Ja.«

»Und wie geht das vor sich?«

»Die eigentliche Transplantation besteht aus einer computergesteuerten Injektion von zwei Millionen Stammzellen an der Stelle der Verletzung. Bei Ratten hat man damit bereits sehr positive Ergebnisse erzielt. Ich werde dir das zeigen.«

Alek spielte auf seinem Smartphone einen kleinen Film ab. »Schau, das hat mir ein Kollege der Firma Meron geschickt.«

Auf dem Video sah man eine Ratte in einem Glaskäfig, die beim Kriechen ihr unbewegliches Hinterteil nachzog. Alek drückte die Pausetaste.

»Die Ratte ist gelähmt. Man hat ihr das Rückenmark durchtrennt.«

Rachel zog eine Grimasse. »Ich kann so was gar nicht sehen.«

Alek lachte amüsiert. »Sieben Tage nach der Läsion hat man ihr Zellderivate von embryonalen Stammzellen injiziert. Dabei handelt es sich um Vorläufer der Zellen, die von Natur aus im Nervensystem vorkommen und die Hülle der neuronalen Fasern bilden, welche die Leitung elektrischer Impulse fördern …«

Alek drückte auf Play.

»Schau, was dabei herausgekommen ist.«

Rachel konnte nicht umhin, den Blick auf das Display zu richten. In dem Video begann dieselbe Ratte zu laufen.

»Die Forscher haben eine Reaktivierung der Neuronen festgestellt, außerdem eine Abschwächung der Motoneuronenverluste und eine Verbesserung der motorischen Funktionen der Extremitäten.«

»Das ist unglaublich ...«, musste Rachel zugeben.

»Aufgrund dieses Erfolgs bei der Ratte hat die Firma die Erlaubnis erhalten, klinische Studien beim Menschen zu beginnen. Sollten sich Wirksamkeit und Unschädlichkeit der Behandlung bestätigen, könnten einige tausend Menschen, die jedes Jahr Opfer von Rückenmarksverletzungen werden, davon profitieren.«

»Okay, aber eine Ratte ist kein Mensch«, gab Rachel zu bedenken.

»Stimmt. Mit einem Ergebnis wird nicht vor 2012 gerechnet.«

»Gibt es Alternativen zu diesem Versuch?«

»Ein französisch-deutsches Team plant eine Studie mit einhundertzwanzig Probanden. Dabei sollen die Patienten jedoch ihre eigenen Zellen injiziert bekommen.«

»Wie das?«

»Die Zellen werden durch Biopsie aus dem Beckenknochen entnommen und in Deutschland aufbereitet. Anschließend werden sie durch Lumbalpunktion wieder appliziert.«

»Und die injizierten Zellen wandern zu der geschädigten Stelle, um sie zu reparieren?«

»Das erhoffen sich die Forscher. Bei der Maus funktioniert es.«

»Wie ist das möglich?«

»Das weiß man noch nicht. Daher werden die Forscher die Entwicklung des Rückenmarks durch ein bildgebendes Verfahren kontrollieren. Es soll die Bildung neuer Nervenfasern zeigen. Die Gruppe wartet auf die Genehmigung, um mit Menschen zu beginnen.«

»Gibt es weitere Versuche?«

»In China werden solche Behandlungen bereits angeboten, sie haben aber absoluten Versuchscharakter mit allen damit verbundenen Risiken.«

Zwischen Rachels Augenbrauen bildete sich eine Falte. »Welche Risiken?«

»Man weiß noch sehr wenig über das Verhalten der Stammzellen im Organismus, und es ist nicht auszuschließen, dass es zu unkontrollierten Zellvermehrungen kommt, die wiederum zum Auftreten von Krebs in Form von Teratomen führen.«

»Teratom?«

»Ein Tumor, der sich aus pluripotenten Zellen entwickelt.«

Rachel spürte, wie sich ihre Brust zusammenschnürte. »Eine Stammzellbehandlung kann potenziell einen Tumor auslösen?«

»Ja, Stammzellen haben die Fähigkeit, sich unendlich zu vermehren, wenn sie nicht kontrolliert werden, genau wie Krebszellen. Und ebendas befürchtet man.«

Rachel bemühte sich, ihre Erregung zu verbergen. »Eine Injektion ins Herz könnte also auch einen Tumor verursachen?«

»Theoretisch ja!«, antwortete Alek.

KAPITEL VIERUNDZWANZIG

Mit wem konnte sie sprechen? An wen sich wenden? Kirsten hatte die Mailbox eingeschaltet, und Rachel hielt es hier nicht länger aus. Sie verließ das DLSC und ging wie ferngesteuert zum Haupteingang des Riget. Die automatischen Glasschiebetüren öffneten sich. Sie ignorierte die Sekretärinnen hinter der Empfangstheke und eilte auf einen der vier Aufzüge zu, dessen Türen sich soeben schließen wollten. Ein zuvorkommender Krankenpfleger stoppte diese, um sie noch einsteigen zu lassen. In null Komma nichts hatte Rachel das zweite Stockwerk und anschließend das Wartezimmer der neuropädiatrischen Abteilung erreicht.

»Haben Sie einen Termin, Frau Karlsen?«, fragte die Abteilungssekretärin erstaunt.

»Nein, aber ich muss Professor Hansen ganz dringend sprechen.«

Rachels Gesichtsausdruck war überzeugend genug. Die Sekretärin griff zum Telefon.

»Er wird Sie zwischen zwei Patienten einschieben.«

Unfähig, auf einem der Plastikstühle sitzen zu bleiben, ging Rachel in dem Wartezimmer nervös auf und ab. Ohne sie wirklich zu sehen, blieb sie vor den Bildern an den Wänden und den Plakaten stehen, die den Betrachter auf die Gefahren des Rauchens, des Schüttelns von Babys und schlechter Autokindersitze aufmerksam machen sollten. Wie jedes Mal konzentrierte sie sich auf das merkwürdige spiralförmige Logo der Camilla-Hansen-Stiftung.

»Frau Karlsen?«

Die Sekretärin machte ihr ein Zeichen.

Als sie Professor Hansen sah – eine tiefe Sorgenfalte auf der Stirn, der Gesichtsausdruck weit weniger freundlich als sonst –, wurde Rachel klar, dass sie es nicht wagen konnte, ihn ohne Grund zu stören. Sobald die Tür geschlossen war, nahm sie allen Mut zusammen.

»Entschuldigen Sie bitte, wenn ich hier so hereinplatze, aber viele Ereignisse der letzten vierundzwanzig Stunden geben mir zu der Annahme Anlass, dass Christa eine Zelltherapie bei Sacha und bei sich selbst versucht haben könnte …«, sprudelte sie heraus.

Die Augenfarbe von Professor Hansen wechselte von Blaugrau in Tiefschwarz. »Was soll das heißen?«

»Ich erspare Ihnen die Einzelheiten, aber Christa ist zu einer Art Guru gegangen, der sie dazu gebracht hat, nach alternativen Lösungen für ihr Herzproblem und für Sachas Behinderung zu suchen. Plötzlich hat sie sich sehr intensiv für Stammzellen interessiert. Könnte es sein, dass sie meinem Sohn welche hat injizieren lassen?« Trotz aller Bemühung wurde ihre Stimme schrill.

Hansen runzelte die Stirn. »Was erzählen Sie denn da?«, wetterte er.

»Christa litt der Gerichtsmedizinerin zufolge an einem Herztumor«, fuhr Rachel unerschrocken fort. »Und Stammzellen können zu einer Tumorbildung führen. Das passt alles zusammen!«

Professor Hansen blinzelte und schnaubte. So hatte Rachel ihn noch nie erlebt. Nun hatte er nichts mehr von Sachas gutem Doktor Dodu, sondern er war ganz der große Akademiker, den die Wahnvorstellungen einer Patientin erbosten. Er nahm sich zusammen, um ruhig zu bleiben.

»Rachel, ich verstehe Sie ja. Sie haben eine schreckliche Woche hinter sich, Sie sind überfordert und gestresst. Sie haben einen lieben Menschen verloren. Aber hören Sie gut zu. Sacha ist bei bester Gesundheit und wird hier täglich überwacht. Ich versichere Ihnen, dass uns bei den Untersuchungen ein Tumor nicht entgehen würde, wenn er denn einen hätte.«

»Vielleicht, aber woher sollen wir wissen, was meine Schwiegermutter ihm verabreicht hat?«

Er seufzte. »Ich habe noch andere Patienten, Rachel. Also bitte freuen Sie sich, dass Ihr kleiner Junge Fortschritte macht und es ihm immer besser geht. Ist das nicht letztlich das Wichtigste? Und hören Sie auf, sich so viele Sorgen um ihn zu machen. Er spürt das. Was zählt, ist, dass er seine Physiotherapie fortsetzt und Sie ihm dabei helfen.«

Rachel verstand, dass sie von dem Arzt keine Unterstützung zu erwarten hatte. Im Grunde war er wie alle anderen. Sie gab scheinbar nach. »Natürlich, ich verstehe.«

»Und seien Sie beruhigt, wir werden ihn weiterhin eingehend überwachen.«

»Natürlich«, wiederholte sie. »Es tut mir leid, Sie gestört zu haben.«

Das gereizte Funkeln in Hansens Augen erlosch. »Gut, sagen Sie, liebe Rachel, haben Sie bezüglich der klinischen Studie schon eine Entscheidung getroffen?«

Rachel räusperte sich. Wenn es darum ging, ihr die Vorteile seiner Studie anzupreisen, war er natürlich wieder ganz bei der Sache. »Ich kann mich nicht dazu entschließen«, antwortete sie. »Ich habe zu viel Angst vor den Risiken.«

»Okay«, meinte er, und seine Stimme klang wieder sanft, »ich verstehe, es ist Ihre Entscheidung.«

Als Rachel die Tür seines Büros hinter sich geschlossen hatte, verzog Professor Hansen verärgert das Gesicht.

Rachel fand sich im Park des Riget wieder, ohne sich daran zu erinnern, den Lift oder die Treppe genommen, die große Eingangshalle durchquert und am Parkplatz vorbeigekommen zu sein, und blieb mit verlorenem Blick vor den Rädern stehen. Sie war unschlüssig. Ihr ganzes Leben war momentan nur eine lange Reihe von Fragezeichen. Hatte Christa etwas mit Sacha gemacht? Oder hatte sie sich lediglich über die Stammzellen informiert und es dabei bewenden lassen? Was sollte sie jetzt tun?

Wie es je in Erfahrung bringen? Wer wusste die Antwort? Christa hatte ihr Geheimnis mit ins Grab genommen. Rachel fühlte sich schlecht, körperlich elend. Etwas lag ihr wie ein Stein im Magen, ihr war fast übel. Sie verzichtete auf das Fahrrad und überquerte die Straße zu Fuß in Richtung Nørrebro. Sie musste laufen, nachdenken, um wieder eine gewisse Ausgeglichenheit zu finden.

...

»Und wenn ich einmal groß bin, möchte ich Piratin werden, und ihr?« Rachel klappte das Buch *Pippi Langstrumpf* zu.

»So, Schluss für heute.«

»Mehr!«, rief Sacha.

»Nein, das ist für heute Abend genug. Und du, mein Herz, was willst du einmal werden?«

»Polizist!«

»Das ist eine prima Idee«, antwortete Rachel und küsste ihn auf die Stirn. »Du wirst bestimmt ein sehr guter Ermittler werden.«

Nach einem kurzen Zögern fügte sie mit bemüht leichter Stimme hinzu: »Ich war heute bei Omas Doktor, bei Doktor Wang, den du auch kennst. Er hat mir gesagt, dass du wie die Mama von Pippi in den Wolken verschwinden wolltest. Stimmt das?«

»Das war, als ich traurig war.«

»Weil ich weg war?«

»Ja.«

»Und jetzt geht es wieder?«

»Ja.«

»Ich werde nicht mehr fortgehen, das weißt du. Und ich werde dich beschützen.«

Sacha drückte sein Kuscheltier an sich.

Rachel hätte ihm gerne gesagt, wie leid es ihr tat, ihn vernachlässigt zu haben, und dass sie sich geschworen hatte, es für den Rest ihres Lebens wiedergutzumachen. Jedoch wollte sie ihm die Last ihrer Schuldgefühle nicht aufbürden. Sie begnügte sich damit, ihn fest in die Arme zu nehmen.

»Weißt du, wir beide werden es gut haben. Mama ist wieder da.«

»Ich hab dich lieb, Mama.«

»Ich dich auch, mein Großer.«

»Du wirst sehen, ich werde gehen können.«

»Ja, das werden wir sehen«, erwiderte Rachel, den Tränen nahe. »Aber du sollst wissen, dass ich auch ohne das niemals einen anderen Jungen als dich hätte haben wollen. Du bist der tollste Sohn, den man sich erträumen kann.«

KAPITEL FÜNFUNDZWANZIG

31. AUGUST

Peter hatte das gesamte Team im Besprechungsraum zusammengetrommelt, und jetzt drängten sich die Mitglieder und freiwilligen Helfer um den großen Tisch. Es herrschte eine aufgeregte und fröhliche Stimmung. Peter hob beide Hände, um sich Gehör zu verschaffen.

»Wir wollen nur rasch Bilanz ziehen, ehe wir uns wieder an die Arbeit machen. Ich möchte euch alle beglückwünschen. Das Interesse ist enorm. Unsere Homepage ist schon zehntausend Mal aufgerufen und das Video über die *Serendipity* auf YouTube – jetzt haltet euch fest – bereits fünfzehntausend Mal angesehen worden. Das Telefon steht nicht mehr still, in allen Zeitungen wird über uns berichtet, und gleich habe ich wieder ein Fernsehinterview. Das übertrifft all unsere Erwartungen. Aber die beste Neuigkeit ist, dass wir innerhalb der letzten drei Tage dreihundertfünfzig neue Mitglieder gewonnen haben.«

Auf seine Ausführung folgte tosender Beifall. Rachel stand inmitten der anderen und applaudierte.

»Bravo!«, rief sie.

»Es lebe GG!«, stimmte Paula ein.

Peter genoss die positive Stimmung, dann räusperte er sich und warf Rachel einen kurzen Blick zu.

»Übermorgen werden wir einen neuen Coup veröffentlichen, der – wie wir hoffen – noch mehr Aufsehen erregen wird.«

Gemurmel erhob sich im Raum.

»Was denn?«, wollte Frederik wissen.

»Du kennst die Antwort auf deine Frage«, erwiderte Peter. »Wie immer darf bis zum letzten Moment nichts nach außen dringen. Morgen Punkt zehn Uhr treffen wir uns wieder, und dann werde ich euch das Dossier unterbreiten.«

Er räusperte sich. »Bevor wir uns wieder an die Arbeit machen, möchte ich, dass wir alle an Karl denken. Eure zahlreichen Nachrichten haben seine Familie sehr gerührt. Wir müssen sie auch weiterhin unterstützen. Danke.«

Er klatschte in die Hände. »Noch mal herzlichen Glückwunsch an euch alle, und nun los!«

Eine Stunde später trat Rachel vor dem Roten Haus ungeduldig von einem Fuß auf den anderen. Sie schlug den Kragen ihres Trenchcoats hoch. Der blaue Himmel war grau geworden, die Temperatur um einige Grad gefallen, der Herbst hielt Einzug, und mit dem feuchten Wind kam auch die Kälte. Bald würde Raureif die Stadt überziehen und der Winter seinen Schneemantel über ihr ausbreiten. Ein Motorrad Marke BMW kam langsam über den Kai und hielt vor ihr an.

»Hej, Miss«, sagte Samuel, ohne seinen Helm abzunehmen, sodass Rachel nur seine durchdringenden dunklen Augen sehen konnte.

»Hej, bist du gerade zurückgekommen?«

»Ja. Bei dir alles in Ordnung? Du siehst müde aus«, erkundigte sich der Reporter.

»Geht schon, ich bin nur kaputt. Habe schlecht geschlafen.«

»Sollen wir uns irgendwo hinsetzen? Es ist zwar noch früh, aber hättest du Zeit zum Mittagessen?«

»Die nehme ich mir einfach.«

Samuel reichte ihr einen Sturzhelm. Rachel setzte ihn auf und nahm hinter ihm Platz. Als die große Maschine anfuhr, musste sie sich an den Haltegriffen festklammern. Gerne hätte sie die Arme um Samuels Taille und ihren Kopf an seinen Rücken gelegt. Doch sie hielt Distanz. Als sie über die Königin-Luise-Brücke fuhren, dachte Rachel daran, dass der künstliche See bald zufrieren würde und dann von Spaziergängern und Eisläufern bevölkert wäre. Der endlose Winter würde Einzug halten.

Dann wäre es vorbei mit den grünen Bäumen, den Vögeln und der sonnengebräunten Haut. Diese letzten Sommertage kündigten schon den Herbst an. Das deprimierte sie. Sie hatte das Gefühl, mit zu vielen Fragen konfrontiert zu sein und hoffnungslos auf der Stelle zu treten.

Samuel hielt vor einem kleinen türkischen Café-Restaurant am Kai von Nyhavn, das zu jeder Tageszeit seine Spezialitäten servierte. Sie nahmen im hinteren Teil der Gaststube Platz und bestellten eine gemischte Vorspeisenplatte, bestehend aus Mezze, Humos, Zaziki und einem großen griechischen Salat. Der Reporter schenkte Mineralwasser in die großen blauen Gläser.

»Was ist los?«, fragte er.

Rachel seufzte. »Das ist nicht so einfach.«

»Was ist nicht einfach?«

»Die Geschichte ist zu lang, um sie zu erzählen.«

»Dann fasse sie zusammen.«

Rachel fuhr sich mit der Hand durchs Haar. »Sagen wir, dass ich seit Christas Tod nicht mehr das Falsche vom Wahren unterscheiden kann, ich bin ziemlich orientierungslos.«

Samuel runzelte die Stirn. »Und weiter?«

»Während meiner Abwesenheit hat sich Christa dem Mystizismus und Okkultismus zugewandt. Ich möchte sicher sein, dass sie meinen Sohn keiner Behandlung unterzogen hat. Das Problem ist, dass Christa nicht mehr da ist und ich nicht herausfinden kann, was wirklich geschehen ist, während ich auf den Färöer-Inseln war. Das macht mir Angst, und noch dazu habe ich das Gefühl, dass mich alle für verrückt halten.«

Samuel sagte nichts, und Rachel lächelte traurig. »Du auch, ja?«

»Aber nein, ich glaube nur, dass du etwas Ruhe brauchst, das ist alles.«

»Lass uns lieber über das reden, was du in Island erfahren hast«, meinte Rachel ausweichend. »Das bringt mich auf andere Gedanken. Du hast gesagt, du hättest eine wichtige Entdeckung gemacht?«

Ein siegessicheres Lächeln glitt über Samuels Gesicht.

»Yes, my dear. Ich war in Reykjavík und habe einen der Verantwortlichen von Ice Fish Export befragen können.«

Rachel suchte seinen Blick. »Wen?«

Samuels Augen wichen ihr nicht aus. »Nimm es mir nicht übel, aber das kann ich nicht einmal dir sagen.«

Rachel hatte verstanden und schwieg.

»Ich habe ihn angerufen und vorgegeben, ich wäre im Begriff zu enthüllen, dass sie das Attentat auf den Färöer-Inseln finanziert hätten. Ich habe behauptet, ich hätte eine wichtige Zeugenaussage dazu. Am Telefon wollte er nicht mit mir darüber reden. Also bin ich noch gestern Abend hingeflogen und habe ihn aufgesucht.«

»So bringst du also deine Informanten zum Reden?«, meinte Rachel belustigt.

»Ja, Bob Howard von der *Washington Post* hat gesagt: ›Am Tag lügt es sich leichter.‹ Und er hat hundertmal recht. Abends, wenn alles still ist, sind die Menschen sensibler und lügen nicht so schnell.«

»Also gut, und was hat dir das hohe Tier von Ice Fish erzählt?«

»Mister Fish hat alles in Bausch und Bogen abgestritten. Er war empört und in Panik, dass man ihn dieses Attentats verdächtigt. Die Firma steckt mitten in den Verhandlungen über die Fischereiquoten und kann keine schlechte Presse gebrauchen.«

Rachels Augen funkelten vor Aufregung.

»Er war so aufgebracht, dass er sich bereiterklärt hat, mir auf der Stelle Einblick in die Firmenkonten und die Überweisungen zu gewähren, die von der Zentrale in Reykjavík aus getätigt wurden, damit ich meinen Artikel nicht veröffentliche. Er hat behauptet, GG wolle ihm die Schuld in die Schuhe schieben.«

»Und hat er es getan?«

»Er hat sich in meinem Beisein im Internet in den Bankserver eingeloggt und die Kontobewegungen von August und September offengelegt. Ich konnte es kaum fassen.«

»Hast du dir Notizen gemacht?«

»Das konnte ich nicht, ich hatte es ihm versprochen. Aber mein Gehirn war im Speichermodus.«

»Hat er dir auch die Schweizer Konten gezeigt?«

»Besser noch, er hat in meiner Gegenwart seinen Schweizer Bankier angerufen.«

»Und?«

»Nichts. Der Typ war eindeutig. Er hat zwar die Überweisung von etwas Schwarzgeld, das aus Überfischung stammte, auf die Schweizer Konten zugegeben, aber es wurden keine größeren Summen auf ein dänisches Konto transferiert.«

»Jemand anderes in der Firma kann es ohne sein Wissen getan haben.«

»Nein, Mister Fish ist ein wirklich hohes Tier. Ein ehemaliger Fischereikapitän, ein hartgesottener Bursche, der mit vierzehn Jahren angefangen hat zu arbeiten und in günstigen Zeiten, als die Nachfrage nach Fisch einen Boom erlebte, sein Geld gemacht hat. Er gehört nicht zu jenen Bürokraten, die leere Phrasen dreschen. Er verhehlt seine Abneigung gegenüber den Umweltschützern nicht, aber er würde nie eine Bombe zünden. Er würde euch gerne zum Teufel jagen, aber er will sein Ziel mithilfe von Lobbying und Politik erreichen, nicht durch tätliche Angriffe. Noch dazu ist er davon überzeugt, dass dieses Attentat euch letztlich zugutekommt, und er fragt sich, ob der Verantwortliche nicht in euren eigenen Reihen zu suchen ist …«

»Mal was ganz Neues«, sagte Rachel. »Was hältst du von der Sache?«

»Eigentlich glaube ich, dass er nichts damit zu tun hat.«

Samuel sah Rachel an. »Und wenn sie es nicht waren …«

Rachel sagte nichts und ließ ihn nachdenken.

»Dann bist du vielleicht gar nicht so verrückt, wie es scheint«, fuhr der Reporter mit einer Spur von Ironie fort.

Rachels Augen funkelten.

»Und nun wirst du dich wundern. Ich glaube, ich weiß, was

dein RR21 alias Jesus mit ›HR 102 809 LDA/Polsen‹ gemeint hat.«

Rachel riss die Augen auf. »Wirklich?«

»Ja, zumindest teilweise. Anfangs dachte ich wie du, dass ›HR 102 809‹ ein Hinweis auf Hannibal Reed und das Datum 28. Oktober 2009 ist.«

»Und stimmt das nicht?«

»Ich habe eine gute Weile vergeblich im Internet recherchiert. Es gab an diesem Tag kein besonderes Ereignis, zu dem Hannibal Reed einen Bezug hätte. Und plötzlich habe ich mich gefragt, ob nicht HR für etwas anderes als für Hannibal Reed steht.«

»Und was?«

»House of Representatives, das Repräsentantenhaus.«

Rachel runzelte die Stirn. »Der amerikanische Kongress?«

»Ganz genau. Ich habe mir alle Ereignisse angesehen, die an diesem Tag stattgefunden haben, aber nichts betraf Reed. Und dann war mir plötzlich alles klar.«

Rachel bedeutete ihm mit einem Blick fortzufahren.

»Es handelt sich nicht um ein Datum, sondern um die Nummer eines Gesetzentwurfs.«

Rachel stieß ein verwundertes »Oh« aus und hing an seinen Lippen. »Und welcher?«

»Der ›Continuing Chemical Facilities Antiterrorism Security Act‹.«

»Die Verstärkung der Sicherheitsvorschriften für die chemische Industrie!«

»Die in ebendiesem Moment dem Kongress zur Abstimmung vorliegt. Dieser Gesetzentwurf wurde von den beiden Instanzen *Department Homeland Security* und *Environment Protection Association* empfohlen. Und warum verlangen sie deiner Meinung nach eine strengere Gesetzgebung?«

»Weil die Fabriken weiter ungehindert die Umwelt verschmutzen …«

»Ich habe von meinem Kontaktmann in Washington die geheimen Dokumente der DHS und der EPA bekommen. Laut diesen Berichten gibt es allein in den USA viertausendneunundsechzig chemische Fabriken mit einem erhöhten Risiko. Die meisten befinden sich in sehr stark bevölkerten Gebieten, über vier Millionen Menschen sind gefährdet! Dabei spreche ich nur von den amerikanischen Fabriken und möchte nicht wissen, wie es in anderen Ländern aussieht. Bislang galt für die US-Fabriken ein provisorisches Gesetz, das nach dem 11. September verabschiedet wurde.«

»Die ›Chemical Facilities Antiterrorism Standards‹. Und ich würde wetten, dass sie auch Reed in der Schusslinie haben.«

»Nach Aussage der DHS gehören Reed sechsundsiebzig dieser gefährlichen Fabriken.«

»Dieser Dreckskerl …«

»Du kannst dir sicher vorstellen«, fuhr Samuel fort, »dass Reed gegen diesen Gesetzentwurf Sturm läuft. Es liegt natürlich in seinem Interesse, das Gesetz in seiner aktuellen Form, die zu seinem Vorteil ist, beizubehalten.«

»Und um das zu erreichen, mauschelt er, was das Zeug hält«, erklärte Rachel verbittert. »Aber warum lenkt RR21 unser Augenmerk auf diese Sache? In welchem Zusammenhang steht das mit Polsen?«

»Das weiß ich im Moment noch nicht. Aber wenden wir uns dem ›LDA‹ zu.«

Rachel überlegte kurz. »Ich weiß! Der ›Lobbying Disclosure Act‹ des Kongresses!«

»Der ›Lobbying Disclosure Act‹, eine Transparenzmaßnahme des amerikanischen Kongresses, verpflichtet seit 2005 Firmen, Vereinigungen und andere Gruppierungen, ihre Lobbyaktivitäten zu melden. Nicht nur die Namen und Funktionen der Lobbyisten müssen angegeben werden, sondern auch der Gesetzentwurf, um den es geht, und das Geld, das sie für ihre Arbeit bekommen.«

Samuel nickte lächelnd. »Warum will RR21, dass wir in den Registern des ›LDA‹ suchen? Was hat das mit unserem färöischen Fischer zu tun?«

»Keine Ahnung. Aber es lohnt sich, der Sache auf den Grund zu gehen. Hast du noch Zeit?«

Rachel sah auf ihre Uhr. »Ein wenig.«

»Gehen wir also?«

»Wohin?«

»Zu mir.«

Während Rachel Peter anrief, stand Samuel auf und legte ein paar Geldscheine auf den Tisch.

...

Rachels erster Eindruck war, dass Samuels Wohnung funktionell, sauber, hell und ziemlich vollgestellt war – typisch für jemanden, der nicht bleiben will. Mit einem Blick nahm sie die zusammengesuchten Möbel, die nicht ausgepackten Umzugskisten, die Reisetaschen und die Sportausrüstungen wahr. Samuel sammelte ein Paar Turnschuhe und Socken auf, die am Boden lagen, und verstaute sie in einem Schrank. Rachel dachte flüchtig, dass sie sich offenbar nur von Männern angezogen fühlte, die sich sozusagen auf der Durchreise befanden. Rasch vertrieb sie diese Vorstellung. Darüber könnte sie später nachdenken.

»Willst du einen Kaffee?«

Rachel nickte und nutzte die Zeit, die Samuel in der Küche verbrachte, um die Örtlichkeiten eingehender in Augenschein zu nehmen. Das sanfte Licht fiel durch das Fenster auf ein altes Ledersofa, das hervorragend in einen kubanischen Rauchsalon gepasst hätte. Rachel strich über das rissige Leder und trat dann zu dem großen Bücherregal, das neben dem ultramodernen Fernseher stand. Sofort fielen ihr die alphabetisch geordneten Opern-CDs auf. Daneben standen etliche sowohl gute als auch schlechte Actionfilme. Auf den restlichen Regalen waren in buntem Durcheinander Bücher in englischer, französischer und dänischer Sprache aufgereiht. Sie überflog die Titel. Politische und ökonomische Essays, Biografien, wenig Romane, dafür aber viele Atlanten und Bildbände über die Wildfauna. Sie fuhr mit dem Finger über die Einbände und hielt schließlich bei einem inne. Es handelte sich um ein bebildertes Handbuch mit dem Titel *Jagd auf die Big Five in Südafrika*, das sie herauszog.

Samuel, der mit zwei Tassen in der Hand zurückkam, musterte sie kurz. Rachel hob den Kopf und warf ihm einen seltsamen Blick zu. Samuel stellte die Tassen auf den Couchtisch und trat zu ihr. Er nahm ihr das Buch aus der Hand und stellte es zurück. Rachel spürte, wie seine Finger die ihren streiften.

»Interessierst du dich für Safari?«, fragte sie in leicht vorwurfsvollem Ton.

Rachel waren die Jäger, die auf der Suche nach einem Adrenalinstoß die vom Aussterben bedrohten Tierarten dezimierten, gelinde gesagt, ein Dorn im Auge. GG hatte auch bereits eine Kampagne gegen solche Praktiken durchgeführt.

Samuel war verlegen. »Nein, es gehört nicht mir«, antwortete er dann schnell.

Rachel betrachtete ihn zweifelnd, doch er schenkte ihr ein charmantes Lächeln.

»Zeigst du mir deine Wohnung?«

Samuel fasste sie bei der Hand und führte sie bis zur Tür seines Schlafzimmers. Es war sehr ordentlich, das Bett war gemacht, der Schreibtisch aufgeräumt. Ihre Hand in der seinen, verharrte Rachel reglos. Sie war plötzlich eingeschüchtert, als wäre sie wieder fünfzehn Jahre alt. Sie warf ihm einen raschen Blick zu. Um Haltung bemüht, deutete sie auf ein Bild, das an der Wand lehnte, weil sich noch niemand die Mühe gemacht hatte, es aufzuhängen. In einem Rahmen aus rohem Holz zeigte es eine Zusammenstellung schwarzer Punkte auf weißem Grund.

»Das ist schön. Woher kommt es?«

»Aus Australien. Es ist ein Gemälde der Ureinwohner.«

Ohne ihre Hand loszulassen, setzte Samuel den Rundgang fort. An der Küche und der Eingangstür vorbei kamen sie zu einem kleinen Flur. »Ich lasse dich raten, wer hier schläft«, meinte der Reporter und öffnete die Tür.

»Wow, das ist ja rosa pur!«, rief Rachel aus.

»Kann man wohl sagen … aber die Mädchen sind verrückt danach.«

Rachel betrachtete die Stockbetten mit den fuchsienfarbenen Decken, die Barbiepuppen, die in einem Korb saßen. Sie bemerkte den doppelten »Hello Kitty«-Schreibtisch, das gerahmte Foto, das Samuel in jüngeren Jahren mit einer großen, blonden Frau zeigte, die sehr sexy war – vermutlich die Mutter. Sie wandte den Blick ab und betrachtete die Plakate.

»Komisch«, meinte sie leichthin, »das ist das einzige Zimmer, das wirklich fertig ist.«

»Wie meinst du das?«, fragte Samuel fast etwas pikiert.

»Nur so«, antwortete Rachel, die ihre Bemerkung bereits bedauerte.

Sie ließen ihre Hände los, und Rachel kehrte ins Wohnzimmer zurück.

»Nein, nun sag schon, es interessiert mich«, beharrte Samuel.

»Na, die Kartons und Koffer. Man hat den Eindruck, du wolltest morgen umziehen.«

Sie trat ans Fenster und ließ ihren Blick über den Østerbro-Boulevard gleiten. Samuel stellte sich so dicht hinter sie, dass sie im Rücken die Wärme seines Körpers spürte. Er streichelte ihre Schultern.

»Das stimmt. Ich würde lieber heute als morgen von hier verschwinden. Aber ich habe meine Töchter …«

Rachel hielt den Atem an.

Seine Hände glitten über ihre Arme. »Es freut mich, dass du hier bist.« Seine Stimme hatte jetzt einen Klang, den sie nicht kannte. Rachel blinzelte, und ihr Herz klopfte zum Zerspringen. Sie erschauerte und sog Samuels Duft ein, den ihr Geruchssinn in Erinnerung an einen Winterabend gespeichert hatte. Samuel drehte sie zu sich um. Sein Blick suchte den ihren, dann zog er sie langsam an sich. Als sich ihre Lippen berührten, ertönte die Türklingel. Das war Peter.

…

Innerhalb von knapp zehn Minuten hatte sich das Wohnzimmer in das Hauptquartier eines Krisenstabs verwandelt. Peter hatte seinen Laptop aufgeklappt, daneben lagen ein Notizblock und ein Stift. Rachel saß an Samuels MacBook, während er selbst ein altes Modell herausgeholt hatte, das noch funktionierte, wenn es am Stromnetz angeschlossen war. Die Kaffeetassen waren, ebenso wie ein großes Paket mit Salzbrezeln, schon halb geleert. Als Hintergrundmusik für ihre Überlegungen hatte Samuel *Carmen* gewählt. Peter bat ihn, ihm die Aussage des »hohen Tiers« von Ice zu wiederholen, dann sah er Rachel an.

»Womöglich hattest du von Anfang an recht, und Reed steckt hinter der ganzen Sache.«

»Freut mich, das zu hören«, erwiderte sie.

»Glaubst du wirklich, dass es Jesus war, der dir diese Informationen geschickt hat?«, fragte Peter.

»Keine Ahnung. Bei jedem Kontakt habe ich versucht, die Nummer anzurufen, aber es hat nie jemand geantwortet. Alles, was ich weiß, ist, dass dieser RR21 bestens informiert und mir eher wohlgesinnt ist.«

Rachel, Peter und Samuel loggten sich in die Webseite des amerikanischen Kongresses ein und dann über einen komplizierten Link ins LDA-Portal, das heißt auf die Lobbyingseite. Auf der Homepage gab es eine Suchmaschine, in die man verschiedene Suchwörter wie Datum, Name des Lobbyisten, Auftraggeber oder die entsprechenden Gesetze eingeben konnte. Alle drei tippten »Reed Industries« ein. Ein Menü mit einer Liste von über hundert Berichten aus den Jahren 2009/10 öffnete sich.

»O verflixt!«, rief Samuel. »Da sitzen wir ja den ganzen Tag dran!«

Peter griff nach seinem Notizblock, Rachel nach dem ihren.

»Das ist wie beim Klima«, sagte sie. »Alles ist da. Die große Arbeit, die sich niemand macht, besteht darin, sich die Details anzusehen. Peter, du nimmst dir die ersten zwanzig Berichte vor, ich die nächsten und du, Samuel, die folgenden. Wir untersuchen alle Auszüge, die das Gesetz 102 809 betreffen.«

Nachdem sie eine Weile gearbeitet hatten, rief Peter: »Ich habe einen. Der erste Bericht erwähnt einen gewissen Steve Smith, den Reed engagiert hat, um an dem Gesetzentwurf 102 809 zu arbeiten. Er hat dafür fünfzigtausend Dollar bekommen.«

Samuel stieß einen Pfiff aus.

Peter notierte Namen, Kanzlei und Honorar. Rachel öffnete ihre einundzwanzigste Datei. Sie betraf ein anderes Gesetz. Erst die dreiundzwanzigste erwies sich als interessant.

»Linda Ruthland, Expertin der Stiftung für wissenschaftliche Forschung, fünfunddreißigtausend Dollar.«

»Roland Prince, sechzigtausend Dollar«, fuhr Peter fort.

Unterdessen las Samuel den internen Bericht der DHS. »Hört euch das an: ›Die chemischen Fabriken von Reed Industries werden als gefährlich eingestuft, weil sie große Mengen giftiger Gase und brennbarer chemischer Produkte lagern. Bestimmte Chemiekonzerne haben Sicherheitsmaßnahmen ergriffen, denen sich Reed Industries unter dem Vorwand, dies würde für die Industrie einen Wettbewerbsnachteil bringen, hartnäckig widersetzt. In den Fabriken in Georgia werden zum Beispiel Butadien, Butan und Propylen gelagert, die bei einem Unfall potenziell dreihundertfünfzigtausend Menschen gefährden; vierundsechzig Prozent dieser Personengruppe gehören Minderheiten an, die restlichen sechsunddreißig Prozent leben unterhalb der Armutsgrenze.«

Samuel schüttelte den Kopf. »Was für ein Mistkerl!«

»Das macht schon fünf Lobbyisten, Experten und Anwälte, die großzügig bezahlt werden«, sagte Peter.

»Und hier geht es weiter«, rief Samuel. »Die im Jahr 2005 von Reed Industries gekaufte Papierfabrik Georgia Paper Corporation hat neunzehn Standorte, an denen hunderttausend Personen Chlordioxin-Emanationen ausgesetzt sind, die starke Reizungen der Atemwege und der Augen hervorrufen. Das

Papier könnte auch mit Ozon oder mit Wasserstoffperoxid gebleicht werden. Doch Reed behauptet, die Gesundheitsrisiken seien nicht nachgewiesen, und belegt dies mit den von seiner eigenen Stiftung durchgeführten Studien.«

Die folgende Stunde verging in konzentriertem Schweigen. Samuel listete wie Rachel und Peter die Namen, Gesellschaften und Honorare der von Reed engagierten Lobbyisten auf. Doch er hatte den Eindruck, am Wesentlichen vorbeizusuchen. Er hatte etwa dreißig Dateien durchgesehen und die Namen von sechs Anwälten und Experten notiert, die das Gesetz beeinflussen sollten. Doch er hatte nichts wirklich Bedeutsames gefunden.

»Was hat das alles mit Polsen zu tun?«, fragte er laut.

Schließlich stand er auf, um sich die Beine zu vertreten. Er rekapitulierte: *Was genau weiß ich über Polsen?* Er ging in sein Schlafzimmer, holte all seine Aufzeichnungen und las sie, während er auf dem Flur hin und her ging. Dann kehrte er in den Wohnraum zurück.

»Könnt ihr mir noch einmal eure Listen vorlesen?«

»Linda Ruthland, Ronald Prince, Jeffrey Sanders …«, begann Rachel.

»Zu welchen Kanzleien gehören sie?«

Rachel antwortete: »Was die wissenschaftliche Forschung betrifft, so handelt es sich um vier Mitglieder der Stiftung, einer der Anwälte kommt von der Kanzlei William and Fenton.« Sie hob den Kopf. »Diesen Namen kenne ich. Wo habe ich ihn bloß schon gelesen?«

»Ich weiß es!«, rief Samuel triumphierend. »William and Fenton ist die Kanzlei, die Ole Polsen verteidigt!«

Rachel und Peter sahen ihn verblüfft an.

»Bist du dir sicher?«, fragte Rachel, die sich noch immer zu erinnern suchte, in welchem Zusammenhang sie dem Namen begegnet war.

»Ja, im Gegenzug dafür, dass er das Attentat begangen hat, wollte Polsen sicher sein, von einer bekannten Kanzlei verteidigt zu werden, um mit einer Minimalstrafe davonzukommen.«

»Ich hab's!«, platzte Rachel heraus. »Wusste ich doch, dass mir der Name was sagt: Es handelt sich um die Kanzlei, die damals unser Gutachten zu den Kapseln widerlegt hat …«

»Und es sind auch jene Anwälte, die RenokPharma in dem Prozess gegen uns vertreten haben«, erklärte Peter, der jetzt den Kopf von seinem Bildschirm hob.

Die drei sahen sich an. Samuel ergriff als Erster das Wort. »Jetzt haben wir endlich den gemeinsamen Nenner.«

»Aber wir dürfen uns nicht zu früh freuen, es handelt sich um eine sehr bedeutende Kanzlei«, warnte Peter. »Vielleicht ist das alles nur ein Zufall.«

Rachel zog ihr Handy aus der Tasche und begann eine SMS zu schreiben.

»Wem schreibst du?«, fragte Peter.

»Unserem Informanten. Er weiß sehr gut Bescheid, vielleicht kann er unsere Vermutungen bestätigen.«

William and Fenton wurden von HR bezahlt, um Polsen zu verteidigen. Richtig? Rachel.

Sie hatte die Karten auf den Tisch gelegt. Wenn RR21 ein getarnter Feind war, wüsste er jetzt ihren Wissensstand. Rachel schluckte, es herrschte Schweigen. Dann begann das Handy zu vibrieren.

Richtig.

»Wir haben ihn!«, rief Rachel und ballte die Fäuste. Sie fuhr fort.

Hat Renoksen das Attentat für HR ausgeführt?

Die Antwort kam umgehend:

Y.

Doch dabei wollte Rachel es nicht belassen.

Wo bist du? Können wir miteinander sprechen?

Neue SMS:

Kann nich/eingesperrt.

Die drei sahen sich ungläubig an. Rachel fuhr fort:

Eingesperrt? Wo?

In mein Kof

Rachel insistierte:

In deinem Kopf? ABER WER BIST DU?

Es dauerte eine Weile, bis die Antwort kam, ganz so, als würde der Verfasser das Für und Wider abwägen. Plötzlich erstarrten Rachel, Peter und Samuel vor Erstaunen.

Richard Reed

»Der jüngste Sohn von Reed!«, brach schließlich Rachel das Schweigen.

»Na, kein Wunder, dass der gut Bescheid weiß …«, rief Samuel.

»Warum sagt er, dass er eingesperrt ist?«, fragte Peter.

Rachel tippte:

Warum eingesperrt?

Sie warteten eine halbe Stunde, doch das Handy vibrierte nicht mehr. Peter ergriff als Erster das Wort.

»Diesmal haben wir den Kontakt verloren. Fassen wir zusammen: Wir wissen, dass Reed einer Anwaltskanzlei Tausende von Dollar zahlt, damit sie all seine schmutzigen Geschichten regelt, unter anderem auch die Verteidigung von Polsen. Aber wir haben keine konkreten Beweise.«

»Ein mageres Resultat«, meinte Samuel.

Mit trotziger Miene erhob sich Rachel und zog ihren Trenchcoat an. »Margareth Jensen muss aussagen.«

»Wer?«, fragten Peter und Samuel wie aus einem Munde.

»Die Stimme aus dem Bella Center. Sie muss uns sagen, was sie weiß.«

KAPITEL SECHSUNDZWANZIG

Die Zimmertür öffnete sich, und Millicent trat in ihrem eleganten Kostüm ein. Herzlich umarmte sie Richard, der am Fenster saß und auf die Stadt blickte. Er wandte ihr den Blick zu, und seine Lider flatterten heftig.

»Ich habe heute nicht viel Zeit, Brüderchen, aber ich muss dir doch schnell alles erzählen.«

Millicent liebte ihren Bruder mehr als alle anderen Mitglieder der Familie, und das wusste er. Von klein auf hatten sie zusammengehalten, um sich gegen den autoritären Vater durchzusetzen. Sie hatten beide in Boston studiert und eine Zeit lang dieselbe Wohnung geteilt. Sie waren einander innig zugetan, auch wenn ihre Charaktere und Überzeugungen oft gegensätzlich waren. Aber wie bei den meisten Menschen, die aufrichtige Zuneigung füreinander empfinden, entzweiten diese Unterschiede sie nicht, und statt sich zu streiten, neckten sie sich wegen ihrer jeweiligen Schwächen.

Nie im Leben hätte sich Richard mit den Reeds zusammengetan, weder mit Hannibal noch mit seinem älteren Halbbruder Henry, der das exakte Abbild seines Vaters war. Niemals hätte er sich in ihre Mauscheleien verwickeln lassen. Der Hass auf den Vater war mit zunehmendem ökologischen Bewusstsein und der Erkenntnis gewachsen, welche Verantwortung dieser an der Verschmutzung von Böden, Gewässern und ganzen Landstrichen trug, obwohl er um die Gefahr wusste, die von seinen Fabriken ausging. Die erste Lektion in Zynismus hatte Richard mit vierzehn Jahren erhalten. Eine alte Fabrik der Reed Industries, die PCB produzierte, war beschuldigt worden, den Hudson River zu verseuchen. Eine ganze Armee von Anwälten, die in

Hannibal Reeds Diensten stand, hatte die Fakten bestritten. Und während eines Familienessens, zu dem auch zwei Führungskräfte von Reed Industries geladen waren, hatte dieser Scherze über die eher arme Bevölkerung der Region gemacht: »Wenn sie sich so sicher sind, dass ich ihre Fische vergifte, dann sollen sie sie eben nicht mehr essen, sondern sich Fleisch kaufen wie alle anderen auch«, hatte er belustigt ausgerufen. Und alle, die um den Tisch saßen – seine Mutter eingeschlossen –, hatten mit ihm gelacht. Reed hatte schließlich die juristische Schlacht gewonnen: Wegen mangelnder Beweise war das Verfahren eingestellt worden.

An diesem Tag hatte Richard verstanden, mit wem er es zu tun hatte. Und heute konnte er es nicht gutheißen, dass seine Schwester für diesen Dreckskerl arbeitete. Zugleich aber wusste er, wie sehr ihr die väterliche Liebe gefehlt hatte und wie sehr sie seine Anerkennung brauchte.

Bruder und Schwester sahen sich an. Jedes Mal, wenn ihr Blick auf seinen mageren gelähmten Körper fiel, brach es Millicent das Herz. Seit er wegen seines Gesundheitszustands zur Familie hatte zurückkehren müssen, war er nur noch von einem Gedanken beherrscht: seiner Schwester aufmerksam zu lauschen und sich, so gut es seinem angegriffenen Gedächtnis möglich war, alles zu merken, was sie ihm über Reeds Stiftungen und Schachzüge erzählte. Dann loggte er sich über seinen augengesteuerten Computer ins Internet ein, um mühsam Rachel mit seinen wenigen Möglichkeiten zu informieren. Sobald seine Mission erfüllt wäre, würde er Millicent bitten, das Nötige zu veranlassen, damit alles aufhörte, und sich verabschieden. Denn dann hätte sein Leben keinen Sinn mehr.

...

Rachel und Samuel saßen in ihrem Auto und fuhren Richtung Andersen-Boulevard. Sie passierten die Langebro-Brücke und erreichten nach einem Kilometer den Ørestads Boulevard. Peter saß jetzt sicher schon im Fernsehstudio und wartete auf den Beginn der Diskussionsrunde zum Thema Fischerei. »Haltet mich auf dem Laufenden, sobald ihr etwas herausgefunden habt«, hatte er gebeten, äußerst frustriert, sie nicht begleiten zu können. Der Wagen bog in eine Seitenstraße, verlangsamte das Tempo und hielt fünfzig Meter vor einem schwarzen Hochhaus mit zwanzig Stockwerken an, das an der U-Bahn-Linie lag.

»So, nun befinden wir uns auf feindlichem Terrain«, erklärte Rachel und deutete auf die riesigen goldenen Lettern der RenokPharma.

Samuel hatte den Blick eines aufmerksamen Jägers. »Sagst du mir jetzt, wie du ihren Namen herausgefunden hast?«

»Unmöglich, eine geheime Quelle.«

Von Lommel schüttelte den Kopf. »Okay, eins zu eins.«

»Alles, was ich dir verraten kann, ist, dass diese Frau ein Ausstellerbadge für das Bella Center hat.«

»Und sie wusste, dass du auch eines hattest?«

»Ja, wie alle Green-Growth-Mitglieder, die an unserem Stand arbeiten werden.«

»Margareth Jensen, sagst du?«

»Ja.«

Samuel horchte auf. »Einer der gängigsten Namen hier, das wird nicht einfach werden. Lass uns überlegen. Wenn diese Frau gehört hat, wie ihr Chef Drohungen gegen dich ausgesprochen hat, dann deshalb, weil sie in seinem direkten Umfeld sitzt. Eine Sekretärin oder Stellvertreterin … das müssen wir uns an Ort und Stelle ansehen.«

»Das Problem ist, dass mein Name bei ihnen bekannt ist. Du hingegen mit deinem Presseausweis …«

Sie stiegen aus und betraten durch die Drehtür den Eingang der RenokPharma. Es war eine luxuriöse Halle mit weißem Marmorboden. Der lichterfüllte, helle Raum brachte die futuristischen schwarzen Sessel des Designers Erik Jørgensen zur Geltung. In einem von ihnen saß ein Geschäftsmann, einen Aktenkoffer zu seinen Füßen, und las in einer Zeitschrift. Hinter dem pompösen Empfangsdesk, an dem mit goldenen Lettern der Firmenname prangte, saßen zwei Hostessen in marineblauen Kostümen und beobachteten das Kommen und Gehen. Sie überprüften die Personalien der Besucher, ehe sie ihnen gegen Hinterlegung des Passes ein temporäres Zutrittsbadge aushändigten. Dieses ermöglichte es ihnen, die Sperre zu passieren und den Aufzug zu den oberen Stockwerken zu nehmen.

In dem Bewusstsein, in gegnerisches Terrain eingedrungen zu sein, sah sich Rachel um. An den Wänden hingen Fotografien von den drei anderen internationalen Niederlassungen in Russland, Marokko und China. Jede von ihnen hatte eine landestypische Prägung.

Es gab auch Porträts bekannter Wissenschaftler, die sich gemeinsam mit dem Direktor Hans Renoksen hatten ablichten lassen. Rachel betrachtete ein Foto nach dem anderen und verweilte etwas länger vor dem des Generaldirektors und seines Sohnes Christian – wie in der Bildunterschrift zu lesen war. Beide trugen einen weißen Schutzhelm und einen Kittel. Rachel vermochte den Blick nicht von dem Sohn abzuwenden. Sie hatte ein eigenartiges Déjà-vu-Gefühl. Unterdessen präsentierte Samuel mit einem entwaffnenden Lächeln am Empfang seine Pressekarte.

»Ich möchte bitte zu Margareth Jensen, der Sekretärin von Herrn Hans Renoksen, um einen Termin für ein Interview mit ihr auszumachen.«

»Für solche Anfragen ist die PR-Abteilung zuständig.«

»Sehr gut.«

Man reichte ihm einen Besucherausweis, von Lommel fuhr, ohne sich noch einmal umzusehen, in den dritten Stock und verschwand in den weißen Gängen.

Zwanzig Minuten später war er, ein Papier in der Hand, erneut in der Halle. Als Rachel und er wieder im Wagen saßen, faltete er es auseinander.

»Ich habe behauptet, ich würde eine Serie über Großindustrielle und ihre Mitarbeiter vorbereiten, und man hat mir eine interne Telefonliste gegeben. Renoksen Vater und Sohn arbeiten nicht nur zusammen, sondern auch mit demselben Team. Das Problem ist nur, dass sie sich anscheinend liebend gerne mit Frauen namens M. Jensen umgeben, es gibt deren drei!«

Unter Rachels aufmerksamem Blick wählte Samuel die erste Nummer der Liste und schaltete auf Mithören.

»Hej, Samuel von Lommel, AFP. Haben Sie eine Erklärung zu der von Bill Gates subventionierten Impfkampagne gegen Malaria abzugeben?«

»Dies ist die falsche Abteilung, bitte wenden Sie sich an die PR-Stelle.«

Samuel warf Rachel einen fragenden Blick zu. Sie schüttelte den Kopf, die Stimme sagte ihr nichts. Samuel entschuldigte sich und beendete das Gespräch. Bei der zweiten Nummer antwortete niemand.

Bei der dritten gerieten sie an eine schrille Stimme mit einem starken Jütlanddialekt. Rachel schüttelte wieder den Kopf. Sie warteten eine Weile schweigend ab, dann probierte Samuel erneut die zweite Nummer. Diesmal hob jemand ab.

»Hallo?«, sagte eine tiefe, raue Frauenstimme.

Rachels Puls beschleunigte sich. Sie nickte heftig.

»Bitte wenden Sie sich an die PR-Abteilung«, sagte die Frau. Dieser Satz schien in der Firma an der Tagesordnung zu sein.

»Gut, das werde ich tun, aber einstweilen habe ich eine Freundin, die mit Ihnen sprechen möchte. Rachel Karlsen.«

Es folgte ein beredtes Schweigen. »Ich habe ihr nichts zu sagen.«

»Sie aber schon. Sie erwartet Sie in fünf Minuten unter der U-Bahn-Brücke.«

Erneutes Schweigen, dann sagte die Stimme leise: »Ich komme.«

Ein Lächeln auf den Lippen, beendete Samuel das Gespräch.

»Na also.« Rachel nahm ihm die Telefonliste aus der Hand.

»Es ist also die persönliche Assistentin der Renoksens, die hier das Phantom spielt.«

Die Hand auf dem Türgriff, atmete sie tief durch und seufzte. »Jetzt bin ich dran.«

...

Kurz darauf kam Margareth Jensen mit gesenktem Kopf aus der Drehtür des Pharmalabors. Eine zierliche Gestalt, das rotblonde Haar hinter die Ohren gestrichen, in einem alten lilafarbenen Regenmantel. Sie trug Mokassins und ging sehr schnell Richtung U-Bahn, wo einige Angestellte des Labors sich unterhielten und rauchten.

Rachel stieg aus. Margareth blieb bei ihren Kollegen stehen und bat um Feuer. Sie nahm einen tiefen Zug aus ihrer Zigarette, entfernte sich von der Gruppe und blickte sich suchend um. Dann ging sie ein Stück an der U-Bahn-Linie entlang, Rachel folgte ihr. Auf ihrer Höhe angelangt, sprach sie sie an.

»Margareth!«

Die beiden standen sich gegenüber und musterten einander kurz. Margareth Jensen bedachte sie mit einem undurchdringlichen Blick. Rachel kam sofort zur Sache.

»Wir haben einige Elemente zusammengetragen, die darauf hindeuten, dass Hannibal Reed der Auftraggeber des Attentats war. Aber wir brauchen noch eine direkte Zeugenaussage. Die Ihre.«

Margareth Jensen zog an ihrer Zigarette und ging weiter.

»Wie haben Sie mich gefunden?«

Rachel wertete das als Bestätigung. Sie hatte nichts abgestritten, als Rachel von Reed gesprochen hatte. Ein erster Pluspunkt.

»Dank Ihrer Hilfe haben wir die familiäre Verbindung zwischen Reed und Renoksen herstellen können. Dann habe ich im Computer des Bella Center Ihr Badge ausfindig gemacht.«

Die beiden Frauen hatten sich mehrere Hundert Meter vom RenokPharma-Gebäude entfernt. Sie verlangsamten den Schritt.

»Was wollen Sie?«, fragte die Assistentin von Renoksen.

»Das habe ich gerade erklärt. Sind Sie bereit auszusagen?«

Margareth stieß den Rauch durch die Nase aus. »Sind Sie verrückt? Sie kennen die nicht.«

»Unser Informant bleibt anonym. Sie brauchen nur einem meiner Freunde gegenüber zu wiederholen, was Sie mir gesagt haben. Er ist Reporter für Agence France Presse und wird anschließend die Angaben überprüfen.«

»Und warum sollte ich das tun?«

»Aus demselben Grund, aus dem Sie das Risiko auf sich genommen haben, mich letzte Woche zu warnen. Sie sind ein guter Mensch. Nachdem Sie wissen, wozu Ihr Chef fähig ist, um sich das Wohlwollen reicher Industrieller wie Reed zu sichern, können Sie nicht mehr ruhig schlafen.«

Margareth Jensen sah sich beunruhigt um. Ihre Augenlider zuckten nervös. »Ich habe schon getan, was ich konnte, tut mir leid.«

»Sie wollen also jemanden schützen, der zu einem Mord bereit ist, um seine üblen Winkelzüge ausführen zu können?«

»Vergessen Sie's, es ist zu gefährlich.«

»Wissen Sie, dass mein Sohn durch Reeds Verschulden behindert ist? Weil der vergiftete Fischölkapseln auf den Markt gebracht und behauptet hat, sie wären gut für die Gesundheit! Wollen Sie weiter für eine solche Firma arbeiten?«

Margareth Jensen schüttelte den Kopf und nahm einen tiefen Zug aus ihrer Zigarette. »Ich sage Ihnen doch, sie sind zu gefährlich.«

»Das ist die einzige Chance, denen das Handwerk zu legen. Es gibt ein Fusionsprojekt für 2011, nicht wahr? Spätestens ab diesem Zeitpunkt machen Sie sich mitschuldig. Ich habe die Sache unversehrt überstanden, aber mein Kollege Karl schwebt noch immer in Lebensgefahr. Wenn er stirbt, sind Sie Komplize eines Attentats und haben Beweise unterschlagen. Sie müssen sie anklagen.«

Margareth Jensen sah sie rasch an und senkte dann wieder den Blick.

Rachel zog ihr Handy aus der Tasche. »Ich bitte Sie nur,

gegenüber diesem Reporter zu wiederholen, was Sie mir gesagt haben.«

Ohne Margareth länger Zeit zum Überlegen zu lassen, rief sie Samuel an. »Du kannst kommen.«

Margareth hatte nicht widersprochen und war nicht gegangen. Rachel wusste, dass sie die erste Etappe gewonnen hatte. Samuel würde in wenigen Minuten bei ihnen sein und die Sache übernehmen. Ehe er da wäre, wollte sie noch einen Punkt klären. »Woher wusste Renoksen von unserer Mission auf den Färöer-Inseln?«

Die Assistentin zögerte kurz. »Christian Renoksen hat mir einmal anvertraut, er habe seit Dezember 2009 einen Informanten bei Green Growth.«

KAPITEL SIEBENUNDZWANZIG

Margareths Geständnis dauerte über eine Dreiviertelstunde. Während Renoksens Assistentin sich ihnen zwischen U-Bahn-Brücke und einer Baustelle anvertraute, waren etliche Züge vorbeigefahren. Der Reporter war einfühlsam, aber unnachgiebig. Während er rund zwanzig Seiten mit Notizen füllte, spürte er, dass unter seinem Stift die Sensation des Jahres entstand.

Zunächst war Margareth Jensen zurückhaltend gewesen, doch mit der Zeit wurde sie immer gesprächiger. Sie war eine aufrichtige Frau, die ihrem Chef zweiundzwanzig Jahre lang mit Intelligenz, Hingabe und Loyalität gedient hatte. Aber seit sich »die Amerikaner«, wie sie sie nannte, der Firmenleitung genähert hatten und mit ihren Dollars und ihrer Raffgier lockten, hatte sich alles verändert. Für das Jahr 2011 war das Joint Venture Reed-RenokPharma angekündigt, das dem dänischen Labor mehr Durchsetzungsvermögen verleihen würde. Die beiden Direktoren, Vater und Sohn Renoksen, träumten von einem Megapharmakonzern, der letztlich seinen Sitz in den USA haben würde.

Margareth hatte beobachtet, wie der Ehrgeiz der beiden wuchs, während ihr moralisches Ethos den umgekehrten Weg ging. Im Juni hatten sie sich dann plötzlich für die festen Mitarbeiter von Green Growth, insbesondere für Rachel Karlsen, zu interessieren begonnen. Margareth hatte gehört, wie sie Schlachtpläne entwickelten und unverblümte Hasstiraden gegen GG losließen – das gehörte fortan zum guten Ton des Hauses. Sie hatte nicht weiter nachgehakt, als Christian Renoksen einen Bericht über Ice Fish Export und die Fischer der Färöer-Inseln verlangt hatte. Doch als ihr Chef Ende August ihren Neffen, der tagsüber Informatiker und nachts ein genialer Hacker war, angeheuert hatte, um geheime Manipulationen vorzunehmen, hatte sie nicht mehr schlafen können. An jenem Morgen, als sie im Radio von dem Attentat auf den Färöer-Inseln gehört hatte, hatte sie Beruhigungstabletten schlucken müssen, um zur Arbeit gehen zu können. Sie erstickte förmlich daran, zum Komplizen dieser Pläne zu werden, und hatte zwei Tage lang sorgfältig das Für und Wider abgewogen. Sie billigte die Methoden des skrupellosen Milliardärs Reed nicht, der seine Intrigen durch eine Armada von Experten und Anwälten absichern ließ. Und jetzt war er zum großen Vorbild für Renoksen geworden, der in ihrer Anwesenheit bereits von ebenso gewinnträchtigen wie zweifelhaften Märkten sprach. Die Assistentin wollte zwar ihren Job nicht verlieren, aber letztlich war ihr das doch noch lieber, als ihre Seele zu verkaufen. Sie hatte Rachel ins Bella Center bestellt, weil sie sich sicher war, sie dort anonym treffen zu können. Gleichzeitig hatte sie begonnen, sich nach einer anderen Stelle umzusehen.

All das erzählte sie Samuel und Rachel, die ihr gebannt lauschten.

»Und die gefälschte Finanzierung von Polsen durch Ice Fish, ist das das Werk Ihres Neffen?«, fragte Samuel.

»Ja, ich habe ihn so lange bedrängt, bis er mir schließlich gestanden hat, dass sie ihn für diese fingierte Überweisung bezahlt haben. Für ihn war das ein Klacks.«

»Haben Sie Beweise dafür?«

»Mein Neffe wohnt im Moment bei mir, weil seine Freundin ihn verlassen hat. Reicht Ihnen ein Computerausdruck?«

»Voll und ganz.«

»Aber niemand wird erfahren, dass er es war?«

»Nein, er bleibt ein anonymer Informant.«

...

Um siebzehn Uhr stiegen Rachel und Samuel schweigend wieder in den Wagen.

»Fassen wir nochmal zusammen«, sagte Rachel, nachdem sie eine Weile überlegt hatte, »es war also tatsächlich Reed, der Vater und Sohn Renoksen mit dem Attentat beauftragt hat, und diese haben vor Ort einen aufgebrachten Fischer angeheuert.«

»Und dann haben sie durch eine gefälschte Überweisung Ice Fish die Schuld in die Schuhe geschoben.«

»Ein geschickter Schachzug.«

»Und all das, um dich auszuschalten. Beinahe hätte es funktioniert.«

Rachel schlug mit der Hand auf das Lenkrad.

»Es macht mich ganz verrückt, wenn ich daran denke, dass Reed von dem Bericht, von der geheimen Mission auf den Färöer-Inseln und von meiner Anwesenheit auf dem Schlauchboot wusste, weil wir einen Verräter bei GG haben!«

Samuel betrachtete sie. Enthusiastisch angesichts der Perspektive, in den kommenden Stunden eine Sensationsmeldung zu veröffentlichen, tätschelte er beruhigend ihre Hand.

»Ihr werdet den Verräter mit Sicherheit finden, und Reed wird doppelt bezahlen: für seine Machenschaften und für das Attentat.«

Doch Rachels Lippen blieben trotzig zusammengepresst. Er streichelte ihre Wange.

»Und ich bekomme die tollste Schlagzeile meines Lebens. Du kannst dich auf mich verlassen. Ich werde schweres Geschütz auffahren. Das wird Reed das Genick brechen.«

Rachel wandte sich zu dem Reporter um. Beide schwiegen, und nur noch ihre Entschlossenheit, ihre Wut und eine gewisse Verbundenheit waren zu spüren. Samuel beugte sich zu ihr und küsste sie zärtlich. Dann sah er ihr in die Augen: »Davon träume ich schon seit Tagen.«

Rachel lächelte. »Ich auch.«

»Alles wird gut, du wirst sehen.«

»Ja, alles wird gut.«

»Ich hätte dich gerne begleitet«, sagte Samuel bedauernd,

»aber ich muss meine Töchter abholen. Ich fahre mit der U-Bahn.«

Rachel nickte.

...

Als sie kurz darauf zu ihrer Siedlung fuhr, schaltete sie die Freisprechanlage ein. »Ich habe eine gute und eine schlechte Nachricht«, sagte sie zu Peter, sobald dieser den Hörer abgenommen hatte.

»Fang mit der guten an«, erwiderte der Green-Growth-Leiter, ohne zu zögern.

Rachel erzählte ihm in allen Einzelheiten, was Samuel und sie aufgedeckt hatten.

»Masel tov!«, rief Peter. »Jetzt haben wir den Mistkerl! Bravo, Rachel, du hattest ganz recht mit deiner Beharrlichkeit.«

Sie besprachen die Sache zehn Minuten lang.

»Wir landen einen doppelten Coup«, schloss sie. »Von Lommel veröffentlicht seine Sensationsmeldung morgen Abend und wir unseren Bericht am 2. September morgens. So hat Reed vor der Sitzung der Solaïa-Kommission keine Zeit mehr, sich eine Verteidigungsstrategie aufzubauen. Und mit etwas Glück schließt sich Ice Fish Export uns an und verklagt ihn.«

»Und jetzt die schlechte Nachricht ...«

»Es gibt in der Tat einen Maulwurf bei uns, ein Green-Growth-Mitglied informiert seit letztem Dezember Reed via Renoksen. Darum war er auch auf dem Laufenden über unsere Mission, das Schlauchboot, über mich ... kurz gesagt, sie wussten alles.«

Bedrücktes Schweigen war die Antwort.

»Ich sage dir ja schon lange, dass es zu viele Fremde bei GG gibt, über die wir keine Kontrolle mehr haben!«, erregte sich Rachel.

»Rachel, unsere Organisation basiert von jeher auf ehrenamtlichen Mitarbeitern.«

»Ich weiß, aber nun sieh dir doch an, wohin das führt! Wie

viele Helfer waren seit Dezember bei uns? Es war bestimmt keiner von den festen Mitarbeitern, also …«

»Ich werde eine interne Untersuchung einleiten«, unterbrach Peter sie. »Ist es eine Frau oder ein Mann?«

»Das weiß sie nicht. Sie hat nur gesagt, der Sohn Christian Renoksen habe ihr erzählt, er habe seine Informanten bei GG.«

Nachdem sie mit Peter abgemacht hatte, sich morgen zu einer letzten Generalprobe vor der Pressekonferenz im Büro zu treffen, fuhr Rachel auf den Parkplatz ihrer Siedlung.

Sie stellte den Motor ab und lehnte sich zurück. *Was für ein Tag!* Sacha würde bald mit Carol nach Hause kommen. Sie massierte sich den Nacken und ließ die Schultern kreisen. Ein Stechen hinter den Augen kündigte eine Migräne an.

Auf der Suche nach ihren Schmerztabletten und einer kleinen Flasche Wasser, die sie stets im Wagen hatte, beugte sie sich zum Handschuhfach. Der große braune Umschlag mit Christas persönlichen Sachen, den man ihr im Leichenschauhaus gegeben hatte, fiel heraus und rutschte unter den Beifahrersitz.

Rachel hob ihn auf, zögerte kurz und öffnete ihn dann, ehe logische Überlegungen sie daran hindern konnten. Vorsichtig, so als handelte es sich um eine Reliquie, legte sie die kleine rosa Tasche aus indischem Stoff auf ihre Knie und strich sanft darüber. Darin fand sie ein Fläschchen mit ätherischem Öl. Sie gab einige Tropfen auf ihr Handgelenk und schnupperte an der Mischung aus Orangenblüten und Zimt. Dann zog sie einen Lippenstift mit Colageschmack, ein Taschentuch von Danish Airways, Christas Führerschein, eine Bibliotheks- und eine Kreditkarte, Geld sowie eine farbige Visitenkarte heraus. Rachel betrachtete Letztere, die einen grünen Salamander mit eingerolltem Schwanz auf blauem Grund zeigte. Auf der Rückseite standen nur zwei Wörter: »Bleiben Sie!« Rachel runzelte die Stirn. Sie schaltete das Deckenlicht ein und musterte sie eingehender. Und plötzlich weiteten sich ihre Augen vor Verwunderung.

…

Hans Renoksen rief via Skype den Mann seiner verstorbenen Schwester an. Auf menschlicher Ebene hatte er den Industriellen nie gemocht, denn er fand ihn überheblich und despotisch und war der Meinung, dass er seine Schwester zu Lebzeiten hätte besser behandeln können. Hannah war ein Star, eine Primaballerina, eine Königin gewesen, die er mehr hätte verwöhnen müssen. Andererseits aber bewunderte er Reed insgeheim für seinen Erfolg.

Er hatte seiner Schwester und den drei Kindern ein sorgloses Leben ermöglicht und sich der Familie seiner Frau gegenüber mehr als großzügig erwiesen. Außerdem hatte er das Ballett von Kopenhagen durch seine Spenden vor dem Konkurs gerettet. Und er hatte versprochen, mit RenokPharma zu fusionieren. Damit wären die Familien Reed-Renoksen im Besitz des größten europäischen Labors. Darum hatte Hans nicht gezögert, dem Industriellen einen Gefallen zu tun. Und das umso mehr, als es auch um seine Interessen ging. Er verabscheute die Nichtregierungsorganisation, die Reed im Visier und mit der er noch eine Rechnung zu begleichen hatte. Diese Umweltterroristen hatten eine monatelange Forschungsarbeit zunichtegemacht, indem sie eines seiner Versuchslabors verwüsteten. Das würde er so schnell nicht vergessen.

»Hallo«, sagte Hans, sobald er die aristokratische weiße Mähne auf dem Monitor erblickte.

»Hallo.«

»Ich wollte dich nur über die letzten Ereignisse informieren.«

Eine Reihe alter Bücher in einer Schiffsbibliothek zeigte an, dass sein Schwager sich in seinem Büro befand.

»Ich habe gerade einen Anruf von dem Privatdetektiv bekommen, den ich engagiert habe. Die Schnüfflerin und der Reporter sind heute Abend hier in der Gegend gesehen worden. Sie haben mit einer meiner Assistentinnen gesprochen.«

»Um die musst du dich schleunigst kümmern.«

»Sobald ich sie zu fassen kriege. Sie ist noch nicht wieder im Büro.«

»Weiß man, was sie ihnen erzählt hat?«

»Nein, aber ich werde sie zum Sprechen bringen.«

»Die Sache muss in vierundzwanzig Stunden geregelt sein. Übermorgen tagt die Kommission.«

»Keine Sorge, alles ist geplant. Ich muss nur heute Abend noch eine Formalität erledigen. Und ich verspreche dir, dass die Schnüfflerin einen Rückzieher machen wird.«

»Wie kannst du dir da so sicher sein?«

»Lass dich überraschen. Aber du kannst das Problem als geregelt ansehen.«

»Und der Reporter, macht der auch einen Rückzieher?«

»Ja. Er wird keine andere Wahl haben.«

KAPITEL ACHTUNDZWANZIG

Der Zustand der Küche zeugte von der Herausforderung, auf die Rachel sich eingelassen hatte, um ein Essen zuzubereiten, das diesen Namen auch verdiente. An diesem Abend hatte sie zwei Einladungen abgesagt: zunächst die von Frederik und Paula, die zur Entspannung eine Pizza-Poker-Runde vorgeschlagen hatten. Normalerweise hätte sie mit Freuden angenommen, aber sie fühlte sich nicht in der Lage, ihnen etwas vorzumachen. Es gab einen Verräter in den Reihen von GG, und das hätte sie ihnen sicher nicht verschweigen können.

Dann hatten auch Sofie und Jesper sie zu einem angenehmen Fernsehabend mit asiatischem Essen eingeladen, doch Rachel hatte abgelehnt. Die Migräne hatte sich nicht gebessert, und in ihrem Kopf überschlug sich alles. Sie träumte nur davon, heiß zu duschen und sich ins Bett zu legen, auch wenn sie wusste, dass sie keinen Schlaf finden und die Nacht lang werden würde.

Sie räumte die beiden Teller ab. Das Fischgericht, das sie gekocht hatte, hatte Sacha geschmeckt, und er hatte den Kabeljau, die Karotten und die Sahnesoße gegessen, die Pilze hingegen fein säuberlich am Rand abgelegt. Rachel musste lächeln. Im Internet fand man wirklich die besten fleischlosen Rezepte. Das war ihre neueste Entdeckung, und gleich morgen würde sie diese Erfahrung wiederholen, um mehr Übung zu bekommen.

Während der nächsten Viertelstunde räumte sie die Teller in die Spülmaschine und die zahlreichen Zutaten, die sie hatte stehen lassen, in den Schrank und reinigte die Arbeitsplatte. Als alles sauber war, setzte Rachel Wasser auf und kochte sich grünen Tee. Sie gönnte sich noch eine kurze Pause, in der sich ihr plötzlich die Erinnerung an Samuels Lippen auf den ihren aufdrängte und ein Kribbeln in ihrem ganzen Körper auslöste.

Sie hatte alles getan, um den Augenblick hinauszuzögern, doch nun war die Stunde der Wahrheit gekommen.

...

Die Visitenkarte, die sie in Christas Tasche gefunden hatte, lag auf dem Couchtisch. Rachel tippte die Adresse http://www.stemcellspluschina.com in die Internetsuchmaschine, so wie sie auf der Karte jenes Doktor Huo aus Shanghai stand.

Sie gelangte auf eine Startseite, die oben links ein rotes Logo mit dem Schriftzug *StemCellsPlus* zeigte. Darunter waren die Tagesnews zu sehen, ein Video mit dem Titel »Wie der fast blinde Kim seine Frau wieder sehen konnte«, rechts daneben ein Rollmenü mit über hundert Namen verschiedener Krankheiten. Und darunter der folgende Begrüßungstext:

Unsere Homepage bietet Ihnen stets aktuelle Informationen über Stammzellenbehandlungen für Erwachsene, die in China angeboten werden. Wenn Sie Interesse haben, nehmen Sie bitte per E-Mail Kontakt mit uns auf.

Rachel bemerkte, dass sie vor Aufregung die Luft angehalten hatte. Sie ging die verschiedenen Krankheiten durch, die von Alzheimer über Autismus und Diabetes bis zur multiplen Sklerose reichten, und jedes Mal wurden Stammzellen als Allheilmittel angepriesen. Diese Injektionen verbesserten anscheinend jeden Krankheitszustand. Zeugnisse von Patienten aus der ganzen Welt, belegt mit Videos, sangen ein Loblied auf diese Heilmethode. Rachel klickte eines davon an. Eine Mexikanerin, die an multipler Sklerose litt, erzählte, wie sie durch Hörensagen von dieser Behandlung erfahren, per E-Mail Kontakt mit den chinesischen Ärzten aufgenommen, ihren zehntägigen Klinikaufenthalt organisiert und dank einer Spendenaktion die vierzigtausend Dollar zusammengekratzt hatte. Dann beschrieb sie detailliert die Zellentnahmen, die Injektionen, die Reha und die Verbesserung ihres Zustands.

Rachel blinzelte ungläubig. War es möglich, dass all diese Kranken auf wundersame Weise geheilt worden waren?

Unten rechts erregte ein Button »Mein Konto« ihre Aufmerksamkeit. Sie klickte ihn an, und zwei weiße Felder wurden angezeigt. In das mit dem Vermerk »Benutzername« schrieb sie »Kohler«. Bei dem Passwort zögerte sie kurz, gab dann aber entschlossen Sachas Geburtsdatum ein. Eine neue Seite öffnete sich.

Christa besaß seit Juni 2010 ein Konto und einen E-Mail-Account. Rachels Kehle wurde trocken, und ihre Finger begannen zu zittern. Sie zögerte, doch dann rang sie sich durch, den Briefkasten anzuklicken. Rund fünfzig bereits gelesene E-Mails wurden angezeigt.

Von: StemCellsPlus
An: Christa Kohler
Betreff: Ihre Behandlung

Das musste Rachel zweimal lesen, um es begreifen zu können. Sie wählte eine Nachricht mit einem Anhang, den sie anklickte. Eine kleine Sanduhr drehte sich zweimal um, dann hatte sie ein Word-Dokument vor Augen.

Ihr Programm vom 7. bis 14. Juli 2010

1.Tag: Ankunft, Begrüßungscocktail, Bezug Ihres eleganten und großzügigen Krankenzimmers
2.Tag: diverse Untersuchungen durch ein Ärzteteam, Zellentnahme
3.Tag: Freizeit und nach Wunsch Besichtigungsprogramm
4.Tag: erste Injektion und Untersuchungen
5.Tag: zweite Injektion, Untersuchungen

6. Tag: Untersuchungen, Abschlussbesprechung mit dem Ärzteteam
7. Tag: Abreise

Rachel bebte am ganzen Körper. Sie überflog das Dokument, das sie vor Augen hatte, noch einmal, doch ihr Gehirn weigerte sich, die Tatsachen zu akzeptieren. Schlagartig wurde ihr die ungeheuerliche Wahrheit klar.

Christa war im Juli nach China gefahren, um sich Stammzellen einpflanzen zu lassen!

Rachel las andere E-Mails. Sie kamen alle von der Klinikverwaltung und betrafen die Nachbetreuung der Behandlung. In einem Standardbrief wurde Christa gebeten, wöchentlich einen Gesundheitsfragebogen auszufüllen. Die letzte Nachricht stammte vom 23. August, ihrem Todestag.

Rachel hatte eine ungute Vorahnung.

Von: Doktor Huo
An: Christa Kohler
Betreff: DRINGEND

Nach einigen Höflichkeitsfloskeln kam der Arzt zum Grund seines Schreibens.

Es wäre wünschenswert, dass Ihr Hausarzt oder Kardiologe weitergehende bildgebende Untersuchungen veranlasst, denn bedauerlicherweise haben wir die Verwendung nicht konformer, unzulänglich aufbereiteter Stammzellen festgestellt, die Nebenwirkungen nach sich ziehen könnten. Bitte nehmen Sie Kontakt mit uns auf …

Rachel war wie gelähmt, sie hatte das Gefühl, eine Ohrfeige bekommen zu haben. Die eingepflanzten Zellen waren nicht in Ordnung gewesen und hatten bei Christa zu einem schnell wachsenden Tumor am Herzen geführt. Jetzt fügten sich alle Teile des Puzzles zusammen.

Rachel erhob sich, um die Mail nicht mehr vor Augen zu haben. Verstört lief sie durch die Wohnung. Eine Frage ließ sie nicht los. Also trat sie in ihr Schlafzimmer und öffnete die große Schreibtischschublade, in der sie ihre leider schlecht sortierten Papiere aufbewahrte, und nahm einige Fotos, Zeitungsausschnitte und Stifte heraus … Fehlanzeige. Dann suchte sie in den Schubladen der Kommode auf dem Flur. Sie leerte ihre Handtasche aus und sah auf dem Bücherregal nach, wo sie manchmal wichtige Post ablegte, um sie später einzuordnen. Nichts. Schließlich schrieb sie zwei SMS.

Eine an Niels:

> Kannst du bei Christa nach Sachas Pass suchen und mich anrufen, wenn du ihn gefunden hast?

Und die andere an Monica Olesen:

> Liebe Monica, können Sie mir bitte eine Kopie der Flugtickets von Christa und Sacha besorgen? Die Reise muss im Juli oder August mit Danish Airways gebucht worden sein. Ich erkläre Ihnen später, warum. Danke. Rachel.

Dann sah sie in Erwartung einer Antwort minütlich auf ihr Handy, doch weder Niels noch Monica meldeten sich. Zweifel überkamen Rachel. Solange sie nicht das chinesische Einreisevisum im Pass ihres Sohnes oder ein auf seinen Namen ausgestelltes Flugticket vor Augen hatte, fiel es ihr schwer zu glauben, dass Christa ihn, ohne sie zu informieren, im August zu einer womöglich folgenschweren Behandlung mitgenommen hatte. Sie würde noch fünf Minuten warten und dann trotz der späten Stunde Niels und Monika anrufen.

Es klopfte dreimal an der Tür.

Rachel zuckte zusammen und sprang auf. Sie lief auf den Flur und rief: »Wer ist da?«

»Ich bin es«, antwortete Niels.

Rachel hoffte, er würde ihr vielleicht Sachas Pass bringen. Wie am Vorabend stand Niels auf der Schwelle, doch der stolze, selbstsichere Seemann hatte all seine Ausstrahlung verloren, und sie hatte einen aufgelösten Mann mit blutunterlaufenen Augen vor sich, der nach Alkohol roch.

»Meine Mutter …«, stieß er hervor.

Rachel fragte sich, was wohl das weiße Bündel enthalten mochte, das er im Arm hielt.

...

Nachdem Niels sich übergeben hatte, zitterten zwar seine Hände noch immer, aber es ging ihm besser. Die Ellenbogen auf die Schenkel gestützt, den Kopf in den Händen vergraben, starrte er auf das weiße Bündel, das er auf den Couchtisch gelegt hatte. Steif wie eine Statue saß Rachel ihm gegenüber auf einem Kissen am Boden. Sie hatte noch nicht wirklich begriffen, was sie gerade gesehen hatte. Zwischen zwei Schlucken Aquavit hatte Niels erzählt, er habe den Gefrierschrank, den er über eBay verkauft hatte, säubern wollen und dabei den Fötus entdeckt.

Zunächst hatte er ihn für einen getrockneten Fleischrest gehalten, doch dann Arme und Beine erkannt. Während Rachel ihm schweigend gelauscht hatte, war ihr übel geworden. Sie hatte geglaubt, sich ebenfalls übergeben zu müssen, doch nach und nach war das Unwohlsein verflogen. Aber sie musste unentwegt das »Ding« ansehen. In ihrem Gehirn, das im Zeitlupentempo arbeitete, nahm langsam eine Idee Gestalt an. Sie zwang sich, das Bündel zu berühren, und hob eine Ecke des Tuchs an. Sie wollte nicht das kleine Füßchen sehen, von dem sie den Blick abwandte, sondern das Laken. An Rand des ausgewaschenen blauen Stoffs stand in Großbuchstaben »RIGET«.

»Es handelt sich um ein Krankenhauslaken«, sagte sie.

Niels sah sie aus seinen geröteten Augen an.

»Aber was um Himmels willen hat sie getan? Was ist das für ein ›Ding‹?«

»Es ist kein ›Ding‹, Niels, sondern ein Fötus. Er scheint mir noch sehr klein, aber es ist tatsächlich einer.«

»Ich verstehe das nicht …«

»Vermutlich handelt es sich um einen abgetriebenen Fötus.«

»Aber wie ist er in den Gefrierschrank meiner Mutter gekommen?«

»Woher soll ich das wissen?«

Aber während Rachel das sagte, drängte sich ihr bereits eine Vermutung auf. »War noch irgendetwas anderes in dem Tuch?«, fragte sie so beherrscht wie möglich, damit wenigstens einer von beiden Haltung bewahrte.

»Da waren noch Kräuter, Samen und ein kleines Holzkreuz …«

Rachel erhob sich langsam. »Genau das habe ich befürchtet. Bleib hier, und pass in der nächsten Stunde auf Sacha auf.«

Sie nahm eine Sporttasche, die sie nicht mehr benutzte und eigentlich wegwerfen wollte. Dann wickelte sie den Fötus und die Plazenta sorgsam wieder in das Tuch und legte sie hinein. Als sie den Reißverschluss zuzog, schloss sie die Augen und sprach, obwohl sie nicht gläubig war, ein stummes Gebet.

…

Tagsüber lügt es sich leichter … so hatte Samuel Bob Howard zitiert. Es war besser, die Leute nachts zu befragen, diesen Ratschlag des guten alten Bob würde nun auch Rachel befolgen. Es war fast zehn Uhr, als sie die Tasche mit dem makaberen Inhalt auf den Beifahrersitz stellte. Um sich Mut zu machen, schaltete sie das Radio ein: James Blunt erinnerte sie daran, dass das Leben auch schön sein konnte. Dafür war sie ihm dankbar. Sie fuhr los.

…

Emil Hansen hatte seiner Frau eine Nachricht hinterlassen, wegen eines kurzfristigen Bereitschaftsdienstes komme er heute Abend nicht nach Hause, was ihm sehr leidtue. Die Wahrheit war, dass er so wenig Zeit wie möglich mit ihr verbringen wollte. Die häusliche Atmosphäre war wegen einer Erbschaftsangelegenheit unerträglich geworden. Der Professor hatte von seiner hundertjährigen Mutter ein Aktiendepot im Wert von 2,6 Millionen Kronen und ein kleines Häuschen auf Jütland geerbt. Hansen hatte seiner Frau gesagt, dass er gerne das Haus behalten und das Geld in seine Stiftung investieren wolle, die den Namen seiner verstorbenen Tochter trug. Davon wollte aber seine Frau, die nicht Camillas Mutter war, nichts wissen. Sie plante vielmehr, die Hütte zu verkaufen und mit dem Erlös und einem Teil des Aktienpakets ein schönes Wochenendhaus zu erstehen. Sie hatte bereits ein hübsches Holzhäuschen mit direktem Seezugang, einem Steg und einem Boot ausgesucht.

Dieser Konflikt schien unlösbar, ein Lebenskonzept stand gegen das andere. Seit dem Notartermin gab es beim Abendessen nur noch Streit, und alle Diskussionsversuche waren gescheitert. Sosehr sich Hansen auch bemühte, ihr zu erklären, dass man über den persönlichen Komfort hinausdenken müsse und dass vielleicht durch Forschungsprojekte, wie diese Stiftung sie finanzierte, seine Tochter nicht mit sechzehn Jahren an einer seltenen Krankheit gestorben wäre – es half nichts. Sie hatte das Mädchen zwar geliebt wie ihr eigenes Kind, doch nun argumentierte sie, man müsse »das Leben jetzt genießen«. Es sei die Aufgabe der Regierung, die Forschung zu unterstützen. Seit drei Tagen sprach sie kein Wort mehr mit ihm. Er wusste, dass sie lange wütend sein konnte, und deshalb hatte er oft nachgegeben. Doch diesmal wollte Hansen durchhalten. Die Erforschung unheilbarer Krankheiten war sein Lebensinhalt. Er wollte die Grenzen des Unmöglichen zurückdrängen. Das brauchte er, um sich über den Tod seiner Kleinen hinwegzutrösten. Mit diesen 2,6 Millionen Kronen könnte er mehrere

Projekte finanzieren, die seinen Namen tragen würden. Als er ihr diesen geheimen Wunsch anvertraut hatte, hatte seine Frau ihn für verrückt erklärt. Sie wollte nicht mehr mit ihm reden. Egal.

Als man ihm also an diesem Abend einen Bereitschaftsdienst außer der Reihe angetragen hatte, hatte er sofort zugesagt. Er schrieb etwas in eine Krankenakte und klappte sie dann zu. Es klopfte an der Tür, und da seine Sekretärin um diese Zeit nicht mehr da war, erhob sich Hansen und öffnete. Er erwartete einen Besucher, der ungesehen bleiben wollte.

...

Rachel stand vor der Tür. Als sich diese öffnete, war sie auf das Gespräch vorbereitet.

»Entschuldigen Sie die Störung, aber ich muss wissen, warum Sie Christa das gegeben haben.«

Sie stellte die Tasche vorsichtig vor Magdalone Fersens Füßen ab. Die Frau mit dem weiß gesträhnten Haar, die einen braunen Morgenrock trug, erstarrte.

»Was machen Sie hier?«

»Ich will wissen, was Christa getan hat.«

Magdalone Fersen machte eine brüske Bewegung, um die Tür zu schließen, doch sie stieß auf Rachels eisigen Blick und den Widerstand ihres Turnschuhs.

»Wenn Sie mich nicht hereinlassen, fahre ich auf der Stelle zur Polizei, damit sie Ermittlungen wegen eines Fötusschmuggels im Riget einleiten.«

Die Tür öffnete sich, und Cruella wich einen Schritt zurück.

Rachel trat in das Haus, das neben dem ihrer Schwiegermutter lag. Es sah aus wie im Hinterzimmer eines Krämerladens. Unordentlich, staubig und vollgestopft mit zusammengesuchtem Plunder.

Unaufgefordert ging Rachel ins Wohnzimmer, das sich nicht wesentlich vom Eingangsbereich unterschied. Ein durchgesessenes, mit verblichenem rosafarbenen Stoff bezogenes Sofa, zerschlissene Ledersessel vor einem Couchtisch, auf dem sich vergilbte Zeitschriften türmten. Daneben Bücher, Spielkarten und ein voller Aschenbecher. Rachel schob ein mit Katzenhaaren bedecktes Kissen beiseite und nahm auf dem Rand des Sofas Platz. Und in diesem Augenblick bemerkte sie im hinteren Teil des Zimmers auf einem alten Sekretär einen ultramodernen Computer mit eingeschaltetem Monitor. Ein sich wiederholender Piepton zeigte den Eingang zahlreicher E-Mails an. Rachel vermutete, dass sie Cruella mitten in einer Wahrsagesession via Internet gestört hatte. Umso besser, so würde sie heute Abend ein paar Kunden weniger reinlegen können.

Sie war sich sicher, dass diese Frau der Schlüssel zu der ganzen Geschichte war, denn letztlich war es ihr Einfluss gewesen, der Christa von der Realität entfernt hatte. Magdalone Fersen setzte sich in einen der beiden Ledersessel mit den von Katzen zerfetzten Armlehnen und zündete sich eine Zigarette an.

»Kennen Sie Christa schon lange?«, begann Rachel.

»Seit ein paar Monaten.«

»Sie arbeiten im Riget, nicht wahr?«

»Ja, ein Teilzeitjob.«

»Und dort haben Sie sich auch diesen … Fötus besorgt?«

»Die Föten werden ohnehin vernichtet.«

»Und was machen Sie damit?«

»Ich gebe sie bestimmten Heilern, die sie für spezifische Eingriffe benutzen.«

»Welcher Art?«

Magdalone stieß eine dicke Rauchwolke aus. »Was geht Sie das an?«

»Ich will wissen, was Christa damit gemacht hat.«

»Es handelt sich um ein sehr wirkungsvolles Auferstehungsritual.«

Rachel presste die Lippen zusammen. »Das Sie entwickelt haben?«

»Nein, ein Arzt.«

»Ich nehme an, Doktor Wang.«

Die Hellseherin horchte auf. »Doktor Wang ist der Meinung, dass gewisse okkulte Mächte der Heilung zuträglich sind. Ich habe es ausprobiert. Wichtig ist nur, das richtige Symbol zu finden. Und was könnte die Auferstehung besser verkörpern als ein Fötus?«

Ein toter Fötus!, hätte Rachel am liebsten geschrien, doch sie hielt sich zurück. »Und warum haben Sie Christa diesen gegeben?«

»Damit der Kleine Kraft bekommt.«

Rachels Fingernägel krallten sich in den abgewetzten Stoff.

Magdalone sprach mit einer Aggression, die an einen kampflustigen Hund erinnerte, der sein Terrain verteidigt.

»Der Doktor geht von dem Prinzip aus, dass es Schmerzen gibt, die aus der Vergangenheit herrühren und nur verschwinden, wenn man sie analysiert … und er ist offen für alle Formen der Heilung.«

Rachel zwang sich zur Selbstbeherrschung. »Was hat Christa nach ihrer Behandlung bei Doktor Wang getan? Hat er ihr geraten, sich alternativen Methoden zuzuwenden? Hat er mit ihr über Stammzellen gesprochen?«

»Ja, verjüngende Stammzellen. Hier werden sie fast nicht eingesetzt, wir sind zu ängstlich, fürchten zu sehr die Risiken. Aber die Asiaten gehen einen anderen Weg. Also hat Christa in China eine Klinik gefunden, die Herzschwächen wie die ihre behandeln.«

»Was hat man dort mit ihr gemacht?«

»Man hat sie wie eine Königin empfangen, das ganze Team hat sich um sie gekümmert, nicht wie hier, wo es so sehr an Pflegepersonal mangelt, dass man die Leute unmenschlich behandelt. Am ersten Tag haben sie eine Biopsie aus dem Beckenknochen vorgenommen, um Knochenmark mit Zellen zu gewinnen. Die haben sie dann gereinigt und die Stammzellen isoliert, die ihr später wieder gespritzt wurden.«

Rachel blinzelte. »Wie haben sie das gemacht?«

»Sie haben in der Leiste einen Katheter in die Oberschenkelarterie gesetzt. Die eingespritzten Zellen gelangen durch die Blutbahn in den Herzmuskel und regenerieren das geschädigte Gewebe.«

Rachel biss die Zähne zusammen. Sie musste sehr an sich halten, um einen gemäßigten Ton anzuschlagen. Sie beugte sich vor. Im Grunde interessierte sie nur eines. »Und dann hat sie die gleiche Behandlung bei meinem Sohn vornehmen lassen?«

Magdalone zündete sich am Stummel ihrer Zigarette eine neue an. Sie verzog das Gesicht zu einer Art Lächeln.

»Ja. Ich habe sie dazu ermutigt.«

Rachel ballte die Hände zu Fäusten, bis die Knöchel weiß hervortraten. »Und?«, fragte sie leise, obwohl sie Lust hatte, der Cruella an die Gurgel zu gehen.

»Es hat funktioniert. Ich erinnere mich noch an den Tag, als der Kleine die ersten Schritte gemacht hat. Sie war mir so dankbar.«

»Sie wollen sagen, dass Christa dafür gesorgt hat, dass meinem Sohn Zellen entnommen wurden, die man ihm anschließend in den Rücken injiziert hat?«

»Ja. Und das Resultat war unglaublich.«

Rachel sprang auf und presste ihren Zeigefinger auf die Stirn der Hellseherin wie eine Pistole. Magdalone sackte in ihrem Sessel zusammen. »Unglaublich? Soll das ein Witz sein? Was unglaublich ist, ist, dass Sie Christa dazu getrieben haben, meinem Kind irgendeinen Dreckskram spritzen zu lassen. Nach der Injektion dieser verfluchten Zellen hat Christa Krebs bekommen. Das Zeug war nicht ordentlich aufbereitet! Vielleicht wird mein Sohn auch sterben, und das ist Ihre Schuld. Sie sind ja total verrückt.«

Magdalone Fersens Gesicht verzerrte sich, sie blinzelte ungläubig. Rachel kam noch näher, und die Hellseherin duckte sich. »Ich warne Sie! Falls mein Sohn einen Tumor oder irgendetwas anderes bekommt, werden Sie dafür bezahlen, und wenn ich Sie bis in die Hölle verfolgen muss. Sie werden keine ruhige Minute mehr haben«, drohte sie.

Sie stieß die Sporttasche mit dem Fuß zu ihr. »Hier, nehmen Sie zurück, was Sie gestohlen haben, und sorgen Sie dafür, dass dieses arme kleine Wesen eine würdige Bestattung erhält!«

KAPITEL NEUNUNDZWANZIG

Hans Renoksen und Emil Hansen umarmten sich.

»Danke, dass du mich noch so spät empfängst, Emil«, sagte Hans. »Wir haben uns schon lange nicht mehr gesehen.«

»Willst du ein Bier?«, fragte der Professor.

Sie nahmen zu beiden Seiten des Schreibtisches Platz und öffneten ihre Flaschen. Die beiden waren in etwa gleich alt und hatten einen Doktortitel, der eine in Humanmedizin, der andere in Pharmazie.

»Und?«, fragte Hans Renoksen. »Bist du mit dem neuen MRT zufrieden?«

Die eine Million Kronen teure Maschine war zu etwa siebzig Prozent von RenokPharma finanziert worden.

»Ein hervorragendes Gerät. Ich muss dir auch von meinen ersten Versuchen mit Valdoman berichten, sie sind sehr ermutigend.«

Valdoman war das erste Antidepressivum für Jugendliche, das RenokPharma entwickelt hatte und das in der neuropädiatrischen Abteilung von Doktor Hansen getestet wurde.

»Dürfen wir, Christian und ich, dich beim Galaabend der Stiftung zu unseren Gästen zählen?«

»Gerne. Und wir möchten uns auch an der Organisation des Abends beteiligen. Du weißt, wie verbunden wir deinem Kampf sind.«

Wenn Renoksen und Hansen sich in einem Punkt verstanden, dann war es ihre Auffassung von Forschung. »Die wahren Entdeckungen macht man, wenn man sich von den alten Pfaden entfernt, sich für Ungewöhnliches interessiert und kreativ ist«, lautete ihre Devise.

Hans Renoksen trank genüsslich sein Bier. Er lächelte.

»Emil, wie ich dir am Telefon schon gesagt habe, brauche ich deine Hilfe.«

»Ich höre.«

»Der kleine Sacha Karlsen ist einer deiner Patienten, nicht wahr?«

Hansens Gesicht blieb ausdruckslos. »Wie immer bist du gut informiert.«

»Du weißt ja, dass ich viele Leute aus deiner Abteilung kenne.«

»Natürlich, du bist hier wie zu Hause. Und weiter?«

»Wir möchten ihm auf die eine oder andere Art helfen. Wäre es möglich, im Vertrauen über seine Krankenakte zu diskutieren?«

»Das hängt davon ab, was du wissen willst.«

»Man hat mir gesagt, dass er seit zwei Wochen Physiotherapie bekommt und sensationelle Fortschritte gemacht hat, obwohl er an einer unheilbaren Spina bifida leidet. Woran liegt das?«

Hansen schien verlegen. »Nun, sagen wir, dass es sich um einen wirklich außergewöhnlichen Fall handelt.«

Er erhob sich und schloss die Tür seines Sprechzimmers.

...

Rachel schlich sich in das Zimmer ihres Sohnes und knipste die Nachttischlampe an. Ein gedämpftes orangefarbenes Licht erhellte den Raum. Vorsichtig zog sie die Bettdecke von Sachas Schultern und schob die Hose seines Batman-Schlafanzugs ein Stück hinunter. Bis zur letzten Sekunde hatte sie gebetet, es möge sich um einen Irrtum handeln, den Wahnsinn einer verrückten Hellseherin, aber da war wirklich der kleine Punkt im Lendenbereich, die Narbe der Biopsie. Rachel machte das Licht aus und schmiegte sich an ihren Sohn.

Sie schlang ihre Arme um seinen Körper und sog tief den leichten Aprikosenduft seines frisch gewaschenen Haars ein.

Gemeinsam hatten sie so viele Prüfungen überstanden, doch nie hatte sie in Erwägung gezogen, er könnte einmal nicht mehr da sein. Sie versuchte kurz, sich ein Leben ohne Sacha vorzustellen, doch das war völlig unmöglich. Sacha erfüllte ihr ganzes Denken, jede Zelle ihres Körpers. Ihn zu verlieren, das würde bedeuten, sich selbst auszulöschen. Rachel begriff, dass sie das nicht überleben würde. Zum Weinen war es jetzt zu spät. Sie zog ihn an sich, um ihm Kraft zu geben, damit er gegen die degenerierten Zellen ankämpfen konnte, die sich vielleicht unkontrolliert in seinem Körper vermehrten, und die nötige Energie hätte, um den Kampf gegen sie aufzunehmen und auch zu gewinnen.

DRITTER TEIL

KAPITEL EINS
1. SEPTEMBER

Achtzehn, neunzehn, zwanzig. Samuel absolvierte seine letzten fünf Liegestütze in einem Höllentempo, dann sprang er auf. Heute Morgen hatte er die geistige Verfassung eines Albert Einstein und Lust, alles zu bewältigen, was ihm in den Weg kam. Er würde den größten Knüller seiner bisherigen Karriere landen. Seit dem frühen Morgen nahm der Artikel in seinem Kopf Form an. Nachdem er seine Töchter um sieben Uhr geweckt und ihnen ein Frühstück zubereitet hatte, mit allem, was sie besonders gern aßen, hatte er ihnen trotz ihrer Proteste – »wir sind doch keine Babys mehr, Papa« – bei der Katzenwäsche und beim Anziehen für die Schule geholfen. Sie unter der Woche bei sich zu haben war eine Ausnahme. Ein Gefallen, den er seiner Exfrau erwies, die für zwei Tage in Brüssel war. Samuel nutzte jede Gelegenheit, um mehr Zeit mit seinen beiden Prinzessinnen zu verbringen. Er selbst hatte eine sehr enge Beziehung zu seinem Vater gehabt, der sein Vorbild und Mentor gewesen war. Daher war Samuel der Meinung, das gute Verhältnis zwischen Vater und Kind sei eine notwendige Grundbedingung. Und er hatte nicht die Absicht, einem anderen Mann, auch wenn es ein sympathischer Stiefvater war, die Erziehung zu überlassen.

Im Moment saßen die Kleinen in der Schule, entzückt bei der Vorstellung, einen weiteren Abend mit ihrem *Daddy* zu verbringen. Sie waren sehr stolz auf die Leichtigkeit, mit der sie Englisch, Dänisch und Französisch sprachen. Als Samuel ihnen am Vorabend Gute Nacht gesagt und ihnen vorher unter Einsatz seines ganzen schauspielerischen Talents eine Geschichte vorgelesen hatte, war ihm klar gewesen, warum er in Kopenhagen blieb. Beim Aufstehen am Morgen konnte er einen weiteren Grund hinzufügen: Er hatte von Rachel geträumt. Ein sinnlicher, eindringlicher Traum, der ein deutliches Gefühl der Erfülltheit in ihm hinterlassen hatte. Bei dieser Erinnerung lächelte Samuel, dann aber verfinsterte sich seine Miene. Der einzige Schatten in diesem Bild – das Thema Aufrichtigkeit. Der Reporter war in einem Punkt, den sie ihm sehr übel nehmen könnte, nicht ganz ehrlich gewesen. Er hätte ihr wohl die Wahrheit sagen sollen an jenem Abend nach dem Fest der Nichtregierungsorganisationen oder als sie hier zusammengearbeitet hatten und einander nähergekommen waren. Doch ihn hatte der Mut verlassen aus Angst, sie zu enttäuschen. Eine Last, von der er sich später befreien würde. Später …

Samuel öffnete im Geist ein kleines Kästchen, steckte Rachel und alle Fragen, die sie betrafen, hinein und schloss es wieder. Er konzentrierte sich jetzt auf das Einzige, was in diesem Moment Bedeutung hatte: den Artikel, der ihn auf der Karriereleiter steil nach oben katapultieren würde. Einen Augenblick lang träumte er von der Möglichkeit, dass eine große Tageszeitung Kontakt mit ihm aufnehmen und ihm ein Angebot machen könnte. Er hatte einen Tag Zeit, um den Bericht des Jahrhunderts zu verfassen. Nach seiner sensationellen Berichterstattung über das Attentat vertraute man ihm inzwischen an oberster Stelle. Um neun Uhr deponierte er rechts und links von seinem Computer sein Smartphone, auf »leise« gestellt, da er nur dringende Anrufe annehmen würde, das Moleskine-Notizbuch mit all seinen Aufzeichnungen und sein Diktiergerät. Das Rohmaterial lag bereit: Ellens Enthüllungen aus der Steuerbehörde, welche die vertraulichen Mitteilungen des Kommissars von den Färöer-Inseln bestätigten, das Interview mit dem Finanzdirektor von Ice Fish Export, das Gespräch mit Margareth Jensen sowie die Kopie der gefälschten Finanztransaktion ihres Neffen und das Plädoyer des Staranwalts von William and Fenton, der von Reed bezahlt wurde, um Polsen zu verteidigen – eine echte Bombe. Mithilfe dieses Materials würde er nun mehrere Kurzartikel mit neunhundert Wörtern schreiben, die er ab dreiundzwanzig Uhr zum Abruf auf den Server der AFP stellen würde. Sich kurz zu fassen war die schwierigste Übung in seinem Beruf. Vor allem bei der Fülle an Informationen, über die er verfügte. Er musste auswählen, Prioritäten setzen und einiges opfern. So würde er die Rolle von Richard Reed, dem heimlichen Informanten von Green Growth, der gegen die Machenschaften seines Vaters agierte, zunächst beiseitelassen.

Gleich bei seiner Rückkehr an den Schreibtisch hatte von Lommel versucht, die Info zu überprüfen, und mit seinem Netzwerk alle Hebel in Bewegung gesetzt, um die Privatnummer der Reeds in Atlanta zu bekommen. Um ein Uhr morgens lag sie auf seinem Schreibtisch. Seine Versuche, im Privathaus des Chefs anzurufen, waren gescheitert. Er hatte nur eine Hausangestellte gesprochen, die ihm mit stark spanisch gefärbtem Akzent mehrfach gesagt hatte: »Mister Richard kann nicht mit Ihnen sprechen.« Er hatte viermal angerufen und jedes Mal dieselbe Antwort erhalten. Unmöglich herauszufinden, ob Richard Reed abwesend oder einfach nicht zu sprechen war. Und so verfügte Samuel über keine Fakten, um diesen Teil der Geschichte zu belegen. Kein Problem, darum würde er sich später kümmern. Er machte sich eine Thermoskanne Kaffee und nahm auf seinem Stuhl Platz, in dem Wissen, dass er sich von diesem erst gegen achtzehn Uhr wieder erheben würde, um seine Töchter vom Musikunterricht abzuholen. Mit einer Pizza vor den DVD-Player gesetzt, würden sie ihm anschließend Zeit geben, bis zwanzig Uhr weiterzuarbeiten. Er würde sie ins Bett bringen, seinen Text Korrektur lesen, Rachel anrufen, um sie auf dem Laufenden zu halten, und den Artikel gegen Mitternacht dänischer Zeit auf den AFP-Server stellen: *Reed Industries in das Attentat auf den Färöer-Inseln verwickelt*.

Am nächsten Morgen würde Green Growth seinerseits den Bericht veröffentlichen, der bewies, dass Reed Industries die Kampagne der Klimaskeptiker inszeniert hatte. Dieser Bericht lieferte auch das Motiv für das Attentat. Und dann würde die zweistufige Rakete von Lommel-Karlsen in alle Welt katapultiert und ein Erdbeben in den Medien verursachen, das nicht mehr kontrollierbar wäre. Er ließ seine Finger knacken und bewegte sie über der Tastatur. Am schwierigsten war immer der erste Satz.

...

Noch ein Tag …

Rachel trat bis zum Roten Haus kräftig in die Pedale. Eine frische Brise fuhr durch ihr Haar und rötete ihre Wangen. Die nächsten beiden Tage würden entscheidend sein, und der erste Tag hatte gut begonnen, denn die Zweifel und Ängste waren wie weggeblasen. Beim Aufstehen hatte sie sich kämpferisch und bereit gefühlt, sich mit Hannibal Reed und Konsorten anzulegen. Heute Abend würde Samuels Artikel den Industriellen auf die Anklagebank bringen. Und morgen würde die Jagd eröffnet. Die auf Reed angesetzten Journalisten würden ihn bis zur Aufklärung des Attentats nicht mehr in Ruhe lassen.

Anschließend hatte Rachel vor, bei Professor Hansen die Karten auf den Tisch zu legen und ihm ihre Entdeckungen über Christa und die chinesische experimentelle Behandlung mitzuteilen. Er würde die Realität nicht länger leugnen können und ihr zuhören.

Der Arzt würde alle erdenklichen Untersuchungen durchführen, um eventuelle Krebszellen aufzuspüren, und, falls erforderlich, sofort mit einer Behandlung beginnen. Früh erkannt, ließ ein Tumor sich ausmerzen. Davon war Rachel überzeugt. Und möglicherweise war ihr kleiner Junge überhaupt nicht krank. Hansens Worte kreisten ständig in ihrem Kopf: »Bei allen Untersuchungen, die wir durchgeführt haben, wäre uns ein Tumor nicht entgangen.«

Rachel stellte ihr Fahrrad unten am Bürogebäude von Green Growth ab und stürmte die Treppe hinauf. Sacha begann heute seine Reha im Schwimmbad des Riget. Carol sollte ihn um sechzehn Uhr bei Kirsten im Rehazentrum abgeben, und Rachel würde ihn dort eine Stunde später abholen.

Der Nebel, der seit ihrer Rückkehr von den Färöer-Inseln ihre Sicht zu beeinträchtigen schien, hatte sich gelichtet. Die Wahrheit – die Stammzellenbehandlung, die Reise nach China, die Hexerei von Magdalone Fersen, Reeds Komplott – war zwar in vielerlei Hinsicht erschreckend, aber immer noch besser als Unsicherheit und Lüge.

Und so traf Peter an der Kaffeemaschine eine kämpferische und aufgeregte Rachel. Er hatte sich dort soeben einen XXL-Cappuccino mit viel Zucker geholt. Sie tauschten einen Blick aus wie Angreifer vor dem Sturm.

»Hej, Rachel. Bist du bereit?«

»Und wie!«

»Von Lommel auch?«

»Ja. Er hat sich zum Schreiben zurückgezogen und nimmt nur äußerst wichtige Telefonate an.«

»Okay. Wir treffen uns in zehn Minuten im Besprechungsraum. Ich trommle inzwischen die Mannschaft zusammen.«

»Was ich noch sagen wollte …« Rachel deutete mit dem Kopf auf ihr Büro. Sobald die geschlossene Tür sie vor indiskreten Ohren schützte, vollendete sie ihren Satz: »… konntest du seit gestern schon etwas über die undichte Stelle herausfinden?«

»Das ist eine verdammt knifflige Angelegenheit«, gestand Peter. »Im Dezember haben uns über vierhundert Freiwillige aus den USA, Europa und sogar Asien bei der Vorbereitung des Gipfels geholfen. Rund fünfzig – nämlich die Dänen – wussten, dass wir in diesem Sommer eine Aktion planen. Vielleicht fünf, nicht mehr, kannten die Details der Operation. Natürlich ohne das Team an Bord mitzuzählen.«

»Was wirst du tun?«

»Die Freiwilligen, die nur bis zum Gipfel bei uns waren, lasse ich erst mal beiseite. Ebenso das Team von der *Serendipity*. Es bleiben die fünf Personen, die über die Operation Bescheid wussten, ohne an Bord gewesen zu sein: Paula, Oliver, Hanne, Nathan und Keren. Die drei festen Mitglieder Paula, Oliver und Hanne kann man vergessen, mit den anderen beiden werde ich mich unterhalten. Sollte das nichts ergeben, muss ich den Kreis weiter ziehen.«

Rachel erklärte ihrem Chef nun ihre Hauptsorge: »Wie können wir sicher sein, dass Reed unsere Pressekonferenz nicht sabotiert, wenn jemand vor Ort ist, der ihn über alles auf dem Laufenden hält?«

»Ich habe zu unserer bevorstehenden Sitzung nur die festen Mitglieder eingeladen. Die Freiwilligen lasse ich, so lange es geht, außen vor. Du sagst nur das Nötigste. Pech, wenn es irgendwelche Empfindlichkeiten geben sollte, es ist einfach höhere Gewalt.«

Die nächsten zehn Minuten sprachen sie ihr Vorgehen ab. Bevor sie das Büro verließen, teilte Peter ihr eine gute Neuigkeit mit: »Joanna kommt heute Vormittag zurück.«

Rachel lächelte. »Genial. Doch sie wird bestimmt beleidigt sein, dass man ihr nichts gesagt hat …«

Peter verdrehte die Augen. »Das mag sein … aber du weißt, es war die einzige Möglichkeit.«

...

Vor Publikum zu sprechen, das war nicht unbedingt ihre Sache. Rachels Mund war vom Lampenfieber ganz trocken. Zum ersten Mal präsentierte sie eine Arbeit, die sie von A bis Z erstellt hatte und die großes Aufsehen erregen würde. Die festen Mitglieder von Green Growth hatten sich im Versammlungsraum eingefunden. Man hatte sich nicht einmal die Mühe gemacht, Kaffee anzubieten – ein Hinweis darauf, dass eine kurze Besprechung ohne stundenlanges Palaver anstand. Von den zehn Anwesenden wussten nur Paula, die für das Internet zuständig war, Hanne, die die Rechtslage überprüft hatte, und Oliver, der PR-Verantwortliche, Bescheid. Die anderen vermuteten zwar, dass hinter den Kulissen ein großer Coup vorbereitet wurde, wussten jedoch nichts über die näheren Umstände.

Joanna wartete, bis alle Platz genommen hatten. Willkommensrufe und Applaus empfingen sie. Die hübsche Dänin hatte während ihres Krankenhausaufenthalts ein wenig von ihren üppigen Formen und ihrem Puppenteint eingebüßt. Sie trug jedoch Jeans und ein Sweatshirt in Knallrosa, das signalisierte: »Mir geht es gut!«

»Hallo, alle zusammen!«, rief sie in die Runde. »Den Knüller wollte ich doch keinesfalls verpassen!«

Rachel zwinkerte ihr zu und freute sich, sie gesund wiederzusehen. Gleichzeitig fürchtete sie ein wenig die Reaktion ihrer Freundin, wenn diese erfahren würde, was sie ihr alles verheimlicht hatte. Sie wartete noch einen Moment, bis die letzten Gespräche verstummten, dann räusperte sie sich. Dieser Bericht – die rund vierzig Seiten, die vor ihr lagen – war jetzt keine vertrauliche Arbeit mehr, die sie Stück für Stück zusammengetragen hatte, noch ein mit Peter geteiltes Geheimnis. Er würde dem Urteil und der Kritik aller preisgegeben. Bald würde er internationale Reichweite haben, würde Initiativen auslösen, die Journalisten beschäftigen und Ausgangspunkt zu umfangreichen Ermittlungen mit Anklageerhebung und, wie sie hoffte, Sanktionen sein. Sie nahm sich die Zeit, sich ihrer Verantwortung bewusst zu werden, dann begann sie: »Vor neun Monaten, während des UNO-Gipfels, kam ein Sympathisant zu mir, um mir unter dem Siegel der Verschwiegenheit zu eröffnen, dass er sich in die Bewegung der Klimaskeptiker eingeschleust hatte. Damals gab es starke Verdachtsmomente, dass diese Bewegung manipuliert wurde. Gemeinsam haben wir geduldig einen Bericht gegen denjenigen ausgearbeitet, der dahintersteckte, und Stück für Stück alle Beweise zusammengetragen. Morgen werden wir auf einer Pressekonferenz die Identität des Industriekonzerns nennen und den Bericht an die Medien geben.«

»Darf man wissen, um wen es sich handelt?«, fragte Frederik.

»Da strikte Geheimhaltung geboten ist, haben wir euch aus

den Nachforschungen herausgehalten und bitten euch, noch bis morgen Geduld zu haben. Wir werden euch den Bericht vor der Pressekonferenz aushändigen.«

In Erwartung einer Reaktion legte sie eine Pause ein. Es gab nur konzentrierte und auch verständnisvolle Blicke. Alle kannten die Regeln bei Green Growth, und niemand stellte sie infrage. Das war der Preis dafür, dass ihre Aktionen immer einen unvergleichlichen Effekt erzielten.

Sie räusperte sich. »Das ist noch nicht alles. Heute Abend wird ein Artikel der AFP darüber berichten, wie derselbe Industriekonzern zusammen mit einem dänischen Unternehmer das Attentat bei den Färöer-Inseln angezettelt hat.«

Verblüfftes Raunen erhob sich unter den Zuhörern.

»Hast du denn nicht die Polizei informiert?«, fragte Hanne, die über diese Seite der Angelegenheit ebenfalls nicht informiert war.

»Wir müssen Schritt für Schritt vorgehen, der Artikel heute Abend wird nützliche Beweise liefern. Direkt im Anschluss werden wir Strafanzeige erstatten.«

Frederik hob erneut die Hand. »Warum wurden die Freiwilligen von der Konferenz ausgeschlossen?«

Peter antwortete an Rachels Stelle. »Seit gestern wissen wir, dass der Industriekonzern von jemandem aus unseren Reihen informiert wurde. Das ist eine Vorsichtsmaßnahme.«

Nach einigen Augenblicken bestürzten Schweigens beendete Rachel die Besprechung.

»Ich möchte demjenigen Ehre erweisen, der den Anstoß zu diesem Bericht gegeben hat und das Ende seiner Arbeit leider nicht erleben kann. Ihr erinnert euch sicher alle an Jesus, nicht wahr? Ihm ist es gelungen, ins Zentrum des feindlichen Netzes vorzudringen und sich als einer der Ihren in die Bewegung einzuschleusen, um die Finanzierungswege zurückzuverfolgen. Vor drei Monaten, nachdem ein Großteil seiner Arbeit erledigt war, hatte er einen schweren Unfall. Ich denke jeden Tag an ihn, heute ganz besonders.«

Rachels Stimme wurde brüchig. In den Augen ihrer Mitstreiter las sie Mitgefühl, Solidarität und Entschlossenheit. Alle erhoben sich gleichzeitig, und jeder kehrte an seine Arbeit zurück, stolz darauf, einer Organisation anzugehören, die es wagte aufzubegehren.

Rachel schloss Joanna kurz in die Arme. »Du siehst prächtig aus, das freut mich.«

Joanna lächelte. »Rosa und Gelb passt gut zusammen!«

»Du hast überhaupt keine gelben Augen mehr …«

»Das war ein Scherz. Hut ab für deine Ermittlungen.«

Rachel nahm keinerlei Ironie in ihrer Stimme wahr. Also wagte sie sich vor. »Ich konnte nicht mit dir darüber sprechen, tut mir leid, aber so lautet die Regel.«

»Kein Problem. Ich kenne sie genauso gut wie du.« Joanna wirkte aufrichtig. Peter und Rachel hatten ihre Professionalität unterschätzt. Rachel bedauerte, an ihrer Freundin gezweifelt zu haben. Joanna fuhr fort: »Wenn ich irgendetwas tun kann, um dir bis morgen zu helfen, wenn es ein Frühstück für die Zeitungsleute oder sonst etwas ist, sag es mir bitte. Ich möchte schnell wieder in die Arbeit einsteigen.«

Rachel nickte. »Ich kann gut ein wenig Unterstützung bei der Vorbereitung des Saals, beim Projektionsmaterial und so weiter brauchen … Um sechzehn Uhr muss alles fertig sein, danach muss ich los und Sacha im Riget abholen.«

»Wie geht es ihm übrigens?«, fragte Joanna.

»Lass uns zusammen zu Mittag essen. Dann erzähle ich dir diese verrückte Geschichte«, antwortete Rachel.

»Okay. Und diesen Bericht, zeigst du mir den?«

Rachel zögerte kurz. »Ich kopiere ihn dir auf einen USB-Stick. Aber das musst du für dich behalten, kein Wort zu Peter, okay?«

Als Rachel ihr Büro betrat, verspürte sie eine gewisse Erleichterung, dass diese Sache nun bald abgeschlossen und sie das Geheimnis los sein würde, das sie belastete. Es hatte sie, die sich gerne mitteilte und mit anderen austauschte, enorm viel Energie gekostet, alle Informationen so lange vertraulich behandeln zu müssen. *Vorbei*. In diesem Moment sah sie den kleinen weißen, an sie adressierten Umschlag ohne Briefmarke, der auf ihrem Schreibtisch lag. Sie hätte schwören können, dass er vor einer Viertelstunde noch nicht da gewesen war. Rachel ließ sich auf ihren Bürostuhl fallen und öffnete ihn. Sie entfaltete einen Brief, der nur aus wenigen Worten bestand:

TRENNE DIE SPREU VOM WEIZEN.
Claus Dalby.

Darunter war die Kopie eines Artikels aus der *Sunday Times* angeheftet, der Sonntagszeitung Südafrikas. Ein Schwarz-Weiß-Foto mit einem kurzen Artikel aus dem Jahr 2001. Rachel betrachtete prüfend das Foto, auf dem sie ohne Mühe Samuel erkannte. Sie las den Artikel und spürte, wie sich ihr Herz zusammenkrampfte. Sie schloss die Augen. *Nicht er*. Vom Flur aus beobachtete Joanna durch die Glasscheibe aufmerksam ihre Freundin. Sie sah, wie Rachel den Brief zusammenfaltete und in ihre Tasche steckte.

KAPITEL ZWEI

Am Nachmittag zogen am Himmel dunkle Gewitterwolken auf, und der strömende Regen vertrieb die Spaziergänger wie einen Schwarm aufgeregter Spatzen, die Tische der Straßencafés wurden hastig abgeräumt, und die am Kai festgemachten Boote schaukelten heftig im aufkommenden Wind. Rachel hatte nicht warten können, bis das Unwetter abgezogen war, und ärgerte sich, dass sie sich ausgerechnet heute für das Fahrrad und die U-Bahn entschieden hatte, um durch die Stadt zu kommen. Sie hatte gedacht, es würde Sacha gefallen, auf dem Rückweg mit der Bahn zu fahren. Der kleine Junge liebte die Fahrt mit dem vollautomatischen und fahrerlosen Zug, sofern sie einen Platz im ersten Wagen bekamen und er durch das große Fenster beobachten konnte, wie der Zug über die Schienen brauste.

Als sie im Krankenhaus eintraf, war das Schlimmste vorüber, und es tröpfelte nur noch. Zu spät, denn sie war bereits klatschnass. Sie stellte das Fahrrad vor dem Riget ab und lief schniefend auf das Gebäude zu. Rachel band ihre nassen Haare zu einem Pferdeschwanz zusammen, nahm ihr tropfendes Regencape und schüttelte es aus, um es anschließend außen auf ihrem kleinen Rucksack festzubinden. Darin verstaut waren zwei Müsliriegel für Sacha, die Endversion von »Eiche und Schilfrohr« auf USB-Stick, im Übrigen die gleiche Fassung wie die, die sie Joanna gegeben hatte, und Christas rosafarbenes indisches Täschchen, das sie wie einen Talisman immer bei sich trug. Zu guter Letzt hatte sie noch den weißen Umschlag eingepackt, der ihr die Augen über Samuel geöffnet und ihr gezeigt hatte, dass er im Grunde zu den Leuten gehörte, die Rachel instinktiv verachtete. Was hatte dieser Artikel zutage gefördert, dass er sie derart verunsicherte? Das spielte im Moment keine Rolle. Sie durfte dem keine Aufmerksamkeit schenken und sollte besser weiter ihrem Team vertrauen. Doch die Enttäuschung war groß. *Warum hat er mich angelogen?* Erneut sah sie seine Unschuldsmiene vor sich, als sie das Jagdhandbuch hervorgezogen hatte. »Das gehört nicht mir.«

Der Artikel handelte von diesen Touristen, die auf der Suche nach einem Nervenkitzel nach Südafrika reisen, um dort auf Großwildjagd zu gehen, und später, mit Trophäen bepackt, selbstgefällig nach Europa zurückkehren. Dem Artikel zufolge betreute Samuel von Lommel, seines Zeichens Journalist und ausgezeichneter Großwildjäger, seit sieben Jahren Safarigruppen im afrikanischen Busch. »Wir bieten Ihnen hier die Möglichkeit, gefährliches Großwild wie Löwen, Leoparden, Rhinozerosse, Nilpferde, Elefanten und, ja, sogar den Kapbüffel zu jagen«, erklärte er. »Wir sind sehr stolz darauf, dass John Smith zu uns zählt, der zu den wenigen Großwildjägern gehört, denen es bisher gelungen ist, fünf verschiedene Großwildarten – Elefant, Nashorn, Büffel, Löwe, Leopard –, also die ›Big Five‹, in fünf Tagen mit fünf Kugeln zu erlegen!«

Als Rachel sich an diese Textpassage erinnerte, stieg die Wut in ihr hoch. Löwen, Elefanten, Zebras, Giraffen, Geparde, Leoparden, schwarze Rhinozerosse und Nilpferde, die diese Fanatiker im Drillich auslöschten, als wäre es ein Spiel, waren von der IUCN, der Internationalen Union für die Bewahrung der Natur, als gefährdete Arten eingestuft worden. Darüber hinaus freute man sich in dem Artikel darüber, dass dieser »Sport« Südafrika jährlich immerhin hundertfünfzehn Millionen Euro bescherte. Rachel fluchte innerlich über die einseitige Berichterstattung der Zeitung. Andere Fakten wurden einfach unterschlagen, zum Beispiel, dass in Kenia – dem einzigen afrikanischen Land, in dem solche Jagden illegal waren – der Tourismus florierte und dem Land fünfmal mehr Geld pro Jahr durch die Organisation von Fotosafaris einbrachte. Der tendenziöse Artikel schloss mit der Bemerkung, dass die Zahl der getöteten und exportierten

Tiere von der CITES kontrolliert werde und bestimmte Quoten nicht überschritten werden dürften. Dass dieses System sehr mangelhaft und nur schwer zu kontrollieren war, wurde einfach verschwiegen.

Rachel betrat das Krankenhaus. Wer Geld hatte, durfte auf alles Jagd machen, sogar auf vom Aussterben bedrohte Tiere! Wie konnte Samuel an so etwas teilnehmen? Das positive Bild, das sie bisher von ihm gehabt hatte, war durch diesen Artikel schwer erschüttert worden. Doch das Foto war noch widerlicher: Es zeigte von Lommel in Begleitung vier weiterer Männer in Rangerkluft, die mit geschulterten Gewehren hinter fünf Paar Elefantenstoßzähnen posierten. Wie theatralisch! Und dazu noch diese grässliche Bildunterschrift: »Wieder eine erfolgreiche Jagd! Die Ausbeute: fünf Elefanten, fünf schöne Kapbüffel und drei Löwen.« Hinter ihrer Enttäuschung verbarg sich echter Kummer, den sie sich allerdings nicht eingestehen wollte, auch wenn er ihr zentnerschwer im Magen lag. Sie sah kurz auf die Uhr und beschleunigte ihre Schritte. *Im Moment ist Sacha das Wichtigste!* Sie war zwar nicht zu spät dran, musste aber noch das ganze Krankenhaus durchqueren, denn das Schwimmbad befand sich direkt neben dem Trainingssaal.

Rachel eilte im Laufschritt durch die große Eingangshalle und den verglasten Korridor, bog nach rechts ab und stieß die Schwingtür auf, auf der in weißen Lettern »Aquatherapie« stand. Sofort umfing sie die feuchtwarme, chlorgetränkte Luft. Im weiß gekachelten Eingangsbereich hörte man nur das Quietschen des Gummischiebers, mit dem ein Angestellter in gelbem Kittel über die Fliesen wischte. Die Umkleidekabinen auf der rechten Seite waren dunkel, fünf Rollstühle standen ordentlich aufgereiht davor. Zum Becken gelangte man durch eine große Glastür, die tagsüber ständig offen blieb, damit die Rollstuhlpatienten und Krankentragen ungehindert hinein- und herausgeschoben werden konnten. Doch jetzt war die Tür geschlossen, und das Becken lag im Halbdunkel. Rachel spitzte die Ohren, weil sie hoffte, irgendwo Sachas oder Kirstens Stimme zu hören. Nichts. Der Angestellte mit dem Wischer unterbrach seine Tätigkeit.

»Kann ich Ihnen vielleicht helfen?«

»Ich bin auf der Suche nach meinem Sohn, der mit seiner Physiotherapeutin hier eine Rehastunde hatte. Ich bin etwas spät dran. Ist das Schwimmbad denn schon geschlossen?«, wollte Rachel wissen.

»Seit zwanzig Minuten.«

»Haben Sie eine Ahnung, wo ich die beiden finden könnte?«

»Sehen Sie doch mal im Trainingssaal nach.«

Rachel dankte dem Mann und verließ erleichtert die beklemmende Schwüle. Zielstrebig ging sie hinüber zum Übungsraum. Drei Patienten arbeiteten unter Aufsicht ihres jeweiligen Physiotherapeuten an ihren Maschinen, doch von Sacha und Kirsten keine Spur. Verwirrt blieb Rachel auf der Schwelle des Saals stehen. Einer der Therapeuten, ein großer, schlaksiger Blonder, unterbrach für einen Moment die Übung seiner Patientin, die mit einem Gewicht am Bein trainierte.

»Suchen Sie Kirsten Sörensen?«

»Ja, so ist es!«, erwiderte Rachel.

Der Mann zog einen Umschlag aus seiner Kitteltasche. »Sie sind um kurz nach siebzehn Uhr gegangen, doch ein Herr hat das für Sie dagelassen.«

Rachel nahm den Brief in Empfang. Ein ungutes Gefühl erfasste sie. Während sie kehrtmachte, öffnete sie hastig den Brief und faltete einen kleinen karierten Zettel auseinander. Der kurze, mit der Maschine geschriebene Text war mit HR unterzeichnet.

…

Völlig benommen sank Rachel auf einen der Plastiksitze in der Eingangshalle und versuchte, wieder einen klaren Gedanken zu fassen. Mit tränenverschleiertem Blick las sie noch einmal die Nachricht, hob den Kopf und rang nach Luft. Doch sie wollte keinesfalls in Panik geraten. Rachel versuchte, den Ablauf der

Ereignisse zu rekonstruieren. Handlanger von Reed und Renoksen mussten Kirsten und den Kleinen abgepasst und sie verschleppt haben. Gewaltsam? Aber warum hatte Kirsten keinen Widerstand geleistet oder um Hilfe geschrien? Und wohin hatte man sie gebracht? In jedem Fall war die Physiotherapeutin bei Sacha. Rachel klammerte sich an diesen Rettungsring. *Mein Kleiner ist nicht allein, Kirsten wird nicht zulassen, dass sie ihm was antun.* Rachel biss sich auf die Unterlippe, um nicht in Tränen auszubrechen. Auf der großen Wanduhr war es achtzehn Uhr. Die Zeit verstrich, und Samuel gab womöglich seinem Artikel gerade den letzten Schliff, um ihn in zwei Stunden abzuschicken. *Um Gottes willen!* Hektisch suchte sie nach ihrem Handy. Sie musste auf jeden Fall die Veröffentlichung verhindern. Der Reporter nahm nicht ab. Nervös schrieb sie ihm eine SMS.

Schick deinen Text nicht ab. Sie haben Sacha.

Sie las die beiden Sätze noch einmal durch. Das klang zu brutal. Besser, sie schrieb etwas anderes.

Ruf mich an. Es ist sehr dringend.

Sie zögerte noch immer, musste an das Foto denken, auf dem er selbstbewusst hinter den Elefantenstoßzähnen posierte. Sicher, sie nahm ihm die Sache übel, doch im Moment brauchte sie dringend Hilfe, jemanden an ihrer Seite, der mit ihr gemeinsam nachdachte und handelte. Jemanden wie ihn. Sie löschte die SMS und schrieb, ohne zu zögern:

Ich bin im Riget. Kannst du herkommen? Ein Notfall.

...

Keine Viertelstunde später stürzte der Reporter besorgt in die Eingangshalle des Riget. Nachdem er Rachel »bin gleich da«

geantwortet und seine beiden Mädchen einer verständnisvollen Nachbarin anvertraut hatte, hatte Samuel sich auf sein Motorrad geschwungen und war in halsbrecherischem Tempo ins Krankenhaus gefahren. Samuel entdeckte Rachel gegenüber den Fahrstühlen. Sie kaute nervös an ihren Nägeln und starrte wie gebannt auf die Hinweistafel des Krankenhauses. Inzwischen kannte sie sämtliche Abteilungen und Stationen auswendig, hatte sie wieder und wieder aufgesagt, um ihre Angst zu unterdrücken.

Als sie Samuel kommen sah, sprang sie auf und rief:

»Sie haben Sacha!«

Samuels Miene verfinsterte sich, und Rachel reichte ihm den Brief.

MACH DIE GEPLANTE VERÖFFENTLICHUNG RÜCKGÄNGIG, SONST WIRST DU DEINEN SOHN NIE WIEDERSEHEN. WENN DU DIE POLIZEI EINSCHALTEST, IST ER TOT. BLEIB IM RIGET. WIR SETZEN UNS MIT DIR IN VERBINDUNG. HR.

»Diese Scheißkerle …«, murmelte der Reporter.

»Du musst deinen Artikel zurückziehen.«

»Er ist noch nicht veröffentlicht. Ich kann bis zum letzten Augenblick warten. Sie werden versuchen, uns hinzuhalten, bis morgen die Solaïa-Kommission getagt hat.«

»Das befürchte ich auch.«

»Warum war Sacha heute hier?«

»Er hat ein neues Rehaprogramm begonnen.«

Sie nahmen vor der Hinweistafel des Krankenhauses Platz, und Rachel erzählte ihm alles. Von dem Wunder, dass ihr lebenslang an den Rollstuhl gefesselter Sohn zu laufen begann, von Christa, bei der die Rechtsmedizinerin einen Herztumor festgestellt hatte. Und auch von ihrer Freundin Monica und der Veränderung, die diese bemerkt hatte, seit Christa unter dem Einfluss von Magdalone Fersen stand – einer verrückten Hellseherin, die einen regen Handel mit Opfergegenständen, darunter auch Föten, betrieb, um den bösen Fluch abzuwenden. Sie berichtete auch von ihrem Besuch bei Doktor Wang, der Christa von alternativen Behandlungsmethoden überzeugt hatte, von der Entdeckung des Potenzials der Stammzellen, der Reise nach China, der Biopsie im Lendenbereich, der Stammzelleninjektion, von Sachas Behandlung. Und auch von der E-Mail von Doktor Huo vom 23. August, in der es um schlecht aufbereitete Zellen ging, von Christas nächtlichem Besuch, nachdem sie davon erfahren hatte, und dem Wort VERZEIH, das sie kurz vor ihrem Tod an Rachels Tür geschrieben hatte. Samuel unterbrach sie kein einziges Mal, und sein Gesichtsausdruck schwankte zwischen Ungläubigkeit und Verblüffung. Als sie endlich fertig war und nach Luft schnappte, streichelte er ihre Hand

»Das ist die verrückteste Geschichte, die ich in meinem ganzen Leben gehört habe.«

»Aber sie ist wahr.«

Samuel nickte mehrmals und überdachte, was er soeben gehört hatte. »Wir werden Sacha vor morgen wiederfinden, das verspreche ich dir. Hast du Peter Bescheid gesagt?«

Rachel presste die Lippen zusammen. »Noch nicht.«

»Dann mach es jetzt. Reed und Konsorten scheinen gut über die internen Abläufe bei GG informiert zu sein. Du musst auf der Stelle die Pressekonferenz absagen, um sie zu beruhigen.«

»Ja, du hast recht.«

Rachel rief Peter an und informierte ihn von Sachas Entführung. Um zu beweisen, dass sie die Situation im Griff hatte, bemühte sie sich, so ruhig wie möglich zu bleiben

»Verständige die Polizei«, sagte der Green-Growth-Leiter.

»Das kommt nicht infrage. Die Drohung war eindeutig. Ich muss aufhören, falls sie Kontakt mit mir aufnehmen wollen.«

Rachel beendete das Gespräch.

Dann begann das Warten. Eine Stunde lang rührten sie sich nicht vom Fleck und harrten vor der Tafel und der Uhr aus. Rachel hielt das Handy, das stumm blieb, in der feuchten Hand.

Andauernd schielte sie in der Hoffnung auf eine Nachricht von den Entführern auf das Display.

»Sie nehmen Kontakt mit mir auf … Das haben sie gesagt«, erklärte sie plötzlich laut, ohne dass jemand sie etwas gefragt hätte.

Samuel saß da, die Ellenbogen auf die Knie gestützt, und beobachtete wachsam die Halle, den Zeitungsstand mit dem heruntergelassenen Eisengitter, die Cafeteria, in der ein paar Assistenzärzte ein Sandwich aßen, die Aufzüge, die zu den Etagen führten. Plötzlich wurde das Licht auf Nachtbeleuchtung umgeschaltet, die Einzelheiten verschwammen, und die Stimmung war gedämpft. Vor ihnen schob ein Krankenpfleger eine Trage mit schlecht geölten, quietschenden Rädern vorbei, auf der ein schlafender Patient lag. Eine Gruppe von drei Krankenschwestern kam ihm entgegen und verschwand dann im Aufzug. Samuel betrachtete die Tafel mit den Abteilungen des Krankenhauses und den Plan. Schließlich brach er das Schweigen.

»Kannst du mir zeigen, wo genau du Sacha abholen solltest?«

Rachel schreckte auf. Sie erhob sich und deutete im rechten Flügel des H-förmigen Gebäudes auf den Bereich, wo »Rehaabteilung« und »Aquatherapie« standen.

Samuel prägte sich den Plan ein.

Er ging zur Rehaabteilung. Zu dieser späten Stunde waren der Hauptflur, der verglaste Korridor mit den Fahrrädern, der Übungsraum und das Schwimmbad nur schwach von den grünen Leuchtschildern »Notausgang« erhellt. Samuel sah sich eine Weile in den Örtlichkeiten um und kehrte dann zurück. Er begegnete zwei Pflegern im weißen Kittel. Hinter Rachel hatte sich eine dreiköpfige Familie niedergelassen, deren Mitglieder mit besorgten Mienen tuschelten.

Er trat zu ihr und fragte: »Um wie viel Uhr warst du dort?«

»Um kurz nach fünf, aber ich war eine Viertelstunde zu spät dran. Der Physiotherapeut, der mir den Brief gegeben hat, hat sie um fünf nach fünf zum letzten Mal gesehen.«

»Und du bist diesen Weg zurückgegangen?«

»Zwangsläufig, es gibt keinen anderen.«

Samuels Stimme klang aufgeregt. »Dann hättest du ihnen begegnen müssen.«

»Wie meinst du das?«

»Es gibt, die Notausgänge ausgenommen, keinen anderen Zugang zur Rehaabteilung.«

»Ich hätte sie also treffen müssen.«

»Ja, es sei denn …« Außer sich sprang Rachel auf. »Sacha ist hier irgendwo!« Sie hatte fast geschrien, und die Familie hinter ihr bedachte sie mit empörten Blicken. Sie fuhr sich mit der Hand übers Gesicht.

»Wir suchen das ganze Krankenhaus ab, bis …«

Ihr Handy piepste. In der Aufregung rutschte es ihr aus der Hand und landete unter dem Stuhl neben ihr. Fluchend hob Rachel es auf. Durch den Aufprall war es ausgegangen. »Verdammt noch mal!« Sie drückte die »On«-Taste des altertümlichen Modells, das sich nur langsam wieder einschaltete, und gab mit zitternden Fingern den PIN ein. Schließlich tauchte der kleine Umschlag auf, und sie öffnete ihn.

»Die ist von Monica«, erklärte sie enttäuscht.

»Monica?«

»Christas Freundin.«

Rachel überflog die SMS, und ihre Augen weiteten sich. »Ich verstehe das nicht.«

Samuel sah ihr über die Schulter, um die Nachricht zu lesen.

Ich habe ein auf Christas Namen ausgestelltes Hin- und Rückflugticket Kopenhagen-Shanghai für den 15. und 25. Juli 2010 gefunden, aber nichts für August. Gruß. Monica.

Samuel runzelte die Stirn, Rachels Blick verlor sich in der Ferne.

»Was hat das zu bedeuten?«, fragte Samuel.

Rachel blinzelte. »Entweder hat Christa eine andere Fluggesellschaft genommen, was nur schwer vorstellbar ist, oder …«

»Oder?«

»Oder sie hat Dänemark kein zweites Mal verlassen.« Das Handy fest umklammert, erhob sich Rachel und begann, vor der Hinweistafel auf und ab zu gehen. »Aber in diesem Fall …« Plötzlich blieb sie stehen und betrachtete sie zum x-ten Mal – jetzt allerdings sehr aufmerksam. Sie las die Namen und hielt bei der Camilla-Hansen-Stiftung mit dem auffälligen schneckenförmig gerollten Logo inne. Schweigend verharrte sie eine ganze Weile. Samuel kannte diese Haltung von den Leuten, die er interviewte. Gleich würde etwas Unglaubliches zutage kommen, da war er sich ganz sicher. Rachel versuchte, sich zu erinnern, wo sie vor Kurzem ein ähnliches Symbol wie das auf dem Logo gesehen hatte. Und plötzlich wurde ihr alles klar. Sie griff nach ihrem Rucksack und kramte in Christas rosa Tasche, bis sie die Visitenkarte mit dem Salamander herauszog, auf deren Rückseite die Worte »Bleiben Sie!« standen. Rachel betrachtete das Tier. »Der Salamander, sieh nur … der Schwanz. Er ist eingerollt, genauso wie auf dem Logo.«

Sie fuhr herum und sah Samuel an. »Die Stiftung, der Salamander, Hansen!«

»Ich glaube, ich kann dir nicht folgen …«

»Das Logo von Professor Hansens Stiftung ist der Schwanz eines Salamanders – das Symbol der Regeneration! Und vermutlich hat er an Christa geschrieben: ›Bleiben Sie!‹«

Samuel fasste sie bei den Schultern. »Erkläre mir das, Rachel, ich verstehe nicht …«

»Hansen hat Christa gesagt, sie soll bleiben«, unterbrach sie ihn. »Und das hat sie getan, Sacha war nie in China!«

»Umso besser«, meinte Samuel, »das bedeutet, dass Christa letztlich auf die Behandlung verzichtet hat.«

»Nein, es heißt vielmehr, dass er *hier* behandelt wurde. Und mit Sicherheit wird er auch *hier* festgehalten!« Für Samuel begannen sich die Teile des Puzzles zusammenzufügen, und er folgte Rachel, die ihre Sachen nahm, zum Aufzug lief und den Knopf zum zweiten Stock drückte.

»Ich grabe das ganze Krankenhaus um, bis ich ihn gefunden habe«, rief sie aufgeregt.

Samuel hatte nicht den geringsten Zweifel daran, dass sie ihre Drohung wahr machen würde.

...

Kirsten hatte den Einstich der Spritze gespürt, ihre Knie hatten nachgegeben, dann konnte sie sich an nichts mehr erinnern. Als sie die Augen aufschlug, lag sie in einem halbdunklen Zimmer. Neben sich hörte sie Atemzüge, und plötzlich erinnerte sie sich wieder. Als sie mit dem kleinen Sacha in den Übungsraum gekommen war, hatte ein Krankenpfleger sie angesprochen und gesagt: »Sie werden beide in der neuropädiatrischen Abteilung erwartet.« Der Mann klang so glaubhaft, dass sie, ohne misstrauisch zu werden, darauf hereingefallen war. Auch im Aufzug, der sie in den zweiten Stock brachte und in dem leeren Krankenzimmer, in dem sie auf den »Arzt« warten sollten, waren ihr keine Bedenken gekommen. Das Ganze war zwar ungewöhnlich, aber kein Grund zur Beunruhigung. Und gleich darauf hatte der Krankenpfleger ihr die Spritze in den Arm verpasst.

Kirsten rappelte sich auf. Sie war nicht gefesselt, hatte nur furchtbare Kopfschmerzen. Als sich ihre Augen an die Dunkelheit gewöhnt hatten, erkannte sie in dem großen Zimmer zwei durch einen Nachttisch getrennte Betten, ein vergittertes Fenster und neben dem Eingang eine Tür, die vermutlich zum Badezimmer führte. Sie tastete nach dem Körper neben sich. Sacha schlief tief und fest, schnarchte sogar. »Hallo, Kleiner … aufwachen!« Sie versuchte, ihn hochzuheben, doch er war mit einem Gurt ans Bett geschnallt. Diesen zu lösen nahm eine gewisse Zeit in Anspruch, denn sie war noch benommen. Als Sacha befreit war, ließ sie ihn auf dem Bett liegen und ging zur Tür. Doch sie war abgeschlossen.

...

Rachel und Samuel stiegen aus dem Aufzug und standen vor dem leeren Wartezimmer der neuropädiatrischen Abteilung. Rechts befand sich das Sprechzimmer, in dem Rachel so oft gewesen war, links fünfzehn Krankenzimmer. Hier hatte Sacha gelegen, als er gleich nach seiner Geburt operiert werden musste, und sie hatte auf einer Liege neben seinem Kinderbettchen bei ihm gewacht. So hatte sie vierzehn schlaflose Nächte und angsterfüllte Tage verbracht und sich davon zu überzeugen versucht, dass ihr Sohn ein schönes Leben haben würde, obwohl er nie würde laufen können. Sie verabscheute diesen Ort, aber zumindest kannte sie ihn sowohl bei Tag als auch bei Nacht.

»Wir müssen überall nachsehen«, flüsterte sie.

»Wo ist das Schwesternzimmer?«

»Am Ende des Flurs neben den Toiletten und dem Wäscheraum. Es ist halb neun, gleich ist Schichtwechsel.«

»Dann müssen wir uns beeilen.«

...

Nachdem sie alle Möglichkeiten durchdacht hatte, ging Kirsten ins Badezimmer, machte Licht und suchte in dem Schränkchen unter dem Spiegel, in dem die Schwestern das nötige Material für die Kinderpflege aufbewahrten. Eine Schere mit abgerundeter Spitze schien ihr geeignet. Kirsten nahm sie und ging zur Tür zurück: Das Schloss befand sich in der Drehklinke und war von außen abgesperrt. Sie setzte die Schere an und versuchte, das System zu öffnen. Nach mehreren Versuchen sprang plötzlich die Tür auf. Kirsten seufzte erleichtert. Diesmal würde sie sich nicht überrumpeln lassen! Ihre Muskeln waren angespannt, der Körper unter der Wirkung des Adrenalins bereit zum Kampf.

...

Rachel und Samuel schlichen von Zimmer zu Zimmer und öffneten vorsichtig jede Tür. Einige waren belegt, andere frei. Doch keine Spur von Sacha und Kirsten. Als sie das Zimmer mit der Nummer 5 verließen, lauschte Samuel angespannt.

»Hörst du das?«, flüsterte er Rachel zu.

»Nein.«

»Da ist ein Geräusch …«

Sie liefen zum Zimmer 12, aus dem mit wirrem Haar Kirsten, den Rollstuhl mit dem schlafenden Sacha vor sich, herausgeschossen kam.

»Sacha!«, rief Rachel. »Mein Gott!« Sie eilte zu ihm. »Mama ist da, mein Herzblatt, du bist in Sicherheit.« Der Kleine schlief noch immer tief und fest, und nur ein leichtes Schnarchen war zu hören. »Was ist passiert, Kirsten? Seid ihr verletzt?«

»Das erzähle ich dir später«, antwortete die Physiotherapeutin. »Wir müssen sehen, dass wir hier wegkommen, und zwar schnell!«

Schon war in der Nähe des Schwesternzimmers Aufruhr entstanden. »Was machen Sie da?«, rief ein Krankenpfleger, der die Statur eines Ringers hatte.

»Los, schnell!«, rief Kirsten.

Mit zwei Schritten war der Mann bei Samuel, stürzte sich auf ihn und drückte ihm den Arm auf den Rücken. Der Reporter machte sich mit einer Drehung frei. Die beiden Männer musterten einander, bereit, sich zu prügeln.

»Aufhören!«, befahl eine tiefe Stimme. Professor Hansen trat aus seinem Sprechzimmer. Die beiden Männer ließen voneinander ab, Rachel und Kirsten hatten schon den Aufzug gerufen. »Rachel, Kirsten, warten Sie«, rief der Professor.

Kirsten eilte auf ihn zu. »Professor, man hat mich betäubt und gekidnappt und den Kleinen auch.«

»Vergiss es, er steckt mit ihnen unter einer Decke«, erklärte Rachel mit finsterer Miene.

Kirsten blieb unvermittelt stehen. »Wie, unter einer Decke?«

»Er hat Sacha ohne mein Wissen mit Stammzellen behandelt und arbeitet jetzt mit Renoksen zusammen, um mich zum Schweigen zu bringen.«

Kirsten fiel aus allen Wolken. »Renoksen? Wer ist das denn? Was soll das alles überhaupt?«

»Kommen Sie mit in mein Büro, ich werde Ihnen alles erklären«, bat Hansen ruhig. Doch Rachel, Samuel und Kirsten rührten sich nicht vom Fleck. Hansen fuhr fort: »Ich hätte Ihnen ohnehin demnächst alles erzählt, Rachel, aber nun haben sich die Ereignisse überstürzt.«

»Wie konnten Sie nur?«, empörte sich Rachel, Tränen in den Augen. »Sie waren der einzige Mensch, dem ich wirklich vertraut habe.«

»Ich will Sacha nichts Böses, ganz im Gegenteil, ich möchte ihm nur die Chance geben, eines Tages laufen zu können.« Hansen trat langsam auf sie zu und streckte beschwichtigend den Arm aus. »Gehen wir in mein Sprechzimmer.«

Rachel blickte von Samuel zu Kirsten und ergriff dann den Rollstuhl, in dem Sacha wie ein Stein schlief. »Ich gebe Ihnen genau fünf Minuten und nicht eine mehr, dann verschwinden wir.«

Während sie auf sein Büro zusteuerten, nutzte Emil Hansen, der Letzte in der Reihe, die Gelegenheit, um unbemerkt eine SMS zu schreiben.

...

Das Sprechzimmer des Professors war nicht sehr groß. Rachel schob Sachas Rollstuhl neben die Untersuchungsliege.

»Nehmen Sie bitte Platz.«

»Nein danke«, erwiderte Rachel.

Der Professor nickte und setzte sich hinter seinen Schreibtisch. Samuel, Kirsten und Rachel standen vor ihm.

»Ich will gleich zur Sache kommen. Vor einem Monat ist Christa zu mir gekommen und hat mir erzählt, sie habe in China eine Stammzellenbehandlung bekommen und fühle sich seither viel besser«, begann Hansen. »Und tatsächlich schien sie in bester Form zu sein. Sie hatte vor, während Ihrer Abwesenheit im August mit Sacha dorthin zurückzukehren, um bei ihm die gleiche Behandlung vornehmen zu lassen. Sie hatte ihn bereits angemeldet und wollte die Flugtickets reservieren. Über dieses Vorhaben hat sie mich unmittelbar vor der Abreise informiert.«

Rachel war wie versteinert. »Und was haben Sie ihr gesagt?«

»Dass China uns bei dieser Art Behandlung, an die ich persönlich glaube, zwar weit voraus ist, aber dass dort die Sicherheitsvorschriften nicht genug beachtet werden.«

»Sie haben ihr schlecht aufbereitete Zellen injiziert, und sie hat davon Krebs bekommen!«, rief Rachel aufgebracht.

»Das wusste ich nicht. Zu jener Zeit erlebte ihr Herz sozusagen einen zweiten Frühling. Und sie hat nicht auf mich gehört, sondern Sacha in der Klinik in Shanghai angemeldet.«

»Aber die beiden sind nicht geflogen, warum?«

Hansen verschränkte die Arme. »Ich habe Ihre Schwiegermutter angerufen, um ihr eine Alternative vorzuschlagen. Ich habe mich erboten, Sacha selbst zu behandeln und die aus seinem Rückenmark entnommenen und mithilfe des hier ansässigen DLCS-Forschungszentrums aufbereiteten Stammzellen zu injizieren.«

Leichter Schwindel ergriff Rachel, dann fasste sie sich wieder. »Und das haben Sie getan … ohne mit mir darüber zu sprechen.«

»Sie waren auf hoher See und unerreichbar, und Sie hatten, wenn ich Sie daran erinnern darf, Christa während Ihrer Abwesenheit eine Generalvollmacht gegeben. Ohne mein Eingreifen wäre sie mit dem Kleinen nach China gefahren und hätte Sie ohnehin vor vollendete Tatsachen gestellt.«

»Sacha hat mir von einem chinesischen Arzt erzählt …«

»Das war mein Assistenzarzt.«

Rachel schüttelte verblüfft den Kopf, und der Professor fuhr fort: »Ich weiß, dass Sie prinzipiell gegen klinische Studien sind, aber ich glaube an dieses Verfahren, auch wenn die wissenschaftlichen Ergebnisse noch nicht ausreichend belegt sind. Wir sind im Begriff, die erste Versuchsreihe in Dänemark zu starten, die von der Camilla-Hansen-Stiftung und RenokPharma unterstützt wird.«

Rachel starrte ihn an.

»RenokPharma … Natürlich, das erklärt alles! Sie sind also ihr Handlanger! Sie haben meinen Sohn entführt, damit wir unseren Bericht nicht veröffentlichen, und sind von Anfang an ihr Komplize gewesen.«

Emil Hansen rückte seine Brille zurecht. »Nein, Rachel. Ich habe erst gestern von Ihrer Verbindung zu Renoksen erfahren. Er hat mich gebeten, Sie bis morgen hier festzuhalten, im Gegenzug würden sie …«

Schnelle Schritte, die auf dem Gang zu hören waren, unterbrachen das Gespräch. Hans und Christian Renoksen, beide im Trainingsanzug, platzten in das Sprechzimmer. Man hatte sie offensichtlich beim Joggen gestört. Rachel erkannte den Direktor der RenokPharma und seinen Sohn sofort. Sie erinnerte sich an die Fotos der beiden in der Eingangshalle des Labors. Und wieder hatte sie dieses beunruhigende Déjà-vu-Gefühl, als sie den Junior mit seinen schwarzen, zurückgekämmten Haaren und dem Businessmanngehabe sah. Und plötzlich erinnerte sie sich. Der *Vega-Nachtklub*. Und sofort wusste sie, wer seit Dezember der Informant von Reed und Renoksen war. Dieser Verrat traf sie wie eine heftige Ohrfeige. Doch sie ließ sich nichts anmerken. »Sehr erfreut, Sie endlich kennenzulernen«, sagte sie ironisch. »Ich würde gerne erfahren, was Sie vorhaben: Sie wollen uns sicher erpressen, oder? Mich bedrohen, bis ich den Bericht, der das Verhalten Ihres Schwagers und Ihr eigenes entlarvt, unter den Tisch fallen lasse, nicht wahr?«

Hans Renoksen verschränkte die Arme. »Wir wollen Sie nicht bedrohen, sondern Ihnen vielmehr einen Deal vorschlagen.«

»Einen Deal?«

Hans Renoksen warf Professor Hansen einen Blick zu, und dieser nickte. »Wir finanzieren einen klinischen Versuch zur Regeneration des Rückenmarks durch Stammzellen. Ihr Sohn hat von Professor Hansen eine erste Injektion bekommen, die seiner Krankenakte zufolge eine ausgezeichnete Wirkung hatte. Er könnte weitere Injektionen bekommen und der erste offizielle Kandidat unserer Studie werden, die soeben vom Gesundheitsministerium genehmigt wurde.« Er reichte ihr ein Papier. »Die Einverständniserklärung ist vorbereitet, Sie müssen sie nur noch unterschreiben, und Ihr Sohn wird ab morgen mit der erfolgversprechendsten Methode des einundzwanzigsten Jahrhunderts behandelt. Haben Sie gesehen, wie positiv bereits eine einzige Injektion gewirkt hat? Stellen Sie sich das Ergebnis nach den fünf Verabreichungen vor, die das Protokoll vorsieht. Sacha wird sicherlich laufen können.«

»Ich hoffe, das soll ein Scherz sein! Und das Krebsrisiko?«, fragte Rachel verbittert.

»Wir haben nachweisen können, dass unsere Methode im Gegensatz zu der chinesischen dem Risiko einer Tumorbildung vorbeugt. Die Ergebnisse stehen Ihnen zur Verfügung.«

Samuel beobachtete die Szene verblüfft, Kirsten abwartend. Rachel war bleich geworden und starrte ungläubig auf die Blätter, die vor ihr lagen. Sie stellte eine Frage, auch wenn sie die Antwort schon vorher wusste.

»Und im Gegenzug?«

Die stahlharten Augen von Hans Renoksen nahmen einen sanften Ausdruck an. »Sie sagen die für morgen angekündigte Pressekonferenz ab und ziehen den Bericht ›Eiche und Schilfrohr‹ mit der Begründung zurück, er enthalte nicht ausreichend belegte Fakten. Und Sie vergessen das Attentat. Für immer.« Christian Renoksen stellte ein Netbook auf den Schreibtisch und schaltete es ein. »Es reicht, wenn Sie Ihren Kollegen eine E-Mail schreiben.«

Rachel, deren Magen sich zusammenkrampfte und deren Kopf zu platzen drohte, schwieg. All ihre Überzeugungen standen auf dem Spiel: Sie sollte darauf verzichten, einen Ganoven, einen Kriminellen zu entlarven, und einem klinischen Versuch, den sie von Haus aus ablehnte, zustimmen. Aber die Tatsachen sprachen für sich. Durch die Behandlung ging es Sacha besser.

Durfte sie ihrem Sohn die Chance nehmen, eines Tages ein normales Leben führen zu können?

»Und wenn ich ablehne?«, fragte sie tonlos.

»Dann wird Sacha eben eine spätere Gelegenheit abwarten müssen, um sich auf die Liste der freiwilligen Probanden setzen lassen zu können«, erklärte Renoksen Senior. »Das dauert vielleicht drei, fünf oder gar zehn Jahre, die Plätze sind sehr begehrt.«

Samuel ballte die Fäuste. »Sie arbeiten wirklich mit allen Mitteln.«

Hans Renoksen bedachte ihn mit einem eisigen Blick. »Wir haben den Herrn Super-Großwildjäger nichts gefragt.«

Samuel verschlug es die Sprache, Rachel senkte den Blick, und Renoksen zischte: »Ich hasse Jäger Ihres Schlages. Die Biodiversität ist ein Reichtum, der erhalten werden muss, eine Reserve künftiger Moleküle für die Medizin von morgen. Sehen Sie, Frau Karlsen, wir haben mehr Gemeinsamkeiten, als Sie vermuten.«

Rachels verlorener Blick wanderte von Hans zu Christian Renoksen, dann weiter zu Samuel, Kirsten, dem noch immer schlafenden Sacha und zu Professor Hansen, der angelegentlich seine Schuhspitzen musterte.

»Professor, sehen Sie mich an. Schämen Sie sich nicht, sich an einer solchen Erpressung zu beteiligen?«, fragte sie.

»Wenn Sie dem Versuch zustimmen, werde ich alles in meiner Macht Stehende tun, damit Sacha so viel wie möglich davon profitiert. Seien Sie vernünftig, Rachel!«

Benommen schüttelte Rachel den Kopf. Lange Minuten vergingen, während derer sie das Für und Wider abwog, obgleich sie genau wusste, was sie zu tun hatte. Dann setzte sie sich vor das Netbook und verfasste eine lakonische Mail an ihre GG-Kollegen und eine persönlichere an Peter, in der sie ihn ohne weitere Erklärungen bat, das Dokument »Eiche und Schilfrohr« definitiv zu löschen. Dann unterschrieb sie die Einverständniserklärung zu der klinischen Studie, erhob sich, ohne irgendjemanden anzusehen, und drehte Sachas Rollstuhl um. Kirsten legte ihre Jacke über den Jungen, und die beiden Frauen verließen wortlos das Sprechzimmer.

Hans Renoksen wandte sich an Samuel.

»Jetzt sind Sie dran, von Lommel. Loggen Sie sich in den Server Ihrer Agentur ein, und löschen Sie Ihren dort gespeicherten Artikel.«

Samuel schielte auf den leeren Stuhl. Es war die Sensationsmeldung seines Lebens. Dennoch zögerte er nicht. Mit einem Mausklick war der Artikel verschwunden.

KAPITEL DREI

3. OKTOBER

Das Pfeifen des Wasserkessels riss Rachel aus ihren Träumereien. Sie stand auf, um sich Tee zu kochen und nachzusehen, wie es um ihren »Lachs-Spinat-Auflauf« stand, der seit einer halben Stunde im Ofen war. Sie würde zwei Portionen für nächste Woche einfrieren. Immer mehr Plastikbehälter mit kleinen selbst zubereiteten Gerichten stapelten sich in ihrem Tiefkühlschrank, in dem der Platz allmählich knapp wurde. Seit einem Monat verbrachte sie ihre Tage damit, sich um Sacha zu kümmern und zu kochen. Es gefiel ihr. Rachel hatte sich komplett zurückgezogen und verließ ihre Wohnung nur, wenn sie Sacha ins Krankenhaus oder zur Schule brachte oder um Besorgungen zu machen und Karl zu besuchen, der noch immer im Koma lag. Bei Green Growth hatte sie unbezahlten Urlaub genommen, während der Rest der Truppe schon die Messer wetzte und sich auf den siebzehnten Klimagipfel vorbereitete, der Anfang Dezember in Cancún stattfinden würde.

Rachel warf einen Blick hinaus. Es war schön, kalt und trocken. Trotz des starken Windes spielten die Kinder der Siedlung laut kreischend Fangen. Sie trank den Tee. Genau das hatte sie jetzt gebraucht. Sie fühlte sich allein. Samuel hatte seit jenem Abend im Riget, an dem ihr Leben sich um hundertachtzig Grad gewendet hatte, nichts mehr von sich hören lassen. Damals war sie mit Sacha und Kirsten im Taxi nach Ørestad zurückgefahren. Die Physiotherapeutin hatte ihr noch geholfen, den Kleinen auszuziehen und ins Bett zu bringen. Den Rest der Nacht hatten sie miteinander geredet, sich einander anvertraut. Die für den nächsten Tag anberaumte Pressekonferenz war kurzerhand abgesagt und Samuels Artikel einfach gelöscht worden.

Noch am Abend hatte Rachel mit Peter telefoniert, der die Beherrschung verloren, ins Telefon gebrüllt und schließlich von ihr verlangt hatte, ihm endlich die ganze Wahrheit zu sagen. Diesem Druck war sie nicht gewachsen gewesen. Betrübt und mit tränenerstickter Stimme hatte sie ihm gestanden: »Sie halten Sachas Zukunft in ihren Händen, ich kann nicht anders.«

Am 2. September hatte Reed Industries den Zuschlag für das bisher größte US-amerikanische Solarkraftwerk bekommen. Einen Monat später wurde Ole Polsen als Urheber des Attentats vor den Färöer-Inseln schuldig gesprochen, für das er offiziell von Ice Fish Export bezahlt worden war. Das Unternehmen war aufgrund der gefälschten Beweise für die finanzielle Transaktion in große Erklärungsnot geraten. Margareth Jensen und ihr Neffe, die beiden Einzigen, die mit ihren Enthüllungen Ice Fish Export hätten ent- und Renoksen belasten können, waren wie vom Erdboden verschwunden.

Rachel könnte von ihren Ersparnissen noch einen Monat leben, dann würde sie sich eine neue Arbeit suchen müssen. »Du kannst jederzeit zurückkommen«, hatte Peter ihr zugesichert. Schon möglich, aber Rachel konnte einfach nicht noch mal bei GG anfangen. Sie hatte die Arbeit eines ganzen Jahres ruiniert und verdiente das Vertrauen der Kollegen nicht mehr. Was Samuel betraf, so hatte er seine Karriere für sie und Sacha geopfert – das hatte sie erst tags darauf begriffen, als sein Artikel tatsächlich nicht erschien und er untergetaucht war. Zweimal hatte sie erfolglos versucht, ihn anzurufen. Er hatte ihr eine SMS geschickt: *Melde mich in Kürze bei dir*. Danach hatte sie nichts mehr von ihm gehört. Einen weiteren Versuch hatte sie nicht gewagt. Seine Abwesenheit machte die Leere, die sie in sich fühlte, nur noch größer. Sie musste dieses Kapitel früher oder später abschließen, doch dafür fehlte ihr noch der Mut.

Während sie ihren Tee trank, überflog sie kurz die Stellenangebote im Internet. Eigentlich sah sie gar nicht genau hin. Was sollte sie jetzt machen? In Wahrheit hatte sie völlig den

Glauben an all ihre Ideale verloren. Sie hatte ihrem persönlichen Schicksal mehr Bedeutung beigemessen als dem der Allgemeinheit. Reed Industries hatte sich den boomenden amerikanischen Solarmarkt unter den Nagel gerissen und es auf diese Weise geschafft, sich ein *grünes* Mäntelchen zu verpassen. Unglaublich! Die großen Fische fraßen tatsächlich noch immer die kleinen. Diese knallharte Wahrheit hinterließ bei ihr einen bitteren Nachgeschmack.

Sie warf einen Blick auf ihre E-Mails. Schon wieder eine von Joanna, die sie ungeöffnet in den Papierkorb verschob. Circa alle zwei Tage bekam sie Post von ihr. E-Mails, in denen Joanna sich langatmig und voller Reue bei ihr entschuldigte.

Rachel hatte sie unter vier Augen zur Rede gestellt. Dieses Gespräch war für sie sehr schmerzlich gewesen. Ihre Freundin hatte zunächst jede Beteiligung geleugnet, ja sogar geschworen, Christian Renoksen niemals begegnet zu sein. Doch als Rachel androhte, so lange in sämtlichen Fotos zu wühlen, die an dem Abend der Feier der Nichtregierungsorganisationen aufgenommen worden waren, bis sie es ihr beweisen könnte, hatte Joanna es schließlich zugegeben. »Okay, wir waren zusammen«, hatte sie trotzig eingestanden. »Wir haben uns in der Cafeteria des Bella Center verabredet.«

»Und?«, hatte Rachel wissen wollen.

»Nun, danach haben wir uns ab und zu mal getroffen. Ich mochte ihn. Er war charmant und so wahnsinnig männlich. Das ging ungefähr zwei Monate, dann haben sich unsere Wege getrennt.«

»Und das ist alles?«

Joanna hatte verlegen erwidert: »Im Juni hat er mich auf einmal wieder angerufen.«

»Warum?«

»Er hat gesagt, ich würde ihm fehlen, und anderen romantischen Blödsinn. In Wahrheit hatte er vorher von Reed erfahren, dass du dabei warst, ein belastendes Dossier gegen seine Firma vorzubereiten, und es genau vor der Entscheidung der Solaïa-

Kommission veröffentlichen wolltest. Er hat sich erkundigt, ob ich etwas über einen Bericht namens ›Eiche und Schilfrohr‹ wüsste.«

»Wie hatte er davon Wind bekommen?«

»Wahrscheinlich durch Reeds Sohn.«

»Richard Reed?«

»Vermutlich, ich weiß es nicht.«

»Und dann?«, hatte Rachel gefragt.

Nach kurzem Zögern hatte Joanna verbittert geantwortet: »Willst du die Wahrheit hören, Rachel? Dass man dir eine so wichtige Aufgabe übertragen hatte, obwohl ich über weitaus mehr Erfahrung verfügte, hat mich richtig sauer gemacht! Bist du nun zufrieden? Und das dann auch noch von außen zu erfahren ... Ich durfte mit ansehen, wie du die Unschuldige spieltest, während du dabei warst, einen Riesencoup vorzubereiten. Ich war stinksauer. Und zwar derartig, dass ich, als Christian mich über deine Aktivitäten aushorchen wollte, geplaudert habe.«

»Und du hast ihm von den Färöer-Inseln erzählt ...«

»Ja. Ich weiß, das hätte ich nicht tun dürfen«, hatte Joanna trotzig erwidert. »Aber ich war wirklich total wütend, verstehst du? Du hast immer alles bekommen, was du wolltest, die guten Aufträge, Niels, Peter ...«

»Peter?«

»Ja, Peter, der nur auf dich hört ...«

Wie betäubt hatte Rachel sich setzen müssen. »Du hast zugelassen, dass man ein Attentat auf uns verübt, weil du eifersüchtig warst?«

Vehement hatte Joanna sich verteidigt. »Ich schwöre dir beim Leben meiner drei Hunde, dass ich nicht gewusst habe, dass sie ...«

»Guter Gott, du hättest genauso gut dabei draufgehen können«, hatte Rachel sie unterbrochen. »Ich versteh dich nicht, Joanna.«

»Christian wollte von mir nur wissen, wo du im August bist. Ich glaubte, er will dir einen Drohbrief oder so was Ähnliches schicken, um dir Angst einzujagen, an mehr habe ich doch gar nicht gedacht!«

»Und warum hast du ihn dann nicht hinterher sofort angezeigt?«

»Als ich im Krankenhaus lag, hat er mir gedroht, alles Peter zu sagen und mich mit auffliegen zu lassen, wenn ich auspacken würde und nicht täte, was er von mir verlangte.«

»Und, was wollte er?«, hatte Rachel mit tonloser Stimme nachgehakt.

Die Dänin war ihrem Blick ausgewichen. »Ich musste ihm den fertigen Bericht aushändigen, ihn über den Ablauf der internen Aktionen auf dem Laufenden halten und ihm alles erzählen, was ich über dich wusste.«

Sie hatte geseufzt. »Ich schäme mich so …« Rachel hatte kein Wort gesagt. Kleinlaut hatte Joanna erklärt: »Trotzdem, ich habe versucht, dich zu warnen. Ich habe dir Nachrichten geschickt.«

»Nachrichten?«

»Claus Dalby …«

»Der Gärtner … das warst du?«

»Ja. Du kennst doch meine Leidenschaft für Blumen.«

»Hast du mir etwa auch das Foto von Samuel geschickt? Warum bloß?«

»Damit du die Sache aufgibst und dich nicht von ihm beeinflussen lässt. Ich hatte Angst, dass durch mein Verschulden Sacha irgendetwas zustoßen könnte.« Joanna hatte zu weinen begonnen. Rachel war aufgestanden und wortlos aus dem Zimmer gegangen. Sie hatte niemandem von dieser Unterredung erzählt.

Rachel schaltete den Backofen aus, zog ihre marineblaue Cabanjacke über und ging, die Tasse in der Hand, nach draußen. Sie stützte sich mit den Ellenbogen auf das Geländer und blickte, auf der Suche nach Sacha, über den Spielplatz. Plötzlich entdeckte sie einen Mann im schwarzen Mantel, der zielstrebig auf das Gebäude zusteuerte. Um ihn besser sehen zu können, beugte sie sich vor, doch er war schon verschwunden. Sie wartete darauf, dass der Aufzug sich in Bewegung setzte, doch da tauchte der Mann auch schon am Ende des Flurs auf. Es dauerte ein paar Sekunden, bis sie begriff, dass es sich um Samuel handelte, der, eine Tasche über der Schulter, geradewegs auf sie zukam. Rachel richtete sich auf, und schlagartig wurde ihr bewusst, dass sie seit einem Monat genau diesen Moment herbeigesehnt hatte. Samuel sah aus, als hätte er seit Tagen nicht geschlafen. Sein Gesicht war fahl, er hatte dunkle Schatten unter den Augen und einen Dreitagebart. Doch seine Augen leuchteten. Als sie sich schließlich gegenüberstanden, sahen sie einander schweigend an. Dann tat Samuel noch den letzten Schritt, der sie voneinander trennte, und umarmte sie.

»Es ist schon so lange her …«, murmelte er, als er sie an sich drückte.

Rachel schloss die Augen. »Wo hast du bloß gesteckt, verdammt noch mal?«, stieß sie hervor. »Ich dachte schon, ich würde dich nie wiedersehen.«

»In den USA«, erwiderte Samuel. Er schob sie ein Stück von sich, sah sie prüfend an. »Wie geht es dir? Und Sacha? Wo steckt er eigentlich?«

Rachel machte eine Kopfbewegung in Richtung Park. »Nachdem er seine fünf Injektionen bekommen hat, macht er mithilfe von Kirsten überraschend schnell Fortschritte. Es ist einfach unglaublich.«

»Und dir, wie geht es dir?«

Rachel löste sich sanft von ihm. »Möchtest du einen Tee?« In der Wohnung holte Rachel eine weitere Tasse und füllte sie zur Hälfte. Das heiße Getränk duftete leicht nach Bergamotte.

»Du hast mir meine Frage noch nicht beantwortet. Wie geht es dir?«, beharrte er.

Rachel seufzte. »Ich habe wegen meines Sohnes darauf verzichtet, einen der schlimmsten Mistkerle, dem ich je begegnet bin, an den Pranger zu stellen. Ich bedauere es zwar nicht, aber ich habe Schwierigkeiten, die ganze Sache zu verarbeiten und über meine Wut beziehungsweise meine Niedergeschlagenheit hinwegzukommen, die ich, je nach Gemütslage, seitdem empfinde.«

»Alles, was ich dazu sagen kann, ist«, meinte Samuel, »dass du eine Mutter bist, die sich für die Gesundheit ihres Kindes verantwortlich fühlt. Und ehrlich gesagt, habe ich deine Entscheidung nicht eine Sekunde infrage gestellt.«

Gerührt sah Rachel ihn an. »Das ist das Netteste, was ich seit Langem gehört habe. Und ich hatte ja noch nicht einmal Gelegenheit, mich für deine Geste zu bedanken. Dass du meinetwegen auf deine Sensationsmeldung verzichtet hast, das war wirklich … heroisch.«

Nachdem Samuel die Tasse auf dem Couchtisch abgestellt hatte, holte er eine Mappe aus seiner Tasche und öffnete sie. Zwei Blätter kamen zum Vorschein, die er ihr reichte. »Aus meiner Sicht ist da das letzte Wort noch nicht gesprochen. Ich habe dich nicht angerufen, weil ich erst ganz sicher sein wollte, ehe ich dir davon erzähle. Hier, das werde ich veröffentlichen. Ich möchte gern deine Meinung dazu hören.« Er lächelte verschmitzt. Neugierig ergriff Rachel die beidseitig bedruckten Blätter. In großen Lettern stand über dem Artikel:

**MEIN VATER UND DAS ATTENTAT
GEGEN GREEN GROWTH**

Und der Untertitel lautete: »Richard Reeds Geständnis«.

Rachel runzelte die Stirn. »Was ist …«

»Ich war in Atlanta«, erklärte Samuel. »Nachdem ich Reeds Adresse herausbekommen hatte, habe ich mich für einen Freund von Richard ausgegeben, bis mich die Krankenschwester schließlich zu ihm ließ. Nach und nach hat er mir dann alles erzählt. Und ich habe es aufgenommen. Ich habe einen Beweis, der ebenso viel wert ist wie unsere Recherchen und dich aus der ganzen Sache raushält.«

Samuel holte kurz Luft. »Hannibal Reed steckt nicht nur hinter dem Attentat auf den Färöer-Inseln und Climategate, sondern er hat auch noch versucht, seinen jüngeren Sohn zum Schweigen zu bringen. Sobald dieser Beweis an die Öffentlichkeit gelangt, ist Reed Industries erledigt, dann können sie einpacken. Unsere ganze Arbeit war also nicht umsonst.«

Rachel glaubte, ihren Ohren nicht zu trauen. »Du hast Richard Reed getroffen? Wie geht es ihm?«

»Es steht sehr schlecht um ihn.«

»Wieso das?«

»Wenn er dir phonetische SMS geschickt hat, dann deshalb, weil er zu nichts anderem in der Lage ist. Er ist vollständig gelähmt.«

»Mein Gott …«

»Er kann nur noch die Augen bewegen. Er besitzt einen augengesteuerten Computer, der seine Blicke in einfache Texte überträgt und es ihm erlaubt, im Internet zu surfen. Auf diese Weise kann er kommunizieren, aber es strengt ihn unwahrscheinlich an, und er wird rasch müde. Man sieht, wie die Buchstaben auf dem Bildschirm vor ihm erscheinen, das ist unglaublich beeindruckend.«

»Wie hast du es bewerkstelligt, dass er diesen langen Text schreiben konnte?«

»Tag für Tag habe ich neben ihm gesessen, achtzehn Tage lang, immer wenn sein Vater nicht da war. Und das ist das Ergebnis.«

»Aber woher wusste er das alles? Dass man mich bedroht hat oder von dem Attentat?«

»Hannibal Reed hegt einen unglaublichen Groll gegen seinen Sohn, weil dieser eure Sache unterstützt und versucht hat, ihm zu schaden. Deshalb quälte er Richard mit detaillierten Beschreibungen der Dinge, die er beabsichtigte, dir anzutun.«

Rachel schüttelte den Kopf. »Wie kann man nur so sadistisch sein?«

»Seine andere Informationsquelle war Millicent, die inzwischen in der Stiftung für wissenschaftliche Forschung arbeitet, der FRS. Sie hat ihm absolut alles über die Intrigen ihres Vaters anvertraut, nicht wissend, dass ihr Bruder Kontakt zur Außenwelt, sprich, zu dir, hatte. Auf diese Weise hat Richard erfahren, dass Reed heimlich Polsens Anwalt bezahlte. So hat er dir verzweifelte Nachrichten geschickt, um zu versuchen, dich zu warnen.«

»Woher hatte er meine Nummer?«

»Warte, darauf komme ich noch zu sprechen. Willst du ihn mal sehen? Doch ich muss dich warnen, sein Anblick wird ein Schock für dich sein …«

Samuel zückte sein Smartphone. »Ich habe ihn gefilmt, so habe ich den Beweis für meine Behauptungen, und ich sage dir nicht, welche Schlagzeile es auf der Homepage der AFP geben wird.« Samuel rückte näher an Rachel heran, bis sich ihre Schultern berührten. Der Reporter sog ihren Duft ein und küsste sie zärtlich auf die Schläfe. »Du hast mir so gefehlt.«

Rachel schauderte. »Du mir auch«, gestand sie.

»Ich hoffe, dass du eines Tages in mir nicht nur den Big-Five-Safarijäger sehen wirst«, flüsterte er ihr zu. »Damit du mir verzeihst, wäre ich sogar bereit, Vegetarier zu werden.«

Rachel lächelte ihn an. »Wirklich? Die Wette gilt, mein Lieber!«

Von Lommel startete das Video. Auf dem kleinen Bildschirm erschien ein großes Zimmer, das mit vielen medizinischen Apparaten ausgestattet war. Als Nächstes folgte eine Großaufnahme des verstellbaren Bettes, in dem ein junger Mann im Pyjama lag. Sein Blick war direkt in die Kamera gerichtet, er hatte kurz geschnittenes Haar und war glatt rasiert.

»Er hat mir erzählt, wie sich alles zugetragen hat«, fuhr Samuel fort. »Nach seinem Unfall hat sich sein älterer Bruder Henry einfach seines Computers bemächtigt und seine E-Mails und seine Dateien durchforstet. Auf diese Weise hat Henry Reed bis ins kleinste Detail alles über dein Dossier erfahren und herausgefunden, dass du Nachforschungen anstellst, die du veröffentlichen wolltest. Einfach alles. Als der alte Hannibal davon Wind bekommen hat, hatte er einen seiner berühmt-berüchtigten Tobsuchtsanfälle und beschloss, dass, solange er am Leben wäre, weder du noch Richard heil aus der Sache wieder herauskämen.«

Rachel griff nach dem Smartphone und zoomte das Gesicht des Mannes näher heran. Ungläubig riss sie die Augen auf. Samuel wartete, bis sie den jungen Mann im Bett erkannt hatte. »Ich nehme an, du weißt jetzt, wieso Richard deinen Bericht und deine Adresse und Telefonnummer auf seinem Computer hatte, oder?«, fragte er sie leise.

Der Anblick schnürte ihr die Kehle zu. Ja, nun verstand sie es. Sie konnten ihren Blick nicht von dem Gesicht lösen. Der Mann hatte kurz geschnittene Haare und keinen Bart mehr, aber seine grünen, goldgesprenkelten Augen, das kantige Gesicht …

»Jesus …«, murmelte sie und strich zärtlich über das Display. »Also, dann ist es wirklich Jesus …«

»Ja, von Anfang an ist er es gewesen.«

»Ich konnte es damals einfach nicht glauben.« Rachels Augen füllten sich mit Tränen.

Mit sanfter Stimme fuhr Samuel fort: »Als er zwei Monate nach dem Unfall aus dem Koma erwacht ist, wagte er nicht, dir zu sagen, in welchem gesundheitlichen Zustand er sich befand. Und noch weniger, dass er in Wahrheit Reeds Sohn ist. Er schämte sich und zog es vor, den anonymen guten Samariter zu spielen. Wenn er es dir gesagt hätte, hättest du ihm ohnehin nicht geglaubt!«

Nachdenklich sah Rachel noch immer auf das Smartphone. »Ich dachte, er läge im Koma.«

»Daraus ist er erwacht.«

»Was wird denn jetzt aus ihm?«

»Du meinst, wenn die Geschichte bekannt wird? Mach dir keine Sorgen, wir sind schließlich viele, die ihn beschützen und da herausholen wollen.«

Rachel füllte eine Thermoskanne mit Tee, nahm eine weitere Tasse und eine Dose mit Plätzchen mit. Begleitet von Samuel, stieg sie die Treppe hinab, die zur Grünfläche führte. Die Kinder spielten noch immer laut kreischend auf dem Rasen. Es war sehr schnell Herbst geworden. Samuel setzte sich neben Rachel auf die Bank, während diese zu Kirsten hinüberrief: »Möchtest du einen Tee?«

Die Physiotherapeutin im schwarzen Jogginganzug und mit einer Mütze auf dem Kopf wandte ihnen den Rücken zu. Sie stand auf dem Pfad, der zum Spielplatz führte. Als sie sich umdrehte, wirkte sie erstaunt, Rachel in Begleitung eines Mannes zu sehen. Sie rief: »Wir kommen gleich!«

Kirsten tat einen Schritt zur Seite, und zum Vorschein kam Sacha in einer weißen Jacke mit großer Kapuze, die ihm bis zu den Augen reichte. Die Hände auf den Laufwagen gestützt, strahlte er bis über beide Ohren.

»Mama, sieh nur!«

Der kleine Junge, der fest auf seinen Beinen stand, schob den Wagen voran und machte zwei Schritte, schob ihn erneut ein Stück vor und machte wieder zwei Schritte … bis er bei seiner Mutter angekommen war. Rachel applaudierte so fest, dass ihr die Hände brannten. Auch Samuel freute sich über dieses Glück.

»Juchhu! Du bist der Größte!«, rief Rachel. Unglaublich stolz lachte Sacha schallend. Rachel fing ihn auf und bedeckte ihn mit Küssen, während sie ihn auf ihre Knie hob.

»Kirsten, du erinnerst dich an Samuel, nicht wahr?«, sagte sie. »Sacha, mein Schatz, das ist Samuel, ein befreundeter Journalist.«

»Ehrlich gesagt, habe ich nicht geglaubt, Sie noch einmal wiederzusehen«, gestand Kirsten ihm. »Was Sie an jenem Abend gemacht haben, war wirklich gut.«

»Was *Sie* gemacht haben, war auch gut«, erwiderte Samuel. »Ohne Ihre Hilfe hätten wir Sacha nicht so schnell gefunden.«

»Lasst uns nicht darüber reden«, unterbrach Rachel die beiden. »Wer von euch möchte denn von meinen Plätzchen?«

»Ich!«, schrie Sacha. »Mama, hast du gesehen, wie ich gelaufen bin?«

Rachel schloss ihn in ihre Arme und drückte ihn ganz fest an sich. »Na klar habe ich das gesehen! Was denkst du denn?«

Kirsten probierte ein Plätzchen. »Bald bist du so gut, mein Kleiner, dass du mit mir am New-York-Marathon teilnehmen kannst!«

Die beiden Freundinnen lächelten sich zu. Kirsten kümmerte sich nun schon seit geraumer Zeit täglich um Sacha und hatte zu ihrem kleinen Schützling eine starke Bindung entwickelt, die weit über das Berufliche hinausging. Die beiden trainierten unermüdlich, und inzwischen konnte Sacha mit seinem Laufwagen schon zehn Meter an einem Stück zurücklegen. Also, was spielte es da schon für eine Rolle, dachte Rachel, dass sie sich eine neue Arbeit, ein neues Umfeld, neue Freunde suchen musste. Sacha konnte laufen, das war das Einzige, was im Moment zählte. Sie wusste, sie hatte die richtige Entscheidung getroffen. Seit jener schrecklichen Nacht schien es, als wäre auch Kirsten, aus welchem Grund auch immer, eine andere geworden.

Lächelnd betrachtete Rachel ihre kleine Welt. Ihre Zukunft zeichnete sich ab. Sie drückte Sacha noch ein wenig fester an sich, ehe sie sacht Samuels Hand ergriff. Ihre Finger verflochten sich ineinander.

Danksagung

Mein Dank gilt von ganzem Herzen:

Tom, Noah und Mia für die Energie, das Licht und das Leben, mit denen sie mich erfüllen.

Alexandre, der stets für mich da ist und nie an mir zweifelt.

Delphine, meiner ersten Leserin, deren Beschreibung des Walmassakers mir unvergessen bleibt.

Laurence, die sich tagtäglich für mehr Nachhaltigkeit einsetzt und, komme, was wolle, stets in meiner Nähe ist.

Françoise, Bruno, Harry für die gemeinsamen Abende, an denen ich, statt zu schreiben, gelacht habe.

Sophie für die virtuellen Kaffees, die helfen, Entfernungen zu überbrücken.

den Freundinnen, die am Telefon stets ein offenes Ohr für mich hatten.

Rachel, Pia, Jérôme, Emmanuel, David, Michèle, Jean-Michel, Lucie für all die Diskussionen über NGOs, Ökologie, das Klima, Dänemark, häusliche Pflege und medizinische Grundversorgung, regenerative Medizin und den Alltag in einer Nachrichtenagentur, die sehr bereichernd waren.

Bernard, Édith, Caroline, Françoise, Virginie für ihr Vertrauen, ihre aufmerksame und respektvolle Lektüre.

Naomi Oreskes, Professorin an der University of California und Autorin des Buches *Merchants of Doubt*, für ihre Lektion in Geschichte und Journalismus.

Und vor allem: den Lesern und Leserinnen, die mir ihre Zeit geschenkt haben und mich herausfordern.

Danke.

Carolyn Jess-Cooke

Tagebuch eines Engels

Roman. Übersetzung aus dem Englischen von Marieke Heimburger. 368 Seiten. Piper Taschenbuch

Als Margot Delacroix mit 42 Jahren eines gewaltsamen Todes stirbt, schickt man sie zurück auf die Erde: Als ihr eigener Schutzengel soll sie ihr Leben erneut durchlaufen. Margot setzt alles daran, das ihr vorgezeichnete Schicksal abzuwenden. Um ihrem Sohn das dramatische Los zu ersparen und die Trennung von dem Mann, den sie liebt, zu verhindern, schließt sie einen Pakt mit einem Dämon. Doch ihr Entschluss beeinflusst den Fortgang der Dinge auf gänzlich andere Weise, als sie ahnen kann.

»Eine Geschichte von Liebe, Reue und Hoffnung um die zentrale Frage, was wir an unserem Leben ändern würden, hätten wir die Möglichkeit dazu. Ebenso komplex und intelligent wie mitreißend.«
Bookseller

05/2722/01/L

Aurélien Molas

Die elfte Geißel

Thriller. Aus dem Französischen von Thorsten Schmidt. 480 Seiten. Piper Taschenbuch

Die Pariser Polizistin Blandine Pothin wird zu einem Noteinsatz gerufen: zwei Mädchen wurden von der Metro überfahren. Selbstmord, Unfall oder Mord? Nach der Auswertung der Videoaufnahmen ist klar, die beiden Opfer wurden absichtlich vor den Zug gestoßen. Schnell ist eines der Mädchen identifiziert: Amandine Clerc, Psychologiestudentin. Die junge Frau forschte auf dem Gebiet der Pädophilie. Besteht ein Zusammenhang zwischen dem Mord und einem Kinderschänderring, der zurzeit im Internet mit grausamen Websites handelt und Frankreich seit Monaten in Atem hält?

»Ein überzeugender, klar und elegant geschriebener Thriller, der unbarmherzig den Abstieg der Menschheit in die Hölle skizziert.«
Le Figaro magazine

05/2679/01/R